이 그림은 나폴레옹 당시의 종군화가들이 그린, 생생한 현장감이 담긴 작품이다.

앞을 내다보지 못하는 자는 이미 패배한 자이다.
　—나폴레옹

바그람 전투(1809.7.5~6) C. 몰트(석판화).

나폴레옹
4

NAPOLÉON
by Max Gallo

Copyright © Éditions Robert Laffont, Paris, 1997
Korean Translation Copyright © 1998 by MUNHAKDONGNE Publishing Corp.
All rights reserved.

This Korean edition is published by arrangement with
Éditions Robert Laffont, Paris through Sibylle Books Literary Agency, Seoul.

이 책의 한국어판 저작권은 시빌 에이전시를 통해
프랑스 로베르라퐁사와 독점 계약한 (주)문학동네에 있습니다.
저작권법에 의해 한국 내에서 보호를 받는 저작물이므로
무단 전재 및 무단 복제를 금합니다.

이 도서의 국립중앙도서관 출판예정도서목록(CIP)은
서지정보유통지원시스템 홈페이지(http://seoji.nl.go.kr)와
국가자료공동목록시스템(http://www.nl.go.kr/kolisnet)에서 이용하실 수 있습니다.
(CIP제어번호: CIP2003000682)

나폴레옹
NAPOLÉON

왕들의 황제

막스 갈로 장편소설 | 임헌 옮김

문학동네

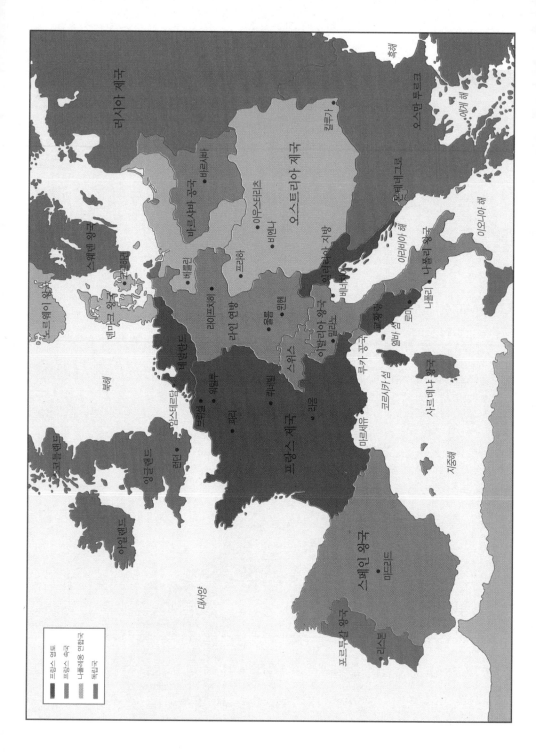

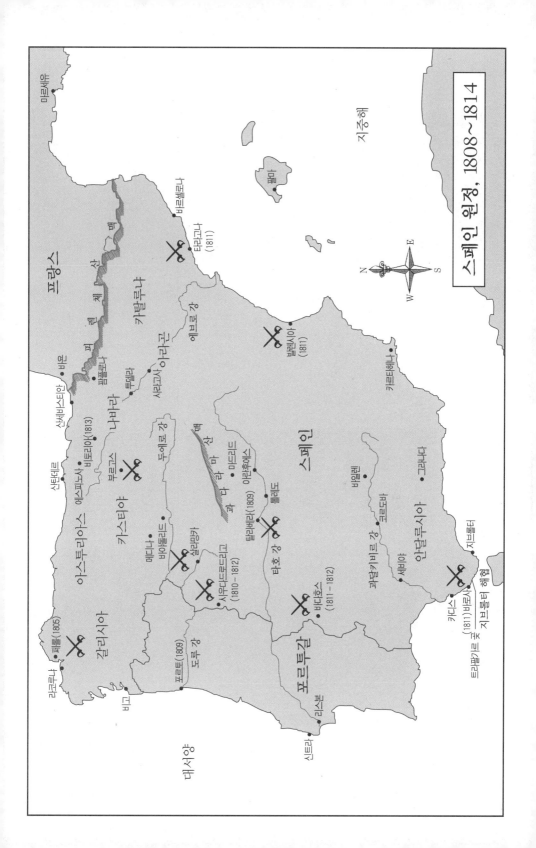

스페인 원정, 1808~1814

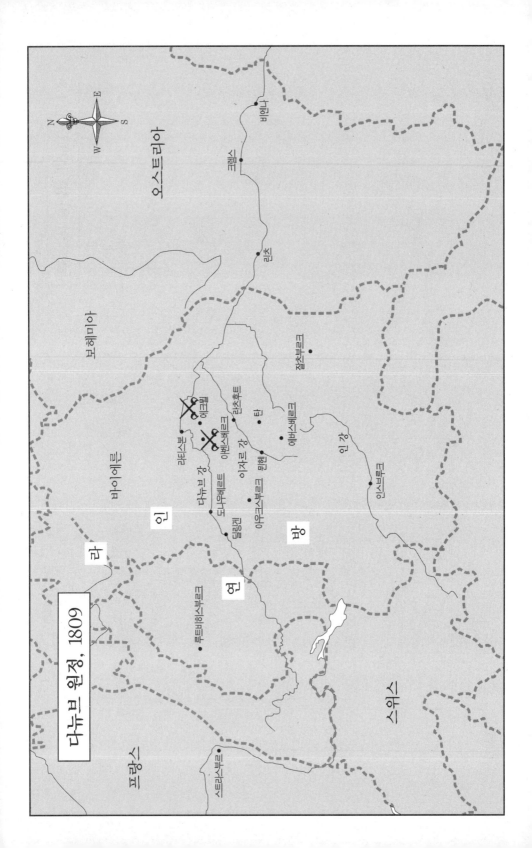

다뉴브 원정, 1809

프랑스

스트라스부르크

바이에른

루트비히스부르크

라

인

연

방

인

스위스

다뉴브 강

도나우에르트

딜링겐

아우크스부르크

뮌헨

레겐스부르크

에크뮐

아벤스베르크

이자르 강

란츠후트

탄

에버스베르크

잘츠부르크

인 강

인스부르크

보헤미아

오스트리아

린츠

크렘스

비엔나

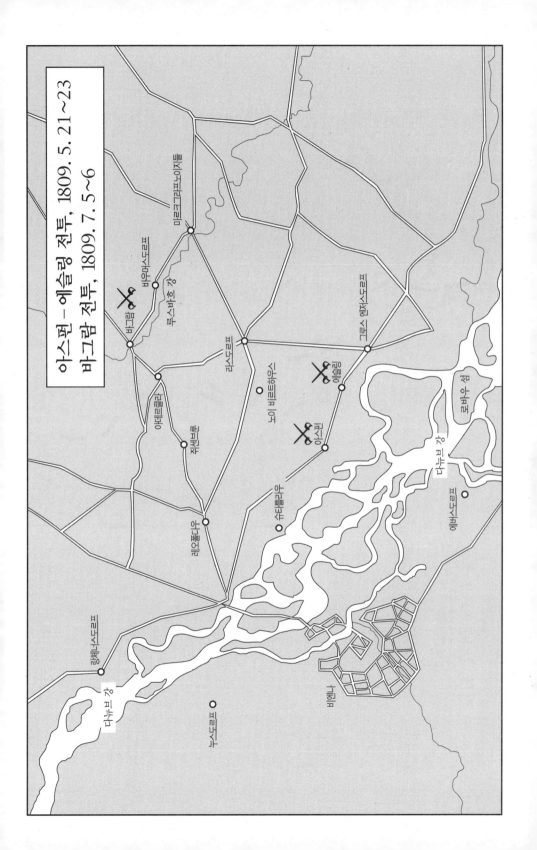

아스펀 – 에슬링 전투, 1809. 5. 21~23
바그람 전투, 1809. 7. 5~6

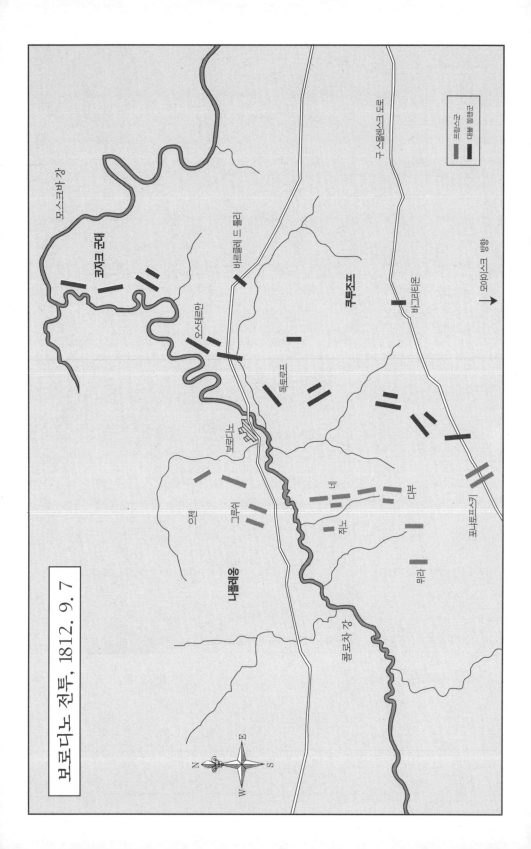

보로디노 전투, 1812. 9. 7

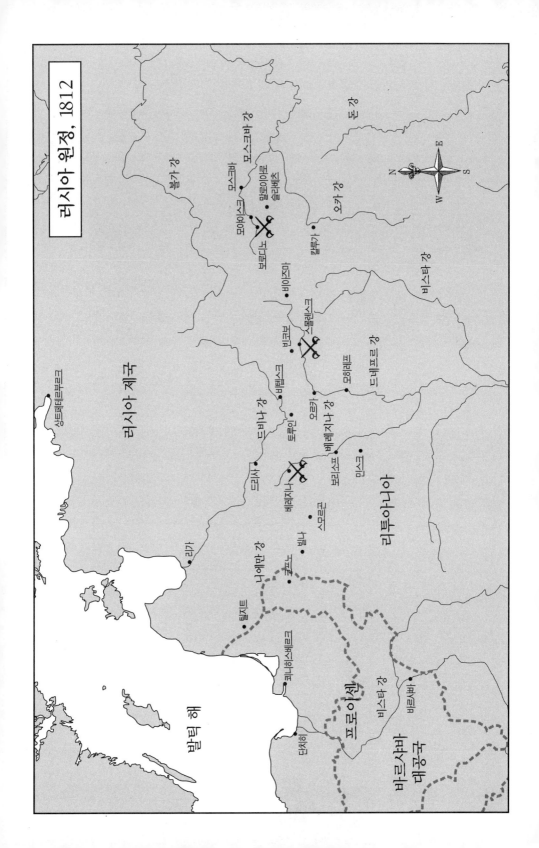

러시아 원정, 1812

발틱 해

러시아 제국

상트페테르부르크

리가

볼가 강

모스크바 강
모스크바
말로야로슬라베츠
모자이스크
보로디노

돈 강

오카 강

칼루가

비아즈마

스몰렌스크
비쳅스크
오르샤
모힐레프
드네프르 강

비스타 강

드비나 강

비테프스크
토를로인
베레지나 강
보리소프
민스크

스모르곤

베레지나
빌나
코프노

나예만 강

틸지트

쾨니히스베르크

단치히

프로이센

바르샤바 대공국

바르샤바

비스타 강

리투아니아

N
W   E
S

나 역시 다른 사람들처럼 안락한 삶을 원하네.
나는 모험을 쫓아다녀야 하는 돈키호테가 아니야.
나는 필요하다고 여겨지는 것만을 추구하는 이성적인 인간이네.
나와 다른 군주들 사이에 차이점이 있다면,
그들은 어려움 앞에서 멈춰 서는 반면
난 그것을 극복해내는 것을 좋아한다는 점이지.
―나폴레옹 보나파르트, 1812년 12월

연극 속의 인물이 아닌 모든 위대한 역사의 주인공처럼,
그는 혼란을 바로잡아 질서를 세워야 할 필요성을 절감하고 있었다.
―앙드레 말로, 『쓰러지는 참나무들』에서

차 례

제 1 부

불가능? 나는 그 단어를 모른다

1808년 10월 14일~1809년 1월 23일

1
이것이 전쟁이다

1808년 10월 14일 금요일 저물녘, 나폴레옹은 찬비가 내리는 에어푸르트를 떠났다. 추운 날씨였다. 마차 안에는 기름 램프가 타오르고 있었다. 나폴레옹은 램프 아래 자리잡고, 파리와 스페인에서 도착한 전문들을 읽었다. 클라르크 장군이 보낸 전보나 조제프가 보내온 지원요청서 몇 줄만으로도, 그의 병사들이 격분한 스페인 민중들 속에서 어떤 상황에 처해 있는지 짐작할 수 있었다. 병사들은 민중들에게 도살당하거나, 민중들을 약탈하고 학살했다. 그들은 공포에 질려 있는 것이다. 포르투갈에서 스페인으로 진군해 온 존 무어 장군 휘하의 영국군 수만 병력이 프랑스 군대와 전투중이었다. 조제프는 지원요청서에서 무모한 작전들을 제안하고 있었다.

그는 전문들을 한쪽으로 밀쳐놓고, 쥐노 장군에게 보낼 편지를 구술했다. 쥐노는 웰링턴 장군의 영국군에 패배하고, 항복이나 다름없는 신트라 협약을 맺어, 협약에 따라 프랑스에 귀환해 있었다.

〈참모장이 자네의 공로들을 늘어놓더군. 자네가 나의 군대와 독수리 군기, 대포들을 모두 되찾아왔다며, 프랑스군의 명예를 손상시키는 일은 하지 않았다고 말일세. 하지만 내가 자네에게 기대했던 건 그런 것이 아니었네. 나는 자네가 좀더 잘해주길 바랐네…… 자네의 행동을 공개적으로 승인할 생각이네. 우선 자네에게만 먼저 편지로 알리는 것일세.〉

나폴레옹은 잠시 침묵하다가 구술을 계속했다.

〈이 해가 가기 전, 내가 직접 리스본에서 자네의 군대를 지휘할 걸세.〉

그는 긴장으로 온몸이 팽팽했다. 말에 멍에를 고쳐매는 시간 외에는 마차를 멈추지 않았다. 프랑크푸르트를 통과한 마차는 마인츠를 지나고 있었다.

하나의 게임이 끝나고, 이제 다음 게임이 시작되었다. 그는 애초의 계획대로 군대를 진두 지휘해 마드리드와 리스본에 입성할 작정이었다. 반란군을 제압하고, 이베리아 반도에서 영국군을 몰아내야 했다.

그의 정예 군대는 에브로 강 북쪽에 포진하고 있었다. 그는 그 군대에 대기하라는 명을 내려두고 있었다. 때가 되면 스페인군의 중심부를 돌파한 뒤, 방향을 바꾸어 적들을 포위할 작전 계획을 구상해둔 것이다. 그런데 한 부대를 이끌 역량도 없는 조제프가 먼저 공격 명령을 내리고 말았다. 혈기왕성한 네와 르페브르도 기다렸다는 듯이 적의 양 날개를 공격해 승리를 거두었다. 하지만 적을 완전히 섬멸하는 것만이 '진정한' 승리라는 것을, 그들은 아직도 이해하지 못한단 말인가?

그는 조제프에게 편지를 썼다.

〈전쟁에서는 안전하고도 치밀한 사고가 특히 필요하오. 형이 제안하고 있는 계획들은 현실성이 없는 것들이오.〉

—기다려라, 내가 도착할 때까지.

그는 말을 더 빨리 몰라고 재촉했다.

하루빨리 스페인과의 게임을 이기고, 다시 오스트리아와 싸워야 했다.

에어푸르트에서의 일이 잘 되었더라면…….

하지만 후회는 없었다. 그는 자신이 할 수 있는 것을 했던 것이고, 알렉산드르는 예측할 수 없는 사람이었을 뿐이다. 그는 좀전에 대충 훑어보았던 경찰 보고서들 중 하나를 다시 집어들었다.

에어푸르트에서 매일 밤 열린 공연이 끝나고 나면, 차르는 투르에 탁시스 공주의 집으로 가서 탈레랑을 만났다는 보고였다. 매일 밤 그 둘은 공주의 집에 모인 다른 손님들로부터 멀리 떨어져 몇 시간이고 머리를 맞대고 수군거렸다. 오스트리아 황제의 사절인 빈센트 남작도 종종 그들의 대화에 끼어들었다.

—탈레랑은 나를 배신했다. 그의 정책은 언제나 비엔나를 옹호하는 쪽이었지. 그런데 그 정도가 아니었단 말인가? 그가 어디까지 생각하고 있었단 말인가? 알렉산드르가 나와 손잡고 오스트리아를 압박하지 못하게 하는 정도가 아니고, 나에 대항해 맞서게 하려는 것일까? 이 '창백한 인간'은 도대체 비엔나와 몇 번이나 접촉을 했을까? 그가 원하는 게 무엇일까? 내가 죽거나 패배할 경우 자신의 미래를 보장받는 것? 아니면 유럽을 연합해서 나를 굴복시키는 것? 그를 제거해야 할까? 아니면 그에 대한 모든 기대를 접고, 모르는 척 계속 이용해야 할까?

잠시 망설이던 그는 베네방 왕자 탈레랑에게 보내는 전문을 구술했다. 우선은 적을 이용하자고 마음먹었다.

〈일 주일에 적어도 네 번은, 당신 집에서 서른여섯 명의 사람들이 저녁을 함께 할 수 있도록 준비해주시오. 대다수가 입법부 의원들과 국가참사원 위원들, 장관들일 거요. 서로 만날 자리도 갖고, 또 당신이 주요 인사들과 잘 사귀어두었으면 하는 바람에서 그러는 거요.〉

─이 창백한 얼굴의 왕자를 시종처럼 부리리라.

그는 혐오감을 느꼈다. 전쟁의 화염 속에 목숨을 내놓을 각오가 되어 있는 사람들만이 존중받을 자격이 있다. 그렇지 않은 인간들은 더럽다. 그런 자들은 다른 사람들까지 더럽힌다.

1808년 10월 18일 화요일, 자정이 가까워서야 그는 생 클루 성에 도착했다.

다음날 아침에야 조제핀을 볼 수 있었다. 수심에 가득 찬 그녀의 눈빛이 그를 견딜 수 없게 했다. 그녀의 입은 아무것도 묻지 않았지만, 눈빛은 집요하게 그를 따르며 다그치고 있었다. 그녀는 알고 있었다. 왕족과의 혼인을 위해 그가 자기와 헤어질 기회를 엿보고 있다는 것을. 가족들에게도 다른 왕가와 결혼하라고 강요하는 그가, 왜 자신은 그런 생각을 하지 않겠는가?

그러나 그녀는 차마 드러내놓고 물어볼 수도 없었다. 그가 파리에 며칠 동안만 머물 것이라고 말했을 때도, 그녀가 할 수 있는 일이라고는 눈물 흘리는 것뿐이었다. 그는 며칠 동안 입법원 개회식에 참석하고, 황후 조제핀과 함께 파리 시가지에 모습을 드러내고, 루브르 박물관과 센 강변의 작업 상황을 둘러볼 생각이었다. 그러고 나서 스페인으로 달려가 군대와 합류할 계획이었다.

그녀는 그에게 매달렸다. 그가 서둘러 전장으로 떠나려 하는 것은 조제핀 때문이기도 했다. 조제핀과의 이혼 문제는 언제 어떻게 매듭지을 것인가?

나폴레옹은 조제핀을 멀리했고, 매몰차게 대했다. 그녀는 그가 편안한 침대에 누워 있는 것보다 야영지의 진흙 속에 뒹구는 것을 더 좋아한다고 생각하는가?

조제핀의 방문을 부숴버리기라도 할 듯 꽝 닫고, 그는 집무실에 틀어박혀 지냈다. 캉바세레스와 푸셰, 그리고 여러 장관들이 집무실에 드나들었지만, 그들도 조제핀처럼 감히 말을 꺼낼 엄두를 내지 못했다. 복종하는 자들. 그러나 나폴레옹은 그들이 뭔가 할 말을 감추고 있음을 알고 있었다.

그렇다, 다시 전쟁이다! 다른 방법이 없지 않은가? 얼마 전, 영국은 받아들일 수 없는 요구사항을 제시하며 평화 조약을 깨버렸다. 자국 군대가 스페인 전선에서 승리를 거두고 있고, 동맹국 오스트리아까지 군사력을 증강하는 시점에, 영국이 무엇 때문에 전투를 중단하려 하겠는가?

그는 상황에 대해 이런저런 이유를 따지거나 구구한 설명을 붙이지 않았다. 상황을 있는 그대로 받아들이는 것, 그것이 프랑스에 대한 그의 의무였고 그의 운명이었다.

10월 28일 금요일 밤, 그는 빅투아르 거리에서 마차를 세웠다. 마리, 지난밤 꿈에 그녀를 보았던 것이다. 그녀와 사랑을 나누던 순간과 그녀를 떠나보낼 때 느꼈던 강렬한 감정들이 그의 가슴속에 되살아났다. 그녀가 거처하던 집 쪽을 잠시 바라보던 그는 출발 신호를 보냈다.

이것이 그의 삶이었다.

그는 랑부이에를 향해 출발했다. 거기서 다시 투르와 앙굴렘을 거쳐 바욘으로 향할 것이다.

빨리, 더 빨리! 그는 줄곧 이 말을 되풀이했다. 생 탕드레 드 퀴브작에서 그는 마차를 세웠다. 랑드 지방의 모랫길에서는, 마차는 빨리 달릴 수 없었다. 그는 마차를 포기하고, 말 안장 위에 올라 앉았다. 말을 타고 남은 여정을 끝내리라. 그는 힘차게 박차를 가하며 질주했다. 11월 3일 목요일, 뒤로크와 함께 바욘에 도착했을 때는 몹시 지쳐 있었다. 새벽 두시였다. 몸을 제대로 가누지 못할 정도로 지쳐 있었지만, 그는 큰 소리로 지시를 내리며 병기고와 군수창고를 순시했다. 창고에 군복이 없었다. 추위가 맹위를 떨치고 있고, 홍수가 스페인 전역을 휩쓸고 있는 이때에. 그는 격하게 소리쳤다.

"이제 아무것도 없군! 아무것도 없어! 지금 나의 군대가 곤경에 빠져 있는데, 이 도둑놈들, 군수물자 납품하는 작자들은 다 도둑놈들이야! 이렇게 비열하게 배반당하고 속은 적은 한 번도 없었어."

다시 길을 떠나기엔 모두들 극도로 지쳐 있었다. 그는 마라크성으로 향했다. 몸은 물 먹은 솜처럼 무거웠지만 잠을 이룰 수 없었다. 다시 자리에서 일어난 그는 전시 행정담당 장관 드장 장군에게 편지를 썼다.

그리고 나서 다시 펜을 들어 조제핀에게 썼다. 그것은 독백과도 같았다.

〈많은 어려움 속에서도 랑드 지방을 전속력으로 달려 오늘밤에 바욘에 도착했소. 조금 피곤하오. 내일 다시 스페인을 향해 떠날 작정이오. 내 군대들이 대거 도착하고 있소. 잘 있어요, 내 친구. 나폴레옹.〉

잠자리에 든 그는 한 시간도 채 못 되어 벌떡 일어났다. 세무 책임자들을 호출케 한 그는 그들을 호되게 질책하고, 군대를 따르면서 적시에 군수품을 조달하는 수송대를 조직하라고 명했다. 그리고 폴란드 경기병대를 사열하고, 생 세바스티앙에서 남쪽으로 몇 킬로미터 떨어진 톨로사라는 작은 마을로 향했다.

마침내 그는 스페인 땅에 진입했다. 게임이 시작된 것이다.

그가 머무는 수도원의 커다란 방은 싸늘하게 얼어붙어 있었다. 소나기가 퍼붓고 있었다. 스페인 왕 조제프를 대신한다며, 비가레 장군이 다가와 정중하게 예를 갖추어 인사했다. 나폴레옹은 그에게서 등을 돌렸다.

이제야, 조제프가 무슨 생각을 하는지 이해할 것 같았다. 조제프는 자신을 카를 5세로 착각하고 있는 것이다! 나폴레옹은 투덜거렸다.

"정신이 나갔군. 이젠 숫제 내게 왕 노릇을 하려 드는구먼."

밖에서 웅성거리는 소리가 들려오더니 스페인 수도사 대표단이 들어서고 있었다. 나폴레옹은 그들의 둥근 머리통을 뚫어져라 쳐다보았다. 그들은 달콤한 말로 황제에 대한 존경과 호의를 표시했다. 그는 차갑게 말했다.

"수도사 여러분, 만약 당신네들이 우리의 군사적인 일에 개입하려 할 시엔, 당신들의 귀를 잘라버리겠소."

그가 하룻밤 묵을 수 있도록 마련된 방으로 갔다. 그리고 옷을 그대로 입은 채 좁은 침대에 몸을 던졌다. 한기가 뼛속까지 스며드는 추운 밤이었다.

이것이 바로 전쟁이었다.

2
인간의 첫번째 덕목

1808년 11월 5일, 그는 비토리아에 도착했다. 그 작은 마을의 거리에서, 그는 자신의 명에 따라 부르고스로 향하는 보병근위대와 기병근위대를 만났다. 부르고스를 장악해 스페인의 방어선을 뚫는다면, 마드리드 입성은 시간 문제일 터였다.

그를 알아본 병사들이 환호를 보내자, 그는 말고삐를 당기며 모자를 벗어들고 답했다. 그의 답례에 열광한 병사들은 다시 '황제 폐하 만세'를 외쳤다. 기꺼이 목숨을 바치라고 명령하는 그를 향해 전선의 병사들은 열광하고 있는 것이다. 그는 오랫동안 그들의 행군을 지켜보았다. 그에게는 이 정예병사들이 보여주는 신뢰가 무엇보다 중요했다.

나폴레옹은 조제프가 그의 대신들과 함께 기다리고 있는 주교의 저택으로 향했다. 그는 저택에 들어서자마자 사람들의 인사도 받지 않고, 조제프를 무리들로부터 멀리 떨어진 곳으로 데려가며 말했다.

"전쟁도 왕이 수행해야 할 업무 중 하나요. 형은 지금 이 점을 놓치고 있소."

조제프가 내린 명령들은 현실성이 없는 것들이었다.

그는 조제프의 명령에 불복했던 네 원수가 들을 수 있도록 큰 소리로 말했다.

"이런 엉터리 작전을 수행하려 드는 장군이 있다면, 그는 범죄자나 다름없소."

놀란 표정으로 그를 바라보는 조제프의 얼굴이 붉게 달아올랐다. 그러나 조제프는 아무 말도 하지 못했다.

—조제프는 한 번도 용기를 보여준 적이 없어. 자기 왕관에만 집착할 뿐이야. 그는 내게 복종하게 될 것이고, 그래야 마땅하다. 그는 내 형이지만, 나는 황제다. 그를 지금의 자리에 앉힌 사람은 바로 나야.

나폴레옹은 칼로 자르는 듯한 어조로 명령을 내렸다. 향후 조제프는 황제 참모부의 지시에 따라야 했다. 그리고 군사적인 일에 개입하지 못하도록 조치했다.

스페인을 완전 장악한 후, 조제프에게 넘겨줄 것이다.

그는 돌아서서 여러 원수들과 장군들, 참모들을 불러모았다. 이제 조제프에 대한 걱정이나 배려는 접어두기로 했다.

전쟁에서는, 자존심을 지키기 위해 낭비할 시간과 에너지가 없다. 그것이 왕의 자존심이라 해도, 설사 그의 형의 자존심이라 해도 그렇다!

날이 저물었다. 그는 잠시 비토리아의 거리를 거닐었다. 병사들은 광장을 야영지로 삼아 막사들을 세워놓았다. 하늘이 맑게 개어 있어 별을 헤아릴 수 있을 정도였다. 이렇게 좋은 날씨만 계속된 다면 그에겐 더없이 유리할 것이다. 프랑스의 5월처럼, 그날 밤은 아름답고 맑고 부드러웠다. 맑은 바람을 맞으며 하늘을 바라보던 그는 숙소로 돌아와, 선 채로 조제핀에게 보낼 몇 줄의 편지를 구술했다.

〈친구여, 나는 비토리아에서 이틀째 밤을 맞고 있소. 건강히 잘 지내고 있소. 내 군대는 속속 도착하고 있소. 오늘은 근위대가 도착했소. 나의 인생은 늘 바쁠 수밖에 없게끔 운명지어진 것 같소. 당신에 대한 나의 애정은 변함이 없소. 나폴레옹.〉

그는, 부관들이 원수들의 전문을 가지고 오는 대로 즉시 깨우라고 콩스탕에게 일러두었다.

그는 전투가 벌어지는 현장에 있어야 했다. 술트 원수가 스페인 군을 무찌르고 부르고스를 점령하는 대로 그와 합류할 생각이었다. 그는 오래 잠들 수 없었다. 술트의 부관이 전문을 가져왔던 것이다. 밤 동안, 그는 참모 한 명과 루스탐, 엽기병 몇 명만을 대동하고 전속력으로 말을 달려, 부르고스로 가는 길목에 있는 쿠보에 도착했다. 나머지 호위대와 참모부는 미처 따라오지 못했다. 그는 잠시 길을 멈추고, 조제프에게 보내는 편지를 한 장교에게 받아 적게 했다.

〈날이 밝기 전에 부르고스에 도착하기 위해 나는 새벽 한시에 길을 떠나오. 그곳에서 낮에 할 일들을 준비할 예정이오. 적을 쳐부수는 것은 아무것도 아니오. 승리를 활용해야 하오. 나를 위해 전승 축하연을 열 필요는 없소. 오히려 그것은 형 자신을 위해 필요한 것이겠지. 전쟁이라는 업을 짊어진 내게 그런 건 어울리지 않소. 게다가 나는 그런 걸 원하지도 않소. 부르고스의 대표단이

형을 맞이하러 나갈 것 같소. 형을 잘 영접할 거요.〉

그는 말에 올랐다. 호위대가 도착하기를 기다릴 시간이 없었다.

부르고스에 가까워지자 횃불들이 어렴풋하게 보였다. 그를 따르던 병사들은 뒤엉켜 있는 군인들과 농부들, 수도사들의 시체들을 피해 가기 위해 길 가장자리로 걸어야 했다.

그가 도시에 들어섰을 때도 여전히 어두운 밤이었다. 약탈의 잔해들이 곳곳에 널려 있는 거리에는 술취한 병사들이 비틀거리고 있었다. 대주교의 저택 앞 광장에는 교회의 가구와 집기들이 불타고 있었다. 역겨운 냄새가 거리를 가득 메우며 진동하고 있었다. 내장이 드러난 말들의 시체와 파괴의 잔해들 사이로 주검들이 널브러져 있었다. 곳곳에서 터져나오는 여자들의 비명 소리에 묻혀 병사들의 노랫소리는 들리지도 않았다.

그는 병사들 사이를 지나갔다. 그들 중 누구도 그를 알아보지 못했다. 병사들은 미친 듯이 먹고 마셔대면서 약탈과 강간을 자행하고 있었다.

그가 숙소로 정한 대주교 저택의 방은 아수라장이었다. 가구들은 부서져 나뒹굴고, 침대도 더럽혀져 있었다.

바로 조금 전, 그곳에 잠복해 있던 세 명의 무장한 스페인 병사들이 붙잡힌 것이다.

그는 주교의 지저분한 침대 위에 걸터앉았다. 몸은 지칠 대로 지쳤고, 배도 고팠다. 전장의 일개 장교로 되돌아간 것 같았다. 궁궐에서의 호화로운 생활은 마치 간밤에 스쳐 지나간 꿈 같았다. 루스탐이 광장에서 야영하는 병사들에게서 얻어온, 구운 고기 한 조각과 빵과 포도주를 가져왔다. 더럽고 냄새나는 방, 침침한 불빛 아래서 그는 다리를 벌리고 앉아 음식을 씹었다. 그리고는 먼지와 진흙투성이인 장화와 옷을 벗지도 않고 침대에 쓰러져 잠이

들었다.

　다음날 그는 자욱한 연기 속에 가라앉은 부르고스 시가지를 바라보았다. 건물들을 휩싸안았던 화염의 불씨들은 사위어 있었다. 참모들을 불렀다. 술트와 네, 빅토르, 란의 군대들이 어디에 배치되어 있는지 알고 싶었다. 이제 더이상의 약탈이 일어나지 않도록 장교들은 병사들을 다시 장악해야 했다. 그는 도시를 둘러보고, 사람들과 상점들을 살펴보기 위해 길을 나섰다. 상점들은 식량들로 넘쳐나고 있었다.

　광장에서는 '황제 폐하 만세'를 외치는 환호성이 터져나오기 시작했다. 그가 말했다.

　"모두들 바쿠스 신처럼 취해 있군. 술에 취해 약탈을 일삼는 군대를 지휘할 수는 없다. 이제 매일 군대를 사열할 것이다."

　근위대 병사들이 청소를 시작한 대주교의 저택으로 돌아왔다. 첫번째 우편물들이 도착해 있었다. 술트는 레이노사에서, 빅토르는 에스피노사에서, 란은 투델라에서 연이어 승리를 거두었다는 소식이었다. 카스타네도스의 스페인군은 존 무어 장군의 영국군과 마찬가지로 도망치고 있었다. 그는 지도 위로 몸을 굽혔다. 이제 마드리드로 행군할 수 있었다!

　부르고스를 떠나기 전, 그는 콘셉시온 수도원에 수용되어 있는 부상자들을 방문했다. 팔 다리가 잘린 채 썩은 짚더미 위에 누워 있는 병사들이 보였다. 그들 중 몸을 일으킬 수 있는 자들은 힘겹게 몸을 일으켜 황제에게 경례하고, 보고 들은 얘기들을 들려주었다.

　란의 부관 마르보 대위는 황제에게 전문을 가져오다 부상당했다. 마르보는 말을 달리던 중, 제10엽기병대 소속의 한 장교가 군복 차림으로 헛간 문앞에 팔다리가 못박혀 거꾸로 매달려 있는 것을 보았다. 거꾸로 매달려 있는 장교의 머리 아래에다 적들은 불까지 질렀다! 다행히도, 그의 고통은 멈춰 있었다. 이미 숨져 있었던 것이다! 하지만 그의 몸에서는 계속 피가 흘러내리고 있었다.

나폴레옹은 말없이 그의 말을 들으며, 피로 얼룩진 전문들을 떠올렸다. 그 전문들은 마르보가 부상의 고통을 무릅쓰면서 그에게 전달한 것이었다. 그는 이를 물었다.

─이 전쟁을 끝내야 한다. 피의 수렁에서 벗어나야 한다.

그는 부상병들을 돌아보면서, 장교들에게는 나폴레옹 금화 여덟 닢, 병사들에게는 세 닢씩 나누어주었다. 콘셉시온 수도원을 떠난 그는 아란다로 가는 길에 올랐다.

자갈길에서도 말의 고삐를 늦추지 않았다. 참모들과 호위대는 그의 뒤를 힘겹게 따르고 있었다. 그는 피로도 느끼지 못했다. 한시라도 빨리 마드리드에 입성하고 싶은 생각뿐이었다.

아란다에 도착한 그는 지평선 위로 우뚝 솟은 과다라마 산맥을 바라보았다. 부르고스에서, 육지 측량부 책임자인 특무상사 바클레르 달브가 지도에 검게 줄을 그어 표시했던 그 산맥이었다. 산맥 뒤쪽에 마드리드가 있었다. 이 산맥을 넘어 마드리드로 가는 길은 단 하나, 소모시에라 협곡뿐이었다.

나폴레옹은 바클레르 달브와 함께 지도를 들여다보았다. 너무 가까이 얼굴을 맞대고 있어 황제와 특무상사의 이마가 맞부딪칠 정도였다. 나폴레옹이 머리를 들었다.

그는 몇 년 전부터 알고 지낸 이 특무상사를 신뢰했다. 그는 전장의 막사에서 항상 바클레르 달브를 곁에 두었다. 그가 길을 묻자, 바클레르 달브는 지도 위에다 색깔 있는 압핀들을 차례로 꽂아나갔다. 소모시에라 협곡으로 나 있는 길이었다. 해발 1천4백 미터가 넘는 협곡, 두 개의 산 사이로 뚫려 있는 길은 매우 좁았다. 정찰을 마치고 돌아온 척후병들의 보고는 상세했다. 스페인군이 길 굽이마다 포대를 배치해 길목을 차단하고 있었고, 산정에는 베니토 산 후안의 지휘하에 16개의 포대와 수천 명의 스페인 병력이 마지막 바리케이드를 치고 있었다. 나폴레옹은 중얼거렸다.

"이게 유일한 길이라."

마드리드를 습격하기 위해서는 소모시에라 협곡을 통과해야 했다. 그는 상황을 직접 파악하고 싶었다.

11월 30일 수요일, 그는 산맥 발치에 있는 세로소 데 아리바라는 마을로 진군해 들어갔다. 병사들은 '황제 폐하 만세'를 연호했다. 그는 근위대 엽기병 연대장 피레에게 정찰 명령을 내렸다. 그리고 결과를 기다렸다. 길길이 날뛰는 말들을 진정시키지 못해 진땀을 흘리고 있는 250명의 폴란드 경기병대 앞을 오가며, 그는 산맥을 바라보았다.

얼마 후, 말의 목덜미에 바짝 몸을 붙이고 빠른 속력으로 달려오는 피레가 보였다. 그는 숨을 헐떡이며, 산을 넘는 것은 불가능하다고 보고했다. 험준한 협로에 대포들이 늘어서 있어 도저히 통과할 수 없다는 것이었다.

"그런가? 나는 '불가능'이란 말을 모른다."

나폴레옹은 폴란드 경기병대의 선두에 선 지휘관 코지에틀루스키에게 공격 신호를 보냈다.

기마병들이 산으로 들어가는 협로를 향해 돌진했다. 병사들의 제복은 감청색과 진홍색, 모자의 검은빛이 어우러져 다채로운 광휘를 뿜어내며 거대한 파도처럼 일렁였다.

나폴레옹은 스페인군의 총격 소리에 이어, 그들이 외치는 소리를 들었다. 그러나 그 소리는 곧 폭격 소리에 묻혀버렸다.

—반드시 이 계곡을 넘어야 한다. 이 산을 넘으면 마드리드가

있다.

그러나 병사들은 지리멸렬하게 물러섰다가, 오와 열의 간격도 뒤죽박죽인 채 돌격하기를 반복하고 있었다. 용기만으로 이루어질 일이 아니었다.

참모부의 대열에서 빠져나온 몽브룅 장군이 새로운 공격을 위해 폴란드 군대의 지휘를 맡겠다고 자청하고 나섰다. 키가 큰 이 사내는 거칠게 돋아난 검은 수염으로 얼굴의 칼자국 흉터를 가리고 있었다. 의전장 세귀르도 앞으로 나서며 돌격대를 자청했다.

나폴레옹은 무겁게 고개를 끄덕였다.

―이 협곡을 넘어야 한다. 여기서 발이 묶일 순 없다.

지휘권을 받고 말에 오른 몽브룅은 기마병들의 선두에 서서, 두 열로 갈라 서라고 명령했다.

몽브룅을 필두로, 기병대는 가파른 언덕 위를 향해 말을 질주했다. 그들의 모습은 순식간에 암괴들 사이로 사라졌다. 예포가 터지고, 곧이어 '황제 폐하 만세'를 외치는 소리가 산비탈 사이로 울려퍼졌다.

―그들은 통과하리라. 나를 위해 목숨을 바치리라.

협곡으로 나 있는 산길은 이 킬로미터 거리였다. 그 길을 따라 또다른 사격 소리와 외침 소리들이 메아리로 증폭되어 구르고 있었다.

―사상자는 얼마나 될까? 그들이 통과할 수 있을까?

소모시에라 산정에서 폭음이 들리더니 산은 곧 연기로 뒤덮였다. 그들이 해냈다. 산을 넘은 것이다.

나폴레옹은 참모부를 이끌고 돌진했다. 뤼팽 사단의 보병들이 구보로 그의 뒤를 따랐다.

협곡 여기저기에 병사들의 주검이 길을 메우고 있었다. 산정 부근에 이르자, 스페인 병사들의 주검들 사이에 부상당해 쓰러져 있는 몽브룅과 세귀르, 폴란드인 중위 니에골로프스키가 보였다.

나폴레옹은 말에서 뛰어내렸다. 살아남은 사십여 명의 병사들도 대부분 피투성이였다. 병사들을 하나하나 둘러본 그는 몽브룅과 세귀르를 치하하고, 갖고 있던 십자가를 높이 들었다가 허리를 굽히고 앉아 폴란드인 중위의 가슴에 달아주었다.

그는 다시 말에 올라 협곡을 넘었다. 그의 눈앞에 드넓은 대지가 펼쳐졌다. 그는 지평선 저 너머에 있을 마드리드를 그려보았다.

부이트라고 마을까지 박차를 가해 말을 달렸다. 그곳에서 하룻밤을 묵을 것이다.

전쟁의 운명을 뒤바꾸는 데는 단 몇 사람으로 충분하다!

다음날 아침, 그는 살아남은 병사들을 사열했다. 그는 말 위에 곧추앉아 모자를 벗어 보이며 힘 있는 목소리로 외쳤다.

"그대들은 명실상부한 나의 근위대다. 그대들은 나의 가장 용맹스런 기마병들이다!"

그가 돌아서자, 뒤에서 '황제 폐하 만세'의 연호로 응답하는 엄숙한 목소리들이 들려왔다. 그 속에 폴란드인의 억양이 섞여 있었다. 마리 발레프스카의 억양.

그는 다시 힘차게 말을 질주했다. 이날 밤은 마드리드의 교외에서 묵고 싶었다.

1808년 12월 1일, 목요일이었다.

사 년 전, 그가 황제로 즉위하기 바로 전날이었다. 이제 몇 시간 후면 새로운 수도, 카를 5세와 펠리페 2세*의 도시 마드리드를 승리자로서 손에 넣게 되리라.

산아고스티노에 마련된 그의 막사로 들어온 그는 눈을 들어 하

---

* 스페인 및 포르투갈의 왕, 1527~1598. 그의 통치기에 스페인은 최상의 국력과 영토 확장을 자랑했다.

늘을 올려다보았다.

별빛이 밤하늘을 수놓으며 찬란하게 물결치고 있었다.

그는 오랫동안 별들을 바라보았다. 그는 황제의 위(位)에 걸맞는 인간이었다. 자신의 운명에 충실한 인간이었다.

새벽이 겨우 지평선을 그려내기 시작한 무렵, 눈을 뜬 그는 말을 타고 최전방 전선을 둘러보았다. 어둠의 장막이 서서히 걷혀가면서 마드리드가 그 모습을 드러냈다. 시가지의 지붕들과 우뚝 솟은 궁전들이 위용을 자랑하고 있었다. 그는 오후 세시에 공격을 개시하라는 명령을 내린 후, 수도에서 4.5킬로미터 떨어진 곳에 있는 차마르틴 성으로 향했다.

그는 전장에서 멀리 떨어진 곳에 머물고 싶지 않았다. 마음 같아서는 공격 진지 안에 숙소를 두고 싶었다.

오후 세시에 시작된 공격은, 땅거미가 지고 저녁이 내리고 밤이 사위를 에워싸며 진군할 때까지 계속되었다. 병사들은 우윳빛으로 흐르는 밝은 달빛 아래 진격을 감행했다. 레티로 궁과 관측소, 도자기 공장, 병사(兵舍), 메디나 셀리의 관저 등을 방어하던 스페인군이 패주하기 시작했다.

나폴레옹은 스페인군의 산탄이 빗발치는 고지에 올라 전장을 내려다보았다. 마드리드 시가 함락되는 광경을 직접 보고 싶었다. 성문은 모두 점령했다. 그는 공격 중지를 명하고, 스페인군에게 항복을 권고했다. 세번째 경고였다.

〈이제 총공격을 감행할 것이다. 하지만 힘에 의해서가 아니라, 이성과 합리적인 판단에 따라 투항할 것을 권고하는 바이다.〉

그는 토마스 데 모를라 장군이 이끌고 오기로 한 스페인군 협상 대표단을 기다렸다. 모를라 장군은 전투 중지의 필요성을 병사들에게 납득시키는 데만도 12월 4일 하루가 꼬박 걸릴지도 모른다고 참모들에게 통보해왔다.

그는 스페인 사람들을 직접 만나보고 싶었다. 그는 막사 대기실에서 팔짱을 낀 채 서 있었다. 그는 세 명의 휴전협상 대표단을 훑어보았다. 그들이 자국 스페인 민중들의 결정에 대해 이야기하는 것을 잠시 듣고 있던 나폴레옹은 손을 들어 저지했다.

"민중들을 들먹거려봐야 아무 소용 없소. 당신네 나라 민중들이 진정되지 않는 이유는, 당신들이 그들을 선동하고 거짓말로 현혹하기 때문이오."

그는 한 걸음 앞으로 다가서며 말했다.

"신부들과 수도원장들, 법관들, 그리고 주요 유지들을 모이게 하시오. 내일 새벽 여섯시 이내에 항복하시오. 그렇지 않으면 이 도시의 끝을 보게 될 것이오."

그는 모를라 장군에게 가까이 다가갔다.

"당신들은 포로가 된 불쌍한 프랑스인들을 무참히 학살했소. 며칠 전에도 러시아 대사 집에서 일하는 하인 둘을 단지 프랑스인이라는 이유만으로 거리로 끌고 나와 사형시키는 만행을 저질렀소."

바로 몇 시간 전에도, 카브레라 섬의 감옥에 붙잡혀 있는 뒤퐁 장군 군대의 포로들이 처해 있는 비참한 상황에 대해 보고받았다. 그는 소리쳤다.

"한 장군의 무능함과 비열함 때문에 병사들이 전장에서 굴복해 당신들의 포로가 되었소. 그런데 당신들은 항복 조약을 위반했소. 모를라 장군, 바일렌 조약*을 어긴 당신이 어떻게 감히 협상을 요구하는가?"

그는 대표단에게서 등을 돌리고 뚜벅뚜벅 걸어가, 막사 내부를

---

* 1808년 7월 23일 바일렌 전투에서 마드리드 시민 봉기군에게 프랑스군의 뒤퐁 장군이 항복을 선언한 조약.

둘로 나눈 커튼을 젖히며 말했다.

"마드리드로 돌아가시오. 다시 한번 말하지만 내일 아침 여섯시까지 시간을 주겠소. 당신네 민중들이 굴복했다는 말을 내게 전할 수 있을 때, 그때 다시 오시오. 그렇지 않으면 당신들과 당신들 군대는 모두 끝장이오."

그는 손에 잡고 있던 커튼을 놓아버렸다.

1808년 12월 4일 일요일, 아침 여섯시가 조금 못 되어 그는 눈을 떴다.

차마르틴 성의 방은 싸늘했다. 방 한가운데 화로가 있긴 했지만, 굴뚝이 없는 탓에 제 구실을 하지 못했다.

베르티에 원수가 접견 요청을 해왔다.

그를 들어오게 했다. 마드리드가 결국 두 손을 들었음을, 그는 원수의 표정에서 이내 알 수 있었다. 어느 누가 강력한 힘과 확고한 의지에 저항할 수 있겠는가?

이제 스페인을 변화시키리라. 여명이 채 빛을 발하지 못하고 있는 어둠 속에서, 그는 칙령을 구술했다.

〈마드리드는 항복했다. 정오를 기해 우리가 이곳의 주인이 될 것이다. 이 법령을 공포한 날로부터 스페인의 봉건적 제도들을 모두 폐지한다. 군주권과 시민권에 위배되는 종교재판소를 폐지한다. 새해 1월 1일부터 지방의 경계마다 설치되어 있던 장벽들을 제거할 것이며, 세관은 국경으로 옮겨 설치할 것이다.〉

그는 베르티에를 붙잡고 민법전을 전국에 확대 공포해야 한다고 말했다.

"이 민법전은 금세기가 요구하는 법전일세. 거기엔 말뿐인 관용이 아니라 진정한 관용을 베풀기 위한 법령이 담겨 있어."

종교재판소, 수도사들, 광신도들…… 그는 중얼거렸다.

순간 거꾸로 매달린 채 못박혀 죽었다던 한 장교가 뇌리를 스쳐 갔다.

"인간의 첫번째 덕목은 관용이야."

그는 이 말을 되풀이해 중얼거리다가, 베르티에가 앞에 있다는 걸 문득 깨달은 사람처럼 고개를 들고 바라보았다. 베르티에는 마드리드로 입성할 때, 자기 휘하 병사들이 제복을 갖추어 입고 행군할 수 있게 해달라고 주청했다. 그는 허락하며 감회어린 어조로 말했다.

"그렇게도 원하던 스페인, 그 스페인을 마침내 손에 넣었다."

그는 마드리드에 입성했다. 잘 정돈된 도시였지만, 이 도시 어느 것 하나에도 마음이 끌리지 않고, 싸늘한 적대감만이 느껴졌다.

차마르틴 성에 머무는 것이 더 좋았다. 그는 성에서 원수들과 함께 스페인 사람들을 맞아들였다. 그는 그들에게 자유에 대하여, 그리고 조금 전에 채택한 법령에 대해 말했다. 스페인에 열어놓은 그 새로운 사상을 이해할 수 없다는 듯 그들은 주저하는 빛을 감추지 못했다.

"당신들을 이 정신나간 싸움에 끌어들인 파렴치한 인간들 때문에 당신들은 길을 잃고 방황하고 있는 것이오."

그는 칙령으로 공포한 법령들을 다시 한번 그들에게 상기시켰다.

"민중들을 압박해온 질곡들을 내가 없앴소. 자유 헌법은 절대왕정 대신 합법적이고 합리적인 왕정을 당신들에게 선사할 것이오."

그들의 침묵에 그는 화가 났다.

"이 헌법이 당신들의 것이 되느냐 마느냐는 당신들 스스로에게 달려 있소. 만약 나의 이 모든 노력이 허사가 된다면, 나는 나의 형을 다른 나라 왕으로 임명하고, 내가 직접 당신들을 식민지 주민처럼 다룰 것이오."

그는 화로에 두 손을 쪼이면서 말을 이었다.

"내가 직접 스페인 왕관을 내 머리에 쓸 것이고, 내 말을 듣지 않는 인간들은 나를 존중하도록 만들 것이오."

그는 그들을 향해 걸음을 옮기며 말했다.

"신은 나에게 어떤 장애물도 뛰어넘을 수 있는 힘과 의지를 부여했소."

그들에게서 몸을 돌려 발걸음을 옮기던 그는 불현듯 한 생각에 사로잡혔다.

—어느 날 신과 운명이 나를 버린다면?

그는 다시 스페인인들을 향해 몸을 돌렸다.

그는 확신했다. 그래도 자신에겐 힘과 의지가 남아 있으리라는 것을.

3
운명처럼 날카로운 바람

집무실로 사용하고 있는 차마르틴 성의 방에서, 조제프의 편지를 읽던 나폴레옹은 자리에서 일어서면서 편지를 탁자 위로 내던졌다. 지도가 펼쳐져 있는 탁자 옆의 화로가 붉게 타고 있었다. 나폴레옹은 몇 걸음 서성이다가 다시 편지를 집어들었다.

형이 보낸 편지는 첫 줄부터 그의 화를 돋우었다.

〈폐하, 마드리드 점령 후 12월 4일의 법령 발표가 있기까지의 일들을 제가 직접 알지 못했다는 사실에 저는 심한 부끄러움을 느낍니다. 스페인 왕으로서의 모든 권리를 포기하겠다는 저의 의사를 수락해주시기를 간청합니다. 저는 그렇게 비싼 대가를 치르고 사들인 권력보다는 명예와 청렴을 원합니다.〉

나폴레옹은 손에 든 편지를 구겨버렸다.

—그가 무슨 대가를 치렀다는 말인가? 피 한 방울 흘리지 않았 잖은가! 명령을 내릴 능력도 없고! 어떤 장군이 복종하고 어떤 병사가 존경하겠는가? 그는 자기가 필요로 하는 한, 계속 스페인 왕 자리에 앉아 있을 거야. 왕위를 양도하지도 않을 거고. 그는 명예에 너무 집착하고 있어!

그는 몇 걸음 서성이다가 다시 돌아서서 탁자에 손을 짚고, 그 위에 펼쳐진 스페인 지도를 들여다보았다.

—투쟁하는 자만이 결정권을 가질 수 있고, 사람들의 존경을 받을 수 있다.

그는 허리를 굽혀 지도를 보았다. 영국군을 스페인에서 쫓아내기 전에, 그들을 완전 굴복시켜야 했다. 영국의 무어 장군은 리스본 아니면 갈리시아 항구에서 군대를 배에 실으려 할 것이다. 그 전에 그들을 공략해야 했다. 그러기 위해서는 우선 그가 직접 나서서 군대를 장악해야 했다.

나폴레옹은 베르티에를 불러 명령했다.

"약탈자들을 모두 사형에 처하게."

그는 마드리드의 한 교회에서 예물들을 훔치다 발각된 두 명의 병사를 특별사면해달라고 연대장이 올린 청원서를 베르티에에게 보여주었다. 연대장은 자기 휘하의 그 병사들은 특사해도 별 하자가 없는 훌륭한 병사들이라고 확신하고 있는 듯했다. 나폴레옹은 고개를 저었다.

"아니야. 군대가 하는 약탈이라 할지라도 그것은 모든 것을 파괴하네."

방 안을 거닐며 나폴레옹은 말을 이었다.

"그 때문에 농부들이 마을을 떠나고 있어. 약탈은 양민들로 하여금 우리를 철천지 원수로 여기게 하고, 고립된 우리 병사들에게 복수하게 하는 것일세. 결국 우리가 적을 격파하는 만큼 적들의 수를 불리는 이중의 손실을 가져오는 것이야. 뿐만 아니라 전쟁을 위해 필요한 모든 정보와 주요 수단도 잃게 만드는 것이지."

잠시 말을 중단하고 걸음을 옮기던 그는 무거운 어조로 말했다.

"약탈자들을 사살하게."

규율을 어긴 대가였다.

그는 베르티에를 지도가 놓인 탁자 쪽으로 오게 했다. 란은 사라고사에서 적들을 포위하고 있고, 구비옹 생 시르는 몰리나스 델 레이에서 레딩 장군 휘하의 스페인군과 전투중이었다. 그는 지도를 손가락으로 짚어가며 말했다.

"우리는 이제 카탈루냐와 아스투리아스 그리고 신·구 카스티야의 주인이네."

하지만 무어의 영국군을 무찔러야 했다. 그들을 끝까지 추격하고, 도주할 한치의 여유도 허락해선 안 되었다.

"그들이 도망가기는 어려울 거야. 그들은 대륙에 대해 감히 품고 있는 음모의 대가를 단단히 치르게 될 걸세."

그는 창문 앞으로 다가갔다. 하늘은 투명한 푸른빛이었다. 그는 차마르틴 성과 마드리드 사이의 모든 군대를 사열할 생각이었다. 그런 다음 네와 술트, 뒤로크, 그리고 베시에르와 함께 행동을 개시할 것이다.

그는 북쪽에 있는 과다라마 산맥의 검은 윤곽에 눈을 주었다. 이번엔 소모시에라 협곡이 아니라, 그보다는 남방에 위치한 더 낮은 길을 통해 이 산맥을 넘어야 하리라.

12월 22일, 그는 조제핀에게 편지를 썼다.

〈병력을 보강한 영국군들이 허세를 부리고 있소. 그들을 치기 위해 나는 떠나오. 날씨는 아주 좋고 나는 아주 건강하오. 너무 걱정 마오.〉

22일 목요일 아침, 나폴레옹은 술트의 부관이 가져온 전문들을 읽다가 깜짝 놀랐다.

"하, 영국이 대단한 술책을 쓰고 있군. 리스본을 통해 철수하는 것이 어렵다고 판단하고 페롤에 수송선을 대기시키고 있어."

그는 창문을 향해 다가갔다.

"근위대는 모두 떠났다. 24일이나 25일쯤이면 우리는 바야돌리드에 도착할 수 있을 거야."

하지만 그러기 위해서는 죽도록 걷고 달려야 했다.

그는 성의 층계를 향했다.

오후 두시였다.

나폴레옹은 말에 박차를 가했다. 하지만 십오 분 정도 질주하던 그는 말고삐를 당기며 몸을 곧추세웠다. 돌연 날씨가 변하고 있었다. 찬바람이 회오리를 일으키며 불어왔다. 과다라마 산꼭대기가 잿빛 구름에 묻혀 보이지 않았다.

산 아래에서, 말들과 함께 뒤엉켜 제자리걸음만 거듭하고 있는 병사들과 그들이 운반하고 있는 대포 운반 마차들을 만났다. 갑자기 눈보라가 몰아쳤다. 폭설을 동반한 돌풍이 시야를 가렸다.

그의 호위대가 병사들을 밀어내고 길을 트려 했지만, 앞을 에워싸고 있는 병사들을 뚫고 지나가기 위해서는 말에서 내릴 수밖에 없었다. 그는 중얼거렸다.

"눈보라 때문에 멈출 수는 없다. 반드시 산을 넘는다."

몰아치는 눈보라에 그는 고개를 숙이고 장교들의 설명을 들었다. 산길에는 매서운 칼바람이 불고 있다는 것이었다. 바람에 떠밀린 병사들이 절벽 밑으로 떨어졌다. 말들은 빙판에 미끄러지고, 대포는 절벽으로 굴러 떨어졌다. 눈과 얼음 때문에 앞으로 나아갈 수가 없었다. 산을 넘을 수 없었다.

—넘어야만 해!

그는 큰 목소리로 명령을 내렸다. 무리를 지어 서로 팔짱을 끼고 바람을 막도록. 기병들도 말에서 내려 무리를 지어 앞으로 나아가라.

—대가는 언제나 자기 자신이 치러야 하는 거야.

그도 뒤로크와 란의 팔짱을 꼈다. 참모부도 몸을 묶어 바람막이 벽을 이루게 했다.

그가 외쳤다.

"전진, 전진!"

한 걸음을 뗄 때마다 굉장한 돌풍이 몸을 날릴 듯이 휘몰아쳤다. 추위를 느낄 새도 없는 강풍이었다. 순식간에 그의 온몸에, 급기야는 얼굴에도 눈이 쌓이기 시작했다. 정상까지는 1리유 반(6킬로미터)을 더 가야 했다. 그는 몸을 굽히고 바람을 막아냈다.

병사들이 그를 격려했고, 그는 병사들을 격려했다. 이 눈보라 속에서는 그도 다른 사람들과 똑같은 하나의 인간일 뿐이었다. 하지만 그는 자신이 원하는 것을 알고 있었다. 왜 그가 전진해야 하는가를.

눈이 많이 쌓인 비탈길에 이르러 그는 멈춰 서야 했다. 신고 있는 군화 때문에 앞으로 나아갈 수가 없었다. 그는 말 타는 자세로 대포 위에 걸터앉았다. 이 산을 넘고야 말 것이다. 장군들과 원수들도 그를 따라했다.

"정말 빌어먹을 직업이로군."

그가 말했다. 그러나 바람이 곧 그의 입을 막으며 몰아쳤다. 얼굴은 얼어붙고 눈보라가 시야를 가렸다.

그때, 고개를 숙이고 팔짱을 낀 채 힘겹게 발걸음을 옮기고 있는 병사들 틈에서 격분한 목소리가 들려왔다.

"망할 놈! 저놈 머리통에 총을 갈겨버려!"

숱한 전장에서 병사들에게 목숨을 요구했지만, 이때까지 한 번도 이런 증오에 찬 말은 들어본 적이 없었다.

그는 뒤돌아보지 않았다. 저들이 나를 위협하다니. 그런들 무슨 상관인가. 저들은 나를 죽일 수도 있다. 왜 못하겠는가? 운명이 그것을 원한다면 말이다. 나폴레옹은 피곤과 추위와 강풍에 제정신이 아닌 병사들을 두려워하지 않았다.

그는 그들 한가운데 있다. 하지만 그들은 그들과 함께하는 황제를 향해 총을 쏘진 못할 것이다. 오히려 그의 한 가닥 두려움은, 내부로부터 들려오는 자신의 목소리에 있었다.

—바로 여기, 스페인에서의 이 '불행한 전투'가 내 운명의 끈에 마지막 매듭을 묶는 것은 아닐까?

휘몰아치는 눈보라 때문에 머리를 들 수 없었다. 그는 내내 고개 숙인 채, 청년 시절 열광했던 플루타크에 나오는 인물들의 비상과 추락에 대해 생각했다.

—그들은 모두 운명의 곡선이 하강하는 순간을 경험했다. 나는 어떨까? 혹 지금 이 순간이 바로 나에게 그런 순간이 아닐까?

그는 눈보라를 맞받아치듯 고개를 들며 소리쳤다.

"전진하라!"

산정이 가까워질수록 바람은 더욱 기승을 부렸다. 산꼭대기에 우뚝 솟은 수도원 건물이 눈보라에 휩싸여 있었다. 발걸음을 뗄 수도 없이 몰아치는 강풍 속에서 병사들이 발을 끌며 수도원 건물에 몸을 기댔다. 몸이 얼어붙은 병사들에겐 당장 포도주와 땔감이 필요했다. 그는 돌풍이 부는 가운데 서서, 병사들에게 십여 분의 휴식만을 허용했다. 그는 다시 대오를 정돈하고 전진 명령을 내렸다. 다시 고개를 숙이고 산을 내려가기 시작했다. 어떻게 해서든 영국군을 따라잡아야 했다.

산밑에 있는 에스피나르 마을에서 발길을 멈추었다. 초소를 발견한 그는 안으로 들어갔다.

눈보라와 칼바람을 피하자, 몸의 균형감각을 잃은 그는 땅바닥에 털썩 주저앉고 말았다. 피로가 엄습해왔다. 잠시 후 그는 다시 몸을 추스리고 일어나 주위를 둘러보았다. 참모부의 장교들도 모두 바닥에 쓰러져 있었다.

그들은 의기소침해 있었고 얼굴에는 피곤의 빛이 역력했다.

나폴레옹은 바클레르 달브를 부르고, 지도를 펴게 했다. 바클레르 달브가 지도를 찾는 동안, 그는 멘느발을 가까이 오게 하고, 조제프에게 보내는 편지 몇 줄을 구술했다.

〈혹독한 날씨 속에서 근위대 일부 병력을 거느리고 과다라마 산맥을 넘었소. 오늘밤 나의 근위대는 비야카스틴에 당도하게 될 것이오. 네 장군은 메디나에 있소. 영국군은 아마도 전위부대를 바야돌리드에 배치하고 나머지 부대는 사모라와 베나벤테에 주둔시킨 모양이오…… 날씨가 꽤 춥소.〉

—빌어먹을 직업! 조제프는 이 황제라는 자리가 한 인간에게 요구하는 고통을 전혀 이해하지 못할 것이다.

눈보라가 그치고 찬비가 내렸다. 비는 내리는 대로 얼어버렸고, 날이 조금 풀리는가 하면 길은 진흙구덩이로 변했다.

마침내 두에로 강이 보였다. 그는 보병대가 있는 곳까지 올라갔다. 병사들은 폭풍우에 흠뻑 젖은 채 몸을 구부리고 앞으로 나아가고 있었다. 그는 말고삐를 잡고, 묵묵히 행군하는 병사들을 바라보았다. 그의 군복에도 비가 스며들었고, 내려앉은 모자챙으로 빗물이 쉼없이 흘러내렸다. 나폴레옹 쪽으로 고개를 돌리거나 '황제 폐하 만세'를 외치는 병사는 아무도 없었다.

행군을 멈추고, 비가 그치길 기다리며 휴식을 취하라는 명령을 내릴 수도 있었다. 하지만 그는 계속 행군을 독려했다. 보병들은 이 겨울 강을 건너야 했다. 차가운 급류를 건너기 위해 그들은 추위에 떨며 옷을 벗었다. 그는 병력들을 독려하며, 토르데시야스와 메디나를 지났다. 영국군은 어디에 있을까?

그는 앞으로 계속 나아갔다. 병사들이 아직 쫓아오지 못했다고, 참모들이 몇 번이나 말했지만 그는 듣지 않았다. 그는 폭풍우를 온몸에 맞으며 벌판을 가로질러 말을 달렸다.

이따금 뒤를 돌아보며 근위대 병사들이 강풍 속에서 몇십여 미터 뒤에 떨어져 따르고 있는 것을 확인할 따름이었다. 그는 황제이므로 누구보다 뛰어나야 했다.

발데라스에 도착한 그는 팔짱을 끼고 빗속에 서서, 네 원수의 도착을 기다렸다. 한 시간쯤 지난 후, 네가 당황한 모습으로 다가오는 것이 보였다.

나폴레옹은 그를 바라보았다. 네 원수가 말했다.

"폐하께서 선발대로 오셨다구요."

"정말 알아야 할 것은 적군이 베나벤테로 후퇴하는지, 아니면 아스토르가 쪽으로 후퇴하는지 하는 것일세."

그는 빗속에서 명령을 내렸다. 르페브르 데누에트 장군이 이끄는 근위대의 첨병들에게, 앞으로 나가 영국군의 위치를 알아내는 임무가 맡겨졌다.

그는 기다렸다. 폴란드에서처럼 날씨가 나빴다. 그는 아일라우 묘지를 떠올렸다. 갑자기 예감처럼 두려움이 뻗쳐왔다.

이렇게 어떤 행동 개시도 못하고 무작정 기다리는 상황을 그는 견디지 못했다. 결국 베나벤테로 가보기로 결심했다. 그때였다. 진흙으로 범벅된 부관 하나가 말을 타고 급히 다가와, 르페브르 데누에트 장군이 적에게 붙잡혔다고 소리쳤다. 근위대의 첨병들이 영국 기마병들에게 기습을 당하여 퇴각하는 중에 장군이 붙잡혔다는 것이었다.

나폴레옹은 말에 박차를 가했다. 그가 가장 먼저 베나벤테에 도착했다.

그는 연기 가득한 농가의 방에 몸을 뉘였다. 한기가 느껴졌다. 몸은 진흙투성이였다. 갑자기 오늘이 1808년 12월 31일 토요일이라는 생각이 났다.

벌써! 내년에 그는 마흔이 된다. 영국군은 아직도 따라잡을 수가 없고, 그의 군대는 피로로 인해 동요하고 있다. 오스트리아군의 움직임은 알 수도 없었다. 파리로부터 오는 전문을 여러 날 받아보지 못했던 것이다.

그는 일어나서 조제프에게 보낼 편지를 구술하기 시작했다.

—정말 빌어먹을 직업이야.

〈영국군은 운이 좋소. 그들은 우리가 겪은 고약한 진흙구덩이나 과다라마 산맥 같은 장애물들에 감사해야 할 거요.〉

막 구술을 끝냈을 때, 전령이 베시에르 원수의 전문을 가지고 왔다. 영국군이 아군의 손에서 벗어나, 라코루냐에서 배를 타기 위해 갈리시아로 진군하고 있다는 보고였다.

그렇다면, 아스토르가로 그들을 쫓아가야 했다.

떠나기 전에, 그는 조제핀에게 편지를 썼다.

〈내 연인이여, 나는 며칠 전부터 영국군을 쫓고 있소. 그들은 겁에 질려 도망가고 있소. 그들은 퇴각할 수 있는 반나절 동안의 시간을 벌려고, 엉성하게도 라 로마나가 이끌던 스페인 군대의 장비들을 모두 포기했소. 우리는 백 개가 넘는 짐수레에 담을 만큼 많은 짐들을 노획했소. 이곳 날씨는 매우 나쁘오.

르페브르가 적에게 잡혔소. 그는 3백 명의 첨병들을 데리고 정찰에 나섰다가 기습을 당했소. 용감한 병사들은 눈 속에서 강물을 헤엄쳐 건너, 영국 기마병들 가운데로 들어가 많은 영국군을 죽였소. 하지만 르페브르는 뒤돌아오는 도중 말이 다치는 바람에 물에 빠졌고, 조류가 그를 영국군 쪽 강가로 실어가 그들에게 잡힌 거요. 그의 아내를 잘 위로해주시오. 잘 있어요, 친구여. 베시에르는 만 명의 기마병들과 함께 아스토르가에 있소. 나폴레옹.

모두에게 새해 인사를 전해주시오.〉

이렇게 차가운 비는 처음이었다. 나폴레옹은 몸을 움츠리고 빠르게 말을 몰았다. 흙탕물 속에 뻗어 누운 기진맥진한 병사들도 보이고, 간간이 총소리도 들렸다. 이집트에서 숨막히는 더위를 참지 못해 자살했던 병사들이 떠올랐다.

보지도 말고 듣지도 말자. 아스토르가에 가야 한다. 거기서 영국군과 담판을 지어야 한다. 더 빨리! 란도 그의 옆에서 나란히 말을 달렸다. 어둠 속에 그와 란의 참모들, 그리고 조금 뒤처져 오는 백여 명의 근위대 엽기병들만이 보였다.

파리에선 지금쯤 송년 파티를 하고 있을 것이다. 마리 발레프스카가 생각났다. 그녀는 그에게 알려온 대로 지금 폴란드에 있을 것이다.

자기 운명에 충실하다는 것, 운명을 손에 쥐고 놓치지 않으려 애쓴다는 것, 그것은 참으로 힘든 일이다. 벽난로를 피운 따뜻한 방에서 그녀 곁에 누워 잠든다면 얼마나 포근할까?

그가 살았던 궁전들이 떠올랐다. 탈레랑과 푸셰 같은 고관들이 무도회를 준비하고, 백여 개의 샹들리에가 밝혀진 살롱에서 손님을 맞이하는 모습이 눈에 선했다.

하지만 그 모든 것을 가능하게 한 사람은 바로 그 자신이었다. 그런데도 그는 지금 차가운 소나기를 맞으며 흙탕물에 뒤범벅이 되어 전장을 찾아 질주하고 있는 것이다.

돌풍을 뚫고 한 장교가 다가왔다. 방금 파리에서 도착한 전령이 폐하를 찾고 있다고, 장교가 소리쳤다.

나폴레옹은 고삐를 당기고 말에서 뛰어내렸다.

시야를 가리며 퍼붓는 폭우 속을 거닐며, 그는 전령이 오기를 기다렸다. 이제 아스토르가까지 8킬로미터도 남지 않았다.

날씨가 바뀌었다. 비가 그치고 찬바람은 더욱 기승을 부렸다. 호위대 병사들이 길가에 큰불을 지폈다. 나폴레옹은 뒷짐을 지고 불길 주위를 맴돌며 비에 젖은 몸을 말렸다.

날이 더욱 추워져갔다. 몸이 떨렸다. 그는 전령이 다가와서 전문이 가득 담긴 가방을 베르티에에게 건네주는 소리도 듣지 못했다.

누군가 등불을 가져왔다. 나폴레옹이 손짓하자, 베르티에는 봉투들을 열어 그에게 내밀었다.

그중 마리에게서 온 편지가 눈에 띄었다. 그는 편지를 손에 들고 주위를 거닐었다. 병사 하나가 손에 등잔불을 들고 그의 뒤를 따라다녔다.

마리는 그가 폴란드인들에게 한 약속을 잊었다고 불평했다. 그녀가 하는 말은, 그가 말 한마디로 모든 것을 바꿀 수 있다고 상상하는 사람들이나 혹은 이 제국 내에 자기들밖에 없다고 생각하는 사람들이 하는 말들의 메아리에 지나지 않았다. 하지만 그는 모든 일들을 고려해야 하고 모든 것을, 모든 사람을 책임져야 했다.

그는 편지를 구겨 외투 주머니에 집어넣었다.

그는 여러 개의 전문을 집어들고 장작불 옆에 서서 읽었다. 으젠 드 보아르네의 글씨도 눈에 띄었고, 그의 정보원 라발레트의 편지도 있었다. 라발레트, 이탈리아 원정시 그의 참모였고, 그가 파리로 보내어 정보를 수집하게 한 이래 한 번도 기대에 어긋남이 없었던 인물. 라발레트는 으젠 드 보아르네와 함께 그의 충실한 측근 중의 하나였다. 라발레트의 부인은 조제핀의 조카딸이기도 했다. 그는 이 두 측근의 편지를 반복해서 읽었다. 그리고 한참을 움직이지 않고 서 있었다.

라발레트는 그에게 중요한 내용을 전하고 있었다. 파리의 푸셰와 탈레랑이 담합했다. 그들이 자기네 집에서 오랜 시간 비밀 회합을 가지는 것이 사람들에게 종종 목격되곤 했는데, 그들은 얼마 후 자기들의 담합 내용을 보란 듯이 공개했다. 심지어는 황제가 패주할 경우, 즉각 행동할 준비가 되어 있는 내각이 구성되었다고도 했다. 으젠은, 그들이 뮈라 앞으로 보낸 편지 하나를 입수했다. 황제가 제거될 경우 그 자리를 이어받기 위해 나폴리 왕 뮈라가 지체없이 파리에 올 수 있도록, 이탈리아 전역에 파발마를 대비시키라고 요청하는 편지였다. 뮈라는 카롤린의 부추김 속에 이 제의를 당연하다는 듯 받아들였으리라.

이 음모는 전쟁이 끝나기를 바라는 모든 사람들의 음모이기도 했다. 탈레랑은 오스트리아 대사 메테르니히와 지속적인 관계를 맺고 있었다. 그는 나폴레옹을 굴복시키기 위해 상트페테르부르크와 가까워질 것을 오스트리아측에 요청하기도 했다. 그리고 알렉산드르 1세 주변에 있는 대사 콜랭쿠르는 탈레랑의 충복 아닌가.

으젠은, 오스트리아가 무장을 계속하고 있다고 알렸다. 유럽 전역에서 군수품과 말들을 사들이고 있고, 수십만 명의 병력도 확보했다는 것이다. 라발레트도 비엔나의 동향을 상세하게 전했다. 비엔나는 나폴레옹이 스페인에서 곤경에 처해 있으며, 국내에서도 궁지에 몰리고 있다고 믿고 있었다. 세비야로 망명한 스페인 의회는 전 민중에게 포고령을 내려 프랑스군에 반항하고 프랑스인들을 죽이라고 선동하고 있었다. 이런 상황을 모를 리 없는 비엔나는, 지금이 독일 지역에서 전쟁을 시작하기에 적기라고 판단했을 것이다. 푸셰와 탈레랑 역시 이 사실을 모를 리 없었다. 베네방 왕자 탈레랑, 그는 틀림없이 이를 바라고 있을 터였다. 군사적 특권을 가진 뮈라는 자신이 황제를 계승할 수 있을 것으로 믿을 터였다.

나폴레옹은 전문들을 구겨 외투 주머니에 넣었다.

그는 천천히 장작불 주위를 걸었다. 병사들이 비켜 섰다.

그는 이 모든 일들을 예견했었다.

하지만 음모가 이렇게 빨리 구체화되리라고는 생각지 못했다. 푸셰! 탈레랑! 뮈라!

그는 에어푸르트에서의 일들을 떠올렸다. 차르와 탈레랑이 저녁 파티 동안 함께 긴 시간을 보냈었다는 정보도 떠올랐다.

그는 말에 올랐다. 그리고 말이 천천히 움직이는 대로 몸을 내맡겼다. 그를 아스토르가로 거세게 떠밀던 열정이 한순간에 끊어진 듯했다. 이제 주력 전선은 이곳 스페인이 아니었다. 전혀 예기치 않은 곳에서 적군이 튀어나왔을 때처럼 공격의 방향을 바꾸어야 할 필요가 있었다.

파리로 돌아가 음모를 분쇄하고, 비엔나가 전쟁을 원한다면 비엔나를 무너뜨려야 하리라.

이제 스페인을 언제 떠날 것인가 하는 문제만 남았다.

나폴레옹은 고개를 들어 앞을 바라보았다. 그의 눈앞에 어둡고 황막한 도시 아스토르가가 모습을 드러냈다.

여기서 끝내야 한다. 그는 안다. 이제 무어의 영국군과의 전투를 이끌 사람은 더이상 그가 아님을. 그의 전장은 파리이고, 그에게 부과된 중요한 전투는 오스트리아군과 있을 것임을.

하지만 영국군을 스페인에서 완전히 몰아내고, 조제프가 앞으로 마음놓고 적들과 대적할 수 있도록 완전히 장악된 군대와 평정된 왕국을 물려줄 때까지는 이곳을 떠날 수 없었다. 자신이 오스트리아와 대항하는 동안 스페인이 또다시 엉망이 되도록 내버려둘 수는 없었다.

병사들이 방 안에 불을 지폈지만 추위를 몰아내지는 못했다. 그는 계속 몸을 떨었다.

1809년 1월 초, 아스토르가엔 며칠째 차가운 비가 내렸다. 그는 숙소를 다른 집으로 옮겼다. 병사들도 그 집 부근에 숙사를 만들었다. 그는 벽난로 앞에 자리를 잡고 앉아 병사들과 이야기를 나누었다. 근위대 소속 병사 셋이 누적된 피로로 인한 절망과 스페인인들의 보복에 대한 두려움 때문에 자살했다는 소식은, 그도 들어 알고 있었다. 그리고 몇 명의 병사들이 진흙탕 속에 쓰러져 죽어갔는지도 알고 있었다. 그가 직접 목도한 광경이었다.

그는 지친 병사들을 몇 마디 말과 손짓으로 위로했다. 그러자 병사들이 사열 때처럼 그의 앞에 서서 경례했다. 그러나 아무도 '황제 폐하 만세'를 외치진 않았다. 그도 이들과 함께 고통을 나누는 일개 병사였다. 앞으로도 많은 날들을 그럴 것이리라.

그는 아스토르가에 도착한 술트와 네의 군대를 사열했다. 그리고 술트에게 라코루냐로 진군하라고 명했다. 존 무어 군대가 철수하기 위해 그곳에서 군함을 기다리고 있는 것이다.

어디선가 흐릿한 신음이 흘러나왔다. 소리의 방향은 사열이 벌어지는 곳에서 얼마 떨어지지 않은 큰 헛간 쪽이었다. 병사들이 서둘러 달려가 헛간 문을 열었다. 나폴레옹도 소리나는 쪽을 향했다. 희미한 불빛 속에서 여자들과 아이들이 흙투성이가 되어 배고픔에 떨고 있었다. 영국인들이었다. 퇴각하는 영국군을 따라 다니다가 뒤처진 가족들이었다. 몇몇 여인들이 나폴레옹을 둘러싸고 무릎을 꿇으며 목숨을 애원했다.

그는 그들을 아스토르가의 민가에 머물게 하고 먹을 것을 주게 했다. 그리고 날씨가 좋아지면 영국으로 돌려보내라고 지시한 뒤 숙소로 돌아왔다.

전쟁이란 이런 것이다.

후련함과 함께 씁쓸한 기분이 들었다.

그는 난로를 등지고 앉아 구술하고 편지를 썼다.

푸셰와 탈레랑 그리고 뮈라의 덜미를 잡기 위해 그들에 대한 불신을 드러내지 않으려 애썼지만, 치미는 화를 삭이기 어려웠다. 그는 푸셰에게 썼다.

〈당신은 내가 한낱 여자 때문에 우왕좌왕하는 무능한 사람이라고 알고 있소? 당신은 아직 나라는 사람의 성격과 신념에 대해 모르고 있는 것 같소.〉

그리고 잠시 조제프와 캉바세레스가 보낸 새해 인사와 평화에 대한 편지를 훑어보았다. 날보리만 먹고 며칠을 연명한 이 여인들과 아이들을 그들이 보았다면! 그랬다면 그들은 프랑스에 대한 영국인의 적대감이 어느 정도인지 이해했을 것이다.

〈형, 새해 인사 고맙게 받았소. 하지만 올 한 해에 유럽에 평화가 깃들 거라고는 기대하지 않소. 그래서 어제 십만 명의 병사들을 동원하라는 명령을 내렸소. 휴식과 평화의 시간은 아직은 요원한 것 같소.〉

그는 편지에 서명을 한 후, 한마디 덧붙였다.

〈행복이오? 아, 그렇소. 금세기의 문제는 바로 행복이오.〉

그는 아스토르가를 떠나 바야돌리드로 향했다. 파리에서 온 전령이 다시 이곳까지 도착하는 데 닷새가 걸렸다. 술트 원수의 군대가 이미 라코루냐에서 존 무어 군대와 교전에 들어갔기 때문에 이제부터 그의 주 관심사는 파리에서 일어나는 일들이었다. 이제 영국의 패배는 시간 문제일 뿐이었다.

그는 카를 5세 궁전의 2층에 마련한 집무실에 틀어박혔다. 거기에서는 바야돌리드의 아르메스 광장이 한눈에 내려다보였다. 그는 벽난로와 창문 사이를 서성이며 소식을 기다렸다. 너무 긴장한 탓에 몸의 근육까지 아팠다. 그는 이를 악물었다. 위가 쓰렸다. 그는 콩스탕과 루스탐 그리고 참모들을 닦달했다. 술트의 소식은 못 들었는가? 무어를 바닷물에 던져버렸다는 소식은 없는가?

억누를 수 없는 분노를 누르며 편지를 썼다.

〈사랑하는 나의 마리, 당신은 이런저런 일에 관심이 많구려. 그건 보기 좋은 일이 아니오. 당신은 나랏일을 논하기보다는 폴로네즈*나 추는 데 재능있는 사람들의 말을 듣고 있소.

소모시에라 승리에 대해 축하해준 것 고맙소. 당신은 동포들에 대해 자긍심을 가져도 될 거요. 그들은 역사의 영광스런 한 페이지를 장식했소. 나는 그들 전체를, 또 각각의 개인에 대해서도 보상을 해주었소. 곧 파리로 갈 것 같소. 내가 그곳에 오래 머물게 되면 당신을 부르겠소. 내 마음은 항상 당신 곁에 있소. N.〉

이제 그녀에 대한 생각을 머릿속에서 지워야 했다. 언제나처럼 수다꾼들에 둘러싸여 있을 조제핀에게도 편지를 써야 했기 때문이다.

〈친구여, 당신이 슬픔에 빠져 우울한 생각만을 하고 있다는 걸 알고 있소…… 파리는 내가 걱정하지 않아도 되리라 믿소. 모든 게 잘 돌아가고 있으니…… 때가 되면 파리로 돌아갈 생각이오. 유령들을 조심하라 충고하고 싶소. 새벽 두시가 되면 찾아오곤 하는…… 어쨌든 잘 지내기 바라오, 나의 친구. 나는 잘 있소, 그리고 당신 곁에 있소. 나폴레옹.〉

그는 방문을 쾅 닫고는 큰 걸음으로 계단을 뛰어내려갔다. 연병

---

* 17~19세기 궁정무도회장 등에서 추었던 4분의 3박자 춤.

장에서 매일 아침 사열식이 있었다. 그는 대열 앞으로 다가가 한 척탄병의 멱살을 잡고 끌어당겼다. 순식간에 대열이 흩어졌다. 그가 하도 세게 흔드는 바람에 병사의 칼이 땅에 떨어졌다.

나폴레옹은 병사를 놓지 않은 채 그에게 소리쳤다.

열 속에서 병사들이 수군댔다. 그가 큰 소리로 말했다.

"그래 나도 알고 있다. 너희들은 파리로 돌아가고 싶겠지. 거기에 가서 옛 생활을 계속하고 애인들을 만나고 싶겠지! 하지만 너희들은 앞으로도 한 팔십 년은 더 군대에 붙잡혀 있어야 할 거다."

그는 병사를 놓아주었다. 병사는 떨며 자리로 돌아갔다.

그는 대열 사이를 걸었다. 병사들이 그 앞에서 시선을 내리도록 만들어야 했다. 병사들을 다시 그 자신에게 길들여지도록 해야 했다.

갑자기 그가 멈춰 섰다. 이럴 수가? 앞쪽에 르장드르 장군의 모습이 보인 것이었다. 뒤퐁 원수 군대의 참모장으로 바일렌에서 항복했던 장군이었다.

"감히 내 앞에 다시 나타나다니!"

그는 르장드르 장군에게 다가서며 말했다.

며칠 전부터 쌓여왔던 모든 역정과 분노, 그리고 자신을 '배신'한 사람들에 대한 원한과 한꺼번에 밀어닥친 피로를 발산하기라도 하려는 듯 그는 손을 휘저었다.

"어떻게 내 앞에 다시 나타났지? 당신이 행한 치욕스런 행동이 용맹스런 우리 군사들의 명예에 먹칠을 했다는 걸 모르는가? 그렇다. 우리 병사들은 당신의 행동에 러시아와 프랑스의 벽지에서까지 낯을 붉혀야 했단 말이다."

그는 르장드르의 앞을 거닐다가 부동자세로 서 있는 병사들을 한번 둘러보았다. 르장드르 장군의 일을 기회로, 여기 모여 있는 병사들에게 교훈을 주고 그들이 명령에 절대 복종하도록 만들 생각이었다.

"전장에서 전투다운 전투 한번 제대로 못하고 항복하는 군대를 어디서 보았는가? 전투를 하다가 모든 힘과 물자를 다 써버렸을 때는 항복할 수도 있겠지. 세 번, 네 번 후퇴와 진격을 거듭한 싸움에서도 항복할 수 있어. 하지만 전장에 임한 군인은 싸우는 것이다. 싸우지 않고 항복을 택한 군인은 총살당해 마땅하다."

그는 다시 르장드르 장군 앞으로 다가갔다. 장군의 얼굴에 근육 경련이 일어나고 있었지만 나폴레옹은 거들떠보지 않았다.

"전쟁터에서 굴복하는 방법은 두 가지밖에 없다. 죽든지 아니면 개머리판에 맞아 포로가 되는 것이다. 전쟁에는 운이라는 것이 있기 때문에 질 수도 있다…… 포로가 될 수도 있어. 내일 당장 나도 그럴 수 있다. 프랑수아 1세*는 포로였지만, 명예로운 포로였다. 만약 내가 포로가 된다면, 그건 강제에 의해서일 뿐이야."

르장드르는 무언가 더듬거리며 말했다.

―그가 말하려는 것이 무엇인지 안다. 하지만 그 이유를 납득하고 싶지 않다.

"프랑스 병사들을 보호하기 위해 어쩔 수 없는 조치였습니다."

"프랑스가 필요로 하는 것은 명예야! 명예를 잃은 군인은 필요치 않아."

나폴레옹이 외쳤다. 르장드르는 한 발짝 물러섰다.

"귀관의 투항은 범죄 행위다. 장군으로서 무능했고, 전사로서는 비겁했다. 프랑스인으로서는 영광스런 조국의 역사에 크나큰 치욕

---

* 프랑스의 왕(1515~1547 재위), 1494~1547. 1525년 파비아 전투에서 패해 신성로마제국의 포로가 되었음. 그를 풀어주는 대가로 프랑스의 영토를 요구하자 그는 "나는 나의 왕국에 해가 되는 이런 조건을 받아들이기보다는, 신이 원하는 만큼 오랫동안 감옥에서 지낼 각오가 되어 있다"고 대답했다.

을 안겨준 행위였다…… 당신이 투항하지 않고 싸웠다면 마드리드를 적들에게 빼앗기지 않았을 것이고, 스페인에서 일어난 폭동이 그토록 큰 성공을 거두지도 않았을 거야. 영국은 반도 안에 군대를 들이지 못했겠지. 모든 것이 달라지고, 세계의 운명이 뒤바뀌었을 것이다!"

그는 르장드르 장군에게서 등을 돌렸다.

너무 많은 말을 했다. 스페인에서의 전투가 그의 운명에 치명적인 상처를 주었다고 생각하고 있음을 성급하게 드러낸 것이다.

그는 턱짓으로 분열행진을 시작하라고 명했다. 북소리가 울려퍼졌다. 기병 제1소대가 앞을 지났다. 그들은 돌격대형을 이루고 지나갔다. 열병식을 마친 그는 카를 5세 궁으로 돌아갔다.

그가 격분할 소식이 기다리고 있었다. 바야돌리드의 수도원 우물에서 참수당한 병사의 시체가 발견된 것이다.

"졸렬한 자들은, 자기들이 두려워하는 사람만을 사랑하고 존경하는 법이다!"

그는 소리쳤다. 한 이십 명쯤 목을 매달아야 했다. 마드리드에서도 똑같은 일이 벌어지게 하리라. 폭도들과 선동자들 백여 명쯤 제거하는 것은 아무것도 아니라는 것을 보여주어야 하리라!

그는 조제프에게 편지를 썼다.

〈스페인인들을 다스리기 위해서는, 그 수가 몇 명이 되든 단호하게 그들 정면으로 전진해야 하오. 그들은 통제가 불가능한 자들이오. 그들을 포용하거나 달래려 해서는 안 되오. 오직 그들 위에 군림해야 하오!〉

이제 곧 스페인을 떠날 수 있었다. 술트의 군대가 영국군을 격퇴시킨 것이다. 존 무어 장군은 죽임을 당했고, 쥐노의 군대를 패퇴시키고 철수 조건을 준수했던 웰링턴 장군이 그의 뒤를 이어 영국군 총사령관직에 올랐다. 상관없는 일이다. 이제 스페인에 붉은 군복의 영국 병사들은 없다.

그는 조제프에게 강조했다.

〈20일에서 25일이 지난 후에, 내가 다시 돌아온다는 것을 도처에 알리도록 하시오.〉

그는 프랑스로 돌아가는 길에 역참을 설치하도록 지시했다. 바야돌리드에서 부르고스까지는 말을 타고 갈 것이다. 참모들은 복병들이 숨어 있을 위험이 있으며, 길의 상태가 매우 좋지 않고 두 도시의 거리가 거의 30리유(120킬로미터)나 된다는 점 등을 들어 반대했지만, 그는 손짓 하나로 간단하게 묵살했다. 다만 부르고스와 바욘을 잇는 길과 보르도에서 푸아티에와 방돔에 이르는 길에서만 사륜 마차를 준비하라 일렀다. 그리고 나서 그는 말이 지칠 정도로 파리까지 질주할 생각이었다.

1809년 1월 17일 화요일 아침 일곱시, 그는 말에 올랐다.

사바리를 앞세우고 뒤로크와 루스탐이 뒤따르는 가운데 다섯 명의 호위병들에 둘러싸여 그는 길을 떠났다.

더 빨리!

사륜 마차 하나를 추월했다. 티에보 장군의 마차였다. 그는 앞에서 달리는 사바리의 말 엉덩이에 채찍을 가해 자신의 말이 나아갈 수 있도록 길을 튼 후, 말에 더욱 박차를 가했다.

더 빨리!

그는 말의 목에 상체를 바짝 붙이고 전방이 탁 트인 공간으로 질주해 나갔다. 비가 내리는 것도 느끼지 못했다. 그는 말을 달리며 맞는 이 바람을 좋아했다. 온몸에 부딪쳐오는, 마치 운명처럼 날카로운 이 바람을.

제 2 부

이미 많은 피가 뿌려졌다

1809년 1월 23일 ~ 1809년 7월 13일

4
이 빌어먹을 직업을 사랑한다

하지만 이곳, 그들은, 모두 잠들어 있었다!

그는 자신을 맞이하러 서둘러 쫓아나오는 장교들을 쳐다보지도 않았다. 꼼지락거리며 문을 너무 늦게 열고 있는 시종들도 물리쳤다. 나폴레옹은 즉각 캉바세레스를 접견하겠다고 소리쳤다. 그는 살롱을 가로지르고 회랑을 거쳐 조제핀의 방으로 들어갔다. 시녀와 궁정 부인들이 조제핀은 아직 쉬고 있는 중이라고 말했다.

"내가 돌아왔소."

얼굴을 찌푸리며 눈을 뜨는 조제핀에게 몸을 숙이면서 그가 말했다.

그는 건강하다. 그녀는 그렇지 않은가? 조제핀은 마지막 편지에서 이가 아프다고 불평을 했었는데. 그녀는 놀라서, 화장하지 않은 맨얼굴을 두 손으로 가리며 움직이지 않았다.

나이 든 여인들은 이른 아침 시각에 이렇게 놀라는 일을 좋아하지 않는다는 걸 그도 알고 있었다.

그는 개의치 않았다. 그는 진실을 사랑하고, 진실을 원했다.

그는 방을 나왔다.

그가 튈르리 궁의 정원에 도착해 마차에서 내린 것은 불과 몇 분 전의 일이었다. 1809년 1월 23일 월요일 아침 여덟시, 그는 벌써부터 이곳의 분위기가 갑갑했다. 방에 있으면 향수 냄새에 머리가 아프고, 노인들이 잠들어 있는 냄새가 배어 있는 것 같았다. 바야돌리드에서부터 6일 낮 6일 밤을 달려왔는데…… 그는 그 동안 자신의 에너지와 분노를 마치 튀어오르려 준비하는 용수철처럼 꾹 눌러 참아왔다. 그런데 잠들어 있는 이곳 왕궁은 고여 썩어가는 물 같았다.

이런 썩어가는 인간들! 그들은 그가 어디에서 오는지 알기나 하는가? 스페인에서 무슨 일이 일어나는지 상상이나 해보았는가? 그가 경험한 것, 그가 스페인에 남겨두고 온 병사들, 최정예 군대가 겪고 있는 일들을.

루스탐이 부지런히 움직여 목욕 준비를 해놓았다.

"무슨 놈의 목욕이야!"

그는 자신이 아무것도 하지 못한 채 너무 많은 시간을 허비했다고 느꼈다. 이곳 파리에서 무슨 음모가 획책되고 있었는지 캉바세레스와 경찰 첩보원들에게 묻고 싶었다. 푸셰와 탈레랑이 담합하여 계획하고 있는 일이 무엇인지, 그리고 황제가 스페인에서 죽거나 세력을 잃어서 뮈라로 대체될 거라고 상상하는 자들이 꾸민 일이 대체 무엇인지!

뮈라와 내 누이동생 카롤린!

하지만 그는 지금 이렇게 버젓이 살아 있다. 그들은 해명해야 하리라. 그들은 뭐라 말할까? 그가 자리를 비운 삼 개월 동안 그들은 무엇을 했을까? 그는 모든 것을 알고 싶었다. 진실을 알고 싶었다.

몇 시간이 흐르는 동안, 나폴레옹은 많은 것을 알았다. 레뮈자 부인 집에서 탈레랑이 무엇이라 말했는가를.

"이 불행한 자는 자신이 처한 모든 상황에 의문을 갖게 될 것이오."

불행한 자? 그게 나란 말인가.

그는, 떨리는 목소리로 전하는 첩보원들의 보고를 들었다. 경찰 첩보원들은 푸셰의 첩보원들을 두려워하고 있었다. 첩보원들은, 치안장관 푸셰가 바렌 거리에 있는 탈레랑의 집에 자주 드나들었다고 보고했다. 그 두 사람은 살롱에서 살롱으로 서로 손을 맞잡고, 초대받은 손님들 사이를 걸어다녔다. 탈레랑은 스페인 문제에 대해 목소리를 높였다.

"그것은 수준 낮은 짓이며, 민중적 여망에도 어긋나는 일이다. 그것은 국익과도 배치되는 정책이고, 자신을 민중의 적으로 선언하는 일로서 결코 돌이킬 수 없는 실수다."

나폴레옹은 탈레랑의 권고를 떠올렸다. 스페인에서 부르봉 왕가를 몰아내도록 부추긴 장본인이 바로 그자가 아니었던가!

그는 탈레랑이 저지른 이 배신, 이 은폐된 전쟁에 대해 생각했다. 탈레랑……, 불시에 이자를 가격하리라.

그는 파리 거리에 모습을 드러냈다. 루브르와 리볼리 거리의 재건축 현장을 돌아보고, 조제핀과 함께 오페라 극장에도 갔다. 하지만 그는 끓어오르는 분을 삭이지 못해 도무지 자리를 지키고 앉아 있을 수가 없었다. 공연 도중에 일어난 그는 혼자서 튈르리로 돌아왔다. 그는 멘느발을 불러 군대의 배치 상황표를 가져오게 했다. 그는 군사들의 수를 모두 더했다가 다시 몇 개로 나누었다.

대군, 지금은 제국 군대라 불리는 정예군대는 스페인에 남겨두어야 할 것이다. 따라서 몇 주 동안 독일 군대를 재편해야 했다. 신병, 외국인, 바덴인, 뷔르템베르크인, 베스트팔렌인, 폴란드인, 이탈리아인 그리고 심지어는 몇천 명의 스페인인들까지 묶어서. 이렇게 하면 35만의 병력을 보유하게 된다. 그중 25만이 프랑스인이다. 이 프랑스인 병력들 중 전투 경험이 있는 10만의 병력을 다부 원수의 지휘 아래 둘 것이다. 이탈리아에서 으젠은 10만 병력을 확보할 수 있을 것이다. 오스트리아군을 지휘하는 카를 대공과 요한 대공은 30만 정도의 병력을 준비하고 있으리라.

나폴레옹은 배치 상황표를 덮으면서 말했다.

"내가 직접 지휘하게 될 때는 군대의 힘은 배가될 것이다. 내가 명령하면, 병사들은 복종한다. 그들이 인간적으로 나를 신뢰하기 때문이다. 내가 직접 지휘하는 것이 잘하는 일은 아니지만, 그것이 핵심적인 부분이다. 다른 왕과 왕자들은 그들의 군대를 지휘하지 못한다. 그게 문제다. 내가 지휘하게 된다면, 그것은 나의 운명이며, 내게 부여된 특별한 몫이다."

일에 파묻히면서 그는 안정을 되찾아갔다.

마리는 파리에 없었다.

그는 멘느발을 내보내고 콩스탕을 불렀다.

경찰 보고서 중 눈에 띄는 게 있었다. 에밀리 펠라프라라는 여자아이가 1808년 11월 11일 태어났다. 그 아이는 캉 시의 재정담당관 펠라프라의 아내 프랑수아즈 마리 르루아의 딸이었다.

프랑수아즈 마리 르루아, 그는 리옹에서 처음 만난 이 젊은 여인을 기억했다. 아마 1805년일 것이다. 그리고 그는 몇 번인가 여기 튈르리 궁의 한 밀실로 그녀를 불러들였었다. 마지막으로 만난 것이 1808년 3월, 바욘으로 떠나기 직전이었으니 채 일 년이 되지 않았다. 임신하고 있을 기간이었다.

오늘밤 안으로, 그 여인을 만나보고 싶었다.

콩스탕이 문을 열 때, 그는 열리는 문 뒤에 숨어 그녀를 지켜보다가 콩스탕이 문을 닫는 순간 살짝 걸어나오며 그녀를 놀라게 했다. 그녀는 환한 미소를 지어 보이며 머리를 풀었다. 막 잠자리에서 빠져나왔다고, 그녀가 말했다. 그녀의 표정과 말투에서, 나폴레옹은 자신이 아이의 아버지임을 확신했다.

파리로 돌아온 후 처음 느끼는 기쁨이었다.

그는 자신이 결코 패배하지 않는 강한 자임을 느꼈다. 탈레랑은 그가 약해졌으리라고 상상하고 후계자를 준비해두었지만.

—나에 대항하여 그와 동조했던 자들은 얼마나 놀라운 일을 당하게 될 것인가. 내일은 푸셰를, 그리고 다음날은 탈레랑을 만나리라.

오트랑트 공작 푸셰가 다가오며 예를 갖추었다.

—이자는 스스로를 지배할 줄 아는 자다. 튈르리 궁에 돌아온 이후로 내가 저간의 상황을 죽 알아보았다는 것을 눈치채고 있을 것이다.

"오트랑트 공작, 그대는 루이 16세를 단두대로 보낸 사람이 아닌가?"

푸셰는 살짝 머리를 숙였다.

"예, 폐하. 그것은 폐하를 기쁘게 해드리기 위해 제가 한 첫번째 일이었습니다."

—교활한 인물 같으니라구. 벌써 자신의 행동을 정당화하려 하

고 있어. 그는 나의 후계 구도와 관련해 일어날 수 있는 여러 가지 문제를 내게 미리 일러주지 않았느냐고 말하겠지. 그는 내게 이혼을 진정하기도 했으니까.

푸셰가 자신의 행동을 어떻게 정당화하고 빠져나갈지가 이미 눈에 선했다. 푸셰는 오히려 다시 이혼 문제를 제기할 것이었다.

—내가 비난해야 할 자가 바로 이자인가? 이자는 꼬인 사람이긴 하지만, 그래도 솔직한 면이 있지. 오탱의 주교 출신 음흉한 탈레랑처럼 돈을 밝히고, 더럽지는 않아.

"개개의 상황에는 좋은 면과 나쁜 면이 같이 있게 마련이지."

나폴레옹은 말을 이었다.

"나는 사람들에 대해 잘 알고 있소. 하지만 사람들이 스스로를 정당화하려고 할 땐 파악하기가 쉽지 않겠지."

—그들은 자신들에 대해 알고 있을까? 자신들을 무엇이라 생각할까? 그들이 나를 버릴 수도 있겠지. 하지만 그건 내가 더이상 행복해하지 않을 때이다.

그는 창문 가까이로 다가가며 말했다.

"스페인은 무릎을 꿇었소. 오스트리아가 전쟁을 원한다면 박살내줄 것이오."

—그리고 내가 아버지가 되기를 원한다면, 나는 아버지가 될 수 있다. 그 사실을 나는 알고 있다.

그는 몸을 돌려 푸셰를 향해 걸으며 거친 목소리로 말했다.

"당신은 파리에서 치안장관으로서의 직분을 다하지 못했소. 온갖 소문들이 제멋대로 떠돌아다니도록 방치해두었지. 다른 일에 개입하려 하지 말고, 당신 직분인 치안 업무에 충실하시오!"

그는 푸셰를 이 정도 눌러두는 것으로 마무리했다. 서로 연합하고 있는 자들을 분리시키는 것만큼 효과적인 전략도 드물다. 이제 표적이 정해졌다. 나폴레옹이 기다리는 것은 창백한 인간 탈레랑이었다.

1월 28일 토요일, 나폴레옹은 대법관 캉바세레스, 재정장관 르브렝, 치안장관 푸셰와 해군장관 드크레를 집무실로 불렀다. 탈레랑은 가장 나중에 발을 절며 도착했다. 그리고는 벽면에 붙은 콘솔에 몸을 기댔다.

나폴레옹은 이 증인들의 출석을 원했다. 배반자가 어떻게 처리되는지를 파리 전체가 알 수 있도록, 탈레랑을 이 증인들 앞에서 벌하기로 한 것이다.

그는 가혹함이 느껴지도록, 후려치는 듯한 목소리로 말하기 시작했다. 그는 치밀어오르는 화를 그대로 드러냈다.

"내가 고위직과 장관에 임명한 자들이 자신들의 생각을 제멋대로 펼치는 것을 그만두게 하겠소. 그들은 나의 생각을 실행하는 수족에 불과하오."

그는 고위관료들 앞에 차례로 멈춰 섰다가 다시 발걸음을 천천히 옮기며 말을 이었다.

"그자들이 의심을 품을 때, 배반은 이미 시작되는 것이오. 그러다 의견이 다르다는 것을 확인할 때쯤이면 배반은 완전해지지."

그는 몇 걸음 물러섰다. 바로 지금이 탈레랑의 복부와 전신을 두들겨야 하는 때였다. 발포 명령을 내리는 순간처럼 그는 마음이 차분해져 있었다. 그는 대포를 쏘는 포병이자 동시에 불을 뿜는 대포이고 싶었다. 하늘을 나는 용이자 땅 위를 달리는 맹수이고 싶었다. 그는 몸을 돌려 탈레랑을 향해 걸어갔다. 집무실에는 폭발해버릴 것 같은 긴장감이 감돌았다. 주먹 쥔 팔을 곧게 치켜들고, 그가 소리쳤다.

"당신은 도적이야! 비열한 자, 신념도 없는 인간! 신이 두렵지도 않은가! 그대는 자신의 직무는 다 망각한 채 모두를 속이고 배신하며 생을 허비하고 있지. 그대에게 성스러운 것이라고는 하나도 없어! 애비를 팔아치울 작자 같으니라구!"

그는 탈레랑의 주위를 돌았다. 탈레랑은 얼굴색조차 변하지 않으리라!

"나는 당신에게 호의를 베풀었소. 그대가 내게 항거할 아무런 이유가 없소. 그런데 십 개월 전부터 당신에게서 불순함이 느껴졌어. 스페인에서 내 일이 제대로 풀리지 않을 거라고 멋대로 생각했겠지. 그리고는 나의 실패 소식을 듣고 싶어하는 자들에게 제국을 창건하려는 나의 시도를 비난해왔소. 하지만 그 아이디어를 내게 처음으로 제공하고, 끊임없이 열렬하게 부추긴 것도 바로 당신이야."

그는 탈레랑에게 얼굴을 바싹 들이대며 말했다.

"비열한 당신이 앙갱 공작이 있는 곳을 내게 알려주었지? 앙갱에게 엄벌을 가하도록 나를 부추긴 게 누구요? 그대의 계획이란 도대체 뭐요? 뭘 원하오? 뭘 바라는 거요? 말해보오!"

그는 등을 돌리고 탈레랑에게서 몇 걸음 멀어졌다가 다시 돌아와, 그의 눈앞에 주먹을 쥐어보였다.

"당신을 유리잔처럼 바스러뜨려도 시원찮겠소. 내게는 그럴만한 힘이 있소. 하지만 그대 때문에 그런 힘을 쏟는 일조차 아까울 지경이오. 왜 내가 그대를 카루젤 광장에 매달지 않았을까? 하지만 아직 그럴만한 시간은 충분히 남아 있지. 그대는 여인네들의 기저귀만도 못한 자요!"

탈레랑은 움직이지 않았다. 이자가 쓰고 있는 가면을 벗기려면 무슨 말을 해야 할까? 나폴레옹은 이 창백한 얼굴이 변하는 걸 보고 싶었다.

"그대는 내게 산 카를로스 공작이 그대 아내의 정부라고 하지 않았었나?"

탈레랑은 상처입은 듯했다. 탈레랑의 뺨이 부르르 떨리는 것을 보았다. 탈레랑이 중얼거렸다.

"사실입니다, 폐하. 하지만 저는 그 관계가 폐하와 저의 영광에 어떤 연관이 있으리라고는 생각지 못했습니다."

옳은 말이었다. 모멸과 모욕도 이자에게는 스치고 지나가는 것에 불과하다. 탈레랑, 그는 자신에게 가해진 공격에 대한 기억을 이내 지워버렸다. 이상한 자였다.

1월 29일 일요일, 왕좌가 놓인 방에 탈레랑이 와 있었다. 어제 나폴레옹에게서 모욕받은 일이 전혀 기억에 없다는 듯한 표정이었다.

나폴레옹은 코담배를 들고 냄새를 맡으며 이리저리 거닐었다. 그는 여전히 탈레랑에게 경멸감을 표시했다. 탈레랑은 거들떠보지도 않고, 다른 사람들에게만 말을 건넸다.

탈레랑은 미동도 하지 않았다.

집무실로 돌아온 나폴레옹은 1809년 1월 30일자 『르 모니퇴르』에 실릴 글을 구술했다. 탈레랑은 시종장직을 사임하고, 몽테스키우*가 그 자리를 대신한다는 내용이었다.

—가벼운 벌이다. 하지만 달리 어쩌겠는가? 탈레랑은 내 신료들 가운데 구체제를 대표하는 인물이다. 그는 알렉산드르 1세의 신임을 얻고 있으며, 콜랭쿠르 대사와는 친구 사이이다. 그와 차르와의 관계는 내게 좋은 카드가 되리라.

그러므로 이 상황을 받아들여야 했다. 웃어버려야 하는 것이다. 오르탕스가 그를 찾아와 말했다. 탈레랑이 비방 모략의 희생양인 양 눈물을 흘리며 찾아왔었노라고. 나폴레옹은 말했다.

---

* 프랑스의 정치가, 1756~1832.

"얘야! 너는 세상을 잘 모르는구나. 나는 어디에서 멈춰야 하는
지 잘 알고 있다. 탈레랑은 내가 자신의 계획을 모르고 있다고 믿
는 모양이다만, 그는 나를 희생시켜가며 자신의 영광을 쌓으려 하
고 있어. 그걸 막지는 않겠다. 마음대로 떠들라지. 난 그를 괴롭히
지도 않는다. 단지 그가 내 일에 끼어들지 않기를 바랄 뿐이다."

　―나는 이제 그가 나의 적이라는 것을 알고 있다. 모욕당한 자
는 상처입은 맹수처럼 위험하다. 어쨌든 탈레랑 같은 인물에게 무
엇을 기대할 수 있겠는가?

　생각을 정리하고 스스로를 진정시키기 위해 누군가와 이야기하
고 싶었다. 오스트리아와의 전쟁이 임박했다. 그는 주변의 걱정스
러운 분위기를 감지했다. 탈레랑의 계획, 그 창백한 인물이 푸셰
와 뮈라와 함께 짠 음모는, 이 궁정을 휘감고 들끓는 야망과 비열
함에 비한다면 일부분이 드러난 것일 따름이었다.

　―내게 충성스러운 신하들은 옛 왕정에 속해 있던 자들이 아니
다.

　나폴레옹은 뢰드레르를 불렀다.

　"난 옛 왕정에 속했던 자들 중 몇 사람을 뽑아 내 곁에 두었소.
그들은 이 년 동안 나와 말 한마디, 서신 한 줄 나누지 않았고,
얼굴을 본 지는 아마 십 년이나 되었을 거요. 나는 그들을 아무도
불러들이지 않소. 나는 그들을 조금도 사랑하지 않거든. 그들은
아무짝에도 소용이 없소. 그들과의 대화는 불쾌감만 불러일으키
오. 그들의 분위기는 나의 무게와는 어울리지 않소. 내가 조각을
하며 저지른 실수들에 대해 나는 늘 되새기고 있소. 내가 저지른
잘못 가운데 가장 치명적인 것이기 때문이오. 그것은 마치 망명귀
족들에게 그들의 전 재산을 돌려준 것이나 마찬가지요……"

　―탈레랑은 그런 인물들 가운데 하나다. 혐오스럽고 비열한 아

첨꾼이지.

"난 군인이요. 군인, 그것은 나의 천부적 재능이오. 특별한 것이지. 그것은 나의 실존이자, 습관과도 같은 것이오. 내가 있던 곳 어디에서나 나는 지휘했소. 나는 스물세 살에 툴롱 전투를 지휘했소. 포도달 반란의 와중에는 파리에서 지휘했지. 이탈리아 원정군도 조직하고 지휘했소. 나는 그런 일을 위해 태어난 사람이오."

그는 이 '빌어먹을 직업'인 군인을 사랑한다고 중얼거렸다. 그는 뢰드레르를 향해 몸을 돌렸다.

"오스트리아는 혼쭐이 나고 싶은 모양이오. 그렇다면 내가 가서 양 뺨에 따귀를 갈겨주지. 프란츠 황제가 조금이라도 적대적 움직임을 보인다면, 그는 곧 통치를 그만둬야 할 거요. 아마도 십 년 안에 나의 왕조가 유럽에서 가장 오래된 왕조가 될 거요. 그렇게 될 거요."

그는 창가로 다가가서 밖을 잠시 바라보다가 몸을 돌리며 말을 이었다.

"난 이 모든 일을 프랑스를 위해서만 할 것이라고 맹세하오. 그리고 어떻게 하면 그렇게 할 수 있을까 하는 것만 생각해왔지. 난 스페인을 정복했소. 스페인을 프랑스처럼 만들기 위해 정복한 것이오. 나는 프랑스의 영광과 힘만을 고려해왔소. 앞으로 내 밑에 있는 모든 왕가가 다 프랑스인이 될 것이오."

그는 뢰드레르를 탁자로 데려가 군대가 배치된 상황표를 보여주며 말했다.

"나는 내 프랑스 대군의 현위치를 언제나 파악하고 있소. 나는 비극을 보는 것은 좋아하지. 하지만 세상의 모든 비극적인 일들은 저쪽 한구석에서나 일어날 거요. 이쪽 내가 있는 곳엔 군대의 배치 상황표라는 것이 있지. 나는 나 자신의 비극을 볼 생각은 추호도 없소. 그러기 위해서는 군대 배치 상황표를 면밀히 연구하지 않은 채 내팽개쳐두는 일은 절대 없어야 하는 것이오. 오늘 저녁에도 나는 내 침실에서 상황표를 볼 거요. 그걸 읽지 않고서는 잠들 수 없소."

그는 뢰드레르에게 다가갔다.

"나의 의무는 군대를 보존하는 일이오. 그것은 나에게 자식들을 맡긴 프랑스에 대한 의무요. 두 달 후쯤이면 나는 오스트리아를 무장해제하도록 만들 것이오……."

그는 자신이 수년 전에 뢰드레르에게 한 말을 떠올렸다.

"나는 단 하나의 열정, 단 하나의 연인을 갖고 있소. 그것은 바로 프랑스요."

나폴레옹은 그 말을 반복했다.

그는 베르사유나 불로뉴 숲에서 사냥을 했다. 비가 내렸고, 1809년 2월 하순의 날씨는 추웠다.

튈르리로 돌아와, 그는 이따금 오르탕스와 루이의 아들 샤를 루이 나폴레옹과 함께 자그마한 원탁에 앉았다. 아이를 어루만지다가 아들을 갖고 싶은 욕망을 억제할 수 없어 그만 되돌아나오고 말았다. 감정이 북받쳤다.

2월 27일 월요일, 이날도 아이와 함께 있다가 일어서려는데, 란 원수의 부관 르죈 남작이 서류를 들고 찾아왔다.

2월 21일 사라고사가 함락되었다는 소식을 전하기 위해 르죈 남작이 전속력으로 달려왔던 것이다. 모든 집들을 남김없이 점령하는 일이 필요했노라고 그가 설명했다. 스페인의 여인네와 아이들도 병사들처럼 싸우다 쓰러졌다고 전했다.

나폴레옹이 전문을 펼쳐들자, 시계의 톱니바퀴처럼 끝이 파여 있는 둥근 납덩이가 하나 떨어졌다. 표면에 십자가 문양이 새겨져 있었다. 스페인 군대가 쏜 탄환이었다. 그 탄환에 마르보 대위가 심각한 부상을 입었다.

나폴레옹은 그 탄환의 무게를 가늠해본 후, 그것을 마르보의 어머니께 전해드리라고 지시했다. 그리고는 란의 편지를 읽었다.

〈폐하, 엄청난 전투였습니다. 폭도들은 물론 많은 양민들까지 죽여야 했습니다. 승리를 위해 많은 고통을 치러야 했습니다.〉

나폴레옹은 머리를 끄덕였다.

이탈리아와 이집트 원정 때부터 함께 싸운 전우 란, 그는 자신의 최측근 중 하나인 란을 사랑했다.

— 그게 뭐 어때서? 어쨌든 이겨야만 하는 것이다.

그럼에도 불구하고 쓸쓸한 기분이 가시지 않았다. 이제 승리에 대한 의지만이 남은 것인가. 승리의 기쁨이나 부드러움은 더이상 존재하지 않으며, 오로지 쓰디쓴 승리의 필요성만 남아 있는 것인가.

〈승리를 위해 많은 고통을 치러야 했습니다.〉

그는 알고 있었다. 그것이 어떤 고통인지를. 란이 사라고사에서 느낀 바를 이미 오래 전에 경험했지 않은가. 하지만 승리가 이렇게 쓰디쓴 것이라면, 패배는 얼마나 더 쓰겠는가?

그는 천천히 자신의 집무실을 향해 걸었다.

전쟁이 다가오고 있었다. 나폴레옹은 느낄 수 있었다. 전쟁이 다가오고 있음을.

탁자 위에서 그는 샹파니의 메모를 발견했다. 외무장관은 그에게 메테르니히가 프랑스 제국군의 움직임에 대해 항의했노라고 보고했다. 비엔나는 그 움직임을 도발로 간주한다는 것이다.

나폴레옹은 즉각 메테르니히를 소환했다.

그는 오스트리아 대사 메테르니히에게 무거운 목소리로 물었다.

"이게 무슨 의미요?"

대사는 해명했다. 하지만 나폴레옹은 대사의 말은 들은 체도 하지 않고 바짝 다가서며 물었다.

"제정신이오? 아직도 세상을 혼란 속으로 몰아넣고 싶소?"

메테르니히는 물러나려 했다. 그를 지켜보던 나폴레옹이 샹파니에게 말했다.

"메테르니히는 재상의 재목이로군. 거짓말을 아주 잘해."

그는 메테르니히에게 보일 듯 말 듯 인사를 보냈다.

—전쟁이 일어나고 있다.

그는 샹파니도 내보내고, 지도가 있는 방으로 향했다.

—내가 원하든, 원하지 않든 간에 전쟁이 오고 있다. 나는 승리해야 한다.

5
떠나고 싸우는 일은 운명이며, 승리는 의무다

전쟁은 시간 문제일 뿐이다. 그는 베르티에를 호출했다. 다부와 마세나, 란이 지휘하는 각 군대의 배치 현황을 알고 싶었다. 그는 단치히 공작 르페브르 장군을 바이에른군의 사령관으로 임명했다. 바이에른군에 대해, 바이에른 왕은 자신의 아들에게 지휘권을 줄 것을 요청했다. 그는 불같이 화를 냈다. 그는 마치 문을 꽝 닫아 버리듯 답신을 구술했다.

〈나는 가장 노련한 장군인 단치히 공작에게 지휘권을 주었소…… 당신의 왕자는 일개 사병에서부터 시작해 모든 계급을 거치며, 예닐곱 번 정도 전투 경험을 쌓은 뒤에야 군대를 지휘할 수 있을 것이오!〉

그는 신경이 날카로워지고 화를 내고 있는 자기 자신을 느꼈다.

그의 주변에서 사람들이 달아나려고 안간힘을 쓰는 것 같았다. 마치 말고삐가 손에서 빠져나가고, 고집 센 말을 제어하다 기진맥진해버린 느낌이었다. 그는 매순간 주변 사람들을 다그치고 싶었다. 그들의 불안스런 눈빛이 마음에 들지 않았다. 조제핀의 한숨 소리도 회피했다. 그녀는 함께 저녁식사를 할 때나, 극장에 나란히 앉아 있을 때마다 그를 졸랐다. 전쟁터에 따라갈 수 있게 해달라는 거였다.

그는 대답하지 않았다. 그는 문앞에까지 와서 으르렁대고 있는 이 전쟁이, 태풍이 비켜 가듯 멀어지기를 간절히 원했다. 하지만 그는 몇 달 전 에어푸르트에서부터 이미 알고 있었다. 알렉산드르 1세가 아무런 언급도 없이, 프랑스와의 접전을 준비중인 오스트리아를 주저앉힐 조약에 서명을 거부할 때부터 전쟁은 이미 배태되어 있었던 것이다.

— 배신.

랑부이에 숲을 질주하며 사냥을 해도 심장 속에서 끓어오르는 분노는 좀처럼 가라앉지 않았다. 차르의 배신, 하지만 그건 당연한 일 아닌가? 알렉산드르는 자신의 카드를 던졌을 뿐이다. 스페인이라는 상처는 아직 아물지 않았고, 프랑스는 분열된 모습을 보였기 때문이다. 탈레랑과 생 제르맹 교외의 왕당파들의 배신이 낳은 결과였다.

두 번이나 세차게 박차를 가하자 말이 앞발을 들며 뛰어올랐다. 습지대의 초목 사이로 사슴들이 질겁하여 어지러이 달아났다. 사냥개들이 그 뒤를 쫓았다. 맹렬한 기세로 달아나던 야생 사슴의 뜀박질도 시간이 흐를수록 점차 느려졌다. 사슴은 생 튀베르 호수로 곧장 뛰어들었다. 나폴레옹은 호수를 우회해서 말에서 뛰어내렸다. 사슴을 향해 총을 겨누었다. 물에서 나오는 사슴의, 환한 빛을 띤 넓은 가슴팍이 드러났다.

―죽여야 한다.

그는 눈을 감았다. 호숫물이 이내 핏빛으로 물들었다. 사냥개들이 사납게 짖어댔다.

그는 이미 어두워진 오솔길을 따라 천천히 돌아왔다. 성의 한 살롱에서, 그는 오스트리아 주재 프랑스 대사 앙드레오시를 보았다. 비엔나에서부터 줄기차게 달려온 그의 얼굴과 구겨진 옷에서는 긴 여정의 피로가 그대로 묻어나고 있었다.

그는 승마용 채찍과 모자를 벗어던지고, 살롱의 문을 닫게 했다. 그리고는 앙드레오시 앞에 앉아, 말하라는 신호를 보냈다.

그는 앞부분만을 귀기울여 들었다. 상황을 이해하는 데는 그것으로 충분했다.

오스트리아 카를 대공이 군대를 집결시켰고, 부르주아 민병대가 비엔나 정규군을 대치했다. 대공은 나폴레옹 황제에 반대하는 봉기를 유도하기 위해 독일 민중들에게 포고할 성명서를 준비하고 있었다. 오스트리아와 동맹을 맺기 위해 영국 협상단이 비엔나에 체류하고 있었다. 런던은 전쟁에 필요한 재원을 공급할 것이다.

나폴레옹은 말없이 대사의 말을 들었다.

―전쟁이 점점 더 빠른 속도로 나를 향해 굴러오고 있군. 거대한 눈덩이처럼.

티롤* 지방에서는, 오스트리아인들이 바이에른에 대항해 봉기하라고 민중들을 선동하고 있었다. 농부들은 카푸치노 회 수도사 하스핑거에게 열광하고, 민중들은 저항 운동의 지도자 안드레아스

---

* 오스트리아 서부에 위치한 지역으로 북쪽으로는 독일, 남쪽으로는 이탈리아와 접해 있다.

호퍼*의 이름을 입에 달고 다녔다. 비엔나 쪽에서는 호퍼에게 무기를 대고 있었다.

그는 앙드레오시를 내보냈다.

다시 야영지와 빗줄기, 진흙탕, 포연 속에 파묻힐 날이 얼마나 남았을까? 병사들의 시체와 신음 소리에 파묻혀 지내기 위해 파리를 떠날 그날은?

그는 튈르리로 돌아왔다. 그래야 했다. 그러나 궁의 분위기가 무겁게 그를 짓눌렀다. 회랑과 살롱, 궁전의 여러 모임에서, 사람들은 마치 빈사 상태에 처한 사람을 대하듯 침묵을 지키고 있었다.

―마치 나를 벌써 매장이라도 한 것 같군.

그의 개인 첩보원들 중 하나인 조제프 피에베가 보낸 비밀 보고서가 와 있었다. 나폴레옹은 각계 각층에 첩보원을 심어두었다. 왕당파였던 조제프 피에베는 몇 년 전부터 황제를 위해 정보 취합과 분석 활동을 하고 있었다. 예리한 지성의 소유자인 피에베는 도처에 귀를 열어두고 있었다.

〈지금 프랑스는 불안이라는 병에 걸려 있습니다.〉

그는 보고했다. 사람들은 생 제르맹 교외의 살롱에서, 한 익명의 고관이 한 말을 떠들어대고 있었다. 탈레랑이 아니라면, 해군 장관 드크레가 그 발언의 주인공이리라. 그 고관은 이렇게 말했다.

〈황제는 미쳤다, 완전히 미쳤다. 그는 자기 자신뿐만 아니라 우리까지도 혼란에 빠뜨릴 것이다. 우리 모두가 그런 운명에 처할 것이다.〉

---

* 티롤의 민족 영웅이자 군사 지도자. 1767~1810. 조국 티롤을 오스트리아 통치하에 두기 위해 나폴레옹 치하의 프랑스와 바이에른을 상대로 이 년 동안 (1809~1810) 싸웠다.

나폴레옹은 피에베의 보고서를 벽난로에 집어던졌다.

—미쳤다? 사람들은 내가 응전할 수도 없는 궁지에 몰렸다고 상상하기 때문에 감히 그런 말들을 내뱉고 있는 것이다. 오스트리아는 무장하고 있고, 스페인에서는 폭동이 일어나고 있다. 영국인들이 포르투갈에 와 있고, 독일은 동요하고 있으며, 러시아는 예의주시하고 있다. 여기, 프랑스에서는 음모를 벌이며 나를 배반하고 있다.

그는 탁자에 놓인 청원서를 집어들었다. 르네 드 샤토브리앙이 자기 사촌의 사면을 거듭 요청하고 있었다. 그의 사촌 아르망 드 샤토브리앙은 코탕탱 해안에서 체포되었다. 그의 주머니에는, 런던과 저지 섬에 있는 망명귀족들이 브르타뉴의 왕당파에게 보내는 편지가 가득 들어 있었다.

—아르망 드 샤토브리앙은 영국과 부르봉 왕가를 위해 일하는 왕당파의 일개 우편배달부에 불과해. 사형이야.

르네 드 샤토브리앙은 나폴레옹의 마음을 누그러뜨리기 위해 그의 최근 저서인 『순교자들』을 보내왔다.

—이것으로 뭘 하라는 것인가? 전쟁이 무엇인지 그는 알고나 있는가?

나폴레옹은 큰 소리로 외쳤다.

"사촌의 죽음을 계기로 르네 드 샤토브리앙은 생 제르맹 교외에서 읽힐 열정적인 글을 쓰게 될 거야. 아름다운 여인들이 눈물지을 것이고, 그러면 그것으로 그는 위안받게 되겠지!"

—정의가 통용되도록 하라. 스파이이자 망명귀족이며 배신자인 그자를 그르넬 평원에서 처형시켜라!

그는 또다시 어려운 순간에 직면해 있는 자신을 보고 있었다. 그가 테아트르 프랑세의 황제석에 앉아도, 이제 관중들은 갈채를 보내지 않았다. 그가 마치 저주를 몰고 오는 사람인 양, 그가 나타나면 사람들은 겁에 질린 눈빛으로 그를 피했다.

—퐁탄, 비굴한 퐁탄. 내가 대학 총장 자리에 앉힌 그가 마치 시종처럼 허리를 구부리고 다가와 우물거리는군.

"폐하께서는 떠나시는군요. 폐하에 대한 사랑 때문에 비롯되고, 그러나 승리에 대한 희망으로 진정시킬 수 있는, 이 알 수 없는 두려움이 얼마나 많은 사람들의 영혼을 뒤흔들어놓는지요."

—그들의 영혼? 그들의 연금이 아니고?

그는 경멸했다.

—탄환이나 포탄, 적군의 칼 앞에 가슴을 드러내본 적이 결코 없는 자들. 그들은 단지 이미 시작된 이 게임이 가장 무서운 게임들 중 하나라고 느낄 뿐이다. 동맹, 그리고 스페인에서 전투를 치르고 있는 나의 군대.

그는 뢰드레르 앞에 대고 군대 배치도를 흔들었다.

"그렇소. 나는 조제프에게 나의 최정예 군대를 내주었소. 나는 소수의 풋내기 병사들과 함께, 커다란 장화를 신고 비엔나로 갈 것이오!"

예를 갖추고 나가려는 뢰드레르의 등을 향해, 그가 격한 목소리로 소리쳤다.

"나는 오직 프랑스에 대한 의무감과 애정으로 이 과업을 수행할 거요."

—그러나 그들이 이런 나의 마음을 이해할 수 있을까? 자신들이 갈망하는 단물을 탐욕스럽게 빨기 위해 내 권력에 들러붙어 있는 기생충 같은 인간들이? 내가 흔쾌히 이 전쟁에 뛰어들고 있다는 사실을 그들이 과연 믿을 수 있을까? 전쟁이 나를 절망케 해도, 나는 기꺼이 응전한다는 것을.

3월 23일 목요일, 그는 전보로 송신된 급보를 읽었다.

〈한 프랑스 장교가 오스트리아의 브라우나우에서 체포됨. 그가 소지하고 있던 전문이 프랑스 군대의 이름으로 봉해져 있었음에도 불구하고 오스트리아인들은 그것을 강탈했음.〉

─이런 상황을 받아들여야 할 것인가?

오후 네시, 그는 시종장 몽테스키우 백작을 불러 무거운 목소리로 말했다.

"메테르니히 백작에게 전하게. 오늘 저녁에 예정되었던 접견은 취소되었다고."

몇 마디 말이 오가는 그 사이에도 전쟁은 시시각각 다가오고 있었다.

그는 베르티에에게 독일로 먼저 가서 황제의 도착을 기다리며 군대를 지휘하라는 명령을 내렸다.

매일 받아보는 전문들은 전쟁이 임박해오고 있음을 알리고 있었다. 4월 6일, 카를 대공은 '조국을 지키기 위한 새로운 의무에 나서자'고 선언했다. 11일, 영국 함대가 엑스 섬에 정박중인 프랑스 선박들을 공격했다.

4월 12일 수요일 오후 일곱시, 나폴레옹이 캉바세레스와 참모로리스통을 불러 상의하고 있을 때, 베르티에 원수의 전령이 도착했다는 전갈이 왔다. 나폴레옹은 들여보내라는 신호를 보냈다. 전문을 읽는 그의 가슴이 일순간 조이는 듯 옥죄어들고 목이 메었다. 눈물이 흐르는 것처럼 눈시울이 뜨거워졌다. 그런 눈을 보여주지 않기 위해 그는 고개를 들지 않고 말했다. 한마디 한마디가 천천히 그의 입에서 흘러나왔다.

"그들이……인 강을 건넜다……는군…… 전쟁이야."

오늘밤에 출발하리라.

마음이 차분하게 가라앉았다. 저녁식사 자리에서 황후는 또다시 따라나서겠다고 고집했다. 그녀를 무표정하게 바라보던 그가 말했다.

"알았소."

집무실에 틀어박힌 그는 조제프와 으젠에게 보내는 편지를 구술했다. 요한 대공은 카포레토를 통해 이탈리아로 진군할 것이다. 그를 저지하고, 격파하고, 추격하며, 비엔나로 진군하리라.

그는 커피를 한 모금씩 마셨다. 밤 열한시경에 푸셰를 맞아들였다. 국내 정국을 휘어잡고 독일 전역에 첩보원들을 보내는 일에 신뢰할 만한 사람이 푸셰밖에 없었다. 그를 믿을 수밖에 없었다. 경찰과 정보 없이, 전쟁은 불가능했다.

자정 무렵 그는 잠자리에 들었다.

선잠에 들었다가, 새벽 두시에 눈을 떴다. 시간이 되었다.

출발이다. 떠나고 싸우는 일은 그의 운명이며, 승리하는 일은 그의 의무였다.

네시 이십분, 그는 대형 마차에 올랐다. 기름 램프가 켜져 있고, 집무를 볼 수 있도록 마련해놓은 작은 책상 위에 서류가방이 놓여 있었다. 모피로 다리를 감싼 조제핀이 마차 한쪽 구석에 앉아 있었다. 그는 그녀에게 눈길을 주지 않았다. 출발 신호를 보냈다. 호위를 맡은 근위대 엽기병대의 말발굽 소리가 들려왔다.

말발굽 소리, 그것은 그의 생의 후렴이었다.

6
시지푸스의 전쟁

　때때로 마차가 너무 심하게 흔들려 지도를 볼 수도 없을 때, 그는 조제핀을 관찰했다. 그녀는 잠들어 있었다. 노면이 고르지 않아, 그녀가 얼굴을 가리려고 뒤집어썼던 베일이 조금씩 미끄러져 내렸다. 잠이 들어 얼굴의 윤곽선이 함몰된 것처럼 더욱 깊이 파인 '늙은 여인'. 그녀의 숨소리는 소란스러웠고, 반쯤 열린 입술 사이로 충치로 검어진 작은 치아들이 보였다. 그녀가 늘 감추려고 애쓰던 모습들이었다.

　눈을 돌려서는 안 된다. 전쟁터에서 주검을 보면서도 눈을 돌리지 않았잖은가. 젊은 병사들이 적진을 향해 돌진하다 수천 명씩 무더기로 죽어 자빠지는 상황에서도 그는 시선을 돌리지 않았다. 그는 언제나 진실과 마주하고 있었던 것이다.

그는 오랫동안 조제핀을 바라보았다. 만일 이 늙은 여인의 남편으로 후계자 없이 남아 있어야 한다면, 승리는 무슨 의미가 있으며, 병사들을 사지로 보내는 일 또한 무슨 소용이 있단 말인가?

이혼해야 한다. 왕조의 미래를 확실히 하기 위해, 그가 벌일 전쟁에 의미를 부여하기 위해. 왕족 간의 결혼을 통해, 그리고 그 결합에서 태어날 아이를 통해, 비엔나나 상트페테르부르크 왕실이 품고 있는 혐오감을 없애야 한다. 그들은 아직까지 나폴레옹을 받아들이지 않고 있는, 유럽에서 가장 강한 힘을 가진 왕조들이었다.

다시 한번 비엔나를 정복해야 하리라. 그래야 했다. 오스트리아를 무너뜨린 후, 차르로 하여금 틸지트 동맹에 충실하도록 해야 했다. 이 두 왕조 중 한 곳에서 나폴레옹과 결혼할 어린 딸을 내놓아야 한다. 그것이 목표였다.

잠에서 깨어난 조제핀은 불안한 눈길로 나폴레옹을 바라보다가 겁에 질린 듯 재빨리 베일을 집어들었다. 그가 무슨 생각을 하고 있었는지, 그녀가 상상했을까?

나폴레옹은 그녀에게 스트라스부르에서 기다리고 있으라고 말했다. 혼자서 비엔나로 갈 것이다.

마차가 속도를 늦추고 있었다. 그는 창 밖을 내다보았다. 마차는 바르 르 뒤크를 지나고 있었다. 우디노 장군이 바로 이 도시에서 태어났다는 사실이 떠올랐다. 혁명 전날에 일개 하사관이었던 우디노는 그후 모든 전투에 참가했다. 나폴레옹은 총탄이 빗발치는 프리트란트에서도 그를 보았고, 맥주 양조업자의 손자인 그가 에어푸르트에서 왕들을 접견하는 모습도 보았다.

나폴레옹은 그를 장군으로 만들었고, 레조 공작 작위를 주었다. 재능과 용기를 두루 갖춘 제국의 귀족이 된 것이다.

그는 마차를 세우게 하고, 어둠이 내린 땅 위에 내려섰다. 레조 공작의 부모는 황제를 알아보고 깜짝 놀랐다. 잠에서 갓 깨어난 두 손녀의 겁에 질린 모습을 보고 황제는 미소지었다. 나폴레옹은 그들을 차례로 껴안아주었다.

사람들의 기억 속에 지워지지 않는 흔적을 남기는 마법사처럼, 그는 이렇게 갑작스럽게 다른 사람들 생에 등장하기를 좋아했다. 사람들은 불쑥 찾아온 그에 대해 두고두고 이야기하리라. 갑자기 나타났다가 한순간에 사라진 그의 방문이 꿈이 아니었는지 생각하게 되리라.

그는 사람들의 꿈이 되고 싶었다. 다시 마차에 오른 그는 지도 위로 몸을 기울이며 중얼거렸다.

"잠들어 있는 내 병사들의 꿈을 가지고 나는 계획을 세운다."

그는 설핏 잠들었다가 깨어났다. 그는 병사들이 무슨 생각을 하고 있는지 알고 있었다. 신병들은 두려워하며 무조건 '황제 폐하 만세'만 외쳤다. 그는 그 풋내기 병사들에게 말할 것이다.

"나는 빛처럼 빠르게 전진한다. 진군하라. 지난날 우리가 거둔 성공이, 바로 우리를 기다리고 있는 승리의 확실한 증표이다. 전진하라. 적은 우리를 보는 순간, 승자가 누구인지 알아차릴 것이다."

신병들 속에 머무르리라. 바로 그들 대열의 맨 앞에서 그들을 이끌리라. 그는 이탈리아 관할군의 부랑자 무리를 무적의 군단으로 만들지 않았던가? 하지만 자신이 얻은 직위와 재산이나 즐기려는 장군과 원수들은 여전히 존재했다. 그들은 한숨을 쉬며 내뱉고 있었다.

"이제는 이 전투화를 정말 벗고 싶어."

그렇다면 그는? 그들은 도대체 무엇을 믿는가? 그는 말을 타느라 퉁퉁 부은 다리를 얼마나 소중하게 생각하는가?

그는 급히 몇 줄을 써갈기기 시작했다.

〈장군들이 입버릇처럼 기분이 언짢을 때에는 은퇴하겠다고 말했다가 기분이 괜찮아지면 다시 복무하겠다고 말하지 않았으면 한다. 그런 변덕은 명예로운 자에게는 어울리지 않는다. 군율은 그런 변덕을 용납하지 않을 것이다.〉

15일 토요일, 그는 스트라스부르에 도착했다. 다시 뒤로크와 출발하려는 그에게 조제핀이 울면서 매달렸다. 나폴레옹은 거칠게 물리쳤다. 도대체 황후의 품위는 다 어디로 갔단 말인가?

마차에 오른 그는 베르티에가 보낸 전문들을 읽었다. 오스트리아군은 수적으로 우세했다. 그들 병력은 거의 50만 명에 달하는데 비해 나폴레옹의 병력은 독일군과 이탈리아군을 모두 합쳐도 30만에 그쳤다. 게다가 외국 지원군은 확실치 않았다. 그의 행군 대열은 라티스본에서 아우크스부르크까지 길게 늘어져 있었다. 베르티에는 비엔나에서 인쇄된 유인물을 여러 교회에서 발견했다고 보고했다. 거기에는 바이에른과 뷔르템베르크인들에게, '카를 대공'을 위해 기도하라고 요청하는 글이 실려 있었다.

〈카를 대공, 그를 우리에게 보낸 것은 바로 신께서 우리를 구원하시고자 함이다.〉

그는 베르티에가 보낸 전문을 내던졌다. 행동하기 전에 먼저 기다려야 한다. 적들이 원하는 바를 간파해야 한다. 그는 참모 하나를 불렀다. 참모는 마차의 문에 기대어 베르티에 원수에게 전달할 메시지를 받아 적었다. 구술을 마친 황제가 덧붙였다.

"무엇보다도, 모험하지 말도록!"

그는 그 말을 반복하면서, 참모가 호위대로부터 멀어져 말을 타고 달려가는 모습을 지켜보았다.

4월 16일 일요일, 그는 루트비히스하펜에서 잠시 멈췄다. 뷔르템베르크 왕이 새벽 추위 속에서 자신을 기다리고 있는 모습이 보였다. 왕은 잔뜩 겁먹은 표정으로 걸어오고 있었다. 그는 나폴레옹에게 인사한 뒤 걱정스러운 목소리로 물었다.

"폐하의 계획은 무엇이옵니까?"

"우리는 비엔나로 갈 것이오."

나폴레옹이 그의 팔을 잡고 안심시키며 말하자, 군주는 마침내 자신이 '당대의 제우스'에게 갖고 있는 신뢰를 토로했다.

나폴레옹은 마차에 올랐다.

―제우스라고? 나는 인간들에게 속해 있다.

그때 베르티에 원수의 답신을 들고 참모가 돌아왔다.

〈저는 초조한 마음으로 폐하를 기다리고 있습니다.〉

―내가 없다면, 이 인간들은 어떻게 될 것인가? 그들은 군화를 벗어던질 것이다!

일요일 오후가 시작될 무렵 폭풍우가 몰아쳤다. 대홍수가 질 듯 엄청난 폭우가 내렸다. 평범한 여행객처럼 그뮌트 호텔에 든 그는 불도 제대로 밝혀놓지 않은 식당 한구석에서 저녁을 먹었다.

그는 자신의 존재가 일상적 삶의 리듬을 깨지 않는, 이러한 익명의 순간들을 좋아했다. 바로 그런 순간, 그는 자기 자신에게 내재된 힘을 가장 강렬하게 느낄 수 있었다. 단 한마디 말로 번개처럼 순식간에 대기 전체를 뒤집어놓을 수 있으면서도, 그러지 않고 보통 사람처럼 음식값을 지불하고 희미한 어둠 속에 가만히 머물러 있을 때.

하지만 문턱을 넘어서면 그는 다시 황제였다.

딜링겐에서, 오스트리아군이 접근해오자 뮌헨에서 쫓겨나 공포에 떨고 있는 바이에른 왕을 만났다. 왕은 애원하는 듯한 작은 목소리로 간절하게 말했다.

"폐하, 폐하께서 신속하게 행동하지 않으시면 저희들은 모든 것을 잃고 맙니다. 모든 것을 잃습니다."

"안심하시오. 그대는 머지않아 뮌헨으로 돌아가게 될 것이오."

—왜 이 사람들은 보호자를 필요로 하는가? 왜 다른 존재에 자신들을 안심시키고 보호하고 인도해달라고 애원하는가? 왜 다른 존재에게 자신들의 전부를 내맡기는가?

그는 1805년에 전투를 치른 적이 있는 도나우베르트를 향해 달리면서, 자신의 생에서 가장 견디기 힘들었던 시절들을 떠올렸다. 그때 그는 파스칼 파올리나 바라스 같은 사람들에게 자신이 맡을 역할을 구걸해야 했다. 하지만 이제 그는 자신에게만, 그의 운명에만 투철하면 되었다.

4월 17일 월요일 여섯시, 도나우베르트에 도착한 그는 마련된 숙소에 들었다. 그는 커다란 탁자에 지도를 펼치게 했다. 전문들이 속속 도착하고 있었다. 바클레르 달브는 전문을 검토하며 지도 위에 고개를 박고, 카를 대공이 이끄는 오스트리아군의 이동 지점에 색색의 압핀들을 꽂아나갔다.

모든 것이 바로 그 순간에 엮어지고 있었다. 그는 이 작은 도시의 요새들을 살피기 위해 숙소를 나서서 말에 올랐다. 그는 높은 지대의 정상에 올라 지형을 살폈다. 멀리 안개 속으로 다뉴브 강이 흐르고 있었다. 그 도도하게 흐르는 넓고 검은 강줄기 끝에 비엔나가 있었다.

말을 달려 다시 숙소로 돌아온 그는 급히 지도를 보았다. 다부 원수가 보낸 전문에, 카를 대공의 군대가 라티스본으로 진군하고 있다는 구절이 있었다.

그게 확실한가?

참모들이 그 정보를 확인해주었다. 그는 몸을 숙여 지도를 들여다보다가 뒷짐을 지고 방 안을 천천히 거닐었다. 영국인들이 유럽 대륙에서 나폴레옹을 상대할 수 있는 유일한 지휘관으로 꼽는다는 카를 대공을 상대로 예상 가능한 모든 경우의 수를 검토했다.

이번 게임에서 벌어질 모든 승부가 그의 머릿속에서 그려지고 있었다. 그렇게 한참을 서성이던 나폴레옹은 문득 걸음을 멈추었다.

"아, 카를 대공, 내가 그대를 쉽게 요리해주지!"

그는 명령을 내렸고, 메시지를 구술했다. 남쪽 방면에서 카를을 공격할 것이다! 바로 지금 그 '빌어먹을 직업'이 시작된 것이다.

4월 18일 화요일 새벽 네시, 그는 일어나자마자 지도에 고개를 박았다. 램프 불빛 아래에서 지도를 들여다보며 오래 궁리하고 구상한 끝에 그는 다부와 마세나에게 보내는 메시지를 구술했다.

〈단 한마디에서, 장군들은 무엇이 문제인지 알 수 있을 것이다. 카를 대공은 어제 모든 병력을 이끌고 란츠후트에서 라티스본으로 향했다. 그는 8만 명으로 추정되는 3개 군대를 이끌고 있다. 장군들은 현재 우리가 카를의 군대보다 더 활동적이고 신속하게 움직여야 하는 상황에 처해 있음을 파악했을 것이다. 멈추지 말고 움직여라. 더 빠르게! 장군들을 믿고, 장군들에게 맡긴다.〉

그는 말에 뛰어올랐다.

노이슈타트에서 오버하우젠에 이르는 대로를 질주하던 그는 나무들 사이로 한 기념비를 보았다. 라 투르 도베르뉴* 장군의 기념비였다. 나폴레옹은 모자를 벗어들었다. 자기보다 앞서 공적을 세운 프랑스인들의 자취를 발견하는 일은 반가운 일이었다. 그는 그 자취들을 더욱 찬란한 위업으로 만들 것이다.

그의 뒤에는 또 누가 올 것인가?

그는 길과 들판을 질주했다. 잉골슈타트의 왕궁에 닿았으나, 다뉴브 강을 굽어보는 고지에 오르기 위해 그는 곧바로 다시 출발

---

* 프랑스의 장군, 1743~1800. 1800년 나폴레옹으로부터 '공화국 제1의 정예병사'라는 칭호를 받은 직후, 라인군에서 복무중 사망하였다.

했다.

19일 수요일 한낮에 그는 완전히 녹초가 되어 치겔슈타델에 도착했다. 다부의 군대가 무리지어 행군하고 있었다. 한 빵장수가 자기 가게에서 목제 안락의자를 가져다 황제에게 내주었다. 황제는 무너지듯 의자에 몸을 부렸다. 몇 미터 떨어진 앞에서 행군하고 있는 병사들의 시선이 느껴졌다. 그들 모두가 그렇듯 그도 완전히 지쳐 있었다. 병사들과 전쟁터에서 함께 공유하는 고난의 몫, 이러한 동등함을 그는 좋아했다. 밤마다 지도에 파묻혀 진군로를 연구하고 병사들을 승리로 이끄는 것이 그가 할 일이었지만, 병사들과 더불어 길가에, 그리고 전쟁터에 머무는 것도 그의 몫이었다.

그는 다시 몸을 일으켜 말에 오르면서 사바리에게 말했다.

"일은 나를 이루는 한 부분이네. 나는 내 두 다리가 가진 한계를 알아. 내 두 눈의 한계도 알고. 하지만 내 일의 한계는 모르네."

그가 포부르크 성에 도착했을 때는 이미 어둠이 내려 있었다. 창문을 열자 강물 소리가 들려오는 듯했다.

그가 예상한 대로 게임이 전개된다면, 그가 세운 계획에 따라 병사들이 움직여준다면, 비엔나는 패배할 것이다. 마렝고나 아우스터리츠, 프리트란트에서처럼 그는 과감하게 도전의 깃발을 높이 들고 다시 한번 승리를 쟁취할 것이다. 승전보가 울려퍼지는 날, 파리에서 창백한 낯빛으로 헛소리나 해대는 자들은 일제히 쥐구멍을 찾을 것이다. 하지만 이 전쟁의 소용돌이는 언제까지 지속될 것인가? 장군들까지도 불평하고 있다는 것을 그는 알고 있었다.

4월 19일 수요일, 밤 열한시가 지나고 있었다. 내일이면 전투가 벌어질 것이다. 그는 성의 뜰로 들어오는 몬테벨로 공작 란 원수의 그림자를 얼핏 보았다. 그의 군사들 중 한 명을 꼽으라면, 그는 란을 지목할 것이었다.

이웃 교회에서 가져온 초로 환하게 밝혀놓은 커다란 방 안으로 란은 천천히 걸어들어왔다.

—란이 피로에 지쳐 있다는 사실을 나는 알고 있다. 나 또한 그러하다. 하지만 나는 황제다.

나폴레옹은 나지막한 목소리로 물었다.

"자네 군대에는 부상자가 얼마나 되는가?"

란은 머리를 저었다.

"군인의 직무가 저를 부를 때, 저는 모든 것을 잊습니다."

아르콜레와 생 장 다크르에서, 아부키르와 푸투스크에서 부상을 당했던 란. 아르콜레 전투 이전에도 그는 두 번이나 부상을 입었다. 란은 머리를 숙인 채 서성이다가 말했다.

"전쟁이 두렵습니다, 폐하. 전쟁의 개시를 알리는 첫번째 나팔 소리가 이젠 두렵습니다. 그것은 더 수월하게 사람들을 죽음으로 내몰기 위해 그들의 혼을 빼놓는 짓이라는 생각마저 듭니다."

란의 팔을 붙잡으며, 나폴레옹이 낮게 중얼거렸다.

"내가 그렇다는 건가?"

지금 이 전쟁은 오스트리아가 일으킨 것이지만, 끝없이 계속되는 이 전쟁들은 영국이 계획하고 야기한 것이다.

나폴레옹은 그를 설득하고 싶었다. 란은 뮈라나 네 원수가 가진 용기를 그대로 갖고 있는 군인 중의 군인이었다. 그런데 가장 훌륭한 이 장군들마저도 의심에 빠진다면…….

이윽고 란이 입을 열었다.

"지휘하십시오 폐하. 저는 폐하의 명령을 실행에 옮기겠습니다. 한 장교의 결혼식에 장교들이 모두 참여하듯, 모든 지휘관들이 전쟁터에 모습을 드러내야 합니다."

다부의 전령 장교가 방으로 들어왔다.

다부 원수는 단 하나의 군대를 이끌고, 오스트리아 전군(全軍)

을 상대로 텐젠에서 승리를 거두었다. 오스트리아군은 탄으로 후퇴했다.

나폴레옹은 란의 귀를 살짝 꼬집으며 그에게 확신을 심어주었다.

"우리는 승리할 것일세. 내가 지휘할 것이네."

1809년 4월 20일 목요일이었다. 몇 시간만이라도 숙면이 필요했다.

그는 새벽에 일어났다. 자욱한 안개가 온 들판을 덮고 있었다. 그가 라티스본으로 가는 길에 접어들었을 때도, 아벤스베르크가 한눈에 들어오는 고지에 올랐을 때도, 안개는 걷히지 않고 있었다.

그는 자신의 주변을 호위하고 있는 경기병들을 바라보았다. 그들은 바이에른인들과 뷔르템베르크인들로 이루어져 있었다.

—이들은 충성할 것인가, 아니면 이 바이에른군 연대는 첫 충격에 기가 꺾여 적에게 투항할 것인가?

그는 말에 박차를 가하며, 연대의 선두를 향해 나아갔다. 그리고 출격 명령을 내렸다.

—만약 내가 전사하게 된다면, 오스트리아군의 총탄이 내 가슴 한복판을 관통하든, 바이에른군의 탄환이 내 등에 와 박히든 그게 무슨 대수겠는가! 그러나 나는 죽지 않는다. 아직은 죽어서는 안 된다.

전장을 내달린 지 몇 시간이 흘렀다. 오스트리아 군대는 급기야 격파되어 두 동강이 났다.

새벽 두시, 로어 시에 입성한 그는 마르셰 광장에 세워진 중앙 우체국 대강당으로 들어가 눈을 붙였다. 새벽 네시, 그는 놀란 듯 후다닥 일어나 소리쳤다.

"단 일 분도 허비해선 안 된다!"

그는 새벽 공기를 뚫고 다뉴브 강까지 말을 달렸다. 오스트리아 군은 강 건너편 도시 란츠후트에 집결해 있었다. 보병들이 건너가야 할 다리 위로 빗발치듯 총탄이 쏟아졌다.

그는 병사들의 모습을 눈으로 좇고 있었다. 필사적으로 강 건너편까지 돌진한 병사들도 도시의 관문을 뚫지 못하고 이내 뒤로 밀렸다. 그들은 다리 위에 널려 있는 주검들에 발이 걸려 비틀거리며 퇴각했다. 전열을 가다듬은 병사들은 잠시 후 다시 진격했으나 역시 후퇴하고 말았다.

란츠후트를 점령해야 했다.

참모 무통 장군이 다부의 메시지를 가지고 다가오는 모습이 보였다.

─공격에는 지휘자가 필요하다. 무통은 용감한 전사다.

예전에 무통이 그에게 했던 말이 떠올랐다.

"저는 궁궐의 명예직에는 어울리지 않습니다. 그것은 저를 위한 자리가 아닙니다."

─이런 군인이라면 란츠후트를 점령하리라.

나폴레옹은 무통을 향해 몸을 돌리며 말했다.

"때맞춰 도착해주었군! 자네를 위한 자리가 있다. 이 부대를 진두지휘하여 란츠후트를 점령하라."

무통은 즉각 말에서 내려, 칼을 뽑아들고 다리를 향해 달려나갔다.

─이들을 잊지 않으리라! 나의 힘을 이루는 것은 이들 강철 같은 전사들이다. 나는 그들에게 모든 것을 빚지고 있다. 나는 그들 곁에 서서 그들과 함께 죽음을 무릅쓰는 모습을 보여주어야 한다.

그는 란츠후트의 왕궁에 거처를 정했다. 그는 구술하는 와중에도 창문을 통해 도시를 가로지르는 군대 행렬을 지켜보았다. 군대는 에크뮐로 진군하고 있었다. 그는 다부에게 편지를 썼다.

〈오늘 아니면 늦어도 내일까지는 카를의 군대를 박살낼 작정이네.〉

다부가 대포 열 발을 쏘는 것을 신호로 하여 총공격이 개시될 것이다.

갑자기 엄습해오는 피로의 무게를 이기지 못하고 그는 자리에 앉았다. 아무 소리도 들리지 않았다. 한 시간쯤 후에 깨어났을 때, 그는 환하게 밝아오는 새벽을 보았다. 목이 아팠다. 루스탐이 우유와 꿀이 섞인 뜨거운 차를 가져왔다. 그는 출발 준비를 갖추고 말에 올랐다. 선선한 날씨였다. 이자르 계곡을 따라 펼쳐진 진흙탕 길이 마음에 들지 않았다. 군대가 진창에 빠져 제대로 행군하지 못했다.

에크뮐은 북쪽에 있었다. 그는 전투 현장을 직접 보고 싶었다. 그는 말에 박차를 가했다.

전장은 기복이 많은 지형으로, 언덕과 작은 관목 숲으로 이루어져 있었다. 그러나 에크뮐 너머 다뉴브 강 방면으로는 거대한 평원이 펼쳐져 있었다. 평원의 저 안쪽으로, 라티스본이 강과 면하고 있었다. 오스트리아군은 그 도시에 주둔하고 있던 소규모의 프랑스 군대를 몰아냈다.

오후 한시 오십분, 다부가 발사한 열 발의 대포 소리가 들려왔다. 총공격 명령이 내려진 것이다!

그는 원수들에 둘러싸여 앞으로 나아갔다.

몇 시간이 지났는지도 알 수 없었다. 저녁 노을이 기울고, 깊고 푸른빛을 띤 밤이 날개를 넓게 펼치고 내릴 무렵, 그는 수천 개의 투구와 갑옷을 내리치는 무거운 칼에서 사방으로 튀는 불꽃들을 보았다. 지독한 전투였다. 수차례 반복되는 공격에 충격을 받은 병사들이 내지르는 소리를 그는 듣지 않았다.

오스트리아 기병들의 끈질긴 저항에 그는 놀라고 있었다. 이미 패배한 전투임에도 불구하고 그들은 악착같이 싸우며, 보병들이 라티스본으로 퇴각하는 것을 엄호했다.

란이 다가와, 카를 대공을 끝장내고 단번에 라티스본 시를 점령하기 위해서는 전군을 진격시켜 적을 계속 추격하게 해야 한다고 제안했다. 나폴레옹 역시 계속 공격하라는 명령을 내릴 준비가 되어 있었다. 적을 섬멸하려면 끈질긴 추격이 최선이라고 말하던 그가 아니었는가. 란의 제안을 들으면서, 그는 마치 자신의 말을 듣고 있는 것 같았다. 그럼에도 그는 망설였다. 다부가 란의 의견에 반대하며 말했다.

"그러자면 야간 전투를 벌여야 합니다. 병사들은 완전히 탈진해 있는데다가 라티스본은 여기에서 십이 킬로미터나 떨어져 있습니다."

나폴레옹 자신도 병사들과 다를 바 없었다. 피로의 무게가 버거웠다. 며칠 동안 그는 한숨도 자지 못했다. 주저하던 그는 야영을 준비하라는 명령을 내렸다.

그는 란의 놀라는 표정을 바라보았다. 다른 장군들은 안도의 한숨을 내쉬었다.

나폴레옹은 말했다.

"우리는 승리를 쟁취했다."

몇 걸음 걸어나가자, 전장 전체를 타고 흐르는 부상자들의 비명 소리와 신음 소리가 들려왔다.

적이 도망치는 틈을 이용해 추격하라는 명령을 내리지 않은 것은 이번이 처음이었다.

그 자신이 그럴 수 없었다.

23일 일요일 새벽, 그는 짙은 안개를 뚫고 라티스본을 향해 이동하는 대포들의 행렬을 보았다. 그 도시를 함락시켜야 했다. 그는 성벽을 등지고 있는 낡은 집들을 포격하기 위해 직접 대포를 배치했다. 그 집들을 무너뜨려 요새 주위를 둘러싸고 있는 해자(垓字)를 메워버릴 작정이었다. 포 진지를 향해 걸어가던 그는 갑자기 오른쪽 다리에 극심한 통증을 느꼈다. 그는 중심을 잃고 쓰러지며 곁에 있던 란을 붙잡았다. 탄환이 그의 엄지발가락에 박힌 것이었다. 피가 흐르는 발을 내려다보며 나폴레옹이 말했다.

"티롤 놈들일 거야. 그놈들은 명사수들이거든."

치료하고 붕대를 감는 동안 그는 북 위에 앉아 있었다.

이 부상은 하나의 신호인가? 그는 상처 부위를 보았다. 격렬한 고통에 비해 부상은 심각하지 않았다.

그는 고개를 돌려 뛰어가는 병사들을 보았다. 그들은 달려가며 큰 소리로 외치고 있었다.

"황제 폐하가 부상당했다!" "황제 폐하가 전사했다!"

그는 몸을 벌떡 일으켰다. 참모에게 자신을 말에 태우고, 호각을 불라고 명령했다. 지체없이 말을 타고 전선을 돌아야 했다. 모든 병사들이 두 눈으로 그를 보도록 해야 했다. 그는 죽을 수도 없었다.

말에 오른 나폴레옹이 전선을 돌기 시작하자, 지난 수개월 동안 들어보지 못했던 환성이 사방에서 메아리가 되어 터져나왔다.

"황제 폐하 만세!"

그는 각 연대 앞을 지날 때마다 말을 멈춰 세웠다.

—병사들에게 보답해야 한다. 나는 살아 있다. 나는 승리한다. 나는 너그럽고 정의로운 인간이다. 나의 고귀함, 그것을 만들어주는 것은 바로 이들이다. 나는 전투에서 그들을 고귀하게 만들어야 한다.

각 군대의 장군들에게 가장 용감한 선발병들을 지명케 했다. 나폴레옹은 강한 어조로 말했다.

"나는 그대를 천이백 프랑의 연봉과 함께 황제의 기사로 삼겠다."

"하지만 폐하, 저는 레지옹 도뇌르 훈장을 원합니다."

황제는 흉터 자국이 있는 고집스런 얼굴에 단호한 목소리를 가진 그 병사를 뚫어지게 쳐다보았다.

"좋다. 내가 그대를 이미 기사에 임명했으니, 그 둘을 모두 주겠다."

"저는 훈장을 더 원합니다. 폐하."

—나는 그에게 훈장을 내리고, 그의 귀를 꼬집어주리라. 그들은 내가 그들과 함께 목숨을 걸고 승리로 이끈다는 것을 알고 있다. 그들이 나를 위해 기꺼이 목숨을 바치는 것은 바로 그 때문이다.

라티스본이 함락되었다. 도시는 불타올랐다. 비엔나로 가는 길이 열린 것이다.

만족스러워해야 하리라. 그러나 그는 승리의 기쁨을 느낄 수 없었다. 카를 대공의 군대를 섬멸하지 못했기 때문이었다. 그들은 다뉴브 강 좌안을 따라 비엔나로 퇴각했다. 나폴레옹은 강 우안으로 군대를 진군시켰다.

그는 전군에게 알리는 선언문을 구술했다.

〈병사들이여, 그대들은 내가 기대한 바를 이루어냈다. 그대들의 용맹성이 수적 열세를 뛰어넘은 것이다. 그대들은 영광스럽게도 카이사르의 군대와 다른 군대와의 차이점을 잘 보여주었다.〉

그는 자신이 머물고 있는 궁에서, 도시를 불바다로 만든 화재를 진압하기 위해 양동이를 들고 달려나가는 병사들을 내다보았다. 전투로 인해 발생한 피해에 대해 그의 개인금고를 열어 도시에 보상해줄 것이다. 전쟁이라면 이제 지긋지긋했다. 서로 몸을 의지하고 간호실로 들어가는 부상병들이 눈에 들어왔다.

그는 낮은 목소리로 포고문을 이어나갔다.

〈며칠 안 되는 동안, 우리는 세 곳의 전투에서 승리를 거두었다. 첫번째는 탄과 아벤스베르크, 그리고 에크뮐에서 벌어진 전투이고, 두번째는 란츠후트에서 치른 전투, 마지막으로 세번째가 바로 여기 라티스본 전투다. 우리는 한 달 안에 비엔나에 입성할 것이다.〉

그것이 이 전쟁의 끝일 것인가?

운명은 늘 호의적이었다. 나흘 동안의 전투에서 그는 오스트리아 군대를 뒤흔들어놓았다. 하지만 아군은 또 얼마나 많은 사상자를 냈는가?

그의 발가락과 다리는 여전히 고통스러웠다. 제대로 걸을 수가 없었다. 그러나 병사들의 고통에 비하면 그건 아무것도 아니었다.

며칠 후, 에버스베르크 거리 곳곳에 널브러져 있는 수천 구의 시체를 보며 그는 구토 증세를 느꼈다. '승리의 여신이 아끼는 아이'라는 별명을 가진 마세나가 이 도시를 공격했을 때 생긴 사상자들이었다. 그러나 이 전투는 사실 아무런 의미가 없었다. 이미 아군의 다뉴브 강 도하가 끝난 뒤였던 것이다.

마세나가 변명하려 했지만 나폴레옹은 그를 무시했다. 1천 명의 전사자들과 2천 명의 부상자들…… 그 무의미한 사상자들.

그는 에버스베르크에서 유일하게 참화를 피한, 도시의 높은 지대에 위치한 저택에 마련된 자신의 거처에 들지 않았다. 그는 이웃 마을 앙그테텐의 한 집 앞뜰에 막사를 세우라고 지시했다.

그는 방으로 꾸며진 막사 안으로 들어갔다.

마세나를 막았어야 했다. 하지만 그가 어떻게 모든 것을 지휘할 수 있겠는가? 그는 용감하면서도 명철한 인간들에게 이제 한 부분이라도 맡길 수 있기를 바랐다.

진정 그럴 수 있기를 바랐다.

명령을 구술하기 전에, 그는 집무실로 쓰이는 막사 한구석을 이리저리 오가며 중얼거렸다.

"전쟁을 일으키는 모든 자들은 극악무도한 죄인으로 엄하게 다루어야 한다. 그들은 자신들의 계획이 인류에게 얼마나 큰 해악을 끼치는지 잘 알 것이다."

어쨌든 비엔나를 점령해야 한다!

오스트리아 수도 비엔나를 향해 말을 달리던 그는 엠스에서 멈춰 서서, 오스트리아군을 추격하는 사단들이 행군하는 모습을 지켜보았다. 묄크에 이르러 지형을 살펴보던 그는, 다뉴브 강을 굽어보는 베네딕트파의 한 수도원을 발견했다. 갑의 끝에 위치해 있는 수도원에서, 그는 강의 좌안을 관찰했다. 오스트리아군 야영지의 불빛이 어둠을 수놓고 있었다.

건물 안으로 들어간 그는 밖으로 돌출되어 있는 회랑에 자리잡았다.

이것이 긴 휴식일 수 있다면! 하지만 일은 아직 끝나지 않았다.

수도원을 침탈한 척후병들의 목소리가 들려왔다. 수도사들이 그들에게 술을 대접하고 있었다.

인간들에게는 이런 환희의 시간이 필요하리라. 비록 그는 파리에서 도착한 전문을 검토하느라 그 기쁨의 순간을 함께 누리지는 못하지만.

탈레랑의 비굴한 편지를 읽어나가며 그는 경멸의 몸짓을 취했다.

〈13일 전부터 폐하는 이곳 파리를 비우고 계십니다. 그 기간 동안 폐하께서는 이전에 거둔 눈부신 승전의 기록에 여섯 번의 승리

를 더하셨습니다.〉

—나는 승자다. 나는 죽지 않는다. 궁궐의 모든 아첨꾼들은 무릎을 꿇어야 하리라.

탈레랑의 아부는 계속되고 있었다.

〈폐하, 폐하의 영광은 저희들의 자랑이나, 폐하의 생명은 곧 저희들의 실존입니다.〉

나폴레옹은 곁에 있는 원수들이 듣든 말든 개의치 않고 혼자서 큰 소리로 외쳤다.

"나는 그에게 명예와 부, 다이아몬드를 듬뿍 안겨주었어. 그런데 그자는 그 모든 것을 나를 반대하는 일에 사용했다구. 나를 배반할 수 있는 첫번째 기회를 만나자마자 그자는 자신의 모든 힘을 다 쏟아부은 거야……."

그는 탈레랑의 편지를 집어던졌다.

조제핀 역시 나폴레옹이 입은 부상을 염려하는 편지를 보내왔다. 탁자에 지친 몸을 기대고, 그는 그녀에게 답장을 썼다.

〈적탄이 나를 스쳐갔지만 부상을 입지는 않았소. 총알은 나의 아킬레스건을 살짝 스쳤을 뿐이오. 나의 건강은 좋소. 당신은 쓸데없는 걱정을 하고 있는 거요. 일은 순조롭게 풀리고 있소. 잘 지내요. 나폴레옹.

이런 일들을 오르탕스와 베르크 공작 뮈라에게도 잘 말해주시오.〉

그러나 이런 부드러운 말이나 평화의 이미지에 오래 잠겨 있을 수 없었다. 직무를 이행해야 하는 것이다.

그는 회랑을 에둘러 나 있는 발코니로 다가갔다. 강 건너편에 주둔하고 있는 오스트리아군이 누구 휘하의 군대인지 알고 싶었다. 힐러 장군의 군대인가, 아니면 카를 대공의 군대인가? 심문할 오스트리아 병사를 하나 붙잡아와야 했다. 그렇게 하지 않고는 적의 내부 사정을 당장은 파악할 수가 없었다. 야음을 틈타 강 건너로 잠입하여 임무를 수행할 적임자로, 란은 자신의 부관 마르보 대위를 추천했다.

황제에게 다가와 예를 갖추는 마르보를 바라보던 나폴레옹이 말했다.

"나는 지금 자네에게 명령을 하달하는 것이 아니라는 걸 유념하게. 그저 나의 바람을 표현하는 것일세. 이보다 더 위험한 시도가 없다는 걸 잘 알기 때문이야. 내가 불쾌해할까 두려워하지 말고, 내키지 않으면 거절해도 좋다. 옆방에서 잠시 생각해보고, 자네의 결심을 그대로 말해주게."

마르보는 수락하리라. 그는 그것을 알고 있었다. 이들은 궁중의 아첨꾼들이 아니라, 나폴레옹 자신과 같은 빌어먹을 직업을 가진 자들인 것이다.

―이들에게 명령을 내릴 줄 아는 것, 그것이 나의 재능이다.

그는 마르보의 귀를 잡아당겼다. 마르보는 주저없이 강을 향해 떠났다.

강 건너편에 주둔하고 있는 병력은 힐러 장군의 군대로 드러났다. 그렇다면 비엔나로 곧장 진격할 수 있었다.

그는 생 폴텐에 도착했다. 날씨는 화창했고, 병사들은 환호하고 있었다. 그는 그제서야 몇 시간 동안 눈을 붙일 수 있었다.

그는 조제핀에게 몇 자 적었다.

〈친구여, 나는 지금 생 폴텐에서 편지를 쓰고 있소. 내일이면 비엔나의 코앞에 당도할 것이오. 오스트리아군이 인 강을 넘어 평화를 깨뜨린 날로부터 정확히 한 달이 되는 날이오. 내 건강은 좋소. 날씨가 눈부시오. 병사들은 아주 즐거워하고 있소. 여기에 술이 있기 때문이오. 잘 지내시오. 안녕. 나폴레옹.〉

1809년 5월 10일 수요일, 그는 삼 년여 만에 다시 쇤브룬 성의 정원을 거닐었다.

그의 모든 군대가 휴식을 취하고 있었다. 눈에 익은 살롱들과 금박 장식물들, 그는 잠시 꿈을 꾸었다. 이곳에 처음 머물렀던 기억이 떠올랐다. 1805년 11월 13일, 아우스터리츠 전투를 앞둔 때였다.

다시 찾은 쇤브룬에서 그는 시지푸스를 생각했다. 시지푸스처럼 그 역시 항상 다시 시작해야 하는 것인가? 끊임없이 전쟁의 공을 산정까지 밀어올리지만, 다시 굴러 떨어지는 곳은 늘 같은 장소, 쇤브룬이나 도나우베르트가 되어야 하는가? 내일은 또 어디에서 무슨 일이 일어날 것인가? 바르샤바에서? 아일라우에서?

그는 자신이 극도로 예민해져 있음을 느끼고 있었다.

비엔나의 항복을 요구하러 간 전권 협상단이 오스트리아군의 공격에 부상을 입고 돌아왔다. 소식을 들은 그는 비엔나가 항복할 때까지 포격을 가하라고 명령했다.

그는 갈수록 정상에 오르는 일이 어려워지고 있음을 절감했다.

비엔나는 저항하고 있고, 프로이센에서는 쉴 대대장이라는 경기병 장교가 수백 명의 병력을 이끌고 프랑스 병사들을 학살했다. 티롤 지방에서는 봉기가 수그러들지 않고 있었고, 스페인과 포르투갈 전선에서는 프랑스군이 승리를 거두지 못하고 있었다.

그는 말을 타고 질주했다. 얼마나 달렸을까, 갑자기 말이 어디 깊숙한 곳으로 푹 꺼져 들어간다는 느낌과 함께 그는 옆으로 내동댕이쳐졌다.

새까만 어둠…….

사람들이 그를 옮기고 있었다. 그는 눈을 뜨고 일어나 주위를 둘러보았다. 란과 참모들, 근위대 경기병들의 겁에 질린 얼굴들이 보였다. 그는 기절했던 것이다. 다시 말에 오르려는 그를 란이 만류했지만, 그는 단호하게 뿌리쳤다. 이런 사고는 잊어야 했다. 그들의 뇌리에서도 지워야 했다. 인간들은 어떤 징조에 과도하게 집착하는 경향이 있기 때문이었다.

그는 쇤브룬 성의 정원에 모든 목격자들, 원수들, 장교들, 병사들을 불러모았다. 그들 앞을 몇 차례 왔다갔다한 후, 그는 오늘 일이 비밀로 지켜지길 원한다고 말했다. 아무 일도 일어나지 않은 것이다!

그는 몇 분 동안 입을 굳게 다물고 그들 한가운데 서 있었다. 무거운 침묵이 흘렀다.

이들은 함구하리라.

그는 성 안으로 들어갔다.

1809년 5월 13일 토요일 새벽 두시, 비엔나가 항복했다.

그는 성의 접견실에 서 있었다. 벽에 걸려 있는 커다란 그림들을 둘러보며 그는 중얼거렸다.

"나는 여기 마리아 테레지아 왕비*의 추억 한가운데에서 지내겠다."

그리고 나서는 휴식도 취하지 않고 호위대에 둘러싸여 비엔나로 향했다. 그는 천천히 비엔나의 거리들을 돌아보았다. 거리는 황량했다. 예전에 호기심 어린 그 환대는 다 어디로 갔는가?

성으로 돌아온 그는 전군에 보내는 포고문을 구술했다.

〈병사들이여, 버림받은 비엔나 사람들은 그대들이 경의를 표해야 할 대상이 될 것이다. 나는 비엔나 주민들을 나의 특별한 보호하에 둘 것이다.〉

그는 평화를 원했다. 승리를 선언해서는 안 되었다. 게다가 전

---

*오스트리아의 대공, 신성로마제국 황제 프란츠 1세의 황후, 1717~1780.

쟁은 아직 끝나지 않았다. 카를 대공의 군대는 아직 궤멸되지 않았다.

〈우리에게 대접을 받을 자격이 있는 불쌍한 농민들과 선량한 주민들에게 친절히 대하라. 우리의 성공에 대해 조금도 교만해하지 말라. 우리의 성공에서, 배은망덕과 거짓 맹세를 징벌하는 신의 고귀하고 정의로운 증거를 보라.〉

약탈자와 낙오자들을 추적하라는 명령을 내렸다. 그는 오스트리아나 독일이 제2의 스페인이 되는 것을 원치 않았다.

군기를 확립하고, 기강을 엄정하게 유지해야 했다.

5월 13일 토요일 저녁, 안개가 깔릴 무렵. 그는 쉰브룬 성 주변에 배치된 초병들의 근무 상태를 점검하기 위해 순시에 나섰다.

그는 자신이 황제임을 확인시키며 초소 앞을 지나갔다.

그런데 안개 속에서 한 병사가 정지 명령을 반복해 외쳤다.

"조금이라도 움직이면, 이 총검으로 배를 쑤셔버리겠다."

나폴레옹은 순간 움직이지 않았다. 그는 사살당할 수 있는 한 인간에 지나지 않았다. 하지만 그는 곧 앞으로 나아갔다. 초병이 그를 알아보고 겨누던 총을 거두며 경례했다.

─운명이 내 삶의 길을 건드리겠다는 결심은 아직 하지 않았다는 거로군.

나폴레옹은 초병의 이름을 묻고, 그를 치하하며 귀를 살짝 잡아당겼다가 놓아주고는 천천히 자리를 떴다.

방으로 돌아온 그는 조제핀에게 편지를 썼다.

〈나는 비엔나의 지배자요. 모든 일이 완벽하게 이루어졌소. 건강도 아주 좋소. 나폴레옹.〉

7

모든 것은 이렇게 끝나는 것이오

　1809년 5월 중순, 쇤브룬 성의 정원에 부드러운 바람이 불고 있었다. 근위대를 사열한 후, 산책로에 들어서서 몇 걸음을 걷던 나폴레옹은 곧 멈춰 섰다. 이 환한 봄날에 왕궁의 평화로움을 감상하고 있을 수만은 없었다. 전쟁을 끝내기 위해서는 이번 전투의 결말을 보아야 했다. 그는 발걸음을 돌렸다. 집무실에 돌아온 그는 지도를 들여다보고, 비엔나에서 다뉴브 강을 따라 하류 쪽으로 파견한 척후병들의 보고서를 읽었다.

　바클레르 달브를 불러 그와 함께 지도에 압핀을 꽂아가며 위치를 표시했다.

　다뉴브는 강폭이 1킬로미터가 넘는 대하였다. 강바닥에는 수많은 용기가 있을 것이고, 그것들은 다리를 놓는 데 좋은 지지대가 될 수 있을 것이다. 오스트리아군의 주력, 카를 대공의 군대가 좌안에 집결해 있었다. 그 군대를 격파하기 위해서는 도강 말고는 달리 선택이 없었다. 다리가 절대적으로 필요했다. 바클레르 달브가 지도의 한 지점을 손가락으로 가리키며 말했다.

"그들은 바로 여기에 있습니다."

아스펀과 에슬링 마을 사이를 지나 북쪽으로 조금 더 올라간 곳, 바그람 평원에 그들이 있는 것이다.

나폴레옹은 긴장과 초조감에 휩싸여 있었다. 원치 않았던 이 전쟁이 발발한 이후, 불길한 징조가 꼬리를 문다는 느낌과 싸워야 했다. 오른쪽 발가락에 느껴지는, 짧지만 격렬한 통증은 어떤 경고 신호처럼 끊이지 않고 그를 짓눌렀다. 그는 부상당하고, 쓰러지는 말에서 튕겨나가 기절했었다. 어제도, 란 원수와 다뉴브 강변을 걷고 있을 때였다. 란이 발을 헛디뎠는지 기우뚱하더니 차가운 강물에 빠져버렸다. 눈이 녹아 불어난 강물은 알프스 산맥의 급류처럼 무섭게 소용돌이치고 있었다. 그는 란을 구해내기 위해 강물 속으로 뛰어들었다. 금세 허리에까지 물이 차올랐다. 몬테벨로 공작인 란도, 황제인 그도 웃지 않았다. 차디찬 강물에 흠뻑 젖은 그들은 근심스런 얼굴로 서로를 오래도록 바라보았다.

군대는 강을 건너 좌안으로 진격해야 했다. 그러기 위해서는 비엔나의 하류에 다리를 놓아야 했다. 지형과 지도를 면밀히 검토한 달브는 보고서를 올렸다. 폭 4킬로미터에 길이 6킬로미터인 로바우 섬이 우안에서 시작하여 다뉴브 강을 가로지르는 축이 될 수 있을 것 같다는 보고였다. 우안에서 로바우 섬까지 4백 미터 길이의 다리, 그리고 로바우 섬에서 강의 좌안까지 다시 2백 미터 길이의 작은 다리를 놓는 것이다.

나폴레옹은 주저하지 않았다. 공병대에 작업을 개시하라고 명령했다. 우선 로바우 섬을 점령하고, 밧줄과 목재, 철근과 닻의 역할을 할 수 있는 포탄통 따위를 모아야 할 것이다. 베르트랑 장군 휘하의 토목 기술자들이 그런 재료들을 차곡차곡 쌓아둘 것이다. 그는 베르트랑을 불러 하루 안으로 다뉴브 강을 건너는 다리를 완성시키라고 명했다.

내일 5월 17일 수요일엔 쇤브룬 성을 떠나 로바우 섬의 정면, 강의 우안에 위치한 마을 에버스도르프로 진군할 것이다.

그는 전문들을 읽었다. 스페인에서는 악성 종양의 뿌리가 계속 자라고 있었다. 프랑스군은, 사태 해결에는 아무 도움이 되지 않을 작은 승리만 몇 번 거두었을 뿐, 패배를 거듭하고 있었다. 이탈리아에서는 으젠의 군대가 비엔나를 향해 이동하고 있었지만, 교황은 로마에서 모든 가톨릭 교도는 '적(敵)그리스도'에 맞서 총궐기하라고 선동하고 있었다.

─적그리스도? 내가? 어림도 없다! 스페인과 티롤에서는 그런 기도가 성공했지만, 내가 직접 군대를 지휘하는 지금 그것을 용납할 줄 아는가?

그는 단숨에 포고령을 구술했다.

〈프랑스 황제이며, 이탈리아 왕이고, 라인 연방의 수호자인 나폴레옹은 다음과 같이 포고령을 내린다. 과거 프랑스 황제이자, 우리의 신성한 조상이었던 샤를마뉴가 로마 주교에게 여러 개의 백작 작위와 토지를 주었던 바, 그것은 봉토이자 국가 재산이었다. 그러므로 로마가 샤를마뉴 제국의 테두리에서 벗어난 것이 아니었다.

우리 군대의 안전, 우리 민중의 평안과 신분 보장, 우리 제국의 권위 등과 교황의 세속적 권리 주장 사이에서 합의점을 찾으려는 우리의 노력은 실현되지 못했다. 그리하여 우리는 다음과 같은 포고령을 거듭 발동하는 바이다. 교황령은 프랑스 제국에 병합되

었다.〉

─나에게 맞서려 들고 나를 파문한다? 그러면 나는 깨부순다.
나는 그렇다. 내가 다른 뺨까지 마저 내밀 줄 아는가? 나는 황제
이지, 성자가 아니다. 나는 내 명령에 목숨을 내놓는 내 민중들과
병사들에 대한 책임을 지고 있다. 필요하다면, 나는 죽인다.

나폴레옹은 숨도 쉬지 않고 말을 이었다.

〈피로를 핑계 삼아 부대를 이탈해 약탈을 일삼는 낙오병들은
반드시 체포하여 군사재판에 회부하고 즉각 사형시킬 것이다.〉

─전쟁을 수행하는 힘, 그것은 연민과 동정이 아니다. 나는 전
쟁을 원치 않았지만, 전쟁은 벌어졌고, 나는 전쟁을 수행한다.

더이상 기다릴 수 없었다. 로바우 섬으로 가는 다리는 채 완성
되지 않았다. 나폴레옹은 란 원수와 함께 작은 배를 타고 다뉴브
강을 건넜다.

두 사람은 로바우 섬에 하나밖에 없는 집에 자리잡았다.

열려진 창문으로, 집 주변 풀밭에 흩어져 있는 참모들의 웃음소
리가 들려왔다. 나폴레옹은 밖으로 나왔다. 밝은 보름달이 섬과
강물, 그리고 건너편에 불을 피워놓고 있는 오스트리아군 야영지
를 비추고 있었다. 그는 달과 강물과 야영지를 바라보며, 병사들
의 노랫소리에 귀를 열어두었다. 내일이면 목숨을 잃을지도 모르
는 젊은이들이 근심 걱정을 제쳐놓고 목청껏 부르는 노래를.

당신이 영광을 위해 나를 떠나면
나의 부드러운 심장은 어디든지 당신의 발길을 따르렵니다……
평화로운 빛으로 반짝이는 밤하늘의 성운이
프랑스군의 막사 위에 불꽃을 뿌려줍니다…….

군대에서는, 네덜란드 왕비 오르탕스가 이 가사를 지었다는 말이 돌고 있었다. 잠시 그의 뇌리에 평화로운 이미지들이 떠올랐다. 오르탕스의 아들, 튈르리의 테라스에서 뛰놀던 나폴레옹 샤를. 그러나 지금은 세상에 없는 아이. 나폴레옹은 자신의 피가 흐르는 아들을 원한다. 그것 때문에라도 승리를 거두어야 했다.

5월 21일 일요일, 그는 큰 다리와 로바우 섬과 작은 다리를 건너, 강의 좌안에 도착해 있는 마세나와 란의 군대와 합류했다. 아스펀과 에슬링 마을에서 전투가 벌어졌다.

말을 타고, 약간 높은 지대에 위치한 기와 공장의 폐허 위에 오른 나폴레옹은 그곳에서 전장을 바라보았다. 총탄과 포탄이 비 오듯 쏟아지고 있어 말고삐를 단단히 쥐어야 했다. 흰색 군복의 오스트리아군 전열이 마치 하얀 물결처럼 아스펀과 에슬링을 공격하고 빠져나간 후, 그 자리에 약간 어두운 청색 빛깔의 물결이 펼쳐졌다. 전사하거나 부상당한 프랑스 병사들…… 그들은 땅 위에 희고 푸른 점들을 흩뿌려놓은 것처럼 쓰러져 있었다.

푸줏간과 다를 바 없었다.

오스트리아군이 보유한 1백여 문의 대포가 불을 뿜을 때마다 아군의 전열은 급격히 흩어졌다. 포탄이 떨어지는 곳마다 병사들이 나자빠졌다. 참모가 메시지를 가져왔을 때에야 그는 고개를 돌렸다. 일진일퇴를 거듭하던 아스펀과 에슬링 전선에서 프랑스군이 여섯번째로 재탈환하였다는 급보였다. 순간 그는 갑자기 몸의 중심을 잃었다. 다행히 말안장에서 떨어지지는 않았다. 왼쪽 다리에 불이 붙은 듯 뜨거웠다. 탄환 하나가 스치면서 그의 군화를 찢고 화상을 입힌 것이다.

또 하나의 불길한 징조.

그는 파고드는 근심을 떨쳐버렸다. 한 참모가 달려와 하천이 범

람하는 바람에 큰 다리가 떠내려갔다고 보고했다. 급류에 실려온 거대한 나무등걸이 교각을 무너뜨린 것이다. 나폴레옹은 너무 많은 피를 흘린 아스펀과 에슬링을 포기할 때라고 생각했다.

그때였다. 다리가 복구되었다는 소리가 들려왔다. 군수품과 병사들이 다시 다리를 건너 로바우 섬과 좌안으로 올 수 있게 된 것이다.

갑자기 강한 휘파람 소리가 들렸다. 포탄이 가까이에 날아오는 소리였다. 말이 앞발을 들며 벌떡 일어서는가 싶더니 그대로 쓰러지고 말았다. 말의 엉덩이가 깨진 것이다.

그는 즉시 다른 말에 올랐다. 병사들이 그를 둘러싸며 소리쳤다.

"대포의 고도를 낮춰라. 황제 폐하가 계실 때에는! 고도를 낮춰!"

만일 포탄이 일 미터만 더 높은 곳에서 터졌더라면, 무너진 벽 사이의 풀밭에 나뒹굴고 있는 저 시신들과 같은 운명이 되었으리라.

누군가 말의 고삐를 꽉 붙들고 소리쳤다.

"물러나십시오, 제발. 물러나지 않으시면 제 병사들을 시켜 폐하를 강제로 모시겠습니다."

—발테르 장군이군.

목사의 아들이며 루터교 신자인 발테르, 그는 이탈리아 원정 때부터 나폴레옹을 따르던 사람이었다. 아우스터리츠 전투에서 부상을 당했던 그를, 나폴레옹은 근위 기병대의 지휘관으로 임명했다. 아일라우에서도 수차례 공격 임무를 맡았으며, 죽을 고비를 몇 번이나 넘긴 장군이었다.

—이들은 내가 죽는 것을 원치 않는군.

그는 뒤로 돌아서서 천천히 작은 다리를 건넜다. 젊은 신병 소총수들로 구성된 부대를 향해 올라가는 그를 향해, 병사들이 '황제 폐하 만세'를 연호했다.

서서히 안개가 강물을 휘감고, 밤이 내리면서 사위가 고요해지기 시작했다.

그는 로바우 섬의 작은 집 앞에 앉아 다부에게 보낼 전문을 구술했다.

〈적은 사력을 다해 우리를 공격했네. 다리를 건넌 아군은 이만 명뿐이었어. 전투는 치열했지만 아직 끝나지 않았네. 군수품과 보급품을 보내주게. 비엔나 방어 병력만 남기고, 동원 가능한 모든 병력을 이곳으로 보내게. 식량도 함께 보내주길 바라네.〉

나폴레옹은 눈을 감았다. 몇 분이라도 눈을 붙여야 했다. 잠이 필요했다.

1809년 5월 22일 월요일, 나폴레옹이 눈을 떴을 때, 모든 것이 짙은 안개에 싸여 있었다. 그는 섬을 가로질러 좌안으로 향하는 병사들의 군화 소리와 수레가 삐걱이는 소리를 들었다. 이 지원군과 보급물자가 모두 다리를 건너가면 전투에서 승리할 수 있었다. 그러나 만일 다리가 끊긴다면, 일만여 명의 병사들이 함정에 빠지고 말 터였다.

그는 소나무 한 그루를 가리키며, 목수들에게 전투 현장을 내려다볼 수 있는 망루를 세우라고 지시했다. 안개가 걷히고, 대포가 다시 불을 뿜기 시작했다. 그는 초조했다. 그는 나무 꼭대기에 올라갔다. 저기, 아스펀과 에슬링이 한눈에 들어왔다. 적의 대형과 진지를 면밀히 파악한 그는 나무에서 내려왔다. 이제 란의 기병대로 하여금 오스트리아군의 핵심을 깨부수라는 돌격 명령을 내릴 수 있게 되었다.

그는 말에 올랐다. 공격하기 전에 좌안에 가 있고 싶었다.

좌안으로 건너간 그는 강을 따라 한 근위 대대가 맡고 있는 전 초기지까지 나아갔다. 그 부대는 다시 공격을 감행하고 있는 오스트리아군을 향해 격렬한 포격을 가하고 있었다. 갑자기 그의 곁에서 누군가 소리를 질렀다. 베르트랑 장군이었다.

이 재능 있는 장군의 낯빛이 하얗게 질려 있었다. 큰 다리가 방금 쓸려내려갔다는 것이었다. 다리를 복구하려면 적어도 이틀이 필요했다. 군수품, 지원병력, 식량 그 어떤 것도 더이상 전달할 수가 없게 된 것이다.

그는 베르트랑에게서 돌아서며 참모들을 불렀다. 본대의 지휘관들인 마세나와 란에게 명령을 하달했다. 싸우면서 후퇴하되 일사분란하게 작은 다리를 건너라. 그리고 로바우 섬의 방어를 강화하고, 그곳을 사수하라.

로바우 섬으로 돌아오면서 곳곳에 널려 있는 시체들을 보았다. 아스펀과 에슬링 근처에서 이만에 가까운 병사들이 전사했다. 적군은 아마 더 많은 숫자가 쓰러졌으리라.

작은 다리로 진입하는데, 병사들이 나뭇가지를 엮어 만든 들것으로 부상병들을 운반하는 모습이 보였다. 그들, 부상자를 운반하는 병사들 중에 란의 부관 마르보 대위가 보였다. 전장에서는, 메시지를 전하러 황제에게 오기 전에는, 란의 곁을 떠나지 않아야할 마르보였다. 의아한 눈길로 다시 바라보자, 대위는 부상당해 쓰러져 있는 한 사람의 손을 붙들고 있었다. 란, 부상자는 다름아닌 란 원수였다.

그는 급히 달려갔다. 란. 란. 소리치고 싶었지만 이를 악물었다. 마르보를 비켜서게 하고 란을 바라보았다. 란의 다리는 시뻘건 핏물 덩어리였다. 다리를 잘라내야 하리라.

그는 란에게서 물러나 다시 말에 올랐다. 더이상 억제할 수가 없었다. 란…… 두 팔로 말의 목덜미를 감싸안으며 그는 쓰러졌다. 말갈기에 얼굴을 파묻었다. 그가 탄 말이 뚜벅뚜벅 걷는 대로 몸을 내맡기고 있었다. 입 안으로 쓰디쓴 액체가 흘러들고, 눈가에는 불꽃이 일었다. 나폴레옹은 울고 있었다.

그는 말 잔등에 파묻은 몸을 다시 일으키고 포효하듯 명령을 내렸다. 눈가는 어느새 말라 있었다. 무슨 일이 있어도, 좌안에 진출해 있는 병사들이 안전하게 후퇴할 수 있도록 에슬링을 사수해야 했다. 멈춰 있을 시간이 없었다. 그는 다시 작은 다리까지 말을 달렸다. 란의 상태가 궁금했다. 란의 왼쪽 다리는 이미 잘려나가고 없었다. 억누를 수 없는 감정이 다시 북받쳤다. 그가 원한 것은 이런 게 아니다…… 그는 무릎을 꿇고 란을 안았다. 혹, 피냄새가 끼쳤다. 란의 몸을 꽉 부둥켜안았다. 나폴레옹의 하얀 조끼에 핏자국이 묻었다.

란은 나폴레옹을 꽉 붙들고 매달렸다.

"란, 그대는 살아날 거야. 나의 친구, 그대는 살 거야."

—란은 내가 자기를 구원할 수 있는 힘을 갖고 있기라도 한 것처럼 간청하고 있다. 내가 전능한 힘이라도 가진 것처럼. 나도 그가 살아나기를 간절히 바란다. 하지만 나는 안다. 그는 죽어가고 있다.

나폴레옹은 란의 곁을 떠났다.

모두들 피곤에 지쳐 있었지만, 군대는 대오를 지켜가며 다리를 건너 로바우 섬에 자리잡았다. 이따금 오스트리아군의 포탄이 주위에 떨어졌다. 마지막 병력들이 다리를 건너고 나면, 작은 다리를 없애야 했다. 그리고 섬에는 포대와 방어에 필요한 병력만 남기고, 큰 다리를 복구해야 했다.

그는 우안의 에버스도르프 마을로 돌아왔다. 에슬링 전투에서, 그는 이기지 못했다. 패배한 건 아니지만, 아군 이만이 목숨을 잃었다.

—도처에서 내가 후퇴했다고 떠들어대겠지. 그러나 나는 끝내 승리한다. 산 자들의 허망한 죽음과 란의 고통을 담보로.

란 원수는 5월 하순의 찌는 듯한 더위 속에서 죽음과의 싸움을 벌이고 있었다.

—상처가 감염이 되어 점점 그의 몸을 파들어간다. 그는 고통과 싸우고 있다. 그 싸움에서 버텨내기 위해 그는 나의 존재를 필요로 한다. 그의 곁에 머물고 싶지만, 사람들이 내 팔을 잡아끈다.

이탈리아군이 마침내 라인 연합군에 합류했다. 이 성공적인 합류를 축하해야 했다. 그는 포고문을 구술했다.

〈이탈리아 병사들이여, 그대들은 내가 그대들에게 부여한 목표를 영광스럽게 완수했다. 환영한다! 나는 그대들에게 만족하노라.〉

—얼마나 많이 이런 말들을 했으며, 또 얼마나 많이 싸워야 했는가. 그러나 이것이 내 생의 법칙이다.

그는 말을 이었다.

〈병사들이여, 오스트리아군은 내 철의 왕관을 깨부수겠노라고 공언했었다. 그러나 그대들의 도움으로 우리는 그들을 궤멸시킬 것이다. 그들의 오만은 이러한 금언이 진실임을 증명해주는 좋은 예가 될 것이다. 'Dio la mi diede, guai a chi la tocca!(신은 내게 왕관을 주셨고, 왕관을 건드린 자에게는 불행을 내리셨다!)'〉

그는 사령부 역할을 하고 있는 에버스도르프의 작은 집에 앉아, 폭염을 막기 위해 덧창을 내렸다.

염증은 이제 란의 몸 전체를 갉아먹고 있었다.

란에 대해 더이상 생각하지 않아야 했다.

조제핀에게 편지를 썼다.

〈내 친구여, 으젠이 자신의 군대를 모두 이끌고 나에게 왔다는 소식을 알리기 위해 편지를 쓰오. 그는 내가 기대한 목표를 완벽하게 달성했소. 내가 이탈리아군에게 발표한 포고문을 동봉하오. 이것을 보면 모든 상황을 이해할 수 있을 것이오. 난 잘 지내고 있소. 안녕. 나폴레옹.

추신 : 이 포고문을 스트라스부르에서 인쇄토록 하되 독일 전역에 배포할 수 있도록 독일어와 프랑스어 두 가지로 만드시오. 포고문 사본 한 부를 파리로 가는 시종에게 전하시오.〉

태풍과 태풍 사이의 잠잠한 며칠 동안, 그는 에버스도르프 작은 집의 어둠 속에 머물렀다. 낮에는, 시간이 날 때마다 베르티에를 만나 산적한 업무를 처리해나갔다. 곧 있을 전투를 준비하고, 다리를 복구하고, 식량과 군수품 저장고를 다시 채우고, 군대를 재정비하고, 부상자들을 비엔나의 각 병원에 입원시키게 했다.

매일 아침저녁, 그는 이웃집에 데려다놓은 란의 병상을 찾았다.

란은 죽어가고 있었다.

5월 31일 수요일, 란이 누워 있는 집 입구에서, 마르보 대위가 팔을 벌리고 나폴레옹이 들어가는 것을 막았다. 부관의 얼굴은 침통했다.

"란 원수께서는 운명하셨습니다. 시신에서 나는 냄새가 온 방안에 진동하고, 역한 독기가 가득합니다. 안으로 들어가실 수 없습니다. 위험합니다."

마르보 대위는 몇 번이고 반복해 말했다.

나폴레옹은 마르보에게 물러서라고 명했다. 방 문을 열고, 란의 병상으로 다가간 그는 무릎을 꿇었다. 보기에도 처참한 란을 껴안았다. 그리고 메마른 목소리로 중얼거렸다.

"프랑스와 나에게 이 얼마나 큰 손실인가."

그는 참을 수가 없었다.

나폴레옹은 울었다.

이 차가운 시신을 품에 안고 온기를 되돌려주고 싶었다.

누군가 그의 몸을 붙들고 란에게서 떼어내며 일으켜세웠다. 베르티에였다. 베르트랑 장군과 그의 장교들이 명령을 기다리고 있다고, 베르티에가 말했다.

잠시 밖으로 나갔다가 이내 돌아온 나폴레옹이 지시했다.

"란의 시신에 향료를 뿌려라. 그리고 프랑스로 운구하라."

그는 베르트랑 장군을 향해 다가가면서 명령하기 시작했다.

"다리 복구 작업은……."

에버스도르프에 있는 작은 집 어두운 방에서, 그는 란의 미망인 몬테벨로 공작부인에게 편지를 썼다.

〈나의 사촌이여, 오늘 아침에 원수가 운명했소. 영광스런 전투 현장에서 입은 부상 때문이었소. 내 고통도 부인과 같소. 나는 십육 년 동안 나와 함께 싸워온 전우이자, 나의 군대에서 가장 뛰어난 장군을 잃었소. 나는 그를 최고의 친구라 생각해왔고, 지금도 변함이 없소. 그의 가족과 아이들은 앞으로 나의 특별한 보호를 받을 것이오. 내가 부인께 이 편지를 쓰는 것도 그 약속을 지키기 위함이오. 하지만 어떤 것도 부인께서 지금 당하고 있는 고통을 덜어줄 수는 없을 것이오.〉

그는 오랫동안 얼굴을 가슴에 파묻고 있었다. 그리고 조제핀에게 란 원수 부인을 위로해주라고 당부했다.

〈오늘 아침, 몬테벨로 공작의 죽음은 나를 무척 괴롭게 했소. 이렇게 모든 것은 끝나는 것이오!〉

8
인간이 하는 모든 일이 전투다

나폴레옹은 집무실에 앉아 열려 있는 창문으로 쇤브룬 성을 감싸고 있는 정원을 바라보았다. 1809년 6월 초의 아침, 날씨는 온화했다. 평화의 시대가 다가온 것처럼. 조금 전, 그는 이 성에서 마리 발레프스카와 함께하는 삶은 어떨까 상상했다. 그녀가 폴란드에서 보낸 편지가 탁자 위에 놓여 있었다. 그는 아일라우 전투를 끝낸 직후부터 프리트란트에서 승리를 거두기 전까지, 핑켄슈타인 성에서 보냈던 여러 날들을 생각했다. 그때 그는 차르와 동맹체제를 맺어 강력한 전쟁 억지력을 갖게 되었다고 믿었다. 그러나 그후, 그의 희망은 모두 물거품이 되고, 그가 우려했던 일은 하나도 빠짐없이 현실로 나타나고 말았다.

카를 대공의 군대는 여전히 다뉴브 강 좌안, 바그람 평원에 진지를 구축하고 있었다.

　그들은 프랑스군의 재공격에 대비해 강가에 방책(防栅)을 쌓았고, 방책 귀퉁이마다 보루를 세워 튼튼한 포대 진지를 구축했다.

　다뉴브 강을 건너 그들을 격파해야 했다.

　— 나 자신만을 신뢰할 수 있다. 차르는 자신의 군대를 움직이고 있지만, 오스트리아를 압박하려는 것이 아니다. 이 전쟁에서 승리의 공을 세워 폴란드 왕국을 재건하고자 하는, 포냐토프스키의 폴란드군을 방해하려는 기도일 뿐이다. 알렉산드르 1세, 이 얼마나 기가 막힌 동맹자인가!

　나폴레옹은 일어섰다. 사바리 장군을 불렀다. 어느 연대가, 그리고 어떤 원수와 장군이 오늘 아침의 사열에 참가하는지 알고 싶었다. 그는 레지옹 도뇌르 훈장을 수여하고, 공적이 많은 병사들을 제국의 기사 반열에 올려야 했다.

　에슬링에서 심대한 타격을 입은 그의 군대에 다시 강력한 힘을 부여해야 했다. 그는 전사하거나 부상당한 2만 명에 가까운 동료들에 대한 기억을 지우고자 했다. 또 후퇴했어야 했다는 상황을 병사들이 잊기를 바랐다. 다리가 세워지고, 지원군이 도착하는 대로 전투를 개시할 수 있는 태세를 갖춰야 했다.

　2만의 보병, 1만의 기병, 6천의 근위대, 그리고 포병대를 기다렸다. 지원군이 합류하면, 그는 18만 7천의 병사와 4백88 문의 대포를 보유하고, 카를 대공의 12만 5천 오스트리아군과 맞서게 되는 것이다.

　그는 창가로 다가갔다.

　아직도 건너야 할 강이 있었다. 카를의 동생인 요한 대공의 군대도 헝가리에서 재결집하고 있었다. 이탈리아에서 패배했던 그들은 3만이 넘는 병력을 보유하고 있었다.

나폴레옹은 사바리를 향해 몸을 돌렸다. 그는 매일 아침 로바우섬에 가기를 원했다. 그 섬은 다시 한번 도강을 위한 기둥 역할을 하게 될 것이다. 그 섬에서 오스트리아군을 관찰할 수 있고, 다리 공사의 진척 상황을 알 수 있으며, 군대가 언제 섬을 거쳐 좌안으로 건너갈 것인지 결정할 수 있을 것이다.

성공해야 했다. 그는 자신이 패배하면 어떤 일들이 벌어질지를 알고 있었다. 다른 자들이 개떼처럼 달려들리라. 그는 그런 상황을 기다리는 평범한 군주가 아니었다.

—프로이센 왕과 그 잘난 동맹자 알렉산드르는 지금 나의 패배만을 노리고 있으리라.

나폴레옹은 사바리에게 말했다.

"그들은 모두 내 무덤 앞에서 만나자고 약속한 자들이지. 하지만 그들은 감히 그곳에 오지 못할 걸세."

그는 사바리를 내보내고 혼자 남아, 부대들이 정렬하기 위해 광장에서 움직이는 소리에 귀기울였다. 사열은 매일 그렇듯이 오전 열시에 시작될 것이다.

전장에서의 시간은 모든 것이기도 했다. 시간의 정확한 운용이 필요했다.

전투의 소용돌이, 매순간 승부의 요소들을 뒤흔들어놓았던 예기치 않은 사건과 란의 죽음을 겪은 이후, 그는 여기 쇤브룬에서 군의 질서와 기강을 다시 세우고 그것이 엄격하게 준수되기를 원했다. 매일 반복되는 훈련만이 군대를 효율적으로 돌아가게 하는 것이다. 훈련이 습관처럼 병사들의 몸에 배어 있어야 했다. 그럴 때 비로소 그의 정신은 자유롭고, 다가올 전투와 다리 복구 공사, 군대의 배치와 이동을 생각할 수 있었다. 그의 군대는 강의 좌안을 공격하고, 바그람 평원을 쓸어버릴 것이다. 최초 공격 지점은, 카를이 방책을 세워둔 곳을 피해, 전혀 예상치 못할 곳으로 잡았다. 아스펀과 에슬링의 하류에 위치해 있는 지점이었다.

짧은 기쁨의 순간이었다. 그가 군대 이동 작전을 머릿속에 그려 두고 있었다. 포병대를 집중적으로 투입할 것이다. 이전에 그 누구도 실현시키지 못했던 전술이었다. 포병대가 대규모로 투입되는 순간, 카를은 나폴레옹이 에슬링을 공격한다고 생각할 것이다. 그러나 정작 에슬링은 치지 않고 우회한다. 오스트리아군을 속이는 것이다.

그는 지도가 놓인 탁자로 향했다. 손가락으로 그로스 엔저스도르프를 가리켰다. 바로 전투는 그곳에서 벌어질 것이다.

그는 집무실을 오래 서성였다. 다가오는 전투 외에는 다른 생각을 할 수 없었다. 전투는 어떻게 전개될 것인가? 그의 관심사는 오로지 전투를 예측하는 일에 집중되었다.

승리를 얻고 나면 평화가 찾아오리라. 그는 평화를 원했다. 그 자신도 멈추게 하지 못한 이 오랜 미치광이 짓을 끝내고, 이젠 다르게 사는 일이 필요했다.

지도가 펼쳐진 탁자를 떠나, 옆에 있는 작은 탁자 위에서 마리 발레프스카의 편지 뭉치를 집어들었다.

마리에게 몇 자 적었다. 그녀가 쇤브룬으로 와서 그를 다시 만나기를 바랐다. 그녀가 핑켄슈타인 성에서 그랬던 것처럼.

〈늘 그렇듯이 그대의 편지는 나를 기쁘게 하오. 그대가 왜 크라쿠프까지 군대를 따라갔는지 납득되지 않소. 하지만 그것에 대해 그대를 비난하려는 건 아니오. 폴란드 문제는 해결되었소. 그대가 걱정했던 마음을 충분히 이해하오. 나는 행동으로 보여주었소. 그대에게 위로의 말을 남발하는 것보다는 그게 훨씬 더 나은 일이지. 나에게 감사할 이유는 없소. 나 역시 그대의 조국을 사랑하기 때문이오. 나는 그대의 동포들이 갖고 있는 장점의 가치를 높이

사고 있소. 전쟁을 종결하기 위해 비엔나를 굴복시키는 일이 최우
선 과제요. 나의 부드러운 연인이여, 하루빨리 그 일을 마치고 당
신에게 가까이 갈 수 있는 방도를 마련하겠소. 그대를 다시 보고
싶은 마음 간절하오. 쇤브룬에서라면, 매혹적인 정원의 아름다움
을 만끽하면서 좋지 않았던 날들은 잊을 수 있을 것이오. 부디 인
내하고 나를 믿어주기를. 나폴레옹.〉

　—나는 나에게 확신을 불어넣어달라고 부탁할 만한 그 누구도
없다. 내게 필요한 모든 힘과 신뢰는 바로 내 안에서, 오직 내 안
에서만 길어올려야 했다. 신이라고? 신은 침묵하고 있다. 교황, 그
자는 나를 파문하고, 자신의 대표권만 주장하고 있다! 이 교황에
게 더 많은 조치가 필요하리라. 그는 지옥에 보내야 할 미친 자다.
　그는 자리에서 일어나 천천히 거닐었다.

　—내가 지옥에 떨어지길 바라는 적들에게 신중해봐야 무슨 소
용이 있는가? 모든 전선을 유지하며, 여기에서 승리를 거두어야
한다. 그리고 모든 곳을 지배해야 한다. 파리에서와 마찬가지로
로마에서도.

　그는 다시 자리에 앉아 푸셰에게 편지를 썼다. 오트랑트 공작
푸셰는 내무장관이 갖고 있던 모든 권한까지 장악해야 할 것이다.
내무장관 크레테가 과로로 쓰러졌던 것이다.

　—내게는 아플 수 있는 여유라도 있는가?
　나폴레옹은 비서에게 몸을 돌리며 소리쳤다.
　"내가 장관으로 임명한 자들은 결코 아파서도 안 돼."

　—권력이란 그런 것이다. 자신이 가진 힘을 다 쏟아붓든가, 아
니면 물러나야 하는 것이다. 푸셰는 강골이어서 국가를 장악할 줄
아는 자이다. 승리를 거두면, 곳곳에서 비난하는 자들도 침묵을
지키고, 근심 걱정도 사라질 것이다. 하지만 현재로선 무력으로
확실하게 해결하지 못했기 때문에 푸셰에게 치안장관과 내무장관

역할을 수행케 할 수밖에 없다.

그는 구술을 시작했다.

〈나는 평화롭게 지내고 있소. 오트랑트 공작도 그곳에서 평화롭기를. 한 달 뒤면 모든 상황이 변할 것이오.〉

—내가 카를 대공을 패배시키고 나면.

분열행진, 사열, 점검.

나폴레옹은 하루도 거르지 않고 로바우 섬을 찾았다. 뒷짐을 지고 그는 일고여덟 시간 동안, 섬에다 집결시켜놓은 백여 문의 대포 앞에서 일일이 걸음을 멈추며, 샤를 데스코르슈 드 생트 크루아 대령에게 질문을 던졌다. 그는 갓 서른이 지난 이 젊은 장교를 높이 평가했다. 대령의 아버지는 루이 16세 치하에서 대사를 지낸 인물이었다. 나폴레옹은 생트 크루아 대령에게 매일 새벽 자신이 일어나는 시각에 맞춰 쇤브룬 성으로 들어오라고 지시했다. 간밤에 로바우 섬에서 무슨 일이 일어났는지 알아두기 위해서였다.

—생트 크루아는 내가 걱정하고 있다는 것을 알까? 매일 밤, 카를 대공이 섬을 공격하지 않을까 두려워하고 있다는 것을. 그러나 다행스럽게도 오스트리아군은 방책을 쌓는 일에만 몰두하고 있다!

나폴레옹은 이중으로 된 거대한 사다리에 올랐다. 사다리 정상은 로바우 섬에서 제일 큰 나무보다 더 높았다. 생트 크루아가 로바우 섬의 높은 지대에 설치해 둔 것이다. 사다리에 오르면, 다뉴브 강 좌안을 모두 볼 수 있었다.

나폴레옹은 오랫동안 사다리 꼭대기에 머물렀다. 좌안을 따라 세워진 적군의 방책이 한눈에 들어왔다. 방책은, 그의 예상대로 아스펀과 에슬링 앞에 쌓여져 있었다. 예정했던 대로, 그는 엔저스도르프 쪽으로 해서 다뉴브를 도강하리라.

강 건너편 방책 너머, 미풍에 따라 물결을 이루는 밀밭이 드넓게 펼쳐져 있었다. 그러나 밀을 거두는 농부는 보이지 않았다. 기병과 보병들은 밀밭 한가운데로 전진해야 할 것이다.

나폴레옹은 사다리에서 내려와 마세나 원수를 불렀다. 보다 가까이에서 적의 동태를 살피고 싶었다.

나폴레옹은 마세나와 함께 하사관 모자를 썼다. 생트 크루아 대령은 사병 복장을 하게 했다. 나폴레옹은 계단 출입문을 열고 섬 가장자리로 내려갔다. 오스트리아군이 강 건너편에 있었다. 그러나 소강 상태를 유지하는 동안은 병사들끼리 서로 탐색만 할 뿐 발포는 하지 않았다. 대령이 옷을 벗었다. 그는 목욕하러 나온 병사에 불과했다. 나폴레옹과 마세나는 산책 나온 하사관들처럼 물가에 앉았다. 건너편 오스트리아 보초들이 그들을 바라보며 농지거리를 걸어왔다. 거기 목욕하는 장소에서는 병사들끼리 일종의 휴전이 성립되어 있는 것이다.

나폴레옹은 자신의 눈으로 적진을 살피고, 다시 섬의 가운데로 올라왔다. 계획을 바꾸지 않으리라. 다리가 완공될 때까지 기다리기만 하면 되었다. 로바우 섬과 좌안 사이에 네 개, 우안과 로바우 섬 사이에 세 개의 다리가 필요했다.

다시 한번 섬을 한 바퀴 돌았다. 섬의 주둔 병력이 크게 불어나 근위대 병사들이 수레와 대포의 통행을 조정해야 했다. 수레와 대포들은 좌안으로 건너가길 기다리며 착착 자리를 잡았다.

갑자기 마세나의 말이 비틀거리며 키 큰 풀에 가려 있던 구덩이 속으로 넘어졌다. 나폴레옹이 말에서 뛰어내려 마세나를 부축했다. 에슬링 전투 때와 같은 불길한 징조인가?

그에게는 마세나가 필요하다. 마세나, 이 천애고아는 구체제에서 고속 승진하기 전에는 어린 선원으로 세상을 떠돌았다. 구체제에서, 마세나는 재능과 용기를 인정받아 하사에서 부대장까지 특진을 거듭했다. 1793년의 툴롱 전투에서, 마세나 부대의 위용은 대단했다. 마세나는 그 과감한 돌격을 인정받아 여단의 장군이 되었다. 나폴레옹과 같은 시기에 장군이 된 것이다.

마세나는 엉덩이께의 피부가 찢어지는 부상을 입고 말았다. 말에 오를 수도, 걸을 수도 없었다. 마세나 군대는 이번 전쟁의 중심축이었다. 마세나는 왼쪽 날개를 맡아 좌안으로 상륙하는 동안 오스트리아군의 공격을 맞받아치는 역할을 해야 했다. 카를 대공이 머리를 돌릴 때까지 버텨내야 하는 것이다.

나폴레옹은 몸을 기울여 상처를 들여다보았다. 이 장군도 잃고 마는 것인가? 돈에 대한 욕심이 많고 탐욕스러운 사람이긴 하지만, '승리의 여신이 아끼는 아이'로서 리볼리 공작이 된 전사가 아닌가?

마세나가 힘겹게 몸을 일으켰다. 그는 고통 때문에 얼굴을 찡그렸다. 그러나 그는 곁에 의사를 두고, 사륜 마차에 앉아 군대를 지휘할 것이라고 말했다.

6월 30일 금요일, 나폴레옹은 으젠 드 보아르네, 다부와 베르나도트 원수를 쇤브룬 궁으로 초대했다. 그는 용기 있고 충성스러운 으젠을 친아들처럼 사랑했다. 그는 또 아우어슈테트 공작 다부의 능력을 잘 알고 있었다. 나폴레옹처럼 파리 사관학교 생도 출신인 다부는 1793년 뒤무리에 장군이 공화국을 배신했을 때 그를 쏘아버리라고 한 사람이었다. 다부는 결코 패한 적이 없는 장군이었다.

나폴레옹은 베르나도트에게는 눈길을 주지 않고 이야기했다. 데지레 클라리의 남편인 이 오랜 경쟁자를 그는 경멸했다. 먼 옛날 얘기이긴 하지만, 질투는 얼마나 끈질긴 감정인가!

―베르나도트는 아우스터리츠와 예나 전투에서 참전하기를 꺼려했다. 안개달 18일에는 참여하기를 거부하고, 심지어 나에게 반

항하려고까지 했다.

이번 전쟁에서, 베르나도트는 작센 사단을 지휘하고 있었다.

—이자를 믿을 수 있을까?

밤 열시, 마세나의 부관이 달려와 보고했다. 아군이 적의 진격을 저지하고자 에슬링을 향해 다리의 머릿돌을 놓으며 좌안으로 건너기 시작했다는 것이다.

게임은 시작되었다.

나폴레옹은 변함없는 어조로, 연극을 화제로 하고 있던 이야기의 결론을 지었다.

"만일 코르네유가 살아 있다면, 나는 그를 왕자로 만들었을 거야."

그는 천천히 자리에서 일어나 시종장 몽테스키우에게 다가갔다.

"내일 해가 몇 시에 뜨는가?"

"네시입니다, 폐하."

"그런가? 그러면 우리는 내일 새벽 네시에 로바우 섬으로 떠나도록 하지."

그는 세시에 일어났다. 어떻게 잠을 더 자겠는가?

1809년 7월 1일 토요일 새벽 다섯시, 그는 로바우 섬에 도착했다. 그는 우안에서 섬으로 연결된 다리를 건너가는 병사들을 바라보았다. 대포 운반차와 말들, 그리고 일만여 명에 가까운 병사들이 섬에 가득 차 있어서 자리를 잡는 데 제법 시간이 걸렸다. 공격을 개시하는 순간 일시에 밀고 들어가 좌안의 저항을 불가능하게 하려면, 그들을 섬에 집결시켜두어야 했다.

나폴레옹은 낮밤을 가리지 않고 틈이 날 때마다 한두 시간씩 잠을 자두었다.

그는 큰 다리 근처에 세워진 자신의 막사에서 지도를 살피며 작전을 궁리하고, 밖에 나와 실제 지형을 살피며 점검했다.

며칠 전부터 섬에 잠입해, 밤마다 다뉴브 강을 건너 오스트리아 측에 정보를 제공하던 첩자가 붙잡혀 왔다. 그는 울면서 목숨을 간청했다. 다시 강을 건너가 카를에게 역정보를 제공하겠노라는 제안도 했다. 파리에서 태어난 그는 도박을 하다 파산해 빚쟁이들을 피해 오스트리아에 도망쳤다고 말했다. 그에게는 돈이 필요했던 것이다.

나폴레옹은 몸을 돌렸다.

"총살시키도록."

7월 4일 화요일, 숨막히는 더위가 짓누르는 하루였다. 온통 먹장구름으로 뒤덮인 하늘은 낮게 내려와 있었다. 바로 이날 밤, 군대는 다뉴브 강을 건너 카를이 전혀 예상치 못할 엔저스도르프로 이동할 것이었다. 밤 아홉시경, 심한 비바람이 몰아쳤다.

나폴레옹은 막사를 나왔다. 장대비가 섬을 가라앉힐 듯이 들이퍼부었다. 나무들의 허리를 휘게 하는 거센 바람까지 휘몰아쳤다. 다뉴브 강에 이는 격심한 물결은 다리들을 금세라도 집어삼킬 듯했다. 그는 팔짱을 끼고 폭우 속에 서서 비를 맞았다. 베르티에 원수가 나폴레옹에게 다급하게 다가오고 있었다.

"공격을 연기해야 합니다."

나폴레옹은 주저하지 않고 말했다.

"아니야. 우리가 공격을 스물네 시간 미루면, 요한 대공의 군대까지 가세할 거야."

그는 전군에 공격 준비를 명하고, 아스펀과 에슬링을 향해 사격을 개시하라는 명령을 내렸다. 자신의 왼쪽으로 공격이 가해질 것이라고 믿고 있는 카를에게 확신을 심어주기 위해서였다.

나폴레옹은 비가 쏟아져내리는 어둔 하늘을 향해 얼굴을 쳐들었다. 비가 그의 얼굴을 적시며 피로를 가시게 했다.

그는 사륜 마차에 앉아 있는 마세나와 합류했다. 매여 있는 흰 말들이 대포 소리와 천둥이 울릴 때마다 깜짝 놀라 뛰어올랐다. 그것이 그에겐 좋은 징조로 보였다. 그는 마세나에게 말했다.

"이 뇌우가 마음에 드는군."

그는 마차 주위를 돌고 있는 참모들이 모두 들을 수 있도록 큰 소리로 말했다.

"이 얼마나 멋진 밤인가! 오스트리아군은 우리가 엔저스도르프 정면에서 도강 준비를 하고 있는 것을 볼 수가 없다. 그들은 우리 가 중요 지점을 점령하고 난 뒤에야 그걸 알게 된다구. 우리 다리 가 놓이고, 자기들이 지키고 있다고 자부하는 강안에 우리 선발대 가 교두보를 구축한 뒤에야 그들은 그걸 알게 될 거야."

1809년 7월 5일 수요일 밤.

그는 엔저스도르프를 공격한 선발대와 함께 좌안으로 건너갔다. 선발대가 마을을 점령했을 때, 그는 말에 올라 벌써 오스트리아군 을 향해 기수를 돌린 군대의 전열을 누볐다.

어느새 간밤의 비바람에 씻긴 태양이 눈부시게 떠오르고 있었 다. 아침부터 태양의 열기가 엄청났다. 그는 모든 대포에 발포 명 령을 내렸다. 햇볕에 바싹 마른 다 익은 밀밭 여기저기에 불이 붙 기 시작했다. 그는 망원경으로 불을 피해 달아나거나 불에 타 쓰 러지는 적군들을 보았다.

나폴레옹은 시야의 한쪽 끝에서 다른 쪽 끝까지 죽 훑어보았다. 평원의 북쪽 바그람 고원 가장자리에서, 다부 군대가 루스바흐 개 천을 건너고 있었다. 개천은 햇살 아래 밝게 빛났다. 개천을 건넌 다부 군대는 바그람 마을을 둘러싸기 위해 방향을 돌렸다. 그때 갑자기, 피투성이가 된 한 부관이 달려와 보고했다. 베르나도트가

이끄는 작센 사단이 맥도날드 장군의 군대와 교전을 벌였다는 것
이었다. 어처구니없는 일이었다. 맥도날드 군대가 작센의 제복을
오스트리아군의 제복과 혼동했던 것이다.

베르나도트가 또 자신의 역할을 제대로 수행하지 못했다. 나폴
레옹은 그에 대한 분노를 억눌렀다. 하지만 이 일을 잊지는 않을
터였다.

하루가 저물고 밤이 내리고 있었다. 전투를 중지하고, 나폴레옹
은 막사 앞을 걸었다. 부상자들의 신음 소리가 들려왔다. 밀밭 곳
곳이 아직도 불타고 있었다. 밀밭에 쓰러진 주검들이 타는 역한
냄새가 바람에 실려 떠돌아다녔다.

그는 두 다리를 쭉 뻗고 앉아 머리를 가슴팍에 웅크렸다. 새벽
한시였다. 그는 그렇게 앉아 세 시간만 자리라 마음먹었다.

일어나겠다고 생각한 시간에 정확히 눈을 떴다. 머리와 몸은 기
계와 같은 것이다. 스스로 다룰 줄 알아야 한다. 스스로를 지배해
야 한다.

새벽부터 전투 현장을 누비기 시작했다.

1809년 7월 6일, 오늘이 결정적인 날이 되리라. 이른 아침부터
지독하게 더운 날씨였다. 나폴레옹의 주위에 포탄이 떨어지기 시
작했다. 그중 하나가 그가 타고 있는 말 앞에 떨어졌다. 밝은 회
색에 하얀 얼룩무늬가 박힌 그 말은 나폴레옹이 직접 고른 것이었
다. 그 특이한 색깔의 말을 보고, 황제가 거기 있다는 것을 병사
들이 알 수 있도록 하기 위해서였다. 황제 역시 그들 병사들처럼
적탄에 노출되어 있다는 것을 보여주기 위해서였다.

한 참모가 말했다.

"폐하, 사령부에 사격이 가해지고 있습니다."

─이 얼마나 순진한 자인가?

말에 박차를 가하면서 나폴레옹이 소리쳤다.

"전쟁에서는 무슨 사고든 다 일어날 수 있는 법이다!"

카를 대공이 이번 전투의 주축인 마세나 군대를 향해 공격을 집중했다.

마세나는 버틸 것이다. 나폴레옹은 마세나가 있는 쪽으로 곧장 말을 달렸다. 전선의 맨 앞머리에 네 마리의 흰 말이 끄는 마차가 보였다. 그 안에 마세나가 있었다. 나폴레옹은 말에서 내렸다. 마차를 조준한 포탄이 사방에 떨어졌다. 마차를 에워싸고 있던 부관들 중 몇이 부상을 당했다. 나폴레옹은 마차에 올라 마세나에게 말했다.

"어떤 일이 있어도 버텨야 하네."

나폴레옹은 몸을 곧추세우고 망원경으로 지평선을 살폈다. 카를 대공의 군대가 전진하고 있었다. 서쪽으로는 밝은 하늘 아래 비엔나의 가옥들이 보였다. 지붕과 창문에서 수천 개의 흰 손수건이 나부끼고 있었다. 오스트리아 수도의 주민들이 흔드는 그 손수건들은 오스트리아군의 전진을 환호하는 것이리라.

그들은 보게 되리라!

나폴레옹은 말에 올랐다. 그는 로바우 섬에 집중적으로 배치된 포대에 발포 명령을 하달했다. 예정된 수순이었다. 오스트리아군의 전열이 급격히 무너지기 시작했다.

그는 마르보에게 외쳤다.

"달려가 마세나에게 말하라. 우리가 이겼다고."

저돌적 공격을 계속 감행해야 했다.

나폴레옹은 로리스통 장군에게 소리쳤다.

"백 문의 포를 맡아라. 그 가운데 육십 문은 내 근위대 소속이다. 적을 모조리 박살내도록!"

로리스통이 앞으로 나아가려는 순간, 나폴레옹이 그를 붙들었다. 그는 명령을 구체적으로 다시 내렸다.

"기다렸다가 오스트리아군과의 거리가 삼백 미터가 될 때 포격을 시작하도록!"

빗발치는 탄환과 포탄 속에서 대포를 끌고 진격하는 포병들의 모습이 보였다. 그들이 대포를 나란히 재배치하는 모습이 보이고, 마침내 대포에서 불과 수백 미터밖에 떨어지지 않은 곳까지 오스트리아군이 접근했을 때 포격을 가하는 모습이 보였다.

적군의 대오에 구멍이 뚫렸다. 주검들이 쌓여갔고, 밀밭은 불타기 시작했으며, 수레들이 포탄에 맞아 박살났다. 포격으로 공중에 풀썩 튀어올랐다가 널브러지는 적군들의 모습도 보였다. 곳곳에서 적군의 탄약통이 불타고 있었다.

이윽고 나폴레옹이 소리쳤다.

"이겼다!"

카를 대공은 8만여 병력과 함께 츠나임으로 퇴각했다.

나폴레옹은 두 시간 동안 눈을 붙인 뒤, 다음날인 7월 7일 금요일 새벽 세시에 일어났다.

짓밟히고 불에 타버린 밀밭으로 그는 말을 달렸다. 희미하게 날이 밝아오는 들판에 부상자들이 곳곳에서 신음하고 있었다.

그는 마차와 함께 기병 분견대를 보내, 밀밭을 돌며 쓰러져 있는 사람들을 구조하라고 지시했다. 부상자들을 그대로 두었다간 여름 열기에 살이 썩어들어갈 것이다.

이 신음 소리며, 시체 썩는 냄새, 또 이 지독한 열기는 다 무엇이란 말인가?

갑자기 피로가 몰려왔다. 구토가 치밀었다.

임시 거처로 정한 볼커스도르프 성에서 그는 이번 전쟁의 손실을 계산했다. 몇이나 죽고 부상을 당했는가? 오만? 오스트리아군도 최소한 그만큼은 될 것이다. 그는 전장에서 베시에르 원수가 땅에 쓰러져 있는 모습을 보았다. 그러나 그는 가까이 다가가지 않았다. 전투중에는 울 시간도 없다. 다섯 명의 원수가 사망했고, 서른일곱 명의 장군들이 부상을 당했다.

그는 사바리에게서 베르나도트에 대한 이야기를 들었다. 7월 5일 저녁, 베르나도트는 자신이 지휘했다면 '현명한 전술을 구사해 거의 전투를 치르지 않고 카를 대공으로 하여금 무기를 버리게 했을 것'이라며, 황제를 비난했다. 뿐만 아니라 베르나도트는 자기가 이끄는 작센 군대의 영광을 기리는 일일 명령서까지 인쇄하도록 했다.

나폴레옹은 소리쳤다.

"내 눈앞에 나타나지 않도록. 그자가 스물네 시간 안에 프랑스 대군을 떠나도록 하라."

온몸에 땀이 흘렀다. 입에는 쓴물이 고였다. 온몸이 썩어문드러져 죽은 란이나, 서른 살 나이에 이마에 관통상을 입고 죽은 라잘 장군 같은 군인이 있는데, 부상을 당해 지금도 고통을 겪고 있는 베시에르 같은 이들이 셀 수 없이 많은데, 혼자서 으스대는 작자가 있다니!

온몸에서 고통이 느껴졌다. 나폴레옹은 밤의 선선한 대기 속으로 나섰다. 달빛이 성의 정원을 비추고 있었다. 그는 먹은 것을 다 토해냈다. 전장의 땡볕에 그을린 얼굴은 밤에도 화끈거렸다. 그는 천천히 성으로 돌아왔다. 위장을 찢는 듯한 고통이 엄습해왔다.

루스탐을 불러 우유를 가져오게 했다. 누워서 좀 쉬어야 했다. 하지만 그는 몸을 일으켰다. 전쟁이 아직 끝나지 않은 것이다.

카를 대공은 아직도 잘 조직된 군대를 보유하고 있었다. 츠나임 시로 진격해 또다시 전투를 치러야 했다.

하지만 구토가 일었다. 그는 다시 토했다.

육체가 그를 저버리고 있었다.

그는 눈을 감았다.

─나는 환자인가? 환자라는 말은 무엇인가? 이것은 내가 받아들일 수 없는 상태가 아닌가?

집무에 들어갔다가 잠깐 잠이 들었던 그는 소스라쳐 일어나 비서를 불러 명령을 구술했다. 7월 9일 일요일, 몸이 나아지는 기분이었다. 새벽 두시, 그는 조제핀에게 편지를 썼다.

〈모든 일이 생각대로 풀리고 있소. 적들은 대부분 패배했고, 나머지도 지금 궤멸되고 있소. 그들은 많은 병력을 갖고 있었지만, 나는 그들을 박살냈소. 나의 손실도 적지 않소. 베시에르는 포격으로 둔부에 부상을 입었소. 라잘은 죽었소. 오늘은 내 건강이 아주 좋소. 어제는 쓴물이 올라와 조금 고통스러웠소. 과로 때문이라 생각되오. 안녕, 나의 친구여. 난 잘 지내고 있소. 나폴레옹.〉

10일 월요일, 볼커스도르프 성을 떠나 츠나임 방면으로 말을 달렸다. 그는 이곳 지형을 잘 알고 있었다. 멀리 프라첸 고원의 언덕이 바라보였다. 1805년 12월 2일의 아우스터리츠를 그는 기억했다. 그 전날, 전투를 기다리던 수만의 병사들이 횃불을 들고 황제 대관식을 기념했었다.

그는 계속 군대의 선두에 섰다. 전에 쓰러뜨렸던 적들과 다시 싸워야 했다. 그는 카를의 군대를 공격하라고 명령했다. 오스트리아군의 한 군대가 후퇴하는 주력군대를 엄호하게 위해 싸움을 걸어오고 있었다.

이겨야 했다.

나폴레옹은 키가 큰 풀들이 자라고 있는 풀밭에 세운 막사로 들어갔다. 갑자기 거센 폭풍우가 들이쳤다. 천둥 소리와 뒤섞인 비바람 소리는 마치 포탄이 터지는 소리 같았다.

1809년 7월 11일 화요일 오후 다섯시, 한 오스트리아 기사가 프랑스 호위병을 따라 막사로 찾아왔다. 전투 중지를 요청하러 온 리히텐슈타인 왕자였다.

원수들이 나폴레옹 주위에 자리잡고 있었다. 나폴레옹은 일어섰다. 다부는 이번 기회에 합스부르크 가문, 영국에서 돈을 받고 전쟁을 벌인 오스트리아를 끝장내야 한다고 주장했다. 우디노와 마세나 그리고 맥도날드도 동의했다.

그는 막사에서 나왔다. 비가 그쳐 있었다. 대포 소리가 울렸다. 푸른 하늘에는 지평선을 따라 구름띠가 둘러져 있었다. 그는 프라첸 고원을 바라보았다.

"이미 많은 피가 뿌려졌다."

이윽고 나폴레옹은 베르티에에게 신호를 보내 적대 행위를 중지시켰다.

그는 쇤브룬으로 돌아갈 것이다. 마리 발레프스카가 도착해 그를 기다리고 있을 것이다. 아마도 그것이 평화이리라.

그는 조제핀에게 몇 마디 썼다.

〈어제 오스트리아 장군과 전투 중지에 합의했다는 소식을 보내오. 으젠은 헝가리 국경 쪽에 가 있는데, 잘 지내고 있소. 이 휴전 조인서 사본을 캉바세레스에게 보내시오. 그가 아직 받지 않았다면 말이오. 당신에게 키스를 보내오. 난 잘 지내고 있소. 나폴레옹.

추신 : 이 휴전 조인서를 낭시에서 출판해도 되오.〉

조제핀은 지금 광천수를 마시기 위해 플롱비에르에 가 있었다. 이 늙은 여인은 그렇게 스스로를 보호하고 있다. 끊임없이 자신을 치장하고 꾸미며, 시간에 맞서 싸우고 있는 것이다.

인간이 하는 모든 일이 전투다.

제 3 부

평화를 정착시켜야 한다

1809년 7월 14일 ~ 1809년 10월 26일

9
샘물 같은 여인, 마리 발레프스카

　1809년 8월 15일, 그의 마흔 살 생일이었다. 그는 뒤로크와 함께 쇤브룬 성의 정원 큰길을 걸었다. 이제 막 아침 일곱시 삼십분이 지났다. 지평선에서 떠오른 태양이 비엔나 시의 지붕들을 비추고 있었다. 나폴레옹은 몸을 돌려, 자연스럽게 정원의 울타리를 이루고 있는 나무들 너머로, 마리 발레프스카가 살고 있는 집을 바라보았다. 집 정면이 하얗게 빛나고 있었다. 그녀는 7월 중순부터 이곳에서 지내고 있었다.

　그는 걸음을 멈추고 산책로 왼쪽에 있는 로마의 유적을 물끄러미 바라보았다. 1805년 그가 처음으로 쇤브룬에 머물렀을 때 보았던 오벨리스크와 분수였다. 어느새 마흔, 그의 나이 마흔이 되었다.

그는 목덜미 아랫부분에 손을 가져갔다. 그 부분의 살갗이 트면서 부어올라, 그의 신경을 건드리고 있었다. 처음에는 붉은 염증에 불과하던 것이 이제는 어깨는 물론 두개골에까지 번지는 듯한 느낌이었다.

자신의 몸이 아우성치는 소리를 들어야 하는가? 그는 쉬지 않고 살아왔다. 그는 밤마다 마리를 만나 열정적으로 사랑을 나누었다. 생일인 오늘 밤도 역시 그럴 것이다. 그는 저녁 일곱시에는 마리 곁을 떠나, 황제의 마흔 살 생일을 축하하기 위해 모이는 고관들을 맞으러 성으로 돌아가야 했다. 그 동안은 마리와 함께 하리라.

그는 마리 곁에 있으면 마음이 편안히 가라앉는 것을 느꼈다. 등과 배를 조여오던 고통도 씻은 듯이 사라졌다. 목에서 느껴지던 작열감도 잊었다.

마리, 그녀는 아무것도 요구하지 않았다. 신중한 여인이었다. 쇤브룬 극장에서 열리는 공연에도 참석하지 않았다. 그녀는 성 가까이에 있는 마이틀링 저택에서 언제나 그를 기다렸다. 그녀는 샘에서 솟아나는 물처럼 신선하고 매끄럽고 평화로웠다. 그가 알던 숱한 여인들처럼 능란한 술수를 부리지도 않았고 위선도 없었다. 젊음의 향기가 물씬 배어나는 포동포동하고 탄력 있는 몸매를 가진 그녀는 간혹 폴란드에 대해서만 중얼거리듯 물을 뿐, 그가 그녀에게 말해주는 것을 그대로 이해하고 받아들였다.

글로리에트 언덕을 향해 다시 걸음을 옮기면서, 그는 뒤로크에게로 몸을 돌렸다. 글로리에트는 높이 솟아 있어 모든 정원과 주변 풍경을 굽어볼 수 있는 망루 같은 언덕이었다. 저 멀리 불타는 듯한 여명 아래 비엔나가 있었다.

폴란드 문제, 그것은 러시아와 협상을 벌이는 데 있어 늘 핵심

주제였다. 현재 러시아와 연결되는 외교적 통로는 차단되어 있었다. 나폴레옹이 말했다.

"우리가 할 수 있는 것만 할 뿐이야. 내가 러시아 황제라 해도, 바르샤바 공국의 영토를 확장하려 드는 어떤 조치에도 결코 동의할 수 없을 거야. 프랑스 입장에서 벨기에를 생각하면 간단하지. 벨기에를 방어하기 위해서라면, 나는 내가 가진 열 개의 군대들과 함께 산화할 수도 있어. 아니면, 프랑스에 명백히 위해가 되는 시도에 맞서 끝까지 싸우기 위해 여자들과 아이들을 모아 열한번째 군대라도 만들 거야. 지금과 같은 상황에서, 폴란드를 재건하려는 시도는 우리 입장에선 불가능한 일이야. 그 일로 러시아와 전쟁을 벌이고 싶진 않다구."

그는 머리를 흔들었다. 다시 목덜미에 작열감이 느껴졌다.

나폴레옹은 라티스본에서 상처에 붕대를 감아준 이방 박사에게 이미 이 증세에 대해 물어본 적이 있었다. 황제의 외과 주치의인 이방은 수년 전부터 줄곧 그의 곁을 지켜왔다.

그러나 이방은 그 방면엔 아무 재능이 없는 인물이었다. 그 분야에서 최고의 명성을 얻고 있는 의사 프랑크가 그의 목을 검사하기 위해 비엔나에서부터 달려왔다. 진찰을 마친 프랑크는 불치병을 발견하기라도 한 것처럼 심각한 표정을 지었다.

나폴레옹은 목덜미를 문질렀다. 이 오스트리아 의사의 말을 믿을 것인가? 프랑크는 목에 물집이 생겼으니, 발포약을 복용하면서 연고를 함께 바르라고 처방했다.

뒤로크가 말했다.

"오늘 밤에 코르비자르가 파리에서 도착할 겁니다."

프랑크가 다녀간 뒤, 궁정 대원수는 코르비자르를 쉰브룬으로 오도록 조치했다.

나폴레옹은 어깨를 으쓱였다. 마리와 함께 보낸 밤들을 떠올렸다. 그는 자기 몸에 중병이 들었다고는 생각지 않았다. 그의 통증은 전쟁에 대한 우려와 누적된 피로가 원인일 거라고 생각했다. 란과 라잘을 비롯해 5만이 넘는 주검과 바그람 평원 위를 떠돌던 주검이 타는 냄새, 그 참혹한 전장의 장면을 너무 많이 보아버린 탓이 아닌가 싶었다.

그가 말했다.

"황제의 주치의가 파리를 출발했다는 사실이 알려지면, 또 말도 안 되는 추측들이 난무하겠군."

—나의 후계 문제에 대해 말들이 쏟아지고 있으리라.

"뒤로크, 내가 벌써 마흔이네. 만일 내가 죽는다면……."

그는 말을 멈추고 코담배를 맡다가, 목덜미에 닿을 때마다 신경을 건드리는 프록코트의 칼라 부분을 잡아뜯었다.

그는 아들을 원했다. 이혼해야 했다.

—마흔 살인 지금이 아니라면, 영원히 못하리라.

나폴레옹이 성으로 돌아오자 멘느발이 전문들을 가져왔다. 그는 전문들을 검토했다. 그러나 몇 분 지나지 않아 그는 머리를 들었다.

지난밤, 마리는 임신한 것 같다고 말했다. 그는 가만히 두 손을 마리의 배 위에 올려놓았다. 그 안에 있는 아들, 그가 아이를 낳을 수 있다는 확실하고도 새로운 증거였다. 이혼해야 했다. 비엔나와 평화 협상을 매듭짓는 대로 파리로 돌아가 단번에 끝장을 내리라. 마치 전쟁터에서 상처 부위를 잘라내듯.

그런데 언제 쇤브룬 성을 떠날 수 있을 것인가? 오스트리아는 매우 능란하게 협상을 끌어가고 있었다. 그들은 나폴레옹이 제시한 조건, 즉 영토를 병합하는 대신 전쟁의 책임자인 프란츠 1세 황제는 양위한다는 조건을 거절하고 있었다.

 ―협상을 지연시키면서 그들은 무엇을 바라고 있을까? 영국군이 왈헤렌 섬에 상륙해 앙베르나 네덜란드로 진격해주기를 바라는가? 내가 폴란드 문제를 기화로 러시아와 전쟁을 개시하기를 고대하는가? 아니면 교황이 체포당한* 것에 항의해 유럽의 가톨릭 국가들이 들고 일어나기를 기다리는가?

 그는 외무장관 샹파니를 불렀다. 샹파니는 성실한 실무자일 뿐, 탈레랑만한 능력은 없었다. 나폴레옹이 말했다.

 "교황을 체포한 사실에 나는 분노하지 않을 수 없네. 그건 완전히 미친 짓이야."

 그는 코담배를 맡으며 이리저리 서성였다. 사실 그는 교황을 감금시킬 수도 있다고 암시한 적은 있었다. 그러나 그런 명령을 내린 적은 결코 없었다. 그는 로마의 교황 비오 7세를 사보나로 추방하는 것을 결코 원하지 않았다. 로마를 병합하는 것, 그것으로 충분했다. 그는 발을 동동 굴렀다.

 "미친 짓을 저지른 거야. 해결책이 없어. 한번 엎질러진 물은 다시 담을 수가 없단 말이야."

 화가 솟구치자 목덜미의 작열감이 더욱 심해졌다. 언성을 높일수록, 가려움증과 통증은 더욱 심해졌다.

 그를 이해해줄 사람이 너무 없었다. 효과적으로 도와줄 사람도, 그를 실망시키지 않는 사람도.

 그가 왕으로 책봉한 동생 제롬도 마찬가지였다! 제롬은 고대 페르시아 제국의 태수처럼 전투 현장에서 멀리 떨어져서 전쟁을

---

* 1808년 2월 프랑스 군대는 로마를 점령하고, 이듬해 5월에는 교황령을 프랑스에 병합함. 1809년 7월 5일 밤과 6일 새벽 사이에 미오리스 장군에 의한 '교황비오 7세 체포 사건'이 발생. 이후 1814년까지 교황은 이탈리아 북부 사보나에서 유배 생활을 하게 됨.

치르는 것으로 상상하고 있었다.

그는 제롬에게 보내는 편지를 구술했다.

〈전장에서 왕은 병사, 언제나 병사가 되어야 한다. 최전선에서 야영하고, 밤낮 말을 타고 있어야 하고, 새로운 정보를 얻기 위해 언제나 선두에 서야 한다. 그러지 못할 바엔 하렘에나 처박혀 있어야 한다. 아우야, 너는 네가 마치 사트라프*라도 되는 양 전쟁을 치르고 있구나.〉

무능하기는 참모장 클라르크도 마찬가지였다. 그는 왈헤렌 섬으로 상륙하는 영국군에 어떤 조치도 취하지 않았다. 그는 침대에 누운 채로 영국군에게 붙잡히고 싶은가? 스페인에서 조제프는 여전히 카를 5세를 흉내내고 있었다. 웰링턴 휘하의 영국군이 탈라베라에서 승리를 거둘 수 있었던 것도 다 조제프 때문이었다. 그는 영국군을 방치하고 있었다! 덕분에 그 영국군 장군은 웰링턴 공작이 되었다.

나폴레옹은 소리쳤다.

"내가 스페인에 영국군 군사학교를 세운 꼴이 되고 말았어. 영국군이 그 반도에서 군사 훈련을 하고 있단 말이다!"

─그 동안에 푸셰는 내가 군대에서 쫓아낸 베르나도트를 민병대의 지휘관으로 임명했다! 교활하고 질투심 많고 무능한 인간 베르나도트. 이자를 파면시켜야 한다! 나를 위해 봉사한다고 하는 자들이 모두 이 모양 이 꼴이다!

쓴물이 입 안 가득 올라왔고, 피부가 따끔거렸다. 신경이 바늘 끝처럼 곤두섰다. 질투하는 여인의 암시가 짙게 깔린 편지들을 보내온 조제핀에게 답장을 써야 했다.

─잘난 체하기 좋아하는 작자들이, 내 곁에 머물고 있는 마리

---

* 고대 페르시아 제국의 태수(太守).

의 존재에 대해 그녀에게 벌써 알렸을 게 뻔하다! 조제핀은 내가
무슨 큰 죄라도 지은 양 편지를 썼군! 내가 그녀를 다독거리는
것은 단지 옛정을 생각해서일 뿐인데.

〈당신이 말메종에서 보낸 편지를 받았소. 당신이 살도 오르고,
활발하게 잘 지내고 있다고 사람들이 말하더군. 내가 단언컨대 비
엔나는 재미있는 도시가 아니오. 내 마음은 이곳을 떠난 지 이미
오래요. 안녕, 내 친구여. 나는 매주 두 번씩 소극을 본다오. 그다
지 잘하지는 않지만, 그래도 그 덕분에 저녁마다 즐거운 편이오.
비엔나에는 오륙십 명의 여인이 있소. 하지만 그들은 마치 참석하
지 않은 듯 1층 구석 자리에 앉아 있다가 가곤 하오. 나폴레옹.〉

그는 성의 명예 광장에서 벌어질 대규모의 군대사열과 분열행진
에 참석하기 위해 밖으로 나갔다. 햇살이 축포처럼 터지고 있었다.

도열해 있는 헌병들과 정예 병사들 뒤로 베르티에 원수의 모습
이 보였다. 나폴레옹은 그에게 다가갔다.

"원수를 바그람의 왕자로 임명하네."

그리고는 마세나 원수 앞으로 가서 말했다.

"원수는 에슬링의 왕자에 봉하네."

그는 혁혁한 전과를 세우고, 황제에게 헌신한 군인들에게 보상
하는 이런 순간을 좋아했다. 그는 맥도날드와 마르몽, 우디노 장
군에게 말했다.

"그대들은 지금 이 순간부터 제국의 원수들이오."

그리고 다부에게 말했다.

"원수는 에크뮐의 왕자일세."

북소리가 울렸다. 분열행진이 시작되었다. 명예 광장에서는 마
리 발레프스카가 사는 집이 보이지 않았다.

성으로 다시 돌아온 그는 코르비자르를 보고 웃었다. 의사의 얼
굴에 놀라움이 가득했다. 그는 의사에게 가까이 다가갔다. 친근한

분위기가 묻어나는 이 의사를 그는 존경하고 있었다. 파리에서는 거의 매일 보았고, 그의 진단은 정확했다. 코르비자르는 나폴레옹이 몸져 누워 있으며 죽어가는 줄 알았던 모양이었다.

"이보게, 코르비자르. 무슨 새로운 소식이라도 갖고 왔소? 파리에서는 뭐라고들 하오? 내가 여기서 심각한 병에 걸려 누워 있는 줄 알았소? 그저 약간의 발진과 가벼운 두통에 시달리고 있을 뿐이오."

그는 몸을 돌리고는 상의 단추를 풀어 목덜미를 의사에게 보여 주었다.

"프랑크 박사 말로는, 내가 강도 높은 장기 치료를 요하는 발진을 앓고 있다던데. 어떻게 생각하시오?"

—내 나이 마흔 살이다. 건강할 수 없다면 차라리 죽는 게 낫다.

그의 목덜미를 살펴본 코르비자르는 웃으며 말했다.

"아, 폐하. 그 의사도 충분히 저만큼 할 수 있는 치료를 가지고, 저를 그렇게 멀리서 오게 하셨습니까? 프랑크가 과장해서 말한 겁니다. 발진을 제대로 치료하지 않아서 생긴 것뿐입니다. 발포성 약물 치료만 하면 나흘이면 깨끗해질 겁니다. 폐하는 아주 건강하십니다!"

코르비자르가 옳은가? 이후 1809년 여름 몇 주 동안을, 그는 이따금 이런 의문에 시달렸다. 어떤 날에는 온몸을 짓누르는 피로가 몰려왔고, 또 어떤 날은 언제 그랬냐는 듯 원기가 솟구쳤다.

1809년 8월 15일 밤, 그는 황제의 옷을 벗고 익명의 인간이 되어 베르티에 원수와 함께 비엔나에 가기로 결심했다. 도시의 야경과 축제를 기념해 쏘아올리는 불꽃놀이도 볼 양으로.

그는 행인들의 무리에게 극도의 불안감이 담긴 눈길을 던지고 있는 베르티에의 심정을 알고 있었다. 만일 이들이 황제의 신분을 알아차리기라도 한다면…….

나폴레옹이 말했다.

"난 내 운명의 별에 나를 맡기고 있네. 난 철저한 운명론자라서 암살 기도를 막기 위해 무슨 방도를 취할 생각이 없네."

그를 알아보지 못하고 스쳐 지나가는 사람들이 그를 흥겹게 했다. 그는 즐거웠다. 다시 젊은이가 된 것처럼 느껴졌다. 이 밤의 나머지 시간은 마리와 보내리라.

쇤브룬 성으로 돌아오며 그는 베르티에에게 말했다.

"내 건강은 아주 좋아. 나는 사람들이 나에 대해 지껄이는 말이 무슨 말인지 도무지 모르겠어. 지난 수년 동안 지금처럼 건강이 좋았던 적이 없거든. 코르비자르가 전혀 필요없었네."

그는 마리 발레프스카의 집으로 향했다. 그를 맞는 마리를 보고 그는 깜짝 놀랐다. 그녀는 장밋빛으로 피어나고 있었던 것이다.

—그녀가 나의 아이를 갖고 있다. 그녀의 젊음, 그 풍요로움이 바로 내 건강의 원천이다.

마리는 황제에게 걸맞는 여인이었다. 그녀와 결혼하기 위해 이혼해야 했다. 부드러운 그녀가 그에게 주는 것과 똑같은 것을 그 역시 그녀에게 베풀기 위해.

10
황제를 암살하는 것은 범죄가 아니라 의무요

 설마 하는 사이에, 어느덧 가을이었다. 나폴레옹은 이곳 쇤브룬에서 평소의 습관을 되찾았다. 그는 전쟁의 잿더미에서 다시 일어선 마을들, 자신의 옛 전장들을 말을 타고 천천히 둘러보았다. 농부들은 무너진 집들을 다시 세워놓았다. 수많은 목숨들이 쓰러졌던 에슬링 평야와 바그람 고원에서는 수확이 한창이었다. 9월에 접어들어 내리기 시작한 비로 축축하게 젖은 땅에는 수레바퀴 자국들이 움푹 파이기 시작했고, 성급해진 밤은 황혼녘의 어스름한 풍경을 무참히 침범하고 있었다.
 니콜스부르크, 크렘스, 브륀, 고딩 등 헝가리 국경에서 멀지 않은 지역에 주둔하고 있는 병사들이 환호하며 황제를 맞았다. 그는 그들의 사열과 분열행진을 지켜보았다.

1809년 9월 17일 토요일, 그는 올뮈츠로 가는 길에 접어들었다. 도랑과 울타리를 가볍게 뛰어넘는 힘찬 백마를 탄 덕분에, 그는 참모부와 호위대보다 먼저 아우스터리츠 전장에 도착했다. 그곳에 주둔하고 있는 제3사단 병사들이 그를 보고 우렁차게 함성을 올렸다. '황제 폐하 만세!' 그는 천천히 말머리를 돌려 전장을 선회하며 지난 기억들을 떠올렸다.

디트리히슈타인의 왕자들이 그들의 성에서 나폴레옹을 기다리고 있다가, 비잠베르크 산 백포도주와 호두를 대접했다. 그는 브륀을 향해 다시 출발했다. 그곳 주지사 관저에서 하룻밤 묵을 예정이었다. 광활한 영토 곳곳을 순시하며, 나폴레옹은 자신의 집 여기저기를 돌아보는 느낌이었다. 유럽의 한쪽 끝에서 맞은쪽 끝까지 아우르는 것이다. 클라르크 장군이 보고해온 바에 따르면, 영국군은 왈헤렌 섬을 포기하고 떠날 채비를 하고 있었다. 그들의 침략 기도는 실패한 것이다. 이제 그는 티롤에서부터 스페인에까지 이르는 제국에 평화를 정착시킬 수 있으리라!

그는 쇤브룬으로 돌아왔다. 마리 발레프스카와 함께 극장에 갔다. 극장에서는, 거의 매일 저녁 그에게 바치는 찬사를 낭송하고 노래를 부르고 춤을 추었다. 그는 '세비야의 이발사'*를 공연한 이탈리아 배우들을 치하했다.

극장에서 돌아온 그에게, 샹파니가 오스트리아와의 평화 협정 체결을 위한 협상 현황 보고서를 제출했다. 그는 분개했다. 메테르니히는 무슨 연극을 꾸미고 있는가? 나폴레옹은 자신이 직접 여기 쇤브룬에서 협상을 주도하리라 결심했다.

이제 협상을 끝낼 때가 되었다. 벌써 10월이었다. 불현듯 이곳에

---

* 이탈리아의 작곡가 파이지엘로(1740~1816)의 1782년도 극작품.

너무 오래 머물렀다는 생각에 잠겨 그는 방 안을 서성였다. 4월 13일 파리를 떠나온 지 거의 6개월이 지나고 있었다. 마리 발레프스카는 가족의 품에서 아이를 낳기 위해 발레비치 성으로 돌아갈 것이다. 그도 파리로 돌아가 조제핀과 대면해야 하리라.

조제핀, 그녀 생각만 하면 혼란스러웠다. 그는 어떻게 매듭을 지을지를 상상했다. 조제핀은 이미 수없이 그의 의도를 무력하게 했다. 그를 무장해제시키는 방법을 그녀는 알고 있었다. 예전에 그가 이집트에서 돌아오면서, 부정한 그녀와의 관계를 끝내기로 내내 결심했을 때조차도 그는 자신의 의도를 관철시키지 못했다. 그녀는 그와 함께 나눈 많은 추억들을 갖고 있었고, 그걸 능란하게 활용할 줄 알았다. 경계하지 않으면, 그녀는 다시 몸을 꼬거나 눈물을 흘리며 그의 삶에 틈입해올 것이다. 그리고 간청할 것이다.

이제 더이상은 물러서고 싶지 않았다.

한밤중에 멘느발을 불렀다. 퐁텐블로 성의 개조 공사를 맡은 건축가에게 보낼 편지를 구술했다. 파리로 돌아가면 그 성에서 묵을 생각이었다. 그는 자신의 방과 황후의 방을 잇는 회랑을 벽으로 막아버리라고 지시했다.

그의 의도는 명확해지리라. 그녀는 이해할 것이고, 모두들 알게 될 것이다.

양보하지 않으리라. 이제는 물러설 여지도 없었다.

1809년 10월 12일 목요일 정오, 그는 열병식에 참석하기 위해 쇤브룬 성의 명예 광장을 가로질렀다. 헌병들 뒤로 몇십 미터 떨어진 곳에 군중들이 몰려 있었다. 그는 베르티에 원수와 그의 참모 라프 장군 사이에 자리잡았다. 몇 분 후, 자리에서 슬그머니 일어선 라프 장군은 구경꾼들과 그들을 저지하고 있는 헌병들이 몰려 있는 쪽으로 갔다. 나폴레옹은 이 콜마르 태생 알자스인의 헌신과 명석함을 신뢰하고 있었다. 그의 탁월한 독일어 실력은 전쟁터에서 아주 유용했다. 포로와 농부를 심문하고, 협상을 유리하게 이끌 수 있었다. 무엇보다도 라프는 용감한 군인이었다. 에슬링 전투에서 라프는 근위대 소총수들을 진두지휘하며 돌격을 감행했던 인물이었다.

열병식이 끝난 뒤, 라프가 나폴레옹에게 다가와 접견을 요청했다. 나폴레옹은 그의 얼굴을 살폈다. 왜 이리 심각한 얼굴인가? 라프는 손에 들고 있던 신문지를 펴 보였다.

신문지에 싸인 칼이 나왔다. 앞이 뾰족하고 양 날이 날카롭게 벼려져 있는 약 오십 센티미터 가량의 칼.

— 보기에도 섬뜩하군.

나폴레옹은 한 걸음 뒤로 물러서서 라프가 하는 말을 들었다. 라프는 헌병 지휘관에게 집요하게 무언가를 얘기하는 청년이 눈에 띄어서 다가갔다. 검은 모자에 올리브색 프록코트를 입고 장화를 신은 젊은이는 황제를 개인적으로 알현하고 싶다고 요청하고 있었다. 라프는 청년을 물러서게 하면서 살펴보니, 청년의 옷 속에 무언가 감추고 있는 게 느껴졌다.

"바로 이 칼이었습니다, 폐하."

프리드리히 슈탑스라는 그 청년은 황제를 살해할 의도를 가지고 있었다. 이유는? 나폴레옹은 눈으로 물었다. 청년은 그 이유를 황제에게만 말하겠다고 고집부리고 있었다.

나폴레옹은 슈탑스를 만나겠다고 말했다. 자신의 운명과 마주하고 싶었다.

나폴레옹은 샹파니가 기다리고 있는 집무실로 들어서며 물었다.

"샹파니, 오스트리아 전권 협상단이 나에 대한 암살 기도에 대해 말하지 않던가?"

샹파니는 그 질문에 별로 놀라지 않는 눈치였다.

"예, 폐하. 여러 차례 그런 제의를 해온 인물들이 있었지만, 너무 끔찍한 일이라 그때마다 물리쳤다고 했습니다."

"그래? 그런데 조금 전 나에 대한 암살 기도가 있었다. 따라오게."

그는 살롱의 문을 열었다.

─그러니까 지금 여기, 라프 장군의 곁에 서 있는 이 젊은 친구가 나를 죽이려 했단 말이지. 둥글둥글하고 온화해 보이는 순진한 얼굴을 한 이 친구가? 왜 그랬는지 알고 싶군.

라프가 통역을 맡았다. 프리드리히 슈탑스는 침착하게 대답했다. 청년의 담담한 태도가 그를 혼란스럽게 했다.

─사제의 아들이라…… 이자는 병든 광신도인가? 열일곱 살 먹은 청년이 개인적인 원한도 없이 한 인간을 죽이려 할 수 있겠는가?

"자네는 왜 나를 죽이려 했는가?"

"폐하께서 나의 조국을 불행하게 만들었기 때문입니다."

"내가 어떤 불행을 가져다주었단 말인가?"

"모든 독일인들에게 가한 것과 똑같은 불행이지요."

─스스로의 의지에 따라 행동했다고 단언하는 이자의 말을 믿을 수 있을까? 사주한 자도, 공모자도 없었다는 이자의 말을? 비엔나와 다름없이 베를린의 궁전이나 바이마르*에서도 나를 증오하는 자가 많겠지. 잘난 척하다가 허영심에 상처입은 프로이센의 루이제 왕비도, 이 젊은이처럼 천사 같은 얼굴을 하고 있는 어떤 미친놈을 시켜 나를 암살하도록 사주하고도 남을 여자지.

나폴레옹이 말했다.

"자네는 지나치게 흥분하고 있군. 자네는 이제 가족을 잃게 될

---

* 독일 중부 튀링겐 주에 있는 도시. 당시 작센 공국의 수도였음.

걸세. 만일 자네가 저지르려고 했던 범죄, 스스로 유감스러워해야
할 이 범죄에 대해 용서를 빈다면 목숨을 살려주겠네."

　─ 이렇게 지켜보고 있어도, 이자는 말하기 전에 입술만 살짝
떨 뿐이군.

청년이 말했다.

"용서를 바라지 않습니다. 성공하지 못한 것이 가장 분통할 따
름입니다."

"악마 같은 자로군! 죄를 저지르는 일이 자네에겐 아무것도 아
니라는 말인가?"

"폐하를 죽이는 것은 죄가 아닙니다. 그것은 제겐 의무입니다."

　─ 나를 향한 이 침착하고도 결연한 증오심!

나폴레옹은 프리드리히 슈탑스를 에워싸고 있는 라프와 사바리,
상파니, 베르티에와 뒤로크를 바라보았다. 그들은 모두 청년에게
매혹된 표정들이었다. 나폴레옹이 다시 입을 뗐다.

"내가 자네를 사면한다면, 나에게 고마워하겠는가?"

"다시 폐하를 죽이려 할 것입니다."

나폴레옹은 말없이 방을 나섰다.

　─ 이런 증오, 이런 단호함은 나의 군대에 대항해 계속해서 싸
우고 있는 스페인과 티롤 사람들뿐만 아니라 오스트리아와 독일
인들 모두의 감정이기도 하단 말인가?

그는 라프 장군을 불렀다.

"프리드리히 슈탑스에 대한 심문을 슐마이스터에게 맡기게."

슐마이스터는 이런 일에는 전문가였다. 사주한 자들과 공모자들
의 이름을 실토하게 만들 것이다.

라프는 슈탑스 혼자서 저지른 일로 보인다고 말했다.

나폴레옹은 고개를 저었다.

"신교도이면서 제대로 교육받은 그 나이의 독일계 젊은이가 이러한 범죄를 저지르고자 했던 예가 없었네."

집무실을 거닐면서 그는 여러 번 코담배를 맡았다.

— 만일 이런 증오심이 민중들의 것이라면, 만일 프로이센과 오스트리아, 영국, 우방 러시아의 군주들과 교황이 그들 쪽으로 타들어가던 위협의 불길을 내게로 돌려놓는 일에 성공한다면, 만일 민중들이 이성보다는 광신을, 시민법과 계몽사상보다는 관습이나 종교를 더 중시한다면.

뜨거운 불길이 그의 정수리를 타고 흘러내리는 것 같았다.

— 그렇다면 어떤 대가를 치르더라도 당장 오스트리아와 평화협약을 맺어야 한다. 그리고 어떤 왕조든 하나를 택해 나와 혼맥(婚脈)을 형성해놓아야 한다. 민중들이 왕조를 원하기 때문이고, 민중들이 그 왕조를 계속 지키고자 하기 때문이다. 누가 나와 혼인을 맺으려 할 것인가? 합스부르크 왕가의 딸일까, 아니면 러시아의 대공녀일까?

우선은 이 암살 기도가 알려지지 않도록 조처해야 했다. 암살자들을 모방하는 자들은 늘 생겨나기 마련이다.

그는 푸셰에게 이 사실을 알리는 메시지를 보냈다.

〈에어푸르트의 루터교 목사 아들인 17세의 한 젊은 청년이 오늘 열병식장에서 나에게 접근하려다가 장교들에게 체포되었소. 수색해보니 그는 단도를 갖고 있었소. 그를 불러 얘기했는데, 교육을 잘 받은 것 같았소. 이 불쌍한 청년은 오스트리아에서 프랑스군을 몰아내기 위해 나를 암살하려 했다는 거요.〉

발생한 사실 못지않게 중요한 것은, 사람들이 늘 거기에서 어떤 의견을 끌어낸다는 것이다.

〈사람들이 이 사건을 사실보다 더 심각하게 받아들이지 않도록 하기 위해 당신에게 알리는 것이오. 사람들에게 퍼져나가지 않기를 바라오. 만일 문제가 된다면, 이 청년을 미친 놈으로 간주하도록 하시오. 사람들이 이 일을 문제삼지 않는다면, 당신 혼자서 비밀로 간직하시오. 열병식 행사장에선 아무런 소동도 일어나지 않았소. 누구보다도 내 자신이 그걸 느끼지 못했으니 말이오.〉

한 번 더 강조해야 할 필요가 있었다.

〈반복해서 말하지만, 왜 이 일이 문제가 되면 안 되는지를 누구보다 당신이 잘 알고 있을 것이오.〉

그는 멘느발을 내보내고 혼자 남았다. 죽음이 두렵지는 않았다. 그는 프리드리히 슈탑스가 소지했던 그 날카로운 단검이 놓여 있는 탁자로 다가갔다.

— 나의 마지막 시간은 오지 않았다. 첫 전투 때부터 나는 알고 있었다. 포탄으로부터 자신을 보호하려 하는 것은 아무 소용 없는 짓이라는 것을. 나는 내 운명에 나를 맡겼다. 황제가 된다는 것, 그것은 늘 전장에 서 있는 것과 같다. 평화건 전쟁이건 내겐 다를 바가 하나도 없다. 평화시에는 인간들이 꾸미는 음모가 바로 포탄이므로.

그는 단검을 들었다가 다시 탁자에 놓았다.

— 하지만 그래도 움직여야 한다. 운명이란 인간이 헤엄쳐나가는 강물과도 같다. 제 갈 길로 가는 물길이라 해도, 잘 이용하고 소용돌이를 피하려 노력해야 하는 것이다.

그는 외무장관을 불렀다.

"샹파니, 평화 협상을 매듭짓도록 하게. 오스트리아 전권 협상단과 배상금 문제로 난항중인 모양인데, 반반씩 타협하게. 7천5백만 프랑에서 양보하게. 나머지 문제는 그대에게 일임하겠네. 스물네 시간 안에 협상이 타결되어 서명할 수 있도록 최선을 다해주게."

그는 잠자리에 들지 않았다. 밤새 프리드리히 슈탑스를 생각하고 있었다.

— 만일 이 젊은 광신도가 오스트리아와 독일인들의 마음을 대변한 것이라면, 독일을 유혹해야 한다. 독일은 제국의 심장과도 같은 존재이기 때문이다. 그리고 합스부르크 왕가와 결혼 문제를 매듭지어, 제2의 슈탑스로 하여금 무기를 버리도록 해야 하리라. 동맹자인 차르의 누이는 지난 8월 3일 올덴부르크 공작과 결혼했다지. 나와의 결혼을 피하기 위해서였으리라. 그의 여동생 안나는 너무 어리다고 하고.

고개를 꾸벅이며 졸다가 깨어난 그는 책을 읽고, 구술했다. 마리 발레프스카가 떠났다. 밤은 길고 선선했다.

아침 여섯시에 샹파니가 들어왔다. 평화를 알리러 온 것인가?

"협약에 서명했는가?"

"예, 폐하. 여기 있습니다."

그것은 끊임없이 격렬한 고통을 일으키다가 한순간에 멎어버리는 복통과도 같은 것이었다.

그는 협상 내용을 들었다. 오스트리아는 아드리아 해로 나가는 모든 관문과 그 일대의 주민 3백50만 명을 포기했다. 그 지역에는 프랑스에 병합된 일리리아 정부가 들어설 것이다. 갈리시아 지역은 바르샤바 공국과 러시아가 분할 통치하며, 티롤은 다시 바이에른 공국에 반환되었다.

"잘되었네. 아주 만족스러운 협약이야."

그는 코담배를 들이마시다가 기침을 했다.

누가 이 협약을 준수할 것인가? 그와 합스부르크 왕가의 딸이 결혼함으로써 두 왕조를 결합시켜 이 협약이 변치 않도록 해야할 것이다. 상트페테르부르크의 동맹자가 그의 어린 여동생을 내놓지 않는다면 말이다. 그러면 오스트리아는 그에게 단단히 물려빠져나가지 못할 것이고, 협약을 준수하지 않을 수 없을 터였다.

잠시 침묵을 지키던 샹파니가 말을 이었다. 그는 황제가 정한 7천5백만 프랑보다 더 많은 8천5백만 프랑의 배상금을 받아내기로 했다.

"정말 훌륭하네! 탈레랑이었다면, 내게 7천5백만 프랑만 주고는 나머지 1천만 프랑은 자기 호주머니에 넣었을 걸세!"

10월 15일 일요일에 협약이 정식으로 비준되면, 프라터 곳에서 평화를 축하하는 축포를 발사하게 할 것이라고 그가 말했다.

일요일 내내, 비엔나 사람들이 평화를 축하하기 위해 부르는 노래와 환호성이 바람에 실려 그의 귓가에 들려왔다.

1809년 10월 16일 월요일, 쇤브룬 성을 떠나면서 그는 라프 장군에게 물었다.

"그는 어떻게 되었는가?"

슈탑스는 스파이 활동을 한 죄로 사형을 언도받았고, 16일 이날 월요일에 형이 집행되었다.

독일로 향하는 길목의 가을은 아름다웠다.

21일 토요일, 그는 뮌헨에 도착했다.

그는 도시 인근의 숲에서 사냥했다. 두텁게 깔린 낙엽 때문에 말발굽 소리가 둔중하게 울렸다. 그는 사냥감을 몰아대지 않고, 그냥 도망가도록 내버려두었다. 사냥개가 짖어대는 소리며 몰이꾼들이 외쳐대는 소리에도 무심했다.

그는 라프가 보고했던 슈탑스의 최후를 내내 생각하고 있었다.

쇤브룬을 떠날 때, 라프는 말했다.

"슈탑스는 형장까지 걸어갈 힘이 아직 충분히 남아 있다고 말하면서 제공된 식사를 거절했습니다. 평화 조약이 체결되었다고 알려주자 그는 몸을 떨었습니다. 그리고는 이렇게 말하더군요. '오, 신이시여, 감사하나이다. 이렇게 평화가 찾아왔으니, 저는 암살자가 아닙니다.'"

1809년 10월 22일 일요일 새벽 네시, 나폴레옹은 조제핀에게 급히 편지를 썼다.

〈나의 친구여, 나는 한 시간 뒤면 떠나오. 다시 그대를 보는 즐거움을 갖게 될 거요. 초조하게 그 순간을 기다리고 있소. 26일이나 27일쯤이면 퐁텐블로에 도착할 거요. 몇몇 부인들과 함께 나를 마중나와주면 좋겠소. 나폴레옹.〉

그녀에게 언제 말을 꺼낼 것인가?

제 4 부

정치에는 감정이 개입할 여지가 없다.
냉철한 이성뿐이다

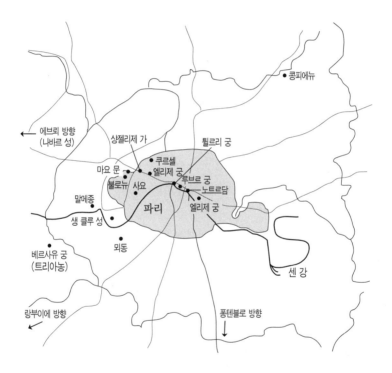

1809년 10월 27일 ~ 1811년 3월 20일

11
나를 불쌍히 여겨라

　그녀는 어디에 있는가? 나폴레옹은 눈으로 조제핀을 찾았다. 여행용 사륜 마차에서 뛰어내린 그는 퐁텐블로 성 입구의 커다란 층계 아래에서 잠시 멈췄다. 그보다 몇 시간 앞서 쇤브룬을 떠났던 궁정 대원수 뒤로크가 그를 마중나왔다. 참모와 장교들이 그를 둘러쌌다. 그녀는 어디에 있는 것일까? 그는 조제핀에게 궁정 부인들과 함께 마중나와달라고 부탁했지만, 그녀는 늘 그랬듯이 자신의 편안함만을 우선했던 것이다.

　1809년 10월 26일 목요일, 해가 막 돋아오르고 있었다.

　나폴레옹은 대법관 캉바세레스를 맞아 그와 함께 집무실로 걸어가면서 일찍 찾아준 대법관을 치하하며 질문을 시작했다. 여론은 어떠한가? 왈헤렌 섬에 상륙한 영국군을 격퇴하는 일이 왜 그다지도 지지부진했는가? 이러한 임무를 맡은 민병대 사령관으로 당치 않게도 베르나도트를 임명하다니 정신나간 짓 아닌가!

— 자질구레한 음모에나 마음을 쓰고, 질투와 야심에 불타는 인물. 베르나도트는 무능한 자다. 그런 자를 임명한 사람은 푸셰가 아닌가? 대체 파리에서는 프리드리히 슈탑스라는 젊은 녀석, 나를 칼로 찔러 죽이려 했던 그 미치광이에 대해 무엇을 알고 있는가?

나폴레옹은 집무실 한가운데 서 있는 캉바세레스 앞에서 걸음을 멈추었다.

그는 죽음을 두려워하지 않노라고 말했다. 단도든 포탄이든 혹은 독약이든, 그의 앞에서는 무력할 뿐이라고. 그는 스스로 완성해야 할 운명을 가졌으므로.

나폴레옹은 자리에 앉아 캉바세레스를 한참 동안 지켜보았다. 사려 깊고 신중한 이 남자는 늘 침묵하는 편이었다. 그는 항상 조제핀을 옹호했다. 이혼 소문이 떠돌 때마다, 그는 이혼에 반대하는 입장을 표명했기 때문에 푸셰와는 적대관계에 있었다.

캉바세레스는 만일 황제가 합스부르크 왕가의 후손인 오스트리아 여자나 로마노프 왕조의 상속녀와 결혼할 경우, 여론의 반발에 부딪치게 될 것을 두려워하고 있었다.

나폴레옹은 재차 물었다.

"황후는 어디에 있소?"

— 군주들이 내게 머리를 조아리고, 수많은 군대와 요새들이 항복하고, 원수며 대신들이 첫새벽부터 나를 기다리는 마당에, 이 늙은 여자는 몇 달 만에 돌아온 나를 이젠 맞아들이지도 않는단 말인가? 그녀는 무슨 생각을 하고 있을까? 두려워하고 있는 것일까? 그녀가 내 결정을 받아들여야 할 텐데.

나폴레옹은 자리에서 일어나 코담배를 들이마시며 천천히 거닐었다. 이제 캉바세레스는 그의 안중에 없었다. 나폴레옹은 대법관이 보고하는 말에 귀를 열어두었을 뿐, 더이상 그의 말을 듣고 있지도 않았다. 그는 조제핀과의 이혼 문제에만 생각을 몰두하고 있었다.

나폴레옹은 이혼하기로 마음을 굳혔으며 그 시기는 빠를수록 좋겠다고 말했다. 캉바세레스는 침묵만 지키고 있었다. 먼저 조제핀에게 그 말을 전하고, 으젠 드 보아르네나 오르탕스를 통해 이러한 결정을 내린 이유를 그녀에게 설명해야 하리라. 나폴레옹은 조제핀의 딸인 네덜란드 왕비보다 그녀의 아들인 이탈리아 부왕 으젠을 더 좋아했다. 으젠은 그에겐 아들 같은 존재였다. 으젠은 왕조의 이해관계에 마음을 쓰는 사람이므로, 황후에게 유익한 충고를 하리라.

"나는 조제핀을 진정으로 사랑했소."

이렇게 말한 뒤 나폴레옹은 생각에 잠겨 잠시 캉바세레스로부터 몇 걸음 멀어졌다가 되돌아왔다.

"그러나 그녀를 존중하지는 않소. 그녀는 거짓말을 너무 잘하오."

캉바세레스는 여전히 침묵을 지켰다.

"그녀에겐 다른 사람을 기쁘게 해주는 뭔가가 있소. 진짜 여자라니까."

그는 껄껄 웃더니 혼잣말을 하듯 중얼거렸다.

"그 여자는 세상에서 가장 매력적이고 아담한 엉덩이를 가졌소."

캉바세레스의 얼굴이 붉어졌다. 그것이 그를 유쾌하게 했다. 이 남자는 여자가 어떤 존재인지 결코 알지 못하리라. 그의 취미는 다른 데 있으니까.

"조제핀이 가리는 사람 없이 누구라도 점심식사에 초대하는 걸 보면 그녀가 선량하다고 할 수도 있소. 하지만 그녀 스스로 무엇인가를 포기하고 순순히 내줄 것 같소? 아니오!"

─그녀는 어디에 있을까? 나는 여기에 있는데, 나를 맞이하겠다고 생 클루에 가 있는 것은 아닐까?

그는 캉바세레스를 돌려보내고 으젠 앞으로 보내는 편지를 구술했다. 그리고 전문들을 검토하면서 집무에 들어갔다.

여전히 스페인이 문제였다. 전쟁이 계속되고 있었다. 그는 켈레르만 장군이 베르티에에게 보낸 편지를 반복해서 읽었다.

지금은 늙은 원수가 된 발미 전투의 영웅 켈레르만은 이렇게 썼다.

〈히드라의 머리는 하나만 잘라서는 아무런 소용이 없소. 하나를 자르면 다른 쪽에서 새로 자라나오. 사람들의 정신에 어떤 혁명이 일어나지 않는 한, 장군은 이 광대한 반도를 굴복시키지 못하오. 설령 굴복시킨다 해도 오래 가지 못할 것이오. 이 반도는 프랑스의 국민과 그 막대한 재산을 송두리째 삼켜버릴 것이오.〉

─스페인, 스페인! 스페인이 나를 파멸시키고 있다. 조제프는 통치할 능력이 없다. 술트나 모르티에 원수는 그곳에서 여러 차례 승리를 거두었지만, 결정적인 승리는 아니다. 내가 또다시 스페인으로 달려가야 하는가?

켈레르만 장군은 썼다.

〈다시 강조하지만, 우리에겐 두뇌와 헤라클레스의 팔을 모두 갖춘 사람이 필요하오. 그런 사람만이 힘과 재치를 발휘하여 이런 큰 문제를 해결할 수 있소. 그것이 해결 가능한 문제라면 말이오.〉

─베르티에를 스페인으로 보내, 나의 스페인 입성을 준비하라고 해야겠군.

헤라클레스라! 나폴레옹은 미소지었다. 조제핀 문제를 해결한 후, 헤라클레스가 일격을 가하리라.

성 안의 회랑과 대기실에서 수런대는 목소리와 발소리들이 들려왔다. 조제핀이 퐁텐블로에 도착했음을 알리는 것이리라. 이제야 오셨군!

발걸음을 재촉해 서재에 틀어박힌 그는 글을 쓰기 시작했다. 그는 자신이 느끼고 있는 이 불안감과, 당장 오늘 저녁에 그녀에게 말을 꺼낼 수 없는 자신의 처지가 원망스럽기만 했다.

그녀가 들어왔다.

그는 고개도 들고 싶지 않았다. 그녀는 아무 말이 없었다. 일곱 달 만의 만남. 그가 부탁했는데도 그녀는 왜 기다리지 않았을까? 또 무슨 수작을 부리는 것일까? 그가 참을성이 없다는 것을 잊어버렸다는 말인가?

그가 일어섰다. 그녀는 말없이 울고 있었다.

"아, 드디어 오셨구려, 부인. 내가 막 생 클루로 가려던 참이었는데, 잘 오셨소."

그녀는 더듬거리며 변명하려 했다. 그가 원한 것은 이런 것이 아니었다! 그는 두 사람이 같이 살다가 마침내 이런 순간에 이르게 되었다는 것을 조제핀이 이해하기를 바랐다. 그녀가 그의 뜻을 받아들여 일을 순조롭게 매듭짓기를 바라는 것이다.

그녀에게 입을 맞췄지만, 거북한 감정만을 느낄 뿐이었다.

이런 상황이 싫었다. 말을 해야 하는데, 입을 열 수가 없었다. 음울한 얼굴에, 눈에는 눈물을 가득 담고, 마치 쫓기는 짐승처럼 자신을 쳐다보는 조제핀의 모습을 견딜 수 없었다.

며칠 후, 틈이 나자 나폴레옹은 성을 떠났다.

일 드 프랑스*의 가을은 눈이 부실 정도로 아름다웠지만, 그는

---

* 프랑스 중북부의 주들로 이루어진 지방. 프랑스에서 가장 인구가 밀집한 지역.

분노를 어쩌지 못한 채 사냥에 몰두했다. 퐁텐블로 숲에서, 불로뉴 숲이나 베르사유 숲에서, 믈룅과 뱅센 주변에서 말을 질주하고 사냥을 했다.

퐁텐블로 성에 돌아온 그는, 자신의 살롱에서 조제핀이 모임을 열고 있는 것을 보고도 힐끗 눈길 한 번 던지는 것이 고작이었다. 그가 조제핀에게 말하지 않는 한, 그녀가 그의 제안을 수락하지 않는 한, 그는 조제핀에게 마음을 열 수 없으리라. 왜 그녀는 그를 돕지 않는가? 아이를 낳아줄 수 있고 황제의 지위에 걸맞는 훌륭한 가문의 여자가 나폴레옹에게는 필요하다는 이 운명의 법칙을 그녀는 어째서 따르지 못하는가? 그녀에겐 왜 그걸 이해할 만한 품위가 없는가?

외무장관 샹파니를 소환했다. 샹파니는 러시아 주재 대사로 하여금 차르에게 에어푸르트 회담을 상기시키도록 강력하게 요구해야 했다. 그 회담에서는 나폴레옹의 이혼 문제가 거론되었고, 알렉산드르는 그의 누이들 중에서 가장 젊은 안나와의 결혼 가능성을 언급하기도 했었다. 나폴레옹은 지시했다.

"러시아 주재 대사 콜랭쿠르에게 전하라. 차르에게, '황제께서는 프랑스 국민의 압력에 못 이겨 이혼하시려 한다'고 전달하도록. 그들이 어떤 태도를 취해야 하는지, 그리고 우리 북유럽 연합군의 의도가 무엇인지를 정확히 주지시켜야 한다!"

그러나 알렉산드르를 어떻게 신뢰할 수 있단 말인가? 파리 주재 오스트리아 대사관의 참사관 플로레 기사는, 메테르니히와 황제 프란츠 1세가 오스트리아 황녀 마리 루이즈를 나폴레옹에게 '넘겨줄' 생각을 하고 있음을 넌지시 알려왔다. 마리 루이즈, 그녀는 열여덟 살이었다.

합스부르크 가문의 여자라! 나폴레옹은 생각에 잠겼다. 마리 앙투아네트처럼 오스트리아 여자란 말이지! 그는 1792년 6월과 8월, 자신의 두 눈으로 지켜보았던 혁명의 나날들을 생생하게 기억하고 있었다. 아직도 그때의 외침이 그의 뇌리에 박혀 있었다. 튈르리 정원에서 사람들은 외쳤었다. '오스트리아 계집을 죽여라!'

그는 집무실 안을 오래 서성였다. 마리 앙투아네트와 같은 오스트리아 여자. 하지만 그는 루이 16세가 아니었다.

그의 암시를 알렉산드르가 슬쩍 피해버릴 경우, 차르가 예감하고 두려워할 일은 오스트리아가 불가피하게 프랑스의 동맹국이 될 수 있다는 사실일 터였다.

합스부르크 왕가의 열여덟 살 소녀 마리 루이즈, 그녀는 부르봉 왕가의 카를 5세와 루이 14세의 손녀이기도 했다.

— 나는 이미 내가 되고자 하는 인간이 되었다. 원한다면 그녀를 요구할 권리가 있다.

나폴레옹은 바이에른, 작센, 뷔르템베르크의 군주들, 나폴리 왕 뮈라, 베스트팔렌 왕 제롬, 네덜란드 국왕 루이 등을 튈르리 궁에서 알현했다.

카루젤의 개선문 주변에서 새로 구성된 대군도 사열했다. 그는 군중들의 환호성을 들었다.

"황제 폐하 만세! 바그람의 정복자 만세! 비엔나의 평화 만세!"

그는 손가락 끝으로 조제핀의 팔을 잡고 있었다. 가끔씩은 그녀와 나란히 있는 모습을 사람들에게 보여줘야 했다. 그러나 그녀를 쳐다볼 수는 없었다. 그녀는 아직도 그의 마음을 흔들어놓으려 애쓰고 있었다.

— 나는 내 운명에 충실할 뿐이다.

나폴레옹은 그녀 가까이에 앉아 있기보다는 차라리 폴린의 사륜 마차를 타고 밖으로 나가는 것을 좋아했다. 보르게세 왕자비 폴린, 그녀는 나폴레옹이 속내를 드러낼 수 있는 누이였다. 조제핀과의 이혼을 주장해온 폴린은, 그와 가까이 있다가도 자신의 시녀 중 하나인, 금발에 쾌활하고 당당한 성격을 가진 자그마한 피에몬테 출신 여자가 나타나면, 멀찌감치 물러날 만큼 공모자적인 자질도 갖추고 있었다.

오늘밤에 그 피에몬테 여자 크리스틴을 만나리라. 그리고 내일은 조제핀에게 말하리라.

— 나는 왕들의 황제다. 어느 누구도 나의 운명에 걸림돌이 될 수 없다.

1809년 11월 30일 목요일. 그는 조제핀과 단둘이 저녁 식탁에 앉았다. 그러나 아무 말도 하지 않았다. 할 수가 없었다. 나폴레옹이 고개를 들어 조제핀을 바라보았다. 커다란 모자만 보였다. 충혈된 두 눈과 운 흔적이 역력한 얼굴을 가리기 위해 조제핀이 쓰고 있는 모자였다.

그는 음식을 넘기지 못했다. 나이프로 크리스탈 잔들을 두드려 소리가 울리게 했다. 그는 '날씨가 어떤가?'하고 시종에게 물으며 자리에서 일어나 옆에 있는 살롱으로 자리를 옮겼다.

어린 시종이 커피를 가져오자, 조제핀이 받아 황제의 잔에 따라주려 했다. 하지만 나폴레옹은 자기 잔에 직접 커피를 따랐다. 그는 시종을 향해, 그만 됐으니 나가서 문을 닫으라고 손짓했다.

조제핀은 벌써 두 팔에 얼굴을 묻고 흐느껴 울고 있었다.

그는 그녀에게 등을 돌리며 퉁명스럽게 내뱉었다.

"내 마음을 흔들어보려 애쓰지 마시오. 지금도 여전히 당신을 사랑하지만, 정치에는 감정이 끼어들 여지가 없소. 오직 냉정한 이성이 있을 뿐이오."

그녀를 마주보았다.

"자진해서 하는 이혼과 억지로 당하는 이혼 중 어느 것을 원하오? 나는 결심이 섰소."

그녀는 망연자실한 모습이었다.

"나는 당신에게 연간 오백만 프랑의 돈과 로마를 다스리는 통치권을 주겠소."

그녀는 외마디 소리를 지르더니 중얼거렸다.

"그럴 수는 없어, 난 살아갈 수 없을 거야."

그리고는 융단 위에 쓰러져 신음 소리를 냈다. 정신을 잃은 것 같았다.

나폴레옹은 문을 열고 궁정 집사장 보세를 손짓해 불렀다. 보세는 차고 있는 칼이 거추장스러울 정도로 뚱뚱한 몸집을 흔들며 들어왔다.

나폴레옹은 횃불을 들고 층계를 비추며 물었다.

"자네, 조제핀을 안고 안쪽 층계로 해서 황후의 처소까지 데려갈 수 있겠나? 치료를 받도록 해야겠네."

층계에서 보세가 비틀거렸다. 앞서가던 나폴레옹이 돌아보았다. 보세의 귀에 대고, 조제핀이 속삭이는 소리가 들려왔다.

"자넨 지금 나를 너무 세게 안고 있어."

그녀는 정신을 잃은 적이 있기는 한 것인가?

조제핀의 처소에서 나와 채 몇 걸음 걷지도 않았는데, 가슴이 답답해 숨이 막힐 지경이었다. 자신의 처소로 돌아온 그는 조제핀의 딸 오르탕스와 의사 코르비자르를 황후의 처소로 보내라고 명했다.

그는 의자에 털썩 주저앉았다. 조제핀은 고통을 과장했을 것이다. 거짓말쟁이답게 기절한 척했을 것이다. 하지만 그녀는 분명 고통스러우리라. 왜 그러지 않겠는가. 그도 괴로웠다. 그것은 그에게 있어서도 가슴이 갈라지는 아픔이었다. 자신의 생의 한 부분이 온전히 마감되는 것이다. 고통이 그를 짓눌렀다.

발소리가 들렸다. 오르탕스가 온 것이다. 나폴레옹은 무겁게 자리에서 일어나 오르탕스를 맞으러 나갔다.

"어머니를 만났느냐? 네게 뭐라고 하시더냐?"

자신의 생각을 표현하기가 여간 어렵지 않았다. 내부에서 들끓고 있는 혼란을 억누르기도 쉽지 않았다. 단호하게 일을 해결하지 않고, 선택하지도 않고, 자신의 운명이라는 법칙에 따르지도 않는다면, 생은 얼마나 간단할 것인가?

"나는 결정을 내렸다. 돌이킬 수 없어. 프랑스 전체가 이혼을 원하고 있다. 원하는 정도가 아니라 당당하게 요구하고 있어. 나는 프랑스가 소망하는 일에 반대할 수가 없다."

오르탕스에게 등을 돌렸다. 그녀를 똑바로 쳐다볼 수 없었다.

"그 누구도, 그 무엇도, 내 결정을 바꿀 수는 없을 거다. 눈물도 애원도."

나폴레옹은 꼼짝하지 않고, 등뒤에서 들려오는 오르탕스의 맑고 차분한 음성을 들었다. 그녀를 처음 보았을 때, 그녀는 겨우 열세 살 난 어린 소녀였다. 그는 그녀에게 따뜻한 감정을 갖고 있었다. 처음 만났을 때 열다섯 살 소년이었던, 그가 아들처럼 여기는 으젠의 누이이며, 지금은 루이의 아내인 그녀에게 느껴온 지속적인 애정도 떠올랐다. 그들은 이미 오래 전부터 그의 가족이었다.

오르탕스가 말했다.

"폐하, 폐하께서는 좋아하는 일을 마음대로 하실 수가 있습니다. 폐하의 뜻을 거스를 사람은 아무도 없을 거예요. 폐하가 요구한다는 사실만으로 이유는 충분하기 때문이지요. 저희들은 희생할 준비가 되어 있어요. 어머니께서 눈물 흘리신다고 너무 놀라지 마세요. 십오 년간 부부로 함께 살아왔는데, 눈물 한 방울 흘리지 않으신다면 오히려 그게 놀라운 일이겠지요."

숱한 추억들이 떠올랐다. 그의 두 눈에 눈물이 어렸다.

"제가 확신하건대, 어머니께서는 폐하의 뜻에 복종하실 거예요. 저희들 모두는 폐하 곁을 떠나서도 폐하께서 베풀어주셨던 친절을 오래 간직할 겁니다."

그들과 결별할 수는 없었다. 왕가의 혈통을 가진 아내, 자신의 피를 이어받은 후계자, 정치적 안정 등 자신의 삶에 새로운 것을 보태고 싶지만, 그렇다고 오르탕스와 으젠, 그리고 그들의 자녀와 그들의 정치적 충성, 그 어느 것도 잃고 싶지 않았다. 심지어 조제핀까지도 잃고 싶지 않았다.

나폴레옹의 두 눈에 눈물이 고였다. 속에서 치미는 무엇에 숨이 막히는 것 같았다. 그에게 주어진 선택의 의무가 얼마나 가혹한 것인지, 결단을 내리기 위해 그가 얼마나 많은 노력을 기울여야 했는지, 그들은 왜 이해하지 못하는가? 그가 자신의 운명을 완성하는 일을 왜 이토록 어렵게 만드는가? 왜 그들은 그를 돕지 않는가?

"뭐라고? 너희들 모두가 나를 떠난다고? 나를 버린다고? 그러니까 너희들은 나를 더이상 사랑하지 않는다는 거냐?"

있을 수 없는 일이었다. 그는 인정할 수 없었다. 문제는 그의 행복이 아니라 그의 운명이었다. 그의 운명이자 프랑스의 운명.

그는 말했다.

"나를 불쌍히 여겨라. 가장 사랑하는 이들을 포기해야 하는 나를 측은히 여겨."

나폴레옹은 오르탕스가 받았을 충격을 충분히 짐작하고 있었다. 그러나 오르탕스도 으젠도 그를 떠나지는 않으리라.

사람들은 왕들의 황제를 버리지 않으리라. 그는 선택한 것을 실행에 옮길 뿐이었다.

12
나의 아들이 소설 같은 나의 생애를 마무리하리라

그녀가 여기 있다. 그가 원한 것이다. 1809년 12월 3일 일요일, 나폴레옹은 노트르담 성당의 중앙 홀을 조제핀과 함께 걷고 있었다. 그녀는 아직은 황후였다.

성당의 궁륭 아래로 종소리가 울려퍼졌다. 예포 소리도 요란하게 울렸다. 테 데움의 음악이 바그람의 승리와 비엔나의 평화를 찬양하고 있었다.

—내 수하에 있는 왕들과 원수 및 대신들이 나를 중심으로 모여 있다. 군중들의 환호성도 들린다. 잠시 후면 나는 성당 앞에 집결한 군대를 사열하고 마차에 오르리라. 축성식의 마차에.

조제핀이 여기 있다. 예전처럼 축성식 행사에 참석하는 것이다. 그녀는 미소지으려 애쓰며 모든 시선에 과감히 맞섰다. 모두들 알고 있었다. 푸셰가 이미 사교계의 살롱과 술집에 소문을 퍼뜨린 것이다. 황제가 이혼하고, 아이를 낳을 수 있는 여자와 결혼해 아들을 얻고 싶어한다는 것을 여론화하기 위한 것이었다.

— 사람들의 시선에 담긴 잔인함과 저속함과 비열함. 나는 안다. 이자들은 모두 부어오른 눈두덩과 충혈된 눈을 베일로 가리고 있는 조제핀의 고통을 즐기고 있는 것이다.

그녀가 느끼는 슬픔과 절망을 견딜 수 없었다.

— 이것이 내가 거둔 승리의 대가란 말인가. 내가 승리를 거두기 위해서는 항상 누군가가 죽어가야 하는 것인가?

나폴레옹은 에슬링 전투에서 죽기 직전 꿈틀거리던 란 원수의 육체를 생각하다가 조제핀을 바라보았다. 그녀는 적과 마주하고 있는 병사 같았다.

12월 5일 화요일, 파리 시청에 있는 대연회실 '빅투아르(승리)'에서, 여러 군주들을 치하하기 위한 연회가 베풀어지고 있었다. 조제핀은 나폴레옹과 함께 입법부의 좌석에 앉아 있었다. 나폴레옹이 연단에 올랐다.

연설을 시작한 그의 눈에 그녀는 더이상 보이지 않았다.

"프랑스 민중들이여, 여러분은 그 옛날 헤라클레스의 힘과 정력을 가지고 있소! 이번 제4차 포에니 전쟁*은 발발한 지 삼 개월 만에 끝이 났소…… 내가 피레네 산맥 저편에 모습을 드러낼 때쯤이면, 공포에 질린 표범은 치욕과 패배와 죽음을 피하기 위해 대양을 찾아 헤맬 것이오. 나의 군대가 거두는 승리는, 선의 정령이 악의 정령을 무찌르는 승리가 될 것이오. 내란, 무질서, 악의에

---

* 1809년의 대오스트리아 전쟁을, 기원전 1~2세기에 로마와 카르타고 사이에 세 차례에 걸쳐 벌어졌던 포에니 전쟁에 비유하여 이른 말.

찬 격정들을 무찌르고 온건함, 질서, 도덕이 거두는 승리가 될 것이오."

청중들이 갈채를 보냈다.

그는 조제핀의 손을 잡았다. 찬란한 승리 후에 오는 것은 상처 입은 자의 고통이었다. 그녀는 말메종으로 돌아가려 했다. 그가 속삭였다.

"즐겁게 지내야 하오. 주중에 당신을 보러 가리다. 당신이 즐겁게 지내는지 보고 싶소."

그녀가 떠나가자, 벌써부터 그녀의 부재가 고통스러웠다. 오래 전부터 그녀는 그의 삶 속에 자리하고 있었던 것이다.

그녀를 머릿속에서 몰아내기 위해 일을 했다. 이제 이혼이 결정되었으니, 그는 이제 아들을 갖게 되리라……

그는 일을 멈추었다. 발레비치 성에서 마리 발레프스카가 편지를 보내왔다. 그녀는 임신중이었다. 봄, 그러니까 4월이나 5월쯤 아이가 태어날 것이다. 그녀는 아들을 낳을 것으로 확신한다고 했다. 벌써부터 아이를 느낀다고.

아들이라.

그가 합법적인 자신의 아들을 갖게 될 때, 그 아이에게 물려줄 제국은 유일무이한 한 사람의 지배를 받아야 했다. 그는 지도를 바라보았다.

— 네덜란드를 정복하고 싶다. 프랑스의 소유로 만들어야 한다. 파리는 내 제국의 정신적인 수도이자 장차 태어날 내 아들의 수도가 될 것이다. 로마는 제국 제2의 도시이자 프랑스의 도시가 될 것이며, 내 아들은 로마 왕이 될 것이다. 교회의 모든 기관들과 고문서 보관소들도 파리에 둘 것이다. 교황은 그의 지상권(地上權)을 박탈당하리라.

그는 네덜란드로부터 카탈루냐(스페인 북동부의 지방)에 이르는 거대한 제국을 생각하고 있었다. 그는 옆에 있는 베르티에에게 말했다.

"머지않아 스페인에 갈 걸세."

하지만 조제프를 위해 싸우는 건 아니었다. 로마뿐 아니라 에브로 강* 북쪽도 통치하게 될 그의 아들을 위해서였다. 마치 거대한 방위대처럼 라인 동맹국들이며, 나폴리와 스페인 왕국들, 동쪽에 있는 바르샤바 대공국 등이 제국의 주위를 이루리라.

시간이 흘러갔다. 그는 집무실을 거닐며, 로마를 프랑스에 합병시키는 법령들을 구술했고, 스페인에서 진두지휘하고 있는 장군들에게 보낼 편지를 구술했다.

결국 그가 행한 모든 노력, 그가 거둔 모든 승리들이 합해져서 유럽의 운명을 바꾸기 위해 그에게는 아들이 필요했던 것이다.

이 아들은 그와 함께 하나의 세계 제국을 이루는 주춧돌이 될 것이었다.

— 나의 시대가 지나가면, 모든 것은 이 아이, 아직은 어머니가 누구일지도 모르는 이 아이에게 달려 있다. 이 아이가 소설과도 같은 나의 생애를 마무리하리라. 장차 태어날 내 아들에 앞서, 나는 긴 쇠사슬의 마지막 고리가 되어, 그 쇠사슬 안에서 내 자리를 차지할 것이다.

그는 그에 앞서 대를 이어 존재했던 수많은 왕과 황제들을 생각했다.

"나는 클로비스**로부터 지난 시절의 공안위원회에 이르기까지 모든 이들과 결속되어 있다."

---

* 스페인 동북쪽에서 발원하여 지중해로 흐르는, 스페인에서 가장 긴 강.
** 클로비스 1세, 466경~511. 프랑크 왕국 메로빙거 왕조의 창시자. 그는 중세 초기에 서유럽의 대부분을 지배했다.

─그리고 나 이후에 이 사슬이 끊어지는 것을 원치 않는다. 나는 이 사슬을 연결하기 위해 이혼하는 것이다.

그는 흥분으로 안절부절 못했다. 그의 머리는 이런 생각들로 가득 차 있었던 것이다. 혼자서는 밤을 보낼 수 없을 것 같았다.

콩스탕이 모르게 왕자비의 집으로 달려가, 크리스틴 드 마티스를 불러와야 했다.

그는 잠에서 깨어났다. 밤과 꿈에서 빠져나온 것이다. 모든 것이 정해졌으나, 아무것도 해결된 것은 없었다. 이혼도 결혼도. 그것은 이제 막 개시된 전투여서, 아직 아무런 결말도 나지 않았다.

조제핀이 아직도 어떤 희망을 갖고 있는 것은 아닐까? 그녀는 자기가 꾸고 있는 악몽을 쫓아버릴 수 있는 말과 몸짓을 기다리는 듯, 어떤 기대 같은 것이 묻어 있는 절박한 시선을 이따금 그에게 던졌다. 그 눈길은 전과 다름없이 절박했다. 그는 그녀에게 애정을 표시하지 않으려 애썼다. 자칫 애정을 표현했다가는 어떤 일이 벌어질지 불을 보듯 뻔했다. 조제핀은 그들이 공유했던 옛 추억 속으로 그를 밀어넣으려 할 것이 분명했다.

과거로 떼밀려 들어가지 않기 위해, 그는 매순간 자신과 싸워야 했다. 이탈리아에서 도착한 으젠을 만날 때도 감정을 억눌러야만 했다.

그는 이 조제핀의 아들을 사랑했다. 이집트, 이탈리아, 독일에서 군인으로 복무하면서 청년으로 성장하는 으젠을 보아왔다. 나폴레옹은 그의 말에 귀를 기울였다.

"저희들이 모든 걸 포기하는 게 나으리라 생각합니다. 저희들이 폐하 곁에 있게 된다면, 저희들은 애매한 입장에 처할 것이고, 제 어머니는 결국 폐하를 곤란하게 하실 것입니다. 왕실과 음모로부터 멀리 떨어져, 어머니께서 불행을 견디어내실 수 있도록 저희들이 돕겠습니다. 적당한 장소를 지정해주십시오."

나폴레옹은 고개를 저었다. 오르탕스에게도 말했거니와 그는 이런 결별을 수락할 수 없었다. 이런 상처를 어떻게 견뎌내란 말인가? 그는 그럴 필요성조차 인정하지 않았다.

—그들이 나의 일을 수월하게 해줄 수는 없는 것인가?

그는 으젠에게 다가갔다. 그는 예전의 열다섯 살 소년에서 이탈리아 부왕으로 성장해 있었다.

"으젠, 내가 너에게 유익한 사람이었다면, 그리고 내가 너의 아버지 노릇을 했다고 생각한다면, 나를 버리지 말라. 나는 네가 필요해. 네 누이도 나를 떠날 수 없다. 네 어머니는 그걸 바라지 않지만."

으젠을 납득시켜야 했다. 그는 으젠의 어깨를 잡았다.

"지금 네가 품고 있는 생각들은 모두 과장되어 있다. 그런 생각들이 나를 불행하게 한다. 더이상은 말하지 않겠다. 이젠 후세를 생각해야 한다. 후세에 사람들이 이렇게 말하는 걸 원치 않거든 내 곁에 있거라. '황후는 쫓겨났고 버림받았다. 아마도 그녀는 그런 대접을 받아 마땅했었던 것 같다'고 말이다."

으젠이 흔들리고 있는 걸 느꼈다. 이성과 논리뿐 아니라 감정까지 제압해야 했다.

"예전처럼 내 가까이에 머물면서 네 어머니의 지위와 존엄성을 유지해야 한다. 우리의 이별은 전적으로 정치적인 것이며, 그래서 그녀도 그것을 원했다는 사실을 입증하면서, 그녀의 희생을 요구한 프랑스의 존경과 사랑을 받는 새로운 자격을 획득한다면, 그녀의 역할은 훌륭하지 않겠느냐?"

그는 으젠을 껴안았다. 그는 으젠이 자기 어머니를 설득하기를 바랐다.

12월 8일 금요일 오전, 나폴레옹과 조제핀, 으젠이 한자리에 모였다. 조제핀은 아들 앞에서 차분하게 이야기했다. 나폴레옹은 그런 그녀를 지켜보았다. 그녀는 욕망과 탐욕이 섞여 있는 날카로운 표정을 이미 되찾고 있었다. 나폴레옹은 방심하지 않았다.

"프랑스의 행복은 제게도 매우 소중해요. 거기에 부응하는 것이 저에게 주어진 의무라고 생각지 않을 수 없군요."

그는 으젠의 손을 잡고 있는 그녀를 보았다.

그녀는 갑자기 메마른 목소리로, 나폴레옹이 으젠에게 이탈리아 왕관을 넘겨주기를 원한다고 말했다.

— 그러니까 저 여자가 요구하는 대가란 바로 그것이었군. 고통을 당하면서도 여전히 약삭빠르고 탐욕스러운 여자.

으젠이 벌떡 일어나더니 조제핀을 향해 소리쳤다.

"어머니가 이혼하는 대가로 받게 될 왕관 따윈 필요없어요!"

나폴레옹은 일어나 으젠을 포옹했다.

"나는 으젠의 마음을 고맙게 여겨왔소. 나의 기대에 어긋나지 않게 그는 나의 자애심을 신뢰하고 있소."

— 으젠은 중용되리라. 하지만 로마 왕이 될 인물은 앞으로 태어날 나의 아들이다.

조제핀, 그녀는 결국 이혼을 받아들였다.

이제는 신부감을 선택해야 했다. 나폴레옹은 외무장관 샹파니를 호출했다. 알렉산드르의 의중을 파악하는 일이 급선무였다. 차르는 누이 안나를 주려는 것인가, 아니면 말뿐인가? 그렇지 않으면 우회책을 쓰고 있는 것인가? 신속한 답이 필요했다. 콜랭쿠르 대사는 차르를 만나, 우리가 제반 조건들, 예컨대 종교적인 조건조차도 중요시하지 않는다는 사실을 전달해야 했다. 우리가 원하는 것은 아이다. 아이를 잘 낳을 수 있는 여자를 원하는 것이다. 그는 에두른 말이 아닌 직설적인 답변을 원했다. 그렇지 않다면 다른 곳, 비엔나 쪽을 고려하리라.

이러한 움직임이 시작되는 것이 기뻤다.

그는 베르티에 원수가 그로부아 성에서 베푸는 축연에 참석했다. 그는 성 근처의 숲에서 수하의 왕들, 즉 나폴리와 뷔르템베르크와 작센의 왕들을 대동하고 사냥을 했다. 나폴레옹은 그들의 황제였으며, 네덜란드나 베스트팔렌의 왕은 그의 형제들이었다. 그가 이 모든 것을 가능케 했다. 그리고 머지않아 그의 아들을 위해서는 더 많은 일을 할 것이었다.

문득 그는 앞에서 걷고 있는 조제핀을 보았다. 이제 아무도 그녀를 기다리고 있지 않았다. 그녀는 파리에서 성공을 거둔 작품 '카데 루셀'이 공연되는 홀에 들어가 앉았다.

나폴레옹은 이 작품을 몰랐다. 건성으로 바라보며 귀를 기울이고 있는데, 갑자기 연극대사 몇 마디가 그를 소스라치게 했다.

후손이나 조상을 가지려면 이혼해야만 한다.

누가 이 연극을 선택했는가? 나폴레옹은 암시로 가득 찬 이 연극을 주의깊게 지켜보았다. 몸이 오싹해지면서 수치스러움을 느꼈다.

공연이 끝나자 그는 조제핀에게 다가가 팔을 잡았다. 그리고는 그녀와 나란히 서서 느린 발걸음으로 손님들 사이를 걸어다녔다. 그러다가 오르탕스와 으젠 앞에서 멈췄다. 그가 그들을 포옹하자 그들을 둘러싸고 있던 고관들은 시선을 떨구었다. 그는 황후를 마차까지 배웅했다.

더이상 이런 애매하고 부자연스러운 상황과 마주치고 싶지 않았다. 불필요한 고통과 굴욕감을 스스로에게 유발하고 부과하는 것을 원치 않았다. 이제 조제핀이 수락했으니, 공개적으로 신속하고 단호한 결정을 내려야 했다. 헛소문이나 음모의 싹은 더 자라기 전에 뿌리째 뽑아버려야 하는 것이다.

  그는 뛰어난 법학자로서 충성스런 신하이며 사려 깊은 캉바세레스를 접견했다. 바로 내일 12월 15일이면, 원로원 결의에 의해 혼인관계 해소가 공포될 것이다. 황후는 모후의 자격과 신분은 그대로 유지하게 될 것이며, 전 황후로서 국고에서 지급되는 연 2백만 프랑의 연금을 받게 될 것이다.
  나폴레옹은 캉바세레스에게 기록하지 말라고 손짓했다.
  그는 말메종은 당연히 조제핀에게 줄 것이라고 말했다. 그녀가 엘리제 궁에 머물 수 없게 되었으니, 파리에서 멀리 떨어진 곳에 있는 다른 성 하나도 그녀에게 줄 것이다. 파리에 있는 그녀의 존재는 나폴레옹뿐 아니라 그녀 자신에게도 곤란한 일이 될 것이다. 에브뢰 가까이에 있는 나바르 성이라면 어떨까?
  —캉바세레스는 입을 다물고 있군. 그는 무슨 생각을 하고 있는가?
  황후 조제핀에 대한 경제적인 배려는 국가의 세비를 토대로 황제가 결정할 것이며, 그녀의 상속자들도 동일한 권리를 갖게 되리라는 사실을 덧붙이도록 했다.
  —관대하지 않은가?
  그는 대법관의 대답을 기대하지 않았다. 바로 오늘, 12월 14일 목요일 밤 아홉시에 황제의 가족들을 이곳 황제의 집무실에 모이게 하고, 두 내외의 결정 및 원로원 의결 사항들을 알 수 있게 하라고 지시했다.
  나폴레옹은 고개를 숙였다. 갑자기 불안해졌다. 자신의 생을 두 부분으로 가를, 다시는 되돌아올 수 없는 경계를 지금 넘어가고 있는 것이다. 다른 삶으로의 이행을 원하긴 했지만, 초조한 느낌이 드는 것은 어쩔 수 없었다.

　나폴레옹은 이날 하루의 대부분을 혼자서 보냈다. 뱅센 숲에서 사냥을 하고, 탈진할 때까지 말을 달렸다.

　궁으로 돌아오니, '왕좌의 방(라 살 뒤 트론)'에 저마다 화려한 의상을 차려입은 왕과 왕비들, 원수들과 고관들이 모여 있었다. 여자들은 목걸이를 하고 왕관을 쓰고 있으며, 군주들은 저마다 자신의 신분을 나타내는 휘장을 달고 있었다.

　황제는 검고 수척한 자신의 어머니를 보았다. 모후 레티지아도 당신의 딸들처럼 기쁨을 감추지 못하고 있었다. 처음부터 조제핀을 거부했으며, 줄곧 그녀를 비난하고 괴롭히고 비웃어왔던 어머니와 누이들은 이제 소원을 이루게 된 것이다.

　방에 들어서자, 콩스탕이 부리나케 황제에게 근위대장의 제복을 입혀주었다. 나폴레옹은 집무실로 건너가 자리를 잡고 앉은 후, 문들을 열라고 지시했다.

　하얀 드레스를 입은 조제핀이 앞으로 걸어나오고 있었다. 그녀는 아무 보석도 달지 않은 차림새였다. 그런 그녀는 마치 희생제물처럼 감동적이었다.

　그는 그녀에게 눈길을 주지 않았다. 황제의 가족들이 입장하고, 뒤이어 캉바세레스와 황궁 비서관 르뇨 드 생 장 당젤리가 차례로 들어오자 그는 천천히 자리에서 일어섰다.

　나폴레옹은 비서실장 마레가 준비해둔 공식 연설문을 접어두고, 자신이 구술한 글을 읽기 시작했다.

　"왕국의 정치, 그리고 민중들의 이익과 필요는 언제나 내 모든 행동을 지속적으로 이끌어온 지침이었소. 이제 이 지침은 내가 사랑하는 나의 상속자에게 왕위를 물려주기를 요구하고 있소. 신의 섭리에 따라 올랐던 이 왕좌를 말이오."

그는 고개를 들어 조제핀을 바라보았다. 그녀의 얼굴은, 그녀가 입고 있는 드레스보다도 더 새하얘졌다.

"하지만 나는 몇 년 전부터 내가 가장 사랑하는 조제핀 황후와의 사이에서 자식을 보리라는 희망을 잃고 말았소."

그는 길게 숨을 들이마신 뒤 무거운 음성으로 말을 이었다.

"바로 그 때문에 나는 마음속에 품고 있는 가장 따스한 감정들을 희생시키고, 오로지 국가의 이익에 부응하기 위해 혼인관계의 해소를 원하게 된 것이오."

마침내 결정적인 말을 입 밖에 내고 말았다. 그의 목소리가 확고해졌다. 그는 자신의 어머니와 누이들, 고관들의 얼굴을 차례차례 뚫어지게 바라보았다.

"나이 사십에 이르러서야, 나는 신이 기꺼이 내게 자녀를 주실 것이고, 그 자녀들을 키우며 사는 것을 허락하시리라는 희망을 마음속에 품을 수 있게 되었소. 이러한 결단을 내리기까지 얼마나 마음고생을 겪었는지는 오직 신만이 아실 것이오. 하지만 그것이 프랑스의 행복에 필요하다는 사실이 명백해진 이상, 나는 어떠한 희생이라도 감수할 것이오."

그는 조제핀을 돌아보았다. 그녀가 그의 의도를 의심하지 않기를 바랐다.

"나는 사랑하는 내 아내의 애정을 고맙게 여길 따름이오……그리고 그녀가 항상 나를 가장 소중하고 좋은 친구로 여겨주기를 바라오."

친구. 이 말은 그가 자기 자신과 그녀에게 꽂는 비수였다.

친구. 그것이 지금 어떤 모습이 되었는가를 보라.

나폴레옹은 이탈리아 원정 때 조제핀에게 썼던 편지들을 회상했다. 하지만 더이상 그녀를 쳐다보지는 않았다.

조제핀이 입을 열었으나, 곧 흐느낌으로 숨이 막혀 말을 잇지 못했다. 하는 수 없이 비서관 르뇨가 그녀의 이혼 동의서를 대신 읽었다.

나폴레옹은 자기 앞에 이혼 서류들이 놓이자 비로소 고개를 들었다. 그는 펜을 꾹꾹 눌러 서명했다. 그리고는 그의 이름 밑에, 천천히 어린애 같은 작은 글씨로 자기 이름을 쓰고 있는 조제핀의 손을 보았다. 그는 얼굴을 돌렸다. 종이 위를 미끄러지는 펜소리만 들릴 뿐이었다. 다시 조용해지자 그는 조제핀에게 다가가 입을 맞추고, 오르탕스, 으젠 등과 함께 그녀를 별궁까지 데려다 주었다.

그렇게 모든 것이 끝났다. 나폴레옹은 원로원에서 결의문을 채택하는 자리에 참석하지 않았다. 그 결의문은 투표로 결정될 것이다. 그 다음엔 성직자 위원회가 종교적 관계의 무효를 선언하고, 그 내용들을 성문화하면 모든 절차가 마무리되는 것이다. 비록 몇몇 인사들이 절차의 합법성에 이의를 제기하는 경우가 생기더라도, 자신이 원하는 바를 결국은 얻을 수 있으리라는 것을 나폴레옹은 이미 확신하고 있었다.

그는 성공한 셈이다. 십수년 전, 그가 막 상승을 시작한 때부터 그를 묶어두고 있던 과거와 결별한 것이다.

그는 침대에 걸터앉았다. 그는 자신의 청춘 시절과 단호하게 결별한 것이다. 얼마나 원했던 일인가! 그러나 그는 아무 기쁨도 느끼지 못했다. 자신의 운명에 충실하기 위하여 원했던 이혼이었다. 하지만 그것이 자신의 존재에는 충실한 것인가?

자리에 누웠다. 문이 열리더니 조제핀이 들어왔다. 그녀는 천천히 침대 쪽으로 걸어왔다. 그는 그녀를 품에 안고 중얼거렸다.

"용기를 내오, 용기를."

울고 있는 그녀를 그는 내내 안고 있다가 콩스탕을 불러 바래다주도록 했다.

우울한 밤이었다.

다음날 아침, 잠자리에서 일어선 그는 아무 기력을 느낄 수 없었다. 그는 양팔을 천천히 들어올리고, 시종들이 옷을 입히게 했다. 온몸이 고통스러웠다. 입 안에서는 담즙의 쓴맛이 느껴졌고 위장도 아파왔다.

멘느발을 불렀지만 구술조차 할 수 없었다. 기진맥진해 있었던 것이다. 그는 2인용 소파 위로 쓰러졌다. 몸이 천근만근이었고, 이마는 땀으로 흥건했다. 그는 머리를 두 손으로 받치고 움직이지 않았다.

참모가 들어와 황후의 마차가 말메종으로 떠날 준비를 마쳤음을 알렸다. 그는 무거운 몸을 일으켰다.

이것이 마지막 시련이리라.

그는 어두컴컴한 작은 계단을 통해 내려갔다. 그녀가 보였다. 혼란으로 일그러진 모습을 하고 있는 그녀를 껴안고 입을 맞췄다. 그녀가 그의 팔 안에서 미끄러지는 것이 느껴졌다. 기절한 것이다. 나폴레옹은 그녀를 소파로 옮겼다.

그녀가 눈을 뜨고는 그를 향해 팔을 내밀었다. 하지만 그는 물러섰다. 무슨 말을 할 수 있겠는가? 무엇을 할 수 있단 말인가? 선택은 이미 끝난 것을.

그는 시종장을 불렀다. 튈르리 궁에 남아 있고 싶지 않았다. 트리아농에 가서 며칠간 지낼 작정이었다.

그는 살아야 했다.

마차에 올랐다. 시종장을 보르게세 왕자비 폴린에게 보냈다. 폴

린에게 시녀 크리스틴 드 마티스를 데리고 트리아농으로 오라는
말을 전하도록 했다.
 산다는 것, 그것 역시 의지의 선택 아닌가.

13
내 아들을 낳아줄 여자

트리아농에 머문 지 하루밖에 안 되었는데, 벌써 고독감이 짓눌러오고 있었다. 이달 12월과 이해 1809년이 한없이 계속되고 있었다!

폴린 보르게세와 시녀들의 웃음소리가 들려왔다. 그마저 견딜수 없었다. 그는 정원으로 나갔다. 이러다가는 생의 활력을 영영되찾을 수 없는 게 아닌가 여겨졌다.

그는 멘느발과 참모들을 돌려보내고, 말에 안장을 얹으라고 지시했다. 사냥을 하고 싶었다. 베르사유 숲과 사토리 언덕을 내달릴 때 소나기를 만났다. 얼굴을 때리며 달려드는 빗속의 질주, 그는 온몸이 흠뻑 젖어서 돌아왔다. 기분이 한결 나아진 그의 눈에, 크리스틴 드 마티스가 들어왔다. 그녀와 함께 저녁식사를 하리라.

그러나 수다스럽기만 한 그녀와 마주 앉는 순간, 그는 이내 지쳐버렸다. 조제핀이 떠올랐다. 그녀와 한 몸이 되어 공감하던 때의 일들을 회상했다. 그는 크리스틴 드 마티스를 남겨둔 채 혼자 일어나 밖으로 나왔다.

조제핀과 헤어지면서 그녀에게 좋지 않은 생각을 가졌던 것은 아니었을까? 어쩌면 그녀는 나폴레옹이 성공할 수 있도록 해준 여자였는지도 모른다. 그녀가 평화롭고 즐겁게 살아야 했다. 그래야만 이 이혼에 대해 안심할 수 있었다.

그녀를 다시 만나고 싶었다. 이별한 지 불과 몇 시간밖에 안 되었는데, 그는 그녀를 필요로 하고 있었다. 그녀가 살아 있다는 사실을 두 눈으로 확인하고 싶었다. 불현듯 두려워졌다. 그녀가 이혼을 견디지 못하고 죽어버릴지도 모른다는 생각이 들었다.

그는 말메종으로 말을 달렸다. 홀로 정원을 거닐고 있는 조제핀의 모습이 보였다. 나폴레옹을 발견한 그녀는 마치 정신나간 여자처럼 그에게로 달려왔다. 그는 그녀를 붙잡고 작은 오솔길로 데려갔다. 그는 마음을 진정시켰다. 이 이혼을 후회할 수는 없었다. 그녀는 과거이며, 과거는 그의 뒤편으로 흘러간 것이다. 과거를 아쉬워해서는 안 된다. 다시 살리려 해서도 안 된다.

그는 그녀에게 입을 맞추고 트리아농으로 돌아왔다. 그는 불안에 사로잡혔다. 조제핀이 시련을 견뎌내야 했다. 만약 그녀가 죽는다면, 그는 얼마나 상처를 입을 것이며 정치적으로는 또 얼마나 큰 충격이겠는가! 사람들은 말하리라. '황제는 이기주의자야. 늙은 아내는 버림받았기 때문에 시들다가 죽어간 거야.'

그는 편지를 썼다.

〈나의 친구여, 당신은 오늘 생각보다 훨씬 쇠약해 보였소……
우울증에 빠져들지 않도록 하시오. 스스로를 만족스럽게 여기고 특히 건강에 신경을 써야 하오. 당신의 건강은 내게도 무척 소중

하오. 당신이 여전히 나에게 애정을 갖고 있고 나를 사랑하고 있다면, 기운차게 행동하고 행복하게 지내야 하오. 나의 변함없고 따스한 우정을 의심하지 말기를. 당신이 행복하지 않은데 내가 행복할 수 있으며, 당신이 평온한 삶을 살지 못하는데 내가 만족할 수 있으리라 생각한다면, 당신은 내가 당신에게 가지고 있는 애정을 전혀 모르고 있는 것이오. 안녕, 친구여. 내가 당신의 행복을 원한다는 걸 생각해주오. 나폴레옹.〉

─내가 그녀를 잡아주어야 한다. 그녀가 침몰한다면 나 역시 침몰하리라. 그녀가 죽었다는 소문, 아니 단순히 그녀가 절망에 빠져 있다는 소문만으로도 나의 결혼은 위태로워지리라. 그녀가 스스로를 포기해선 안 된다. 내게는 그녀의 생명, 그녀의 행복이 필요하다.

말메종 정원에서 조제핀이 차분한 목소리로 속삭이던 말이 떠올랐다.

"이따금, 내가 이미 죽어서 더이상 존재하지 않는다는 것만 겨우 느낄 수 있는 희미한 기력만 내게 남아 있는 것 같아요."

그녀가 보내온 편지들은 한결같이 낙심과 절망을 드러내고 있었다.

그녀를 탓할 수는 없었다. 그녀는 그의 뜻에 따라주었으므로. 하지만 노여움이 그를 사로잡았다. 아무 이유 없이 그녀에게 고통을 강요한 것은 아니잖은가.

그는 샹파니를 소환했다. 차르에게서 회답이 왔는가?

─차르는 내가 그의 누이 안나와 결혼하기를 바라기는 하는 것인가? 그가 늘어놓는 변명은 일고의 가치도 없다. 안나의 어머니가 주저한다고? 이 또한 핑계에 지나지 않는다.

오스트리아 쪽으로 방향을 돌려야 했다. 샹파니는 새로 부임한 파리 주재 비엔나 대사 카를 슈바르첸베르크 공작과 허심탄회하게 대화를 나눠야 할 것이다. 카를 슈바르첸베르크 공작, 그는 울름 전투에서 부하들을 구해냈고, 바그람에서 용맹스럽게 싸웠던 훌륭한 사내였다.

─프란츠 1세가 딸 마리 루이즈를 내어줄 의향이 있는지 알아야 한다. 비엔나의 젊은 공작 부인들 사이에, 코르시카 촌놈, 아틸라* 같은 자, 적그리스도 따위로 일컬어지고 있는 내게?

날이 갈수록 초조했다. 즉각적인 회답을 얻어 신속하게 혼인관계를 맺어야 했다. 그 누가 미래를 확신할 수 있겠는가?

조제핀이 떠올랐다. 갑자기 불안이 엄습했다. 그는 자신을 휘감고 있는 불안을 씻어버리기 위해 사슴 사냥에 나섰다. 말이 지쳐 쓰러질 때까지 질주하다가 밤이 되어서야 돌아왔다. 직속 장교들과 하인들이 득시글거렸지만, 트리아농은 춥고 삭막하기만 했다.

나폴레옹은 사바리 장군을 불렀다. 그에게 말메종으로 가서 조제핀을 만나보고, 황후의 상태에 관해 보고하게 했다.

조제핀의 편지를 가지고 돌아온 사바리는 황후가 크게 낙심하고 있다고 보고했다. 나폴레옹은 초조하게 그의 말에 귀를 기울였다. 그녀의 편지를 읽은 그는 즉시 답장을 썼다.

〈나의 친구여, 당신의 편지를 받았소. 당신이 눈물로 세월을 보낸다고 사바리에게 들었소. 좋지 않은 일이오…… 당신이 기운을 차려 이성적인 상태가 되었다고 알려오면, 당신을 만나러 가리다. 내일은 하루 종일 장관들을 만나야 하오…… 안녕, 친구여. 오늘은 슬픈 날이오. 나는 그대가 잘 지내는지, 냉정을 되찾고 있는지

---

* ?~453. 훈 족의 왕. 434~453년 재위. 훈 족은 370년경 유럽 남동부를 침략해 이후 140여 년 동안 유럽 남동부와 중부에 거대한 제국을 건설한 유목민족.

알아야 하오. 잘 자오. 나폴레옹.〉

그녀가 살 수 있도록, 다시 일어설 수 있도록 하기 위해 그가 할 수 있는 일은 무엇인가? 그녀를 만나는 것이었다!

〈나는 당신을 몹시 만나고 싶소. 하지만 그대가 약하지 않고 강하다는 확신이 내게 필요하오. 나 역시 조금은 약해져 있소. 그 때문에 나도 지독한 아픔을 겪고 있소.〉

12월 25일 월요일, 저녁식사를 같이 하자고 그녀를 트리아농에 초대했다. 하지만 그녀를 보자마자 그는 곧 후회했다. 패배한 희생자의 얼굴을 하고 있는 그녀를 견딜 수 없었다. 그녀를 마주 보고 앉은 그는 아무 말도 할 수 없었다. 그녀의 오른쪽에는 네덜란드 왕비 오르탕스와 나폴리 왕비 카롤린이 앉아 있었다.

그는 이따금 고개를 숙였다. 그의 눈에 눈물이 고였던 것이다.

그가 원하고 선택한 것이 이것이었는가.

앞으로 조제핀과 저녁식사를 하는 일은 없으리라.

이튿날, 날이 밝자마자 그는 트리아농을 떠나 튈르리로 돌아왔다. 회랑을 지나고, 황후가 주관하는 모임이 자주 열리던 살롱을 가로질렀다.

아내가 없는 궁전은 죽어 있었다.

외로웠다. 그는 참지 못하고 그녀에게 다시 편지를 썼다.

〈튈르리에 다시 돌아오는 길이 몹시도 지긋지긋했소. 당신이 어제 매우 슬퍼했다는 소식을 으젠한테서 들었소. 좋지 않은 일이오. 그대가 나한테 약속하지 않았소? 난 혼자서 저녁을 먹을 것이오. 안녕, 친구여. 건강해야 하오.〉

1809년의 마지막 날, 일요일이었다. 그는 근위대의 분열행진에 참석하기 위해 카루젤의 개선문으로 향했다. 근위대 고참병들이 환호하고 있었다.

오후 세시에 튈르리 궁으로 돌아왔다. 12월 31일, 그해의 마지막 태양이 궁전의 방들을 비추고 있었다.

그는 알렉산드르에게 편지를 쓰기 위해 집무실 책상에 앉았다.

—내 아들을 낳아줄 여자가 오스트리아 여자인지, 아니면 러시아 여자인지 며칠 내로 알아야 한다!

그는 단속적인 목소리로 편지를 구술했다.

〈폐하와 나, 우리 두 사람 중에서 누가 우리의 동맹과 우정을 더 중요하게 생각하고 있는지는 폐하의 판단에 맡기겠소. 우리가 서로 경계하는 것은 에어푸르트와 틸지트를 벌써 잊었다는 뜻이오.〉

무뚝뚝하고 생경한 문장이었다. 하지만 그는 바꾸고 싶지 않았다. 내밀한 이야기라면 그러한 퉁명스러움도 통할 수 있으리라.

〈나는 얼마간 물러나 있었소. 나의 왕국의 이해관계 때문에 불가피하게 치러야 했던 일은 참으로 고통스러웠소. 폐하께서는 내가 황후에게 가지고 있는 애정을 잘 알고 있을 것이오.〉

그는 서명했다.

—이제 시작되는 새해는 전혀 다른 삶, 전혀 다른 여인과의 한 해, 나에게 가장 위대한 영광의 한 해가 되어야 한다. 이제 내 나이 마흔한 살이 아닌가.

14
자신이 취하고 자신이 정복한 것만을 사랑하는 사내

방금 조제핀이 보내온 편지를 읽었다. 그녀가 지금 무슨 말을 하고 있든 간에 그녀는 다시 일어날 것이다. 그녀를 절망에 빠뜨리고 있는 것은 이혼이 아니라 그녀의 재정 상태였다!

코담배를 맡으며 그는 창가로 걸었다. 며칠 전부터 기분이 한결 나아졌다. 1810년의 겨울은 살을 에는 듯 추웠지만 날씨는 맑았다. 낮이 길어지기 시작했다.

그는 조제핀의 편지를 다시 집어들어 죽 훑어보고는, 편지를 몇 줄 적어 내려갔다.

〈당신은 나를 신뢰하지 않기 때문에 사람들이 퍼뜨린 온갖 소문에 신경을 쓰는 것이오. 당신은 내가 하는 말보다도 큰 도시에 사는 수다쟁이들 말에 더 솔깃해하고 있소. 사람들이 만들어내는 말들이 당신을 괴롭히도록 내버려두어선 안 되오. 나는 당신이 원망스럽소. 만약 당신이 즐겁고 만족스럽게 지낸다는 소식이 들려오지 않으면, 가서 당신을 호되게 나무랄 것이오. 친구여, 안녕. 나폴레옹.〉

조제핀은 예전의 모습으로 돌아갔다. 베짱이처럼 노래나 부르고 낭비가 심하지만, 한편으로는 개미처럼 용의주도한 탐욕도 지닌 여자의 모습으로. 이혼을 수락한 지금에 와서는 자기 금고에 들어 있는 재산을 계산하고 있었다. 그녀의 재산은 얼마나 될까?

〈오늘 나는 황실 재무담당관 에스테브와 함께 일했소. 나는 말메종을 위한 특별 예산으로, 1810년도에 십만 프랑을 책정했소. 그러니 당신이 원하는 한 그곳에서 살 수 있소. 이 금액을 당신 좋을 대로 분배할 수도 있을 것이오. 당신에게 이십만 프랑을 건네주라고 에스테브에게 따로 맡겨두었소. 그리고 당신에게 루비 장신구 한 세트를 사주라는 명령도 내려놓았소. 전문 감독관들이 감정하게 될 것이오. 보석 상인들의 도둑놈 심보가 싫어서 그러는 거요. 이렇게 해서 내가 쓴 돈이 모두 사십만 프랑이오. 나는 국가원수의 세비 중에서 1810년에 지불해야 할 백만 프랑을 당신의 재산 관리인에게 맡겨, 당신의 부채를 갚도록 하라고 지시했소. 당신은 말메종의 옷장 안에서 오륙십만 프랑을 발견할 수 있을 것이오. 그것으로 은제 그릇과 면제품을 살 수 있을 거요. 당신을 위해 도자기로 된 아주 예쁜 식기 한 벌을 만들라고 명령했소. 당신의 요구대로 매우 아름답게 만들어질 것이오. 나폴레옹.〉

그는 회계 관련 편지를 다시 읽었다. 그것은 평화 협정의 조항과도 같은 것이다. 전투가 벌어진 다음에는, 배상금을 정하는 법. 다른 게 있다면, 여기에서는 승자가 패자에게 지불한다는 것이다.

—내 자유와 평온함에 대한 대가이다. 나는 내가 해야 할 바를

했다. 그녀에 대해서도, 나에 대해서도.

책상에 앉았다. 푸셰가 올리는 경찰 보고서들은 지치지도 않고 매번 똑같은 소리를 반복하고 있었다. '왕의 처형에 찬성표를 던진 자들의 당'에 소속되어 있는 사람들이 지껄이는 소리들. 나폴레옹은 그들을 안다. 푸셰, 캉바세레스 그리고 그들 뒤로 대혁명 때 두각을 나타냈던 모든 사람들, 뮈라와 수많은 원수들.

—그들은 '왕 시해파'였다. 그들은 루이 16세의 머리가 바구니 안으로 굴러 떨어지는 것을 보았다. 그들은 내가 마리 앙투아네트의 조카인 오스트리아 여자와 결혼하는 것을 원치 않는다. 오스트리아 여자와 결혼하면 내가 루이 카페(루이 16세)의 조카 사위가 될 테니까. 루이 16세가 나의 아저씨가 되는 것이다!
그는 경찰 보고서를 읽었다.
〈모든 당파들이 정치적인 문제와 음모 가운데서 동요하고 있습니다. 파리 시민들은 식료품 가격 인상 외에는 거의 신경을 쓰지 않지만, 그 와중에도 오스트리아 공주에 대해서는 심한 반감을 지니고 있습니다.〉
—내게 선택의 여지가 있는가? 콜랭쿠르의 얘기를 들어보면, 차르는 슬며시 뒤로 숨는 것 같다. 반면에 비엔나에 있는 메테르니히와 파리에 있는 슈바르첸베르크 대사는 태도를 분명히 하고 있다.
그는 경찰 보고서를 책상 한켠에 던져두고 자리에서 일어섰다.
—차르의 호의를 기대할 수 있을까? 아들이 아버지의 교살을 사주하는 왕실, 군주가 바뀌면 동맹도 파기해버리는 그런 왕실을 신뢰할 수 있을까? 거기에 비하면, 비엔나는 황제가 바뀌어도 정부 정책은 그대로 유지되지 않는가?

그는 주저했다. 기병대를 왼쪽 날개로 진격시키느냐, 아니면 오른쪽 날개로 진격시키느냐를 놓고 양자택일해야 하는 전투의 한 순간과 같았다.

1월 29일 월요일, 나폴레옹은 튈르리 궁에서 비공식적인 대규모 위원회의 소집을 결정했다.

그는 요란하게 차려입은 회중들을 마주한 단상에 자리잡았다. 왼편에는 원로원과 입법원의 의장들과 장관들, 그의 삼촌인 파리 대주교 페쉬 추기경과 제국의 고관들이 보였고, 오른편으로는 각국 군주와 왕비들이 앉아 있었다. 뮈라는 첫째 줄, 으젠의 바로 옆에 앉아 있었다. 푸셰는 창백한 인간 탈레랑에게서 멀찌감치 떨어져 있었다.

나폴레옹은 그들의 생각을 짐작할 수 있을 것 같았다.

나폴레옹은 천천히 말문을 열었다.

"나는 러시아나 오스트리아, 작센 혹은 독일 어느 왕가의 공주와 결혼할 수도 있소. 아니면 프랑스 여인과 결혼할 수도 있고."

─모두들 하나같이 얼어붙어 있군. 나를 향해 있는 저 긴장된 얼굴들.

"가장 먼저 개선문을 지나 파리로 들어올 여인을 지명하는 일은 오로지 나에게 달려 있소."

그는 손을 내밀며 각자의 의견을 피력하도록 했다.

제일 먼저 르브렝이 발언했다. 재무장관은 신중한 태도를 취했다. 그는 작센 공주를 지지하는 사람이었다. 노기 등등한 표정으로 뮈라가 벌떡 일어섰다. 흥분한 그는, 오스트리아 공주는 마리 앙투아네트에 대한 기억을 상기시키므로 프랑스 전체가 그녀를 싫어할 것이라고 말했다. 황제가 그에게서 예상하고 있던 말이었다. 뮈라는 또한 생 제르맹 교외에 있는 귀족들을 정복하지 못한 채 앙시앵 레짐(구체제)과 화해하는 것은 제국을 아끼는 사람들을 잃게 되는 결과를 낳을 것이라고 주장했다. 그는 목소리를 높이며, 황제는 러시아 공주와 결혼해야 한다고 결론내렸다.

으젠은 오스트리아 공주에게 호의적이었다. 창백한 인간 탈레랑이 차분한 목소리로 으젠의 의견에 동조했다. 그는 프랑스 전체의 탓이라기보다는 오로지 한 도당에게만 책임이 있는 죄에 대해, 프랑스가 유럽은 물론이고 프랑스 자체 내에서도 용서를 받으려면 황제가 합스부르크 가의 공주와 결혼해야 한다고 말했다. 대학총장 퐁탄은 한술 더 뜨고 나섰다.

"폐하와 오스트리아 황녀의 결혼은, 프랑스의 입장에서 보면 속죄의 행위가 될 것입니다."

—어디 실컷들 지껄여보라. 프랑스가 속죄하는 거라고 마음대로들 생각하라. 그렇게 생각하는 사람들 덕분에 유럽 일부에 지속적인 영향력을 행사하는 세력들의 생각이 바뀐다면 말이다. 그리하여 유럽의 실세들이 나의 제국과 나의 왕조, 내가 황제로서 가지는 고귀함을 받아들이기만 한다면 말이다. 나는 '교만과 세속적인 영화에 따라 춤추는' 교황에게 〈나는 서방 세계를 지배하는 임무를 띠고 있소〉라고 써보낸 적이 있다. 그리고 내 운명을 완성하기 위해 오스트리아 공주와 결혼하고 루이 16세의 조카가 되어야한다면, 못 할 것도 없지 않은가? 나와 잠자리를 함께할 여자가카를 5세와 루이 14세의 후손인 합스부르크 가문의 여자라면, 내아들을 낳아줄 여자로서 그보다 더 좋은 혈통이 어디 있겠는가? 미래가 얼마나 확실하게 보장되는 것인가! 그 어떤 것도 내 생각을 바꿀 수 없으리라는 것을 바로 나 자신이 알고 있다. 나는 결코 루이 16세가 되지는 않으리라.

나폴레옹은 곁에 앉아 있는 대법관 캉바세레스에게 몸을 기울여그의 귀에 대고 속삭였다.

"그러니까 모두들 나의 결혼을 매우 기뻐하고 있는 것이오? 내가 이해하기로는, 사자가 잠들 거라고 생각한다는 뜻인데? 아니오! 잘못 짚었소."

나폴레옹은 고개를 가로저었다.

—하긴 잠은 다른 누구 못지않게 내게도 달콤한 것이겠지. 하지만 이들은 나의 끊임없는 공격적 기질 뒤에 방어 본능이 숨어 있다는 걸 모르는가?

함구한 채 교묘히 문제를 피해가고 있는 푸셰가 한순간 그의 눈에 들어왔다. 신중하고 노련한 푸셰는 모든 '왕 시해파'들과 마찬가지로 러시아와의 혼인을 지지하는 사람이었다. 그러나 푸셰는 침묵을 지키는 쪽을 택했다. 이제 오스트리아 공주밖에는 선택이 남아 있지 않다는 것을 푸셰는 이미 알고 있으리라.

나폴레옹은 결론을 내렸다. 으젠이 슈바르첸베르크 공작에게 가서 열여덟 살의 어린 황녀 마리 루이즈에 관한 즉각적인 대답을 얻어내야 한다는 것이었다.

처음으로 나폴레옹은 자문해보았다. 그녀는 아름다울까?

그가 들은 것은 그녀의 나이와 교육에 관한 것뿐이었다. 그는 이제 그녀에 대해 알고 싶었다.

비공식 위원회 회의는 막을 내렸다. 그는 전시 행정장관 라퀴에가 목소리 높여 외치는 것을 들었다.

"오스트리아는 이제는 강대국이 아닙니다."

나폴레옹이 일어섰다. 그리고는 경멸하는 태도로 말했다.

"나는 그대가 바그람 전투에 참가하지 않았다는 걸 알고 있소."

—이자들이 세상의 현실에 대해, 내가 필요로 하는 게임에 대해 뭘 안단 말인가? 차르는 자기 누이를 내주는 것을 공개적으로는 감히 거절할 수 없기 때문에 시간을 끌며 나를 기다리게 하는

것이다. 마리 루이즈를 선택했지만, 알렉산드르 1세와의 관계를 끊고 싶지는 않다. 그리고 나는 오스트리아로부터 신뢰할 만한 확답을 받아야 한다. 슈바르첸베르크는, 그의 황제와 메테르니히의 의견을 묻지 않고서도 비엔나를 끌어들일 수 있는 힘을 가지고 있는가?

2월 6일 화요일, 으젠이 오스트리아 대사관에서 돌아왔다.

나폴레옹은 그를 뚫어지게 바라보았다. 으젠은 슈바르첸베르크의 대답에 관해서는 일언반구도 비치지 않고, 대사와 나눈 대화 내용을 장황하게 늘어놓았다. 나폴레옹은 말을 가로막았다. 그가 물었다. 허락을 받는가, 받지 못했는가?

으젠은 짧게 대답했다.

"받았습니다, 폐하."

마침내 이루어진 것이다. 나폴레옹은 크게 손짓해가며 웃음을 터뜨리고는 집무실 안을 성큼거리며 돌아다녔다. 그는 마침내 두 주먹을 불끈 쥐었다.

—나는 그들 모두를 손안에 넣은 것이다. 그들은 황녀를 내게 넘겨주었다. 그녀는 내 여자다.

그는 베르티에와 샹파니를 호출했다. 혼인 재산 관리 계약서를 작성해야 했다. 며칠 안으로 모든 일이 이루어져야 했다. 파리와 비엔나에서 각각 한 장씩 계약서에 서명하게 될 것이며, 비엔나에서는 다른 사람이 대리로 참석해 결혼식이 거행될 예정이었다. 베르티에가 황제를 대신하게 되리라.

그는 3월이 가기 전에 그녀가 이곳으로 와 4월 초에 결혼식을 올릴 수 있기를 원했다.

샹파니 쪽을 돌아보았다.

"내일 아침 회동 때 나에게 오게. 루이 16세의 혼인 계약서와 연감을 가지고."

나폴레옹은 클로비스로부터 시작되어 대혁명기의 공안위원회로
까지 이어지는 '통치의 영속성' 속에 있었다. 그는 이제 루이 16세
의 조카였다.

"오늘 저녁에 슈바르첸베르크 공작에게 편지를 써서, 내일 정오
에 약속을 잡도록 하게."

자리를 뜨려는 샹파니를 나폴레옹이 붙잡았다. 오스트리아 공주
와 결혼할 수 있다는 확신이 섰으니, 이제 알렉산드르 1세에게는
집착하지 않아도 되었다.

나폴레옹은 코담배를 맡으며 쾌재를 불렀다. 전장에 함정을 파
듯이 기막힌 계략이 떠올랐다. 우선은 차르가 제안한 논지들에 따
르는 척하리라. 그의 누이 안나가 너무 어리다고 그가 말했던가?
그렇다면 그가 옳다고 인정하자.

나폴레옹은 러시아 차르 앞으로 보내는 편지를 구술했다. 그 편
지는 샹파니를 통해 콜랭쿠르를 거쳐 차르에게 전해질 것이다.

〈안나 공주는 아직까지 월경이 순조롭지 않다고 들었소. 소녀들
이 혼인 적령기임을 알리는 최초의 징후들이 나타나는 시기에서
완전히 성숙한 여성이 될 때까지는 이삼 년이 걸린다고 하오. 그
러니 그녀가 삼 년이 너머로 수태를 하지 못할 수도 있다는 의미
가 되오.〉

그렇게 되면 너무 오랜 기간을 지체하게 되리라. 그리고 차르가
강조했듯이 종교적인 문제도 남아 있지 않은가.

알렉산드르 앞으로 쓴 이 첫번째 편지는 즉시 보내야 했다. 나
폴레옹은 말했다.

"내일 저녁 슈바르첸베르크 공작과 함께 서명할 때, 차르에게
두번째 서신을 보내 내가 오스트리아 공주를 선택했음을 알리게."

그는 모든 것을 알고, 모든 것을 지배하고 싶었다. 그래야만 했다.

오스트리아 주재 프랑스 대사 오토에게 말했다.

"약혼녀에게 주는 혼수와 선물 일체를 이곳 파리에서 보내겠소. 비엔나에서는 아무것도 하지 않아도 되오."

그는 삼각형 숄이며 궁정 외투, 실내 가운, 나이트캡, 드레스, 보석, 다이아몬드로 장식된 커다란 장신구, 휘황하게 빛나는 수많은 다이아몬드들이 보고 싶었다.

그는 장인들을 불러, 오스트리아 황녀 마리 루이즈가 신을 것이라며, 구두의 모양까지 세세하게 설명했다.

오르탕스에게는 춤을 가르쳐달라고 했다.

"이제부터는 내가 상냥하게 굴어야 해. 진지하고 엄격한 내 태도는 젊은 여자의 맘에 들지 않을 테니까. 그녀는 틀림없이 자기 나이에 맞는 즐거움을 원할 거야. 자, 오르탕스. 너는 우리의 춤과 합창의 여신이니, 나에게 왈츠를 가르쳐다오."

그는 왈츠를 춰보려고 애썼다. 하지만 서툴기만 한 자신이 우스꽝스럽게 느껴졌다. 그는 살롱에서 나오면서 말했다.

"그 나이에만 할 수 있는 게 있는 법이지. 나는 너무 늙었어. 더구나 춤을 춘다고 해서 이 나이에 눈에 띄는 것도 아니겠지."

매일 아침, 콩스탕과 루스탐이 분주하게 일하고 있는 동안 그는 거울 속을 한참씩 들여다보았다. 이미 배가 불룩 나와 있었고, 머리숱도 많이 줄어들었다. 그는 코르비자르 박사를 대령하게 했다. 의사가 들어오자마자, 그는 쳐다보지도 않고 질문부터 했다.

"남자는 몇 살까지 아이를 가질 수 있는 기능이 살아 있소? 예순? 일흔?"

코르비자르는 조심스럽게 대답했다.

"그럴 수도 있습니다."

그럴 것이다. 그런데 그 오스트리아 공주는 과연 어떻게 생겼을까? 그는 마리 루이즈가 그려진 메달 몇 개와 그림 한 점만을 가지고 있을 뿐이었다. 비엔나의 궁정에서 그녀를 보았던 장교들에게 물어보고 싶었다. 그녀의 키는 어느 정도인가? 피부색은 어떠한가? 머리카락은 무슨 색인가?

나폴레옹이 코르비자르에게 말했다.

"그들에게서 몇 마디 얻어듣기가 무척이나 어려웠소. 내 아내가 될 공주가 못생겼으리라는 게 대충 짐작이 가오. 이 빌어먹을 젊은 녀석들이 그녀가 예쁘다는 말을 내게 하지 못하는 걸 보면 말이오."

그는 그림을 들고서 덧붙여 말했다.

"그녀의 입술은 오스트리아인답게 생겼을 거요. 어찌 됐건, 내게 떡두꺼비 같은 아들을 낳아주는 훌륭한 아내가 되었으면……."

그는 미래의 황후의 가문을 구성하기 위해 염두에 두고 있는 사람들의 이름에 단숨에 밑줄을 그었다. 훌륭하고 유구한 귀족 가문이며, 마리 앙투아네트의 가문을 모델로 한 그런 가문이어야 했다.

—그렇다. 푸셰는 투덜거릴지도 모른다. 그러나 왕 시해파의 시대는 끝났다. 모든 관계의 끈을 다시 엮고 싶다.

1810년 2월 16일, 비엔나에서는 가(假)혼인 계약서의 비준이 있었다. 대리 결혼식이 3월 11일 비엔나에서 있을 것이며, 마리 루이즈는 3월 13일에 파리로 출발할 것이다. 정식 결혼식은 4월 1일, 파리에서 거행될 것이다.

—나는 루이 16세의 조카가 되었지만, 여전히 나폴레옹으로 남아 있는 것이다. 내 아들은 모든 왕조들의 결합으로부터 태어날 것이며, 나는 서방 세계의 황제이다.

모든 일이 자리를 잡아가고 있었다. 그는 조제핀을 생각했다. 그녀를 위해서 마땅히 해야 할 일은 했으나, 그녀의 존재가 귀찮게 따라다니는 그림자가 되어서는 안 될 일이었다. 그녀를 파리에서 멀리 떨어진 곳으로 보내야 했다. 그는 에브뢰에서 가까운 나바르 성을 급히 정돈하고 꾸미고자 했다. 그녀는 그곳으로 가야 했다. 노르망디 지방은 유배지가 아니었다.

〈친구여, 당신을 나바르 성으로 보내기로 했는데, 부디 만족하기를 바라오. 당신의 유쾌한 친구가 되고 싶은 나의 바람을 그곳에서 새롭게 확인할 수 있을 것이오. 나바르는 이제부터 당신 소유요. 당신은 3월 25일에 그곳으로 가서, 4월 한 달을 보낼 수 있을 것이오. 안녕, 나의 친구여. 나폴레옹.〉

—4월이라, 내가 결혼하는 달이다. 조제핀은 이해하리라.

그는 랑부이에에 있는 집무실에 틀어박혔다. 마리 루이즈에게 띄우는 첫번째 편지를 쓰려던 참이었다. 멘느발을 시켜 펜과 종이를 준비하게 한 그는 몇 줄 쓰고는 편지를 찢어버렸다. 글씨를 잘 써서 공주가 편하게 읽을 수 있도록 하고 싶었다.

황녀에게 보내고 싶은 자신의 작은 초상화를 집어들었다. 베르티에가 전달할 것이다.

그는 다시 편지를 쓰기 시작했다.

〈나의 누이여, 나는 그대를 돋보이게 하는 훌륭한 품성에 반한 나머지, 그대에게 영광을 베풀고 그대를 섬기고자 하는 바람을 품게 되었소. 그리하여 그대의 부친이신 황제 폐하께 공주의 행복을 나의 손에 맡겨주십사 하는 청을 드리게 되었소.〉

그는 거기서 멈췄다. 그만두고 싶은 마음이 들었다. 거북하게 아첨하는 태도가 싫었다. 하지만 계속 써나갔다.

〈이러한 행동을 결정하게 한 나의 마음을 공주께서 기꺼이 받아들일 거라고 기대해도 되겠소? 공주가 단지 부모에게 순종해야 한다는 의무감에서 결심하지는 않으리라 믿어도 좋겠소? 공주의 마음속에 조금이라도 나에 대한 편견이 있다면, 그러한 감정에 관심을 기울여 모든 일에서 공주의 마음에 들도록 노력하겠소. 나는 공주에게 유쾌한 존재가 될 수 있을 것이오. 이것이 내가 도달하고자 하는 목표이며, 공주도 그 목표를 위해 내게 호의적으로 대해주실 것을 청하는 바이오. 누이여, 신께 기원하오. 신께서 그대를 성녀의 품안에 두시고 보호해주시기를. 그대의 나폴레옹. 1810년 2월 23일, 랑부이에에서.〉

그가 원하는 것은 바로 그것이었다. 그녀가 제 아버지의 뜻에 따랐다고 해서, 그저 그녀를 얻게 되는 그런 것이 아니었다.

그는 자신이 취하고 자신이 정복하는 것만을 사랑하는 사내였다.

15
숫처녀 마리 루이즈

1810년 2월 25일 일요일, 아침부터 그는 콧노래를 흥얼거렸다. 옷 입는 것을 도와주고 있는 콩스탕의 귀를 한 번 잡아당기고는, 그를 한쪽으로 비켜서게 했다. 다시 한 번 거울 앞에 섰다.

이제 그는 마흔한 살이었다! 자, 인생은 지금부터 시작이다! 이처럼 자유롭고 자신감에 넘치며 젊게 느껴진 적이 없었다. 그는 오늘까지 너무도 가팔랐던 자신의 삶이라는 절벽을 기어올라왔던 것이다. 지난 12월의 마지막 몇 주 동안은 그의 생에서 가장 우울한 시기였다. 그는 과거로부터 벗어날 수 없을 것만 같았다. 그가 정상에 오르는 것을 방해하기 위해 자기 내부의 누군가가 그를 움켜쥐고 있다는 느낌도 들었다. 그러나 그는 정상에 도달했다. 이제는 뒤돌아보지 않으리라. 그는 지금 합스부르크 가문의 열여덟 살 소녀, 유서 깊은 왕조의 피가 흐르고, 아이를 많이 낳을 수 있는 그 숫처녀를 기다리고 있는 것이다. 그녀는 그와 잠자리를 같이 할 것이다.

집무실에 가서 앉았다. 마음 내키는 대로 한다면, 그는 오늘도 온종일 그녀에게 편지를 쓸 것이었다.

글씨를 잘 쓰기 위해 손가락에 잔뜩 힘을 주었다.

〈비엔나로부터 도착하는 모든 편지가 당신의 훌륭한 성품을 찬미하고 있소. 공주의 곁에 있고 싶은 나의 애타는 심정은 극에 달해 있소. 지금 기분 같아서는, 전속력으로 출발하여 내가 파리를 떠난 사실이 알려지기도 전에 당신 앞에 나타나고 싶소.〉

그는 노래부르며 공상에 잠겼다. 사실 비엔나까지 전속력으로 말을 달려 오스트리아 왕실을 깜짝 놀라게 할 수도 있으리라.

〈그러나 나는 파리를 떠날 수 없소. 뇌샤텔 공작 베르티에 원수가 당신이 이곳까지 오는 동안 당신의 명령을 받들 것이오…… 내겐 한 가지 생각밖에 없소. 당신을 기분 좋게 해줄 수 있는 것이 무엇인가를 아는 일 말이오. 당신을 즐겁게 해주려고 마음쓰는 일, 그것이야말로 내가 사는 동안 한결같은 마음으로 할 수 있는, 가장 흐뭇한 일이 될 것이오. 나폴레옹.〉

—내가 아직까지도 모르는 것이 하나 있어. 앞으로 내가 발견해야 할 유일한 것이 바로 이것이지. 남자를 모르는 여자를 만나그녀의 첫 남자가 되는 것 말이야. 황제의 딸인 공주, 장차 내 아들의 어머니가 될 숫처녀. 팔레루아얄에서의 첫 여자 이후로, 얼마나 많은 여자들을 겪어왔는가. 하지만 나는 한 여인의 육체에대해 아무것도 모르고 있었어. 다른 여자들은 모두 약삭빠르고 교활한 여자들이었지. 마리 발레프스카, 그녀는 부드럽고 마음을 편하게 해주는 유일한 여자였지만, 그녀도 나 이전에 이미 다른 남

자의 소유였지. 이제 나는 황제를 위한 아내를 기다리고 있다. 나와 같은 신분의 여자, 나만을 섬기고 내 왕조의 미래를 짊어질 나의 아들을 낳아줄 여자를. 나는 그녀를 만나게 되리라.

하지만 언제? 그는 콩스탕을 옆으로 밀어냈다. 왜 아직도 한 달이나 기다려야 하는가?

몸 안에서 힘이 솟구쳐 거의 매일 사냥을 가고, 이 궁전에서 저 궁전으로, 튈르리에서 생 클루로, 콩피에뉴에서 랑부이에나 퐁텐블로로 질주했다. 이러한 격정이 스스로도 놀라웠다.

그는 빠른 걸음으로 이 방 저 방을 돌아다니다가 문득 멈춰 섰다. 오스트리아의 패배를 상기시키는 그림들이 눈에 띄었다. 이 그림들을 떼어내야 했다. 바닥에는 인도 산 캐시미어를 깔고, 가구들도 전부 바꿔야 하리라. 다른 여자가 이곳에서 살았다는 흔적을 남겨서는 안 된다. 새로 맞아들이는 여자를 위해 모든 것이 새것이라야 했다.

그녀와의 삶을 그려보았다. 그는 루이 14세 때의 궁정처럼 엄격한 예의범절을 원했다. 시종장 몽테스키우 프장삭 백작을 돌아보았다. 훌륭한 귀족 가문 출신의 여자 네 명이 황후의 근처에 머물면서 그녀를 보살피게 될 것이다. 어떤 남자든 황후와 단둘이 있게 되는 일은 없으리라.

그는 방 안을 서성이며 투덜거렸다.

"간통은 너무 흔해. 소파만 있으면 벌어지거든."

그는 정숙함이 어떤 것인지 알고 있었다. 주변에 꼬여드는 남자들과 소파를 치워버리면 된다. 그러면 아내들은 정숙할 수밖에 없는 것이다.

자신이 최상의 군주라는 점을 민중들에게 납득시킬 수 있어야 자기 자리가 유지되는 법이다. 마리 루이즈가 그에게 애정을 가져야만 했다. 그녀의 애정은 오로지 나폴레옹만을 필요로 하는 애정이어야 했다. 그녀의 머릿속을 차지하는 사람도 오직 유일한 사람 나폴레옹이어야 했다.

─그녀의 마음이 나를 맞아들일 준비가 되어 있어야 할 텐데, 이미 순종할 준비가 되어 있어야 하는데.

그녀의 생각에 영향을 주기 위해 편지를 썼다. 비엔나에서 거행된 대리 결혼식과 축하연을 마치고, 그녀가 길을 떠났다는 사실을 알고 있는 그로서는 편지 쓰는 것 이외에 달리 어쩔 도리가 없었다. 하지만 수많은 마차 행렬이 파리까지 도착하는 데는 열흘이 넘게 걸릴 것이다. 파리에 가만히 앉아서 그녀를 기다리며, 그녀가 어디를 통과하고 있는지 매번 알아보는 일은 견디기 힘든 기다림이었다.

〈나는 황후가 이 편지를 브뤼노에서, 아니면 그보다 더 가까운 곳에서 받게 되기를 바라오. 나는 매순간 시간을 헤아리고 있소. 그대를 기다리는 나날이 내게는 너무도 길게만 느껴지오. 그대를 맞아들이는 행복의 순간이 내게 이를 때까지 계속 이럴 것이오…… 그대에게 깊은 애정을 갖고 있는 사람, 그대를 자기 몸처럼 사랑하는 사람은 이 세상에 나밖에 없다는 사실을 믿어주오. 나폴레옹. 1810년 3월 10일.〉

때로 그는 참모들과 비서 그리고 누이들의 얼굴에서 놀란 표정을 보았다. 그들은 틀림없이 그가 이 정략 결혼 자체에만 만족할 것으로 생각했으리라. 이제 그는 부르봉 가의 한 사람으로서 합스부르크 가와 인척관계를 맺게 된 것이다. 이 결합은 제롬과 뷔르템베르크 왕조, 으젠과 바이에른 왕조, 폴린과 보르게세 왕자의 결혼처럼, 자신의 가족들과 세력 있는 왕조 사이에 짜놓고 싶었던 그물처럼 복잡한 조직을 완성하는 것이다. 그는 유럽에서 통치하고 있는 모든 이들의 '형제'요, '사촌'이 된 것이다.

그는 외무장관 샹파니 앞에서 중얼거렸다.

"나는 불쌍한 나의 아저씨 루이 16세의 조카사위야."

그는 말을 이었다.

"유럽 대륙에 전쟁을 재도발하기 위해 영국인들이 주로 사용해 왔던 방법은, 내가 유럽의 뭇 왕조들을 폐하려는 의도를 가지고 있다고 가정하는 것이었지."

그는 코담배를 맡으며 경멸하듯 얼굴을 찡그렸다. 눈앞을 보지 못하는 자만이 그런 생각을 하는 법이다. 그가 항상 원해왔던 것은 혁명으로 광폭해진 바다를 잠재우고, 혁명이 만들어낸 새로운 원칙들, 즉 민법전을 보존해가면서 분노로 들끓는 바다를 가라앉히는 것이었다. 그러나 한편으로는 군주정치의 원칙들이나 제국 또는 여러 왕조들과의 결혼을 통해서 그들을 견제하기도 해야 했다.

"이런저런 불안들을 잠재우는 데는 오스트리아 황녀에게 결혼을 요청하는 일이 가장 적절한 일이라 생각되었네."

그는 힘주어 말했다.

"평화가 이처럼 가까이 다가왔던 적은 일찍이 없었어."

그는 빠른 동작으로 책상 위에 놓여 있는 전문들을 한쪽으로 치웠다. 스페인 문제가 아직 남아 있었다. 결혼 문제를 매듭짓는 대로 그곳으로 달려갈 작정이었다. 이탈리아는 조용했다. 교황은 오만함이 꺾였으며, 주교는 모든 지상권을 박탈당했다. '그의 왕국은 이 세상에 속한 것이 아니다.' 그리고 프랑스 교회는 루이 14세 치하에서처럼 독립 교회가 될 것이었다.

몇 걸음을 걷던 그의 표정이 갑자기 어두워졌다. 북쪽의 동맹 세력 알렉산드르 1세가 떠오른 것이다.

—차르는 나를 빠뜨리려고 파놓은 함정에 제가 빠진 셈이 되고 말았지.

나폴레옹은 콜랭쿠르가 최근에 보낸 전문을 집어들었다. 러시아

주재 대사 콜랭쿠르는 우울한 어조로 자신을 소환해달라고 청하고 있었다. 그의 전문 속에는 러시아의 불만 사항이 어떤 것인지도 적혀 있었다.

나폴레옹이 외쳤다.

"이중적인 협상을 탓하는 러시아의 불평은 말도 안 되는 소리야! 차르는 나를 잘 모르고 있어. 나는 그런 짓을 하기엔 너무 강하다구! 오스트리아와의 협상이 체결된 시기를 생각해보라구! 나는 러시아 황제가 자기 가족을 마음대로 지배하지도 못하고, 에어푸르트 회담에서 맺은 약속들도 지키지 않는다는 사실이 명백해진 뒤에 오스트리아와 협상한 거야. 오스트리아와의 협상이 스물네 시간 만에 끝난 것은, 오스트리아가 자기네 장관에게 전권을 주었기 때문이지."

오스트리아는 주저하지 않고 마리 루이즈를 넘겨주지 않았는가.

그러나 그는 한 여자의 육체로 만족하지는 않았다. 영혼과 마음도 함께 원했다. 그는 자신을 향한 진정한 열정을 필요로 하는 것이다.

―만약 사람이 하나의 목표에 전적으로 헌신하지 않는다면, 어떻게 살 수 있을까? 꿈만으로 만족하고 살지 않기 위해 다른 사람들은 어떻게 하는가?

사냥으로 몹시 고단한 때는 물론이고 연회에 참석하러 가면서도 이런 생각을 했다.

그는 이탈리아 왕국의 대사 마레스칼키 백작의 화려한 저택으로 들어섰다.

몽테뉴 가와 샹젤리제 가가 만나는 모퉁이에 위치한 마레스칼키의 저택은 분장하고 가면을 쓴 손님들로 가득 차 있었다. 사람들은 누가 누구인지 알아보려고 서로를 열심히 살폈다.

나폴레옹은 뒤로크의 팔에 기댔다. 갑자기 숨이 막혀왔다. 급히 한 작은 살롱으로 들어갔다. 거기에 기병대 대위 마르보가 있었다.

"빨리 얼음물을 가져오게."

마르보에게 말한 뒤 그는 정신을 잃고 말았다. 마르보가 그의 이마와 목덜미에 물을 뿌렸다. 그때 한 여자가 들어와 마르보에게 말하는 소리가 들렸다.

"그래도 나는 황제 폐하께 말씀드려야겠어요. 폐하는 내 연금을 두 배로 올려주셔야 해요. 사람들이 나를 두고 이러쿵저러쿵 떠들며 해를 입히려 한다구요! 내가 젊었을 때 애인이 몇 명 있었다는 것 때문에 말예요. 나 참, 기가 막혀서! 누구든 저마다 제 짝이 있다는 걸 알려면, 저 아래 거리에서 사람들이 하는 이야기만 잠깐 들어봐도 충분해요! 황제 폐하의 누이들은 애인이 없나요? 폐하 자신도 역시 정부들을 두고 계시잖아요? 그분이 이런 곳에 뭘 하려고 오시겠어요? 예쁜 여자들과 자유롭게 이야기를 나누기 위한 것 아닌가요?"

나폴레옹은 일어났다. 그는 발목까지 땋아내린 금발의 가발을 쓰고 양치기 소녀로 분장한 그 여자 앞으로 나갔다. 이 무례한 수다쟁이를 파리에서 멀리 떨어진 곳으로 보내야 하리라! 파리에는 이와 같이 악담을 퍼뜨리고 다니며 시끄럽게 구는 여자들이 십여 명은 있으리라.

사실 그가 마레스칼키의 집에 온 것은, 여기에 크리스틴 드 마티스가 있기 때문이기도 했다. 그러나 이제부터는 이런 생활을 청산해야 했다. 마리 루이즈는 이 모든 사실을 몰라야 했다. 그녀는 나폴레옹이 예전에 한 여자의 남편이었다는 사실조차도 생각해서는 안 되는 것이다.

푸셰를 불렀다.

―이런, 시역파 선생께서 얼굴을 찌푸리고 계시군. 이자는 치안 보고서에서 국민들이 오스트리아 공주에 대해 반감을 갖고 수군 거린다고 주장하고 있지. 뿐만 아니라 경찰들에게 마리 앙투아네 트와 그녀의 왕가에 대한 기억을 자극함으로써 사람들을 들끓게 하라고 배후에서 조종하고 있어. 이자가 여섯 개의 국가 교도소를 짓겠다고 했을 때, 그 일이나 떠맡겼어야 했는데…….

그때 푸셰는 이렇게 말했다.

"바스티유! 불법 감금! 살인자들, 심지어 저까지 죽이기로 결 정을 내린 적들에 대항해서 저를 지켜야 하지 않겠습니까?"

―그런데 이혼을 주장했던 그가 왜 이제 와서는 신문들이 끊임 없이 조세핀에 관한 이야기를 게재하는데도 그냥 내버려둔단 말 이지?

나폴레옹은 책상 위에 놓인 신문을 집어들며 말했다.

"조세핀에 관한 이야기를 신문들이 떠들지 못하게 하라고 당신 에게 말했을 텐데. 그런데 오늘도 『르 퓌블리시스트』지는 온통 그 녀에 대한 기사로 도배를 했더군 그래."

나폴레옹은 푸셰에게서 등을 돌리며 말했다.

"내일 나오는 신문들이 오늘자 『르 퓌블리시스트』 같은 기사를 반복하지 않도록 주의하시오."

그는 푸셰가 집무실에서 나가기를 기다렸다가, 스트라스부르 전 신국에서 온 전보들을 다시 읽었다. 마리 루이즈를 수행하는 1백 대의 마차와 450필의 말들이 생 폴탕에 도착했음을 알리는 전보 였다. 마리 루이즈는 여덟 필의 백마가 끄는 마차에 타고 있고, 카롤린이 그녀의 곁에 앉아 수행하고 있다고 했다. 마리 루이즈가 출발한 직후, 비엔나에서는 프랑스 군대가 티롤 지방 반란의 주동 자 안드레아스 호퍼를 처형했다는 소식이 알려지면서 약간의 소 요가 있었다.

나폴레옹은 전보를 구겨버렸다. 그는 평화를 원했다. 그 누구도 그의 뜻을 굽히게 할 수 없을 것이다. 그 무엇도 이 결혼을 망쳐놓거나, 그가 아내와 맺고자 하는 관계들을 위태롭게 해서는 안 되었다.

그는 마리 루이즈에게 편지를 썼다.

〈그대는 지금 비엔나를 떠나와 있소. 나는 그대가 느끼고 있는 슬픔을 함께 느끼오. 그대의 모든 고통은 곧 나의 고통이기도 하니까 말이오. 나는 그대를 무척이나 자주 생각하오. 나는 그대를 즐겁게 해줄 수 있는 일, 내가 그대의 마음을 얻기 위해 그대에게 해줄 수 있는 일이 무엇인지 알고 싶소. 부인, 내가 그대의 사랑을 온전히 얻을 수 있다는 기대를 갖도록 허락해주시오. 이러한 기대야말로 나에게 필요한 것이며, 나를 행복하게 하는 것이오. 나폴레옹. 1810년 3월 15일.〉

그는 더이상 기다릴 수가 없었다. 대리 결혼식이 끝났으니 마리 루이즈 곁에 있어야 마땅한 일인데, 이 튈르리에서 무엇을 하고 있는가? 그녀는 벌써 그와 잠자리를 같이 했어야 했다.

3월 20일 화요일, 그는 파리를 떠나 콩피에뉴 성으로 가기로 했다. 루이 16세가 마리 앙투아네트를 맞이했던 곳이었다.

—그곳에서 나는 황제로서 마리 루이즈를 맞이할 것이다.

그는 궁정 인사 전체가 콩피에뉴로 가고, 오르탕스와 보르게세 왕자비 폴린도 동행하기를 원했다.

—폴린이 시녀 크리스틴 드 마티스를 데리고 와야 할 텐데. 안 될 것도 없지 않은가? 나는 당분간은 혼자 몸이니까.

콩피에뉴로 옮겼지만, 그의 마음은 가라앉지 않았다.

뮈라가 그곳으로 합류하자 그는 뮈라와 함께 장시간의 사냥에 나섰다.

그는 말에 피가 나도록 박차를 가했다. 선두를 달리고 싶었다.

그는 지칠 줄 몰랐다. 말에서 내려 목표를 겨냥하여 총을 쏘기도 했다. 얼마의 시간이 흘렀을까. 피로가 몰려와 성으로 돌아왔다. 마리 루이즈에게 편지를 썼다.

〈매우 멋진 사냥을 했지만, 내게는 그저 따분할 뿐이었소. 그대가 아닌 어떤 것도 이제 내 흥미를 끌지 못하오. 그대와 이곳에 함께 있게 될 때에야 내게는 더이상 부족한 것이 없을 듯하오.〉

그는 그녀를 송두리째 가지기를 원했다. 그녀의 육체도, 영혼도, 꿈도, 그 어떤 것도 놓치지 않으리라.

3월 23일 금요일, 그는 한 통의 편지를 쓰고, 또 새로운 편지를 쓰기 시작했다.

〈이 황제는 오로지 루이즈가 행복하게 지내는 것에서만 행복과 만족을 느낄 수 있을 것이오.〉

편지를 다 쓰고 났을 때 전보가 도착했다.

〈전보를 받고 그대가 감기에 걸린 것을 알았소. 부디 몸조리 잘하시오. 나는 오늘 아침에 사냥을 했소. 나의 가장 은밀한 생각들을 지배하는 여군주에게 진 빚을 갚는 뜻에서, 내가 잡은 장끼들 중에 처음에 잡은 네 마리를 보내오. 내가 땅에 무릎을 꿇고 그대의 손을 잡고 충성의 맹세를 하는 시종이라면 얼마나 좋겠소? 하지만 그것은 상상으로만 받아들여주시오. 나는 상상 속에서 그대의 아름다운 손에 키스를 한없이 퍼붓고 있소…….〉

마리 루이즈가 가까이 오고 있었다. 3월 27일 화요일, 사람들은 수아송에서 그녀를 기다렸다.

더이상 기다린다는 것은 미친 짓이다. 참을 수가 없었다. 나폴레옹은 콩스탕을 불렀다. 그는 근위대 기병 연대장 예복 위에 바그람에서 입었던 프록코트를 입고 싶었다. 그날의 승리와 함께 그는 마리 루이즈를 얻을 수 있었던 것이다.

그는 뮈라를 불렀다. 뮈라의 아내 카롤린이 마리 루이즈와 함께 오고 있다. 곧 마차가 준비되었다. 마차는 힘차게 달리기 시작했다.

나폴레옹은 마부들을 재촉했다. 마차가 역참에 잠시 멈췄을 때 비가 억수같이 쏟아지기 시작했지만, 그는 마차에서 내려 마부들을 독촉했다. 쿠르셀 마을에 막 들어섰을 때, 마차 바퀴 하나가 부서졌다. 나폴레옹은 소나기를 맞으며 교회 입구까지 뛰어갔다.

이런 예기치 않은 일들, 비와 바람을 무릅쓰고 나아가는 일들이며, 의례에서 크게 벗어나는 이러한 만남을 그가 좋아하는 데 대해 뮈라와 호위병들은 놀라는 것 같았다.

그는 신부의 수행 행렬이 도착하는지 살피면서, 비를 맞으며 길가를 왔다갔다했다.

사람들은 도대체 그를 누구라고 생각해왔는가? 콩피에뉴의 옥좌에서 얌전히 기다리고 있는 루이 16세?

아니다, 그는 나폴레옹이었다.

드디어 마리 루이즈의 마차를 끄는 백마들이 다가오고 있었다. 그는 길 한가운데에 서 있다가 막 멈춘 마차를 향해 뛰어갔다. 한 수행원이 마차의 발판을 내렸다. 황제가 마차에 올랐다. 마차에 앉아 있던 카롤린 뮈라가 일어서며 마리 루이즈에게 속삭였다.

"부인, 황제 폐하십니다."

마리 루이즈!

바로 그녀였다. 그녀는 향기로웠고, 장밋빛 얼굴에 무척이나 젊었다. 그는 그녀의 손을 잡고 손등에 입을 맞추었다. 싱싱함이 느껴졌다. 그는 웃으며 그녀를 유심히 살펴보았다. 그를 도취시킬 풍만한 젖가슴이며 통통한 엉덩이, 유연한 몸이 한눈에 느껴졌다. 생기 넘치는 얼굴, 잿빛이 도는 금발. 그녀가 이토록 풍만한 여자일 거라고는 상상하지 않았다. 풍성한 노획물 같은 그녀를 품에 안고 싶었다. 초상화에서 보고 강한 인상을 받았던 특징, 오스트리아 사람다운 도톰한 입술도 그대로 드러나 보였다. 그는 확신했다. 그녀는 기름지고 비옥한, 좋은 땅임이 분명했다.

그는 수아송의 역참에 머물지 말라고 명령했다. 황후를 위한 축연과 그녀에게 축하의 인사말을 전하기 위해 기다리고 있는 유명인사들에게는 참으로 유감스러운 일이겠지만, 그가 원하는 것은 한시바삐 잠자리에 드는 것이었다.

달리는 마차를 에워싸고 밤이 내리고 있었다. 그는 그녀를 품에 안고 애무했다. 그녀는 놀라는 것 같았으나, 곧 몸을 내맡겨왔다. 그를 바라보며 그녀는 미소지었다.

어서 침대로 갔으면.

콩피에뉴에 도착한 것은 밤 열시였다. 궁정 인사들 전체가 큰 중앙계단 밑에 몰려나와 있었다. 그들이 나폴레옹과 마리 루이즈를 둘러싸고, 온갖 축하와 존경의 말을 퍼부어 숨이 막힐 지경이었다. 그는 손짓으로 그들을 중지시키고, 사람들을 헤치며 아담한 식당으로 들어갔다. 카롤린과 마리 루이즈만 데리고 저녁식사를 했다.

그녀는 그의 기대보다 훨씬 아름다웠다. 대단한 미인이었다! 건강하고 통통한데다 장미처럼 풋풋하고, 솟구쳐오르는 샘물처럼 신선했다.

합스부르크 가문의 열여덟 살 처녀는 그랬다!

그는 오늘밤 그녀를 원했다. 그는 그녀에게 물었다.

"그대는 부모님으로부터 어떤 가르침을 받았소?"

그를 바라보는 그녀의 순진하고 천진난만한 눈길이 사랑스러웠다. 그녀는 다소 강한 악센트가 느껴지는 프랑스어로 속삭였다.

"온전히 폐하의 사람이 되어 모든 일에 있어 폐하의 뜻에 순종하라는 가르침을 받았습니다."

그녀의 입에서 흘러나온 순종이라는 말이 그를 흥분시켰다.

—이 여자를 내 것으로, 어서 내 여자로 만들어야지!

그녀는 고개 숙이면서, 아직 종교적인 결혼식을 올리지 않았다고 말했다. 그는 페쉬 추기경을 불러 그녀를 안심시키고, 모든 것이 준비되어 있으니 안심하라고 다독였다.

나폴레옹은 그녀를 성에서 가까운 관저로 데려갔다. 그는 결혼식이 거행되기 전까지는 그곳에서 홀로 자야 했다. 마리 루이즈를 불과 수백 미터 떨어진 곳에 두고서? 그는 그것을 수락할 사람이 아니었다.

그는 그녀가 잠시 동안 카롤린과 함께 있도록 내버려두었다. 숫처녀라서 아직 아무것도 모를 것이다. 그는 스스로에게 다짐했던 말을 떠올렸다. 수컷이라면, 동물이라 할지라도 그녀 곁에 얼씬거리지 못하게 하리라.

—그녀에겐 내가 아담이다.

그는 마리 루이즈가 있는 방으로 들어갔다.

—나의 원대로, 이제 그녀는 내 여자가 되었다.

날이 밝을 때까지 그녀가 자도록 내버려두었다.

그는 자신의 승리에 들뜨고 싶지는 않았다.

방을 나와 옆의 살롱으로 들어갔다. 그는 자신을 기다리고 있는 참모 사바리에게 다가가 귀를 잡아당기며 웃었다.

"자네도 오스트리아 여자와 결혼하게. 세상에서 가장 훌륭한 여자들이야. 부드럽고 선량하고 순진하고, 그래, 마치 장미처럼 싱싱하다네."

1810년 3월 28일 수요일과 다음날인 29일 목요일까지, 그는 한

시도 그녀의 곁을 떠나지 않았다. 아침식사도 방에 가져오게 했다.

그녀를 데리고, 콩피에뉴 성의 큰 홀에서 열린 음악회에 나타났을 때, 그는 야릇한 시선들이 쏠리고 있음을 느꼈다. 그녀를 궁정에 소개해야 했다. 그러나 그는 그녀와 단둘만이 있는 상태로 빨리 돌아가고 싶었다. 그녀를 놀라게 하고, 소리 지르게 하고, 웃게 만들고 싶었다. 하루빨리 그녀를 육체의 사랑에 눈뜨게 하고 싶었다. 지난 사흘 밤 동안, 잠시 놀라움과 고통의 시간이 지난 뒤, 자신이 경험하고 있는 일들에 황홀해하는 그녀를 느꼈던 것이다.

일찍이 그가 경험하지 못했던 일이었다. 그는 이제 가르치는 선생이었다. 더이상 서두르지 않았다. 그는 폴린 보르게세의 얼굴에서 약간은 빈정거리는 듯한 감탄을 읽었다. 꼬박 이틀씩이나 마리 루이즈의 곁을 떠나지 않다니! 그는 어깨를 으쓱했다.

"그래, 나에게는 젊고 아름답고 상냥한 여자가 생겼다. 그런 기쁨을 좀 나타내면 안 된단 말이냐? 그녀에게 잠시 시간을 내준 게 비난받을 일이야?"

그는 오직 쾌락만을 위해 살고 있는 폴린에게 몸을 구부렸다.

"나도 행복에 나 자신을 잠시 내맡길 수 있는 것 아니냐?"

마리 루이즈의 방으로 다시 돌아가기 전에, 그는 오스트리아 황제 프란츠 1세에게 보내는 편지를 몇 줄 구술했다.

〈나의 형제이자 장인이시여, 폐하의 따님은 이틀 전부터 이곳에서 지내고 있습니다. 그녀는 나의 온갖 희망을 충족시켜주고 있습니다. 이틀 전부터 우리는 우리를 결합시키는 애정의 표시들을 끊임없이 주고받았습니다. 우리는 완벽한 일심동체입니다. 그녀를 행복하게 해줄 것입니다. 나의 행복은 모두 폐하의 덕택이라고 할 수 있습니다. 우리는 내일 생 클루로 떠나며, 4월 2일에 튈르리 궁에서 결혼식을 거행할 예정입니다.〉

16
황제의 이름으로 두 사람이 부부가 되었음을 선언한다

그는 마리 루이즈와 함께 생 클루 성에 도착할 때, 포병대의 예포와 함께 팡파르가 울려퍼지기를 바랐다. 1810년 3월 30일 금요일 오후 다섯시가 조금 지나고 있었다.

마요 문에서부터 근위대 기병들이 두 사람이 탄 마차를 겹겹이 에워쌌다. 나폴레옹은 그녀를 바라보았다. 그녀는 두려움과 경탄이 뒤섞인 놀란 표정을 짓고 있었다. 그는 그녀를 놀라게 해주는 일이 좋았다.

스탱에서 센 구역으로 들어섰을 때, 영접 나온 군중들이 보였다. 정부 고관들, 궁정 부인들이 보였고, 그 뒤로 각계각층의 호기심 많은 사람들이 모여 있었다. 프로쇼 주지사가 환영사를 낭독하려 했으나, 나폴레옹은 중단시키고 다시 출발하라고 명했다. 그녀는 눈앞에서 펼쳐지는 마술을 구경하는 어린아이처럼 눈을 크게 떴다. 그녀를 위해 모든 능력을 구비한 사람이 되고 싶었다. 그녀에게 온갖 즐거움을 선사하며, 그녀를 미지의 세계로 안내하는, 미지의 세계로 통하는 문의 열쇠를 쥐고 있는 마술사가 되고 싶었다.

그는 손을 잡아주며 마차에서 내리는 그녀를 도와주었다. 예포소리가 요란했다. 북소리가 둥둥 울렸다. 그는 그녀와 함께 자신이 지휘했던 병사들 앞을 지났다. 이 결혼이 그가 거둔 가장 훌륭한 승리였다. 적대관계에 있던 황제, 그가 점령한 나라의 우두머리의 젊은 딸을 정복한 것이다. 마리 루이즈는 바그람 전투의 전리품인 셈이다. 모두들 그녀를 바라보아야 했다.

그러나 그는 그녀와 단둘이 있는 시간을 갖기 위해 서둘렀다. 네번째 밤이 시작되고 있었지만, 그의 황홀함은 식을 줄을 몰랐다. 그녀는 그의 애무 아래서 변모해가고 있었다. 그가 그녀를 여자로 탄생시키는 것이다. 그녀는 호기심과 순진한 대담성으로 나폴레옹을 놀라게 하기도 했다. 더이상 아무것도 생각나지 않았다. 때때로 번쩍이는 섬광 속에서, 그는 전에 욕망했던 여자들이나 교활하기만 했던 조제핀을 떠올렸다. 조제핀은 여자의 온몸이 입술로 변할 때 여자가 무엇을 해줄 수 있는지를 알게 했었다.

그는 그때 조제핀에게 말했었다.

"나는 언제나 일을 하오. 내가 생각에 잠기는 일을 방해할 수 있는 것은 아무것도 없소. 나는 식사를 하면서도, 극장에 앉아 있으면서도 일을 하오. 밤중에도 일을 하기 위해 깨어난다오."

— 나는 사랑을 하면서도 일을 한다.

그러나 지금, 마리 루이즈가 유순하고 고결한 몸으로, 어린 암말처럼 풍만하고 유연한 몸을 움직이며 그의 품에 안겨 있는 지금, 그의 머릿속에는 아무 생각도 없었다. 이 암말을 자유자재로 다루는 조련사가 되겠다는 생각 외에는.

그에게는 여러 날에 걸친 이 결혼식이 곧 승리의 축제였다. 그가 뭇 왕들의 황제라는 사실을, 그리고 제국의 수도인 파리의 화려함이 그녀가 지금까지 보고 상상했던 모든 것을 능가한다는 사실을 그녀가 알아야 했다. 이 축제를 통해, 사람들은 그녀 마리 루이즈를, 이토록 젊고 아름다운 황제의 아내를 보아야 했다.

4월 1일 일요일 오후 두시, 그는 생 클루 성의 넓은 회랑 끝에 있는 단상으로 그녀를 데리고 갔다. 단 위에는 두 개의 커다란 팔걸이 의자가 놓여 있었다.
모든 궁정 고관들이 모여들었다.
나폴레옹의 대답에 이어 마리 루이즈가 대답했다.
"예, 나폴레옹의 아내가 되기를 원합니다."
나폴레옹은 그녀의 손을 잡았다.
캉바세레스가 선언했다.
"황제 폐하와 법의 이름으로, 두 사람이 부부가 되었음을 선언합니다……"
성의 테라스에 놓인 대포들이 터지기 시작했다. 축포 소리와 군중들의 환호성이 한데 어우러졌다.
밤이 되자, 그는 그녀를 창문 쪽으로 데려갔다. 그녀는 창문을 계속 열어놓고 싶어했다. 성 안의 정원은 환하게 불이 밝혀져 있었고, 아직도 군중들이 많이 남아 있었다.
그는 커튼 뒤로 그녀를 숨겼다. 사람들이 그녀의 모습을 바라보는 것도 원치 않았다. 밤에는 오로지 그만의 소유여야 했다.

4월 2일 월요일, 나폴레옹은 마리 루이즈가 황후의 왕관과 망토로 치장하기를 원했다. 예전에 축성식 때 조제핀의 긴 망토 자락을 누이들이 받쳐들었듯이, 이번에도 누이들이 루이즈의 망토 자락을 듣기를 원했다.

　—오늘이야말로 진정한 나의 축성식이다. 이 결혼으로써 나는 왕들의 가문에 속하게 되는 것이고, 모든 왕들의 황제가 되는 것이다.

　그는 마리 루이즈를 바라보았다. 그는 커다랗게 뜨고 있는 그녀의 두 눈에서 시선을 뗄 줄 몰랐다. 마요 문에서부터 튈르리 궁에 이르는 큰 길가에는 군대가 도열해 있었다. 근위대 기병들은 움직이고 있었고, 도처에 구경 나온 군중들의 모습이 보였다. 군중들은 샤요 광장에 있는 두 개의 널따란 원형극장 안에도 집결해 있었다. 포병대의 예포가 황제 부부 일행의 행진에 맞추어 터졌다. 에투알 광장의 개선문 아래를 지날 때, 마리 루이즈가 놀라는 모습을 더 잘 보기 위해 그는 그녀 쪽으로 몸을 굽혔다. 그는 이제 막 세우기 시작한 이 역사적인 건축물이 하루빨리 완성되어 그 꿈을 완벽하게 재현해주기를 바랐다. 그는 자랑스러웠다. 이곳이 바로 그가 지배하고 있는 수도였다.

　그녀가 튈르리와 루브르를 처음 만나는 순간이었다. 일만 명 가까운 사람들이 모여 있는 회랑과 유리창을 태양이 밝게 비추고 있었다. 러시아 대사 쿠라킨 공작의 모습이 눈에 들어왔다. 그는 안색이 좋아 보였다. 의기양양한 메테르니히의 모습도 보였다.

　—여자들이 모두 내 손을 잡고 있는 오스트리아 황녀를 보기 위해 몰려드는군. 이제 겨우 열여덟 살인 프랑스 황후를 보려고 말이지.

　예배당으로 개조한 장방형의 살롱으로 들어서자, 갑자기 검은 벨벳 모자와 망토, 하얀 새틴 천으로 된 퀼로트가 덥게 느껴졌다. 자신이 다이아몬드로 뒤덮인 옷 속에 푹 파묻혀 있는 것 같았다. 마리 루이즈를 바라보았다. 그녀는 왕관 아래 얼굴이 벌겋게 달아올라 거의 기절할 것 같은 표정이었다. 교회에서 올리는 이 종교

결혼식이 가능한 한 간단하게 끝나려면 페쉬 추기경이 빨리 시작해야 했다. 주교석이 비었다! 그들은 교황에게 충성하기 위해, 교황에게 내려진 조치에 반대한다는 뜻으로, 결혼식 참석을 거부한 것이다. 나폴레옹은 분노에 사로잡혔다.

그는 종교장관 비고 드 프레아므뇌가 추기경들을 소환하여, 그들을 황제 모독죄로 고발하고 주교의 위엄을 나타내는 휘장 패용을 금지시킴으로써, 그들을 까마귀처럼 '검은 옷을 입은 추기경'으로 만들기를 원했다.

—나의 제국 안에서는 오직 나만이 주교들을 임명한다…… 교황은 카이사르가 아니다. 카이사르는 바로 나란 말이다! 교황들은 어리석은 짓을 너무 많이 저질러서, 더이상 과오가 없는 사람들이라고 보아줄 수가 없다. 나는 교황은 과오가 없다는 어리석은 생각을 더이상 허용하지 않을 것이며, 우리가 살고 있는 이 19세기도 그 건방진 생각을 묵과하지 않을 것이다! 교황은 달라이 라마가 아니며, 교회라는 제도도 제멋대로 하는 독단적인 것이 아니다. 만약에 교황이 달라이 라마가 되고 싶어한다면, 나는 그의 종교에 속하지 않을 것이다.

침울한 기분으로 회랑을 지나갔다. 주위에 있던 사람들이 그의 굳은 얼굴을 보고 흠칫 놀라 뒤로 한 걸음씩 물러섰다.

시종들이 정원 쪽으로 난 문을 열자 맑은 공기가 쏟아져 들어왔다. 근위대가 줄지어 행진했다. 병사들은 군도 끝에 모자를 올려놓고 마구 흔들며, '황제 폐하 만세!' '황후 폐하 만세!'를 연호했다.

그는 두 주먹을 쥐고 중얼거렸다.

"필요하다면, 군사 십만을 로마로 보내리라."

그는 망토와 왕관을 벗고, 마리 루이즈와 함께 축연이 열릴 극장으로 향했다.

—이제 몇 시간만 지나면, 그녀와 단둘이 있게 되겠지.

그러나 당장은 단상으로 올라가 자리에 앉아야 했다. 그리고는 발코니로 가서 불꽃놀이를 참관하고 군중들의 환호에도 답해야 했다.

　　프랑스와 이탈리아의 궁중 사제장들이 침실에서 황제 부처의 신혼 잠자리를 축복하는 동안, 그는 그녀를 바라보는 것으로 만족해야 했다.

　　결국 나폴레옹은 끝까지 참지 못하고 그들을 돌려보냈다.

　　마침내 문들이 다시 닫혔다!

　　그녀는 기진맥진한 상태였지만, 그는 기운이 솟구치고 젊음과 자신감에 충만해 있었다.

　　그는 그녀의 황제이며 주인이었다. 나폴레옹은 그와 함께 있는 이 젊은 여인 말고는, 방 밖에 있는 모든 것을 잊었다.

　　하루 종일 그녀와 함께 있는 것을 즐기고 싶었다. 일찍이 경험하지 못한 것들이었다. 마치 시간의 리듬이 바뀌기라도 한 것 같았다. 나폴레옹은 튈르리를 떠나 콩피에뉴로 가기로 결정했다. 그녀와 쾌락을 즐기기에는 그곳이 더 나으리라. 그는 긴급 문서들을 가져오는 참모들을 물리쳤다. 쓸데없이 알현을 청하는 뮈라도 며칠간 기다리게 했다. 스페인에서 발송된 소식들만 대충 훑어보았다. 조제프는 절망적 상태였다. 쉬셰 장군은 발렌시아를 정복하지 못했다. 베르티에가 물었다. 도대체 언제쯤 황제 폐하께서는 군대의 선두에 서서 이 '스페인 전쟁이라는 궤양'을 도려내실 것인가?

　　그는 마리 루이즈의 곁을 떠나고 싶지 않았다. 그는 마세나를 불러 스페인 원정군 총사령관으로 임명했다. 그는 '승리의 여신이 아끼는 아이'가 아닌가? 마세나는 웰링턴이 이끄는 3만의 영국군과 웰링턴이 양성한 5만의 포르투갈군을 혼란에 빠뜨릴 수 있을 것이다. 명령을 하달받은 마세나가 물러가는 것을 나폴레옹은 창가에 서서 오래 바라보았다.

정원에서 시녀들에 둘러싸여 말에 오르려 하고 있는 마리 루이즈가 눈에 들어왔다. 그녀의 서투른 솜씨에 웃음이 나왔다. 나폴레옹은 그녀에게 달려갔다. 자신이 경쾌하고 태평해진 것을 느꼈다. 쾌락을 주고받으며 즐기는 것 말고는 다른 어떤 의무도 없는 듯한 느낌. 이전에 이런 느낌을 가진 적이 있었던가? 인생이란 이런 것인가?

마리 루이즈 이전의 삶을 완전히 소진시켜버렸듯이 이번 삶도 아낌없이 써버려야 했다. 마리 루이즈를 안아서 말에 태웠다. 말의 고삐를 잡고 그녀 옆에서 뛰었다. 그녀가 무서워서 소리지르자 웃음이 터져나왔다. 그는 장화도 신지 않은 채 그대로 그녀가 탄 말에 함께 올라탔다. 자유롭고 행복했다. 어렸을 때 아작시오의 강변에서 만끽했던 그 기분. 그 태평스러움 이후 이런 느낌은 처음이었다.

아무것도 모르는 어린애처럼 그는 두 눈을 가리운 채, 그녀가 좋아하는 술래잡기 놀이를 하며 그녀가 이끄는 대로 따라가고만 싶었다.

그녀가 식사하는 모습을 바라보는 일이 즐거웠다. 그는 예전 같지 않게 일부러 시간을 끌며 천천히 식사를 했다. 여러 가지 요리를 조금씩 다 먹고 난 뒤여서 그런지 다시 집무실로 돌아가고픈 생각이 없어졌다. 두 다리를 쭉 펴고 왼손을 조끼 안에 넣었다. 몸이 불어 있었다. 비대해진 몸을 감추기 위해 시종을 불러 갈아입을 옷을 가져오라고 지시했다. 코담배도 줄여나갔다. 그리고 화장수를 뿌린 후 밤을 기다렸다.

나폴레옹은 아침에 코르비자르 박사에게 자신을 진찰하도록 했다. 코르비자르는 청진기로 주의깊게 진찰한 후, 약간의 부스럼과

불규칙한 심장 박동, 잘 낫지 않는 기침 등을 지적했다. 그는 의사를 내보냈다. 기분이 매우 좋다. 피로 때문이라고? 그럴 리가 있나! 마흔한 살이라고? 정력이 흘러넘치는 나이 아닌가! 젊은 남자처럼 밤을 보내기 때문이라고? 가능하기만 하다면 그렇게 못할 것도 없지 않은가?

—코르비자르는 내가 보통 사내들과는 다르다는 사실을 아직도 모르는가? 하긴 나와 가까이 지냈던 사람들조차도 그것을 잊어버리니까. 누구나 각기 자기 기준으로 남을 평가하는 법이거든! 조제핀도 마찬가지다! 나바르 성으로 간 이후, 그녀가 내게 보낸 편지들은 불평과 비난을 길게 늘어놓은 것들이었다. 그녀는 내가 누구라고 생각하는 것일까?

나폴레옹은 집무실로 향했다. 조제핀의 편지는 그의 감정을 자극하고, 지나간 날들을 상기시켰다.

〈친구여, 4월 19일에 쓴 당신의 편지를 받았소. 고약한 문체의 편지였소. 나는 늘 한결같은 사람이오. 나 같은 사람들은 결코 변하지 않는 법이오.〉

—합스부르크 가의 열여덟 살 소녀와 잠자리에 들었을 때조차도 내가 나 아닌 다른 사람의 역할을 하지 않았다는 것을 사람들은 알까? 밖으로 드러나는 나의 모습은 단지 나의 억눌린 한 부분에 지나지 않는다는 사실을 그들이 이해할까? 내 주위를 둘러싸고 있는 측근들은 너무 단순해서 내가 내 안에 여러 가지 모습을 지니고 있다는 사실을 생각하지 못하는 것이다!

그는 편지를 이어나갔다.

〈으젠이 당신에게 무슨 말을 했는지는 모르겠소. 내가 당신에게 편지를 쓰지 않았던 것은 당신이 편지를 하지 않았기 때문이고, 당신의 마음을 편하게 해주고 싶었기 때문이오…… 나는 당신이 말메종에 가서 만족스럽게 지낼 수 있도록 기꺼이 배려하겠소. 당신과 서로 소식을 주고받는다면 나도 기쁠 것이오. 당신이 이 편지를 당신이 내게 보낸 편지와 비교해보고, 당신과 나 둘 중에서 누가 더 나은지, 누가 상대방에게 더 우호적인지 판단을 내릴 때까지는 당신에게 더이상 아무 말도 않겠소. 안녕, 친구여. 건강하길 바라오. 당신 스스로에 대해서는 물론 나에 대해서도 공정히 판단하기를 바라오. 나폴레옹.〉

—하지만 누가 나에 대하여 공정하게 판단한단 말인가? 내 동생 루이는, 내가 그를 네덜란드 왕으로 봉했는데도 감히 내게 한판 승부를 걸어오면서 네덜란드 사람들이 내게 대항하도록 하기 위해 애쓰고 있다. 루이가 보내오는 치안 보고서들은 형식적인 것에 지나지 않는다. 그는 푸셰와 납품업자 우브라르와 한통속이 되어 내 의견은 물어보지도 않고, 영국과 평화 조약을 체결하기 위해 협상에 힘쓰고 있다.

그는 러시아를 떠올렸다.

—차르는 내게 공정한가? 그가 나를 골탕먹일 수는 없다. 그는 군대를 재조직해 서쪽으로 슬그머니 이동시켜 바르샤바 대공국을 위협하고, 덴마크의 지원을 받으려 하고 있다. 또한 비엔나에 밀사들을 보내고, 마치 나에 대항하여 전쟁을 일으킬 생각이라도 하는 것처럼 보여 영국과의 관계를 재개하려 하고 있다! 내가 원하는 것은 오직 평화뿐이다! 나는 러시아가 나의 동맹국으로 남기를 원하고 있다! 이제 나는 이 모든 군주들의 사촌이고 형제이며 조카가 아닌가? 나는 그러한 가문에 속한 여자의 남편이 아닌가? 모든 사람들이 이 사실을 알아야 한다. 내 모든 국민들은 더이상 그들이 나에게 반대할 이유가 없다는 것을 알아야 한다. 그들이 옛 군주들에게 아직도 충성을 바치고 있다면, 내가 누구의 남편인지 생각해보아야 할 것이고, 그들이 새로운 가치관을 믿고 있다면, 내가 바로 민법전을 만든 황제라는 사실을 기억해야 할 것이다!

—그들이 우리를 보면 이것을 알게 되리라.

1810년 4월 27일 금요일 아침 일곱시, 그는 마리 루이즈와 함께 콩피에뉴를 떠났다. 그는 웃으면서 그녀를 격려했다. 갑자기 생활 환경이 바뀌어서 그런지, 그녀는 늘 피곤해하고 졸음에 겨운 듯했다. 그녀는 때로 '지칠 줄 모르는 이 남자는 도대체 어떻게 된 사람인가'라고 말하는 듯한 시선으로 그를 바라보았다. 그는 그녀가 그렇게 놀란 눈으로 자신을 쳐다보는 걸 좋아했다. 그녀에게 자신의 제국에 속한 북쪽 나라들을 보여주고 싶었다. 옛날에 오스트리아의 지배하에 있던 그 나라들은, 이제 합스부르크 가문의 황녀가 그들의 황제 옆에 서 있는 것을 보게 되리라.

6백 명의 근위대 기병들에게 출발 신호를 보냈다. 나폴레옹은 으젠, 고관들, 베스트팔렌 왕 제롬과 그의 왕비도 황제 부부를 수행하게 했다.

비가 내렸다. 길은 질퍽거렸지만, 행렬이 앙베르, 브레다, 베르겐 옵 좀, 미델부르흐, 겐트, 브뤼헤, 오스탕드, 덩케르크, 릴, 르아브르, 루앙을 통과하는 동안 환영 행사는 끝이 없었다.

마리 루이즈를 지켜보았다. 그녀는 환영 인사를 건네는 사람들에게 미소를 지을 줄도, 아는 체해주기를 기대하고 있는 저명 인사들을 기분 좋게 할 줄도 몰랐다. 다가오는 모든 사람들의 마음을 사로잡을 줄 알았던 조제핀의 재주가 떠올랐다. 그 기억이 나폴레옹을 화나게 했다. 앙베르에서 루이를 만난 나폴레옹은, 고지식하고 거만한 태도로 푸셰, 우브라르 등과 함께 재개한 영국과의 협상에 관해 설명하는 동생에게 화를 냈다.

그는 고함을 질렀다. 누가 그들에게 그런 권리를 주었단 말인가?

다행스럽게도 밤이 다가왔다. 해변을 산책할 때, 긴 파도가 밀려오는 걸 보고 천진난만하게 즐거워하는 마리 루이즈의 모습이 위안이 되었다. 바닷가에서, 그녀는 임신한 것 같다고 말했다. 나폴레옹은 며칠 동안 기쁨에 사로잡혔다.

그러나 6월 1일 금요일, 파리로 돌아와 그녀가 창백하고 불만스런 표정으로 머리를 흔들며 다가오는 것을 보았다. 임신이 아니었던 것이다!

그는 혼자 남았다. 달콤한 꿈에서 깨어났을 때처럼 실망스러웠다. 책상 위에 놓인 조제핀의 편지를 집어들었다. 늙고 병든 보잘 것없는 여자의 하소연을 읽고, 답장을 썼다.

〈친구여, 당신의 편지 잘 받았소. 으젠이 당신에게 나의 여행과 황후에 관한 소식들을 전할 것이오. 당신이 온천에 가겠다니 대찬성이오. 온천이 당신 건강에 도움이 되었으면 좋겠소. 당신을 만나보고 싶구려. 이달 말쯤 말메종으로 당신을 보러 가리다. 나는 생 클루에 있을 예정이오. 당신에 대한 나의 진실한 감정을 의심하지 마시오. 나의 이런 감정들은 평생 동안 지속될 것이오. 그것을 의심한다면, 당신은 매우 부당한 사람이오. 나폴레옹.〉

다른 전문들을 검토하기 위해 캉바세레스를 불렀다. 공문서를 읽는 캉바세레스의 목소리에 귀를 기울이며, 그는 분노를 느꼈다. 고삐를 약간 늦춘 지 이제 겨우 두 달이었다. 두 달이란 시간이 그에게는 그렇게 긴 것이었단 말인가? 제국이 지니고 있던 힘이 다 풀려 느슨해진 것처럼 보였다.

─상트페테르부르크에 있는 콜랭쿠르는 프랑스 제국의 대사이기를 포기하고 알렉산드르 황제를 열렬히 섬기는 신하라도 된 듯이 훌쩍거리고 있잖은가. 스페인 왕으로 봉한 조제프는 자기 아내에게 말도 안 되는 편지나 쓰고.

경찰이 중간에서 입수한 조제프의 편지를 훑어보았다.

〈나는 두 왕국을 다스려본 것으로 족하오. 프랑스에 땅을 얻어 조용히 살고 싶소…… 우리가 은퇴하여 독자적으로 살면서, 우리를 잘 섬겨준 사람들을 정당하게 대우해줄 수 있는 방편들을 준비하기 바라오.〉

─이것이 한 나라의 왕이 할 수 있는 말인가? 황제의 형이란 사람의 정신 상태가 이럴 수 있단 말인가? 동생 루이는 푸셰와 어울려 내 동의도 구하지 않고 영국과 협상을 하고 말이다!

그는 내일 생 클루 성에서 각료 회의를 열기로 했다.

6월 2일 토요일, 평소보다 더 창백한 안색을 한 푸셰를 제외하고는 각료들이 모두 무슨 잘못이라도 저지른 학생들처럼 자리에 앉아 있었다. 푸셰는 기개가 있는 사람이었다. 하지만 누가 그를 신뢰할 수 있을 것인가?

나폴레옹이 푸셰에게 물었다.

"자, 오트랑트 공작, 당신은 지금 전쟁을 하면서 동시에 평화 조약을 맺자는 것이오?"

나폴레옹은 일어나서 각료들 앞으로 걸어갔다. 런던측과의 협상에 대한 모든 주도권을 우브라르에게 떠넘기면서, 침착한 목소리로 자신의 태도를 정당화하는 푸셰를 그는 쳐다보지 않았다.

나폴레옹이 말했다.

"자신이 섬기는 군주에게 알리지도 않고, 감히 적대국과 협상을 한다는 것은 터무니없는 독직 행위요. 그것도 군주가 모르는 조건으로, 아마 알았다면 결코 허락하지 않을 조건으로 말이오. 아무리 무력한 정부라 해도 도저히 용납하지 못할 행위요."

대답하려는 푸셰를 바라보며, 나폴레옹이 소리쳤다.

"당신은 사형감이오!"

—더이상 이자를 곁에 두고 싶지 않다. 사람들은 루이 16세의 조카가 된 내가, 루이 16세의 처형에 찬성한 푸셰를 내치는 것이라고 말할 테지. 나는 자기 나름의 정책을 갖고 있는 치안장관은 원하지 않아. 몸과 마음을 다 바쳐 일하고, 특별한 행동을 취하지 않고도 상대를 제압할 줄 아는 그런 사람을 원하고 있어.

그는 푸셰의 후임에 로비고 공작 사바리 장군을 생각하고 있었다. 사바리는 엘리트로 구성된 황제 근위대의 지휘관이었던 드제의 부관 출신으로, 앙갱 공작을 체포하여 사형이 집행되도록 조치를 취했던 사람이었다.

나폴레옹은 캉바세레스에게 말했다.

"로비고 공작은 성격이 단호하지만 모진 사람은 아니오. 사람들은 그를 두려워하지만, 오히려 바로 그런 점 때문에 겉으로 부드러운 태도를 견지하는 것이 그에겐 더 쉬운 일일 수도 있소."

그는 사바리를 생 클루로 불러들였다. 마렝고, 아우스터리츠, 아일라우 등지에서 용맹스럽게 싸웠던 무뚝뚝한 얼굴의 사내를 그는 뚫어지게 바라보았다.

그는 사바리의 팔을 잡고 밖으로 나와 정원을 거닐며 말했다.

"치안을 제대로 유지하려면 흥분은 금물이네. 증오에 눈멀지 않아야 하고. 모든 것에 귀를 열어두고, 시기가 성숙될 때까지는 결코 자네 의견을 말하지 말도록 하게. 자네 밑에서 일하는 간부들의 말은 들어주되 그들에게 끌려다니지 않아야 하네. 결국은 그들이 자네 말에 귀를 기울이고, 자네 명령에 따르도록 해야 하네."

그는 말을 멈추고, 곰곰 생각에 잠겨 혼자서 몇 걸음을 걸었다.

"문인들을 잘 대우해주도록 하게. 혹자는 내가 그들을 좋아하지 않는다는 말을 퍼뜨려 그들로 하여금 내게 악감정을 품도록 했지. 나는 문인들을 더 자주 만나 그들의 선입견을 버리게 할 생각이네. 그들은 프랑스를 명예롭게 하는 유익한 사람들이야. 항상 특

224

별하게 대접하게⋯⋯."

—사바리는 알고 있을까? 푸셰가 치안국의 모든 서류들을 불태우고, 내가 사바리와 주고받았던 서신들까지 감추어버림으로써 이미 사바리를 골탕먹이고 있다는 것을. 푸셰는 가능한 한 속히 파리를 떠나 여행을 하든지, 아니면 엑스에 있는 그의 영지로 물러나야 하리라.

"결국 나는 푸셰를 신뢰할 수 없어서 갈아치운 것일세. 나는 그에게 아무런 명령을 내리지 않았는데도 그는 나에 대항하여 자신을 방어했고, 나에게 피해를 입혀가면서까지 의식적으로 자신의 이름을 드높이려 했네."

게다가 푸셰는 어떤 하나의 당파, 즉 왕 시해파만을 대표해왔던 것이다. 나폴레옹은 사바리에게 몸을 돌렸다.

"나는 민중들의 당 외에는 어떤 당파도 지지하지 않네. 그러니 화합하는 일에만 힘을 쓰도록! 나의 정치란 용해를 완성하는 것일세. 나는 모든 사람과 더불어 통치해야 하네. 따라서 개개인의 이해와 의도에 일일이 신경쓸 수가 없어. 나를 지지하는 사람들은 삶을 안전하게 향유하려고 내 편에 가담한 것일세. 만일 내일이라도 그 점에 문제가 생기면, 그들은 즉시 나를 떠나고 말 것이야."

층계 위에, 시녀들에게 둘러싸여 황제를 기다리고 있는 마리 루이즈의 모습이 눈에 들어왔다. 나폴레옹은 사바리를 내버려두고, 그녀를 향해 빠른 걸음으로 다가갔다.

그녀는 당구를 치고 싶어했다.

17
마리 발레프스카의 출산, 마리 루이즈의 임신

그는 편지를 번쩍 치켜들고 흔들었다. 환호성을 내지르고 싶었다. 그는 멘느발에게 다가가 어깨를 몇 차례 툭툭 치고는 귀를 잡아당겼다. 멘느발의 등을 떼밀며 궁정 대원수 뒤로크를 즉시 대령하라고 이르고는 창가로 가서 창문을 활짝 열었다. 6월의 감미로운 아침, 열린 창으로 쏟아져 들어오는 생 클루 숲의 향기가 그의 몸과 마음을 넉넉히 적시는 것 같았다. 멘느발이 뒤로크와 함께 들어오는 소리가 들렸지만, 그는 몸을 움직일 수 없었다. 그는 십자형 유리창에 기대어 선 채 편지를 움켜쥐었다.

한 번밖에 읽지 않은 편지였지만, 그는 그 속에 담긴 단어 하나하나까지 모두 기억했다. 마리 발레프스카의 목소리에서 배어나던 부드러움이 그대로 전해지는 듯했다. 마리 발레프스카, 그녀는

5월 4일 발레비치 성에서 아들을 낳았다고 속삭였다. 아이의 이름은 알렉상드르 플로리앙 조제프 콜로나. 이마며 입이며 잿빛 머리카락이 아버지의 얼굴을 그대로 빼닮았다. 그녀는 아무것도 요구하지 않았다. 아들 알렉상드르에 대해 희망을 품을 뿐, 그녀는 마냥 행복해하며 기다리는 것이다.

그는 그들 모자를 끌어안고 싶었고, 그가 느끼는 기쁨을 드러내고 싶었다. 모든 이들에게, 심지어는 마리 루이즈에게까지도 그들을 보여주고 싶었다. 왜 안 된단 말인가? 그의 생에는 여러 가지 삶이 공존하고 있었다. 자신이 사랑했고 자신을 사랑했던 사람들을 보호하면서, 그 모든 삶들을 살아낼 수 있었던 것이다. 그는 뒤로크를 돌아보며 웃었다. 마리 발레프스카를 그에게 소개했던 사람이 바로 뒤로크였다. 앞으로도 그와는 비밀을 나누게 되리라.

그는 궁정 대원수 뒤로크에게 다가가 힘찬 목소리로 말했다.

"아들이라네."

그는 마리 발레프스카와 알렉상드르의 파리 정착을 뒤로크가 준비해주었으면 했다. 자신의 첫번째 아들 레옹 공작에게보다 알렉상드르에게 더 많은 보조금을 줄 생각이었다. 그는 내심 레옹 공작을 낳은 루이즈 엘레오노르 드뉘엘 드 라 플레뉴를 전적으로 신뢰하진 못했다. 그것은 펠라프라 부인과의 사이에서 태어난 딸 에밀리의 경우도 마찬가지였다.

하지만 그는 중얼거리며 웃었다.

"이제 아들이 둘이 되었군."

마리가 파리의 빅투아르 가에 있는 저택에 거처하게 되면, 그녀는 프랑스와 인척관계를 맺고 있는 폴란드 가문들 중 한 집안 출신으로 조정에 소개될 것이며, 코르비자르 박사가 그녀와 아이를 돌보게 될 것이다.

그는 집무실을 오래 서성이며 마음을 진정시켰다. 그의 생에는 얼마나 많은 삶들이 얽혀 있는가! 그는 이렇게 삶의 어떤 부분들을 감추어야 한다는 사실에 팔다리가 잘려나가는 듯한 느낌이었다. 왜일까? 그는 다양한 풍경들을 따라 흐르고, 완만한 평야나 가파른 절벽을 굽이쳐 흐르는 큰 강과 같은 존재이기 때문이었다. 그러나 그는 어디에서나 언제나 강이었다. 발원지로부터 하구에 이르기까지, 누구의 시선에 보이건 보이지 않건 흐르는 강이었다.

그는 빠른 걸음으로 집무실을 나갔다. 만약 마리 발레프스카가 파리에 있다면, 친구로서 그리고 자기 아들을 낳아준 엄마에 대한 도리로서 그녀를 정기적으로 방문할 것이다. 그렇다고 해서 마리 루이즈의 삶이 달라지는 것은 아니지 않는가?

그는 그의 모든 삶이 통일성을 갖기를 바랐다. 마치 운명이 산산조각으로 흩어져 있는 것처럼 살 수는 없었다. 그는 하나의 인간이었다.

그는 참모 한 명만을 데리고 말메종까지 말을 달렸다. 꽃 향기마저 감동으로 다가왔다. 말메종은 정적에 휩싸여 있었다. 사방이 쥐죽은 듯 조용한 성에 들어서며, 그는 불안한 마음으로 시종을 불렀다. 달려나온 시종은 황제를 알아보고 당황해하며 부복했다. 그는 시종의 팔을 잡고 흔들며 다급하게 물었다.

"조제핀은 어디 있지? 아직 일어나지 않았나?"

그는 그녀에 대한 걱정으로 안절부절 못했다.

"폐하, 저기 정원에서 산책하고 계십니다."

얇은 드레스를 입은 하얀 실루엣과 목덜미에서 휘날리는 머리카락이 언뜻 보였다. 그녀를 품에 안고 싶었다.

그녀에게 달려간 그는 그녀를 끌어안았다.

그는 참으로 여러 삶을 살고 있는 것이다.

그는 세심하게 주의를 기울여 그 모든 삶들을 지키고 있었다.

그는 명령을 내리고, 매일같이 각료 회의를 주재했다.

만일 그가 이끌리는 대로 그저 끌려다니기만 한다면, 사람들은 그를 어디까지 끌고 갈 것인가?

─치안장관 사바리는, 푸셰가 갖고 있는 노회함과 요령이 없다. 사바리는 푸셰가 은밀히 보호하던 자코뱅 파들의 음모를 도처에서 적발하고, 그들의 조직을 분쇄해나가고 있다. 하지만 내가 합스부르크 가의 혈통을 이어받은 여인의 남편이긴 하지만, 내가 특혜를 베풀고자 하는 대상은 혁명 당시 칭호를 박탈당한 귀족들이 아니다. 나는 새로운 왕조의 창시자이자 새로운 귀족계급의 창시자이다. 앙시앵 레짐이라는 오래된 줄기에 접붙여진 잔 가지가 아니다. 나는 백 년 묵은 나무들의 수액을 빨아들여 내 가지가 뻗어나가게 할 것이다.

그는 캉바세레스를 불렀다.

"나는 내가 새로 임명했거나 앞으로 더 임명하게 될 공작들, 그리고 내가 연금을 주기로 한 공작들 이외에 다른 공작들은 원치 않소. 만약 내가 구귀족들에 대해 몇 가지 예외를 둔다 해도, 그것은 매우 한정적인 경우가 될 것이며, 보존할 필요가 있는 역사적인 가문에만 적용될 것이오."

─캉바세레스는 귀를 기울이고 있지만, 내 말을 이해했을까?

"내 왕조를 돕고 구귀족을 잊게 하는 것, 이것이 내가 도달하고자 하는 목표요."

그는 트리아농의 정원으로 내려갔다. 여름의 뜨거운 열기가 찾아드는 이맘때가 트리아농 성이 가장 쾌적할 때였다.

그는 마리 루이즈가 무척이나 좋아하는 단체 오락 게임에 합세했다. 이내 숨이 가빠진 그녀는 나무 그늘에 놓여 있는 의자에 털썩 주저앉았다. 그녀는 건강한 몸을 가진 젊은 여인이었지만, 힘이 부족했다. 시청에서 베푼 호화로운 환영회에서도, 그녀는 불꽃놀이나 무도회에 금세 지치는 것 같았다. 뇌이이에 있는 폴린 보르게세의 집에서 화려한 축연이 열리고, 폴린이 그녀를 즐겁게 해주려고 쇤브룬의 전망을 정밀하게 화폭에 담은 그림을 선사했지만, 마리 루이즈는 지루해하는 표정이었다. 오페라 극장에서나 근위대 사열식에서도 그녀는 똑같은 태도를 보였다.

그녀는 오스트리아 대사 슈바르첸베르크 공작의 관저에서 있었던 비극적인 연회에 심한 충격을 받은 것일까? 그날 7월 1일, 연회장에 화재가 발생했다. 명주 망사며 타프타 천이며 종이 화환 등으로 장식된 넓은 무도회장이 삽시간에 불길에 휩싸였고, 수천 개의 촛불 때문에 피해는 더욱 심했다. 손님들은 발을 동동 구르며, 불길이 번지지 않은 단 하나의 출구로 몰려들었다.

마리 루이즈를 데리고 간신히 밖으로 빠져나온 나폴레옹은, 그녀를 샹젤리제까지 데려다주고 다시 대사관저로 돌아갔다. 그곳은 전쟁터를 방불케 했다. 바그람에서처럼 살 타는 냄새가 진동했고, 시체들이 쌓여 있었다. 그들 중에는 슈바르첸베르크 공작의 처제도 있었다.

나폴레옹은 약탈자들에게 강탈당한 벌거숭이 시체들을 보았다. 그들은 시체의 옷을 벗겨가고, 신체 일부를 절단하면서까지 반지, 목걸이, 귀걸이 등을 빼내갔다.

끔찍한 향연이었다.

그 일을 생각할 때마다, 그는 자신이 목도했던 하층민들의 튈르리 궁 난입 사건 이후 머릿속에 수없이 떠오르던 이런 불행이, 그 불길한 전조들이 떠올랐다.

그는 그런 생각을 물리쳤다. 그는 사람들이 둥그렇게 둘러서서 보르게세 공작을 놀리고 있는 곳으로 다가갔다. 사람들은 트리아농의 키 작은 숲을 뛰어다니고 있었고, 마리 루이즈는 얼굴이 벌 겋게 달아올라 땀을 흘리고 있었다.

8월 초였다. 거의 매일 저녁 그랬듯이, 오늘 저녁에도 연극을 상연할 것이다. 9일 목요일에는 '유식한 여자들'이 공연될 것이 다. 그는 마리 루이즈에게 몸을 기울였다. 그녀는 서커스를 더 좋 아했다. 그는 손을 들어 프티 트리아농 정원에 짓고 있는 원형 공 연장을 가리켰다. 내일 공연할 사람들은 이탈리아의 대가 프랑코 니 형제*였다.

그녀는 얼굴 가득 기쁨이 넘쳐 흘렀다. 그녀를 포옹한 그는, 그 녀의 귀에 대고 무슨 말인가를 속삭였다.

"아마도 그런 것 같아요."

그는 그녀의 손을 꼭 잡았다. 그는 확신했다. 아들이리라.

그는 참으로 여러 삶을 살고 있었다.

그는 작은 오솔길을 걸었다. 이번 삶은, 나폴레옹이라는 존재로 자신을 채우고 있는 이 젊은 여인과 시작하는 것이다.

그는 다시 그녀에게 다가가서 당부했다. 이제 말을 타면 안 된 다. 춤도 추어서도 안 된다. 사람을 녹초로 만드는 대연회도, 힘 에 부치는 여행도 이제는 안 된다. 이곳 트리아농이나 랑부이에, 퐁텐블로나 생 클루 같은 곳에서 조용하고 평화로운 궁정 생활만 해야 한다. 그는 어린아이를 쓰다듬듯 그녀를 어루만졌다. 연극, 음악회, 그녀가 좋아하는 놀이들, 이 모든 것은 그녀를 위해 그가 마련하는 것들이었다.

마리 루이즈가 그의 두 손을 잡았다. 그녀는 그가 곁에 항상 머 물러주기를 바랐다.

---

* 프랑코니 가는 18~19세기 이탈리아의 서커스를 독창적으로 발전시킨 가문. 그 중 안토니오 프랑코니는 현대적인 의미의 서커스를 정착시킨 초창기의 인물 중 대표적인 사람으로 프랑스에서 서커스를 만들었다.

그는 그녀를 안심시켰다. 그녀를 떠나지 않으리라.

하지만 그에게는 말을 타고 질주하며, 바람을 느끼고 축축이 젖
은 풀 냄새를 맡는 일이 필요했다.

그는 뫼동 숲, 랑부이에나 퐁텐블로 숲에서 사슴 사냥을 했다.
일 주일에 몇 번씩, 용기병대처럼 숲속으로 돌격해 들어가는 기마
행렬의 선두에서 그는 사냥을 했다. 아침 나절 집무실에서 업무를
보다가, 정오가 되면 달려나가 여섯 번씩이나 말을 갈아타면서 사
냥하고 여섯시경에 돌아왔다.

그는 임신한 마리 루이즈를 만나러 내려가기 전에 목욕을 했다.
그녀를 어루만졌다. 임신으로 살이 오른 그녀는 그에게 또다른 삶
이었다. 그에게는 나날이 좋은 날이었다.

오스트리아 황제 프란츠 1세에게 편지를 썼다.

〈황후가 임신한 사실을 폐하께 알려드렸는지 모르겠습니다. 황
후의 임신으로 우리의 희망은 나날이 새로운 가능성을 얻고 있습
니다. 임신한 지 이 개월 반이 되었다고 확신하고 있습니다. 따님
이 내게 어떠한 행복을 안겨줄 것인지, 그리고 이 새로운 관계들
이 따님에 대한 나의 애정을 얼마나 더 생생하게 만들어줄 것인지
폐하께서는 쉽게 이해하실 것입니다.〉

그는 그녀에게 선물을 듬뿍 안겨주고 한껏 친절을 베풀었다. 그
녀가 잉태한 것은 그의 미래였다. 그는 그녀를 행복하게 해주고
있다는 확신을 갖고 싶었다. 그는 파리에 머물고 있는 메테르니히
를 불렀다. 나폴레옹은 비엔나 정치를 좌우하는 총명한 이 사내를
높이 평가하고 있었다. 메테르니히가 마리 루이즈와의 결혼을 열
렬히 지지했다는 사실도 알고 있었다. 나폴레옹은 메테르니히에게
황후를 독대할 수 있는 특전을 베풀었다. 황후는 어떤 남자와도

단둘이 만날 수 없는 신분이었으므로 그것은 엄청난 예외였다.

밖에서 기다리고 있던 나폴레옹은 독대를 마치고 나오는 메테르니히에게 다가갔다.

"그래, 이야기는 많이 했소? 황후가 나를 나쁘게 말하던가? 그녀는 웃었소, 울었소?"

그러더니 곧 대답하지 않아도 좋다는 몸짓을 해 보이며 말했다.

"무슨 얘기를 했는지 묻지 않겠소. 그건 제삼자와는 관계없는 당신들 두 사람만의 비밀이니까. 설사 그 제삼자가 남편이라 해도 말이오."

그는 메테르니히를 자신의 집무실로 데려갔다.

"나는 아내와 틀어지고 싶지 않소. 그녀가 다른 모든 사람들보다도 나와의 관계에서 더 품위 없이 군다고 해도 말이오. 가족의 결합이란 이처럼 대단한 것이오."

그는 책상 위에서 서류철을 집어들어 메테르니히에게 보여주었다.

"오스트리아 군대와 관련된 비엔나 협정의 비밀 조항들의 이행 여부는 내게 더이상 중요치 않소. 나는 황제 프란츠 1세를 기쁘게 하고, 그에 대한 나의 존경을 새롭게 증명해 보이고 싶소."

―오스트리아 황제는 내 아들의 할아버지다. 오스트리아와 가까워지는 것은 내 정책의 열쇠가 되리라. 그렇다면 러시아와의 동맹은 어떻게 될 것인가?

"나는 러시아로부터 끊임없는 불평과 모욕적인 의심만을 받고 있소."

―알렉산드르 1세는, 내가 폴란드를 복구시킬까 두려워하고 있다. 만일 폴란드를 재건하려 했다면, 나는 그 사실을 말했을 것이고, 나의 독일 군대를 철수시키지 않았을 것이다. 러시아는 내가 자기네의 배신에 대비하기를 원하는 것인가? 러시아가 영국과 평

화 조약을 맺는 날, 나는 러시아로 진격할 것이다.

그는 굳은 목소리로 말했다.

"나는 폴란드 재건을 원치 않소. 그곳 삭막한 진창 속에 나의 생을 처박고 싶지 않기 때문이오. 하지만 나의 명예를 잃으면서까지 폴란드 왕국이 결코 복원되지 않을 거라고 선언하고 싶지도 않소."

그는 마리 발레프스카와 아들 알렉상드르를 생각했다. 황제인 그와 애국심 강한 폴란드 귀족부인 사이에서 태어난 아들을.

—나는 실로 여러 삶을 살고 있다.

그는 말을 이었다.

"아니, 내게 변함없는 선의와 위대한 충성을 보여준 사람들에 대항하여 무장하겠다는 약속은 할 수 없다는 것이오. 그들과 러시아의 이해관계를 생각하여 그들에게 조용히 살라고 권고하고는 있지만, 내가 그들의 적이라고 공언하지는 않을 것이며, 폴란드를 러시아에 예속시키기 위해 피를 흘리자고 프랑스인들에게 말하지도 않을 것이오."

그는 책상을 두드렸다.

"세상의 그 어떤 것도, 나로 하여금 '폴란드는 재건되지 않을 것이다'와 같은 조항에 서명하게 할 수 없소. 그것은 내게는 불명예스러운 행동이오. 내 인품을 퇴색시키는 것보다 더한 일이오."

그는 책상에서 물러서며 말했다.

"폴란드 같은 국가를 없애려면, 나는 신이 되어야 할 것이오! 지키지도 못할 약속을 할 수는 없소."

그는 돌아서서 메테르니히에게 다가갔다. 말을 꺼내기 전에 그는 잠시 주저하는 기색을 내보였다. 그가 '전쟁'이니 '군대'니 하는 말들을 입 밖에 내지 않은 지 벌써 몇 달이나 되었다.

"내가 대륙에서 다시는 전쟁을 일으키지 못할 거라고, 상트페테르부르크가 오판하게 해서는 안 되오. 나는 스페인에 삼십만 병력,

프랑스와 그 외의 다른 지역에 사십만 병력이 있소. 이탈리아 군대도 아직 건재하오. 전쟁이 발발하는 순간, 나는 프리트란트 때보다 더 막강한 군대를 이끌고 니에만 강에 모습을 드러낼 것이오."

그는 메테르니히에게 미소를 지어 보였다. 그는 전쟁을 원하지 않았다. 하지만 비엔나를 믿을 수 있을 것인가? 그는 메테르니히의 대답을 기다리지 않고, 그의 팔을 잡고 문까지 배웅했다.

"황후는 나와 함께 있어 행복하고, 불평할 일이 하나도 없다고 대사에게 말했을 것이오."

입구에서, 그는 메테르니히를 잡고 말했다.

"대사가 황제 폐하께 그런 사실을 말씀드려주기 바라오. 황제께서는 어느 누구보다도 대사의 말을 믿으실 테니 말이오."

혼자 남은 그는 생각에 잠겼다.

─1810년의 이 한여름에 또다시 전쟁이 일어나려 하고 있고, 나는 아들을 기다리고 있다. 카를 5세와 나폴레옹의 후손이 될 아이는 내게서 무엇을 물려받게 될까? 내 손으로 직접 나의 제국을 난공불락의 요새로 만들어야 한다. 나의 아들을 위해서. 앞을 내다보지 못하는 자는 이미 패배한 자이다.

─영국과 러시아는 내일이라도 당장 나에 대항하여 의기투합할 수 있다. 나는 누구를 믿을 수 있는가? 내가 세운 왕들은 아무것도 아니다. 루이는 결국 나와 상의 한마디 하지 않고, 네덜란드 왕위에서 물러났다. 그리고는 비열하게도 오르탕스와 자식들을 버려두고 외국으로 도망쳐버렸다.*

---

* 대륙 봉쇄에도 불구하고 네덜란드인이 비밀리에 영국과 무역하는 것을 못마땅하게 여긴 나폴레옹은, 영국과 네덜란드의 왕 루이와의 협상이 실패하자 1810년 네덜란드의 수도에 군대를 파견했다. 이에 루이는 왕위에서 물러나 외국으로 달아났으며, 나폴레옹은 7월 9일 네덜란드를 프랑스에 합병했다.

그는 오르탕스에게 편지를 썼다.

〈내 딸아, 루이 왕의 소식은 전혀 알 수가 없다. 그가 어디로 피신했는지도 모른다. 이렇게 갑작스런 행동이라니. 도무지 아무 것도 이해할 수가 없구나.〉

—내 동생이라는 인간이 이렇게 나를 모욕하다니.

〈나는 그 인간에게 아버지 노릇을 다 했었다. 포병대 중위의 얼 마 안 되는 봉급으로 그를 길렀고, 내가 먹을 빵이며 잠자리까지 함께 나누었는데…… 그가 어디로 간단 말인가? 그는 외국에서 가명을 쓰고 보헤미안처럼 떠돌아다니며 자신이 프랑스에서는 안 전하지 못하다고 믿게 하려는 것이겠지.〉

그는 어머니에게도 편지를 썼다.

〈루이의 행동은 병적인 상태라고밖에는 설명되지 않습니다.〉

—내가 직접 그 나라를 통치하리라. 루이의 치하에서 네덜란드 는 어떻게 되었는가? 밀수입된 영국 상품들을 저장하는 창고가 되고 말았잖은가. 네덜란드인들은 나를 네덜란드 재상쯤으로 여기 는 것일까? 나는 제국의 이익에 부합되는 일을 할 것이다. 하 지만 그 부합되는 일이 어떤 것인가에 대해 나보다 더 잘 안다 고 아우성치는 정신나간 작자들은 내게 경멸만을 불러일으키고 있다.

그가 일찍이 암스테르담을 제국 제3의 도시로 선언했던 것처럼, 로마를 프랑스의 영토이자 제국 제2의 도시로 만드는 법령을 내 렸다는 이유로 로마에서 달아난 동생 뤼시앵!

전쟁을 이끌어나갈 능력도 없이, 오히려 웰링턴의 군대와 싸우 는 휘하 원수들을 방해할 뿐인 조제프!

그리고 기회주의적인 왕들! 시칠리아 섬 상륙 작전을 시도하고 있는 나폴리 왕 뮈라는 작전 계획을 황제에게 알리지 않고 있었 다. 시칠리아의 왕비가 황후 마리 루이즈의 할머니인 까닭에 황제가 섬의 정복을 방해할까 염려한 것이었다.

―내가 그렇게 하라고 그를 수없이 부추겼는데, 뭘 주저한단 말인가!

나폴레옹은 뒷짐을 지고 창가에 섰다. 무성한 여름 숲 위로 햇빛이 내리쬐고 있었다.

―모두가 무능한 자들이거나 적대하는 자들! 어느 정도 재주가 있는 자들은 나에게 적대적이다.

경찰 첩보원들이 확실하다며 올린 보고서를 떠올렸다. 탈레랑은 얼마 전, 러시아 대사관에 정보를 제공해주는 대가로 150만 프랑을 빌려달라고, 알렉산드르 1세에게 요구했다. 베르나도트? 그는 스웨덴 왕위 계승자 자리에 올랐다.*

―베르나도트, 그가 스웨덴 사람이 되는 것을 내가 막지 않았다고 해서, 그가 나를 상대로 전쟁을 벌이지 않으리라고 장담할 수 있을까? 나에 대한 충성을 표명하면서도 자신이 왕이라는 사실을 그토록 자랑스러워하고, 왕위에 머무르기 위해서는 모든 일을 할 준비가 되어 있는 그 인간이? 나는 그를 알고 있다. 나는 얼마나 많은 삶을 살고 있는가!

그는 메테르니히를 다시 만났다. 메테르니히는 일개 원수가 왕의 위엄을 획득한 일에 대해 상트페테르부르크로부터 의심을 사지 않을까 걱정하고 있었다.

나폴레옹은 자신이 스웨덴 왕 카를 13세, 그리고 베르나도트와 주고받은 서신을 메테르니히 앞에 펼쳐 보였다.

---

* 1809년 스웨덴 왕 카를 13세는 덴마크의 왕자 크리스티안 아우구스트를 스웨덴의 왕세자로 선출하나, 그가 갑자기 죽자 1810년 8월 21일 베르나도트를 양자로 받아들여 왕세자로 삼았다. 이후 카를 요한이라는 이름으로 불린 베르나도트는 1818년 2월 스웨덴과 노르웨이의 왕으로 즉위, 카를 14세가 되었다.

베르나도트의 성공은 거저 이루어진 것이 아니었다. 나폴레옹이 묵인해주었던 것이다.

"그를 프랑스에서 멀리 쫓아버릴 수 있다면, 내게는 그보다 좋은 일이 없겠소. 그는 안면을 바꿨을 뿐 옛 자코뱅 파의 한 사람이오. 대사의 말이 옳소. 뮈라뿐만 아니라 내 형제들에게도 왕위를 주지 말았어야 했소. 하지만 사람들은 나중에 가서야 분별력이 생기는 법이지. 나도 예외는 아니오."

그는 팔짱을 꼈다.

"나는 다른 왕의 상속자가 아니오. 나는 내가 직접 재창조한 왕위에 즉위한 것이오. 어느 누구의 것도 아니었던 것을 취한 것이란 말이오. 하지만 거기에서 멈추고, 총독과 부왕들만을 임명했어야 옳았소. 네덜란드 왕의 행동만 봐도, 혈족은 친구가 될 수 없는 경우가 종종 있다는 사실을 납득할 것이오. 원수들은……."

그는 고개를 가로젓고는 어깨를 으쓱했다.

"이미 과거에 권세와 독립을 꿈꾸었던 자들이 존재했으니, 그만큼 대사의 말은 옳은 것이오."

미래를 준비하고 제국을 돌보는 일, 그것이 그가 해야 할 몫이었다.

마리 루이즈는 트리아농의 정원에서 궁정 부인들에게 둘러싸여 곡예사들에게 박수를 보내고 있었다.

창가에 서서 그녀를 바라보며, 그는 문득 이곳에서 살았던 마리 앙투아네트, 황후의 고모할머니가 떠올랐다. '새로운 오스트리아 여인'에 대해 종종 적대적인 이야기가 나돈다는 사실을 지적하는 경찰 보고서가 그의 앞에 있었다. 사람들은 오스트리아 대사관저 연회 때 발생한 화재를 두고, 합스부르크 가와의 결혼이 늘상 프랑스에 가져오는 불행의 징조라고 떠들어대고 있었다. 사람들은 마리 루이즈를 완고하고 차갑고 거만한 여자로 보고 있었다.

—차가운 여자라고? 하긴 그들은 그녀와 잠자리를 같이 해보지 않았으니까! 그녀는 열이 너무 많아서 창문을 열어놓아야 잠을 잘 수 있는 여자다. 나는 밤의 서늘한 기운이 딱 질색이지만.

그는 보고서들을 다시 읽어보았다.

민중들의 편견을 경계해야 했다. 그는 웃음거리가 될 만한 세세한 일들을 신문에서 떠들어대는 것을 원치 않았다. 그는 치안장관 사바리와 내무장관 몽탈리베 백작을 불렀다.

"나에 관한 외국 특파원들의 기사가 일절 발표되지 못하도록 하게. 독일인들의 행태는 어처구니없는 짓으로 유명하니, 그들은 나도 모르는 마리 루이즈의 실내화를 내가 입에 물고 다닌다는 말까지도 하고 다닐 거야! 나의 행적을 유럽에 알리는 것은 비엔나의 잡지들이 아니라 파리의 신문들이어야 하네!"

그는 몽탈리베 백작을 바라보았다. 그르노블 의원을 지낸 이 사람을, 그는 발랑스에서 처음 알았다.

—포병대 중위 시절, 그것도 나의 많은 삶들 가운데 하나지.

"장관, 파리의 곡물 저장은 제대로 이루어지고 있는지 확인하고 있소? 장관이 이 특별한 임무를 빈틈없이 수행하고 있다는 확신이 들어야 내가 편안히 잠자리에 들 수 있을 것 같소. 곡물 저장과 보급은, 백성들의 행복과 통치의 안정에 직접적인 영향을 끼치는 중대한 사안이오."

—몽탈리베, 그도 나처럼 1789년을 겪었으니 알리라. 민중들에게는 빵이 있어야 한다. 빵 만드는 사람들이 줄을 지어 트리아농까지 항의하러 오는 것을 원치 않는다면 말이다.

그리고 금고에는 돈이, 공장에는 일거리가 있어야 했다.

생 클루와 트리아농, 퐁텐블로에서 그는 영국 상품들이 불법 반입되는 것을 어디서든지 추적하기 위한 법령을 구술했다. 수입되는 상품 가격의 오십 퍼센트에 해당하는 허가세를 내야만 수입이 가능하도록 할 것. 대륙 봉쇄령을 존중하지 않는 자들은 그만큼 벌금을 물어야 하리라.

그는 네덜란드 상인들을 보호하고자 했던 루이와 마찬가지로, 이탈리아의 이익을 지키기 위해 애쓰는 으젠에게 말했다.

"나의 원칙은, 프랑스가 우선이다. 영국이 해상 무역에서 대성공을 거두고 있다면, 그것은 영국인들이 바다에서 최강자이기 때문이라는 사실을 결코 잊어서는 안 된다. 그렇다면 대륙에서는 프랑스가 가장 막강한 세력이니, 지상 무역은 프랑스가 장악할 것이다. 그렇지 않으면 모든 것을 잃게 된다…… 영국은 현재 막다른 골목에 몰려 있다. 나는 수출할 필요성이 있는 상품들은 내보내는 한편으로, 영국 식민지의 산물은 헐값에 사들일 생각이다."

그러나 그러기 위해서는 더욱 더 완벽하게 모든 해안을 장악해야 했다. 프랑크푸르트, 함부르크, 암스테르담, 뤼베크 등지에서 불법 반입된 영국 상품들을 압수하고 불태워야 했다.

그는 독일 군대를 지휘하는 다부에게 말했다.

"원수에게는 많은 참모부 장교들이 있으니, 그들을 부지런히 뛰어다니게 하게. 요컨대, 네덜란드에서 스웨덴의 포메른까지 영국인들의 항해와 밀수 공작을 완전 봉쇄하는 임무를 원수에게 맡기려는 것이야. 그 일을 맡아주게."

하지만 다부에게 불가능한 일을 수행할 능력은 없었다. 1810년 10월 초부터 1천2백 척의 영국 선박들이 상품을 가득 싣고 발틱해를 배회하고 있었다.

—스웨덴의 항구는 베르나도트가 폐쇄했다. 그러나 러시아의 항구가 남아 있다. 알렉산드르는 어떻게 할 것인가? 만약 그가 영국 선박들을 받아들인다면, 나는 어떻게 해야 하는가?

그는 카노바*가 묵고 있는 커다란 살롱으로 내려갔다. 카노바는 그가 직접 튈르리 궁으로 불러들인 베니스 출신의 조각가였다. 그는 카노바를 이탈리아 원정시에 알았다. 카노바는, 손에 승리의 기념물을 들고 있는 나신(裸身)의 형상으로 나폴레옹 상을 조각했다. 나폴레옹은 그 조상을 썩 마음에 들어하진 않았지만, 카노바는 가장 위대한 조각가였다. 나폴레옹은 마리 루이즈의 흉상 제작을 카노바에게 맡겼다. 마리 루이즈가 포즈를 취하고 있는 동안 나폴레옹도 그 옆에 자리잡고 있었다.

마리 루이즈는 가만 있질 못하고 안절부절 못했다.

나폴레옹이 카노바에게 말했다.

"이곳 파리는 세계의 수도일세. 그러니 자네는 여기 머물러야 하네."

그는 카노바의 정교한 손놀림과, 비굴함이 담겨 있지 않은 태도를 높이 평가하고 있었다.

카노바가 물었다.

"폐하께서는 왜 교황과 화해하지 않으십니까?"

"교황들은 항상 이탈리아 국민이 다시 일어서는 것을 방해해왔네. 자네와 같은 이탈리아인들에게 필요한 것은 바로 검(劍)이야!"

마리 루이즈가 기침을 했다. 카노바는, 황후가 임신중이라서 작업을 좀더 신속하게 해야 한다고 말했다.

"자네는 황후의 있는 모습 그대로를 보게. 여자들은 모든 일을 제멋대로 하고 싶어하지…… 그런데 자네, 결혼은 했나?"

그는 카노바가 독신이라고 대답하는 것을 귀담아 듣지 않았다.

"아, 여자들, 여자들이란……."

---

* 이탈리아의 대표적인 신고전주의 조각가, 1757~1822.

마리 루이즈도 그를 놀라게 했다. 조제핀과 마리 발레프스카가 각기 다른 방식으로 그를 놀라게 했듯이 말이다.

오르탕스가 찾아왔다. 오르탕스는 제 어머니에 관해 이야기했다. 조제핀은 두려워하고 있었다. 파리에서 멀리 쫓겨나는 데서 그치지 않고, 아예 프랑스 밖으로 유배당하게 될까 노심초사하고 있다는 것이었다.

그는 조제핀이 고통받는 것을 원치 않았다. 그의 다양한 삶은 나란히 펼쳐지기도 하고, 서로 뒤섞이기도 해야 하는 것이다. 마리 루이즈는 이러한 그의 욕망을 이해하지 못하리라.

그는 오르탕스에게 말했다.

"나는 내 아내의 행복을 생각해야 한다. 여러 가지 일들이 내가 바라던 대로 정리되지 않았어. 마리 루이즈는, 네 어머니가 가진 매력과 나의 영혼에 미치는 영향력을 경계하는 눈치야. 그렇지 않겠느냐."

그는 걸음을 멈췄다. 어느새 가을이 다가와 있었다. 생 클루 성의 정원 곳곳에 정원사들이 낙엽을 쌓아놓고 불을 놓고 있었다. 낙엽 타는 연기가 다갈색 숲의 끝에까지 피어오르고 있었다. 낙엽 타는 냄새를 맡으며 하늘로 오르는 연기를 무연히 바라보다가 그가 말을 이었다.

"얼마 전에 마리 루이즈와 함께 말메종으로 가서 산책하고 싶었다. 그런데 그녀는 네 어머니가 그곳에 있다고 생각했던지 울기 시작하더구나. 그래서 가던 방향을 돌리지 않을 수 없었다."

─나의 다양한 삶을 서로 교차시키는 것이 내게는 매우 자연스럽고 간단해 보이는데…… 남자와 여자가 서로에 대한 편견의 족쇄에서 벗어나는 일은 언제쯤에나 가능할까?

"어쨌든 나는 조제핀을 아무것도 속박하지 않는다. 그녀가 나를 위해 감수했던 희생을 늘 기억할 것이야. 만약 그녀가 로마에 자리잡기를 원한다면, 그녀를 그곳의 통치자로 임명하겠다. 브뤼셀에서도, 그녀는 정부를 훌륭하게 이끌어나갈 수 있을 것이고 국가에 좋은 일을 할 수 있을 거다. 아들과 손주들 곁에서 더할 나위 없이 편안하게 지낼 수 있겠지. 하지만……"

그는 두 손을 벌렸다. 이 모든 것 중 그녀가 원하는 일은 아무것도 없다는 것을, 그는 알고 있었다!

"어머니에게 편지를 하거라. 만약 말메종에서 사는 게 더 좋다면 반대하지 않겠다고 말이다."

성으로 돌아온 그는 조제핀에게 서둘러 몇 자 적었다.

〈당신이 밀라노나 나바르에서 겨울을 편하게 지낼 수 있을 거라고 생각했소. 내 생각은 모두 접어두고, 당신이 하려는 모든 일에 찬성하기로 했소. 어떤 일로도 당신을 곤란하게 만들고 싶지 않으니 말이오…… 안녕, 친구여. 황후는 임신 사 개월째요. 프랑스 제국 아이들의 가정교사로 몽테스키우 부인을 지정해두었소. 매사를 만족스럽게 여기고 흥분하지 않도록 하시오. 내 감정을 추호도 의심하지 말아주기를. 나폴레옹.〉

아직 조제핀에 대한 애정이 남아 있긴 했지만, 그래도 그는 자기를 감동시키는 마리 루이즈에게 더 깊은 애정을 느꼈다.

생 클루 성의 긴 회랑을 걷는 그녀의 걸음걸이는 둔했다. 그녀를 천천히 따라가면서 그는 탄성을 질렀다.

"허리가 어쩌면 저렇게 굵어졌을까!"

생 클루 성의 예배당에 모여 있는 수많은 고관대작들 사이를, 그는 그녀와 나란히 걸어 들어갔다. 마리 루이즈는 가장자리에 다이아몬드가 촘촘히 박혀 있는 메달을 부인들에게 나눠주었다. 황후에게 메달을 받은 부인들은, 돌아오는 일요일인 1810년 11월 4일에 영세를 받기로 되어 있는 스물여섯 명의 아이들의 어머니들이었다. 그 아이들은 모두 공작과 왕의 자제들이었다. 그중에는 루이와 오르탕스의 아들인 샤를 루이 나폴레옹과 베르티에 원수의 아들도 있었다. 황제와 황후가 그들의 대부와 대모가 되는 것이다.

—오르탕스의 아들이자 조제핀의 손자인 이 아이가, 조제핀과 이혼하고 얻은 내 두번째 부인의 대자가 된다!

그는 수많은 손님들에게 마리 루이즈가 임신한 사실을 알렸다. 모두들 황후에게 환호를 보냈다.

—나는 합스부르크 가의 여자가 낳은 아들의 아버지가 될 것이다.

그는 오스트리아 황제에게 마리 루이즈의 임신 소식을 공식적으로 통고하기 위해 편지를 구술했다.

〈나는 내 시종 하나를 보내어, 황제 폐하께 따님인 황후의 임신 소식을 정식으로 알려드리는 바입니다. 임신한 지는 다섯 달 가까이 되었습니다. 황후는 건강하며, 임신한 탓에 생기는 불편함을 조금도 느끼지 않고 있습니다. 폐하께서 우리에게 갖고 계시는 큰 관심을 잘 알고 있는바, 우리로서는 이 일이 폐하께 기쁨이 되리라고 믿습니다. 폐하의 덕택으로 얻게 된 황후는 그 누구도 따라갈 수 없는 완벽한 여인입니다. 또한 우리 두 사람이 폐하께 똑같이 애정을 가지고 있음을 믿어주시기 바랍니다.〉

그는 꼼짝도 하지 않고 서서, 편지를 받아쓰느라 비서가 빠르게 움직이는 펜 소리를 들었다.

멘느발이 그의 서명을 받기 위해 편지를 건넸다.

그는 힘찬 필체로 자신의 이름을 썼다.

18
로마 왕의 탄생

　나폴레옹은 궁정 대원수와 함께 천장이 높은 텅 빈 방들을 성큼 성큼 걸었다. 뒤로크는 두 개의 문짝으로 되어 있는 금빛 문을 열었다. 나폴레옹은 경쾌한 걸음으로 그를 따라가며 그의 귀를 잡아당겼다.

　─카루젤 광장 쪽으로 십자형 유리창이 나 있는 이곳이 앞으로는 나의 아들 로마 왕이 살게 될 공간이다.

　그곳, 튈르리 궁의 측면은 이제까지는 궁정 대원수의 거처였다.

　그는 건축가들을 불렀다. 칠을 전부 새로 해야 했다. 벽에는, 아이가 넘어져도 다치지 않도록 푹신푹신하게 속을 넣은 삼 피트 높이의 띠를 두르게 할 것이다.

　나폴레옹은 유리창으로 다가갔다. 차가운 11월의 태양은 금으로

도금된 카루젤 개선문의 조각상들을 비추고 있었다.

—이것을 건축하도록 한 사람은 바로 나다. 내 군대의 영광을 위한 것이었다.

그 위대함과 승리의 상징을 보게 될 어린아이의 시선을 상상했다. 로마 왕은 눈을 뜰 때마다 자신이 황제들의 아들이며 손자라는 사실을 알게 되리라.

나폴레옹은 집무실로 돌아가면서 지시 사항을 구술했다. 아이가 입을 옷가지들과 황후에게 첫 진통이 나타날 때 불러야 할 고관들의 리스트를 작성하고, 백한 발의 예포와 근위대 정예 병사들의 열병식에 이르기까지, 아이의 탄생에 맞춰 거행될 예식의 순서를 정했다. 그는 뒤로크를 돌아보았다. 뒤로크가 웅얼거리는 목소리로 질문을 했다. 나폴레옹은 그의 말을 듣지 못하고 넘겨짚었다. 딸일 경우에는 스물한 발의 대포를 쏠 것이라고, 그는 내키지 않는 목소리로 말했다. 하지만 아들이리라. 아이의 탄생을 지켜볼 사람들로는, 이탈리아 부왕 으젠과 뷔르츠부르크 대공을 선택했다.

그는 집무실로 들어갔다. 황후의 분만을 도울 의사들의 명단뿐만 아니라, 화가 프뤼동이 디자인할 붉은 옥으로 된 요람의 기초 작업에 이르기까지, 모든 것이 자신의 뜻에 부합되기를 원했다.

석 달이란 기간은, 모든 것을 생각하고 예측하고 사람들을 소집하기에는 빠듯한 시간이었다.

시간은 항상 모자란 법이다. 다가오는 1811년은 그가 마흔두번째로 맞이하는 해였다.

—지금까지 해왔던 모든 일들은, 내가 앞으로 접어들게 될 운명의 시기를 준비하는 것에 지나지 않은 것이다.

이제 황제로서의 진정한 삶이 시작되는 것이다. 군대의 힘, 국민의 복종, 젊음의 패기와 쌓아온 경륜의 힘을 자유로이 사용하리라.

그는 몇 시간이고 사냥할 수 있었다. 어제는 로주아 평원에서, 오늘은 크루아 드 생 테렘에서 사냥을 했다. 사슴을 몰며 질주하는 그는 가장 빠른 기수였다.

마리 루이즈와의 잠자리에서, 또 며칠 밤을 함께 보낸 생기발랄한 갈색 머리 여인과의 잠자리에서, 그는 서투르고 소심하기까지 하며 지나치게 거칠고 성급했던 것으로 기억되는 육군 소위 시절보다 더 원기왕성했다. 그 갈색 머리 여인은 생 클루 성의 사령관 참모 르벨의 며느리였다. 그는 순순히 몸을 열고 다가오는 그녀를 취했다. 삶이 가져다주는 것을 거부할 수는 없지 않은가.

그는 생의 절정에 올라 있었다.

모든 군주들은 나폴레옹 왕조를 인정하고, 그들 중에서의 나폴레옹 황제의 특별한 위치를 인정하지 않을 수 없었다. 그는 스스로 왕좌를 정복했고, 왕들의 황제로 군림했으며, 스무 살의 황후는 아들을 낳아줄 터였다.

어느 누구도 그의 운명의 정오를 어둡게 하지는 못하리라. 그가 스스로 용납하지 않는 한.

그는 각기 다른 상자에 담겨 책상 위에 놓여 있는 경찰 보고서, 급송 공문서, 행정 보고서 들을 바라보았다. 이 서류들 속에 손을 찔러넣기가 싫었다. 서류 없이도 그의 삶은 이토록 충만해지지 않았는가!

마리 루이즈는 끊임없이 그를 찾았다. 둘만의 대화, 그녀의 순진함, 장미처럼 피어오른 살결, 그리고 임신으로 인해 변해가는 그녀의 몸을 그는 모두 사랑했다. 이 모든 것이 그에게는 새롭기만 했다. 그것은 그가 어린 시절부터 겪어온 우울한 일상과 잔인함, 음흉한 술책이 얽혀 있는 현실과는 다른 세계였다.

그는 경찰 보고서를 읽었다.

〈무역에 관한 일을 잘 아는 사람들은 미래를 두려워하고 있습니다. 은행가들이, 날마다 오후 네시까지 별 탈 없이 무사히 넘기면 '오늘 하루도 무사히 넘겼다'고 소리칠 정도로 위기 상황은 심각합니다.〉

─무관심이여, 안녕. 몽상이여, 안녕. 우리 함께 늪 속으로 몸을 던지자!

영국 상품 밀수가 성행하고 프랑스 상품들을 수출할 수 없게 되자 일은 난감해졌다. 유럽 대륙은 영국과 영국의 식민지들로부터 유입된 상품들로 넘쳐났다. 대륙 봉쇄의 허점은 북쪽에 있었다.

그는 외무장관 샹파니를 소환했다. 러시아인들은 무엇을 의도하는가? 우리 대사는 뭐라고 하는가? 외무장관의 답변에, 나폴레옹은 경멸하듯 얼굴을 찡그렸다. 러시아 주재 대사 콜랭쿠르, 그는 이미 알렉산드르의 추종자가 되었다. 그는 프랑스인이라기보다는 러시아인에 가깝다.

"나는 알고 있네……."

그는 장관에게 첩보원들의 보고서를 내밀었다. 독일 군대의 총사령관 다부가 보내온 것이었다. 그는 말을 이었다.

"……영국인들이 이십 척의 군함으로 천이백 척에 달하는 상선들을 호위했다는 사실, 그들이 스웨덴, 포르투갈, 스페인, 미국 등의 깃발로 위장하고 자국 상품의 상당량을 러시아에 풀어놓았다는 사실을 말일세."

그는 주먹으로 탁자를 내려쳤다.

"평화냐 전쟁이냐 하는 것은 러시아의 손에 달려 있어."

러시아는 아직도 그 사실을 모르리라. 나폴레옹이 말했다.

"러시아는 원하지도 않는 전쟁에 휘말릴 수 있네. 어리석은 짓을 저지르는 게 뛰어난 지도자가 없는 국가의 속성이야."

─하지만 러시아가 정말 전쟁을 원하지 않고 있을까? 그들은 전쟁을 염두에 두고 있는지도 모르잖는가.

알렉산드르 1세는 새로운 군대들을 창설했고, 바르샤바 대공국과의 접경지대에 30만 병력을 집중 배치했다. 확인된 바에 따르면, 그는 자기 군대들 중 한 군대의 지휘권을 모로 장군에게 맡길 생각을 하고 있다는 것이다!

─모로, 유배시키는 것으로 처벌을 대신했던 인물! 미국으로 망명한 그자는 지난 십 년 동안 자신을 휩싸던 질투심을 잊지 않고 있으리라. 그리고 베르나도트, 그자는 신뢰할 수 있을 것인가? 러시아 특사들을 접견하고, 스웨덴 왕위 계승자로서 자신의 미래를 준비하고 있는 그를.

그는 베르나도트의 프랑스인 부관들 중 하나인 장티 드 생 탈퐁스 기병대 대위를 접견했다. 대위는 자기 원수에 대한 충성심이 뛰어난 장교였다. 베르나도트에게 불리할 말은 한마디도 하지 않았다.

나폴레옹은 말했다.

"귀관은 베르나도트 원수가 사람들에게 '신이여, 감사합니다. 나는 더이상 그의 손아귀에 잡혀 있지 않습니다'라고 이야기하는 것이며, 내 입에 옮겨담기도 싫은 엉뚱한 소리를 수없이 떠들어대고 있다는 사실을 내가 모른다고 생각하는가?"

베르나도트는 충성에 대한 대가로 덴마크에 속한 노르웨이를 요구하고 있었다.

─그에게 노르웨이를 양도한다면, 나는 무엇을 확신할 수 있을 것인가?

탐욕스럽고 질투심 많은 인간들은 배신하는 법이다. 부리엔, 브리엔 군사학교 시절의 오랜 동료였고, 칠 년간 나폴레옹의 비서였던 인물. 돈에 약한 부리엔은 함부르크로 쫓겨나서도 이권에만 혈안이 되어 있었다. 그는 현재 영국 상품들을 수입할 수 있는 허가증을 팔아서 적게는 6백만에서, 많게는 8백만 프랑에 달하는 돈을 벌어들였다.

—제국의 안녕이라는 것이 그의 안중에 있기나 하겠는가? 내가 믿을 수 있는 사람은 오직 나 자신뿐이다.

나폴레옹은 홀로 생각에 잠겼다. 어느 누구와도 상의할 수가 없었다. 제국에 필요한 것이 무엇인지 그보다 더 잘 아는 사람이 있겠는가? 왕조의 장래를 위해 필요한 것이 무엇인지 아는 사람은? 평화는? 알렉산드르 1세가 파리에 보낸 사절 체르니체프 백작은 거만하고 위선적이기는 하나 매혹적인 인물이었다. 살롱에 자주 드나드는 그 백작이 실은 첩자 노릇을 해왔다는 사실이 최근에 밝혀졌다. 사바리 수하의 첩보원들이, 백작의 집 벽난로 잿더미 속에서 반쯤 타버린 서류들을 찾아냈다. 그 서류는 베르티에 원수의 참모부로부터 유출된 것이었다. 체르니체프 백작은 첩자에게 뒷돈을 대주고, 독일에 주둔하고 있는 프랑스 병력 상황을 입수해온 것이다. 알렉산드르 1세가 평화를 준비하는 방식은 이렇단 말인가? 프랑스군 기밀을 캐내고, 러시아에 수출되는 프랑스 상품들에 비싼 세금을 매기는 것이?

—나 스스로 나를 지켜야 하지 않겠는가? 영국 상품들이 유럽을 휩쓸게끔 내버려둘 수는 없지 않은가?

나폴레옹은 독일 북부와 발틱 해 연안의 한자 동맹 도시들과 알렉산드르의 처남 소유로 되어 있는 올덴부르크 공국을 프랑스 제국에 병합시킨다는 상원 결의안을 구술했다.

—나의 북부 동맹국은 내게 대항하자는 것 아닌가? 누가 먼저 틸지트의 정신을 파기했는가? 러시아 황제에게 분명히 말해야 하리라.

나폴레옹은 알렉산드르 1세에게 편지를 썼다.

〈폐하께서 나에 대해 더이상 우의를 갖고 있지 않다는 사실을 이미 알고 있지만, 폐하에 대한 나의 감정은 변하지 않을 것이오. 영국과 유럽 각국의 견해로 본다면, 우리의 동맹은 이미 존재하지 않는 것이오. 폐하와 나의 마음속에서 우리의 동맹관계가 처음과 다름없다 할지라도, 이와 같은 외부의 일반적 견해가 우리에게 끼치는 해악은 결코 무시할 수 없는 것이오.”

—알렉산드르는 이해할 것인가? 그가 전쟁터를 향해 날뛰는 말들을 제어할 수 있을 것인가?

나폴레옹은 계속해서 써내려갔다.

〈나는 폐하에 대해 변함없는 마음을 가지고 있소. 하지만 나는 작금의 이런 명백한 사실과, 상황이 허락한다면 폐하께서 곧바로 영국과 타협할 준비가 되어 있다는 사실에 적이 놀라고 있소. 이러한 일은, 폐하께서 우리 두 제국 간에 전쟁의 불씨를 놓는 것이나 다를 바 없기 때문이오.〉

그는 편지에 간략히 서명하고, 콜랭쿠르가 보내온 급송 공문서들을 손등으로 쓸어버리며 고함쳤다.

“이자는 분별력도 없고, 편지도 쓸 줄 모르는 인간이야. 그는 마구간의 뛰어난 우두머리일 뿐이야. 그게 다야!”

자신의 임무를 더이상 원하지도 않고, 또 임무를 수행할 능력도 없는 그를 프랑스로 소환해야 했다. 나폴레옹은 그의 후임으로, 마렝고에 있는 참모 로리스통 장군을 염두에 두고 있었다.

—내 주위에 있는 사람들은 도대체 무슨 가치가 있는가? 전

(前)종교장관의 친아들 조제프 마리 포르탈리스 같은 참사원 의원 조차도 교황의 음모에 가담해서, 내가 임명한 파리 대주교 모리의 권위를 위태롭게 하지 않았는가!

교황과 몇몇 성직자들은, 비오 7세의 메시지를 모자 속에 지니고 다니는 아스트로스 신부처럼, 모리 대주교에 대한 음모를 꾸미고 있었다! 아스트로스를 뱅센 성에 가두어야 하리라! '가장 무서운 행동을 하고 있고, 가장 큰 위선마저 겸비한' 교황을 잘 감시해야 했다. 나폴레옹은 사보나에 유배중인 교황을 감시하는 군대를 증강시켰다.

─그들은 왜 나를 비난하는가? 나는 종교를 부흥시키지 않았는가? 영국인들이나 러시아인들이 했던 것처럼 내가 이교 분파를 조장하기라도 했단 말인가?

캉바세레스와 사바리가 집무실에 들어왔지만, 나폴레옹은 그들에게 등을 돌리고 유리창 앞에 한동안 서 있었다. 사바리는 샤토브리앙의 프랑스 학술원 입회 연설문을 가져왔다. 샤토브리앙은 최근 프랑스 학술원에서 왕 시해파 셰니에의 뒤를 잇는 자리에 선출되었다. 그의 연설문은 나폴레옹의 상처를 들쑤시는 것이었다! 연설문을 읽고 집무실을 거닐던 나폴레옹이 천천히 입을 열었다.

"나는 온갖 당파들에 둘러싸여 있고, 망명귀족들이며 콩데의 군사들까지도 내 주변에 있소……."

그는 캉바세레스에게 다가가 샤토브리앙의 연설문을 보여주었다.

"이 연설문을 쓴 자가 내 앞에 있다면 나는 그자에게 이렇게 말하겠소. 선생, 그대는 이 나라의 국민이 아니오. 그대가 경탄해 마지않는 대상들과 그대의 소망은 다른 곳에 있소. 그대는 나의 행동도, 내가 목적하는 바도 전혀 이해하지 못하고 있소."

그는 팔을 쳐들고 유리창 쪽으로 걸음을 옮겼다.

"자, 만일 그대가 프랑스에 있는 것이 불편하다면 프랑스에서 떠나시오. 우리는 서로 뜻이 맞지 않을 것이고, 게다가 이곳을 지배하는 사람은 나니까. 그대는 나의 업적을 인정하지 않고 있고, 내가 그대를 내버려둔다면 그 업적을 망치고 말 것이오. 떠나시오, 선생. 국경을 넘어가시오. 그리하여 프랑스가 그토록 필요로 하는 권력의 바탕 위에서, 평화와 화합을 이룬 상태를 지속할 수 있도록 내버려두시오."

이같은 권력, 그것을 손에 쥐고 있는 사람은 나폴레옹이었다. 그는 자신이 작성하도록 시킨 지도를 앞에 두고 꼼짝도 하지 않고 바라보았다. 지도는 제국의 새로운 국경선들을 나타내고 있었다. 함부르크에서 아드리아 해까지, 암스테르담에서 로마까지 130개의 주가 제국의 품안에 있었다. 그곳에 사는 4천4백만의 인구를 다스리는 사람은 바로 그였다.

—이것이 내 아들이 물려받을 영토다. 더 넓어지겠지. 그는 로마 왕이 될 것이고, 언젠가는 이탈리아 반도 전체를 통치하게 될 테니까. 그때가 되면 현재 나의 통치하에 있는 이탈리아 왕국은 그에게 돌아갈 것이고, 나폴리 왕국도 합병할 수 있으리라. 그는 또한 자신의 제국을 더 멀리 라인 연방까지 확장할 수도 있을 것이다. 왜 안 되겠는가. 그리고 언젠가는 나의 또다른 아들이 통치하게 될 바르샤바 대공국을 동맹국으로 삼을 수 있으리라.

그는 마리 발레프스카가 낳은 아들, 알렉상드르를 종종 생각했다.

그는 뒤로크만을 대동하고 빅투아르 가의 저택으로 들어갔다. 그는 마리 발레프스카가 궁정뿐 아니라 마리 루이즈에게까지 소개되기를 바랐다. 그와 몇몇 사람들만이 알고 있는 비밀이 아니라,

자신의 여러 삶이 공개적으로 한데 모이는 것을 원했다.

하지만 마리 루이즈는 임신중이었다. 그녀가 알게 할 수는 없었다.

마리 루이즈는 늘 그가 곁에 있어주기를 원했고, 그는 그것을 받아들였다.

1811년 초의 몇 달은 쌀쌀하고 비가 많이 내리는 날씨가 이어졌다. 그는 튈르리 궁을 거의 떠나지 않았다. 때로는 황후의 변덕에 못 이기는 체 넘어가주고, 패물 세트, 귀걸이 등 선물로 그녀를 놀라게 하며 지냈다. 그녀는 출산을 앞두고 두려움에 사로잡혀 있었다. 그녀를 안심시켜야 했다. 임신중에 지켜야 할 예법에도 불구하고, 그는 가끔 그녀를 두 팔로 감싸안았다.

저녁마다 튈르리 궁의 작은 홀에서 상연되는 연극을 보며, 그녀는 무거운 몸을 주체하지 못하고 졸곤 했다.

그녀의 그런 모습에 그는 감동했다. 자신의 아이를 임신한 여자를 곁에서 지켜보는 일은 그로서는 처음이었던 것이다.

3월 19일 화요일 오후 여덟시경, 나폴레옹은 궁정 대신들과 더불어 튈르리 궁의 공연장에서 초조하게 서성였다. 더운 날씨였다. 그는 뷔르츠부르크 대공과 으젠 왕자에게 다가갔다. 그들은 아기의 탄생을 지켜보기 위해 얼마 전에 파리에 도착했다.

초조하게 기다리는 그에게, 란 원수의 미망인이며 궁정 부인인 몬테벨로 공작부인이 다급하게 다가왔다. 란을 생각해 궁정 부인으로 임명했지만, 그는 그녀를 좋아하지 않았다. 그녀는 마리 루이즈 주변에 불화의 씨를 심어놓을 여인이었다. 탐욕스럽고 질투심 많고 적의까지 품고 있는 그녀의 성품이 수시로 눈에 거슬렸다. 하지만 마리 루이즈는 그녀를 무척 좋아하는 눈치였다.

몬테벨로 부인이 엄숙한 목소리로, 황후의 첫 진통이 시작되었다고 알렸다.

　나폴레옹은 참석한 사람들에게 제복으로 갈아입으라고 지시했다. 이번 분만은 그가 미리 정해놓은 예법에 따라 이루어져야 했다. 궁의 살롱들은 곧 2백 명 이상의 인사들로 가득 찼다.

　그는 여섯 명의 의사가 대기하고 있는 방으로 들어갔다. 지금까지 그는 잉태한 생명 때문에 고통스러워하는 여인에 대해 애정을 느껴본 적이 없었다. 그는 그녀의 팔을 잡고 부축하며 그녀와 함께 종종걸음으로 걸었다. 진정된 듯한 그녀를 눕히고 잠들 수 있도록 도와주었다.

　고관들이 졸고 있는 살롱을 지나온 그는 식사를 차리라고 명했다. 더운 열기를 견디지 못하고 그는 목욕을 했다. 뭔가 하고 싶은데, 아무것도 할 수 없는 자신의 처지에 그는 화가 났다. 밤새도록 이것저것 지시를 내렸다.

　날이 이미 훤하게 밝은 아침 여덟시, 뒤부아 박사가 혼절할 듯이 창백한 얼굴로 급히 달려왔다.

　그는 의사의 표정에 한순간 얼어붙었다. 그가 물었다.

　"뭔가? 황후가 죽기라도 했나? 죽었다면, 묻어야지."

　그는 순간 아무것도 느낄 수 없었다. 예기치 못한 사건과 죽음에 익숙해져 있는 그였지만, 지금 그의 온몸은 돌덩어리처럼 굳어 있었다.

　뒤부아가 더듬거리며 말했다. 아기가 쉽사리 나오지 않아 코르비자르 박사를 부르러 사람을 보냈다는 것이었다. 그리고 황제께서 내려와 황후 곁에 있을 수 없겠느냐고, 나폴레옹에게 물었다.

　"왜 내가 내려가길 원하는가? 그녀가 위험하기 때문인가?"

　그는 자제력을 모두 잃은 듯한 뒤부아를 뚫어지게 바라보았다. 뒤부아는, 전에도 이처럼 난산에 부딪친 산모를 분만시킨 적이 있다면서 기구를 사용해야 한다고 말했다.

"그래, 전에는 어떻게 했나? 그때 산모 곁에 내가 없지 않았나. 이번에도 전에 했던 것처럼 하게. 자네의 최선을 다해서."

뒤부아의 어깨를 툭툭 쳐주고는 집무실 밖으로 밀어내며 그가 말했다.

"황후가 아니라 생 드니 거리에 사는 한 평범한 아낙네를 해산 시킨다고 생각하게."

몇 걸음을 걷던 뒤부아는 멈춰 섰다.

"폐하께서 허락하셨으니, 한번 해보겠습니다."

의사는 잠시 주저하다가, 아마도 아기와 산모 중 하나를 선택해 야 할 것이라고 중얼거렸다.

나폴레옹이 대답했다.

"산모를 택하겠네."

그렇게 되면, 그토록 원했던 아들은 얻지 못하게 되리라. 잠시 망설이던 그는 의사를 따라 황후에게 향했다. 마리 루이즈의 손을 잡았다. 그녀는 몸을 뒤틀며 소리를 질렀다. 그때 코르비자르와 부르디에, 그리고 이방 박사가 달려왔다. 뒤부아가 기구들을 준비 하는 동안, 그녀는 계속 소리를 질렀다.

이렇게 무력한 구경꾼으로 머물러 있고 싶지 않았다.

그는 자신의 이마와 목에 흐르는 땀을 느꼈다. 주먹을 움켜쥐었 다. 입 안이 씁쓸했다. 크게 고함이라도 지르며 분노를 터뜨리고 싶은 심정이었다.

그는 산모의 곁을 떠나, 화장실에 틀어박혔다. 마리 루이즈의 비명 소리가 들려왔다. 문이 열렸다. 그는 이방 박사의 얼굴에서 무엇인가를 읽어내려고 애썼다. 의사는, 황후가 해산했노라고 힘 없는 소리로 말했다.

그는 방 안 양탄자 위에 꼼짝 않고 있는 아기를 내려다보았다. 아들이었다. 그의 아들. 그러나 아기는 죽어 있었다.

256

마리 루이즈의 손을 잡고 그녀에게 입맞춤을 했다. 그는 아기 쪽을 향해 고개를 돌리지 않았다. 이렇게 된 것이다.

그는 아들을 가질 수 없었다.

마리 루이즈의 얼굴을 어루만지며, 한곳에 시선을 고정시키고 꼼짝도 하지 않고 있었다.

갑자기 아기 울음 소리가 들려왔다.

그는 벌떡 일어섰다.

몽테스키우 부인이 따뜻한 강보에 싸인 아기를 무릎에 뉘어놓고, 아기의 몸을 계속 문지르면서 입에다 브랜디 몇 방울을 흘려넣고 있었다.

아기가 다시 울음을 터뜨렸다.

나폴레옹은 아기를 안고 높이 쳐들었다. 아기는, 어느 승리의 날 아침에 떠오르는 태양과도 같은 모습이었다.

그는 아들을 얻었다.

1811년 3월 20일 수요일 아침 아홉시였다.

카루젤 광장에서 예포 소리와 함성 소리가 들려왔다.

그는 아무 말도 할 수 없었다. 감동으로 벅차오르는 가슴을 진정시키며, 출생 증명서에 나폴레옹, 프랑수아, 조제프, 샤를이라고 서명하고, 유리창 쪽으로 걸었다. 한 곳을 향해 모여드는 사람들의 행렬이 눈에 들어왔다. 사람들이 손을 흔들고 있는 광경을 바라보았다.

그는 커튼 뒤로 얼굴을 감췄다. 눈물이 흘러내리고 있었다.

군중들과 군대의 모든 병사들에게 아기를 보여주고 싶었다. 몽테스키우 부인의 품에 안겨 있거나 레이스로 뒤덮인 하얀 새틴 천 방석에 누워 있는 로마 왕, 이 아기가 바로 저들의 군주가 되리라.

날이 저물 무렵에 치러질 약식 세례를 기다리면서, 그는 오스트리아 황제에게 보내는 편지를 구술했다.

〈황후는 오랜 진통으로 몹시 쇠약해졌으나 끝까지 용기를 보여주었습니다…… 아기는 매우 건강합니다. 황후도 상태가 많이 좋아져 잠도 좀 자고, 조금이나마 식사도 했습니다. 아기는 오늘 저녁 여덟시에 약식 세례를 받을 것입니다. 계획대로라면, 아기는 육 주 후에나 세례를 받게 될 것입니다. 이 편지를 폐하께 전해드릴 나의 시종 니콜라이 백작이 또 하나의 편지를 폐하께 가져갈 것입니다. 두번째 편지는, 폐하께 손자의 대부가 되어주십사 부탁드리는 것입니다. 아들을 얻은 나의 만족감과 더불어, 우리를 하나로 묶어주고 있는 이 결합의 끈이 영구히 지속되리라는 생각도, 나에게 무한한 만족을 준다는 사실을 추호도 의심하지 마십시오.〉

그는 두번째 종이를 집어, 조제핀에게 직접 몇 줄을 썼다.

〈내 아들은 우량아이고, 아주 튼튼한 녀석이오. 잘 자라주기를 바랄 뿐이오. 나의 가슴과 입과 내 눈 속엔 온통 그 아이뿐이오. 나는 내 아들이 스스로의 운명을 완수하게 되기를 바라오.〉

제5부

나나 그의 의사에도 불구하고, 전쟁은 일어날 것이다

1811년 3월 21일 ~ 1812년 6월 21일

19
뉘라서 만물의 움직임을 막을 수 있으랴

나폴레옹은 요람 위로 몸을 굽혔다. 아무리 들여다봐도 싫증이 나지 않았다. 그는 아기를 만지고, 말도 건네고, 쓰다듬었다. 몽테스키우 부인이 아기를 데려가려 하자, 그는 어색한 자세로 아기를 잠시 품에 안았다.

아들을 얻었다.

아기를 보기 위해 차례로 들어오는 원로원 의원들과 참사원 의원들에게 그는 아들을 자랑스럽게 소개했다.

"하느님이 방금 나에게 허락하신 이 아들을, 나는 그 동안 열렬히 원해왔소. 내 아들은 프랑스의 행복과 영광을 위해 살 것이오. 그의 위대한 운명은 완성될 것이오. 프랑스 민중들의 사랑이 있다면, 그에게는 모든 일이 쉬워질 것이오."

—내 아들.

　그의 입 안을 가득 채우는 말. 그는 이 말을 반복했다. 이 말을 입 밖에 낼 때면, 그는 가슴이 한층 넓어지는 느낌이었다. 그러나 몇 주일이 지나자, 그는 자신의 기쁨이 날마다 덧없는 것으로 변해가는 사실에 놀랐다. 다시 피로가 짓눌러왔다. 다리가 부어오르고, 잠도 오지 않았다. 나폴레옹은 다시 예전처럼 혼자서 자고, 급하게 식사했다.

　날마다 마리 루이즈를 만나지만, 출산 후 몸이 아직 회복되지 않은 그녀는 거의 누워서 지냈다. 그것도 대부분의 시간엔 졸고 있었다. 그녀는 아들에 대해서는 거의 신경쓰지 않았다. 하루에 한두 번 아주 잠깐씩만 들여다보았고, 나머지는 모두 몽테스키우 부인에게 맡겼다. 태어나자마자 어머니로부터 떨어져 자라는 오스트리아 황실의 관례 탓이었다.

　그녀와 헤어져 돌아오면서, 그는 생 클루 성의 긴 회랑을 천천히 걸었다. 침울했다. 바라던 후계자를 얻음으로써, 그의 운명 속에서는 모든 것이 변했다. 그러나 외형적으로 변한 것은 아무것도 없었다.

　오래도록 목욕을 했다. 욕실을 나서서 몸을 말리고 소파에 누워 오랫동안 생각에 잠겼다. 로마 왕이 태어났지만, 그는 자신의 주변을 감싸고 있는 불안과 권태의 징후를 느꼈다. 사람들이 여전히 복종하긴 했지만, 이전보다는 눈에 띄게 느슨해졌다.

　그는 참모장 클라르크에게 분노를 터뜨렸다. 바르샤바 대공국 쪽으로 군대를 집결시키고 있는 러시아의 위협에 정면으로 맞서기 위해 단위 부대별로 프랑스, 이탈리아, 베스트팔렌 등지에서 각각 출발하여 북부 독일 쪽으로 일제히 집결해야 할 군대들이 시간을 낭비하고 있었던 것이다. 나폴레옹은 클라르크에게 말했다.

　"명령은 어떤 경우에도 집행되어야 해. 명령을 집행하지 않는 것은 과오야. 과오를 범한 자는 처벌을 받아야 하네."

그는 의무와 명령이 제대로 이행되고 있지 않은 것에 크게 분개했다. 잠을 잘 수가 없었다. 1811년 4월 초순의 며칠 동안, 그는 밤을 꼬박 새우면서 명령을 구술했다. 다시금 고삐를 죄어야 했다. 아들이 태어남으로써 그의 미래가 보장된 마당에 제국이 그에게서 벗어나려 하는 것은 용납할 수 없었다.

또다시 싸워야 하는가? 그렇다면 싸우리라. 스페인을 평정하지 못하는, 스페인 전선의 무능한 원수들과 싸울 것이다. 네는 마세나의 명령을 거부하고, 쥐노는 불가피하게 포르투갈에서 철수했다. 마세나는 후퇴하고 웰링턴은 진격하다니, 이게 있을 수 있는 일인가? 그는 마세나를 면직시켰다.

북쪽에서는, 바르샤바 대공국의 국경 지대에 러시아 군대가 집결하고 있다는 사실이 속속 확인되고 있었다.

1811년 4월 15일 월요일, 부활절 축제가 벌어지는 동안, 그는 각료들을 들볶고, 때로 집무실을 떠나 로마 왕의 탄생을 축하하러 온 각국 사절단을 영접했다. 축하의 말을 듣는 자리에 그는 황후를 동반했다. 그녀는 출산 이후 처음으로 밖을 나서는 것이었다. 마리 루이즈가 튈르리 궁의 테라스로 걸어나가자 사람들은 그녀를 보며 환호했다.

그러나 제국이 무너진다면 이러한 찬양들이 무슨 소용이 있으며, 아들이 무슨 소용이겠는가?

싸워야 했다.

그는 자신의 집무실에 처박혀 며칠 밤을 그곳에서 보냈다.

그는 러시아 군대가 언제든 공격해올 수 있다는 것을 확신하고 있었다. 외무장관 샹파니를 불렀다. 샹파니는 어찌할 바를 모르고 있었다. 그에게는 상황 대처 능력이 부족했다. 충성스러운 신하이긴 하지만, 전쟁의 위험성을 미리 내다볼 줄은 몰랐던 것이다.

나폴레옹이 말했다.

"알렉산드르 황제는 틸지트에서 조약을 체결할 당시의 정신으로부터 멀어진 지 오래야. 전쟁이 발발한다면, 그건 러시아 때문이네. 만약 알렉산드르 1세가 신속히 이러한 충동을 자제하지 않는다면, 내년에는 본의 아니게 전쟁을 치르게 될 것일세. 이번 전쟁은 나나 그의 뜻과 상관없이, 또한 프랑스나 러시아의 이해관계와 무관하게 일어나게 될 것이네."

그는 몇 걸음 걷다가 물끄러미 샹파니를 바라보았다.

"나는 이런 일을 너무도 많이 겪었네. 그 경험으로 미래를 예견할 수 있는 것이야."

그의 언성이 높아졌다. 그는 온몸으로 분노를 드러냈다.

"결국 이 모든 일이 오페라의 한 장면이야. 오페라를 연출하는 자는 바로 영국이고!"

샹파니는 이러한 구조를 이해하지 못했다. 그의 자리를 다른 사람으로 교체해야 하리라.

나폴레옹은 샹파니에게 다가가면서 말했다.

"카도르 공작, 내가 맡긴 여러 가지 임무들을 수행하느라 수고가 많았네. 나는 그대의 노고에 대하여 만족하고 있어. 그러나 현재 외교적 상황이 상황이니 만큼, 공작을 다른 자리로 보내야 할 것 같아. 그것이 그대가 나를 돕는 길일세."

샹파니는 고개를 떨구었다.

—어느 누구에게도 모욕을 주고 싶지는 않다. 하지만, 능력 있는 자들을 선택하고 그렇지 못한 자들은 파면하는 것이 내 임무다. 매일 나와 함께 일하는 바사노 공작 마레가 샹파니의 후임이 될 것이다.

나폴레옹은 내내 긴장하고 있었다. 트리아농의 정원이나 랑부이에 혹은 콩피에뉴 성의 큰 정원에서 마리 루이즈를 만나곤 했지만, 긴장은 가라앉지 않았다. 그녀는 여전히 그를 감동케 했지만, 로마 왕이 태어난 이후로는 행복하고 태평스럽기만 했던 둘 사이의 대화가 사라진 듯했다.

나폴레옹은 또다시 공무라는 까다로운 규율에 따랐다. 한밤중에 일을 멈추고, 제국을 통치하는 일에 이토록 많은 시간을 바친 적이 없었다는 사실을 문득 깨닫곤 했다. 그는 조금씩, 잠시 속도를 늦추었던 기계가, 다시 움직이는 것을 느꼈다. 일종의 흥분이 내부에서 솟아올랐다. 그가 내거는 명분은 예전보다 훨씬 거대한 것들이었다. 그는 아들을 얻었다. 또한 스페인, 영국, 러시아 세 나라를 제외한, 유럽의 전 지역을 장악하고 있다. 그에게 있어, 스페인은 아직 아물지 않은 상처이고, 영국은 경제적 위기로 고통을 안겨주어야 할 적이며, 러시아는 굴복시켜야 할 대상이었다.

전쟁을 해야만 하는가?

그가 마레에게 말했다.

"나는 전쟁을 원하지 않네. 하지만 내게는 적어도 러시아를 향해 동맹관계를 준수하라고 요구할 권리는 있어."

군대 명부를 열람했다. 새로운 군대가 필요했다. 신병들을 재차 모집하고, 기병대 및 포병대에 필요한 물품을 공급한 후, 눈에 띄지 않게 독일을 통과하여 전진케 해야 했다.

"의심스러운 동지보다는 차라리 적을 만드는 편이 낫겠어. 사실 내게는 그 편이 더 유리해."

철야를 하고 나면, 이제는 종종 온몸이 터져나가는 느낌을 받았다. 그에게는 운동이 필요했다. 생 클루나 생 제르맹 숲에서 사냥을 했다. 미친 듯이 말을 달리며 항상 수행장교와 참모들의 선두에 나섰다.

자신을 괴롭히는 문제들을 애써 잊으려 했다.

—불평 불만에 가득 찬 조제프는 아프다는 핑계로 마드리드를 떠나고 싶어하지. 나폴리 왕 뮈라는 내 명령에는 복종할 필요가 없다는 듯 제멋대로 행동하고 있다. 자신이 왕위에 오른 것이 내 덕택이 아니라는 태도 아닌가.

마레에게 말했다.

"만약 뮈라가 제국의 공익이 아닌 다른 이유로 자신이 나폴리를 통치하는 것으로 생각한다면 큰 오산이야. 그가 생각을 고쳐먹지 않는다면, 나는 그의 왕국을 빼앗아 이탈리아 부왕에게 다스리게 할 것일세."

사냥에서 돌아온 그는 정원에 앉아 있는 마리 루이즈를 보았다. 그녀는 피곤해 보였다. 그를 찾아온 코르비자르 박사는, 황후의 건강이 좋지 못하니 두번째 아이는 낳지 않는 것이 좋겠다고 강력하게 충고했다. 그렇게나 힘이 넘치던 젊은 여자가 아이 하나 낳았다고 이렇게까지 표가 날 수 있는가? 그는 그녀 곁에 앉아 그녀의 응석을 받아주었다. 몽테스키우 부인이 '어린 왕'을 데리고 다가왔다.

—내 아들.

아이를 안고 잠시 놀아주다가 아이의 입에 샹베르탱 포도주를 몇 방울 떨어뜨렸다. 아이가 찡그리는 것을 보며 나폴레옹은 웃음을 터뜨렸다. 그는 불현듯 이 아들이 자라 나라를 다스릴 수 있게 될 때까지 남아 있는 세월들을 생각했다.

몽테스키우 부인에게 아기를 건네주었다.

—나는 내 아들이 물려받게 될 이 제국을 보호해야 한다. 그것이 나의 일이다.

나직한 목소리로 마리 루이즈에게 이야기했다. 황후에게도 여러 가지 의무가 있다는 것을 그녀는 이해해야 했고, 그가 계획하고 있는 프랑스 서부 지방 여행에 동행해야 한다는 사실도 받아들여야 했다. 셰르부르 항구를 검열하고, 그가 재건조하라고 명령했던 함대가 가까운 시일 내에 영국 함대와 대결할 수 있을 것인지 확인하기 위한 여행이었다.

마리 루이즈의 한숨 소리는 한 귀로 흘려버렸다. 그녀의 좋지 않은 건강 상태도 생각하지 않았다. 그는 5월 22일 수요일 새벽 다섯시에 랑부이에를 떠나게 될 것이라고 말했다. 이것이 바로 군주라는 직업이었다.

그는 그 직업에 종사한다. 그리고 그녀는 황후다. 그러므로 그녀는 주어진 의무를 수행해야 했다. 지루해하는 듯한 그녀의 얼굴을 바라보며, 그는 조세핀을 떠올렸다. 귀족들의 찬사를 들으며 미소지을 줄 알았고, 사륜 마차를 타고 며칠을 달리는 일에도 익숙했던 그녀를.

첫날에는 열아홉 시간 가까이 마차를 달렸다. 다음 숙박지까지 가는 데는 또 열두 시간이 걸렸다. 황제 일행은 우당, 팔레즈, 캉 지방을 통과한 뒤 셰르부르에 닿았다. 선박들을 돌아보고 싶었다. '쿠라죄(용맹)'호에 승선하여 그녀가 쉬고 있는 동안, 그는 쾌속 범선들에 발포 명령을 내렸다. 범선에 장착된 대포들이 일제히 불을 뿜었다. 그는 미소지으며 그녀를 현창(舷窓) 옆으로 데려갔다.

"내가 당신을 바다에 던져버렸으면 좋겠소?"

지겨워하는 마리 루이즈에게 그가 고함을 치자, 장교들이 놀라서 두 사람을 쳐다보았다.

그녀는 한 사람의 젊은 여자일 뿐이었다. 남편을 따르고 남편이 요구하는 리듬에 맞춰 살아야 하는 아내에 지나지 않았다.

나폴레옹은 바닷바람을 맞으며 항구를 바라보았다. 그가 건설을 지시한 전략 항구였다. 그는 바다 저 너머를 응시했다. 셰르부르는 그의 프랑스 함대의 참호가 될 것이며, 영원한 숙적 영국에 대항하여 앞으로 돌출된, 대륙의 최첨단 기지가 되리라.

그가 케르크빌 성을 시찰하는 동안 이미 완전히 지쳐버린 마리 루이즈는 간신히 그의 뒤를 따라다녔다. 그는 이곳에 그의 사령부를 설치할 작정이었다. 그는 케르크빌 성을 떠나, 6월 4일 오후 한시 생 클루에 도착했다.

마리 루이즈가 그녀의 방으로 돌아가는 모습을 바라보았다. 그는 지금 각료 회의를 주재해야 하며, 내일은 상트페테르부르크로부터 도착한 콜랭쿠르를 만나보아야 했다.

마리 루이즈의 실루엣을 눈으로 따라가며, 그는 복도에서 잠시 움직이지 않고 서 있었다. 힘이 넘쳐나는 것을 느꼈다.

여행 도중, 캉에서 마리 루이즈가 잠시 쉬고 있는 동안, 그는 펠라프라 부인과 재회하는 시간을 가졌었다. 여전히 그에게 몸을 허락하고 있는 옛 정부. 그녀는 그와의 사이에서 태어난 아이 에밀리에 관해 말했다.

삶에 깃드는 것은 그 어떤 것도 거부하지 않는 법이다. 그는 그랬다.

그는 남편이자 아버지이며, 연인이었다. 그리고 무엇보다 영원한 정복자였고, 왕들의 황제였다.

다음날인 6월 5일 수요일 열한시, 그는 비첸차 공작 콜랭쿠르를 집무실로 들어오게 했다. 의심스러운 인물, 러시아 알레산드르 1세에게 지나치게 총애받는 대사, 탈레랑과 절친한 자, 말에 대해 잘 알고 있는 훌륭하고 헌신적인 마사 책임자였지만, 주재국으로부터 쉽게 영향받는 대사이기도 했던 인물. 그러나 나폴레옹은 알고 있었다. 콜랭쿠르가 또한 자기 신념대로 밀고 나가는 인물이기도 하다는 것을.

엄격한 표정으로 콜랭쿠르를 지켜보던 나폴레옹이 입을 열었다.

"러시아는 나와 전쟁을 하고 싶어하며, 단치히에서 철수하라고 내게 압박을 가하고 있네. 나를, 이 나폴레옹을, 자기네 속국인 폴란드 왕쯤으로 취급하려 하고 있단 말야!"

나폴레옹은 발을 들어 바닥을 세차게 찼다.

"나는 루이 15세*가 아니야. 프랑스 민중들은 이런 모욕을 참고 있지 않을 것이네."

콜랭쿠르가 알렉산드르의 입장을 변호하고 나섰다. 그의 말에 귀기울이던 나폴레옹이 말했다.

"대사는 알렉산드르에게 단단히 빠졌구만!"

"아닙니다, 폐하. 저는 평화를 사랑하는 것뿐입니다!"

"나 역시 그러하네. 하지만 러시아는 대륙의 방침이 자기네를 곤란하게 한다는 이유로 동맹을 파기했어. 그대는 알렉산드르의 말에 속았어. 그는 자신의 말을 그럴듯하게 포장한 거야."

그는 미소지었다.

"나는 늙은 여우처럼 능란한 사람이네. 나는 사기꾼들을 잘 알고 있어."

그는 콜랭쿠르에게 다가가며 물었다.

"그대는 어느 편인가?"

"동맹을 유지하는 쪽입니다, 폐하! 이는 신중함과 평화를 지지하는 것입니다."

—어떻게 콜랭쿠르는 차르가 틸지트 조약의 정신을 이미 저버렸다는 사실을 알지 못하는가?

---

* 프랑스의 왕(1715~1774 재위), 1710~1774. 무기력한 통치로 왕권을 약화시킨 왕으로 알려져 있다.

"그대는 늘 평화 조약에 대해서 말해왔지. 평화 조약은 항구적이고 명예로운 경우에만 의미가 있는 것이네. 나는 아미앵 조약처럼, 나의 무역을 망치는 평화 조약은 원치 않아. 평화 조약이 가능하고 그것이 오래 지속되려면, 영국이 대륙에서 더이상 지원군을 찾을 수 없으리란 사실을 스스로 납득해야 하네. 러시아라는 북방의 대국과 그를 좇는 무리들이 남방을 위협하지 못하도록 해야 하는 것이야, 콜랭쿠르."

콜랭쿠르가 자신의 의견을 개진했다. 나폴레옹은 천천히 그의 주위를 거닐며 귀기울였다.

—콜랭쿠르는 내가 복구하고 싶어하는 폴란드에 대해 또다시 얘기를 꺼내는군!

"나는 전쟁을 원하지 않네! 폴란드를 원하지 않는단 말일세. 다만 동맹이 나에게 유익하기를 원하고 있는데, 우리가 중립국들을 받아들인 이후로는 사정이 그렇질 못해."

나폴레옹은 창가로 걸음을 옮겼다. 콜랭쿠르가 알렉산드르가 한 말을 환기시켰다. 차르는 이렇게 말했다는 것이다.

"우리 나라의 기후와 겨울은 우리에게는 전쟁이나 마찬가지요. 당신네 나라에서는 황제가 있는 곳에서만 기적이 일어나오. 그런데 황제가 파리를 벗어나 어디에나 있을 수는 없으며, 또한 파리에서 멀리 떨어져 몇 년씩 있을 수도 없는 일이오."

나폴레옹은 폴란드의 늪과 아일라우 전투를 생각했다. 그 진창과 폭설을.

—나는 전쟁을 원하지 않아.

"알렉산드르는 교활하면서도 나약한 인물이야. 그는 위선적인 성격을 가지고 있네. 또한 야심가이기도 하지. 그는 내가 제안하는 협상들을 모두 거부하고 있어. 전쟁을 하려는 것이야."

잠시 말을 멈추고 창 밖을 바라보던 그가 말을 이었다.

"나는 알고 있네. 우리 사이를 틀어지게 한 것은 오스트리아와의 결혼이야."

콜랭쿠르가 고개를 끄덕이며 말했다.

"전쟁이냐 평화냐 하는 것은 오직 폐하께 달려 있습니다. 그러므로 저는 폐하께서 폐하 자신의 행복과 프랑스의 행복을 위해 심사숙고하시어, 한쪽의 불리한 점들과 다른 쪽의 아주 확실한 이점들 중에서 선택하시라고 간절히 부탁드리는 바입니다."

"오, 그대는 마치 러시아 사람처럼 말하는군, 비첸차 공작 나리."

나폴레옹은 콜랭쿠르에게서 등을 돌리며 뒷짐을 졌다.

─뉘라서 만물의 움직임을 막을 수 있으랴?

며칠 후인 6월 9일 일요일, 노트르담을 향해 출발한 황제 행렬을 환송하는 포병대의 예포 소리를 들으며, 나폴레옹은 이렇게 자문했다.

군대를 증강하기 위해 지금 이 시간 독일의 길 위를 굴러가고 있을 대포들을 생각했다. 그는 축성식에 사용되는 사륜 마차 안에서 마리 루이즈 곁에 앉아 있었다. 마차가 움직이는 순간, 몽테스키우 부인이 탄 마차가 보였다. 그녀는 로마 왕을 무릎 위에 안고 있었다.

나폴레옹은 도열한 군인들 뒤에 무더기로 모여 숨을 죽이고 있는 군중들을 바라보았다. 군중들이 아무도 박수를 보내지 않는 것에 마음이 쓰였다. 군중들은 영세를 받기 위해 로마 왕을 데려가는 수행 행렬의 화려함에 짓눌린 듯했다.

─민중들도 나처럼 전쟁의 다음날들을 생각하고 있는 것일까?

나폴레옹은 고관들이 모여 있는 중앙 홀로 천천히 걸어나갔다. 이윽고 아들이 자기 앞을 지나자, 그는 몽테스키우 부인을 불러세워 아기를 받아 안고 세 번 입맞춤한 다음, 아들을 머리 위로 한껏 들어올렸다.

군중들의 환호가 물결치듯 퍼져나갔다.

"황제 폐하 만세! 로마 왕 만세!"

잠시나마 기분이 좋았다.

영세식이 끝난 후, 노트르담에서부터 시청까지 가는 마차 속에서, 그는 다시 엄습하는 불안을 느꼈다.

마차를 끄는 말들이 앞발로 땅을 걷어차고 우는 바람에 마차가 흔들렸다.

갑자기 어떤 충격이 느껴졌다. 마차를 끄는 말의 봇줄이 끊겨나간 것이다.

마사 담당자들이 마차를 수선하기 위해 급히 달려왔다.

나폴레옹은 마차에서 내렸다.

기다려야 하리라.

이런 우발적인 사건, 이러한 징조가 마음에 들지 않았다.

20
우리는 어떤 사람인가

    1811년 6월 23일 일요일, 더위가 가뜩이나 예민해져 있는 그의 숨을 막았다.

    그는 생 클루 성의 정원 한쪽에 쳐놓은 차양 아래 앉아 있었다. 마리 루이즈를 돌아보았다. 머리카락이 이마와 관자놀이에 달라붙어 있는 황후의 얼굴에서는 땀방울들이 흘러내리고 있었다. 기운이 없어 그녀의 호흡이 거칠었다. 그녀는 아직도 출산에서 완전히 회복되지 않았다. 머리숱이 적어졌으며, 몸이 쇠약해졌다. 셰르부르까지 여행한 것이 그녀를 더욱 지치게 한 것 같았다. 생 클루로 돌아온 이후에도 연회가 계속 이어졌다. 그 연회들은 불가피한 것이었다.

    밤이 되어도 시원해지지 않았다. 조명을 밝히기 시작한 정원에 모여드는 군중들의 함성 소리가 들려왔다. 그는 떼를 지어 몰려온 민중들을 위해 음식상을 차리라고 명했다. 여러 개의 커다란 술통에서 포도주가 샘물처럼 흘러나왔다. 저 멀리 불로뉴 숲에서는, 황실 근위대 병사들이 연회에 참석하여 음식을 먹고 있었다. 이윽고 모든 이들을 위한 불꽃놀이가 시작되었다.

나폴레옹은 마리 루이즈의 손을 잡았다. 그녀의 손은 땀으로 축축히 젖어 있었다. 첫번째 폭음이 낮은 하늘에서 울려퍼지자, 곧이어 색색의 불꽃들이 터져 구름 낀 하늘을 밝게 수놓았다. 그때 갑자기 소나기가 내리면서 싸늘한 바람이 불었다.

그는 꼼짝하지 않았다. 폭우가 내리는 중에도 감히 정원을 떠나지 못하는 고관들을 둘러보았다. 그들의 긴 드레스는 몸에 찰싹 달라붙고 요란하게 장식된 옷들은 물에 젖어들었다.

그는 비를 피해 차양 아래 앉아 있는 리옹 시장에게 말했다.

"이것이 바로 제국을 움직이는 사람들에 대한 신의 주문이오."

불꽃놀이는 중단되었다. 폭우는 계속 쏟아졌고, 군중들은 비를 피해 정원을 떠났다.

그에게 있어 가장 성대한 연회는, 앞으로 이렇게 늘 폭풍우 속에서 끝나게 되려는가?

집무실로 돌아가 쭈그리고 앉았다. 오늘 아침, 양탄자 위에 길이와 색깔에 따라 각각 사단, 연대, 대대 등을 나타내는 작은 마호가니 나뭇조각들을 늘어놓았다. 그는 그 조각들을 움직여 새로운 전투대형을 시험했다.

어제 오후 가정교사가 '어린 왕'을 데리고 이곳에 왔었다. 이제 생후 삼 개월이 갓 지난 아이는 양탄자 위에 늘어놓은 나뭇조각들을 가지고 놀았다. 아이가 놀게끔 그는 내버려두었다.

이제 아이의 웃음소리가 들리지 않는 정적 속에서, 그는 홀로 남아 그 장면을 다시 떠올렸다. 그가 아이에게서 나뭇조각 하나를 빼앗으려 하자, 아이는 토라져서 아버지가 주는 조각을 다시는 받지 않았다. 고집이 센 아이였다. 그는 몽테스키우 부인에게 말했다.

"고집 세고 자존심 강하고 예민한 녀석이로군. 나는 이런 아이가 좋소!"

— 내 아들은 어떤 사람이 될까? 그리고 우리는 어떤 사람인가?

그는 얼마 전, 프랑스 학사원 학자 몽주, 베르톨레, 라플라스 등과 긴 시간에 걸쳐 대화를 나누었다. 그들은 진정한 무신론자들이라는 생각이 들었다.

— 그들이 옳은 것인가? 인간이 진흙으로 만들어졌고, 태양열로 데워졌으며, 전기가 통하는 유체(流體)들에 의해 결합되었다는 그들의 생각이 옳을까? 때로 나도 그들처럼 생각하지만, 나는 운명을 믿고 있다. 내 아들의 운명은 어떻게 될 것인가? 불쌍한 녀석, 내가 너에게 얼마나 복잡다단한 일들을 많이 물려주게 되는지!

그는 자리에서 일어섰다. 폭우가 몰아치는 정원엔 아무도 보이지 않았다.

— 하지만 나는 종교의 효용성을 믿고 있다. 주지사들이나 근위대 기병들처럼, 성직자들도 내 제국 안에서 평화를 정착시키고 나의 뜻에 복종해야 한다.

며칠 동안 잠을 이룰 수가 없었다. 며칠째 폭풍우가 몰아쳤다. 지난 연회를 망쳤을 때처럼 걷잡을 수 없이 쏟아질 기세였다.

그는 제국의 모든 행정기구를 감독해야 했다. 당장 내일부터 종교장관 비고 드 프레아므뇌를 만나봐야 하리라. 그가 제국의 백작으로 봉한 이 참사원 의원은 프랑스 학술원의 회원이자 유능한 법학자였다.

전국 종교회의를 소집하여 제국의 주교들에게 복종의 의무를 일

깨우고, 그들을 굴복시키며, 교황의 지상권으로부터 벗어나게 하는 임무를 맡은 사람이 바로 비고였다.

교황 비오 7세는 황제에게 대항하는 반란 세력을 끊임없이 키우며, 나폴레옹이 민중과 군대로부터 버림받도록 하기 위해 온갖 짓을 다하고 있다.

그런데 이제는 주교들까지 반항하고 있는 것이다.

만일 교황이 계속해서 황제에게 반기를 드는 경우, 교회와 맺은 정교 협약을 깰 수도 있음을 상기시키도록 종교장관에게 명했다.

나폴레옹은 자리에서 일어나, 밤이 꽤 깊을 때까지 집무실을 서성였다.

─일벌백계로 다스려야 한다면, 나는 다른 주교들을 굴복시키기 위해 몇몇 주교들을 체포할 것이다. 나는 인간들이 어떤 존재인지 안다. 그들은 겁을 먹으면 태도가 달라진다. 주교들도 보통 사람들처럼 복종하게 될 것이다.

그는 치안장관에게 주교들의 편지를 감시하고 그들의 회합에 대해 알아보라고 명할 생각이었다. 그리고 주교들에게 말하리라.

"대주교로 남을 것인지, 아니면 교회 종지기로 남을 것인지는 당신들 스스로 알아서 할 일이오."

그들은 굴복하게 되리라.

그는 잠시도 가만 있질 못했다. 1811년 여름, 낮이고 밤이고 숨 막히는 더위가 계속되었다. 그는 생 제르맹이나 마를리 숲에서 몇 시간씩 말을 달리고, 궁으로 돌아와 로마 왕이 눈에 띄면 달려가 그를 안아올리고 함께 놀아주었고, 마리 루이즈의 팔을 잡고는 산책로를 함께 걷자며 끌고 나갔다. 힘이 없는 그녀는 움직이려 하지 않았지만, 나폴레옹은 불과 몇 분만 한 자리에 가만히 있어도 움직이고 싶어 안달이었다.

그는 도처에 있고 싶었다. 폭동이 연이어 일어나고 웰링턴 장군의 군대를 끝장내지 못하고 있는 스페인에 있고 싶었고, 북유럽에도 있고 싶었다. 베르나도트와 공모한 영국 상선들이 계속 발틱 해로 들어가고 있었다. 스웨덴의 최고 통치자가 된 베르나도트는 날이 갈수록 독자 노선을 걷고 있었다.

─이자들이 아직도 프랑스인이란 말인가? 내 덕택으로, 오늘에 이르게 된 그들은 내 시대 이후에도 변함없이 그 자리에 오래 남아 있기만을 꿈꾼다. 내 아들은 아예 안중에도 없다. 그들은 자신들의 왕국을 생각한다. 벌써 뮈라는 자기 궁정 도처에 걸려 있던 황제의 깃발을 나폴리 깃발로 바꾸어놓지 않았는가?

그는 내뱉는 말투로 뮈라에게 보내는 편지를 구술했다.

〈그대는 프랑스에 대한 증오심을 가진 사람들에게 둘러싸여 있네. 하지만 그들은 그대를 파멸시키고 싶어하는 사람들이야…… 나는 앞으로 그대의 행동 방식을 지켜보면서, 그대가 아직도 프랑스인인지 아닌지를 판단할 것일세.〉

─이자들은 아직도 내 안에 들어 있는 힘을 헤아리지 못하고 있어. 나는 1811년 8월 15일이면 마흔두 살이 되지만, 이제야 나의 모든 적들을 꺾을 수 있으리라는 느낌이 든다.

그는 러시아 대사를 그만두고 다시 마사 책임자가 된 콜랭쿠르를 만나, 그에게 벨기에와 네덜란드의 항구를 검열하기 위한 여행을 준비하라고 지시하고 싶었다. 이번 여행 목적은 셰르부르 시찰 이후, 영국에 대한 방위 상태를 점검하고 영국을 공격하기 위해 함대를 준비하는 것이었다.

─그러나 무엇보다도 러시아에 대한 경계를 늦추지 말아야 하리라!

8월 15일 금요일 정오, 그는 튈르리 궁의 '왕좌의 방'으로 들어갔다. 예포가 울리고 있었다. 그는 고관들 사이를 천천히 지나며, 시종장에게 외교사절들을 들여보내라고 손짓했다. 대사들이 둥그렇게 모여 앉기를 기다려, 그는 러시아 대사 쿠라킨 공작에게 다가갔다. 쿠라킨 대사 양 옆으로, 오스트리아 대사 슈바르첸베르크와 스페인 대사가 앉아 있었다.

적을 궁지에 몰아넣고 정체를 드러내게끔 만드는 방법이 무엇일까. 나폴레옹은 침착한 태도를 보였지만, 내심 분노라는 무기를 사용하고 싶은 심정이었다.

"공작은 나에게 전해줄 소식이 있소?"

더위로 숨이 막힐 지경이었다. 쿠라킨은 금과 다이아몬드로 뒤덮인 제복 속으로 땀을 흘리고 있을 터였다.

"러시아군은 투르크군에게 패했다더군. 패인은 병력 부족이었고, 병력이 모자랐던 이유는 다뉴브 군대에서 폴란드 군대에 이르기까지, 모두 5개 사단을 차출해 나를 위협하려 했기 때문 아니오?"

얼굴이 벌겋게 달아오른 쿠라킨은 숨이 막히는 듯한 표정이었다.

—나는 생각하는 그대로 말한다. 나의 힘은 여기서 나온다. 외교적인 화술 따위를 나는 구사하지 않는다.

그는 150척의 영국 상선이 러시아의 항구로 입항해, 제국을 비롯한 대륙 도처에 팔려나갈 상품을 풀어놓았다는 사실을 알고 있었다.

"나는 성품이 격한 사람이오. 내가 이해하지 못하는 말과 행동은 곧 나로 하여금 불신을 불러일으키는 일이 될 것이오."

—이 자리의 고관들과 대사들은 나의 경고를 들어야 한다. 나의 분노는 곧바로 행동으로 이어지니까.

"나는 올덴부르크 공국이 그대에게 일을 맡겼다고 믿을 만큼,

어리석은 사람이 아니오. 나는 귀국이 폴란드를 가로채려 한다는 생각이 들기 시작했소."

쿠라킨 대사는 얼굴이 점점 더 붉어지면서 알아들을 수 없는 말들을 중얼거렸다.

"귀국 군대가 몽마르트르 언덕에 진을 친다 할지라도, 나는 바르샤바 땅을 손톱만큼도 내주지 않을 것이오. 바르샤바는 내가 본래 모습 그대로 온전하게 지킬 것이라고 약속했기 때문이오. 만일 당신들이 내게 전쟁을 강요한다면, 나는 폴란드를 당신들에 대항하는 수단으로 삼을 것이오."

나폴레옹은 쿠라킨에게 등을 돌리고 몇 걸음을 거닐며 말했다.

"나는 전쟁을 원하지 않는다고 선언하는 바이오. 당신들이 나를 공격하지 않는 한 올해는 전쟁을 하지 않을 생각이오. 나는 북방에서 전쟁을 하는 데는 취미가 없소. 하지만 11월에도 이 위기 상황이 종식되지 않는다면, 나는 십이만의 군사를 더 소집할 것이오. 나는 이삼 년 동안 이런 정책을 유지할 생각이지만, 이러한 방법이 전쟁보다 오히려 더 힘들다고 판단될 때는 당신들과 전쟁을 할 것이오. 그렇게 되면, 당신들은 폴란드에 가지고 있던 모든 지방을 잃게 될 것이오."

그는 다시 쿠라킨에게 다가가, 갑자기 부드럽고 침착한 어조로 말했다.

"행운 때문이든, 나의 군대가 용감해서든, 내가 군인이라는 직업을 조금이나마 알고 있어서든, 어쨌거나 나는 항상 승리를 거두었소. 만에 하나, 당신들이 내게 전쟁을 강요한다면, 나는 또다시 승리를 거둘 것이오. 내게는 자금과 병력이 충분하다는 사실을 잘 알 것이오. 대사는 또한 내가 팔십만 대군을 가지고 있고, 매년 이십오만에 달하는 새로운 군대를 만들 수 있다는 사실도 알 것이오. 그러니까 삼 년이면 칠십만의 신병을 모집할 수 있소. 이 정도 규모라면, 스페인에서 전쟁을 치르면서 동시에 귀국과 전쟁을 하기에 충분하지 않겠소? 내가 이길 수 있을지는 모르는 일이지만, 어쨌든 전쟁을 하기엔 충분할 것이오……"

쿠라킨 대사가 친선이니 동맹이니 운운하며 항의하는 말을 그는 묵묵히 들었다. 러시아 공작은 그의 함정에 빠진 것이다. 나폴레옹은 대사의 말을 중단시켰다.

"서로 타협하는 일이라면, 나는 그럴 준비가 되어 있소. 그런데 그대는 협상을 할 수 있는 권한을 가지고 있소? 그렇다면 나는 지금 당장이라도 협상에 임하겠소."

쿠라킨이 이마의 땀을 닦으며 말했다.

"폐하께서 사시는 곳은 무척 덥군요."

쿠라킨은 대답하지 못했다. 그에게는 협상할 수 있는 권한이 전혀 없었던 것이다.

"대사는 마치 총 맞은 산토끼처럼 굴고 있구려. 다시 또 한 방 맞게 될 지경에 이르자, 흥분하여 두 발로 짚고 일어서서 몸을 뒤흔드는 산토끼 말이오. 두 신사가 말다툼하다가, 한 사람이 다른 사람의 따귀를 때렸을 경우, 그들은 서로 치고 받고 싸우고 그런 연후에 화해하게 되는 법이오. 국가도 이와 다르지 않소. 전쟁을 하든 화해를 하든 확실히 해야 할 것이오."

말을 마친 나폴레옹은 수많은 고관들 뒤켠에 앉아 있는 콜랭쿠르를 발견했다. 마사 책임자는 사람들로부터 따로 떨어져 유리창 옆에 혼자 앉아 있었다. 나폴레옹은 그가 있는 쪽을 가리키며 말했다.

"콜랭쿠르가 뭐라고 하든, 알렉산드르 황제는 나를 공격하고 싶어하오. 콜랭쿠르는 러시아인이 되어버렸소. 알렉산드르 황제의 아첨에 완전히 넘어가버린 것이오."

콜랭쿠르는 자신은 선량한 프랑스 국민이며 충성스런 신하라고 항변했다. 나폴레옹은 미소지었다.

"나는 그대가 선량한 사람이라는 걸 알고 있지. 그대가 러시아 국민이 된 까닭은 황제의 달콤한 말에 넘어가 머리가 이상해졌기 때문이야."

그는 '왕좌의 방'을 나왔다. 1811년 8월 15일, 그가 마흔두 살이 되는 날이었다. 이제 감사미사에 참석해야 했다.

밤 열시, 생 클루 성으로 돌아왔다. 목욕하고 잠을 청했지만, 정리하고 계획을 세워야 할 여러 가지 일들이 머릿속에서 꼬리를 물었다. 그는 토요일인 내일 아침 마레를 만날 생각이었다. 신임 외무장관인 마레는, 틸지트에서 가졌던 알렉산드르와의 회담 이후 러시아와 교신했던 모든 서류를 가져와야 하리라. 나폴레옹은 그 것들을 세밀히 검토하고 싶었다. 금년에 러시아와 전쟁을 벌이는 것은 무리였다. 이미 너무 늦었다. 그러나 내년, 1812년 6월에는 전쟁을 개시할 수 있으리라.

스웨덴 왕 카를 12세*가 러시아와 폴란드에서 지휘했던 전투에 관해서 쓴 모든 책자들도 참고하고 싶었다. 전쟁은 준비 없이 즉흥적으로 이루어지는 것이 아니다.

미래에 대한 윤곽이 조금씩 드러남에 따라, 나폴레옹은 자신을 구속했던 여러 관계들로부터 서서히 벗어나고 있음을 느꼈다.

그는 전시 행정장관 라퀴에 드 세삭을 접견했다. 입법의회 의원이었으며, 참사원 의원이자 에콜 폴리테크니크의 학장을 지냈던 통찰력 깊은 이 육십대 남자를 그는 신뢰하고 있었다.

---

* 스웨덴의 왕(1697~1718 재위, 1682~1718). 전략적으로 유리한 전쟁터를 찾아 내는 안목이 뛰어났고, 항상 전투를 직접 지휘할 것을 고집했던 그는 러시아, 폴란드 등과 18년 동안 전쟁을 치렀다.

나폴레옹이 그에게 말했다.

"우리 산책이나 하러 갑시다."

나폴레옹은 앞장서서 생 클루의 정원이 내려다보이는 테라스 쪽으로 향하던 걸음을 멈췄다. 그곳에서는 아무도 그들의 말을 엿들을 수 없으며, 성가신 사람이 다가오는 것도 미리 알 수 있었다.

"나는 지금 모종의 일 때문에 그대가 필요하오. 나는 그 일을 아무에게도, 각료들 중 그 누구에게도 말하지 않았소. 그들도 그 일을 어떻게 해야 할지 모를 거요."

그는 테라스 난간에 몸을 기댔다.

"나는 대원정에 나서기로 결심했소. 내게는 막대한 양의 군수품과 수송 수단이 필요하오. 군인들이야 쉽사리 확보할 수 있겠지만, 문제는 수송 수단을 확보하는 일이오."

나폴레옹은 라퀴에 드 세삭을 한참 동안 물끄러미 바라보았다.

"엄청난 양의 수송 기관이 필요하오. 원정 개시 지점이 니에 만 인데다, 서로 멀리 떨어진 곳에서 각기 여러 방향으로 움직이게 될 것이기 때문이오. 나는 그대의 지혜가 필요하오. 또 비밀을 지키는 일이 필요하오."

라퀴에는 비용 문제를 먼저 언급했다. 그는 라퀴에의 말에 귀를 기울였다. 하지만 라퀴에는 곧 잠시 주저하더니, 자신은 러시아와의 전쟁에 도움이 되는 인물이 아니라고 중얼거렸다.

나폴레옹은 그의 말을 중단시켰다. 제국에 필요한 것이 무엇인지를 아는 사람은 바로 나폴레옹 자신이었다. 그는 비용 문제는 염려하지 말라고 역설했다.

"튈르리 궁에 오시오. 그대에게 금화 사억 프랑을 보여주겠소. 그러니 비용에는 신경쓰지 마시오. 필요한 모든 비용을 감당할 것이오."

그리고 나서 그는 성 쪽으로 향했다.

"우리에게는 총체적 평화가 필요하며, 그러기 위해서는 이런 최후의 일격을 가할 필요가 있소."

그는 고개를 숙이고 입술을 꼭 다물었다가 강한 목소리로 덧붙였다.

"기나긴 피로와 고통의 시간이 끝나면, 영광과 휴식의 시간이 올 것이오. 우리와 우리 아이들을 위한 평화와 번영의 시간이 곧 도래할 것이오."

집무실 입구에서 라퀴에를 배웅하며, 그는 말했다.

"전쟁 주무부서와 이야기를 끝내고 나면, 구체적인 일에 본격적으로 착수해야 할 것이오. 우리는 아직 예비적인 일밖에는 해놓지 않았으니 말이오."

이제는 시찰을 떠날 수 있다. 나폴레옹은 먼지로 뒤덮인 북부 지방의 길을 달려 불로뉴, 덩케르크 등을 다시 둘러보고, 요새들을 시찰했다. 브리싱겐(네덜란드 서남 해안의 항구)에 정박중인 샤를마뉴 호에 승선하여 바다에서 며칠을 지냈다. 9월 24일 화요일에 발생한 태풍이 오래 지속되자, 닻이 풀어져 표류하는 선박이 많았다.

그는 이번 시찰을 혼자서 떠나왔다. 마리 루이즈를 만난 이후, 그녀와 떨어져 있기는 이번이 처음이었다. 그녀는 눈물 흘리며 어린 소녀처럼 그의 목에 매달리기도 했고, 몬테벨로 공작부인에게 '그가 나를 버리고 간다'고 말하기도 했다. 앙베르에서 그녀를 다시 만나, 암스테르담까지 함께 여행하게 될 것이다. 이제 제국의 시민이 된 네덜란드인들이 황제 부부를 보게 되기를 원했다.

불로뉴에서, 그는 그녀에게 매일 편지를 썼다.

〈사랑하는 루이즈, 나는 먼지를 뒤집어쓴 채 지독한 더위에 시달리고 있소…… 나는 당신이 분별력 있게 행동하기를 바라오. 그

리고 지금 이 시간 잘 자고 있기를 바라오. 자정이 되었으니, 나도 자러 가야겠소. 안녕, 내 연인.〉

또 편지를 띄웠다.

〈제발 몸조심하오. 당신도 알다시피 먼지와 더위는 당신에게 해롭소. 나는 영국의 순항함대를 4리유(약 16킬로미터) 바깥 바다로 쫓아버렸소…… 안녕, 루이즈. 당신은 오직 당신에게 희망을 걸고 있는 사람을 생각해야 하오. 나폴레옹.〉

그는 편지를 재빨리 써내려갔다. 그녀는 이제 그의 이상한 글씨체를 알아볼 수 있었다. 그녀는 그를 이해해야 했다. 그는 군인과 황제라는 직업에 동시에 종사하고 있는 것이다.

〈당신은 내가 얼마나 당신을 사랑하는지 잘 알고 있소. 나를 바쁘게 하는 일들로 인해 당신에 대한 나의 애정이 조금이라도 식을 수 있다고 생각하면 잘못이오.〉

그는 요새를 시찰했다. 함대를 구성하는 선박도 일일이 점검했다. 그는 모든 것을 보고 싶어했다. 만일 러시아와 북쪽에서 전투를 시작했을 때, 영국군이 그들의 의도대로 이곳에 상륙하게 해서는 안 되었다.

그는 황제로서의 의무를 행하고, 또한 '충실한 남편'의 의무를 다하기 위해 날마다 편지를 썼다.

그는 그런 사람이었다.

그는 이탈리아에서 조제핀에게 썼던 편지들을 회상했다. 입 안을 바싹 마르게 하는 그 열정적인 문장들. 하지만 마리 루이즈에게는 그런 편지를 쓸 수 없었고, 쓰고 싶지도 않았다.

그저 이렇게 말할 뿐이었다.

〈몸조심하고 건강하오. 충실한 당신 남편의 감정을 의심하지 않도록 하오.〉

로마 왕에 대한 소식을 날마다 전하도록 요구하면서, 아들에 대한 안부도 빠뜨리지 않았다.

〈어린 왕도 건강하라.〉

그리고 덧붙였다.

〈당신에 대해 화나는 일은 결코 없소. 당신은 선량하고 완벽한 여자이며, 나는 당신을 사랑하기 때문이오. 하늘에는 별이 빛나고 있소. 내 함대의 갑판에서 지내게 될 날들도 아름다울 것이오.〉

앙베르에서, 여행으로 인해 거의 탈진해 있는 마리 루이즈와 재회했다. 그래도 밤이면 그의 뜻에 따르는 그녀의 모습이 좋았다.

아침 일찍 자리를 털고 일어난 그는, 잠든 그녀의 모습을 잠시 바라보고, 조선소를 시찰하러 떠나거나, 암스테르담 혹은 위트레흐트에서 실시되는 군사훈련을 참관하기 위해 떠났다.

마리 루이즈는 극장에 있을 때나 일상적인 리셉션에 참석할 때면 잠깐씩 졸았다. 그녀는 나폴레옹과 단둘이 산책할 때만 즐거움과 기쁨을 표현했다. 하지만 그런 여가를 즐길 수 있는 시간은 이제 끝났다. 그는 자신의 직업에 종사해야 했다. 축제를 벌이는 것도 그의 일이었다. 그녀는 그와 함께 그런 일들을 완수해야 했다. 암스테르담에서 황제 부부를 기다리고 있는 군중들의 환호에 그녀는 답해야 했다.

암스테르담에 닿자 파리에서 온 전문이 그를 기다리고 있었다. 전문을 훑어보던 그는 즉각 출발 준비를 명했다. 급히 돌아가지 않을 수 없었다. 황후가 점심을 먹고 잠시 쉬어가자고 부탁하자, 나폴레옹은 버럭 화를 냈다. 하지만 이내 겁먹은 표정의 그녀를 포옹하면서 그렇게 하자고 달랬다.

일행은 새벽에 출발하여 1811년 11월 11일 월요일 저녁 여섯 시, 생 클루 성에 도착했다.

나폴레옹은 큰 계단 아래에서 기다리고 있는 고관과 각료, 장교들을 쳐다보지도 않고 뛰어 올라갔다. 큰 현관 입구에 가정교사가 안고 있는 아들이 보였다. 아들을 안아보지 못한 지 어느새 두 달 가까이나 되었다.

나폴레옹은 아들을 꼭 껴안았다.

마리 루이즈는 지친 표정으로 천천히 마차에서 내렸다.

21
러시아의 최후통첩

그는 한밤중에 일어났다. 벽난로에서 타고 있는 불빛이 방 안을 비추고 있었다. 집무실로 건너가 책상에 앉은 그는, 베르티에 원수가 날마다 전해오는 도표를 읽기 시작했다. 니에만을 향하는 군대의 진군로와 일일 주파 거리가 표시되어 있는 도표였다.

그는 여러 다양한 군대들, 기병대, 포병대, 수송대 등이 표시되어 있는 진군로들을 손가락으로 짚어나갔다. 이내 피로가 엄습해왔지만, 그는 책상을 떠날 수가 없었다. 다리는 무겁고 아랫배에서는 고통이 느껴졌다. 위에서는 찌르는 듯한 통증이 느껴졌다. 하지만 이런 육체의 고통 따위에 어찌 신경을 쓸 수 있겠는가?

모든 것을 검토하고 모든 것을 예상해야 했다. 말에게 먹일 1백만 부아소(1부아소는 약 13리터들이)의 귀리에서부터 40만 병사들의 하루분 식량인 4백만 개의 건빵, 그리고 또한 니에만과 다른 강들을 건너기 위해 필요한 교량 가설 장비에 이르기까지.

그는 허리를 펴고 일어나 서재로 향했다. 러시아를 원정했던 여러 군대가 남긴 전투 기록들을 섭렵하고, 그 속에서 상상할 수 있는 모든 상황을 예측하고 점검해야 했다. 이런 때에 어떻게 잠을 잘 수 있겠는가? 그에게는 말〔言〕이 필요했다.

아침 일찍 나르본 백작을 접견했다. 그는 루이 16세의 대신을 지냈던 인물이다.

―나르본은 능숙한 협상자이며 경험이 풍부한 사람이다. 그는 내 말을 이해해야 한다. 나는 그에게 내 의견을 설명할 필요가 있다. 그래야 내 마음이 진정될 테니까.

"역사를 잘 안다는 그대가, 킴브리 족을 전멸시키는 것이 로마 제국 건설을 위한 첫번째 관건이었다는 사실을 아직도 납득하지 못했단 말이오? 트라야누스, 아우렐리아누스, 테오도시우스 같은 황제들의 통치하에서 로마 제국은 매번 동족의 피가 아니면 이웃 혈족의 피를 흘렸소."

―오늘날의 킴브리 족, 그것은 바로 러시아인이다.

"그러니까 나는 정치적 이유 때문에 이런 무모한 전쟁에 내몰린 것이오. 불가피한 상황이 이 전쟁을 원하는 것이지. 수보로프* 장군과 이탈리아에서 그와 함께 싸웠던 타타르 족**을 상기하시오. 대답은, 그들을 모스크바의 저쪽 편으로 내쫓는 것이오. 유럽이 지금 아니면 언제 그런 일을 할 수 있겠소?"

* 러시아의 군사령관, 1729~1800. 1799년 2월에 러시아와 오스트리아 동맹군을 지휘해 이탈리아 북부의 프랑스군과 싸워 큰 전과를 거두었다.
** 볼가 강 중류와 그 지류인 카마 강을 따라 동쪽으로 우랄 산맥에 이르는 지역에 사는 종족.

그는 자리에 앉았다. 너무 긴장한 나머지 이따금 현기증이 몰려왔다. 숨쉬는 것조차 힘들었다. 온몸의 무게가 버겁기만 했다. 또다시 돌진해나가기 위해서는, 이제는 박차를 가하는 것과 같은 자발적인 노력이 그에게 필요했다. 바람을 가르는 칼날처럼 예리하고 유연하며 강인했던 그의 몸이 어떻게 된 것인가?

그는 느릿한 목소리로 말했다.

"나는 정정당당한 방법으로 알렉산드르와 싸우겠소. 폭동 따위는 일으키지 않겠소. 이천 문의 대포와 오십만 명의 병력들을 이끌고 싸울 것이오. 내가 그 동안 주도해왔던 전쟁은 무질서라는 독을 치유하는 해독제 같은 것이었소. 서방 세계의 독립을 확고히 하기 위해 다시금 전쟁을 눈앞에 둔 지금, 나에게는 전쟁이 억압해왔던 것, 즉 무질서와 혁명적인 자유 정신이 전쟁 때문에 다시 부활하는 일이 없도록 할 필요가 있소."

그는 소파에 몸을 던졌다.

최근 캉 시의 장터와 뢰르 에 루아르, 부슈 뒤 론 등지에서 소요가 있었다. 엄중하게 다스려야 했다. 근위대를 캉의 시장에 출동시켰다. 남녀 할 것 없이 많은 사람들이 체포되었고, 몇몇 사람들은 사형을 언도받고 총살당했다. 반란을 일으킬지도 모르는 한 국가를 그대로 위험에 방치해둘 수는 없는 일이었다. 그는 빵값을 동결하라고 명령했다.

"내가 원하는 것은 민중들이 빵을 먹는 일이오. 값싸고 맛있는 빵을 많이 먹게 되는 일이오."

―민중들을 진정시킬 필요가 있다. 그들이 또다시 꿈틀거리는 것이 느껴진다. 스페인의 불길은 독일에 불꽃을 퍼뜨리고 있다.

다부 원수와 라프 장군, 그리고 베스트팔렌 왕 제롬은 불안해하고 있었다. 단치히 총독 라프는, 만일 '우리가 패한다면, 모두가 우리에 대항해 무장할 것'이라고 말했다.

―이런 객쩍은 소리들에 어떻게 반응해야 하는가? 패배하고 상처입은 사람들이라고 해서 완전히 죽은 것은 아니며, 약점을 보이면 민중들이 나에 대항해 들고 일어난다는 사실을 전혀 모르고 있는 것처럼 행동해야 하리라! 그러나 나는 패배하지 않는다. 다만, 이러한 보고들에서 무엇을 읽어내야 하는가?

하지만 그는 이내 머리를 저었다.

―이런 객설들에 신경쓰고 시간을 낭비하기엔, 나의 시간은 너무도 귀중하다…… 이런 터무니없는 추측들은 내 상상을 오염시킬 뿐이다…….

그는 나르본을 바라보았다.

"그대는 아마도 나의 경솔함을 비난하고 있을 것이오. 하지만 나의 무모함조차도 계산에서 나오는 것임을, 그대는 깨닫지 못하고 있는 거요. 제국의 황제이기 때문에 그래야 하는 것이오. 나는 내 가까이에 있는 적을 견제하기 위해 먼 곳을 치는 것이오. 그렇소. 비범한 작전이란, 유용한 것과 불가피한 것만을 시도하는 것, 바로 그것이오."

그는 나르본에게 다가가며 말했다.

"보시오. 모스크바로 가는 길이 결국 인도로 가는 길이오. 영국의 위대한 상업주의를 꽃피운 인도는, 프랑스의 칼로 갠지스 강을 살짝 건드리기만 해도 전체가 무너질 것이오…… 그대도 보다시피 확실한 것과 불확실한 것, 정치와 무한한 미래, 이 모든 것이 우리로 하여금 폴란드에서만 야영하는 것을 허락하지 않고, 모스크바로 향하는 대로 위로 우리를 내몰고 있는 것이오."

그는 이리저리 거닐기 시작했다.

"우리의 게임은 이렇게 시작될 것이오. 유럽과 서방의 주력 군대는 좋든 싫든 우리의 독수리 깃발 아래 연합하고, 사십만 프랑스 대군의 첨병이 러시아로 깊숙이 들어가 모스크바로 곧장 진격하여 그곳을 차지하게 될 것이오."

그는 여러 군대의 진군로를 표시한 도표들을 쥐고 있었다. 그 군대들은 오데르 강에 접근하고 있었고, 전위 부대는 이미 비스타 강에 진격해 있었다.

"친애하는 나르본 백작, 그대는 이 모든 것이 제법 현명하게 꾸며졌다는 걸 알 거요. 신께서 조화를 부리지만 않는다면 말이오. 하지만 언제나 신의 그러한 간섭을 예상해야 하오. 그리고 내 생각으로는 그것이 우리를 비켜가지는 않을 것 같소."

그는 엄숙한 어조로 덧붙였다.

"나는 민중들을 무장시킴으로써 그들을 진정시켰고, 귀족의 세습 재산과 그들의 계급, 그리고 제국 군대의 보호를 받는 세습귀족들을 복권시켰소. 제국 군대는 농부의 아들들, 국가 재산을 소규모로 사들인 사람 혹은 단순한 무산자들로 완전하게 구성되어 있소."

나폴레옹은 나르본에게, 차르에게 가서 마지막으로 협상을 시도하라고 당부했다. 그리고 강한 목소리로 덧붙였다.

"명심하시오. 나는 로마의 황제요. 카이사르 가문과 같은 혈통의 사람이오. 제국을 건설한 혈통 말이오."

나르본을 내보내고, 그는 다시 홀로 남았다. 불안과 피로가 찾아왔다. 궁정 인사들과 민중들, 각국 대사들에게 속마음을 숨기고, 무도회와 연회를 베풀며, 그 자신의 내면과 주위에서 느껴지는 번민을 몰아내야 했다.

1812년 2월 6일 목요일, 그는 초청자 명단을 직접 작성하고 튈르리 궁에서 무도회를 열었다. 그의 마음을 감추기 위한 '장식' 무도회였다. 그는 황후의 팔을 잡고 9백여 명의 손님들 사이를 걸어다녔다. 화려하고 아름답게 치장한 여인들 속에 묻혀서도, 우아하게 차려입은 누이 폴린과 카롤린을 보면서도, 그는 기쁨을 느끼

지 못했다. 새벽 한시 삼십분에 디안 회랑에 차려진 밤참 요리도
그는 거의 들지 않았다. 마리 루이즈의 방에 들르지 않고, 자기
방으로 돌아왔다.

이러한 연회도 그가 궁정에 강요하는 엄격한 예법과 마찬가지로
하나의 의무였고 그의 권위가 드러나는 장이었다. 그는 서열과 위
계 질서를 중시했다. 하지만 그 모든 것이 무의미하게 느껴졌다.
그는 조제핀이 비워준 엘리제 궁에 자신의 거처를 정했다.

감기에 걸린 그는, 2월 11일 마르디 그라(사순절 전의 화요일)
가 되어서야 가장 무도회를 다시 열었다. 그는 마지못해 두건 달
린 파란 무도회복을 입고 회색 가면을 썼다. 뒤늦게 무도회장으로
들어선 그는 코 지방 사람으로 가장한 황후를 이내 알아보았다.

—초대 손님들은 내가 없어서 자유롭기라도 한 것처럼 즐겁게
카드리유를 추고 있군.

그는 오래 지체하지 않고 집무실로 올라왔다. 지금으로서는, 끊
임없이 일하는 것만이 그를 진정시켜주는 유일한 행위였다.

그렇게 일에 파묻혀 지내는 나날이 계속되었다. 갑자기 숨이 막
혀오는 날이면, 그는 지체없이 말에 안장을 얹으라고 지시했다.
그리고는 생 제르맹 숲이나 랭시 숲, 불로뉴 숲에서 말을 달렸다.
그는 짐승을 몰아 사냥하는 일에는 거의 신경을 쓰지 않고 거침없
이 말을 달렸다. 그에게는 이렇게 땀 흘리는 질주가 필요했다. 그
는 양 허벅지로 말을 꽉 조이고, 말이 완전히 지칠 때까지 질주했
다. 말은 페르시아, 스페인, 혹은 아랍 산이기도 하고, 남아메리카
에서 온 것들도 있었다. 그는 자신의 끈기가 말보다 더 강하기를
원했다. 그는 자신의 몸이 예전처럼 피로를 이기고 기력을 되찾을
수 있다는 사실에 안도감을 느꼈다.

간혹 새벽녘에 황후를 깨워, 그와 동행하거나 마차로 뒤따라오

게 했다. 그는 자신만이 무한한 에너지를 가지고 있다는 것을 알고 있었다. 이 고갈되지 않는 에너지는 바로 그의 자부심이었고, 그는 가까운 이들도 자신과 같기를 원했다.

때로 아들이 뛰어노는 모습, 커다란 양의 모양을 한 수레에 올라타고 양의 목에 매달린 방울을 딸랑거리는 아들의 모습을 흐뭇하게 바라보았다. 아이가 처음으로 '아빠' '엄마'를 말하는 소리를 듣고는, 놀랍고 황홀해진 그는 아이에게 다가가 다시 해보라고 얼르기도 했다. 아이의 이를 세어보고, 이목구비를 유심히 뜯어보았다. 그는 아이와 함께 거울을 들여다보았다. 아이는 놀랍도록 자신과 닮아 있었다. 그러나 아이는 너무 예민하고 여렸다. 그 나이에 그는 대담하고 활달하지 않았던가?

그는 고개를 돌렸다. 형제와 누이들에게 실망할 대로 실망한 그로서는, 아들이 자신의 기대에 부응해주기를 간절히 원했다. 아들을 볼 때면, 자신의 기대에 마음이 혼란스러웠다. 이러한 감정의 동요로 숨이 막히지 않으려면, 아들과 떨어져 있어야 했다.

그는 엘리제 궁을 떠났다.

1812년 3월 24일 화요일. 3월의 화창한 오후였다. 그는 파리 거리를 산책하러 나섰다. 큰길에 몰려 있는 군중들을 바라보고, 아우스터리츠 교(橋)를 건너 센 강 좌안의 둑길을 따라 걸었다.

바람이 상쾌했다. 나무에서는 새순이 돋아나고 있었다. 하지만 그의 내부에서는 회색빛 겨울이 아직 물러가지 않았다. 그는 봄이 움트고 있는 것을 느끼지 못했다.

그는, 조제핀이 로마 왕을 그린 초상화를 주문해서 자신의 방에다 걸게 했는데, 곧 그것을 도둑맞았다는 소식을 들었다. 물론 그랬을 테지, 도둑을 맞았겠지! 그는 그녀의 빚을 갚아주어야 했다!

그는 조제핀에게 편지를 썼다.

〈당신 문제를 정리하시오. 매년 150만 프랑만을 지출하고, 매년 그만큼의 액수를 저축하도록 하시오. 그렇게 하면 십 년 뒤에는 당신의 손주들을 위해 1천5백만 프랑을 따로 남겨둘 수 있을 것이오. 그들에게 무엇인가를 줄 수 있고, 그들에게 필요한 존재가 된다는 것은 흐뭇한 일이오. 그런데 당신은 저축은커녕 빚만 지고 있소. 당신 문제는 당신이 알아서 처리하시오. 다른 사람에게 떠넘기지 마시오. 만일 당신이 나를 기쁘게 하고 싶다면, 당신이 막대한 재산을 가지고 있다는 사실을 내가 알 수 있게 해주시오. 당신이 매년 3백만 프랑의 수입에도 불구하고 빚을 지고 있다는 걸 내가 듣게 될 경우, 내가 당신을 얼마나 좋지 않게 생각할 것인지 한번 상상해보시오. 안녕, 친구여. 건강하시오. 나폴레옹.〉

그는 재무장관 몰리앵에게 말했다.

"그녀가 빚을 갚기 위해 나에게 손을 벌리는 일은 더이상 없을 것이야. 자기 가족들의 운명이 나 한 사람에게만 걸려 있어서는 안 되지…… 나도 인간이야. 그 어떤 인간보다 낫기는 해도 말야."

하지만 조제핀을 원망할 수만은 없었다. 조제핀은 자기 거처인 말메종에 마리 발레프스카와 알렉상드르를 받아들인 것이다. 나폴레옹은 뒤늦게 그 사실을 알았다.

―내 아들 알렉상드르.

그는 밀려드는 생의 물결에 가슴이 젖어드는 듯했다.

―나의 여러 삶은 내가 모르는 사이에 서로 만나고 있다. 내가 사라지고 나면, 그들은 어떻게 될 것인가?

그는 튈르리 궁의 궁정 극장 맨 앞줄에 마리 루이즈와 나란히 앉아 이런 생각을 하고 있었다. '앙드로마크'에 출연하고 있는 코메디 프랑세즈 배우들의 대사가 귀에 들어오지 않았다. 온몸이 눈꺼풀을 잡아당기고 얼굴이 무너져내리는 듯했다.

그는 소스라치며 깨어나 두리번거렸다. 사람들이 그의 잠든 모습을 보았을까?

그는 막이 내리자마자 일어섰다. 이어서 공연될 막들은 보지 않으리라.

일을 하면 졸음이 달아날 것이다. 내일 1812년 4월 27일 월요일, 그는 알렉산드르 황제의 친서를 가지고 오는 러시아 대사 쿠라킨 공작을 접견할 예정이었다.

그는 밤중에 홀로 앉아 차르의 친서 사본을 읽었다. 알렉산드르는 프로이센에 주둔중인 모든 프랑스 군대를 엘베 강 이남으로 철수시킬 것을 요구하고 있었다. 게다가 차르는 자기가 원하는 상대와 교역할 수 있는 자유를 원했다.

최후통첩이었다!

뜬눈으로 밤을 지샌 나폴레옹은 생 클루 성의 대접견실에서 쿠라킨 공작을 맞았다. 대사는 지난해 8월 15일에 그가 했던 말을 기억하고 있을까?

나폴레옹은 대사에게 다가갔다.

"그러니까 바로 이것이 당신네가 나와 협상하는 방법이오?"

그는 다급하게 언성을 높였다.

"이런 요구는 모욕이나 다를 바 없소. 내 목에 칼을 들이대는 것이란 말이오. 나의 명예 때문에 그 요구에 응할 수 없소. 대사가 신사라면, 어찌 내게 그런 제안을 할 수 있소? 상트페테르부르크는 대체 무슨 생각을 하고 있는 거요?"

쿠라킨은 떨고 있었다. 나폴레옹은 문득 말을 멈추고 창가로 향했다. 잠시 밖을 바라보며, 그는 생각에 잠겼다.

—아직은, 협상이 결렬되어서는 안 된다. 내가 군대의 선두에 설 시간을 확보해야 한다.

그는 몸을 돌려 쿠라킨 공작에게 다가가며 미소를 지어 보였다.

그가 물었다. 왜 니에만과 파사르주 사이에 있는 영토 전체의 중립에 대해서는 결정을 내리지 않는가?

쿠라킨은 감격해했다.

—이렇게 해서 며칠은 벌었군.

비밀리에 파리를 떠나 러시아 사람들을 놀라게 하고, 동시에 협상의 문을 열어두어야 하리라. 전쟁을 벌일 수 있는 만반의 준비를 갖추는 동시에 평화 조약을 받아들일 준비를 해놓아야 하리라.

—하지만 평화가 가능할 것인가? 영국은 평화 제의에 대답조차 하지 않았고, 알렉산드르는 자신의 법칙을 나에게 강요하려 하고 있다.

그는 창가에 서서, 돌아가는 쿠라킨의 등을 오래 바라보았다.

—전쟁이 불가피하리라.

그는 1812년 5월 9일 토요일 생 클루를 떠나, 황후와 함께 드레스덴으로 떠날 계획을 세웠다.

—그녀의 존재가, 오스트리아 황제와 독일 왕자들의 충성을 보장해주리라.

1812년 5월 5일 화요일, 그는 마리 루이즈와 함께 오페라 극장에 갔다. 관객들이 환호했다.

—언제쯤 파리 시민들을 다시 볼 수 있을 것인가?

그는 가까이에 앉아 있는 파스키에 주지사에게 속삭였다.

"그것은 내가 또다시 시도하게 될 가장 중요하고도 어려운 작전이오. 하지만 이미 시작된 것은 반드시 끝내야 하는 법이오."

22
명예만이 나의 유일한 위안이다

그는 묵묵히 앉아 차창만 바라보았다. 마리 루이즈는 곁에 앉아 졸고 있었다. 마차는 모 지방과 샤토 티에리를 통과했다. 날이 저물 무렵에는 샬롱에 도착해야 했다. 그리고 내일 새벽 네시에 다시 출발할 것이다. 마차를 에워싸고 달리는 호위대의 말발굽 소리가 줄기차게 들려왔다. 말을 바꾸기 위해 역참에 들르자, 그는 대형 마차에서 내려섰다. 길은 수행 마차들로 꽉 차 있었다. 전쟁을 벌이기 위해 떠나는 길이었지만, 동맹국들을 순방하기 위해 떠나는 군주의 여행 행렬과 너무도 흡사했다.

그는 마리 루이즈를 바라보았다. 피곤한 기색이 어려 있긴 했지만, 행복한 여자만이 가질 수 있는 평온한 얼굴이었다. 결혼 이후 처음으로 가족들을 만나러 가는 길이기 때문이리라. 그녀는 이 여정의 끝에서 그가 전쟁을 벌일 것임을 상상할 수 있을까? 그는 조제핀을 생각했다. 일 주일 전 그녀를 은밀히 방문했을 때, 그녀는 눈물을 흘리며 그에게 매달렸다. 그녀는 불안해하고 있었다. 불길한 꿈과 악몽에 시달리고 있다는 것이었다.

마차에 다시 올랐다. 그는 서류철 하나를 펼쳐 들고, 1812년 5월 9일자 『르 모니퇴르』지를 읽었다. 그가 요구한 대로, 신문은 황제가 비스타 강가에 집결해 있는 대군을 사열하기 위해 파리를 떠났다는 기사가 실려 있었다. 신문을 읽던 그는 갑자기 놀라움과 분노로 몸을 떨었다. 신문의 일면 머릿기사가 '바루스가 멸망한 장소 및 그의 군단들에 관한 연구'라는 제목을 붙인 논문이었다. 바루스는 로마 제국 아우구스투스 황제의 장군이었다. 원정에 나선 바루스는 게르마니아의 아르미니우스* 장군에게 패했고, 그 때문에 아우구스투스는 게르마니아와 엘베 강의 경계를 포기하고, 라인 강을 로마 제국 변경의 요새선으로 삼을 수밖에 없었다. 불길한 조짐인가, 아니면 그에게 해를 끼치려는 누군가의 의도인가?

누구를 믿을 수 있단 말인가?

그는 황제 행렬이 지나가는 것을 보기 위해 길가에 모여 있는 농부들을 바라보았다. 수행 행렬을 조용히 바라보던 마인츠와 프랑크푸르트, 바이로이트의 주민들처럼 그들도 침묵하고 있었다.

— 저들은 내가 전쟁을 원한다고 생각하고 있을까?

마인츠의 역참에서, 그는 콜랭쿠르에게 다가가 물었다. 마사 책임자 콜랭쿠르는 대답했다.

"폐하께서는 러시아와의 전쟁을, 단지 폴란드 때문에 원하시는 건 아닌 듯합니다. 제가 보기에, 폐하의 뜻은 유럽에서 경쟁자들

---

* 게르만 족의 지도자, BC 18(?)~AD 19. AD 9년 바루스가 이끄는 로마의 3개 군단을 토이토부르거발트(지금의 빌레펠트 남동부)에서 격파했다.

을 몰아내고 가신들만 남기는 한편, 폐하의 소중한 열망을 만족시키려는 데 있습니다."

"그 열망이란 게 무엇인가?"

"전쟁입니다, 폐하."

대담한 콜랭쿠르, 어리석은 콜랭쿠르. 나폴레옹은 그의 귀를 잡아당겨 목덜미를 가볍게 툭 치며 말했다.

"나는 정치적인 전쟁만을 치러왔네. 프랑스를 위한 것이었어. 만약 영국이 자기네 특권을 고수하고 해상권을 침해한다면, 프랑스는 위대한 국가로 남아 있을 수 없어."

드레스덴에서 만날 독일의 왕자들과 왕들 그리고 오스트리아 황제를, 그는 이런 논리로 설득할 생각이었다.

콜랭쿠르는 군주들이 불안해한다고 거듭 말했다. 그들은 기득권을 빼앗기고 싶지 않은 것이다. 황제의 편에 서서 행동하라고, 그들을 설득하는 일은 쉽지 않으리라는 것이었다.

나폴레옹은 어깨를 으쓱했다.

"내가 누군가를 필요로 할 때, 나는 이것저것 자세히 살피지 않네. 그들의 엉덩이에 입이라도 맞추겠어!"

—도대체 콜랭쿠르는 무엇을 생각하고 있을까? 틸지트와 에어푸르트에서 나는 알렉산드르의 환심을 사려고 얼마나 노력했는가? 나는 드레스덴에서 여러 군주들과 오스트리아 황제와 더불어 다시 시작하리라. 러시아와 싸우기 위해서는 동맹국들이 필요하다. 오스트리아인들은 슈바르첸베르크 공작이 지휘하는 3만 명의 병력을 내줄 것이다. 황제 프란츠 1세의 사위인 나를 돕지 않을 수 있겠는가? 독일과 프로이센은 평화 조약으로 묶어두리라. 또한 크로아티아인과 네덜란드인, 이탈리아인과 바이에른인, 스페인인과 뷔르템베르크인에 이르기까지 20개국에서 끌어모은 징집병들이 필요하리라.

밤에도 계속 마차를 달렸다. 길을 밝히기 위해 비탈에 피워둔 불이, 마리 루이즈의 잠든 얼굴을 어둠에서 끌어내고 있었다. 드레스덴 입구에 이르자 마차는 속도를 늦추었다. 그는 그녀를 깨웠다.

포병대의 예포 소리가 널리 울려퍼지며 종소리를 묻어버렸다. 커다란 투구를 쓰고 하얀 제복을 입은 흉갑 기병들이 횃불을 든 채 울타리를 이루며 왕궁까지 도열해 있었다. 작센의 왕과 왕비는, 성 앞에서 그를 기다리고 있었다.

그는 마차에서 내렸다. 그는 이같은 장엄한 환영식을 좋아했다. 1812년 5월 17일 일요일, 독일의 왕자들과 대사들이 참석한 가운데 감사미사가 거행되었다. 그는 틸지트와 에어푸르트에서 경험했던 분위기를 다시 느꼈다. 그때 그들 왕과 왕자들은 모두가 그에게 매혹된 추종자들이 아니었던가.

그는 그들의 마음을 다시 사로잡아야 했다. 5월 18일 월요일, 그는 오스트리아 황제 프란츠 1세와 황후 마리아 루도비카를 정중하게 맞았다. 또한 프로이센 왕 프리드리히 빌헬름 3세를 방문했다.

그가 이렇게 호의를 베풀고 있지만, 그들은 그가 모든 왕들의 황제라는 사실을 알고 있었다.

저녁식사 때가 되면, 홀로 모자를 쓰고 앞서 걸으며 사람들을 이끄는 사람은 나폴레옹이었다. 그의 몇 걸음 뒤에서, 오스트리아 황제가 딸 마리 루이즈와 팔짱을 끼고 걸어오고 있었다. 오스트리아 황제는 모자를 쓰고 있지 않았다. 다른 왕과 왕자들도 모자를 벗고 그의 뒤를 따르고 있었다.

나폴레옹은 만찬석상을 주재했다. 그는 이야기하고, 미소지으며 사람들의 마음을 사로잡았다. 대혁명 당시의 기억들을 환기시키던 그는, 좌중에 무거운 침묵이 흐르고 있음을 감지했다. 그는 이런 특별한 상황을 즐기고 있었다. 포병대 중위였던 그가 합스부르크 왕가의 사위로서 군주들 상석에 앉아 있는 상황을. 루이 16세, 그 '불쌍한 내 아저씨가 조금만 더 단호했더라면', 당시 그가 경험한 사건들의 결과는 아마도 달라졌을 것이라고 그는 말했다.

그는 루이 16세의 조카가 되어 있다.

그는 무엇을 자랑스러워하고 있는가? 그를 이 왕들의 친척으로 엮어준 이러한 인척관계인가? 아니면 그가 완성한 운명, 그를 이러한 상속자들과는 다른 종류의 인간으로 만든 운명인가? 그는 창시자 카이사르와 같은 인물이었다.

그는 살롱들을 돌아다니며, 이 사람 저 사람에게 말을 걸었다. 프란츠 황제를 한쪽으로 데리고 가서도 그는 혼자서만 말을 했다. 이 '변변치 못한 프란츠'는 아무 할 말이 없었던 것이다!

극장에서 공연이 시작되기 전, 눈부신 태양과 함께 한 줄의 문장이 나타났다.

〈이 태양도 그보다는 덜 위대하고 덜 아름답도다.〉

관객들의 박수갈채가 쏟아졌다.

사람들은 그를 속이기 쉬운 사람이라고 생각하는가?

그는 어깨를 으쓱하며 중얼거렸다.

"이 사람들이 나를 어리석은 사람이라고 믿게 하는 것도 좋겠지!"

그는 드레스덴 부근의 숲에서 멧돼지 사냥을 했다. 그를 따르는 왕자들과 고관들, 자신을 호위하는 흥갑 기병들 앞에서, 그는 금빛으로 빛나는 진홍색 모포를 씌운 백마를 타고 마을이 내려다보이는 언덕을 누볐다.

저녁에 그는 전에 없이 행복해하는 마리 루이즈를 만났다. 가족들 한가운데에 있지만, 그녀는 그의 사람이었다.

그는 파리에서 온 전문들을 그녀에게 읽어주었다. 그 문서들은 그들의 '어린 왕'에 대한 소식을 하루도 거르지 않고 전하고 있었다.

1812년 5월 26일 화요일, 나르본 백작이 러시아에서 방금 도착했다고 참모가 알려왔다. 백작은, 상트페테르부르크를 떠나 러시아군 중심부인 빌나 사령부에 자리잡고 있는 알렉산드르 1세를 만나고 오는 길이었다.

나르본을 맞아들인 나폴레옹은 성큼성큼 거닐면서 나르본의 말에 귀기울였다. 오랫동안 침묵하며 나르본의 말을 듣던 그가 갑자기 격분해서 소리쳤다.

"그러니까 화해할 수 있는 모든 방법이 불가능해지고 있다는 것이로군! 러시아를 지배하는 인물이 앞장서서 러시아를 전쟁으로 내몰고 있다니! 그대는 쿠라킨의 제안에 대한 차르의 사전 승인과 확인만을 내게 가져다주었소. 그것은 러시아가 다음 단계로 나아가기 위한 필수불가결한 절차였을 따름이오! 여기 모여 있는 왕자들이 그런 사실을 분명히 확인시켜주었소. 러시아 차르가 내게 요구한 것에 대해 모르고 있는 사람이 아무도 없소. 라인 강 루트를 내놓으라고 우리가 독촉받았던 것은 다 알려진 사실이오. 러시아가 자랑하고 다니는 그런 광고는 우리에겐 최악의 모욕이오."

그는 잠시 말을 중단했다가 다시 외쳤다.

"더이상 성과 없는 협상에 매달리지 않겠소. 그렇게 낭비할 시간이 없소!"

그는 집무실에 틀어박혀서 편지를 썼다. 군대의 후방은 물론 제국의 어디에서도 평온함이 유지되어야 했다. 그는 교황 비오 7세를 사보나에서 퐁텐블로로 이송시키라고 명령했다. 정교 협약은 파기되었다.

지도를 한참 살펴보던 그는 다부에게 보내는 편지를 썼다.

〈모든 것은 교량 가설 장비가 제때에 도착하느냐 마느냐에 달려 있네. 나의 모든 전투 계획은, 대포처럼 이동이 용이하고 손쉽게 연결할 수 있는 이 가설 장비의 존재가 바탕이 되기 때문일세.〉

몇 시간 후, 또 하나의 신호가 들어왔다. 몇 달 전부터 교전 상태에 있던 러시아와 투르크가 부쿠레슈티(루마니아의 수도)에서 정전 협정에 조인했다는 소식이었다. 알렉산드르의 군대를 분산시킬 수 있는 투르크군의 공격을 기대할 수 없게 된 것이다. 좋다. 그는 말린(벨기에의 도시) 시의 대주교 프라트 신부를 바르샤바 공국 주재 대사로 임명한다는 편지를 썼다. 폴란드는 러시아를 상대로 벌이는 이번 전쟁에 적극 참전해야 하리라.

모든 준비가 끝났다.

이제는 대군과 합류해야 하리라.

5월 28일 목요일, 이날 그는 마리 루이즈와 함께 온종일을 보냈다. 그녀의 슬픔과 그녀가 중얼거리는 말에 마음이 흔들렸다. 그녀는 자신이 불행하다고 말했다.

그녀가 속삭였다.

"극복하도록 노력은 하겠지만, 당신을 다시 만날 때까지는 계속 이럴 거예요."

이러한 애정, 이 아늑함, 궁전의 화려함에서 빠져나오고 싶지 않았다.

문득 그는 자신이 지쳐 있음을 느꼈다.

마리 루이즈를 다시 만나고, '어린 왕'을 다시 품에 안으려면,

그는 또 얼마나 전장을 내달려야 할 것인가. 누가 그를 이처럼 혼란 속으로 밀어넣는가?

1812년 5월 29일 새벽 네시, 그는 마리 루이즈의 품에서 빠져나왔다. 근위병 대기실에서 잠시 발길을 멈추던 그는, 그녀에게 다시 한번 입을 맞추고는 차갑게 등을 돌렸다.

마차는 어둠 속을 달리고 있었다. 아직 새벽 다섯시 전이었다.

라이텐바흐에 닿은 건 오전 열한시였다. 그는 그곳에서 첫번째 편지를 썼다.

〈나의 착한 루이즈, 식사하기 위해 잠시 멈춘 길에 짬을 내어 당신에게 편지를 쓰고 있소. 슬퍼하지 말고 즐겁게 지내시오. 내가 당부하오. 당신에게 했던 모든 약속은 지키겠소. 우리의 이별은 잠깐 동안에 불과하오. 내가 얼마나 당신을 사랑하는지 잘 알 것이오. 내게는 당신이 건강하고 평온한 생활을 하고 있는지 알 필요가 있소. 안녕, 내 정다운 친구. 수천 번의 키스를 보내오. 나 폴레옹.〉

다시 길을 떠났다.

밤낮으로 달리는 마차에서, 그는 내리지 않았다. 아침 일곱시에 그는 또다시 편지를 썼다.

〈먼지가 일 틈도 없이 정신없이 달려왔소. 오늘 밤 포즈나인에 닿을 것이오. 내일 31일은 그곳에서 머물 것이오. 당신이 건강하고 즐겁게 지내고 있다는 소식을 편지로 알려주었으면 좋겠소.〉

—그들 모두를 격려하는 것은 나다. 그들을 인도하는 것이 나의 의무다. 나는 결코 무기를 내려놓을 수도, 그저 흘러가는 대로 나 자신을 내버려둘 수도 없다.

그는 다시 펜을 들었다.

〈내가 당신에게 장교들을 보내거든, 시종장 몽테스키우를 시켜 다이아몬드가 박혀 있는 반지 몇 개를 그들에게 선물로 주면 좋겠소. 그들이 당신에게 가져가는 소식에 걸맞는 아름다움을 지닌 반지를 선물하도록 하시오…… 당신의 부친께서도 곧 떠나실 것이오. 그러면 당신의 외로움은 더하겠지. 안녕, 나의 정다운 연인. 수천 번의 감미로운 키스를 보내오. 나폴레옹.〉

어느새 마차는 포즈나인에 진입하고 있었다. 군중들이 몰려들어, 그를 폴란드의 해방자로 환호하고 있었다.

—명예만이 나의 유일한 위안이다.

23
두려워하라, 프랑스의 적들이여

　1812년 5월 31일 일요일 저녁 일곱시, 나폴레옹은 창가로 다가
갔다. 포즈나인에서 숙소로 정한 이 집에서, 그는 군대의 병력 편
성표와 상황을 검토하느라 하루를 보냈다. 해는 아직도 중천에 떠
있었다. 함성이 울려퍼졌다. 어제 그가 포즈나인에 도착한 이후,
내내 그 집을 둘러싸고 있는 군중들이 아직도 자리를 뜨지 않고
있었다. 감격을 이기지 못한 군중들은 포도 위를 이리저리 서성이
고 있었다. 군인들, 인근의 농부들, 저명인사들, 여자들, 각계각층
사람들이 뒤섞여 있었다. 오전이 다 끝나갈 무렵, 그는 미사를 보
러 가면서 마리 발레프스카를 빼닮은 얼굴들이며 실루엣들을 눈
여겨보았다. 자신이 폴란드에, 그러한 국민들 사이에 있다는 사실
에 그는 행복하고 감동했다. 미사에서 돌아온 그는 멘느발과 함께

방에 틀어박혀 전문을 구술하고 서류들을 검토했다.

자존심과 힘이 넘쳤다. 역사상 이렇게 엄청난 군대가 모인 적은 일찍이 없었다! 20개 국가에서 집결한 648,080명의 병력! 11,042명의 장교와 344,871명의 하사관과 병사들로 구성된 프랑스 대군. 7,998명의 장교와 284,169명의 병사들로 구성된 외국인 군대들. '외국인들'이라고! 그는 이 말을 싫어했다. 베르티에 원수에게 그 사실을 말했다. 이 징집 병사들은 대제국의 여러 주들로부터 왔거나, 아니면 우리 동맹국에 속한 사람들이다.

그는 각 단위 부대까지 속속들이 알고자 했고, 심지어 소속 병사들 하나하나까지 알고 싶어했다. 오늘 아침, 포즈나인 근교에서 엽기병 제23연대를 사열하던 그는, 한 기병 대위에게 다가갔다. 훌륭한 장교 마르보를 알아본 것이다. 그는 마르보에게서 눈을 떼지 않고 소나기처럼 질문을 퍼부었다.

"귀관의 부대는 튈 혹은 샤를빌에서 온 단총을 몇 정이나 보유하고 있는가? 노르망디 산 말은 몇 마리나 되는가? 브르타뉴 산은 몇 마리인가? 독일산 말은? 귀관이 지휘하는 병사들의 평균 연령은 몇 살인가? 장교들의 평균 연령은? 귀관이 보유한 말들의 평균 연령은? 모든 병사를 먹일 만한 식량이 있는가? 있다면 며칠분이나 있는가? 귀관의 병사들은 내가 지시한 대로, 자루 속에 든 오 킬로그램의 밀가루와 나흘분의 빵과 엿새분의 건빵을 가지고 있는가?"

마르보도 지지 않고 속사포처럼 대답했다. 준비는 거의 완벽했다. 세부 사항들에 대한 배려와 실천이 전략상의 주요한 의견들과 결합될 때 승리를 기약할 수 있다.

그는 멘느발에게 돌아서서, 그날의 명령을 내리기 시작했다.

"장교들은 매일 아침 검열을 실시하여, 모든 병사가 그날 하루분의 식량만 먹고 나머지는 비상 식량으로 비축해두었는지 확인할 것!"

으젠은 다음 명령이 있을 때까지, 자신이 지휘하는 군대의 이동속도를 늦추어야 했다. 나폴레옹은 으젠에게 보낼 전문을 구술했다.

〈무엇보다도 중요한 것은 군량이다. 네가 어느 정도의 빵을 확보했는지 알려주어라. 그러면 너에게 이동하라는 명령을 내리겠다. 이 나라에서는 빵이 매우 중요한 것이기 때문이다.〉

다부 원수에게도 전문을 보내야 했다.

〈그대는 휘하 군대를 위해 25일분의 군량을 확보해두었을 거라고 생각하는데, 맞는가?〉

나폴레옹은 구술을 멈췄다. 외무장관 마레가 막 도착한 것이다. 마레는 드레스덴을 떠나온 길이라고 말했다. 황후의 편지를 가져왔을까? 마레가 편지뭉치를 내밀었다. 나폴레옹은 편지뭉치를 받아 책상에 올려놓고, 혼자 있고 싶다는 표시를 했다. 편지를 다 읽고 난 그는 답장을 썼다.

〈친구여, 당신의 편지 세 통을 받았소. 이틀 동안이나 당신 소식을 듣지 못해, 그 시간이 무척이나 길게 느껴지던 참이었소. 슬퍼하는 당신에게 산책을 시켜준 테레즈 공작부인에게 감사하고 있소. 하루 종일 일했더니 몹시 피곤하오. 나는 오늘밤에 출발하여 내일 아침 토른에 도착할 것이오. 당신의 아주머니와 작센 왕과 그 가족들에게 안부를 전해주시오…… 당신은 내 생각을 해야 마땅하오. 나는 당신을 사랑하며, 당신을 하루에 두세 번씩 만날 수 없다는 일이 불만스럽기 그지없소. 하지만 석 달 후면, 이 모든 것이 해결되리라 생각하오. 안녕, 달콤한 내 사랑. 당신의 나폴레옹.〉

마레를 다시 들어오게 했다. 베르나도트의 제안들을 전하는 마레의 말에 귀를 기울였다. 베르나도트는 스웨덴을 프랑스 편에 가담시키는 것을 망설이며, 러시아의 눈치를 보고 있었다. 그는 승리자 쪽에 붙기 위해 시간을 끌고 있는 것이다.

나폴레옹은 의자를 발로 걷어찼다.

"비열한 인간 같으니! 러시아를 꺾을 수 있는 기회는 단 한 번뿐이야. 이 기회를 놓친다면, 그자는 다시는 이런 기회를 만날 수 없어. 육십여 만의 군사를 이끌고 북방 제국을 향해 전진하는 나 같은 전사는 앞으로 없을 테니까. 자신의 명예와 스웨덴은 물론이고, 자신의 조국까지 저버리는 파렴치한 인간 같으니라고. 그자는 보살핌을 받을 자격이 없는 인간이야."

그는 쓰러진 의자를 다시 한번 발길로 찼다.

"그자에 대한 말은 더이상 듣고 싶지 않네. 앞으로 공식적이든 비공식적이든 그 어떤 회답도 그에게 보내지 말게."

그는 한 시간 동안 말을 질주하고, 숙소로 돌아와 잠을 청했다. 새벽 세시에 자리에서 일어난 그는 출발 신호를 내렸다. 동이 터오는 새벽, 그는 진군하는 군대를 지켜보았다. 낙오자들이 많았다. 헌병대는 낙오자들을 집합시켜 다시 각자의 소속 연대로 데려가야 하리라.

토른의 입구에 다다랐을 무렵, 마차가 움직이지 않았다. 나폴레옹은 마차에서 내렸다. 도로마다 제롬과 으젠의 병사들로 혼잡스러웠다. 그는 병사들 한가운데로 지나갔다. 대부분 독일어나 이탈리아어를 말하는 병사들은 황제에게 조금도 주의를 기울이지 않았다. 나폴레옹은 콜랭쿠르가 사령부로 쓰기 위해 마련해놓은 수도원으로 들어갔다. 궁륭형의 방들은 동맹국과 독일 장교들로 가득 차 있었다.

"이 사람들을 내보내게. 군대들이 너무 바짝 붙어서 따라오지 않도록 해. 며칠 정도 시간차를 두고 진군하게 해야겠어."

그는 일에 몰두하기 시작했다. 야전 병원은 어느 곳에 설치할
예정인가? 교량 가설 장비들은 도착했는가? 그는 구술하고 명령
했다. 근위대와 포병대를 사열했다. 한밤중에 나와 숙사를 점검했
다. 신선한 밤공기를 마시고 병사들의 목소리를 들으며, 전투 개
시 며칠 동안의 상황을 상상하기 위해서였다.

그는 사령부로 돌아왔다. 잠을 이룰 수가 없었다. 기분이 좋았
다. 그는 콧노래를 부르다가 갑자기 소리를 높여 우레와 같은 목
소리로 노래하기 시작했다.

북에서 남까지 전투의 트럼펫이
공격 시간을 알리니
두려워하라, 프랑스의 적들이여.

노래를 중단했다. 큰 소리로 노래부르고 나자 마음이 가라앉았
다. 그는 이 '출발의 노래'를 좋아했다. 그는 생각에 잠겨, 마지막
가사들을 흥얼거렸다.

피와 자만심에 취한 왕들이여,
최고의 민중이 전진하노니
폭군들이여, 그대들은 관 속에 떨어지리라.

—그리고 나는 이 민중들의 황제다.

잠시 눈을 붙였다. 잠자리에서 일어선 그는 곧바로 책상에 앉아
편지를 썼다.
〈나의 좋은 친구여, 이곳은 이탈리아처럼 날씨가 매우 덥소. 이
런 날씨에서는 모든 것이 극단으로 치닫는다오. 나는 오늘 새벽

두시에 말을 탔소. 심야의 말타기가 나에게 무척이나 도움이 되었소. 한 시간 후에는 단치히로 떠나오. 국경 쪽은 모든 것이 매우 평온한 것 같소. 어제 내가 보았던 근위대는 매우 훌륭했소. 당신이 구토했다는 소식을 전해들었소. 그것이 사실이오? 부친과 황후 폐하를 비롯한 당신의 모든 가족에게 안부를 전해주오…… 당신과 마찬가지로 나도 당신이 보고 싶소. 곧 만나게 되기를 바라오. 석 달만 있으면 당신과 늘 함께 지낼 수 있소. 천 번의 키스를 보내오. 당신의 나폴레옹.〉

　밤에도 여정은 계속되었다.
　─마리 루이즈가 혹시 임신한 것이 아닐까?
　먼지로 뒤덮인 길을 지나자, 단치히의 포도(鋪道)가 나타났다. 요새 사령관 라프 장군이 앞으로 나가면서 불평을 늘어놓기 시작했다.
　라프는 그의 참모 출신이자 용감한 장군이며, 드제와 클레베르의 전우였다. 부상을 당해 흉터가 남아 있는 라프는, 단치히에서는 자기가 마치 '길 잃은 아이'처럼 느껴진다고 말했다.
　"그대가 담당하고 있는 그 구매업자들은 자기들 돈을 전부 어떻게 하고 있나? 그들이 벌어들인 돈이며 내가 그들을 위해 준 돈 말일세?"
　"그들은 지금 곤경에 빠져 있습니다, 폐하."
　"앞으로 달라질 거야. 그것은 약정된 일이네. 나는 나 자신을 위해 그들을 보호할 걸세."
　그는 군대를 사열하고 뮈라와 베르티에를 만났다.
　"무슨 일인가, 뮈라? 안색이 좋지 않군. 근심스러운 일이라도 있나? 자네는 왕이라는 사실이 더이상 만족스럽지 않나 보군?"
　"예, 폐하! 저는 거의 만족하지 못하고 있습니다."

310

"이제 알겠군. 자네는 기어코 자신의 날개로 날고자 함으로써, 자네 입장을 복잡하게 만들고 있는 거야. 나를 믿게나. 나폴리 땅을 의식하는 따위의 사소한 정책은 그냥 놓아두고, 무엇보다도 진정한 프랑스인이 되도록 하게. 그러면 왕이라는 자리가 자네가 생각하는 것보다 훨씬 간단하고 쉬워질 걸세."

나폴레옹은 뮈라를 떠나 앞서 걸었다.

—뮈라?

콜랭쿠르와 함께 걸으며, 그는 혼잣말처럼 중얼거렸다.

"이탈리아의 판탈레오네* 같은 인물이지. 친절한 마음씨를 가지고 있어. 요컨대 자신이 다스리는 나폴리의 게으름뱅이들보다는 아직도 나를 훨씬 좋아하지. 그런데 그는 가까이에 있을 때는 내 사람이지만, 내게서 멀리 떨어져 있으면 줏대없이 아첨하는 사람에게 넘어가고 말아. 만약 그가 드레스덴에 왔더라면, 오스트리아인들을 자기 사람으로 만들기 위해 온갖 어리석은 짓을 다 저질렀을 거야. 그가 갖고 있는 자만심과 이기심 때문이지."

그는 문득 콜랭쿠르를 한참 바라보았다. 사람들이란 모두 그렇지 않을까?

나폴레옹은 단치히 요새의 대접견실에서 라프 장군과 마주 앉았다. 나폴레옹은 마지못해 앉아 있다는 듯 지루한 표정으로, 자신의 오른쪽에 앉아 있는 뮈라와 왼쪽에 있는 베르티에를 돌아보았다.

"나는 그대들이 전쟁을 원하지 않는다는 걸 잘 알고 있네. 나폴리 왕은 자신의 아름다운 왕국에서 나오기를 원치 않았을 테고, 베르티에는 그로부아에서 사냥이나 하고 싶을 테고, 라프는 파리

---

* 이탈리아 희극에 나오는 긴 바지를 입은 광대.

에 있는 화려한 저택에서 살고 싶겠지."

뮈라와 베르티에는 시선을 떨구었다. 라프가 대답했다.

"인정합니다, 폐하. 하지만 폐하께서는 저를 결코 응석받이로 만들지 않으셨습니다. 저는 파리가 제공하는 쾌락에 대해 아는 바가 거의 없습니다."

그들을 납득시켜야 했다. 나폴레옹 또한 마리 루이즈의 육체를 느끼고 싶고 아들을 안아보고 싶지만, 그 모든 안락함을 당분간 잊어야 한다는 것을.

그녀는 두번째 아이를 임신한 것일까? 편지에서는 그녀의 구토 증세에 대해 더이상 언급이 없었다.

나폴레옹은 라프와 뮈라, 그리고 베르티에를 차례로 쳐다보며 말했다.

"우리는 거의 결론에 도달했네. 유럽은 러시아와 스페인 문제들이 해결되어야만 한숨 돌리게 될 거야. 그때가 되어야 평화를 기대할 수 있어. 폴란드는 다시 살아나 견고해질 테고, 오스트리아는 다뉴브 강 유역에 전념하면서 이탈리아에 대한 집착을 버리게 될 걸세. 영국은 그 동안 독점하다시피 한 무역을 유럽 대륙의 상선들과 나누는 걸 감수해야 될 거야."

그는 자리에서 일어섰다.

"내 아들은 나이가 어려. 그에게는 반드시 평화의 시대를 마련해주어야 하네."

그리고는 잠시 침묵하던 그는, 장군과 원수들이 필요하다고 말했다.

"내 형제들은 나를 보좌하질 않아. 그들은 어리석은 자만심으로, 아무런 재능도 힘도 없는 공작들만을 곁에 두고 있네. 그들을 위해서 내가 통치해야 해. 내 형제들은 자기 생각만 하고 있으니 말일세."

그는 목소리를 높였다.

"나는 민중들의 왕일세. 나는 예술을 장려하려는 목적과, 나라에 유익하고 영광스러운 기억들을 남기려는 목적으로만 돈을 쓰네. 내가 특별히 총애하는 자들과 애인들에게만 돈을 준다고는 아무도 말하지 못할 것일세. 나는 조국에 수고를 바친 자들을 보상해줄 따름이야."

그는 큰 보폭으로 밖으로 나갔다. 군대와 요새를 둘러보고, 보트를 타고 정박지를 누비고 싶었다. 그리고 나서 그는 집무실에 틀어박혀 전문, 지도, 군대 상황 등을 검토했다.

그는 일을 멈추고 펜을 가져오라고 했다.

〈나의 착한 루이즈, 당신에게서 편지가 오지 않는구려. 나는 새벽 두시에 말에 올라, 정오에 돌아오오. 돌아와서 두 시간 자고, 나머지 시간은 군대를 둘러보고 있소. 내 건강 상태는 매우 양호하오. 어린 왕도 건강하게 지낸다 하오. 아이가 이제 젖을 떼려는 모양이오. 당신도 소식을 들어 알고 있으리라 믿소. 모든 것이 무척 평화롭소. 비가 약간 내리기 시작해서 기분이 상쾌하오. 내일은 쾨니히스베르크에 있을 것이오. 어서 당신을 만났으면 좋겠소. 업무가 많고 피곤한데도 나에게 뭔가가 부족하다는 걸 느끼고 있소. 당신을 하루에도 몇 번씩 만나던 흐뭇한 습관 말이오. 안녕, 나의 연인. 건강하고 즐겁게 지내시오. 그것이 나를 기쁘게 해줄 수 있는 방법이오. 당신의 충실한 남편 나폴레옹.〉

그는 다시 길을 떠나고 싶어 조바심을 냈다. 마차가 준비되는 것을 기다리지 않고 그냥 말에 올라탔다. 전속력으로 출발해 마리엔부르크, 쾨니히스베르크를 지났다. 그는 상트페테르부르크 주재 프랑스 대사관의 프레보 서기관을 접견했다. 프레보는, 알렉산드르 1세가 로리스통 장군에게 알현을 허락하지 않았다고 보고했다. 나폴레옹은 로리스통을 상트페테르부르크 주재 대사로 임명했었다.

나폴레옹이 말했다.

"그랬었군. 우리에게 항상 패배했던 러시아가 마치 승리자인 양 거드름을 피우며 우리를 자극하고 있군. 그들에게 감사해야 할 것이야. 그같은 행동은, 그들에게 다시는 주어지지 않을 천금 같은 기회를 놓치는 일일 테니까."

그는 몇 분 동안 입을 다물고 침묵했다. 마침내 그가 자리에서 일어서며 말했다.

"우리에 대한 러시아의 폭력을 호의로 받아들이고, 니에만 강을 건너도록 하세."

한기가 엄습해왔다. 들판은 온통 눈으로 덮여 있었다. 북국의 눈 덮인 6월의 밤은, 봄의 경치를 한 순간에 겨울 풍경으로 바꿔놓기에 충분했다.

그러나 태양이 떠오르리라. 태양이 떠오르면 눈도 녹을 것이다.

전령이 마리 루이즈의 편지들을 가지고 도착했다. 나폴레옹은 그 편지들을 훑어보고는 바로 답장을 썼다.

〈내가 당신을 얼마나 사랑하는지 알 것이오. 나는 당신이 건강하고 즐겁게 지내는지 알고 싶소. 그 고약한 감기는 다 나았는지 모르겠소. 아무도 당신에게 프랑스와 정치에 관해 말해주지 않는다고 괴로워하지 마시오…… 우리 아들은 어느새 자라서 걸어다니고 건강 상태도 좋다고 하오. 내가 바라던 일이 일어나지 않았다는 것을 알게 됐소. 그렇다면 그 일은 가을로 미뤄야겠소. 내일은 당신 소식을 들을 수 있으면 좋겠소…….〉

그녀는 임신하지 않았던 것이다.

가을에는, 그는 어디에 있을까?

1812년 6월 21일 일요일, 빌코비스키에 도착했다. 그 마을은

314

다부 원수의 군대가 점령했던 곳이었다. 가옥들 너머로 모래가 많은 언덕과 숲이 보였다. 그 언덕 뒤로 니에만 강이 흐르고 있었다.

아침부터 찌는 듯한 더위가 기승을 부렸다. 간밤에 내린 눈은 신기루 같은 것이었다.

마을의 한 초가집 방에서 그는 구술하기 시작했다.

그의 안에서 언제나 다시금 솟아오르는 이러한 힘이 바로 수년에 걸친 전쟁을 이끌 수 있게 하는 근원이었다. 그는 뒷짐을 지고 방 안을 거닐며 포고문을 구술했다.

〈병사들이여, 제2차 폴란드 전쟁이 시작되었다. 첫번째 전쟁은 프리트란트와 틸지트에서 끝났다. 틸지트에서 러시아, 프랑스에는 영원한 동맹을, 영국에게는 전쟁을 서약했었다. 그러나 오늘날 러시아는 그 서약을 위반하고 있다! 러시아는 어쩔 수 없는 숙명의 힘에 이끌린 것이다. 그들의 운명은 완성될 것이다. 러시아는 우리가 변했다고 생각하는가? 우리가 이제는 아우스터리츠의 군사들이 아니라는 말인가? 러시아는 우리를 불명예와 전쟁의 갈림길에 서게 하였다. 둘 중에 어느 쪽을 선택하느냐 하는 것은, 의심의 여지가 없는 것이다. 제2차 폴란드 전쟁은 제1차 전쟁과 마찬가지로, 프랑스 군대에게 영광스러운 일이 될 것이다. 우리 모두 앞으로 나아가자. 니에만 강을 건너가자!〉

그는 몇 시간 동안 눈을 붙였다. 1812년 6월 22일 월요일, 잠에서 깨어난 그는 편지를 쓰기 시작했다.

〈나의 착한 루이즈, 나는 한 시간 후면 떠나오. 더위가 극심한 걸 보니 바야흐로 한여름인가 보오. 내 건강은 양호하오…… 당신이 출발할 계획이 있을 때, 내게 알려주오. 밤에는 조심해서 걷도록 하시오. 먼지와 더위 때문에 여행은 몹시 힘들 것이오. 당신의 건강을 해칠 수도 있소. 하지만 밤에 움직이더라도 무리하지 않는

다면, 당신은 잘 견딜 수 있을 것이오. 안녕, 내 정다운 친구. 사랑하오. 나폴레옹.〉

방에서 나왔다. 바람 한 점 불지 않았다. 숨이 막힐 지경이었다. 눈앞에 보이는 소나무숲은 짙은 안개에 뒤덮여 있었다.
이윽고 나폴레옹은 입을 열었다.
"말에 올라라. 니에만으로 가자!"

제6부

칼을 뽑았다.
야만인들을 그들의 얼음구덩이 속에 처박아라

1812년 6월 22일~1812년 9월 14일

24
이번 전쟁은 신속하게 치러야 한다

나폴레옹은 소나무숲 사이로 나아갔다. 나무들 아래 은폐해 있던 병사들은 서로 간격을 넓히고 나무 둥치며 가지에 매둔 말들을 밀어 길을 터주었다. 일부 병사들은 황제에게 경의를 표하며 급히 받들어총 자세를 취했다.

그는 병사들에게 필요 이상 소란을 떨지 말라는 손짓을 하고 말에서 내렸다. 황제를 수행하던 마사 책임자 콜랭쿠르가 베시에르 원수와 궁정 대원수 뒤로크와 함께 그에게 다가왔다. 참모가 폴란드 창기병 장교의 외투와 검은 명주 모자를 가져왔다. 나폴레옹은 쓰고 있던 모자를 벗고 재빨리 옷을 갈아입은 뒤 다시 말에 올랐다. 그는 얼굴을 말의 갈기에 바짝 붙이고 숲의 기슭을 향해 질주했다.

울창한 숲이 끝나는 곳에 이르자, 소나무숲을 감돌던 땀 냄새와 말 냄새가 점차 걷히고 축축하게 젖은 풀잎들의 싱그러운 냄새가 느껴졌다.

깎아지른 듯한 언덕 아래, 몇백 미터 떨어진 곳에 니에만 강이 흐르고 있었다. 강 건너편, 완만한 경사를 이루며 호밀과 밀로 뒤덮인 러시아 땅을 내려다보았다.

저곳을 경계해야 하리라. 그곳 밀밭 사이로 말을 탄 코자크 족 정찰대가 수시로 돌아다니는 것이 목격되었다.

러시아 원정 대군은 20개 국가에서 모인 60여만 명의 병력이었다. 폴란드로 통하는 모든 길을 가득 메울 만한 규모의 대군이, 지금 니에만 강 숲속에 잠복해 도강 준비를 완료하고 있다는 사실을, 러시아가 눈치채서는 안 된다. 러시아로 하여금 폴란드 창기병들이 평소와 다름없이 강 유역을 드나드는 것이라고 믿게 해야 했다.

나폴레옹은 비탈 끝에서 말을 멈추었다. 그곳에서는 니에만 강의 굽이굽이를 바라볼 수 있었다. 그는 말을 달려 코프노 시를 마주 보고 있는 마을 포니에멘으로 향했다. 이쪽으로는 니에만 강의 폴란드 쪽 지류가 러시아 쪽 강의 앞줄기를 에둘러 흐르고 있다.

나폴레옹은 모래사장까지 내려갔다. 어두운 빛을 띤 강물은 흐르지 않고 멈추어 있는 것 같았다. 2백 미터만 더 가면 또다른 강이 나오리라. 거기서부터는 러시아 땅이다. 전쟁이 앞에 있는 것이다. 그는 니에만 강가에 잠시 멈춰 섰다. 니에만 강 한가운데 떠 있었던 뗏목과 틸지트 회담을 생각했다. 차르 알렉산더 1세를 만났던 그날이 오 년 전 1807년 6월 25일, 이 무렵이었다. 당시 그는 러시아와 맺은 동맹관계를 믿었으며, 유럽의 평화를 믿었다. 그러나 환상이었다.

그가 손짓하자 수행 참모들이 다가왔다. 그들 역시 폴란드 군복을 입고 있었다. 황제가 말했다.

"바로 이 지점에 군대가 건널 세 개의 다리를 설치하라. 에블레 장군에게, 내일 밤 안으로 다리를 완성해야 한다고 알리도록."

그는 한동안 동쪽을 바라보았다. 열기는 아직도 숨통을 조이는 듯했다. 더위는 외투 소맷자락으로 파고들며, 얼굴을 물어뜯는 모기떼와 함께 병사들을 괴롭혔다. 천둥 소리가 울렸다. 폭우가 몰려오고 있었다. 1812년 6월 22일 월요일 저물녘, 어스름한 하늘을 찢으며 번개가 날카로운 금을 긋고 있었다.

나폴레옹은 어둠을 뚫고 나우가르디스키 마을에 마련된 사령부를 향해 말을 달렸다. 숲 사이로 난 길을 타고 보병들이 행군하고 있었다. 저 멀리 마을 주변에서는, 식량 배급을 위해 세운 빵가마 주위로 병사들이 몰려들고 있었다.

나폴레옹은 말고삐를 당겼다. 무질서, 그야말로 아수라장이었다. 대열에서 이탈한 많은 병사들이 도둑질을 일삼고 있었다. 한눈에 상황을 파악할 수 있었다. 다섯 명의 장교로 구성된 임시 즉결재판소를 설치하고, 약탈자들과 낙오자들을 재판에 회부해 그들을 사형시키게 했다. 소속 부대에서 이탈하는 자들을 재집결시키기 위해 헌병대를 동원해야 했다. 그는 베르티에 원수와 다부에게 그 모든 지시를 내렸다. 60만의 총 병력 중 니에만을 건널 대군은 40만 명에 달했으며, 20개국이라는 많은 나라에서 모인 병사들로 구성되었기 때문에 그들을 결속시키기 위해서는 엄격한 군기가 필요했다.

나폴레옹은 숙소로 정한 오두막집에서 지도를 들여다보았다.

계획은 단순명쾌했다. 북쪽의 맥도날드 장군 군대는 리가를 향해 진군할 것이다.

"나는 중앙에서 으젠과 함께 빌나로 전진한다. 제롬은 다부와 함께 남쪽에 머물면서 남쪽을 지키고 있는 바그라티온과 토르마조프 장군의 군대를 공격하라. 일단 그 두 군대를 격파하고 나면, 우리는 다시 합류해, 북쪽에 진을 치고 있는 바르클레 드 톨리 장군의 군대를 향해 진군한다."

그는 지도 위에 선을 그어 러시아군을 둘로 갈랐다. 러시아의 바그라티온 군대와 바르클레 군대를 분리시킨 후, 그들을 차례로 쳐야 했다. 나폴레옹과 으젠이 지휘하는 군대가 그들 러시아군을 분리시키는 역할을 하는 사이에, 제롬과 다부의 군대가 바그라티온의 군대를 공격 격파하고, 다시 두 군대가 합류해 러시아군의 주력인 바르클레 군대를 공격하는 작전이었다.

갑자기 나폴레옹의 목소리가, 끊임없이 이어지는 천둥 소리에 묻혀버렸다. 그는 자리에 앉아 지도 위에 팔꿈치를 괴었다. 그는 거의 지도 위에 엎드려 있는 것처럼 보였다. 천둥 소리가 잠잠해지자, 그는 다시 한번 니에만 강을 돌아보겠다고 말했다. 그는 호위대를 물리치고 참모 하나와 콜랭쿠르, 그리고 악소* 장군만을 수행케 했다. 그는 다부 원수의 군대에서 공병대를 지휘하고 있던 이 공학도와 함께 재차 니에만 강변을 살펴보고 싶었다. 작전을 진행할 때는 세세한 점 하나하나가 모두 중요했다.

그는 강가를 따라 내려갔다. 폭우가 지나가고 난 땅은 진흙탕으로 변해 있었지만, 날씨는 여전히 찌는 듯했고 축축했다. 여러 마을을 지나던 나폴레옹은, 어느 한 마을의 교회 사제관에 불빛이 환히 켜져 있는 것을 주목했다. 기병대들이 교회 주위에서 야영하고 있었다. 그는 작은 방 안으로 들어섰다. 신부 하나가 무릎 꿇

---

* 프랑스의 뛰어난 장군, 1774~1838. 요새 건축의 전문가였던 그는 17세기 공성술과 방어요새 건축술을 혁신한 프랑스의 공병장교 보방에 견주어 '19세기의 보방'이라고 불렸다.

고 기도중이었다. 신부는 몇 마디 프랑스어를 웅얼거렸다. 나폴레옹이 물었다.

"누구를 위해 기도드리는 거요? 나를 위해서요, 아니면 러시아를 위해서요?"

신부는 성호를 그었다.

"황제 폐하를 위해섭니다."

"마땅히 그래야지, 폴란드인으로서, 그리고 가톨릭 교도로서 말이오."

나폴레옹은 신부의 목덜미를 가볍게 도닥거린 뒤, 그에게 나폴레옹 금화 1백 닢을 내리라고 콜랭쿠르에게 지시했다.

그는 어둠 속에서 말을 천천히 달리며 생각에 잠겼다. 모든 사건과 만남이 지표이자 신호이며 징조가 될 수 있었다. 그는 계몽사상을 옹호하는 이성의 인간이었으며, 수학이라는 학문에 열정을 느끼고 있었다. 하지만 수학은 모든 우주 현상을 해명해주지 못했다. 이성과 수학은, 어떤 사람들에겐 운명이란 것이 정해져 있으며 그 때문에 자신들의 꿈을 끝까지 밀고 갈 힘을 얻게 된다는 것을 설명하지 못했다.

그는 말고삐를 건성으로 쥐고, 수확기에 이른 밀이삭 사이를 질주하는 말에 몸을 내맡기고 있었다. 그런데, 돌연 말이 펄쩍 뛰었다. 산토끼 한 마리가 말의 다리 사이를 지나가는 바람에 말이 놀랐던 것이었다. 말에 매달리려 안간힘을 썼지만, 그는 밀밭 속으로 떨어지고 말았다. 그의 참모와 장군들이 말에서 뛰어내렸다. 그가 몸을 일으키려는데 누군가의 목소리가 들려왔다. 아마도 콜랭쿠르나 악소, 혹은 뒤따라온 참모 중 한 사람의 목소리였으리라.

"로마인이라면 여기서 물러섰을 겁니다. 이건 좋지 않은 징조입니다."

나폴레옹은 말없이 사령부로 돌아왔다.

—나는 이성을 지닌 인간이다. 징조라는 것은 믿지 않는다.

그럼에도 불구하고 그는 주위를 둘러싸고 있는 비서와 참모, 그리고 장군들의 표정을 살피지 않을 수 없었다.

—이들은 내가 말에서 떨어졌다는 사실에 뭔가를 생각하고 있다. 이들은 불안해하고 있다. 나 역시 짓누르는 불안감을 떨쳐버리기가 힘들다.

건너편 강 유역에 주둔해 있을 러시아군의 움직임에 관해선 전혀 정보가 없었다. 그곳을 정찰하겠다고 나서는 자가 아무도 없었다.

나폴레옹은 나르본 백작이 보고했던 이야기들을 상기했다. 그는 알렉산드르 1세를 마지막으로 만난 사절이었다.

백작은, 차르가 이렇게 말했다고 전했다.

"난 아무런 환상도 품고 있지 않소. 나폴레옹 황제가 얼마나 위대한 장군인지도 알고 있소. 하지만 보시오. 나에겐 광활한 공간과 시간이 있소. 수치스런 평화에 동의하기보다는, 이 나라에 내가 물러설 수 있는 한치의 땅이라도 남아 있는 한 나는 싸우겠소. 난 먼저 공격하진 않을 것이오. 하지만 러시아에 이방인 병사가 한 명이라도 들어온다면, 난 무기를 들지 않을 수 없소."

차르는 지도 위에 그려진 대륙의 끝을 가리키며 덧붙였다.

"만약 나폴레옹 황제가 전쟁을 일으킨다면, 그리고 그로 인해 러시아가 추구하는 정당한 목적에도 불구하고 행운이 그에게 미소짓는다면, 그렇다면 그는 베링 해협에나 이르러서야 평화 조약에 서명하게 될 것이오."

나폴레옹은 콜랭쿠르에게 물었다.

"러시아군이 전투에 나서리라 생각하나? 그렇다면 그곳이 어디일까? 빌나일까?"

콜랭쿠르는 러시아군은 싸우지 않고 도시들을 버리며 후퇴할 거라고 중얼거렸다.

나폴레옹이 말했다.

"그렇다면 폴란드는 내 것이지. 폴란드인들은 알렉산드르가 전쟁도 해보지 않고 폴란드를 포기했다고, 씻을 수 없는 치욕을 당했다고 생각할 걸세. 빌나를 내게 내준다는 것은 곧 폴란드를 포기한다는 뜻이야."

그는 스스로에게나 다른 이들에게 전쟁은 금방 끝날 것이며, 승리가 목전에 있다고 납득시켜야만 했다.

그는 말을 이었다.

"두 달도 못 가, 러시아는 내게 평화 조약을 요구하게 될 걸세. 대지주들은 공포에 사로잡히게 되겠지. 그들 중 많은 이들이 파산하게 될 것이고. 알렉산드르 황제는 난처한 지경에 빠지게 될 것이야. 러시아인들은 근본적으로 폴란드에 대해선 그다지 걱정하지 않았고, 폴란드로 인해 자기네가 망하게 되리라고는 전혀 생각지 않았을 테니까 말일세."

그는 뒷짐을 지고 방 안을 성큼성큼 거닐며 코담배를 들이마셨다. 그러더니 콜랭쿠르 앞에 멈춰 서서 심각한 표정을 하고 낮은 목소리로 물었다. 사령부에서 자신의 낙마에 대해 수군거리는 소리가 없느냐고.

콜랭쿠르는 대답을 회피했다.

나폴레옹은 단호한 목소리로 말했다.

"다리가 놓여지는 대로, 병력들은 니에만 강을 건너게 될 걸세."

그는 몇 시간 수면을 취한 뒤 일어났다. 1812년 6월 24일 수요일 새벽 세시, 그는 니에만 강을 향해 전속력으로 말을 달렸다.

이미 자정 무렵에 완성된 세 개의 다리 위로 군대가 천천히 이동하기 시작했다. 불규칙한 그들의 발걸음 소리는 은은한 진동을 일으키며, 강 양쪽 언덕 사이로 울려퍼졌다. 그것은 마치 파도가 부서지는 소리 같았다.

그는 다섯시에 니에만 강을 다시 건너, 좌안의 높은 지대에 마련해놓은 자신의 막사로 돌아왔다. 그는 망원경을 들고, 세 그룹으로 나뉘어 이동하는 엄청난 규모의 병사들을 지켜보았다. 세 개의 다리를 건너, 강 우안에 이른 군대는 갈라졌다. 언덕이며 계곡이 병사들과 말들과 수레들로 뒤덮여 있었다. 그들이 든 무기들이 밝아오기 시작하는 햇빛을 받아 반짝이고 있었다. 진군하는 병사들 무리 위로 황톳빛 먼지가 일었다. 이제 막 아침이 시작되었을 뿐인데, 벌써부터 더위가 찌는 듯했다!

이 얼마나 막강한 군대인가! 그는 말 채찍으로 자신의 장화를 두드리며, '말보로가 전쟁터로 간다'는 노래를 흥얼거리며 천천히 거닐었다. 그 누가 이런 막강한 군대에 저항할 수 있단 말인가?

그는 자욱한 먼지와 병사들을 헤치고 앞으로 나아갔다. 정찰병들이 러시아군의 흔적을 찾아볼 수 없다는 전갈을 가져왔다. 코자크 족만이 가끔 눈에 뜨일 뿐이라는 것이었다.

군대는 또다른 강, 빌리아를 건넜다. 전위부대는 벌써 코프노 시에 진입하고 있었다. 러시아인들은 도망가고 없었다. 빌나에 이르는 길이 무방비 상태로 열려 있었다. 전진, 빠르게 전진해야 하리라.

하루 종일 빈틈없이 일에 매달렸다. 정찰병들의 보고를 듣고, 전문들을 받고, 명령을 하달했다. 6월 25일 오후 네시, 그는 다시 말안장에 올랐다.

말들이 배가 부풀어오른 채 옆으로 쓰러져 있었다. 죽어가는 말들이었다. 덜 익은 호밀을 사료로 먹었던 것이다. 많은 병사들이 태양 아래 큰 대(大) 자로 널브러져 있었고, 어린 신병들은 불덩이 같은 태양 아래서 몇 시간을 걸은 뒤 탈진해 죽어가고 있었다.

그는 뮈라와 다부와 함께 길을 멈추고 주위를 둘러보았다. 그가 말했다.

"빨리 이동해 러시아인들을 덮쳐야 해. 도망치지 못하고, 우리와 싸울 수밖에 없도록 말일세."

밤이 내리면서 폭우가 몰아치기 시작했다. 그는 코프노의 한 집에 잠자리를 마련했다.

찌는 듯 더운 좁은 방에서 잠들면서, 황제는 궁전에서 보낸 마리 루이즈와의 밤을 생각했다. 그 동안 보지 못한 아들도 머릿속에 떠올랐다.

이번 전쟁은 신속히 치러야 하리라.

그는 황후에게 편지를 썼다.

〈친구여, 나는 24일 새벽 두시에 니에만 강을 건넜소. 오늘밤에는 빌리아 강을 건넜소. 난 지금 코프노 시의 주인이오. 아직 아무런 중요한 사건도 일어나지 않았소. 나는 건강하오. 하지만 이곳의 날씨는 무척 덥소. 난 오늘밤 다시 길을 떠나, 내일 오후에 빌나에 도착하게 될 것이오. 내 일은 잘 진행되고 있소. 즐겁게 지내도록 하오. 약속했던 때가 되면 다시 만날 수 있을 것이오. 당신의 충실한 남편 나폴레옹.〉

25
이 나라의 밤은 낮만큼이나 우울하다

　　나폴레옹을 태운 마차는 빌나를 향해 구르고 있었다. 러시아군은 맞서 싸우기를 회피했다. 러시아군의 총사령관 바르클레 드 톨리는 후퇴를 거듭했다.

　　나폴레옹은 마차 밖으로 몸을 기울였다. 먼지가 살갗에 들러붙고 눈을 찔렀다. 이집트 사막의 열기가 떠올랐다. 하지만 끈적이는 것 같은 이곳 더위가 더 숨막히게 했다. 게다가 해가 지면 자주 차가운 폭우가 쏟아져내려 모든 길을 진흙구덩이로 만들었다가, 해가 뜨고 몇 시간만 지나면 다시 바싹바싹 메마른 대지는 먼지를 날렸다.

　　그는 보병 행렬과 뷔르템베르크 경기병들 사이를 지나 앞으로 나아갔다. 장막처럼 드리워진 먼지들 뒤로, 새카맣게 파리떼에 뒤덮인 말들의 시체가 보였다. 들판 곳곳에 대열에서 이탈한 기병들과 보병들이 눈에 띄었다. 배를 채울 것을 찾는 것이리라. 식량 보급이 제대로 되지 않고 있었던 것이다.

하지만 앞으로, 앞으로 진군해 나아가야 했다.

6월 28일 일요일, 빌나를 몇 킬로미터 앞둔 지점에서 나폴레옹은 마차에서 내려 말에 올랐다.

도시는 아름다웠다. 하지만 이곳에서도 러시아인들은 찾아보기 어려웠고, 도시에 남아 있는 폴란드인들에게서도 기쁨의 환희가 느껴지지 않았다. 바로 며칠 전, 니에만 강 서쪽 폴란드의 도시들에서 그를 맞이하던 열정은 모두 어디로 사라졌단 말인가? 이곳의 폴란드인들은 자신들을 지배하는 러시아 주인에게 만족하고 있단 말인가? 그들은 도대체 조국의 재건을 원하기는 하는 것인가? 바르샤바에서 열린 폴란드 의회에서 그들이 보여주었던 열정은 단지 말뿐이었단 말인가?

나폴레옹은 불과 며칠 전까지 알렉산드르 1세가 거처했던 집 안으로 들어갔다. 러시아 황제는 자신의 군대 중앙에 사령부를 마련해놓고 있었다. 그는 내부를 둘러보았다. 그는 어떤 힘을 느낄 수 있었다. 하지만 감흥 같은 것은 없었다.

베르티에는 코프노에서 빌나로 오는 길에 수천 마리의 말들이 죽어 있었다고 보고했다. 피로와 더위, 덜 익은 호밀 때문이었다. 아마도 죽은 말들의 수는 만에 이를지도 모른다. 행군에 지친 병사들은 스스로 목숨을 끊기도 했다. 삼십 킬로그램이나 되는 군장을 짊어진 그들은 헉헉거리고 있었다. 이질에 걸린 자들도 많았고, 끊임없이 모기떼에 시달리고 있었다. 무엇보다도 배를 채울 빵이 없었다.

나폴레옹은 불같이 화를 냈다.

"장군들은 새벽 네시에 일어나 직접 방앗간과 창고를 둘러보고, 하루당 삼만 명분의 식량을 준비시키도록 하라! 장군들까지 잠에 곯아떨어져 있거나 눈물이나 짜고 있다면 도대체 어쩌자는 말인가! 그렇게 해서는 아무것도 얻을 수 없다!"

그는 지도와 군대 명부를 살펴보았다.

"우리는 이 나라에서 너무 많은 말들을 잃어버렸어. 그 때문에 프랑스와 독일의 모든 재원과 더불어, 군대들을 효율적으로 움직이는 데 큰 어려움이 따를 것 같네."

근위대만큼은 무슨 대가를 치르더라도 지켜야 했다. 근위대를 위한 20일분의 식량은 확실하게 확보해야 했다. 근위대는 군율의 모범을 보여야 했다.

그는 콜랭쿠르와 베르티에만을 남기고 모두 물러가게 했다.

그는 자리에 앉아 지친 목소리로 중얼거렸다.

"빌나와 리투아니아의 폴란드인들은 바르샤바의 폴란드인들과는 다른 것 같군."

그는 코담배를 맡았다. 좀 전에 베르티에는, 알렉산드르 1세가 보낸 사절이 차르의 서신을 전하기 위해 황제를 만나고 싶어한다고 알렸다. 차르의 사절 발라초프 장군, 그는 러시아의 치안장관이었다.

나폴레옹은 일어나 방 안을 거닐며 말했다.

"나르본 백작 앞에서 그토록 자신만만하게 굴던 내 형제 알렉산드르가 벌써 타협을 원하는군! 겁이 난 거야. 내 작전에 러시아인들이 당황한 것이지. 한 달도 못 가, 그들은 내 앞에 무릎을 꿇을 걸세."

러시아인들이 그가 원하는 평화 협정에 서명하지 않을 수 없게끔 만들어야 했다. 그는 먼저 명령을 하달한 후, 알렉산드르의 편지를 읽고, 발라초프를 만날 생각이었다.

알렉산드르가 사절을 보냈다는 소식은 그의 기운을 북돋아주는 것이었다. 그는 잠잘 생각조차 하지 않았다. 그는 참모들을 사방에 파견했다. 남쪽 지역에서는, 다부와 제롬이 바그라티온을 공격해야 한다. 빌나에서부터 글루보코이 방향으로 전위부대를 진격시켜야 한다. 그럼으로써 러시아군이 드리사 요새에 구축해놓은 강력한 방어 진지를 우회할 수 있을 것이다.

그는 참모들에게 질문을 던졌다.

"포로는 얼마나 되나?"

포로가 없었다. 전투는 없었지만, 이 정도 진군해 왔으면 탈영한 러시아 병사들이라도 포로로 잡았어야 옳았다. 그런데 포로들이 없다는 사실이 아무래도 불안했다. 그의 표정이 갑자기 어두워졌다. 힘이 약해진 군대는 와해되고 병사들은 굴복하는 법이다. 그는 아일라우를 떠올렸다. 악착같이 포기하지 않던 러시아 병사들, 프리트란트 전투에서는 러시아군 한 부대가 옥쇄작전을 펴기도 했던 게 떠올랐다.

평화 협정의 가능성을 열어놓아야 했다. 지금 당장 폴란드를 독립시킬 수는 없었다. 협상의 문을 열어놓아야 하는 것이다.

이 노예의 나라에서, 농노들을 해방시키고 그들로 하여금 농민 반란을 일으키도록 부추길 수도 있으리라. 지난 몇 달간 읽은 러시아 역사서들에서, 그는 코자크인 혁명가 푸가초프*라는 인물에 감명받았다. 푸가초프는 삼십 년 전, 농민 폭동을 일으켜 모스크바를 위협했던 인물이었다. 하지만 만일 그가 노예 제도의 폐지를 설교하며 반란의 불을 지핀다면, 누가 그 불길을 멈추게 할 수 있단 말인가? 혁명이 결국 어디에까지 이를지, 누가 예상할 수 있

---

* 러시아의 대표적인 농민 반란인 푸가초프의 난(1773~1775)의 지도자, 1742경 ~1775.

겠는가?

그는 단지 러시아를 상대로 승리를 거두려는 일개 정복자가 아니었다. 그는 왕들의 황제였다. 그는 승리와 평화를 원했으며, 질서를 원했다.

그는 알렉산드르의 편지를 읽었다.

—뭐라고? 내가 회군해서 니에만 강을 건넌다면 협상하겠다고? 이것이 바로 차르가 제안하는 것이란 말인가?

그는 뒤로크와 베르티에 앞에서 편지를 흔들며 소리쳤다.

"알렉산드르가 나를 조롱하는 것인가? 그는 내가 교역 협상이나 벌이자고 빌나에 왔다고 믿는 거야? 나는 야만적인 러시아를 상대로 결판을 내려고 왔어. 이미 칼을 뽑았다구. 야만인들을 그들의 얼음구덩이 속에 처박아야 해. 그들이 앞으로 이십오 년 동안은 문명의 땅 유럽의 일에 끼어들지 못하도록 할 것이다."

그는 경멸스럽다는 듯 인상을 찌푸렸다.

"알렉산드르는 이제서야 일의 심각성을 깨닫고, 자신의 군대가 분리되었다는 것을 안 거야. 겁이 나자 어떻게든 수습하고 싶었겠지. 하지만 나는 모스크바에 가서 평화 협정을 맺을 것이다. 에어푸르트 이후로 알렉산드르는 너무 거만하게 굴고 있어…… 그렇게 승리가 필요하다면, 페르시아나 치라고 해. 유럽 일에는 끼어들지 말고."

그는 밖으로 나왔다.

더위와 먼지, 그리고 거의 끈적끈적하다 싶은 안개로 뒤덮인 붉은 벌판이 더욱 신경을 곤두서게 했다. 그는 빌나에서 6킬로미터쯤 떨어진 곳에서, 보병대와 용기병대를 사열하기로 했다.

하루가 저물어가고 있었지만, 대기는 여전히 뜨거웠다. 병사들은 수시간 동안 분열행진을 했다. 그는 먼지구름 사이에 서서 미동도 하지 않고 병력을 지켜보았다. 열병식이 끝나자, 하늘에서 빗줄기가 쏟아붓기 시작했다.

야만적인 기후였다.

숙소로 돌아온 그는, 차르의 사절 발라초프를 저녁식사에 초대
했다. 7월 1일 수요일 저녁 일곱시, 이 러시아인은 완강해 보이는
얼굴에 매서운 눈빛이었다. 발라초프는 시선을 떨구지 않았다.

나폴레옹은 물었다.

"당신들은 이 전쟁에서 무엇을 기대하고 있소? 난 싸우지도 않
고 한 지방 전체를 장악했소. 두 달간 빌나에 진을 치고 있던 당
신네 군주를 생각해서라도, 당신들은 그 지방을 지켰어야 했소.
지금은 전 유럽이 나를 따르고 있소. 그런 나에게 당신들이 어찌
저항할 수 있단 말이오?"

"우리는 우리가 할 수 있는 바를 할 것입니다, 폐하."

나폴레옹은 어깨를 으쓱였다.

"난 이미 빌나에 와 있지만, 아직도 나는 우리가 왜 싸워야 하
는지 모르겠소. 알렉산드르 황제는 자신의 국민들 앞에, 이 전쟁
에 대한 책임을 져야 할 거요……."

발라초프가 그의 분노를 자극하고 있었다. 그자의 차분한 태도
가 마음에 들지 않았다. 나폴레옹은 그 평온함을 깨부수고 싶었다.

"모스크바로 가는 길이 어디요?"

발라초프는 잠시 망설이더니 침착한 목소리로 대답했다.

"폐하, 그런 질문은 저를 조금 난처하게 합니다. 러시아 역시
프랑스인들처럼 모든 길은 로마로 통한다고 말하고 있습니다. 모
스크바로 향하는 길은 마음대로 선택할 수 있지요. 카를 12세는
폴타바를 경유하는 길을 선택했었지요."

발라초프는 은근히 카를 12세의 패배를 언급하는 것이다. 나폴
레옹도 당시 스웨덴의 패배에 대해 알고 있었다.

—내가 불안해한다고 생각하는가? 알렉산드르와 발라초프는 내가 누군지 알기나 하는 것인가?

그는 알렉산드르에게 보내는 답장을 구술했다.

〈폐하는 십팔 개월 동안이나 협상을 거부해왔소…… 그래서 우리 사이에 전쟁이 선포된 것이오. 신조차도 이미 저질러진 일들을 돌이킬 수는 없을 것이오. 하지만 내 귀는 평화 협상을 위해서라면 늘 열려 있소…… 폐하 스스로 믿음과 인내가 부족했음을 시인하고, 내게 진심으로 잘못을 인정할 날이 오길 바라오. 폐하는 나라를 통치하는 데 있어 실수를 한 것이오.〉

알렉산드르는 답장을 보내오지 않았다. 그는 패배하고 나서야 고개를 숙이리라. 매일매일 나폴레옹은 지도를 검토하고, 빌나 주변을 둘러보았다. 포로로 잡힌 러시아 병사나 전리품은 여전히 없었다.

—남쪽에서는 제롬, 내 아우 제롬이 다부 원수의 지시와 충고를 따르기를 거부하고, 바그라티온의 러시아 군대는 도망치는 데 성공했다. 제롬, 내 아우 제롬은 자신의 베스트팔렌 병력 4만을 데리고 군대를 떠나버렸다!

나폴레옹은 격노했다. 그는 제롬과 다부를 원망했다.

밤이 되자, 그는 마음을 가라앉히기 위해 마리 루이즈에게 편지를 썼다.

〈어린 왕은 잘 지내고 있는지. 빌나는 4만의 영혼을 담고 있는 아주 아름다운 도시요. 나는 며칠 전까지만 해도 알렉산드르 황제가 살았던 꽤 아름다운 집에 머물고 있소. 그는 내가 이렇게 일찍 이곳에 들어오리라고는 전혀 생각지 못했겠지…… 우리는 폭우와 무더위를 번갈아가며 맞고 있소. 이 나라의 수확은 아주 풍성할 것이오. 어린 왕을 안아줄 수 있는 당신의 행복이 부럽소. 내 대신 그 아이를 안아주시오. 벌써 많이 컸겠지. 그가 말을 하기 시

작했는지 알려주시오. 내가 얼마나 당신을 사랑하는지 당신은 알
거요. 나폴레옹.〉

폭우가 내렸다. 이어서 불타는 듯한 더위가 찾아오고, 그리고
다시 폭우가 내렸다. 나폴레옹은 매일 몇 시간씩 말 위에 올라앉
아 지냈다.

그는 코프노로 향하는 길에서, 바이에른 병력 2개 사단의 분열
행진을 지켜보았다. 전 군대를 다시 조직해야 했으며, 비상 식량
과 탄약이 도착해야 했다. 기다려야 했다. 빌나에 머무른 지도 벌
써 십칠 일째가 되어가고 있었다. 앞으로 나아가야 했지만, 그는
경솔한 짓을 저지르고 싶지 않았다. 그는 주위의 근심어린 시선을
느끼고 있었다. 그들은 이미 내려졌어야 할 전투 명령을 기다리고
있었다. 대양과 같은 자신들의 영토 안에서 자취를 감춰버린 러시
아 군대를 어떻게 하면 포위할 수 있단 말인가?

1812년 7월 16일 목요일, 군 대열을 검열하고 빌나로 돌아오는
그에게 멘느발이, 전위부대를 지휘하고 있는 뮈라가 보낸 두 장의
급송 전문을 가져왔다. 나폴리 왕 뮈라는 러시아 군대가 자신의 기
병대 일개 부대를 급습하여 붙잡아갔다는 소식을 전하고 있었다.

급습이라고! 바보 같은 뮈라!

두번째 전문은 러시아군이 이 년에 걸쳐 구축한 드리사의 요새
를 비우고 퇴각했다는 소식이었다!

나폴레옹은 주저하지 않았다. 그들을 추적해야 했다. 그들을 붙
잡아 전멸시켜야 하리라.

같은 날인 7월 16일 목요일 밤 열한시, 그는 마차에 올랐다. 밤
새도록 글루보코이를 향해 달릴 것이다.

야영지의 불빛이 여기저기에서 빛나고 있었다. 외침 소리도 노
랫소리도 들려오지 않았다. 이 나라의 밤은 낮만큼이나 우울했다.

26
적의 주검에서는 언제나 좋은 향기가 난다

오후 서너시쯤이었다. 나폴레옹은 글루보코이에 있는 카르멜회* 수도원의 궁륭형 천장이 있는 어두운 홀에 앉아 있었다. 1812년 7월의 후반기 보름, 이 시간대는 하루 중 더위가 가장 강렬한 때였다. 돌벽 안쪽에 앉아 있어도 공기는 숨통을 조여왔다. 편지를 쓰거나 구술만 해도 온몸이 땀으로 흠뻑 젖었다. 밖엔 하늘을 가득 채우며 쏟아지는 눈부신 태양빛으로 들판이 후끈하게 달아올라 있었다. 군대들은 이런 폭염 속에서는 행군하지 않았다. 말들은 몇 뼘 되지 않는 그늘 아래 몸을 밀착시킨 채 몰려 있었다.

_____

* 중세에 창설된 탁발 수도회(집단적·개인적 청빈을 위해 구걸하며 생활하던 수도회) 중의 하나.

많은 말들이 길 위에서 죽어갔고, 병사들이 반쯤 베어가고 남은 말들의 시체는 썩어가고 있었다.

나폴레옹은 편지를 썼다. 반 시간 후, 태양이 기울기 시작하여 하늘의 일부를 포기하고 나면, 그때 밖으로 나가 빵 굽는 화덕들과 포대기지, 야전병원들을 둘러볼 생각이었다. 밤이 되면 동쪽으로, 모히레프와 비텝스크로 정찰대를 보낼 것이다. 밤에는 바이에른 군대들을, 새벽에는 근위대를 사열할 것이다. 그리고 다시 이곳으로 돌아와 급송 전문들을 검토하고, 참모들의 말을 경청하고, 편지를 쓸 것이었다.

〈나의 친구여, 난 지금 아주 아름다운 지방에 위치한 카르멜 회수도원에 머물고 있소. 나는 아주 건강하오. 내가 빌나에서 240킬로미터 떨어진 곳에 있으며, 당신으로부터 더 멀리 떠나온 것임을 알 수 있을 거요. 지금쯤 당신이 생 클루에 도착하였으리라고 생각되오. 나 대신 어린 왕에게 키스를 해주오. 사랑스러운 아이라고들 하더군. 그 아이가 당신에게 어떤 행동을 하는지, 말은 하기 시작했는지, 걷기는 하는지, 그리고 그 아이가 커가는 모습에 당신이 만족하고 있는지 내게 말해주오. 난 더 바랄 게 없을 정도로 아주 건강하오. 파리에서보다 더 잘 지내고 있소. 나는 당신이 내축일날 파리에 가는 게 좋을 거라 생각하오. 가서 음악회 자리를 빛내주시오. 내 일은 잘 진행되고 있소. 나의 다정한 루이즈가 내곁에 없다는 게 유일하게 아쉬운 점이지만, 당신이 내 아들 곁에 있다는 사실에 안심하고 있소. 난 미사에 참석할 것이오. 일요일이잖소. 당신이 파리와 프랑스를 좋아하고 즐겁게 지내기를 바라오. 안녕, 나의 연인이여. 나폴레옹.〉

그는 잠시 우두커니 앉아 있었다. 프랑스와 마리 루이즈, 그리고 자신의 아들을 언제 다시 만나게 될 것인가? 러시아군은 후퇴하고 있었다. 더위와 앞으로 걸어가야 할 먼 행군의 길이 대군을 서서히 무너뜨리고 있었다. 식량 보급이 이루어지지 않고 있었다. 낙오자들과 탈영병들, 약탈자들의 수가 벌써 수만 명에 이르고 있었다. 아직 그의 손안에 남아 있는 병력은 얼마나 될 것인가? 이십만? 베르티에는 정확한 상황 보고조차 하지 못하고 있었다.

나폴레옹은 자리에서 일어나 구술하기 시작했다.

〈식량을 조달하면서 생기는 무질서 때문에 매일 많은 수의 병사들을 잃고 있다. 각 군대의 지휘관들은 상호협조하여 우리 군의 와해를 부추기는 이러한 상황을 바로잡기 위한 조치를 서둘러 취하라. 적에게 생포되는 포로들의 숫자가 매일 수백 명씩 증가하고 있다. 프랑스군을 지휘한 지 이십 년이 되도록, 나는 이처럼 무능한 군사 행정을 본 적이 없다. 아무도 없다. 이곳에 파견된 인간들은 수완도 아는 것도 없다.〉

게다가 러시아군이 원정 대군의 병사들에게 보내는 인쇄물들까지 있었다. 그는 그 인쇄물을 다시 읽었다. 그것은 여러 나라 말로 적혀 있었는데, 전초(前哨)에 뿌려진 것이었다.

〈당신들의 나라로 돌아가시오. 아니면 러시아로 망명하시오. 이곳에서는 징병 따위는 없으며, 당신들을 한시도 속박에서 빠져나오지 못하게 하는 군사독재 같은 것도 없소.〉

그는 인쇄물을 내던졌다. 그의 두 손과 정신이 더럽혀진 것 같았다. 군주들 간의 전쟁이 이런 것인가?

그는 말했다.

"내 형제 알렉산드르는 이젠 아무것도 꺼리질 않는군. 나 역시 그의 농노들을 자유의 기치 아래 불러모을 수 있어."

하지만 그는 그러기를 거부했다. 길을 걸어오는 동안 그는 오두막집들에서 러시아 농노들 몇 명을 보았었다. 으젠은 벌써 몇 번이나 그를 찾아와 농노 제도를 폐지하도록 부추겼었다. 농노들이 해방된다면 어찌 될 것인가?

그는 말했다.

"난 러시아 민중 대다수를 이루는 농민계급의 우매함을 잘 알고 있다. 난 그들을 죽음으로, 황폐로 몰아가고 많은 가족들을 끔찍한 고통 속에 빠뜨리는 그러한 조치에 반대한다. 그 문제에 관해서는 더이상 언급하지 말라."

그는 오랫동안 알렉산드르 1세 곁에서 대사를 지내면서, 러시아 황제에게 속아넘어간 콜랭쿠르와 대화를 나누었다. 마사 책임자는 공격을 그만두어야 한다고 줄기차게 주장했다. 콜랭쿠르는, 질병과 탈영 때문에 야기되는 손실에 대해 베르티에 원수와 대화를 나누지 않는 날이 하루도 없었다. 그들은 병사들이 포로를 잡아들이기는커녕 전방 정찰조차 하지 못하는 이유가 말들이 지쳐 있기 때문이라고 설명했다. 뮈라가 자신의 기병대를 전방으로 내보내고 있는 것은 경솔하고 쓸모없는 짓이라고, 그들은 넌지시 비판했다. 뮈라가 제출하는 보고서는 지나치게 낙관적이라는 것이었다.

그들이 말했다.

"폐하께 진실을 말씀드려야 하겠습니다. 기병대가 와해되고 있습니다. 지나치게 오랜 행군이 그들을 무너뜨리고 있습니다. 돌격전이라도 벌어지게 되면, 말이 지쳐 있는 상태라 우리의 용감한 병사들은 뒤처질 것입니다."

―베르티에와 콜랭쿠르는, 알렉산드르를 무너뜨린 후에야 평화가 가능하리라는 것을 이해하지 못하는가. 이들은 차르가 러시아 민중들에게 발표한 포고문을 읽기나 한 것인가?

〈러시아 민중들이여, 다시 한번 그대들은 덤벼드는 사자들과 호랑이들의 이빨을 깨부수어버렸다. 가슴에 십자가를 걸고 손에 무기를 들고 단결하라…… 우리의 목적은 온 땅을 파괴하려는 독재자를 쳐부수는 것이다. 그자가 제국의 어디를 가든, 그의 술책과

거짓말에 더이상 속지 않는 그대들, 그의 황금을 짓밟아버리는 러시아 민중들을 만나게 될 것이다.〉

　―독재자! 내가 독재자란 말인가!

　나폴레옹은 멸시하는 듯한 몸짓을 했다. 그는 콜랭쿠르의 팔을 잡아끌었다.

　"자네 친구 알렉산드르는 사기꾼이나 다를 바 없네. 하지만 난 그를 원망하지 않아. 그는 자기 군대의 힘을 잘못 평가하고 있고, 그 군대를 제대로 지휘할 줄도 모르고 있어. 그런데도 그는 평화를 원하지 않아. 그는 전혀 합리적이지 못해. 사람은 강하지 못할 바에는 정치적인 인간이 되어야 하네. 그가 추구해야 할 정치는 바로 평화를 실현하는 것이야. 만일 우리가 서로 대화하게 된다면, 우리는 그 자리에서 합의를 볼 수 있을 걸세. 내가 그를 상대로 벌이고 있는 전쟁은 오로지 정치적인 것이기 때문이지."

　그러나 협상하기 위해서는, 우선 그에게 싸움을 강요해야 했다. 진군해야 했다.

　병사들은 텐트 아래에서 잠을 잤다. 더위가 한풀꺾이자, 이제는 비가 내렸다. 마을들은 모두 비어 있었다. 오두막집들은 버려져 있었고, 사람은 그림자도 보이지 않았다. 도대체 어떤 민중이 자기네 황제의 명령에 이토록 복종할 수 있단 말인가?

　정적에 싸인 마을들. 태양과 열기에 짓눌려 있다가도 이따금씩 엄청난 폭우가 퍼붓는 광활한 공간. 몇 개의 후위부대들이나 몇 명 단위의 코자크 족 기병들만을 간신히 따라잡을 수 있을 뿐, 그 실체를 파악할 수도 없는 호전적이고 잘 조직된 군대. 이 모든 것들이 그를 근심스럽게 했다.

　한정된 공간에서, 쌍방의 군대가 맞붙어야 했다.

　그는 막사 안으로 들어갔다. 7월 25일 토요일 정오였다.

〈나의 연인이여, 당신에게 편지를 쓰지 않은 채 이틀을 보내고 싶지 않소. 비가 많이 내리고 있소. 우리는 더위에 시달리며 강행군을 계속하고 있소. 어제부터 전령이 도착하지 않고 있소. 많이 걸었지만, 오늘 저녁엔 군대 사열까지 마쳤소. 나는 이곳 드비나 강을 건너, 이 나라에서 가장 큰 도시 중 하나인 비텝스크를 향하고 있소. 이 나라의 올 수확은 풍성하고 보기에도 최상일 듯싶소…… 어린 왕에 대한 자세한 소식들을 기다리고 있소. 당신은 그 아이가 부쩍부쩍 크는 것을 보겠구려. 아이가 무척 많이 먹는다고 하더군. 내 건강은 아주 양호하오. 내 일들도 잘 되어가고 있소. 안녕, 나의 연인이여. 나폴레옹.〉

다부와 뮈라와 네는 오스트로프노에서 승리를 거두었다. 하지만 바그라티온과 오스테르만의 러시아군은 포위망을 빠져나가고 말았다. 본대가 후퇴할 시간을 벌기 위해, 후위부대가 싸움을 벌였던 것이다.

그들을 따라잡아야 했다.

나폴레옹은 대부분의 밤 시간을 말 위에서 지냈으며, 다시 날이 밝으면 군대들의 사기를 돋워주었다. 병사들은 그의 모습을 보면, '황제 폐하 만세!'를 외쳤다.

그는 언덕 정상에서 말을 멈추었다. 불과 몇백 미터 떨어진 곳에서, 러시아 기병대가 소규모의 선발 보병부대를 공격하고 있었다. 고립된 보병부대 병사들은 서로 등을 맞댄 채 여러 시간에 걸쳐 공격을 막아내고 있었다.

나폴레옹은 전투가 끝나기가 무섭게 그들에게 다가갔다. 포로 몇 명을 잡아온 보병도 있었다.

그가 크게 외치며 말했다.

"자네들은 모두 용감하다. 모두 훈장을 받을 만해."

병사들은 총을 받들어 세우며 황제에게 환호를 보냈다.

나폴레옹은 말을 달리며 그들에게서 멀어졌다.

군대는 아직 열의가 넘치고 있었다. 그들은 오로지 진정 위대한 전투, 위대한 승리를 맞지 못했을 따름이었다.

그러나 들판은 황량하게 비어 있었다. 전위 부대가 적군이 있다고 알려왔으나, 비텝스크와 드비나 강을 굽어보는 고원에, 적의 움직임은 전혀 보이지 않았다. 나폴레옹은 말을 타고 그 고원 위를 달렸다. 그가 박차를 가할 때마다 말이 뛰어올랐다.

그는 참모들을 불렀다. 러시아군은 어디 있는가? 적군이 어디로 도주했는지, 정보를 알아낼 만한 포로 하나, 농부 하나 없었다.

비텝스크로 되돌아가야 했다. 나폴레옹은 백러시아*의 총독 뷔르템베르크 왕자의 궁전을 거처로 정했다. 먼지투성이의 조촐한 건물이었다. 곳곳에 수도원과 교회가 들어서 있는 거대한 도시는 텅 비어 있었다. 단지 몇 명의 유태인들이 남아, 병사들에게 밀가루를 팔고 있을 뿐이었다. 병사들이, 덤불 아래 잠들어 있던 농부 하나를 붙잡아 황제 앞으로 데려왔다.

농부는 무릎을 꿇고 말을 더듬거렸다. 러시아 군대의 이동은 나흘 전부터 시작되었으며, 그들은 스몰렌스크로 가는 길로 향했다는 것이었다.

나폴레옹은 농부를 돌려보냈다. 그는 이날 저녁 각 군대 지휘관들을 불러 모았다.

그가 말했다.

"러시아군은 아마도 스몰렌스크에서 전투를 치르고 싶어하는 것 같네."

그는 지휘관에게 각 군대의 상황을 물었다. 나폴리 왕 뮈라는

---

* 현재의 벨로루시 공화국의 옛이름.

'기병대가 기진맥진해 있다'고 말했다.

나폴레옹은 귀기울였다. 병사들은 함성을 지르고 있었지만, 다들 지쳐 있다는 것을 그는 충분히 감지하고 있었다. 다시 진군하여 결정적 전투를 벌이기 위해서는, 자신이 직접 나서서 병사들을 독려하고 장악할 필요가 있었다. 그렇다면 조일 것은 조이고, 북돋울 것은 북돋워야 하리라! 매일 아침 여섯시, 광장에서 열병식이 있을 것이다. 식량 조달에서부터 수송, 야전병원에 이르기까지 모든 부문을 재정비하고, 매일 황제가 직접 군대를 사열할 것이다.

그는 지휘관들을 물러가게 했다.

여느 날처럼 그는 마리 루이즈에게 몇 줄의 편지를 썼다. 전쟁의 공기가 아닌 또다른 공기를 들이마시기 위해.

〈나의 연인이여, 지금 이곳은 참기 힘들 정도로 무덥소. 숨이 막힐 지경이오. 우리가 있는 곳에서 모스크바까지는 불과 4백 킬로미터밖에 안 되오. 파리에 대해서 당신이 알고 있는 것들, 그리고 사람들이 전해주는 것들을 내게 알려주오. 어린 왕이 말을 하기 시작하고 뭔가를 느끼기 시작했다니, 당신을 얼마나 즐겁게 하겠소. 대식가인데다가 소란스런 작은 악마라고들 하더군. 난 당신이 시간을 잘 활용한다는 걸 익히 알고 있소. 그것은 아주 값지고 중요한 덕목이며, 당신의 여러 장점들 중에 하나요. 당신이 교황에게 보낸 편지는 아주 좋은데, 말미에 '친애하는'이란 말을 덧붙이면 훨씬 좋을 거요. 그것이 예의라오. 격식을 갖춘 편지의 견본 하나를 당신에게 보내라고 멘느발에게 일러두었소…… 안녕, 나의 친구. 건강히 지내고 어린 왕에게 입을 맞춰주시오. 당신에 대한 변함없는 애정을 결코 의심치 마오. 나폴레옹.〉

그는 조촐한 건물 내부를 이리저리 둘러보았다.

비텝스크에 며칠간 머물 것이므로, 그의 책들이며 지도들, 작은 철제 침대가 제대로 정리되어 있어야 했다. 그는 날마다 일일 계획을 세웠다. 새벽 다섯시에 기상하여 궁전 앞 광장에서 사열할 것. 광장이 좁아 보이니, 근위대 공병들은 주위의 집들을 헐고 그럴듯한 광장을 만들 것. 각 군대 지휘관들과 비텝스크 지역에 머무르고 있는 장군들은 모두 열병식에 참석할 것.

그는 그들에게 질문을 던지고, 그들의 보고와 충성의 맹세를 들으며, 그들의 열정과 굳은 의지를 확인했다. 그는 목소리를 높여 말했다.

"전쟁의 승패가 그대들에게 달려 있소. 나는 그대들에게 큰 기대를 걸고 있소. 우리는 승리해야만 하오."

그는 그들에게서 몸을 돌렸다. 그리고 이른 아침부터 강렬하게 내리쬐는 열기를 호흡하며, 숙영지들을 둘러보고, 빵 굽는 화덕을 다시 점검하고, 러시아군이 포진해 있었던 지점들을 둘러보았다. 그는 말에서 내려, 러시아 군대들이 남겨놓은 흔적들을 살펴보았다. 그들의 수는 얼마나 되는가? 1개, 아니면 2개 군대? 바르클레 군대는 바그라티온 군대와 합류했을까?

정오가 가까워지고 있었다. 그는 비텝스크로 돌아왔다.

그는 야부코보에서 비트겐슈타인의 러시아군을 쳐부수고 돌아온 우디노 원수를 맞았다. 하지만 그는 퇴각하는 적을 뒤쫓기는커녕 눈앞에 펼쳐진 광활한 땅에 겁을 집어먹고 군대를 후퇴시켰다.

그는 우디노를 매섭게 추궁했다.

"러시아군은 그대를 누르고 대승을 거두었노라고 도처에 소문을 퍼뜨리고 있네. 그대가 아무런 이유 없이 그들을 도망가게 내버려두었기 때문이야."

우디노가 반박하려 했으나, 나폴레옹이 그의 말을 막았다.

"전쟁이란 여론의 문제이고 하나의 심리전이야. 전쟁에서는 군대의 명성이 전부라구. 명성은 실제의 군사력과 맞먹는 것이란 말일세."

─이 노장들이 어떻게 그러한 사실들을 아직까지 이해하지 못하고 있단 말인가? 러시아군이 후퇴하고 있다면, 그것은 그들이 나를, 나의 명성을, 나의 힘을 두려워하기 때문이다. 우리의 말들에게 사료가 부족하고, 병사들이 한 달 전부터 눈에 띄는 것이면 무엇이나 식량으로 삼는다는 사실을 러시아가 알아차린다면! 다행스럽게도 이 땅은 비옥하여 들판은 야채로 가득 차 있고, 저장고에는 술이 충분하다. 병사들은 너무 마셔댄 나머지 태양 아래 벌판에 쓰러져 죽어가고 있지 않은가!

날이 갈수록 폭우가 잦아졌다. 8월 날씨는 더욱 예측할 수 없었다. 사흘 전부터 비가 억수로 쏟아져내리고 있었다. 땅은 진흙구덩이가 되었고, 병사들은 이동할 수가 없었다.

나폴레옹은 그의 개인 사서 바르비에*에게 보내는 편지를 구술했다. 그는 십 년 전부터 황제가 필요로 하는 책들을 찾아내 야전 서가를 꾸몄으며, 새로 발행된 책들에 대해 보고서를 작성하는 임무를 맡고 있었다.

나폴레옹은 말했다.

〈황제는 재미있는 내용이 담긴 책 몇 권을 갖고 싶네. 좋은 신간 소설이나 내가 아직 모르는 옛 소설이 있다면, 혹은 편안히 읽을 수 있는 명상록이 있다면, 나에게 보내주게. 이곳에는 마땅한 소일거리가 없네.〉

---

* 프랑스의 사서(司書)이자 서지학자, 1765~1825. 1807년 나폴레옹 황제의 개인 사서가 되었음.

—여자들도, 극장도, 궁정도, 화려함도 없다. 비포장도로가 널려
있는 도시들과 시골풍의 투박한 성들만이 있을 뿐이다. 나를 섬기
겠다는 귀족들도 없다. 이집트보다 더 낙후된 나라! 군인 황제의
검소한 생활이로군.

그는 자신을 성찰하는 이런 순간을 좋아했다. 보급병들이 이곳
까지 어렵사리 운반해온 샹베르탱 포도주를 맛보며, 그는 잠시 생
각에 잠겨 있었다. 두세 모금의 포도주를 맛보는 이 순간이 그가
긴장을 푸는 시간이었다.

그리고 다시 그를 기다리는 전쟁으로 돌아가야 했다. 베르티에
의 지나친 신중함에 화가 났다. 베르티에가 말했다.

"말들을 위한 사료를 찾아, 비텝스크에서 40킬로미터나 48킬로
미터 밖까지 나가야 합니다. 도망치지 않은 주민들이 무장한 채
사방에 퍼져 있습니다."

그리고는 답답하다는 듯이 덧붙였다.

"휴식이 필요한 말들을, 먹을 것을 찾아나서느라 기진맥진하게
만들고 있는데다가, 병사들이나 말들이 코자크 족에게 생포당하거
나 농민들에게 학살당하는 일이 빈번하게 일어나고 있습니다."

황제는 베르티에의 말을 들으려 하지 않았다. 그가 이미 말했듯
이 식량 조달에 체계를 세워야 했다. 특히 무엇보다도 다시 진군
하여 적을 따라잡아야 했다. 그들과 싸우고, 그럼으로써 평화 협
정을 강요해야 하는 것이다.

비텝스크를 떠난 그는 스몰렌스크로 향했다. 드네프르 강가에
도착한 그는 강변을 따라 날이 어두워질 때까지 말을 달렸다. 바
로 그곳에, 강과 대지의 광활한 공간이 펼쳐져 있었다.

포격 소리가 연달아 들려왔다. 참모들이 말을 질주하여 황제에

게 다가왔다. 크라스노이에서, 뮈라의 기병대가 러시아 군대를 공격하여 대포들을 노획했다는 것이었다. 이번 전쟁에서 첫번째 전리품이었다. 포로들은 러시아 군대가 '성스러운 도시'인 스몰렌스크에 집결해 있다고 실토했다. 결국 그곳에서 전투가 벌어지게 되리라.

그는 근위대가 진을 쳐놓은 중앙에 세워둔 자신의 막사로 돌아왔다.

1812년 8월 15일, 바로 이날 토요일, 황제는 마흔세 살이 되었다! 그는 환호하는 근위대를 사열했다. 대성당에서 열리는 감사 미사도 없었고, 축원하러 찾아오는 고관들도 없었다. 하지만 그가 그러한 것들을 염두에 둔 적이나 있었던가? 그는 항상 전쟁을 치러온 것 같았다. 그는 이미 스몰렌스크 주변에 포진해 있는 전위 부대를 향해 떠나겠다고 지시했다.

그는 선 채로 몇 줄의 편지를 썼다.

〈나의 연인이여, 난 막사에서 편지를 쓰고 있소. 우리는 스몰렌스크로 향하는 중이기 때문이오. 당신이 내게 자세하게 묘사해준 어린 왕에 대한 얘기는 아주 흥미로웠소. 그 아이는 곁에서 당신을 볼 수 있어 아주 행복할 것이오. 안녕, 친구여. 당신의 변함없는 연인. 나폴레옹.〉

그는 스몰렌스크를 바라보았다. 벽돌로 올린 성벽, 둥근 지붕들, 그리고 도시가 세워진 드네프르 강의 좌안을 굽어보고 있는 언덕. 저 아래 있는 다리는 상트페테르부르크와 모스크바로 통하는 길이 서로 만나는 지점이었다.

그는 참모들의 보고에 귀기울였다. 도시의 방어는 철저했다. 코자크 족은, 네 원수 군대를 포위하는 데 성공하기까지 했다. 네의 군복 깃은 총알에 맞아 찢겨나갔다.

그는 망원경으로, 다리 위에 있는 러시아 군대들의 움직임을 관찰했다. 일부는 도시에 웅크리고 있었고, 나머지는 도시를 떠나고 있었다. 러시아군은 또다시 후퇴를 준비하는 것인가?

그는 콜랭쿠르의 의견을 물었다. 마사 책임자 콜랭쿠르는 러시아군이 후퇴할 거라고 말했다. 그가 예상했던 답변이었다.

그는 오랫동안 도시를 관찰했다. 밤이 되자, 러시아군은 도시에 불을 지르기 시작했다.

그는 야영지 앞을 거닐면서 말했다.

"저런 식으로 러시아 장군들이 그들의 성스러운 도시들 중 하나를 나에게 넘겨주는 것은, 그들의 민중들이 지켜보는 가운데 그들 군대의 명예를 더럽히는 것이다."

도시를 사르는 불꽃들을 바라보던 그는 말을 이었다.

"나에겐 잘된 일이야. 우리는 좀 물러서서 사태를 지켜보는 거다. 우리가 휴식을 취하면서 전력을 보강하는 동안, 러시아 민중들 사이에선 동요가 일 거야. 그때 알렉산드르가 어떻게 대처하는지 지켜보자구. 나의 군대는 더욱더 강력해질 것이고, 나는 두 번의 전투를 승리로 이끈 것보다 더 강력한 입장에 서게 될 것이다. 나는 비텝스크에 자리잡고 폴란드를 나의 통치하에 둘 것이고, 필요하다면 그 이후에 모스크바나 상트페테르부르크를 공격하도록 할 것이야."

콜랭쿠르와 베르티에와 참모들의 표정이 환해졌다. 그들은 모두 그것을 원하고 있었고 희망하고 있었다. 어쩌면 그것이 지혜일지도 몰랐다. 하지만 그러한 지혜가 통할 수 있는 상황일는지⋯⋯.

갑자기 일어난 두 번의 거대한 폭발로 하늘이 환해졌다. 러시아군이 자신들의 화약 창고를 폭파시킨 것이리라. 온 마을이 불에 활활 타오르고 있었다. 지평선까지 온통 붉게 불타오르는 듯했다.

나폴레옹은 그 광경을 홀린 듯 바라보며 말했다.

"마치 베수비오 화산*의 분화를 보는 것 같군. 아주 아름다운 광경이지 않은가, 마사 책임자?"

그는 몸을 떨고 있는 콜랭쿠르의 어깨를 두들겼다. 마사 책임자가 중얼거렸다.

"끔찍합니다, 폐하."

—도대체 이들은 전쟁에서 무엇을 배웠단 말인가?

나폴레옹이 다시 말했다.

"자, 장군들. 어느 로마 황제가 한 말을 상기하게나. '적의 주검에서는 언제나 좋은 향기가 난다'."

8월 18일 화요일, 그는 스몰렌스크에 입성했다. 불타고 있는 잔해들 사이로 시체들이 널려 있었다. 연기 냄새가 부패하기 시작한 시체의 냄새와 뒤섞이고 있었다. 나폴레옹은 천천히 말을 몰며 지시를 내렸다. 죽은 이들을 치우고, 부상자들을 한데 모으고, 불길을 잡고, 도시에 남아 있는 식량을 조사하라는 것이었다.

황제는 총독의 집에 거처를 정했다. 집 안도 연기로 가득 차 있었다. 죽음의 냄새가 모든 방에 배어 있었다. 그는 자신의 검을 탁자 위에 던지며 지친 목소리로 말했다.

"1812년의 전투는 끝이 났다."

자리에 앉아 다리를 쭉 폈다. 장화 안에서 부어오른 다리가 무겁게 느껴졌다. 그는 편지를 쓰기 시작했다.

〈친구여, 난 오늘 아침부터 스몰렌스크에 머물고 있소. 3천 명의 러시아 병사들이 전사하고, 그 수의 세 배에 달하는 병사들이 부상당했소. 러시아군은 이 도시를 버리고 도망쳤소. 내 건강은

---

* 이탈리아 남부 캄파니아 평원의 나폴리 만 위로 솟아 있는 활화산. AD 79년에 대규모 화산 폭발로 폼페이 시가 완전히 파묻혀 사라졌다.

아주 좋소. 더위는 아주 극심하다오. 일은 잘 진행되고 있소. 오스트리아군을 지휘하는 슈바르첸베르크 공작도 이곳에서 2백 리유 (약 8백 킬로미터) 떨어진 곳에서 러시아군을 격파했다오. 나폴레옹.〉

밤이 되어 선선해지자 기분이 나아졌다. 특히 슈바르첸베르크가 러시아군을 격파했다는 소식은 그를 크게 고무시켰다.

— 이것이 동맹관계에 생기를 불어넣으리라. 이 소식은 상트페테르부르크에 있는 알렉산드르의 왕좌가 있는 방 안에까지 울려 퍼질 것이다. 이번 일은 프로이센인들에게 좋은 본보기가 될 것이다. 그들은 아마도 앞다투어 전과를 올리려 하리라.

하지만 좋은 소식만 있는 게 아니었다. 스웨덴의 베르나도트가 영국과 러시아 간의 동맹 협정을 옹호하고 나선 것이다. 그 프랑스인은 배반한 것이다! 게다가 스페인에서 날아온 급보들은, 웰링턴의 승리를 알리고 있었다. 마르몽 장군이 패배했다. 조제프는 마드리드를 포기했다. 하지만 지금은 불행중에도 다행이란 것을 찾아야 했다.

그는 콜랭쿠르에게 말했다.

"영국군은 바쁠 거야. 스페인을 떠날 수 없을 테니, 나를 치기 위해 프랑스나 독일로 오지 못할 거야. 그것이 내겐 중요해."

하지만 한 번의 패배는 그가 쌓아올린 모든 것을 날려버릴지도 모른다. 프로이센과 독일, 그리고 프랑스에서조차 그를 노리며 기회가 오기만을 기다리는 자들이 있지 않은가. 영광스런 승리를 거두며 모스크바에 입성하는 것으로, 이 전쟁을 마무리짓지 못한 채 러시아에서 한 철을 더 머물러도 되는 것일까?

그는 자리에서 일어났다. 병사들이 러시아 바르클레 장군의 후위부대를 포위하고 접전을 벌이는 스몰렌스크 주변, 발루티나 쪽으로 말을 달릴 생각이었다. 지도를 바라보며, 참모들의 보고에 귀기울이던 그가 말했다.

"바르클레는 정신이 나갔군. 쥐노가 손에 무기를 들고 걸어가기만 하면, 그의 후위부대는 우리 손에 떨어지겠는데."

그는 전투가 벌어지고 있는 곳으로 말을 달렸다. 그는 군대들의 움직임을 관찰했다. 그런데 쥐노는 도대체 뭘 하는 것인가?

쥐노는 공격하지 않고 있었다. 그 때문에 단독으로 돌격에 나섰던 뮈라의 군대는 뒤로 물러설 수밖에 없었다. 러시아군은 또다시 도망가게 될 것이다!

나폴레옹은 스몰렌스크로 되돌아왔다. 우울했다. 그는 쥐노의 용기와 충성심과 대담성을 떠올렸다. 하지만 그것은 아주 오래 전 툴롱 전투 시절의 얘기였다.

"쥐노는 더이상 싸우기가 싫은 모양이군. 그로 인해 난 전쟁에서 패배하게 될지도 몰라."

쥐노를 엄벌하고 강등시키고 쫓아내 모욕을 주어야 했다.

—하지만 내가 구멍 뚫린 색바랜 군복을 입고 파리의 포도 위를 방황하던 시절, 내 유일한 부관이 바로 쥐노였다.

그는 알고 있었다. 쥐노와 마찬가지로 많은 장군들이 아직도 용감하고 영웅심으로 가득 차 있기는 하지만, 전투를 치르는 데 지쳐 있다는 것을.

—나는 평화를 성취할 수 있을까? 누가 그것을 원하는가?

나폴레옹은 러시아 근위대 장교 오를로프 백작을 만났다. 백작은 포로가 된 러시아 장교들에 관한 소식을 얻기 위해 찾아온 것이었다.

나폴레옹이 말했다.

"전쟁은 단지 정치적인 것이오. 난 알렉산드르 황제를 원망하지 않소. 내가 원하는 것은 평화요."

그러나 어느 한쪽이 패배하지도 않은 상황에서, 누가 강요된 평화 협정을 원하겠는가?

8월 23일 일요일, 그는 마리 루이즈에게 편지를 쓰고, 총독 저택 앞 광장을 산책했다. 끔찍하게 무더운 날이었다. 그는 자신이 후퇴한다는 것을 용납할 수 없었다. 그가 우디노에게 말했듯이, 전쟁은 명성이 걸린 문제였다. 그가 승리를 거두지 않는다면, 모스크바에 입성하지 않는다면, 그것은 패배일 터였다.

그는 원수들을 호출하고, 다음날인 8월 24일 월요일 그들을 접견했다. 그들이 감히 입을 뗄 수 있을 것인가? 뮈라는 러시아 군대를 추격해서 격퇴해야 한다고 단언했고, 나머지는 입을 다물고 있었다. 그는 이 침묵의 의미를 알고 있었다. 그들은 이 전투를 내년에 재개하기를 바라는 것이다.

마치 기다리는 것이 가능하다는 듯이! 나폴레옹도 예전에는 그러한 생각을 가졌다. 그는 주저했다. 그리고 선택했다.

"한 달이 지나기 전에, 우리는 모스크바에 있게 될 걸세."

나폴레옹은 원수 한 사람 한 사람의 얼굴을 응시했다. 그들은 시선을 내렸다. 이들이 동의해야 했다. 그가 말을 이었다.

"그리고 육 주 후, 우리는 평화 협정을 맺게 될 거야."

원수들에게 각자 위치로 돌아가라고 지시한 뒤, 그는 덧붙였다.

"위기가 우리를 모스크바로 몰아가고 있네. 나는 현명하고 신중한 그대들의 반대를 이미 모두 철저하게 고려했어."

8월 25일 화요일 새벽 한시, 그는 스몰렌스크를 떠났다. 밤낮을 가리지 않고 말 위에서 보냈다. 마을들은 비어 있었다. 짐수레 하나, 농부 한 사람 보이지 않았다. 드네프르 강가의 작은 마을 두로고부예의 집들이 불타고 있었다. 병사들이 야영지에 피운 불이 옮겨붙은 것일까? 아니면 러시아군이 일부러 방화한 것일까?

그는 규율을 저버리고 어지럽게 행군하고 있는 군대를 보고 분노했다. 장교들의 수송 마차들이 포병대를 앞지르고 있는 장면도 종종 목격되었다.

그가 수행참모에게 말했다.

"자기 대열에서 이탈한 마차가 또 눈에 띈다면, 그것이 내가 탄 마차라 하더라도 불태워버리도록."

다음날, 말을 달리던 그는 대열에서 이탈한 마차들을 발견하고 근위대 병사들을 불렀다. 이탈한 마차들을 길 옆에 세우게 하고, 불태우라고 명령했다. 한 장교가 나서서, 그 마차는 황제의 참모인 나르본 백작 소유라며 선처를 호소했다. 마차를 불태운다면 백작은 모든 것을 잃게 될 것이고, 당장 내일이라도 백작이 부상을 당한다면 마차가 절실하게 필요하다고 말했다.

나폴레옹이 대답했다.

"만일 필요한 때에 내게 포대가 없다면, 그게 더 큰 손실이다."

그는 뮈라의 기병대가 이미 러시아군 부대를 쫓아버린 슬라브코보와 루이브코이를 지나고, 비아즈마를 향했다. 그 부대가 혹시 러시아군의 전위부대가 아니었을까? 그렇다면 전투가 눈앞에 닥쳐 있는지도 모른다.

그는 마리 루이즈에게 편지를 썼다.

〈난 지금 꽤 아름다운 도시에 머물고 있소. 삼십여 곳의 교회들과 1만 5천에 달하는 주민들, 그리고 브랜디를 비롯해 군대에 필요한 물품들을 파는 가게가 많이 있는 도시요. 약간의 비가 내려 먼지를 가라앉혔고, 날도 좀 선선해졌소. 난 건강하오. 내 일은 잘 진행되고 있소. 안녕, 나의 친구여. 나폴레옹.

추신 : 어린 왕이 명랑함을 되찾았다는 소식을 들었소. 나를 대신해 그 아이를 안아주시오.〉

그는 비아즈마에 들어섰다. 그는 근위대 저격병들을 먼저 도시로 들여보내며, 도시와 마을들을 죽음의 폐허로 만드는 화재의 원인을 알아내도록 지시했다. 저격병들은 코자크 족이 집집마다 불을 지르는 것을 목격했다. 마을을 떠나지 않은 몇몇 주민들은 러시아군의 후위부대가 방화를 준비했다고 말했다.

나폴레옹은 탄식했다.

─우리가 그 안에서 밤을 지내지 못하도록 자기 집에 불을 지르다니, 도대체 어떤 인간들인가?

불안감이 그를 사로잡았다. 이 나라의 기후만큼이나 알 수 없는 미래가 혼돈의 어둠처럼 이마에 드리워지는 느낌이었다

─이 전쟁이 어찌 될 것인가? 한때 내가 형제라고 믿었던 알렉산드르는 무엇을 원하는 것인가? 그의 성스러운 도시 스몰렌스크가 불탔다. 그의 나라꼴은 어떠한가. 나와 협상하는 편이 나을 텐데, 그는 아직도 영국인들에게 손을 내밀고 있다. 영국인들이 이 불타버린 도시들을 다시 건설해주기라도 한단 말인가?

대군은 계속 전진했다. 기야트 시도 불길에 휩싸여 있었다. 온전한 가옥은 몇 채 되지 않았다. 나폴레옹은 도시 주위를 돌아보았다. 밤이 되자, 그는 시내에 숙소를 정하고, 병사들이 포로로 잡은 한 코자크인을 심문했다. 황제는 그가 마음대로 지껄이도록 내버려두다가 금화 몇 닢을 쥐어준 뒤 질문을 던졌다. 코자크인은 중요한 정보를 알려주었다. 쿠투조프 장군이 바르클레 드 톨리를 대신하여, 러시아군 총사령관에 임명되었다는 것이었다. 러시아 귀족들이 알렉산드르 황제에게 쿠투조프의 임명을 강요하였으며, 러시아 군대는 그 결과에 만족하고 있다는 것이었다.

나폴레옹은 미소지으며 자리에서 일어섰다. 마침내!

그는 참모들을 불렀다.

"새로운 지휘관은 러시아 국민들이 비난하고 있는 이러한 후퇴 작전을 계속할 수 없을 것이네. 그는 전투한다는 조건으로, 러시아군 총사령관에 임명되었을 거야. 이제 전쟁의 양상은 달라질 것이야."

그는 말을 이었다.

"쿠투조프는 자신을 추천한 귀족들을 만족시키기 위해서 전투에 응하게 될 것이고, 보름이면 알렉산드르는 수도와 군대를 잃게 될 걸세. 결국 알렉산드르는 대귀족들의 질책과 비난을 받지 않고 평화 협정을 체결할 수 있게 되었어. 쿠투조프는 바로 대귀족들이 내린 선택이니 말일세."

나폴레옹은 단호했지만 신경은 곤두서 있었다. 전투를 치르기 전날이면 으레 찾아들던 가벼운 흥분도 느낄 수 없었다. 때로 공포감마저 엄습했다. 게다가 베르티에는 모스크바로 진격하지 말고 스몰렌스크나 비텝스크로 회군하자고 사정하고 있지 않은가! 그는 베르티에를 보고 싶지 않았다. 이 원수와 점심을 함께 하는 것마저도 싫었다.

다른 선택은 없다. 전진이 있을 따름이다. 쿠투조프를 추격해 러시아 군대를 깨부숴야만 했다.

1812년 9월 5일 토요일, 그는 막사를 보로디노 마을로부터 멀리 떨어진 곳에 세우도록 했다. 보로디노에서, 뮈라의 기병대가 러시아의 전위부대를 물리쳤다고 보고해왔다. 쿠투조프 장군의 군대는 콜로차 강 건너편에 진을 치고 있었다. 강 양편에 고원을 끼고 흐르는 콜로차는 저 멀리 모스크바 강과 합류하고 있었다.

비가 내리고 있었다. 바람이 매섭게 몰아치는 추운 밤, 황제는 말에 올랐다. 어둠 속에서 비바람을 맞으며, 전초들을 둘러보았다. 9월 6일 일요일에도 온종일 말을 달리며 작전을 구상했다.

—으젠은 왼쪽 날개를 맡아, 콜로차 강 건너편에 있는 보로디노와 '대(大)보루'를 공격한다. 네와 다부는 중앙에 있다가, '세 개의 종탑'을 향해 돌진한다. 포냐토프스키가 지휘하는 폴란드군은 오른쪽으로 밀고 들어간다.

이번 전쟁을 가름할 결정적 대회전이 임박해 있음을, 그는 온몸으로 느끼고 있었다. 네와 다부의 군대를 중앙에, 왼쪽 날개에 으젠의 이탈리아군, 오른쪽 날개에 포냐토프스키의 폴란드군. 그리고 나는?

—나는 근위대와 함께, 언제라도 전투에 개입할 태세를 갖추고 대기한다.

같은 날인 1812년 9월 6일 일요일 오후 여섯시, 그는 원수들을 집합시켜 각 군대의 상황 보고를 받고 작전 회의를 가졌다. 모두들 어려운 전투가 될 것이라는 의견들이었다. 원정 대군이 식량난과 상대 없는 공격에 와해된 반면, 러시아군은 병력을 온전히 유지하면서 전장을 정하고 보루를 강화했다. 계속된 퇴각에 불만을 느끼던 러시아군 병사들은, 새로운 지휘관을 맞아 전투에 임하게 되어 사기가 충천해 있었다. 다부는 정면공격보다는, 포냐토프스키의 군대를 보강하여 오른쪽 날개에서 치고 들어가는 공격을 택하자고 고집했다.

아무도 다부의 의견에 동의하지 않았다.

나폴레옹은 자리에서 일어섰다. 나폴레옹은 다수의 의견을 따르겠다고 말했다. 다부의 의견은 결국 무시되었다.

머리가 무거웠다. 다리도 퉁퉁 부어 있었다. 오랫동안 모스크바에 체류하다가 귀국해, 이번 원정에 참여한 의사 메스티비에를 불렸다.

"선생, 당신도 알겠지만 난 나이가 들었소. 다리가 자주 붓고 소변 보기도 힘이 드오. 아마도 야영지의 습기가 안 좋았던 것 같소."

그는 기침을 했다. 맥박이 고르지 않았다. 소변은 아주 조금씩밖에 볼 수 없었고, 그때마다 무척 아팠다. 그러나 그는 곧 메스티비에를 물러가게 했다. 전투를 치른 후에 다시 보기로 했다.

그는 막사의 구석진 곳으로 걸어갔다. 문득 화가 제라르가 그린 로마 왕의 초상화가 눈에 들어왔다. 마르몽 원수의 부관 보세가 얼마 전 파리로부터 가져온 것이었다.

북받쳐오르는 감정과 걷잡을 수 없는 피로를 이기지 못하고, 그는 철제 침대 기둥에 몸을 의지했다. 그는 초상화를 똑바로 응시하면서, 펜과 종이를 가져오게 했다. 그는 편지를 썼다.

〈나의 착한 친구, 난 아주 피곤하오. 보세가 내게 어린 왕의 초상화를 가져다주었소. 걸작이오. 당신의 세심한 배려에 고마워하고 있소. 당신의 마음 씀씀이는 당신의 용모만큼이나 아름답소. 내일 당신에게 더 상세한 편지를 쓰겠소. 난 피곤하오. 안녕, 내 연인. 나폴레옹.〉

그는 잠을 잘 생각이었다. 하지만 잠을 이룰 수 없었다. 그는 아들의 초상화를 손에 들고 막사 밖으로 나왔다. 그는 그것을 의자 위에 세워놓고 바라보았다. 가까이 다가온 병사들이 마치 성화(聖畵)를 대하듯, 초상화 앞에 고개를 숙였다.

나폴레옹은 옆에 있던 라프 장군에게 속삭였다.

"내 아들은 세상에서 가장 잘생긴 아이요."

27
모스크바는 사막이었다

　근위대 야영지 중앙에 세운 막사에서 황제는 소스라치게 놀라며 잠에서 깨어났다.

　1812년 9월 7일 월요일 새벽 두시, 몸이 아팠다. 다리는 붓기가 빠지지 않았다. 기침이 터져나오고, 철삿줄로 머리를 조이는 듯한 끔찍한 두통이 이어졌다.

　망할 놈의 감기! 그러나 이따위 것에 신경쓸 여유가 없었다.

　프랑스군 진영을 흔들어 깨우는 기상나팔 소리가 들려왔다. 그가 지난 세월 수없이 맞았던 전장의 새벽이 밝아오고 있었다. 그가 중얼거렸다.

　"벌써 십구 년째 전쟁을 치르고 있군. 유럽에서, 아시아에서, 아프리카에서, 셀 수도 없이 많은 전투를 치렀어."

그는 마리 루이즈에게도 그렇게 편지를 썼다. 그녀와 아들을 생각했다. 참모가 들고 있는 횃불의 불빛이 아들의 초상화를 환하게 비추고 있었다.

막사를 나서자, 북국의 싸늘한 새벽공기가 맵싸하게 콧속으로 스며들었다. 야영지의 불빛들이 어둠을 밝히고 있었다. 강 건너편, 러시아군의 불빛들은 그 끝이 어디인지 가늠할 수도 없을 만큼 넓게 퍼져 있었다. 엄청난 병력이었다. 단조로운 노랫가락 같은 낮은 중얼거림이 강변에서 고원으로 퍼져나가고 있었다. 러시아군이 전투를 맞기에 앞서 기도를 드리는 것이었다.

그는 자기를 둘러싸고 있는, 제복을 갖춰입은 근위대 병사들을 바라보았다. 그들은 소리 없이 브랜디를 돌려가며 마시고 있었다. 다른 군대의 병사들도 이들처럼 한 모금의 술로 목을 축이고 있으리라.

그는 이런 새벽을 수없이 맞았다.

코앞에 닥친 전투의 승패에, 그의 모든 운명이 걸려 있었던 때는 또 얼마나 많았던가. 하지만 그는 매번 승리를 거두었다. 마렝고에서, 아우스터리츠에서, 예나에서, 프리트란트에서, 바그람에서…… 지난 삼 개월 동안, 이 순간을 기다려왔다. 그러나 이 아침, 그는 자신이 전투의 모든 카드를 손에 쥐고 있지 않다는 것을 알고 있었다. 항상 그가 정해놓고 적에게 강요했던 게임의 규칙이, 지금은 그에게서 벗어나 있었던 것이다. 대결의 장소와 시기를 정한 자는, 그가 아닌 늙은 쿠투조프였다. 쿠투조프는 아우스터리츠에서 프랑스 대군에 패한 적이 있긴 하지만, 투르크인들을 상대로 승리를 거둔 자였다.

전투가 막 벌어지려는 지금, 이 땅의 불타는 태양 아래, 숨막히는 먼지 속을 삼 개월이나 행군한 나폴레옹군은 지칠 대로 지친 상태였다. 게다가 병사들은 한 달 동안이나 제대로 배식받지 못하고 있었다. 병력 상황을 언제나 정확하게 파악하고 있던 그였지만, 지금은 휘하에 어느 정도의 병력을 거느리고 있는지조차 알고 있지 못했다. 베르티에의 계산을 믿는다면, 아마도 13만 명 정도일 것이다! 하지만 베르티에가 뭘 알겠는가? 매일 수천 명의 낙오병들이 들판이며 길 위에 흩어진 채 코자크 족에게 죽임당하고 있지 않은가?

그는 근위대 진지를 향해 걸어갔다. 병사들은 정렬하고 있었으며, 근위대 소속 포병들은 대포를 점검하고 있었다.

그는 포병대의 상황을 파악했다. 587문의 대포가 있었다. 쿠투조프는 더 많은 수의 대포를 보유하고 있으리라. 그 늙은 장군은 600문 이상의 대포와 12만 이상의 병력으로 무장하고 있었다. 뿐만 아니라, 쿠투조프는 언제든 코자크 족 기병들의 지원을 받을 수 있었다. 코자크 족은 나폴레옹군의 주위를 돌며 언제라도 후방을 공격해올 기세였다.

— 이 점을 예상하고 대비해야 하리라. 공격에 나선 우리 군대의 측면이나 배면을 기습해올 수 있는 코자크 기병대, 그에 맞설 수 있는 예비부대를 남겨놓아야 한다. 그 예비부대는 내가 지휘한다.

근위대를 전투에 투입해서는 안 될 것이다. 근위대 없이도 승리를 거둘 수 있어야 했다. 예상치 않았던 일에 대비해, 근위대를 최후의 보루로 남겨놓아야 했다.

그는 말에 올랐다.

어젯밤 자신이 막사 안에서 작성했던 포고문을 장교들이 병사들에게 소리 높여 읽어주고 있었다. 나폴레옹도 장교들을 따라 그 포고문을 중얼거렸다.

〈병사들이여, 그대들이 그토록 갈망했던 전투의 시간이 다가왔다! 이제 승리는 그대들에게 달려 있다. 그리고 승리는 필연적인 것이다. 이 승리를 통해 우리는 풍족히 겨울을 날 수 있는 야영지를 확보하게 될 것이며, 빠른 시일 내에 고향으로 돌아갈 수 있을 것이다. 아우스터리츠에서 그랬듯이, 프리트란트와 비텝스크, 스몰렌스크에서 그랬듯이, 전투에 임하라. 그리하여 우리의 먼 후손들이 오늘 그대들의 행동을 자랑스럽게 기억하도록 하라. 사람들은 말하리라, 그대들이 모스크바의 성벽 아래에서 벌어진 대전투에 참가했었노라고!〉

그는 광활한 러시아군 야영지들을 바라보았다. 승리해야 하리라. 쿠투조프의 군대를 쳐부수고 모스크바로 입성하여, 알렉산드르에게 평화 협정을 요구해야 한다. 그 순간이, 이번 전쟁의 승리를 완성하는 순간이리라.

그러나 만약 패배한다면……

아니다, 패배는 있을 수 없다.

아침 여섯시, 날이 밝자마자 그는 포대에 발포 명령을 내렸다. 그의 명령을 받고 급히 뛰어가는 참모들을 지켜보았다. 곧이어 연속적인 포성이 울렸다. 포화는 콜로차 강 유역을 넘어 고원의 가장자리까지 퍼져나갔다. 대보루와 '세 개의 종탑' 주위에 흙덩이들이 솟구쳐올랐다.

제일선에 위치한 으젠의 보병부대가 이미 불길에 휩싸여 있는 보로디노 마을의 대보루를 향해 돌진했다. 이어서 오른쪽에서도 다부, 쥐노, 네의 병력들이 대보루를 향해 전진했으며, 포냐토프스키의 폴란드 병사들은 '세 개의 종탑'을 공격했다. 쌍방의 포격으로 전장은 연기에 휩싸여갔다. 서쪽에서 동쪽으로 미풍이 불자, 러시아군의 진영이 부분적으로 연기에 가려졌다.

안개와 연기를 가르며 서서히 태양이 떠오르고 있었다.

나폴레옹은 소리쳤다.

"저것은 아우스터리츠의 태양이다!"

과연 그럴까?

나폴레옹은 말 위에서 미동도 하지 않고 있었다. 참모들이 보고하기 위해 연이어 그에게 달려왔다. 보로디노를 탈취했다. 하지만 곧이어 러시아군의 반격이 있었다. 돌격부대를 지휘하던 플로존 장군은 대부분의 휘하 장교들과 함께 마을에서 전사했다. 다부는 대보루를 탈취했으나, 이내 러시아군의 반격에 밀려났다. 다부가 타고 있던 말이 총을 맞고 쓰러지면서, 나가떨어진 다부는 의식을 잃고 말았다. 콩팡스 장군도 전사했다. '세 개의 종탑'과 대보루, 보로디노와 세메노프스코이 마을은 짧은 시간 동안 수차례 주인이 바뀌었다. 세메노프스코이를 방어하던 러시아군의 바그라티온 장군은 전사한 것이 확실하다고 참모들이 단언했다.

전사한 장군들의 이름들을 들을 때마다, 그는 고삐를 쥔 손에 더욱 힘을 가했다. 몽브렝, 다마스, 콩페르가 죽었다. 모두 장군들이었다. 그리고 마사 책임자 콜랭쿠르의 형제, 또다른 콜랭쿠르 장군도 선두에 서서 자신의 기병대를 이끌고 돌격하던 중 전사했다. 나폴레옹은 콜랭쿠르에게 다가갔다. 마사 책임자의 뺨을 타고 굵은 눈물이 흘러내리고 있었다. 참모가 그에게 형제의 죽음을 알렸던 것이다.

"이미 비보를 전해 들었군. 자, 내 막사로 가세."

콜랭쿠르는 꼼짝하지 않았다. 단지 모자를 반쯤 들어올리는 것으로 황제에게 예의를 표할 뿐이었다.

나폴레옹이 말했다.

"그는 용감하게 죽었네."

얼마나 많은 사람들이 죽어갈 것인가? 이 전장에서, 수십 명의 장군들과 수백 명의 대령들과 수만 명의 병사들이 죽으리라는 것을 그는 예감하고 있었다. 러시아군은 완강했다. 그들은 전혀 흔들리지 않고, 끈질기게 저항하고 거세게 반격을 가해왔다. 곳곳에서 주검들이 쌓여갔지만, 그들은 이내 창검을 들고 반격해왔으며, 포병들은 물러서지 않고 그들의 대포를 끌어안고 죽어가고 있었다.

망원경으로 전장을 살피던 나폴레옹이 탄식하듯 말했다.

"저 러시아 병사들은 마치 기계처럼 싸우다 죽어가는군. 이래서는 안 되겠어. 진전이 없어. 대포로 성채를 파괴해야 해."

그는 예감할 수 있었다. 이 전투의 양상은 마렝고, 아우스터리츠, 예나, 프리트란트, 바그람의 경우와는 전혀 다르리라는 것을.

그는 이를 악물며 말했다.

"우리는 전투에서는 승리할 것이다. 러시아군을 쳐부수겠지만, 일은 거기에서 끝나지 않을 것이야."

시간이 지날수록 그는 우울해졌다. 그의 가슴에 먹장구름처럼 드리워진 불길한 예감이 점점 짙어져가는 느낌이었다. 수만 발의 포탄을 쏘아댔지만, 러시아군은 여전히 저항하고 있었다.

뮈라와 네의 참모들이 찾아와, 그들 원수들이 요구하는 바를 반복하며 집요하게 전했다. 근위대를 투입시켜달라는 것이었다. 근위대는 팽팽한 러시아군의 전선을 붕괴시킬 것이고, 그들을 패주시킬 것이다. 원수들은 나폴레옹을 졸라댔다. 근위대! 근위대!

그는 고개조차 돌리지 않았다.

"나는 근위대를 그대로 둘 것이다. 근위대는 어떤 피해도 입어서는 안 돼. 근위대를 투입하지 않더라도, 나는 전투에서 승리하리라는 것을 확신하네."

—고집부리지 말라. 전체적인 상황을 제대로 판단이나 하고 있는가? 전투를 단지 자신의 칼끝으로만 파악해선 안 된다. 전체를 꿰뚫어보라.

그는 말했다.

"내일 또다른 전투가 있게 되면, 도대체 어떤 군대를 가지고 싸운단 말인가?"

—이미 내가 염려했던 대로, 러시아 기병대와 우바로프와 플라토프의 코자크 족이 우리의 후방을 교란시키고, 수송 마차들을 탈취해갔다는 사실을 저들은 알고 있기나 한 것인가? 근위대까지 투입하고도 시간이 지체되면, 우리가 포위당할 수도 있다. 그러한 위험을 무릅쓰자는 말이야? 근위대 없이 승리를 거두어야 한다.

러시아군의 대보루는 여전히 저항하고 있었다. 마침내 탈취한 '세 개의 종탑' 위에 대포들을 설치한 프랑스군이, 완강하게 저항하고 있는 대보루를 향해 포격을 가하기 시작했다. 일격만 제대로 가하면, 적은 와해될 듯했다.

그때 곁에 있던 르페브르 원수가 근위대에게 돌격하라는 명령을 내렸다.

한순간, 나폴레옹은 되는 대로 놓아두자는 생각이 들었다. 그는 소리쳤다.

"돌격해. 이 바보 같은 놈들아!"

그러나 그는 즉시 근위대를 정지시켰다. 전투에서 충동은 금물이었다. 승리하기 위해서는 냉정함을 잃지 않아야 했다.

대보루는 결국 함락되었다.

나폴레옹은 앞으로 나아갔다. 그는 모스크바로 향하는 길을 따라 전진하고 있는 저격병들 대열의 선두와 합류했다. 러시아군은 질서정연하게 퇴각했다. 그들은 여전히 작은 보루 하나를 지키고 있었다.

나폴레옹은 호위대에게 뒤에 남아 있으라고 지시하고, 제일선으로 말을 달려나갔다. 총탄들이 그의 귓전을 스쳤다.

─마흔일곱 명의 장군들과 수백 명의 연대장들이 전장에서 죽어간 마당에, 나라고 죽지 않을 이유가 있는가?

계곡엔 쌍방의 전사자들의 주검이 널려 있었다. 얼마나 될까? 6만? 7만? 이러한 우울한 계산도 그에겐 익숙한 일이었다. 전장을 떠도는 도둑들이 아직 제복을 벗겨가지 않은 주검들로 가득 찬 웅덩이를 보아도, 그 주검들의 4분의 3이 러시아 병사들이라는 것을 알 수 있었다. 그러면 부상자의 수는 얼마나 될 것인가? 3만? 4만? 이렇게 심한 희생을 치른 전투는 이제껏 없었다.

그는 최후까지 남아 저항하는 러시아 참호들을 향해 돌격하라는 명령을 내리지 않을 작정이었다. 그는 중얼거렸다.

"전투는 끝났다."

밤이 내리고 있었다. 그는 러시아 병사들이 무리를 지어 질서정연하게 퇴각해가는 모습을 지켜보았다. 날아오는 포탄에도 아랑곳하지 않고 그들은 대열을 재정비하고 있었다.

포격을 강화하라고 그는 명령했다.

"저들이 아직도 싸우겠다는 것인가? 그렇다면 본때를 보여주자!"

그는 전투에서 승리했다. 그는 모스크바 강가, 모야이스크를 거쳐 모스크바로 이르는 길 위에 있었다. 러시아군은 수만 명의 병력을 잃었지만, 완전히 격파되지는 않았다. 이번 모스크바 강에서의 전투는, 프리트란트 전투보다는 아일라우 전투에 가까웠다.

수만 명의 병사들이 묻힌 묘지!

나폴레옹은 천천히 자신의 야영지로 돌아왔다.

사방에서 부상당한 이들의 고함과 신음 소리가 들려왔다. 도둑떼들은 몸을 구부린 채 마치 하이에나처럼 분주히 움직이고 있었다. 머지않아 시체들은 모두 벌거벗겨질 것이다.

─어떻게 잠을 이룰 수 있는가?

쿠투조프를 추격하며 모스크바로 들어가야 하리라. 그리하여 모스크바를 손에 넣게 되면 마침내 평화를 얻게 될 것이다. 편지를 써야겠다. 승전보를.

〈나의 친구여, 난 보로디노 전장에서 당신에게 편지를 쓰고 있소. 어제는 러시아군을 물리쳤소. 그들은 12만에 이르는 막강한 군대였소. 전투는 격렬했소. 스무 시간에 걸쳐 격전을 치르고 새벽 두시에 이르러서야, 승리가 우리의 것이 되었다오. 수천 명에 달하는 포로를 잡았고, 60문의 대포를 탈취했소. 그들이 잃은 병사는 3만 명에 이를 것이오. 우리 군대 역시 사망자와 부상자를 내었소⋯⋯ 난 전장에 직접 나서지는 않았소. 나는 건강하오. 날씨가 좀 싸늘하다오. 안녕, 나의 좋은 친구. 나폴레옹.〉

그는 편지를 다시 읽어보았다. 그는 궁정과 그 주변을 익히 알고 있었다. 사람들은 수다스럽고 황후의 감정을 간파해내느라 바쁠 터였다. 그들은 나쁜 소문을 퍼뜨리고 다니기에 십상이었다. 그는 사람들이 알 필요가 있고 믿을 필요가 있는 일들만을 편지에 담아야 했다. 게다가 누가 알 수 있으랴? 이 편지들 중 어느 하나가 코자크 족의 수중에 떨어져 페테르부르크나 런던으로 전해질지.

이러한 사실을 염두에 두어야 했다. 전쟁에서의 승리는 여론을 어떻게 조성하느냐에 달려 있었다. 쿠투조프는 차르에게 자신이 전투에서 승리했다고 보고할 수도 있었다. 실제로 베니히센 장군이 아일라우 전투 이후에 그러한 짓을 하지 않았던가? 그 헛소문이 전 유럽에 퍼지지 않았던가.

사전에 이러한 거짓과 싸워야 했다. 자칫 그것은 전투에서 승리한 결과를 소멸시킬 수도 있었다.

그는 오스트리아 황제에게 보내는 편지를 구술했다.

〈나의 형제며 친애하는 장인어른인 오스트리아의 황제께. 나는 황제 폐하께 9월 7일 보로디노에서 벌어졌던 모스크바 강 전투의 자랑스런 결과를 서둘러 알리는 바입니다. 폐하가 내게 보여주었던 개인적인 관심을 익히 알고 있는바, 나는 직접 이 기념할 만한 사건과 나의 무사함을 폐하께 알려야겠다고 생각했습니다. 12만에서 13만에 이르는 병력으로 전투에 나선 적군은 4만에서 5만 명 사이의 병사들을 잃었으리라고 추정됩니다. 우리의 병사는 8천 명에서 1만 명 정도가 죽거나 부상당했습니다. 60문의 대포를 포획했으며, 많은 적군을 포로로 잡았습니다.〉

그는 구술을 멈추었다. 사실 포로는 거의 없었다! 러시아 병사들은 포로가 되느니 차라리 스스로 목숨을 끊는 쪽을 택했다. 전위에 나서 있는 뮈라의 참모들은 보고했다. 모야이스크로 이르는 길에서 단지 몇 명의 낙오자들만을 만났을 뿐이며, 적들은 단 하나의 짐수레도 버리지 않았고, 모야이스크의 러시아 보병들과 기병들은 계속해서 저항하고 있다는 것이었다.

하지만 이러한 사실을 대외적으로 알릴 수는 없었다.

나폴레옹은 막사에서 나왔다. 전장을 둘러볼 참이었다. 그는 자기를 둘러싸고 있는 참모들에게 말했다.

"모스크바 강에서의 전투는, 골 족에게 있어 고금의 역사를 통틀어 가장 영광스럽고 가장 힘들고 가장 명예로운 전쟁 행위였다."

황제의 말에는 거짓이 없었다. 그는 총검을 든 채 산탄이 퍼붓는 속을 총 한 방 쏘지 않고 돌진해가는 보병들을 보았던 것이다. 러시아의 바그라티온 장군도 죽기 전에, 그들의 모습을 보고 '브라보, 브라보!'라고 소리쳤다고 했다.

그는 말에 오르며 덧붙였다.

"아우스터리츠의 러시아군이었다면 모스크바 강 전투에서 패배하지 않았을 걸세."

그러나 협곡에, 보루 주위에, 고원 위에 겹겹이 쌓여 있는 러시아 병사들의 주검들은 바로 끈질기게 싸우다 죽어간 자들의 주검들이었다. 그들은 선전했다.

그는 전장 위에 야영지를 세우고 시체들을 묻기 위해 땅을 파고 있는 병사들 사이를 천천히 지나갔다. 병사들이 환호성을 올렸다. 나폴레옹은 말에서 내렸다. 이들에게 무언가를 말해야 했다.

그는 큰 소리로 말했다.

"불굴의 영웅들이여, 오늘의 영광은 바로 그대들의 것이다!"

그는 한 무리의 병사들에게 다가가 물었다.

"그대들의 부대는 어디에 있는가?"

나이 든 장교가 대답했다.

"바로 여깁니다."

나폴레옹이 반복해서 말했다.

"난 그대들에게 그대들의 부대가 어디에 있느냐고 묻고 있다. 부대에 합류해야지."

순간 나폴레옹은 깨달았다. 이 몇십 명의 병사들이, 한 부대에서 살아남은 전부라는 것을. 나머지 수백 명의 병사들은 보루의 성벽 위에, 구덩이 안에 시체가 되어 쓰러져 있었던 것이다.

그는 갑자기 옆구리에 통증을 느끼며 기침을 했다. 그의 목소리가 잦아들더니 쉰 목소리로 변해버렸다. 그는 힘주어 말했다.

"모스크바에 평화가 기다리고 있다. 러시아의 대귀족들은 우리가 그들의 수도를 점령하는 것을 보고 생각을 고쳐먹지 않을 수 없을 것이다. 내가 농노들을 해방시킨다면, 그들 귀족의 엄청난 재산도 모두 재로 변해버릴 거야. 전투 결과에, 내 형제 알렉산드르는 마침내 감긴 눈을 뜨게 될 것이고, 모스크바의 점령으로 귀족들 역시 정신차리게 될 것이야."

황제의 목소리가 완전히 잦아들었다. 그는 더이상 말을 할 수가 없었다.

그는 몸짓으로, 모스크바로 통하는 모야이스크 길을 가리켰다. 그곳으로 진격해야 했다.

날씨가 추워지기 시작했다. 밤에는 습한 냉기가 엄습했다. 그는 몸에 열이 나는 것을 느꼈다. 하지만 모스크바에 도달해야만 했다.

중간에 만난 작은 도시들은 주민들이 모두 떠나버려 텅 비어 있었다. 그는 문짝이 떨어져나가 바람조차 막아주지 못하는 한 집으로 들어섰다. 보급병들이 취사 준비를 했다.

몸이 뜨거웠다. 구술하려 했으나 할 수가 없었다. 단 한마디도 입 밖으로 낼 수가 없었다. 황제는 자리에 앉아 탁자를 힘껏 내리쳤다. 병사 하나가 그에게 종이와 펜을 가져왔다. 그는 쓰기 시작했다. 베르티에와 멘느발과 참모들은 너무 빠른 속도로 써내려간 그의 글씨를 제대로 알아보지 못해 애를 먹었다.

다시 한번 탁자를 내리쳤다. 종이, 그는 벌써 여러 장의 쪽지를 적었다. 저들은 그가 더이상 말을 할 수 없기 때문에 행동도 할 수 없을 거라고 생각하는가? 기껏 목이 쉬었다는 사실 따위로 자기 자신에게 주어진 운명을 잊을 수 있단 말인가? 목숨이 붙어 있는 한 그는 역사에 자신의 흔적을 남기려 노력할 것이다.

—그 외 남은 문제는 무엇인가? 모스크바 강에 놓아야 하는 두 개의 다리, 정확한 전사자의 숫자, 식량을 조달하는 문제, 쿠투조프의 군대에 관한 의문. 쿠투조프, 그는 모스크바를 방어할 것인가? 아니면 이 끝없는 심연과 같은 러시아 대륙의 더 깊숙한 곳으로 후퇴할 것인가? 그리고 황제 알렉산드르는? 내가 크렘린 궁에 들어선다면, 그는 평화 조약에 서명할 것인가?

그 모든 문제들이 뇌리를 떠나지 않고 있었다. 하지만 도대체 누구와 이런 일들을 말할 수 있겠는가? 마리 루이즈는 이해하기나 할 것인가?

그는 천천히 마리 루이즈에게 보낼 몇 마디를 쓰기 시작했다. 그녀를 감동시킬 만한 내용만을 쓸 것이었다.

〈당신이 24일 보낸 편지를 받았소. 당신이 보내준 소식을 보면, 어린 왕은 정말 심술궂은 것 같소. 그의 초상화를 모스크바 강 전투 전날에 받아보았소. 난 그것을 여럿에게 보여주었소. 모든 병사들이 감탄해 마지않았소. 그 초상화는 아주 걸작품이오. 새벽 두시에 비를 맞으며 부대들을 둘러본 탓에 심한 감기에 걸렸소. 내일이면 완전히 낫기를 바랄 뿐이오. 그것만 제외하면, 내 건강은 아주 좋은 편이오. 당신이 베네방 왕자와 레뮈자를 궁정에 드나들 수 있게 하고 싶다면 그렇게 하시오. 별 지장은 없소. 안녕, 나의 친구. 나폴레옹.〉

몸이 좀 나아졌다. 비록 한마디 할 때마다 목구멍이 아프기는 했지만, 이젠 말할 수 있었다. 그는 참모들의 보고에 귀기울였다. 어째서 쿠투조프나 알렉산드르는 휴전이라든가 평화 협정을 전혀 제안하지 않고 있는 것일까? 어째서 러시아군은 모스크바를 방어할 생각도 없이 계속해서 후퇴하고 있는 것인가? 그들은 스몰렌스크도 포기하더니, 이제는 제3의 로마라 불리는 또 하나의 성스러운 도시를 포기하려는 것인가?

1812년 9월 14일 아침 열시, 황제는 천천히 언덕을 오르고 있는 근위대 행렬을 따라 말을 달렸다. 그는 병사들이 멈춰 선 것을 보았다. 그는 산마루로 다가갔다. 그곳은 '새들의 봉우리'였다. 갑자기 병사들의 외침 소리가 들려왔다.

"모스크바다! 모스크바다!"

날씨는 청명했다. 햇빛에 눈이 부셔 모스크바를 알아볼 수 없었다. 하지만 잠시 후, 금빛으로 빛나는 둥근 지붕들과 종루들과 왕궁들이 그의 시야에 들어왔다.

모스크바에 입성하기 직전, 참모 하나가 러시아군 장교를 데리고 달려왔다.

"모스크바가 텅 비어 있습니다. 폐하."

러시아 장교가 그의 앞에 무릎을 꿇었다. 장교는 제발 무기를 사용하지 말아달라고 간청했다. 도시에는 부상자들과 술취한 병사들만 있다는 것이었다. 장교는 부상자들을 관대히 대해줄 것을 황제에게 간청했다.

그는 말없이 모스크바에 입성했다.

모스크바는 침묵과 정적에 휩싸여 있었다.

─얼마나 기다렸던 모스크바 입성이었는가! 그런데 여기가 모스크바, 그 모스크바란 말인가······.

도시를 지배하는 고요함에 숨이 막히는 듯했다.

그는 뒤로넬 장군을 모스크바 총독으로 지명했다. 뒤로넬은 공공건물들을 점거하고 질서를 유지시켜야 하리라.

그러나 그 거대한 도시를 뒤덮고 있는 고요함이 그를 불안하게 했다. 그는 천천히 말을 몰아 성벽이 있는 곳까지 나아갔다. 참모들이 다가왔다. 그들은 어떤 귀족 대표도 만나지 못했다. 모스크바는 사막이었다. 양가죽을 몸에 두른 더럽고 불쌍한 털복숭이들과 감옥에서 도망쳤음이 분명해 보이는 도형수들만이 거리를 돌아다닐 뿐이었다.

나폴레옹은 성벽 너머로 몇 걸음을 걸었다.

그는 모스크바에 있었다.

그러나 어떤 기쁨도 느끼지 못했다.

제 7 부

나는 캄캄한 어둠 속에 갇혀 있다

1812년 9월 14일 ~ 1812년 12월 18일

28
불타는 하늘 아래, 불타는 벽들 사이, 불타는 땅 위

1812년 9월 14일, 나폴레옹은 도로고밀로프 교외의 여인숙에 들어섰다. 구역질이 치밀었다. 여인숙 안을 떠돌고 있는 썩은 냄새를 없애기 위해, 호위대 선발병들과 장교들이 황급히 식초나 알코올 따위를 뿌리고 불을 놓고 있었다. 그가 하룻밤을 묵을 곳이었다. 그는 잠시 그대로 서서 호위대가 청소하는 모습을 바라보았다.

분노가 치밀었다. 줄곧 그의 내면을 잠식해 들어오는 불안감을 떨쳐버릴 수가 없었다.

이 도시의 대표자들은 도대체 어디에 있단 말인가? 카이로에서도, 사람들은 그의 앞에 모습을 드러내고 그의 승리와 권위를 인정했었다. 요컨대 대화할 수 있었던 것이다.

—내 말을 듣고 내게 대답할 사람이 아무도 없는데, 어떻게 평화를 협상할 수 있단 말인가?

그는 밖으로 나왔다. 몹시 추웠다. 이따금 폭발음이 들려올 뿐, 도시는 깊은 정적에 잠겨 있었다. 북국의 하늘은 음울했다.

모스크바 시내 정찰에 나섰던 뒤로크가 돌아오고 있었다. 나폴레옹은 궁정 대원수에게 다가갔다. 뒤로크를 수행하는 병사들이 프랑스어를 할 줄 아는 주민 몇 명을 앞장세우고 있었다. 주민들은 공포에 떨고 있었다. 그들은 아무것도 아는 것이 없었다. 그들은 자기들도 다른 사람들처럼 도시를 떠났어야 했지만, 집과 재산을 그대로 남겨놓고 차마 떠날 수 없었다고 말했다. 유난히 수선스런 무리가 있었다. 그들은 여러 해 전부터 모스크바에서 공연을 하고 있던 프랑스와 이탈리아의 배우들이었다. 그들이야 쿠투조프의 군대를 따라갈 이유가 없었겠지.

불안감이나 공포심에는 전염성이 있다. 나폴레옹은 그들에게 말했다.

"당신들을 해치지 않을 것이오."

그들을 돌려보내고, 뒤로크를 바라보았다. 뒤로크는 불안한 표정으로 보고했다. 도시에는 러시아 관리가 한 명도 남아 있지 않았다. 크렘린 궁에선 폭도들이 바리케이드를 치고, 뮈라의 전위부대에 총격을 가하고 있었다.

"그 불쌍한 놈들은 모두 술에 취해 있어서, 얘기가 전혀 통하지 않습니다."

나폴레옹은 밭은 목소리로 말했다.

"대포로 문을 박살내버리고, 궁 안에 있는 것들을 모두 쫓아내 버려!"

여인숙에 들어간 나폴레옹은 명령을 구술하고, 도시를 정찰하고 돌아온 장교들의 보고를 들었다. 거리는 텅 비어 있었다. 몇몇 술취한 자들이 집 안에 숨어서 병사들에게 총을 쏘고 있을 뿐이었다.

그는 방 안을 서성이며 중얼거렸다.

"러시아놈들은 고작 그런 식으로밖에는 싸울 줄 모르는 모양이군! 페테르부르크의 문명이란 것은 순전히 가짜였어. 놈들은 여전히 스키타이 족속*일 따름이야!"

9월 15일 화요일 새벽, 그는 잠에서 깨어났다. 노기와 불안한 마음이 가시지 않았다. 그는 옷을 입으면서 지난밤 사이에 들어온 보고들을 들었다. 열한시경에 시장에 화재가 발생했다. 무수한 상점들이 들어서 있는 큰 광장이 완전히 폐허로 변했다. 밤 사이에 일어난 일이어서, 사람들은 화재에 대해 속수무책이었다.

그는 오랫동안 모르티에 원수와 뒤로넬 장군에게 질문을 퍼부었다. 피로에 지쳐 얼굴이 수척해진 장군들의 얼굴과 손은 연기에 검게 그을려 있었다. 그들은 소화전을 찾을 수 없었다고 말했다. 주민들과 병사들이 상점들과 집들을 약탈했다. 그리고 또다른 두 건의 화재가 도시 외곽에서 발생했다.

—러시아놈들은 모스크바도 불태워버릴 작정인가?

그는 한순간 그러한 가능성을 상상했다. 하지만 곧 그 생각을 떨쳐냈다. 병사들이 야영지에 피워놓은 불이 목제 건물들에 옮겨붙은 것이리라.

순찰을 강화할 필요가 있었다. 뒤로넬을 대신하여, 모르티에 원수가 청년 근위대를 조직하여 도시를 통제하게 될 것이다.

그는 모스크바를 둘러보고 싶었다. 하지만 밖에 나서자마자, 적막하고 텅 빈 거리 광경에 화가 나고 극도의 불안감이 엄습해왔

---

* BC 8~7세기 중앙아시아에서 러시아 남부 지방으로 이주했던 유목민족.

다. 몇몇 집들만이, 창문 너머로 사람들의 그림자가 어른거릴 따름이었다.

술에 취해 비틀거리던 몇몇 사람들이 기마행렬이 다가가자 도망쳐버렸다. 밀라노와 비엔나, 베를린에서와 같은 군중은 어디 있단 말인가?

마침내 크렘린 궁이 그의 눈에 들어왔다. 그는 빨리 그곳에 도착하기 위해 박차를 가했다. 러시아에 들어온 이후 처음으로 그는 어떤 만족감을 느꼈다. 그는 말을 몰며 성채 주위를 한 바퀴 돌았다. 도시의 심장이랄 수 있는 또 하나의 도시로 들어선 것이다. 그는 지붕이 둥근 종탑들을 오랫동안 바라보았다. 이곳 러시아 제국의 중심에서, 군대와 함께 당분간 머물 수도 있으리라. 쿠투조프의 군대들 역시 겨울을 나지 않을 수 없을 테니까.

— 모스크바는 내 손에 들어오지 않았는가. 봄이 오면 얼음에 묶여 있던 배가 풀려나듯이, 다시 활동을 재개하여 모스크바에서 완전히 기력을 회복한 나의 군대를 이끌고 러시아군을 쳐부수리라. 이러한 위협 앞에서, 알렉산드르는 봄이 채 되기도 전에 내 조건에 따라 협상하지 않을 수 없으리라.

그는 하루 종일 그 가능성에 대해 생각했다. 그는 도시의 재원을 조사했다. 보고에 따르면, 식량은 넘쳐날 정도로 비축되어 있다고 했다. 우아하고 화려한 대저택들과 오두막들이 나란히 늘어서 있었고, 상점들도 무수히 많았다.

그는 차르가 머물던 침실을 둘러보았다. 차르의 침대를 쓰고 싶지는 않았다. 야전침대를 준비시켰다. 오늘은 일찍 물러나와 마리 루이즈에게 편지를 쓸 생각이었다. 그가 파리에 여론을 조성하는 것은 편지를 통해서였다. 그는 콜랭쿠르를 불러, 매일 파리에서 전령이 도착하는 대로 즉시 알리라고 지시했다. 전령들이 공격받지는 않을까? 인원과 장비는 제대로 갖춰져 있는가? 좀더 빨리 움직일 수는 없는가? 보름이 걸리는 여정에서, 단 하루라도 단축하는 것이 결정적인 요소가 될 수 있었다. 그는 파리, 그 제국의 중심에서 무슨 일이 일어나는지 가능한 한 빨리 알아야 했다. 튈르리 궁에 있는 것과 다름없이 통치해야 했다.

또한 그는 프랑스에서 10만 명, 이탈리아에서 3만 명의 병사들을 징집하고자 했다. 그는 말했다.

"모스크바 강의 전투 상황이 열정을 약화시켜서는 안 된다. 내일 당장 나의 이러한 요구를 파리행 우편물 속에 포함시키도록 하라."

콜랭쿠르를 내보내고, 혼자 남은 그는 마리 루이즈에게 편지를 썼다.

〈나의 친구여, 모스크바에서 당신에게 편지를 쓰고 있소. 9월 14일 이곳에 도착했소. 파리만큼이나 큰 도시요. 종탑이 1천6백여 개나 있고, 수천 채의 아름다운 저택들이 있소. 도시엔 없는 것이 없소. 모스크바 귀족들은 모두 떠나고, 그들과 함께 상인들도 떠나버렸지만, 시민들은 남아 있소. 내 건강은 좋은 편이오. 감기도 다 나았소. 적군은 카잔*으로 물러난 것 같소. 모스크바 강 전투는 멋진 승리로 끝났소. 나폴레옹.〉

그는 침대에 누워 잠이 들었다. 얼마 지나지 않아 웅성거리는 목소리가 들려왔다. 그는 즉시 잠에서 깨어났다. 희미한 촛불의 불빛 속에서, 침대 발치에 서 있는 콜랭쿠르와 뒤로크를 바라보았다. 문득 그는 지난밤 내내 창 밖의 어둠을 밝히던 붉은 빛이 무엇이었는지를 알아차렸다.

---

* 러시아 연방 동중부의 도시. 현재의 타타르스탄 공화국 수도.

―놈들이 모스크바를 불태웠구나.

1812년 9월 16일 수요일 새벽 네시였다.

그는 도시 전체가 바라다보이는 크렘린 궁의 테라스를 향해 빠른 걸음으로 걸어갔다. 며칠 전부터 쌓여가던 불안감이, 마침내 그의 내부에서 폭발하여 분노로 솟구치는 듯했다.

콜랭쿠르가 그의 곁에서 걸으며 보고했다. 최초의 화재는 밤 아홉시경 크렘린 궁에서 멀리 떨어진 곳에서 발생했다. 불길은 곧 북풍을 타고 도심으로 번져 또다른 화재로 이어지면서, 도시 전체를 휩싸안은 것이었다. 근위대는 비상에 들어갔고, 순찰대가 도시 전역을 돌았다. 방화범들은 눈에 띄는 대로 사살했고, 손에 횃불을 들고 있던 자들은 모조리 체포했다. 대부분 술에 취해 완강하게 저항하는 그들에게서 횃불을 빼앗기 위해서는 죽이거나 손목을 자르는 수밖에 없었다. 도처에서 도화선 따위 등 불을 지르는데 사용된 물건들이 발견되었다. 주민들은, 러시아의 로스토프친 총독이 경찰들에게 밤 사이에 온 도시를 불태우라는 명령을 내렸다고 말했다. 소화전은 모두 파괴되거나 사라지고 없었다.

나폴레옹은 테라스에 서서, 불타는 도시를 바라보았다. 불기를 머금은 거센 바람을 얼굴에 맞으며, 그는 오랫동안 꿈쩍도 하지 않고 서 있었다.

나무로 된 도시, 모스크바는 불타고 있었다. 트로이나 로마에 비길 것이 아니었다! 그는 홀린 듯 그 광경을 바라보았다. 거대한 불의 바다.

그는 명령을 내렸다. 한 채의 건물이라도 더 불길에서 구해야 했다. 모스크바 강을 가로지르는 다리들을 보호하고, 식량들을 안전한 장소로 옮겨야 했다. 모든 방화범들을 발견 즉시 현장에서 사살하도록 했다.

―이런 식으로 나를 모스크바에서 쫓아내려 하다니! 놈들은 우

리에게 유용하게 쓰일 만한 것은 모조리 불태우자는 거로군. 다가오는 겨울 내내 우리가 헐벗고 있게 하려는 속셈이겠지. 놈들은 스키타이 족속이야, 야만인들이라구. 도대체 이따위 전쟁이 어디 있는가?

그는 그 광경에서 눈을 뗄 수가 없었다. 대기를 가득 채운 구릿빛 연기가 사방에 불꽃과 재를 날리며 하늘 높이 피어오르고 있었다. 이따금 폭발음이 들리기도 했다.

콜랭쿠르가 설명했다. 러시아인들이 여러 궁전들의 난로 안에 화약이나 포탄을 집어넣었기 때문이었다.

폭발음이 울릴 때마다 연기가 소용돌이치며 피어올라 피라미드 모양을 그렸다. 온통 연기에 휩싸인 도시 위에 달이 아직도 떠 있었다.

그는 중얼거렸다.

"어떤 소설도, 어떤 시도 이러한 현실에 견줄 수 없으리라."

그는 곁에 대기하고 있던 무통 장군 쪽으로 몸을 돌리며 말했다.

"우리에게 엄청난 불행을 알리는 전조 같군."

그리고는 다시 침묵에 잠겼다. 속내 마음을 털어놓아선 안 된다.

그는 자기를 둘러싸고 있던 사람들을 물리치고 크렘린 궁의 뜰로 내려갔다. 아침 아홉시였다. 바람은 서쪽으로 방향을 바꿨다. 크렘린 궁에서 가까이 있는 집들에 불길이 번지기 시작했다. 유황 냄새가 혹 끼쳐왔다. 공기가 목구멍과 피부와 눈을 자극했다. 그는 멈춰 섰다. 근위대 병사들이, 얼굴이 검게 그을린 제복 차림의 두 남자를 둘러싸고 있었다. 그들은 '부테슈니크'*, 경찰들이었다.

이자들을 심문하라.

황제는 그들 앞을 거닐며 귀를 기울였다. 러시아어를 구사하는

---

* 러시아의 경찰을 일컫는 말.

378

병사들이 그들을 심문하고, 대답을 통역했다. 방화는 로스토프친 총독의 명령에 따라 준비된 것임이 확인되었다. 경찰들에게 구역마다 불을 놓으라고 임무가 주어졌다는 것이었다.

그 순간, 크렘린 궁에서 가까운 병기고에 불길이 치솟았다. 근위대 병사들이 뛰어가는 모습이 보였다. 그들은 크렘린 궁에서부터 곧장 모스크바 강을 가로지르는 다리에 불이 옮겨붙지 않도록 불길을 막으려 안간힘을 쓰고 있었다. 그들의 털모자에까지 불씨가 번졌다. 열기와 연기, 냄새 때문에 숨쉬기조차 힘들었다.

러시아군은 모스크바가 불타고 있는 틈을 타서 공격해올 수도 있었다. 도시를 벗어나야 했다.

그는 쉬지 않고 명령을 내렸다. 결코 함정에 빠지지 않을 것이다. 그는 크렘린 궁에서 나와, 서쪽 구역의 잔해 속을 걸었다. 손수건으로 입을 막고, 숨막히는 열기 속을 뚫고 전진했다. 불타는 하늘 아래, 불타는 벽들 사이, 불타는 땅 위를 걸었다. 불똥이 쉬지 않고 그의 주위에 떨어졌다. 그는 모스크바 강을 따라 걸었다. 불은 지평선을 온통 붉게 물들인 황혼과 닮아 있었다.

그는 돌로 만들어진 다리를 통해 모스크바 강을 건넜다. 그리고 말에 올랐다.

모야이스크로 향하는 길을 따라 불길이 벽을 이루며 번지고 있었다. 교외까지 파괴되었다. 병사들은 연기가 피어오르는 폐허 속을 헤매거나, 지하실에 숨거나, 잿더미가 된 집들을 약탈했다.

군대가 본능에 내맡겨진 것이다. 이제 어찌 될 것인가?

그는 모스크바에서 8킬로미터쯤 떨어진 페트레스코이 성에 자리잡았다. 그는 혼자 있고 싶었다. 정원을 거닐며 지평선을 바라보았다. 부슬비가 내리기 시작했지만, 모스크바는 계속해서 불타오르고 있었다.

그는 자기 자신을 되돌아보고 있었다. 이번 원정을 시작한 이후 그가 머물렀던 성들 중 가장 아름다운 성에 앉아, 그는 탁자 위에 펼쳐져 있는 지도를 종종 들여다보며, 머릿속에 여러 가지 계획들을 잇따라 떠올리고 있었다.

베르티에, 으젠, 뮈라를 불렀다. 그들이 들어왔지만, 그는 한동안 침묵을 지키며 그들을 바라보기만 했다.

―저들은 무슨 생각을 하고 있을까?

그들 중 뮈라만이 만족해하는 것 같았다. 뮈라의 주장에 따르면, 쿠투조프 후위부대의 코자크 병사들이 그의 용맹을 높이 평가해 그를 죽이지 않기로 결정했다는 것이었다!

뇌샤텔 왕자 베르티에는 그로부아의 자기 성으로 되돌아가 사냥하거나 정부 비스콘티 부인과 만나는 날을 꿈꾸고 있었다! 충복 중의 충복인 으젠 역시 이탈리아에 있는 가족들로부터 너무 멀리 떨어진 곳에서 벌어지는 이 전쟁에 염증을 내고 있었다.

―나는? 나한테는 꿈이 없다고 저들은 생각하는가?

그는 방 안에 걸어놓게 한 로마 왕의 초상화 쪽으로 몸을 돌렸다.

그는 뒷짐을 지고 고개를 숙인 채 방 안을 서성이다가, 그들을 쳐다보지도 않고 입을 열었다.

"일단 화재가 진화되면, 우리는 모스크바에 머물 수 있을 걸세. 양식은 창고에 보관되어 있고, 또 집들이 모두 다 불타버리지는 않을 테니까."

그들을 바라보았다. 아무도 대꾸하려 하지 않았다.

그가 다시 말했다.

"스몰렌스크로 되돌아갈 수도 있겠지. 빌나까지라도."

베르티에와 으젠은 고개를 끄덕였다.

지도 위에 머리를 숙이며 그가 말을 이었다.

"아니면 상트페테르부르크로 진군할 수도 있겠지. 알렉산드르는 계속 도망가거나 평화 협정을 맺거나 하겠지. 우리가 비엔나에서 오스트리아 황제에게, 그리고 베를린에서 프로이센 왕에게 강요했 듯이 말일세."

그들은 눈을 내리깔았다.

그는 홀로 결정해야 하리라.

도시가 여전히 불길에 휩싸여 있었지만, 그는 다시 모스크바로 들어갔다.

호위대와 함께 연기가 피어오르는 파괴된 지역을 천천히 걸어나 갔다. 적의 능력이 어느 정도인가를 가늠하기 위해서는 모든 것을 직접 보아야 했다.

단순한 초토화 작전이 아니었다. 저들은 모스크바 화재를 그에 게 뒤집어씌우려 할 것이다. 화재를 이용해, 러시아 국민들을 분노 케 하고 봉기시키려 할 것이다. 나폴레옹을 '성스러운 도시 모스 크바를 불태운 적(敵)그리스도'로 몰고가려는 음모가 있음을 간파 했다. 그러한 모략은 지체없이 분쇄해야 했다. 방화범들을 그들 자신이 파놓은 함정에 빠지게 해야 했다.

그는 마리 루이즈에게 편지를 썼다. 그녀는 주위 사람들에게 편 지 내용을 이야기할 것이고, 그녀의 부친에게도 알릴 것이다. 비 엔나 궁정에도, 그에게 반기를 들기 위해 기회만 엿보고 있는 자 들이 있을 것이다.

그는 베르티에에게 말했다.

"오스트리아인들과 프로이센인들은 우리 후방의 적들이야."

그는 마리 루이즈에게 썼다.

〈나는 이 도시가 이렇게 되리라곤 상상도 못 했소. 이 도시에는 엘리제 나폴레옹만큼이나 아름다운 저택들이 5백여 채나 있소. 그

건물들은 믿기지 않을 정도로 화려한 프랑스제 가구들로 장식되어 있었소. 또한 여러 채의 황궁들과 병영들, 그리고 으리으리한 병원들이 있었소. 총독과 러시아인들은 패배에 대한 분풀이로 이 아름다운 도시에 불을 질렀소. 그 불쌍한 자들은 소화전들을 모두 파괴하거나 없애버리는 치밀함까지 보였소. 가옥들의 3분의 2가 불에 타버렸소. 병사들은 온갖 종류의 보물들을 찾아냈소. 이러한 혼란 속에선 약탈을 막을 수 없는 법이오. 병사들은 식량은 물론 많은 양의 코냑까지 갖게 되었소. 당신은 파리의 수다쟁이들의 말에 귀기울여선 안 되오. 당신의 아버님께 자주 편지 하고, 슈바르첸베르크의 군대를 강화하라는 권유를 담은 각별한 편지를 보내시오. 부친의 명예를 위한 일이오. 나는 이따금 제라르가 그린 초상화를 바라보오. 썩 잘 그렸더군. 내가 당신을 얼마나 사랑하고 있는지, 그리고 당신 곁에 있을 때가 내게 가장 행복한 순간이라는 것을 결코 의심치 마오. 어린 왕에게 나를 대신해서 세 번의 키스를 해주오. 나폴레옹.〉

벌써 새벽 두시였다. 몰려오는 피로나 졸음을 이겨내야 했다. 바람은 잦아들고, 빗줄기가 들이붓듯이 내리고 있었다. 불길도 사위어가고 있었다. 이때 고삐를 단단히 조여야 했다. 마리 루이즈가 주변 사람들에게 얘기를 퍼뜨리게 하기 위해 편지에 썼듯이, '엄청난 숫자의 방화범들을 붙잡아 총살시킨 것이 효과를 발휘해 더이상의 방화는 일어나지 않았다'.

우선 러시아인들과, 가능하다면 러시아 황제까지도 모스크바를 파괴한 자들에 대해 들고 일어서게 하면서 평화 협정을 맺을 수 있도록 시도해야 했다.

그는 미아보호소를 책임지고 있는 러시아군 사령부 참모장 투톨민 장군을 맞아들였다. 미아들은 모스크바를 떠나지 않고 있었다.

투톨민은 프랑스군의 원조를 요청했다. 나폴레옹은 그에게 한 장의 공고문을 보여주었다. 로스토프친 총독이 모스크바에서 얼마 떨어지지 않은 보른조보의 자기 집 앞에 붙여놓았던 공고문이었다. 로스토프친은 이렇게 써놓았다.

〈나는 팔 년 동안 이 전원을 가꾸었고, 내 가족과 함께 이곳의 품안에서 행복한 삶을 누려왔다. 이 땅에 살던 1,720명의 주민들은 그대들이 다가오자 이곳을 떠나고, 나는 내 집이 그대들에 의해 더럽혀지는 것을 막기 위해 내 집에 불을 놓는다. 프랑스인들이여, 나는 그대들에게 모스크바에 있는 나의 집 두 채와 50만 루블에 달하는 동산을 남겨놓는다. 하지만 이곳에서 그대들은 재밖에는 발견하지 못할 것이다.〉

나폴레옹은 투톨민에게 다가가며 말했다.

"로스토프친의 이러한 행위는 야만적인 범죄요. 프랑스군을 겁낼 이유가 전혀 없는 민간인들에게 프랑스군에 대한 적개심을 한껏 심어놓았기 때문이오."

도시를 전부 파괴하는 것, 그것이 전쟁을 벌이는 방법이란 말인가?

나폴레옹은 상체를 숙이며 물었다.

"장군은 농노들을 해방시키고자 했던 푸가초프를 기억하시오?"

그는 중얼거렸다.

"나는 농민들의 폭동을 부추길 생각은 없소."

나폴레옹은 방 안을 거닐었다. 투톨민은, 미아보호소를 후원하고 있는 러시아 황후에게 자기 휘하의 전령이 미아보호소의 상황을 알릴 수 있도록, 프랑스군 초소를 통과할 수 있게 해달라고 요청했다.

나폴레옹은 투톨민에게 다시 다가가 불쑥 말했다.

"그와 동시에, 장군이 직접 알렉산드르 황제에게, 내가 평화를 원한다는 내용의 편지를 써줄 것을 부탁하오."

그는 투톨민이 멀어져가는 것을 바라보았다.

모든 시도를 다해야 한다. 이제 그가 모스크바에 있으니, 강화(講和)야말로 최선의 해결책이리라. 조건은 그다지 중요하지 않았다. 만일 강화 조약이 맺어진다면, 그것은 유럽에 군사적 승리의 절정으로 비쳐지리라. 하지만 차르와 아무런 협상도 맺지 못한 채 모스크바를 떠나게 된다면, 그것은 하나의 패배로 간주될 것이다.

그는 콜랭쿠르에게 말했다.

"유럽이 나를 지켜보고 있네."

그는 몇 분 동안 잠자코 있다가 불쑥 질문을 던졌다.

"마사 책임자가 페테르부르크에 다녀오지 않겠나? 알렉산드르 황제를 만나게. 내가 친서를 한 통 써줄 테니, 가서 강화를 맺게."

자존심을 버릴 줄 알아야 했다.

—나는 자주 콜랭쿠르를 힐책했었지만, 오늘은 그가 필요하다.

그러나 콜랭쿠르는 응하지 않았다. 그는 그것이 소용없는 일이라고 말했다.

시도해보기도 전에 가능한지 불가능한지 어떻게 알 수 있단 말인가?

"쿠투조프 원수의 사령부까지만 가면 되네!"

그래도 콜랭쿠르는 고집을 굽히지 않았다.

"그렇다면 로리스통을 보내지. 그는 평화 조약을 맺고, 자네 친구 알렉산드르의 왕관을 구하는 영광을 누리게 될 걸세."

—평화를 얻기 위해 무엇이든 시도해야 한다. 하지만 평화가 가능하리라는 것을 어떻게 믿을 수 있는가? 모스크바의 화재는 바로 러시아인들의 단호함을 보여주는 증거 아닌가. 콜랭쿠르는 내가 강화에 성공하리라 믿고 알렉산드르에게 사절을 보내는 것

이라 생각하는가? 그러나 실패할 수밖에 없는 일이라고 확신한다 할지라도, 나는 시도할 것이다. 평화야말로 최선의 해결책일 것이므로. 그리고 시도한다고 해서 큰 대가를 치르는 것도 아니다. 자존심만 조금 다칠 뿐. 운명이 걸린 문제에, 자존심 따위에 구애받을 수는 없지 않은가?

나폴레옹은 야코블레프를 맞았다. 그는 모스크바에 남아 있는 몇 안 되는 러시아 귀족들 중 하나였다. 꽤 나이 먹은 인물이었다. 그 역시 모스크바를 떠나려고 했지만 실행에 옮기지 못했다고 고백했다. 그는 완벽한 프랑스어를 우아하게 구사했다. 그는 예전에 파리에서 모르티에 원수를 알고 지냈다고 말했다.

나폴레옹이 말했다.

"나는 러시아가 아니라 영국과 싸우는 것이오. 로스토프친 같은 자는 왜 그런 야만적인 행동을 저지른 거요?"

나폴레옹은 오랫동안 말하다가 갑자기 입을 다물었다.

"내가 차르에게 편지를 써서 귀하께 드리면, 그것이 알렉산드르에게 확실히 전달되리라 믿어도 되겠소? 만일 그리 해주신다면, 귀하와 귀하의 가족들을 위해 내가 통행증을 내드리도록 조처하겠소."

야코블레프는 고개를 저으며 말했다.

"폐하의 제안을 기꺼이 받아들이고 싶습니다만, 저로서는 뭐라고 대답드리기가 곤란합니다."

―야코블레프가 모스크바에 남든지 떠나든지, 그 문제는 내게 전혀 중요하지 않다. 나는 알렉산드르와 다시 친교를 맺을 기회를 찾아야 한다.

그는 차르에게 보내는 서한을 단숨에 구술했다.

〈나의 형제여, 아름답고 찬란한 모스크바 시는 더이상 존재하지 않소. 로스토프친이 도시를 불태워버렸소. 4백 명의 방화범들이 현장에서 체포되었소. 그들 모두가 총독과 경찰국장의 명령에 따라 불을 질렀다고 실토하고 총살당했소. 불길은 이제야 잡힌 것 같소. 집들 중 4분의 3이 전소되었고, 나머지 4분의 1만이 남아 있소. 이러한 행위는 잔인할 뿐만 아니라 맹목적인 짓이오. 우리가 가진 물자를 없애기 위해 일으킨 화재였소? 하지만 그 물자들은 불길이 닿을 수 없었던 지하실에 있었소. 게다가 그렇게 하찮은 목적을 위해, 수세기에 걸쳐 이룩된 작품이며 세상에서 가장 아름다운 도시들 중 하나인 이 모스크바를 파괴하다니…… 만일 이런 일들이 폐하의 명령에 따라 벌어진 것이었다고 내가 생각했다면, 이 편지를 쓰지 않았을 것이오. 하지만 폐하의 원칙과 곧은 정신을 참작할 때, 러시아와 같은 대국에 어울리지 않는 그런 극단적인 행동을, 폐하와 같은 위대한 군주가 재가했으리라고는 믿지 않소.〉

적을 완전히 짓밟아버릴 수 없을 땐, 궁지에 몰린 적이 죽음을 무릅쓰고 덤벼들게 해선 안 된다. 그가 협상을 받아들일 수 있도록 그의 위신을 세워주는 동시에 도망갈 구멍을 남겨주어야 했다.

─알렉산드르에게 손을 내밀어야 한다. 내가 수없이 말해왔고, 또 내가 잘 알고 있듯이, 그가 위선자라 하더라도 그렇다.

나폴레옹은 구술을 계속했다.

〈사실 이번 전쟁을 치르면서 나는 폐하께 아무런 원한도 갖고 있지 않았소. 마지막 전투를 전후해 폐하로부터 짧막한 편지라도 한 장 받을 수 있었다면, 나는 진군을 멈추었을 것이오. 나는 모스크바 입성이라는 영광을 포기할 생각까지 하고 있었소. 만일 폐하께서 나에 대한 옛정을 조금이라도 간직하고 있다면, 이 편지를 흔쾌히 받아들일 것이오. 설령 그렇지 않다 하더라도, 폐하께선 내가 모스크바의 상황을 알려드린 것에 대해 고맙게 생각해야 할

것이오.〉

　—아무런 환상 없이, 나는 내가 해야 할 일을 했다. 아무 망설임도 없었다. 이제 일을 하자. 밤이고 낮이고.

　기병 전령들이 파리의 공문서와 바르샤바, 빌나의 편지뭉치를 가지고 도착했다. 스페인 상황은 전혀 좋아지지 않았다. 웰링턴이 8월 12일 마드리드에 입성했다. 이곳 전황이 나폴레옹에게 조금이라도 불리하게 돌아가는 날엔, 오스트리아인들과 프로이센인들은 '우리의 가장 위험한 적'으로 돌변할 것이다.

　—베르나토트, 그 유다 같은 놈은 8월 30일 알렉산드르 1세와 동맹을 맺었다. 내게 반기를 든 것이다! 그자는 무엇을 기대하는가? 차르와 영국인들이 자신을 프랑스 왕으로 만들어주리라고? 질투심에 미쳐버린 그자는 정녕 그런 상상을 하고 있단 말인가? 스톡홀름에 망명해 있는 스탈 부인의 말대로, 나는 '인류의 적'이 되어버린 것인가? 첩보원들에 따르면, 그녀는 그곳에서 나에 대항하여 '자유 세계' 건설을 위한 캠페인을 준비한다지 않는가! 마치 로마 시대의 노예들처럼 경매 시장에서 농노를 사고파는 이 러시아가 바로 그 '자유 세계'란 말인가! 바로 이런 자들이 나의 적이다. 그리고 나의 의지, 나의 정신, 내가 하는 일만이, 내가 가진 유일한 자원이다.

　그는 이따금 밤을 새워가며 공문이나 명령문들을 구술했다.

　—그 무엇도 내 권력에서 벗어나선 안 된다.

　1812년 10월 15일, 그는 코메디 프랑세즈 정비에 관한 법령을 작성했다. 크렘린 궁 안에서 구술하면서, 그는 잠시 자신이 어디에 있는지도 잊었다. 이틀 전인 10월 13일, 이곳 크렘린 궁에 첫눈이 내렸다. 이 북국의 대륙을 겨울이 군림하기 시작한 것이다.

　〈배우들이 모두 한자리에 모일 것이고, 그 수익은 24등분 될 것

이다······.〉

그는 법령 구술을 마친 뒤 창가로 다가갔다. 좋은 날씨였다. 마치 퐁텐블로에서처럼 맑고 온화한 날씨였다. 이런 날씨가 계속되었으면 싶었다. 모스크바의 기후에 대한 콜랭쿠르의 이야기가 과장된 것이기를 바랐다. 하지만 이틀 전에 벌써 눈이 내렸다. 그는 중얼거렸다.

"서둘러야겠군."

이곳에 머물려면, 이십 일 안에 겨울 병영을 마련하고 월동 준비를 해야 하리라.

그는 매일 해왔던 대로, 아침마다 크렘린 궁의 안뜰로 내려가 병사들을 사열하고, 다시 업무에 매달렸다.

그는 부상병들을 스몰렌스크로 후송시키라고 지시했다. 그들은 그곳에서 다시 빌나를 거쳐 프랑스로 돌아갈 것이다. 그들을 프랑스까지 호송할 하사관들은, 프랑스 내 병영으로 돌아가 새로 징집된 신병들을 훈련시키는 임무를 맡게 될 것이었다. 그는 부상자들을 싣고 갈 마차를 조사하고, 부대를 재편성하라고 지시했다. 매일 저녁, 그는 원수들과 장군들을 접견했다. 그들은 이탈리아 출신의 소프라노 가수 타르키니오의 노래를 들었다. 모스크바에 남아 있던 가수 일행은 화재와 약탈로 빈털터리가 되었다. 그들을 도와주라고 지시한 것은 나폴레옹이었다.

그러나 그는 곧 공연을 중단시켰다. 노래나 듣고 있을 때가 아니었다. 그는 장교들에게 상황을 물었다. 콜랭쿠르는 역참들과 파리에서 오는 전령들이 공격당하기 시작했다고 보고했다. 제국의 수도와 일상적으로 연락을 취하는 것도 이제는 불확실한 일이 되어버렸다.

그것은 심각한 문제였다.

코자크 족과 계속해서 협상하고 있는 뮈라의 말에 귀기울였다. 하지만 뮈라는 여우들을 상대하는 우화 속의 까마귀에 지나지 않았다.

뮈라의 말을 듣던 나폴레옹이 말했다.

"그자들이 협상을 벌이려는 것은, 프랑스에서 멀리 떨어져 있는 우리 군대로 하여금 이곳의 혹독한 겨울 날씨에 지레 겁을 먹게 하자는 것이로군."

뮈라는 속기 쉬운 자였다. 황제는 계속해서 말했다.

"그들은 협상을 원하지 않아. 쿠투조프는 예의바른 사람이오. 그는 전쟁을 끝내기를 바랄 것이지만, 알렉산드르는 그렇지 않소. 차르는 고집불통이오."

그는 지도를 들여다보았다. 만일 모스크바를 떠난다면, 먼저 남쪽으로 진군해야 하리라. 모스크바에 남아 있는 사용 가능한 모든 마차들을 한 곳에 집결시키고, 병사들은 십오 일분의 비스킷을 만들어야 한다.

그는 결정을 내렸다. 이제 실행에 옮기는 일만 남았다. 마지막 순간까지, 그 누구에게도 출발 시기를 알려서는 안 되었다.

1812년 10월 18일 일요일 정오, 크렘린 궁의 뜰에서 그는 네 원수의 제3연대를 사열했다. 화창한 날씨였다. 군악대가 경쾌한 곡을 연주하고 있었다. 그때 장교 하나가 갑자기 말을 달려왔다. 뮈라 휘하의 부관 베랑제였다. 그는 러시아군이 빈코보를 공격했다고 알렸다.

프랑스군의 야영지가 기습당한 것이다. 러시아군은 12문의 대포를 약탈해갔다. 뮈라의 반격으로, 간신히 그들을 물리칠 수 있었다.

나폴레옹은 즉각 말에 올라탔다. 그는 분노했다.

"모든 것을 잃을 수도 있었어. 뮈라 그자에게 기지와 용기마저 없었더라면 자기 목숨도 건지기 힘들었을 거야. 아무튼 그자는 전적으로 신뢰할 수가 없어. 뮈라는 자기 용기를 너무 믿고 있고, 휘하의 게을러빠진 장군들을 신뢰하고 있어. 어찌 되었든 이번 기습으로 당한 치욕을 씻어내야 한다. 우리가 전투에 패했기 때문에 어쩔 수 없이 후퇴했다는 말이 프랑스에 나돌아서는 안 된다."

그는 말에서 뛰어내려 뮈라의 지휘부가 있는 건물 안으로 들어갔다.

"뮈라의 이 바보 같은 짓 좀 봐! 아무도 지키는 자가 없어. 내 계획을 모두 엉망으로 만들고 있어. 모든 것을 망쳐놓고 있다구."

그는 홀로 남았다. 더이상 기다리고 있을 수만은 없었다. 내일, 그는 모스크바를 떠날 것이다.

마리 루이즈를 안심시키기 위해 몇 줄 적어야 했다.

〈나의 다정스런 루이즈. 말을 타고 우리의 전초를 찾아가는 동안 당신에게 편지를 쓰고 있소. 이곳은 따뜻하오. 파리에서도 9월에나 볼 수 있는 화창한 날씨가 계속되고 있소. 아직까지 북쪽 지방의 혹독한 추위는 겪지 않았소. 곧 우리의 겨울 병영을 세울 생각이오. 당신을 폴란드로 부를 수 있게 되기를 바라오. 어린 왕에게 나를 대신해서 두 번 키스해주오. 당신의 다정한 남편이 당신을 사랑한다는 것을 의심치 마오. 나폴레옹.〉

1812년 10월 19일 월요일 아침 일곱시, 그는 라프 장군에게 다가갔다. 라프의 얼굴에 수심이 가득했다.

─이자는 내가 마냥 즐겁기만 하다고 생각하는가? 약탈한 물건들로 가득한 저 수천 대의 마차들. 그림들, 화병들, 모피들, 유물들, 가구들, 술통들…… 저것이 나의 군대란 말인가? 그리고 저 십만 명의 병사들, 근위대를 제외하고는 모두들 노략질한 물건들

로 가득 찬 보자기를 짊어지고, 몸에는 잡다한 포대자루들을 걸친 저들을 과연 군인이라 부를 수 있는가? 저들에게 무엇을 요구할 수 있단 말인가?

하지만 그는 즐거운 듯한 어조로 라프에게 말했다.

"자, 라프. 우리는 폴란드로 돌아갈 것이네. 썩 좋은 겨울 병영을 차리게 될 거야. 나는 알렉산드르가 평화를 선택하기를 바라네."

라프가 여전히 근심스런 표정으로 말했다.

"주민들은 이번 겨울이 혹독할 것이라고들 합니다."

나폴레옹은 발길을 돌리며 말했다.

"주민들 말이라고? 쳇, 말도 안 돼! 날이 얼마나 좋은지 한번 보게나!"

그는 베르티에 원수를 찾았다.

그는 엄한 목소리로 장교들의 마차 한 대당 부상병을 두 명씩 실으라고 지시했다.

"진군 도중에 부상병을 싣지 않은 마차가 발견되면, 그 마차는 불태워버릴 것이오. 마차에 일련번호를 매기도록 하고, 번호를 달지 않은 마차는 몰수하시오."

베르티에는 마차들의 숫자가 2만에서 3만 대, 아니 4만 대가 될지도 모른다고 중얼거렸다.

그는 대꾸도 하지 않았다. 나폴레옹은 모르티에 원수에게 전달할 새로운 명령을 구술했다. 모르티에는 1만 명의 병사들과 함께 크렘린 궁에 남아, 부상병들이 모두 떠나는 것을 확인하게 될 것이다.

〈10월 23일 새벽 두시에, 모르티에 원수는 크렘린 궁에 불을 지를 것.〉

그는 베르티에를 한번 쳐다보고는, 뒷짐을 지고 서성이며 구술을 계속했다.

〈크렘린 궁의 곳곳에 불을 놓은 다음, 트레비세 공 모르티에 원수는 모야이스크로 향할 것. 새벽 네시에, 해당 임무를 부여받은 포병대 장교는 크렘린 궁을 폭파할 것. 행군 도중 뒤에 처지는 모든 마차들은 불태우고, 가능한 한 모든 시체를 땅에 묻을 것이며, 도중에 발견하게 되는 소총들은 모조리 부술 것.〉

이제 준비가 끝났다.

근위대가 움직이기 시작했다. 그는 안장 위에 몸을 곧추세우고, 근위대의 한가운데 자리잡았다.

1812년 10월 19일 월요일 오전 아홉시.

그는 모스크바를 떠났다.

29
죽음의 행군

그는 멀리 전방을 주시했다. 되도록 외면하려 했지만, 근위대 소속 병사들마저 벌써 길가에 주저앉아 있는 것을 보지 않을 수 없었다. 행군을 시작한 지 겨우 몇 시간이 지났을 뿐이었다. 병사들은 짊어진 포대자루를 뒤져 무게가 많이 나가는 물건들을 버리기 시작했다. 길가의 진창엔 금세 금박으로 장정한 책들이나 작은 조상들, 옷들, 융단들 따위가 가득 널렸다.

그는 불안감이나 분노, 당혹감 따위, 자신이 느끼는 감정을 밖으로 드러내지 않으려 노력했다.

하지만 그런 감정들이 쉼없이 그를 갉아대는 것은 어쩔 수 없었다. 쿠투조프에게 패배를 안겨주기 위해 칼루가로 향하는 남쪽 길을 택한 것은 과연 잘한 일일까? 그 러시아 육군원수는 도대체 어디에 있는가? 이따금 안개 속에서 불쑥 모습을 드러내고 총질을 하거나 창을 던져대는 코자크 족과 맞닥뜨렸을 뿐이었다. 근위대 기병들이 돌격해가면, 코자크 족은 마치 파리떼들처럼 사방으로 흩어져버리고, 남는 것은 땅 위에 쓰러져 죽거나 다친 몇몇 프랑스 병사들뿐이었다.

보급품들로 가득 찬 저장고가 있는 스몰렌스크로 좀더 일찍 갔어야 했을까? 병사들에게는 모든 것이 부족했다. 빵, 탄약, 구두, 군복, 그리고 부상병들을 위한 붕대까지 모자랐다.

─하지만 만일 저장고가 텅텅 비어 있다면 어쩔 것인가? 보급대 병사들이 무능력한 놈들일 수도 있고, 그놈들 자신이 약탈해버렸을 수도 있지 않은가? 게다가 남쪽에서 다가오는 러시아 토르마조프 장군과 치차코프 장군의 군대가 북쪽에서 내려오는 비트겐슈타인 군대와 합류한다면, 나는 적들에게 포위당한 채 이 러시아 땅에 갇혀 있게 될 것이다. 그 사이에 온 유럽이, 나의 제국이, 내게 반기를 들고 일어설 게 아닌가?

벌써 마차들은 옆으로 뒤집어지고 대포 운반 마차들은 진창에 빠져 있었다. 땅이 너무 질었다. 쿠투조프의 정찰대 눈에 띄지 않기 위해 선택한, 칼루가로 향하는 지름길은 너무 좁고 진창투성이의 늪지대였다. 하지만 침착성을 잃어서는 안 된다. 저것들을 아예 바라보지 말아야 하리라.

냉랭한 안개에 휩싸이는 아침, 온종일 내리는 비, 그리고 밤에는 추위가 닥쳐왔다.

모스크바를 떠난 이후, 트로이츠코이 성에 들어 처음으로 몇 시간의 휴식을 취했다. 이어서 포민스코이의 침실, 보로프스크의 저택, 더럽고 춥고 습한 여정의 계속이었다. 나폴레옹은 더이상 움직일 수 없는 마차들은 불태우라고 명령했다. 그는 병사들이 말에 칼질을 하는 것을 보았다. 어떤 병사들은 짐승의 뱃속을 가르고 팔을, 아니 얼굴까지 들이밀고 내장을 파헤치며 간을 찾고 있었다. 다른 병사들은 들통 가득, 갓 죽은 짐승의 따뜻한 피를 받아 마시고 있었다.

그는 그 광경을 외면할 수가 없었다. 그는 콜랭쿠르, 라프, 베르티에, 로리스통의 얼굴이 고통으로 일그러지는 것을 보았다. 황제를 둘러싼 그들의 눈빛은 무엇인가를 묻고 있었다.

나폴레옹은 콜랭쿠르의 팔을 잡고 말했다.

"본대와 예비대와 거리를 좁혀야만 할 거야. 그렇지 않으면 쿠투조프를 칼루가와 그 방어 진지에서 쫓아버린들 아무 소용이 없을 걸세. 코자크 족이 여전히 우리의 연락을 방해할 테니까 말일세."

콜랭쿠르는 동의했다. 그리고 떨리는 목소리로 말했다. 변화하는 기후, 곧 닥치게 될 눈과 추위, 그리고 전령들이 알려오는 농민들과 빨치산들의 움직임. 바르샤바 대공국의 국경에 이르기까지 러시아 전역에 프랑스군에 대항하는 봉기가 불길처럼 일어나고 있었다. 이제는 마량(馬糧)을 징발하는 데에도 위험이 따랐다. 전령들이 공격당하고 있었고, 낙오병들은 살해당했다. 뜬소문이 사방에 퍼지고 있었다. 농부들이 포로로 잡힌 병사들의 몸에 말뚝을 박아 죽이거나, 끓는 기름이나 물 속에 집어넣어 죽인다는 것이었다.

아무 대답도 해서는 안 되리라. 그가 느끼는 감정을 드러내서는 안 되었다. 다만 이렇게만 말했다.

"그런가? 프랑스의 소식을 듣지 못하게 되겠군. 하지만 가장 곤란한 문제는 프랑스에서도 우리 소식을 들을 수 없을 거라는 점이겠지."

그는 편지를 쓸 때 주의를 철저히 기울여야 한다고 지시했다. 모든 편지들이 도중에 약탈당할 수 있었다.

그는 그 점을 염두에 두면서 마리 루이즈에게 편지를 썼다.

〈나의 친구여, 내 건강은 좋은 편이고 일도 잘 되어가고 있소. 나는 크렘린 궁을 폭파한 다음 모스크바를 떠났소. 그 도시를 지키자면 2만 명의 병사가 필요했소. 그처럼 파괴당한 상태로는, 그 도시는 내 작전에 방해가 될 뿐이었소. 날씨는 아주 좋소. 나도 당신과 마찬가지로 이 모든 일이 어서 끝나기만을 바라고 있소. 내가 당신을 즐겁게 포용할 행복한 날이 곧 올 것이오. 나를 대신해서 어린 왕에게 키스해주오. 당신 부친에게도 편지를 써서, 전에 말한 슈바르첸베르크 문제를 생각해볼 것을, 갈리시아 군대로 그를 강화시킬 것을, 내가 부탁하더라고 전해주오. 황후께 편지를 쓸 때에는 내 안부도 전해주오. 안녕, 나의 친구여. 내가 얼마나 당신을 생각하는지 당신도 알 것이오. 당신의 나폴레옹.〉

그때 대포 소리가 들려왔다. 그는 즉각 밖으로 뛰쳐나왔다. 남쪽 말로이아로슬라베츠 부근에서 접전이 벌어졌다. 그는 전투가 벌어지고 있는 방향으로 말을 몰았다. 정찰병들이 달려와 보고했다. 쿠투조프의 전위인 독토로프 장군 군대가 다부 원수와 으젠의 군대를 공격했다고 했다. 그들은 러시아군을 물리쳤고, 몇 명의 포로를 붙잡았다. 하지만 도처에서 코자크 족이 출몰하여 병사들을 괴롭히고 있었다.

나폴레옹은 보로프스크로 되돌아왔다. 그는 포로가 된 장교 한 명을 신문했다. 포로는 마치 승리자인 양 느긋한 태도였다. 그는 알렉산드르 황제가 '내 전쟁은 이제부터 시작이다'고 선언했다는 말만을 되풀이했다.

쿠투조프군의 이동에 관한 질문에는 전혀 대답하지 않았다. 러시아군은 말로이아로슬라베츠에서 패한 이후 퇴각한 것인가? 병사들과 말들이 모두 기진맥진한 군대를 이끌고 어떻게 그들을 추적한단 말인가?

앉아 있을 수가 없었다. 방 안을 이리저리 거닐다가, 지도를 들여다보다가, 문 밖까지 나와 주위를 둘러보았다. 어둠 속에 짙은 안개가 끼어 있었다. 한치 앞도 보이지 않는 상황이었다.

그는 중얼거렸다.

"상황이 점점 더 심각해지는군. 항상 러시아군을 무찔렀건만, 끝나는 것은 아무것도 없어."

그는 입을 다문 채 악취가 풍기는 누추한 방 안을 거닐다가 갑자기 모자를 집어들었다.

"적군이 진을 치고 있는지, 아니면 예상대로 퇴각중인지 내가 직접 알아봐야겠다. 그 악마 같은 쿠투조프는 우리와 맞서 싸우려 하지 않을 거야. 내 말들을 데려오라. 떠나자."

베르티에가 나타나 그의 앞을 가로막았다. 아직 날도 채 밝지 않았다. 각 군대의 위치가 어디인지 아직 잘 모르고, 코자크 족이 불쑥 나타날지도 몰랐다.

으젠의 부관이 도착했다. 그는 쿠투조프 군대가 퇴각했다고 확언했다. 그의 말을 들은 나폴레옹은 잠시 망설였다. 하지만 이 눅눅한 방 안에 앉아 있을 수는 없었다. 그는 움직이고 싶었다. 그는 누가 뒤를 따르건 말건 신경쓰지 않고 말에 올랐다.

말을 질주했다. 안개 속에 불현듯 기병들의 모습이 나타났다. 그들은 소리지르며 호위대와 참모들을 에워쌌다. 라프가 외치는 소리가 들렸다.

"멈추십시오, 폐하. 코자크 족입니다!"

나폴레옹은 명령했다.

"엽기병들을 지휘해서 돌진하라!"

그는 주위를 둘러보았다. 베르티에와 콜랭쿠르가 손에 검을 빼어들고 곁에 있었다. 그도 칼을 뽑았다. 말에 박차를 가하며 질주하는 그를 참모들이 에워싸고 달렸다.

눈앞에서 전투가 벌어졌다. 칼이 부딪는 소리와 고함 소리, 코자크 족이 지르는 만세 소리가 들려왔다. 안개가 걷힐 무렵, 마침내 근위대 기병대가 눈앞에 나타났다. 돌아보니 평원에는 수천 명의 코자크인들이 있었다. 얼마 전, 야영하던 근위대를 공격하고 포 창고를 공격해서 대포를 탈취하고 포로들을 붙잡아갔던 플라토프의 코자크 병사들일 것이었다. 그들은 평원 이곳저곳에 울창한 군집을 이루고 있는 나무숲에 매복하고 있었으리라.

어둠과 안개가 그를 구했다. 아니다, 그 방향 모를 평원에서 적진 속으로 돌진하지 않고 근위대 기병대가 달려오는 방향으로 뚫고 나온 것은 운명이 다시 한번 그를 구한 것이었다.

그는 담담한, 아니 쾌활한 모습을 보여주어야 했다. 그는 웃으며, 로리스통과 라프에게 농을 걸었다. 자신에게서 눈을 떼지 않고 있는 병사들의 시선이 느껴졌다.

그는 영웅이요 불사신처럼 보여야만 했다.

"황제 폐하 만세!"

근위대 병사들이 외쳤다. 하지만 그들의 목소리는 이내 사그라들었다. 그는 병사들 사이를 헤치며 천천히 발길을 돌렸다. 불을 피워놓은 주위에 병사들이 몰려 있었다. 그는 그들이 잔뜩 움츠러든 것을 느꼈다. 그들은 서로에게 무심했으며, 심지어는 거의 적대시하는 듯했다. 닥쳐온 추위와 고통스런 허기로 그들은 서로 고립되어 있었다. 그는 근위대 군의관 이방을 불렀다. 수년 전부터 휘하에 있던 의사였다.

그는 의사의 얼굴을 뚫어지게 바라보았다. 그는 이방에게서 등을 돌리며 말했다.

"강한 독이 든 유리병 하나를 가져다주게."

그는 그것을 몸에 휴대하고자 했다. 포로로 붙잡히는 위험은 무릅쓸 수가 없었다.

그는 말을 더듬는 이방의 얼굴을 정면으로 바라보았다. 그는 다시 한번 말했다.

"이건 명령이야. 즉각 시행하게."

1812년 10월 25일 일요일, 이날 그는 하마터면 죽거나 포로로 붙잡힐 뻔했다. 하지만 운명은 그의 목숨을 구했다. 그렇다면 다시 전진할 밖에.

그는 출발을 명했다. 그는 이미 결정내렸다. 가능한 한 서둘러 스몰렌스크에 도달해야 했다. 그들은 남쪽으로 가는 길을 버리고, 모야이스크, 보로디노, 비아즈마로 가는 길을 다시 택했다.

이제 밤에는 얼음이 얼었다. 잔뜩 찌푸린 날씨 때문에 낮 동안에도 추웠다. 그는 근위대의 한가운데서 말을 몰거나 마차를 타고, 혹은 콜랭쿠르나 베르티에의 팔에 의지하거나 굵은 지팡이를 짚고 오랜 시간 병사들과 함께 걷기도 했다.

그는 보았다.

길가와 비탈에 널려 있는 시체들, 버려진 부상자들, 부서진 마차들. 그는 그 마차들에 불을 지르라고 지시했다.

순간 그는 땅이 아직도 파헤쳐진 그대로인 그 고원을 알아보았다. 수천 마리의 까마귀들이 날고 있는 계곡 사방에 파편들과 시체들이 널려 있었다. 땅 밖으로 솟아나온 팔들. 다 썩어버린 죽은 말의 잔해. 그 동안 내린 비 때문에, 땅에 묻힌 시체들의 신체 일부가 땅 밖으로 드러나 있었다. 보로디노 마을이었다.

모스크바 강 전투가 벌어졌던 것이 불과 52일 전이었다.

그는 걸음을 재촉하고자 했다. 저 썩어가는 시체들 사이를 지나면서 병사들은 사기를 잃게 될 터였다. 그는 콜랭쿠르를 바라보았다. 그의 형제도 저 땅에 묻혀 있었다. 그는 행군중인 병사들이 어딘가에 몰려들어 웅성이는 걸 보았다. 그는 무슨 일인지 알아보도록 시켰다. 그 시체 구더기에서 프랑스 병사 하나를 발견했다는 것이다. 두 다리가 잘려나갔지만 아직 살아 있다고 했다. 말 시체들에 둘러싸여 그 살코기를 먹어가며 52일을 버티고 살아남은 것이다.

침묵해야 했다. 오직 전진해야 했다.

그는 뒤를 돌아다보았다. 종대는 까마득히 늘어져 있었다. 마차들이 흔들리고 뒤집히고 불에 탔다. 병사들은 뒤집어진 마차들을 약탈했다. 어느 수도원을 지나칠 때, 신음 소리가 들려왔다. 보로디노 전투에서 다친 부상병들이 아직도 그곳에 머물고 있었다.

나폴레옹은 멈춰 서서 명령을 내렸다.

"저들을 근위대와 황실 마차들에 실으라."

다시 출발했다. 비명 소리가 들려왔다. 마부들은 억지로 태울 수밖에 없었던 부상병들을 땅바닥에 팽개쳐버리기 위해 거칠게 말을 몰고 있었다.

그는 고개를 돌려버렸다. 그는 중얼거렸다.

"이제 군대 꼬락서니가 말이 아니군."

하지만 그는 알아야 했다. 모른 척한다 해서 해결될 일이 아니었다. 그는 길을 벗어나 높은 지대로 올라갔다. 병사들과 마차 행렬을 보고 싶었다.

—아직 나에게 몇 명의 병사들이 남아 있는가?

모스크바를 출발했을 때는 10만이었다. 열흘이 지난 지금, 병력은 그 절반밖에 남지 않은 것 같았다.

병사들이 남자 하나를 그의 앞에 끌고 왔다. 거만한 시선의 남자는 알렉산드르 1세의 참모 빈친게로드 백작이었다. 민간인 복장을 하고 모스크바 성문 앞에서 프랑스 병사들에게 탈영을 종용하다 붙잡혔다는 것이다.

—뭐야? 내 영토인 뷔르템베르크에서 태어난 녀석이 돈에 팔려 첩자 노릇을 했단 말인가?

"이자는 군인도 아니다. 병사들을 선동한 반역자야!"

나폴레옹은 포효했다. 더이상 자제할 수가 없었다. 이 길과 이 병사들, 이 부상자들과 시체들을 바라볼 때마다 조금씩 그의 내부에 쌓여왔던 분노가 한꺼번에 터져버렸다. 이놈은 총살을 시켜 마땅하다.

그는 콜랭쿠르, 베르티에, 뮈라를 바라보았다.

—이들은 나를 비난하는군.

나폴레옹은 직접 헌병들을 불렀다.

빈친게로드가 말했다.

"원하시는 대로 처분하십시오, 폐하. 하지만 저를 결코 반역자 취급 하지는 마십시오."

나폴레옹은 단단하게 얼어서 굳어버린 땅 위에 발을 굴렀다. 그는 고개를 들었다. 길에서 얼마 떨어지지 않은 곳에 성이 한 채 보였다. 크고 아름다운 건물이었다. 그는 근위대 2개 중대를 보내 마량을 징발하게 하고 성에는 불을 지르라고 명령했다.

그는 외쳤다.

"우리 야만인들께서 저들의 마을을 불태우는 게 좋은 모양이니, 우리도 그들을 도와주자구!"

그리고는 입을 다물었다. 성이 불길에 휩싸였다. 다시 길로 접어들었다. 그는 빈친게로드를 총살하지 않을 생각이었다. 콜랭쿠르에게 다가가 그의 귀를 잡아당겼다.

"그대가 저자한테 관심을 갖는 것은 알렉산드르 때문이지? 좋아, 좋아. 그를 해치지 않도록 하지."

그는 마사 책임자의 뺨을 가볍게 두드렸다.

말에 올라탔다. 전방의 들판은 온통 하얀색이었다. 눈이 내렸던 것이다. 그나마 얼마 남지 않은 군대는 곧 추위 속에 갇히게 될 것이었다. 눈이 그들을 덮어버릴 것이다.

그는 콜랭쿠르에게 몸을 숙이고, 어떻게 될 것 같으냐고 물었다.

마사 책임자는 말했다.

"우리의 퇴각은 모두를 자극할 겁니다."

러시아와 오스트리아, 그리고 프로이센에서도 촉각을 곤두세우리라.

콜랭쿠르는 말을 이었다.

"그리고 추위는 커다란 불행을 가져올 겁니다."

나폴레옹은 콜랭쿠르의 말에 귀를 기울였다.

—서둘러 전진해야 한다. 추위에 따라잡혀서는 안 된다. 북쪽과 남쪽의 러시아군이 합류하여 내 목을 졸라오기 전에, 드네프르의 지류인 베레지나 강을 건너 스몰렌스크에 닿아야 한다. 그러고 나면 빌나에서, 혹은 니에만 후방에서 군대를 재편성할 수 있으리라.

그렇게 되면 아마도 군대가 겨울 병영에 자리잡고 난 다음에, 파리로 돌아갈 수 있을 것이다. 그 가능성을 모색해야 했다. 제국이 위험에 빠질지도 모르는 상황에서, 눈 속에 묻혀 이곳에 머물 수는 없었다.

이집트를 떠났던 일을 생각했다.

선택할 줄 알아야 했다.

1812년 11월 1일 일요일, 얼음이 얼었다. 그는 마리 루이즈에게 몇 줄 적었다.

〈나는 겨울 병영을 설치하기 위해 폴란드로 가는 중이오. 그러

면 나는 100리유쯤 더 가까이 당신한테 다가가는 셈이오. 내 건강은 아주 좋고 일도 잘 진행되고 있소.〉

이렇게 쓸 수밖에 없다.

―이곳에 나와 함께 있는 사람들을 제외하고, 내게 무슨 일이 벌어지고 있는지, 누가 상상이나 할 수 있겠는가?

최정예 부대들조차 지리멸렬한 상태였다. 각자 자신을 지킬 수밖에 없었다. 하지만 그래도 전투는 계속해야 했다. 네 원수에게 후위군대의 지휘를 맡겼다.

―저 코자크 족은 마치 아랍놈들 같군.

이집트에서처럼, 수송마차를 한가운데 놓고 총검으로 지켜가며 행군해야만 했다. 하지만 병사들은 그들의 소총을 땅에 버리고 있었다. 주리고 지친데다가, 금속으로 된 소총은 손을 얼어붙게 했기 때문이었다.

퇴각 이후 최초의 눈보라가 행군 대열에 몰아쳤다. 기온은 더욱 내려갔다.

그는 길가에 쓰러져 있는 병사들을 보았다. 불을 쬐다 질식해 죽는 자들도 있었다. 온몸이 마비될 만큼 얼어붙은 자들이 너무 불 가까이에 다가가 있었던 때문이었다. 버려진 부상병들은, 땅에 버려진 잡다한 물건들 사이로 마치 기다란 검은 꼬리처럼 늘어져 있었다.

1812년 11월 6일 미하엘리스카에 도착했다. 반쯤 부서진 작은 집들로 구성된 마을에는 이미 병사들로 가득 차 있었다. 본대가 도착하기 전에 미리 잠잘 곳을 마련하고 먹을 것을 약탈하기 위해 전위부대보다도 먼저 도착한 자들이었다.

눈발이 굵어지면서, 짙은 안개가 사방을 내려덮었다. 하늘이 사라져버린 것 같았다.

그가 어느 낡은 집에 들어서려는 순간, 갑자기 기병 하나가 마차들 사이를 비집고 병사들을 헤치며 달려왔다. 전령이었다. 전령이 그를 바라보고는 소리쳤다.

"황제 폐하! 황제 폐하!"

마침내 가까이 다가온 전령은 전문들로 가득한 서류 가방을 내밀었다.

파리에서 온 전문이었다. 그는 전문을 펼쳐들었다.

얼굴에 경련이 일어나는 것을 애써 감추어야 했다.

10월 22일 밤에서 23일 새벽 사이, 요양원에 갇혀 있던 말레 장군이 도주했다. 공화주의자인 그는 반란을 모의한 죄로 1808년 이래 구금 상태에 있었다. 도주한 그는, 황제가 러시아에서 전사했다는 거짓 정보를 퍼뜨려, 민병대의 일부를 징발하는 데 성공했다. 그는 제정의 붕괴를 선언하고, 모로 장군을 수장으로 하고 말레 자신이 대표자인 임시정부의 수립을 결정한 원로원 결의를 발표했다. 물론 그 원로원 결의는 날조된 것이었다. 모로의 전(前) 참모장 라오리 장군, 바라스의 친구이자 남부 지방에서 영국인들과 결탁한 기달, 그리고 후작 하나, 사제 하나 등이 그의 공범들이었다. 그들은 치안장관 사바리와 파리 경찰국장 파스키에를 체포하는 데 성공했다. 다행히도 윌랭 치안군 사령관이 그들에게 저항했고, 그의 참모들이 음모자들을 체포했다. 그들은 재판을 받고 10월 29일 총살당했다.

나폴레옹은 음울한 하늘을 향해 고개를 쳐들었다. 눈발이 그의 얼굴에 쏟아져내렸다. 그가 파리를 떠나 있는 사이에 제국이 약화되었다는 것은 생각하고 있던 바였다. 하지만 장관들이 그처럼 어처구니없게 속아넘어가거나 굴복했다는 사실에 그는 놀랐고 분노했다. 특히 센의 주지사 프로쇼는 말레의 임시정부를 위해 시청의 방까지 내어주었다지 않는가.

그는 사바리의 결론을 읽었다. 파리 시민들은 그러한 사건을 전혀 눈치채지도 못했으며, 모든 것이 아침 열시에는 정상화되었다고 치안장관은 장담하고 있었다.

그는 편지들을 콜랭쿠르에게 넘겨주고, 땅바닥에 피워놓은 불 앞을 거닐었다. 방 안은 연기로 가득했다.

그는 말했다.

"내가 죽었다는 소식 한마디에 모두들 머리가 돌아버렸구만. 즉각 병영으로 달려가 로마 왕에게 충성을 맹세하고 사바리를 감옥에서 꺼냈어야 할 클라르크조차 넋을 놓고 있었어. 오직 윌랭만이 용기가 있었어."

그는 장작을 발로 걷어찼다. 불티가 날리면서 불길이 더 활활 타올랐다.

"주지사나 연대장들의 행동은 도저히 이해가 안 돼. 명예나 충성 따위 기본적인 덕목조차 제대로 교육받지 못한 자들을 어떻게 믿을 수 있단 말인가? 나약하고 배은망덕한 주지사, 내가 출세시켜준 옛 전우들 중 하나인 파리 연대장의 행동에 나는 분노하네."

그는 밖으로 나왔다. 눈송이가 더 촘촘해지고 굵어졌다. 모든 것이 눈에 뒤덮였다. 병사들이 비틀거리며 지나갔다. 추위로 얼어붙은 그들의 얼굴에 눈이 쌓여 있었다.

그런데 그를 배반한 자들은 파리에 있다. 금칠한 따뜻한 궁전에.

그는 분통을 터뜨렸다.

"이런 비열한 짓을 도저히 믿을 수가 없어!"

그는 걷기 시작했다. 이 마을을 떠나고 싶었다. 서둘러 스몰렌스크에 도달하고 싶었다. 어쩌면 그 도시 주변에 전선을 구축할 수 있을지도 모른다. 그리고 나서 군대가 버텨낼 만한 상태가 되면, 그는 파리로 되돌아가 질서를 회복하고 다시금 제국의 중심을 확고히 하고 싶었다.

그는 말했다.

"프랑스인들은 여자들을 상대할 때처럼 너무 오래 자리를 비우면 안 돼. 사실 음모가들이 어떤 획책을 꾸밀지 알 수 없는 일이고, 또 사람들이 한동안 내 소식을 듣지 못하면 어떤 일이 벌어질지 알 수 없는 일이지."

그는 병사들 사이를 걸었다. 길가엔 시체들과 버림받은 부상병들로 가득했다. 사람들은 아직 몸을 움직이고 있는 말 주위에 몰려들어 칼질을 하기 시작했다. 말의 배가 갈라졌다. 여인 하나가 심장이나 간을 떼내려고 그 붉은 내장 속에 팔을 집어넣었다.

그는 이곳에 포위된 채 파리와 모든 연락이 끊어지는 상황을 가장 두려워했다.

"러시아인들의 머리가 제대로 돌아간다면, 그런 일이 벌어질 거야."

참모 하나가 다가왔다. 이탈리아 부왕 으젠이 비텝스크를 포기할 수밖에 없었다고 보고했다. 포병대를 잃어버린 것이다. 편자도 박지 않은 지쳐빠진 말들이 더이상 빙판길 위로 대포를 끌 수가 없었던 것이다.

─그렇다면 비트겐슈타인 군대가 비텝스크를 점령했겠구나. 그리고 남쪽에서 진군해오는 치차코프 군대는 이 도시로부터 불과 30여 리유(약 120킬로미터)도 안 떨어진 곳에 와 있을 것이다. 만일 그들이 합류하기 전에 빠져나가지 못한다면, 우리는 포위당하게 될 것이다. 그런 일이 생기지 않도록 해야 한다.

그는 바람 부는 광장만큼이나 냉기가 감도는 프네보 성에 들어갔다. 그는 빅토르 원수에게 비트겐슈타인 군대를 반격할 것을 지시하는 명령을 구술했다.

〈며칠 안으로 장군의 후방엔 코자크 족이 들끓을 것일세. 황제의 군대는 내일 스몰렌스크에 있게 될 거야. 하지만 병사들은 쉬지 않고 120리유를 행군한 탓에 완전히 지쳐 있네. 공세를 취하게. 우리 군의 사활이 거기에 달려 있네. 하루라도 지체하면 곧 재난이야. 우리 군의 기병대는 걸어다녀야 할 상황이네. 거의 모든 말들이 추위로 죽었기 때문일세. 공격하게. 이것은 황제의 명령이야.〉

―굴복하지 말자. 싸우자.

남아 있는 모든 장교들은 말에 올라 하나의 신성한 부대를 결성하도록 하라. 장군들은 그 부대의 위관(尉官)이 될 것이고, 연대장들은 하사관들이 될 것이다.

―싸우자. 그리고 편지를 쓰자. 나를 노리는 모든 자들에게 내가 아직 살아 있다는 것을 증명하기 위해.

전령이 곧 출발할 것이다. 그는 파리로의 귀환을 시도할 것이다.

마리 루이즈에게 편지를 썼다.

〈나의 친구여. 나는 윌랭을 죽이려 했던 대역죄인들의 사건 때문에, 참모장이 참모 하나를 당신에게 보냈다는 걸 알고 무척 화가 났소. 비록 내가 당신의 성격을 잘 알고는 있지만, 이 모든 일이 당신을 괴롭히지는 않았을까 걱정이 되오. 나는 가까이 다가가고 있소. 내일 나는 스몰렌스크에 있게 될 거요. 100리유 이상을 더 파리 가까이 다가가는 것이오. 날씨가 흐려지려는 모양이오. 또 눈이 오려는지. 나는 당신이 내 편지를 읽으면서 기뻐하는 것만큼이나 기쁜 마음으로 당신의 편지를 읽고 있소. 오래지 않아 내 아들이 이가 나고 다시 명랑해졌다는 소식을 당신에게서 전해 듣게 되기를 기대하오. 안녕, 나의 착한 루이즈. 내 아들에게 두 번 키스해주고, 내가 당신을 사랑한다는 것을 결코 의심치 마오. 당신의 나폴레옹. 11월 7일 새벽 한시에.〉

사방에 죽음이 도사리고 있었다.

그는 다시 걷기 시작했다. 곧 날이 밝았다. 저 멀리, 태양 아래 반짝이고 있는 스몰렌스크의 종탑들이 바라보였다.

11월 9일 월요일, 그는 스몰렌스크에 들어섰다. 이곳에서 병사들을 다시 규합해야 했다.

그는 도시를 돌아보았다. 건물들은 8월 전투 때 파괴당한 모습 그대로였다.

그때처럼 거리엔 시체들이 널려 있었다. 하지만 그것은 이제 러시아군의 시체가 아니었다. 지칠 대로 지친 병사들이 이곳에서 죽어가고 있었다. 병사들은 보급품 저장고에 들어가기 위해 앞다투어 싸웠다. 그들은 금세 저장고를 비워버렸다. 병사들은 도시의 약탈자들에게 죽임당하기도 했다. 그는 그런 약탈자들을 이따금 발견했다. 약탈자들은 건물들의 지하실에 숨어 있었지만, 아무도 위험을 무릅쓰고 거기에 내려가려 하지 않았다.

그는 몇 채 남지 않은, 아직 파괴되지 않은 집들 중 한 곳에 자리잡았다. 하지만 어떻게 휴식을 취할 수 있는가? 러시아군은 북쪽에서 공격해오고 있고, 오주로 장군은 랴체보에서 항복했다. 서둘러 서쪽으로 이동해야 했다. 베레지나 강을 건너, 파괴의 정도가 덜하고 추위도 그다지 심하지 않은 지역을 찾아야 했다.

이곳에선 모든 것이 얼어붙었다. 영하 이십오 도의 강추위였다.

누군가가 러시아 병사의 시체에서 발견한 쿠투조프의 포고문을 가져왔다. 그것은 10월 31일에 발표된 것이었다. 그는 포고문을 읽었다. 쿠투조프는 이렇게 쓰고 있었다.

〈서둘러 적들을 추격하자…… 적들의 피로 모스크바의 불을 끄자. 러시아인들이여, 이 엄숙한 명령에 복종하라. 그대들의 정당한 복수로 한을 달랜 그대들의 조국은 만족스럽게 전쟁의 무대에서 물러날 것이며, 그 광활한 국경의 보호 아래 평화와 영광 속에서 자신의 위엄을 되찾게 될 것이다. 러시아의 전사들이여, 신이 그대들을 인도하리라!〉

—신? 그래, 신은 러시아 농부들이 프랑스 병사들을 끓는 물속에 산 채로 집어넣어 죽이는 짓을 허락한단 말인가?

하지만 화를 내봤자 소용없는 일이다. 싸워야 했다. 이곳을 벗어나야 했다.

그는 날마다 스몰렌스크 부근을 조사했다. 도처에 시체들이 널려 있었다. 불타는 마차들과 말에 칼질을 하는 자들. 서로 거래를 하는 자들도 있었다. 그들은 훔친 보석들을 술 한 병과 맞바꾸고 있었다.

아직도 약간의 식량이 남아 있는 저장고들을 조사했다. 네의 후위군대가 스몰렌스크에 도착할 때를 위해 밀가루를 남겨두어야 했다.

하지만 네를 기다릴 수 없었다.

1812년 11월 14일 토요일 아침 여덟시 삼십분, 나폴레옹은 스몰렌스크를 떠날 채비를 마쳤다.

방을 나가기 전, 그는 선 채로 마리 루이즈에게 몇 자 적었다.

〈나의 친구여, 나는 30일자 당신의 편지를 받아보았소. 당신이 그림 전람회에 가봤다는 것을 알 수 있었소. 그곳에 대한 당신의 생각을 말해주오. 당신은 안목이 꽤 높은 편이지 않소? 그림을 썩 잘 그리니 말이오. 이곳은 꽤 추운 편이오. 기온이 팔 도나 더 떨어졌소. 내 건강은 아주 좋소. 내 아들에게 키스해주오. 이가 다 났는지 말해주오. 안녕, 내 연인. 나폴레옹.〉

30
마치 벼락처럼 파리에 닿으리라

스몰렌스크를 벗어나는 길 위에 섰다. 그는 쌓인 눈에 지팡이를 거칠게 박았다. 붙잡히지 않으리라. 이곳, 북풍이 휘몰아치는 들판에 갇히지 않을 것이다. 비틀거리다 대열에서 벗어나 길가에 쓰러지는 병사들을 바라보았다. 결코 저들처럼 무너지지 않으리라. 조여오는 러시아군의 포위망을 뚫을 것이다. 사람들이 칼로 배를 가르는 동안, 머리를 쳐들고 있는 저 말들처럼 갈기갈기 찢기지 않을 것이다. 결코.

그는 마치 한 덩어리의 얼음조각 같았다.

바람이 검은 여우가죽을 댄 비로드 모자를 때렸다. 굵은 혁대로 단단히 조여맸음에도 불구하고, 모피를 두 겹이나 댄 외투자락이 바람에 휘날렸다. 바람은 모든 것을 얼어붙게 했다. 팔 다리도,

얼굴도, 그리고 마음까지도. 아무것도 느끼고 싶지 않았다. 그의 곁에서 걷고 있는 콜랭쿠르, 뮈라, 뒤로크, 베르티에, 무통 등이 수시로 나쁜 소식을 알려왔다.

코자크 족이 스몰렌스크 외곽에서 수송대를 공격하고 약탈했다. 그 수송대의 물건 속에는 모스크바의 전리품, 크렘린 궁에서 발견한 이반 벨리키의 거대한 십자가가 들어 있었다. 그는 그것을 앵발리드에 전시할 생각이었다. 코자크 족은 지도를 실은 마차도 가져가버렸다.

—그러니까 내게는 이제 지도가 없다. 하지만 나는 계속 전진한다.

그는 고개를 쳐들었다. 그의 앞에는 몇 명의 근위대 기병과 몇 명의 장군이 있었다. 더러는 아직 말을 타고 있었다. 그들이 신성한 부대에서 살아남아 있는 병력의 전부였다. 인원이 이렇게까지 줄어드는 데, 불과 사흘도 안 걸렸다. 그는 뒤를 돌아보았다. 각자 소속된 연대의 독수리 문양을 단 칠팔백 명의 장교와 하사관이 침묵한 채 그의 뒤를 따르고 있었다. 그들 뒤쪽 저 멀리에, 황제의 근위대가 뒤따르고 있었다.

근위대 뒤쪽엔 얼마 되지 않는 병사들이 연대별로 걸어오고 있었다. 다부의 군대처럼 그런 대로 대열을 유지한 군대들도 있었다. 이들 군대의 병사들은 낙오자와 약탈자, 그리고 한 점의 말고기와 잠잘 곳 외에는 아무 생각도 하지 않는 자들 사이를 헤치며 전진하고 있었다. 그들은 더이상 군인이 아니었다. 주린 짐승일 뿐이었다.

—눈과 코자크 족과 러시아군으로부터 벗어나기 위해 내 주위에 남아 있는 병력은 이제 얼마나 되는가? 3만? 베레지나 강을 따라 진을 치고 있는 빅토르 원수와 우디노 원수의 군대를 합친다면 5만쯤 될 것이다. 보리소프, 바로 그곳에서 베레지나를 건너야

한다. 그곳에 다리가 하나 있다.

하지만 보리소프까지 도달하는 일이 만만치 않을 터였다.

그는 말에 올랐다. 러시아군은 크라스노에까지 진군해 있었다. 그들은 그곳으로부터 오르카, 톨로친, 크루프키를 거쳐, 보리소프까지 진격해올 것이다.

총소리가 들려왔다. 크라스노에에서 접전이 벌어진 것이다. 벗어나야 한다. 러시아군이 코앞에까지 다가왔다.

―나는 벗어나리라.

크라스노에의 집들에선 버림받은 부상병들의 울부짖음이 들려왔다.

비탈길을 기어올랐다. 마지막 남은 말들이 길에서 미끄러지며 병사와 함께 굴러떨어졌다. 남아 있는 대포와 포탄을 옮길 방도가 없었다. 불태워버려야 했다. 길은 빙판이었다. 일단 언덕 위에 오르면 그대로 미끄러져 내려가야 했다. 도저히 몸을 가눌 수 없었다. 하지만 전진해야 했다.

―필요하다면 기어서라도 나는 전진할 것이다.

1812년 11월 19일 목요일이었다. 네 원수는 어디에 있는가? 그는 휘하의 후위군대와 함께 스몰렌스크에 도착했을까? 붙잡혔을까? 사살당했을까? 러시아군으로부터 벗어나서 드네프르를 건너는 데 성공했을까?

온갖 상상이 머릿속을 어지럽혔다. 나폴레옹은 말했다.

"너를 구하기 위해서라면, 튈르리 궁 지하실에 있는 삼억 프랑의 금화라도 내놓겠다!"

그는 곧 침묵했다. 그는 몇 시간 동안 머물기로 한 오르카 근방의 예수회 수도원의 방 안에서 서성거렸다. 모든 것이 얼어붙었다. 바람에 실린 눈보라는 칼날처럼 날카로웠다.

이따금 병사들이 비틀거리며 수도원 안으로 들어와 불가에 주저 앉았다. 코자크 족이 사방에서 준동하고 있었다. 농민들은 낙오병들을 약탈하고 고문하고 죽였다.

그는 귀를 기울였다. 그러나 떨진 않았다.

누군가 러시아군의 움직임을 전해왔다. 러시아군이 이미 보리소프에 있었다. 치차코프의 병력이 보리소프를 점령하고, 베레지나로 통하는 유일한 다리를 지키고 있었다. 비트겐슈타인 군대는 치차코프 군대와 거의 합류했다. 쿠투조프와 토르마조프의 병력들역시 강에서 몇 리 떨어진 곳까지 당도했다.

그는 움직이지 않았다.

그물이 좁혀지고 있었다.

그는 머리를 숙인 채 암울한 목소리로 모든 서류들을 불태우라고 지시했다.

그리고 나서 몸을 일으키며 콜랭쿠르에게 말했다.

"제법 심각해지는걸."

그는 콜랭쿠르를 바라보았다. 그때, 누군가 외쳤다. 네의 소식이었다. 네가 적의 포위망을 뚫고 빠져나오는 데 성공했다. 그는 사각 전투대형의 수천 명의 병력들을 이끌고 황제와 합류할 것이다.

나폴레옹은 말했다.

"전진하자. 너무 지체했다."

—네 원수가 성공했다면, 나라고 못 할 이유가 없지.

밖은 아직 짙은 어둠에 싸여 있었다. 해가 떠 있는 시간이 겨우몇 시간밖에 되지 않았다. 언제 밤이 시작되고 끝나는지 깨닫지도못할 정도였다.

남아 있는 척탄병들과 엽기병들, 그리고 근위대 병사들을 집결시키라고 명령했다.

병력들 앞에 서서 그는 고개를 끄덕였다. 그 정도면 아직 버텨 낼 만한 병력이 있는 셈이었다. 칼바람이 병력들 위로 휘몰아쳤다.

그는 그들의 한가운데로 나아갔다. 병사들의 얼굴을 하나하나 뚫어지게 바라보았다. 몇몇 노병들의 얼굴을 알아볼 수 있었다. 그들의 얼굴은 검었고 턱수염에는 고드름이 달려 있었다.

—나는 여러 날째 이들과 함께 행군하고 있다. 원수와 장군들이 나와 함께 행군해왔다. 이 지독한 상황에서도 명령을 거역하는 소리는 한마디도 들을 수 없었다. 우리는 단결되어 있다.

그는 칼자루를 단단히 거머쥐고 입을 열었다. 거센 바람 소리 속에서도 들릴 수 있도록 그는 목소리를 한껏 높였다. 입술이 굳어 있었다. 기온은 영하 이십오 도쯤 되는 것 같았다.

"이 때이른 혹독하고 예측할 수 없는 겨울 날씨도 우리편이 아니다. 러시아군은 베레지나에서 우리를 기다리고 있다. 그들은 우리 가운데 단 한 사람도 강을 건너지 못하게 하겠다고 맹세했다."

그는 검을 뽑아 들고 더욱 목소리를 높였다.

"우리도 맹세하자! 다시 프랑스를 못 보느니, 차라리 끝까지 싸우다 죽겠다고!"

병사들이 '황제 폐하 만세'를 외쳤다. 그들은 검이나 총 끝에 모자를 걸어 높이 쳐들었다.

—우리는 벗어날 것이다.

특무상사 바클레르 달브를 불렀다. 남은 지도는 단 한 장뿐이었다. 그러나 바클레르 달브는 기억해낼 수 있으리라. 러시아군이 보리소프와 강에 있는 유일한 다리를 점령하고 있으므로, 베레지나를 건널 수 있는 지점을 찾아내야 했다. 우디노의 병사들이 도시를 재탈환할 수만 있다면! 그들에게 내려야 하는 명령이 바로 이것이었다. 그들에게 전군, 아니 살아남은 병사들의 생사가 걸려 있었다. 3만 필이 넘는 말이 죽었다. 3백 문의 포가 파괴되었다. 1개 연대 병력이 불과 몇 명으로 줄어들었다. 추위와 허기로 병사들이 죽어갔다. 코자크 족은 모든 연락 루트를 차단시켰다.

그는 말했다.

"벌써 보름째 전령이 도착하지 않았다. 아무 소식도 듣지 못하고 있어. 나는 암흑과 같은 상황 속에 갇혀 있다."

—내가 알고 있는 것은 한 가지 사실뿐이다. 벗어나야 한다는 것, 그리고 벗어날 것이라는 것.

먼저 병사들을 안심시켜야 했다. 그는 톨로친에 있는 한 수도원에 들어가, 연기 가득한 방 안에서 고개를 처박고 잠시 졸고 있었다. 잠에서 깨어나는 그의 귀에 다뤼 백작과 뒤로크 대원수가 낮은 목소리로 이야기하는 것이 설핏 들려왔다.

저들은 무슨 이야기를 그렇게 진지하게 하고 있었을까? 잠에서 깨어난 그는 그들에게 물었다. 다뤼가 말했다.

"우리에게 기구(氣球)가 있었으면 했습니다. 폐하를 모셔갈 수 있게 말입니다."

그가 씁쓸하게 미소지으며 말했다.

"저런. 우리가 곤란한 지경에 처한 것은 사실이지. 그대들은 전쟁 포로가 되는 것이 겁나는 모양이로군."

뒤로크가 대답했다.

"전쟁 포로가 아닐 겁니다. 그들은 폐하를 그렇게 관대히 대접하지는 않을 겁니다."

그는 가슴께로 손을 가져갔다. 의사 이방이 준 독약 봉지가 손바닥 아래 느껴졌다.

—하지만 아직 죽을 때는 아니다.

그는 몸을 일으키며 말했다.

"사실 심각한 상황이야. 문제가 점점 더 복잡해지고 있어. 쿠투조프는 가까이 다가왔고, 민스크도 적의 수중에 떨어졌지. 하지만 지휘관들이 모범을 보여주기만 한다면, 우리는 아직 적보다 강하네."

그가 양팔을 벌리자, 콩스탕이 가죽외투를 입혀주었다.

그는 말을 이었다.

"우리를 가로막는 것이 오로지 러시아의 군사력뿐이라면, 벗어날 수 있는 방도가 전혀 없는 것은 아니야."

1812년 11월 25일 수요일. 그는 우디노 원수의 군대가 보리소프에서 러시아군을 격퇴했다는 소식을 접했다.

그는 그 즉시 다시 길을 떠났다. 추위도 일순 누그러든 것 같았다. 저 멀리, 베레지나 강이 눈에 들어왔다. 폭이 백여 미터쯤 되는 베레지나 강의 거센 물결을 타고 얼음덩어리들이 떠내려가고 있었다. 몇 시간 전이었다면, 네 원수가 드네프르를 건넜듯이, 얼어붙은 강 위를 건널 수 있었을 것이다. 다리를 건널 수 없다면, 수심이 얕고 폭이 좁은 지점을 찾거나 다리를 세워야 하리라.

그 사이에 러시아군은 보리소프의 다리를 불태워버렸다.

멀리, 안개 속에서 코자크 족의 모습이 보였다. 그들의 외침 소리가 들려왔다. 코자크 족이, 낙오된 무리들을 덮치고 마차들을 약탈하고 있었다.

쿠투조프가 도착하기 전에, 비트겐슈타인과 치차코프가 공격해오기 전에 서둘러 강을 건너야 했다. 다리, 다리를 놓아야 했다. 그는 초조했다. 병사들은 차츰차츰 베레지나의 좌안으로 모여들고 있었다. 바로 이곳에서, 그들의 운명이 결정되리라. 몇 주, 며칠이 아니고 몇 시간, 아니 몇 분 안으로.

그는 강기슭으로 다가갔다. 강물이 흐르고 있었다. 강은 얼어붙어 있을 수도 있었다. 아니 그랬어야 했다!

—자연의 힘 가운데 그 어떤 것도 나한테 유리한 것이 없었다고 후세는 말하리라.

그는 다리가 있던 곳으로 달려갔다. 다리는 형체도 알아볼 수 없게 사라져버리고 검게 그을린 버팀목들만이 강물 위에 모습을 드러내고 있었다.

—이곳에서 내 운명이 막을 내리는 것인가?

코르비노 장군의 모습이 보였다. 오랫동안 스페인에서 근무했던 코르비노는 자신의 사단을 이끌고 비트겐슈타인의 군대를 막 격퇴한 참이었다. 코르비노가 다가와, 베레지나 강을 건널 만한 지점을 한 곳 알고 있다고 말했다. 막 그곳을 통해 강을 건너왔다는 것이었다. 그 지점은 폭이 백여 미터, 깊이가 이 미터 정도였다. 병사들에게 붙잡힌 농부 하나가 스투디안카의 마을 앞에 있는 그 지점을 가르쳐주었던 것이다.

순간 나폴레옹은, 1708년 6월 29일 스웨덴 왕 카를 12세가 우크라이나 원정을 끝내고 귀환하는 길에, 바로 그곳을 통해 베레지나를 건넜던 사실(史實)을 기억해냈다.

운명이란 바로 이런 것이다.

그는 말을 전속력으로 달려 그 지점에 도착했다. 두 개의 다리를 설치해야 했다. 하나는 보병부대를 위해, 또 하나는 포병부대를 위해. 이 함정에서 빠져나갈 수 있으리란 느낌이 들었다. 그를 향해 다가오는 4개의 러시아 군대에 포위당할 수는 없었다.

결정적인 순간이었다. 며칠 전부터 생각해왔던 작전에 모든 에너지를 집중시켜야 했다.

나폴레옹은 말했다.

"러시아군을 속여야 한다. 그들로 하여금 나폴레옹이 보리소프 쪽으로 이동할 거라고 믿게 하고, 그 동안 다리를 세워야 한다."

에블레 장군을 불렀다. 그는 그 노장군을 잘 알고 있었다.

에블레는 포병대 출신으로, 지금은 프랑스 대군 공병대를 지휘하고 있었다. 그는 독일과 포르투갈 전선에서 뛰어난 공을 세웠다.

—제롬이 베스트팔렌 왕국의 참모장에 임명하며 중용했지만, 그는 다시 내 밑에서 일하는 쪽을 택했지. 스몰렌스크를 공격할 당시 나는 그가 작업하는 것을 지켜본 바 있다.

이젠 모든 것이 에블레와 그의 병사들에게 달려 있었다. 강물은 얼음장처럼 차가웠고, 다리를 놓을 공병대원들은 굶주려 있었다. 그도 알고 있었다. 하지만 그들은 다리를 놓아야 한다. 살아남은 병력 전체의 운명이 그들 손에 달려 있었다.

그는 병사들을 사열했다. 그들은 아직 군인들이었다.

그는 병사들이 작업하는 것을 지켜보았다. 그들은 몸체를 강물 속에 세우고, 작은 뗏목을 타고 두 팔로 노를 저어 다가가 몸체에다 기둥을 끼워넣고 버팀목을 세웠다.

그는 온종일 다리가 건설되는 현장에 머물렀다. 그는 병사들에게 말을 걸기도 하고, 그들에게 직접 포도주를 따라주기도 했다. 1812년 11월 26일 목요일 오후 두시, 첫번째 다리가 완성되었다.

나폴레옹은 다리 입구에 섰다. 아직 전열이 흐트러지지 않은 우디노의 군대가 먼저 통과해야 했다. 병사들은 외쳤다.

"황제 폐하 만세!"

그들은 다른 군대가 다리를 건널 수 있도록 우안에 있는 치차코프의 러시아군을 격퇴시킬 것이다. 군악대를 앞세우고 다부의 군대가 다리를 건넜다. 빅토르 원수 군대는 쿠투조프를 저지하기 위해 강의 동쪽 기슭에 남아야 했다. 그리고 파르투노 장군 사단은, 비트겐슈타인이 스투디안카로 전진하는 것을 막기 위해 보리소프를 지켜야 했다.

나폴레옹은 차분했다. 포로가 되지는 않을 것이었다. 1812년 11월 27일 금요일, 근위대가 우안으로 건너가는 동안, 그는 다리의 입구를 지키고 있었다.

르페브르 원수의 마차가 다가오는 것이 보였다. 마차 안에는 한 여인이 타고 있었다. 프랑스 여배우 루이즈 퓌지였다. 그녀는 자기가 살았던 모스크바에 남기를 원치 않았던 것이다.

나폴레옹은 침착한 목소리로 그녀에게 말했다.

"겁내지 마시오. 자, 겁낼 것이 없소."

하지만 몇 분 후면 모든 것이 변할 수 있다는 것을 그는 알고 있었다. 포병대가 통과하는 다리는 벌써 두 차례나 무너졌다가 다시 세워졌고, 러시아군이 공격해오고 있었다. 그들은 곧 다리에 포격을 가할 것이다. 1만 5천 명이나 되는 낙오병들은 다리가 비어 있는데도 서둘러 건너려 하지 않았다. 그들은 강 동쪽 기슭에 처진 채 말고기 굽는 일에 열중하고 있었다. 저들은 언제 강을 건넌단 말인가? 다리에서 멀리 떨어지지 않은 지점에서는, 기병들이 명령대로 말 엉덩이에 보병 한 명씩을 태우고 강을 건너고 있었다.

그는 그렇게 오랫동안 그곳에 머물러 있었다. 밤이 되고 갑자기 바람이 불기 시작했다. 칠흑 같은 어둠 속에서 추위는 한층 더 심해졌다. 영하 삼십 도는 될 것 같았다. 베레지나는 어쩌면 다시 얼어붙을지도 모른다. 그렇다면 다리를 폭파시켜버리더라도 러시아군은 강을 건널 수 있을 것이었다.

그는 천천히 그곳을 떠나 강의 서안으로 건너왔다.

―나는 내 의무를 다했다. 나는 군인으로 남은 자들을 러시아로부터 빠져나오게 했다. 병사들이 최악의 상황을 벗어나 강을 건넌 지금, 나는 다른 할 일이 있다. 군대를 다시 일으키는 것, 다음 원정을 준비하는 것이다.

그는 베레지나에서 2킬로미터쯤 떨어진 자피프스키의 오두막에 자리잡고, 콜랭쿠르에게 말했다.

"지금과 같은 상황에서, 내가 다시 유럽을 제압하기 위해서는 튈르리 궁에 있어야 하네."

그는 파리로 돌아가야 했다.

베레지나 강의 동안(東岸)에 대해서는 미련을 버려야 했다. 더 이상 대열을 이루며 행군하지 않았던, 아니 그럴 의사가 없었던 낙오병들이 이제야 무질서하게 다리로 달려들고 있었고, 그 위로는 러시아군의 포탄이 떨어지기 시작했다.

그는 그 소리를 듣고 싶지 않았다. 앞을, 파리를 바라보아야 했다. 그는 파리로 출발할 준비를 해야 했다.

며칠 안으로, 다시 빌나, 마인츠, 파리와 연락을 취할 수 있을 것이다.

그는 마리 루이즈에게 편지를 썼다.

〈나의 친구여, 이곳에서 사흘 거리에 열다섯 명의 전령이 나를 기다리고 있다고 하오. 그러니 곧 나는 당신으로부터 온 열다섯 장의 편지를 받아보게 되겠지. 오랜 시간 내 소식을 듣지 못해 고통스러웠으리라 생각하오. 나도 마음이 아프오. 하지만 지금처럼 어려운 시기일수록 나는 당신이 더욱 용기를 내주기를 바라오. 날씨는 무척 나쁘고 또 굉장히 춥지만, 내 건강은 양호하오. 안녕, 나의 친구. 나를 대신해서 어린 왕을 포옹해주시오. 당신에 대한 내 모든 따뜻한 감정을 잘 알 것이오. 나폴레옹.〉

지금으로선 황후에게 달리 할 말이 없었다. 하지만 여론에 일격을 가할 필요는 있었다. 소문에 휘둘려 사람들이 혼란에 빠지고, 빗나가고, 반란을 일으키는 것을 막기 위해서. 그는 마치 구세주처럼 나타나 모든 세력을 규합하게 될 것이다.

그것을 위한 준비를 해야 했다. 빌나에 있는 외무장관 마레에게 전황을 알려야 했다. 그자가 엄살을 부리지 못하도록 해야 했다.

그는 마레에게 보낼 전문을 구술했다.

〈병력은 수적으로는 아직 많이 남아 있지만, 지리멸렬한 상태일세. 그들을 독수리 깃발 아래 재규합하기 위해서는 보름 정도가 필요하네. 그런데 보름을 어디서 벌 수 있단 말인가? 추위와 굶주림이 우리 군대를 혼란에 빠뜨렸네. 우리는 빌나에 있게 될 것이네. 우리가 그곳에서 버텨낼 수 있겠나? 만일 우리가 첫 일 주일간 공격받게 된다면, 과연 우리가 그곳에 머물 수 있을지 의심스럽네. 식량, 식량, 식량! 그것이 없이는, 군기가 사라진 무리가 그 도시에서 어떤 짓을 벌일지 장담할 수 없네…… 빌나가 우리에게 10만 명분의 식량을 제공할 수 없다면, 그것은 그 도시를 위해서도 유감스러운 일이 될 것일세.〉

그러나 나폴레옹은 그곳에 있지 않을 것이다.

철저하게 비밀로 하고, 몇 시간 안으로 출발해야 했다.

1812년 12월 2일 수요일, 나폴레옹은 참모들 중 아나톨 드 몽테스키우를 불렀다. 그는 바그람에서 용감히 싸웠던 전사였고, 그의 모친은 로마 왕의 가정교사였다. 이 충성스런 젊은이를 그는 높이 평가했다. 그는 몽테스키우에게 편지 한 장을 내밀었다. 황후에게 보내는 것이었다.

"이 편지를 황후에게 전하라. 당장 파리로 떠나라."

나폴레옹은 침실로 사용하는 좁은 방 안을 잔걸음으로 거닐어야 했다. 이곳 세들리츠 마을에선 그런 정도의 방밖에는 구할 수 없었다.

그는 말을 이었다.

"귀관은 파리에 도착하는 대로, 만 명의 러시아군 포로들이 도착하리라고 알려라. 우리가 베레지나에서 승리를 거두어, 육천 명의 러시아 병사들을 포로로 잡았으며, 여덟 개의 군기와 십이 문의 대포를 포획했다는 것을 사방에 알려야 한다."

나폴레옹은 문득 입을 다물고 오랫동안 생각에 잠겼다. 그러한 승전을 거둔 것은 우디노와 빅토르의 군대였다. 빅토르의 병력들은 낙오병 무리를 가로질러 마지막으로 다리를 건넜다. 그들이 다리를 건너자 에블레가 다리에 불을 질렀다. 11월 29일 일요일 오전 아홉시, 베레지나 강물에는 벌써 수백 구의 시체가 떠내려가고 있었으며, 버림받은 1만 2천여 명의 병사들로 뒤덮인 동안(東岸)으로 코자크 족이 몰려들고 있을 때였다. 실제 상황은 그러했다.

그는 몽테스키우에게 잠시 기다리라고 명령했다. 그는 '나폴레옹군 전황 보고서 제29호'를 구술할 작정이었다. 몽테스키우는 그것을 대법관 캉바세레스에게 가져갈 것이고, 곧바로 인쇄되어 『르 모니퇴르』지에 실리게 될 것이다.

나폴레옹은 중얼거렸다.

"모든 사실을 다 말하겠다. 파리 사람들이 사사로운 편지들을 통해서보다는 내 입을 통해 사실을 알게 되는 편이 낫겠지."

그는 구술을 시작했다.

〈군대의 활동은 처음에는 완벽하게 이루어졌다. 하지만 갑자기 추위가 혹심해졌다. 길은 빙판으로 변했고, 단 며칠 사이에 3만 마리 이상의 말들이 죽었다…… 식량 부족으로 사기가 꺾여 있던 우리로서는 전투에 내몰리지 않기 위해 계속해서 행군해야 했다. 프랑스군에 닥친 끔찍한 재난의 흔적을 길 위에서 발견한 적군은 그것을 이용하려 했다. 적군은 저 고약한 코자크 족 기병대로 하여금 행군중인 부대를 뒤따르게 했고, 그들은 사막의 아랍인들처럼 대열에서 뒤처진 병사들이나 마차들을 공격했다. 그러한 불운한 상황을 극복할 수 있을 만큼 강하게 단련되지 못했던 병사들은 동요했고, 사기가 저하되었으며, 불행과 재난만을 생각하게 되었다…… 우리 군은 군기를 다시 세우고, 기력을 회복하고, 기병대를 다시 조직할 필요가 있었다…… 황제는 언제나 근위대 한가운데서 행군했다…… 아직 말을 타고 있는 장교들을 규합하여, 나폴리 왕의 명령과 그루쉬 장군의 지휘를 받는 신성한 부대를 결성했다. 그 부대는 황제가 어디로 가건 항상 황제를 지켰다.〉

잠시 구술을 멈추었다.

—이것은 이제 모두 과거의 일일 뿐이다. 내가 제국의 모든 일을 다시 직접 관리하게 될 거라는 걸 모든 사람이 알아야만 한다.

그는 덧붙였다.

〈폐하의 건강은 내내 더할 나위 없이 좋았다.〉

—말레와 같은 몇몇 미친 자들이 내가 죽었다고 떠들고 다녔고, 어떤 자들은 그 말을 믿었다. 보라, 나는 이렇게 건재하다.

그는 '전황 보고서'를 몽테스키우에게 건네주면서, 즉시 호위대를 거느리고 출발하라고 명령했다.

그는 몽테스키우가 떠나는 것을 바라보았다.

—몽테스키우는 나보다 며칠 앞서 파리에 도착할 것이다. 신문들은 '나폴레옹군 전황 보고서 제29호'를 발표할 것이고, 사람들은 절망할 것이다. 그때 내가 갑자기 나타나면, 사람들은 내 주위에 다시 집결할 것이다. 그것으로 사람들은 다른 일들은 잊게 되리라.

12월 3일 목요일, 몰로데츠노의 날씨는 너무 추웠다. 그가 밤에 묵게 될 집 근처에서 일하고 있던 대장장이들은 손에 헝겊을 감고 있었다. 달구어진 화덕 곁에서 일한다 해도, 말에 편자를 박는 순간 손가락이 얼어붙을 수 있기 때문이었다.

열다섯 명의 전령이 가져온 전문들이 그곳에 있었다. 그는 재빨리 전문들을 훑어보았다. 프랑스는 조용했다. 사람들은 황제를 믿고 있었다. 하지만 서둘러 파리에 가야 하리라. 그의 사망이나 실종 따위, 나쁜 헛소문이 퍼지는 것을 막아야 했다. 그는 손에 황후의 편지를 든 채 콜랭쿠르를 돌아다보았다.

"이러한 어려운 상황이 그녀의 판단력을 길러줄 걸세. 그녀는 더욱 침착해질 것이고, 나라를 생각하는 마음을 갖게 될 거야. 그녀는 바로 나에게 필요했던 여인이네. 오스트리아 여인들이 모두 그렇듯이, 부드럽고 착하고 사랑스런 여인이지. 오로지 나와 내 아들에게만 헌신할 뿐, 간계 따위에는 전혀 한눈팔지 않는 정숙한 여인이야."

그는 몸을 숙여 쓰기 시작했다.

〈나의 친구여, 어제 당신에게 아나톨 드 몽테스키우를 보냈소. 그가 이곳 소식을 전해줄 거요. 당신이 관심을 갖고 있는 일에 대해 누군가와 얘기를 나누게 되면, 한결 마음이 편해질 거라고 생각했소. 한 시간 후면 출발할 전령이 이 편지를 가져갈 것이오. 안녕, 내 사랑. 나폴레옹.〉

—내가 출발한다는 것, 곧 파리에 돌아갈 것이라는 사실에 대해선 그녀에게도 말하지 않아야 한다. 나는 아무런 방해 없이 폴란드, 프로이센, 독일을 통과해야 하고, 마치 벼락처럼 파리에 닿아야 한다.

그는 베르티에를 불렀다. 베르티에는 실수가 잦기는 하지만 오랜 전우이자 실력 있는 부사령관이며, 그에게 없어서는 안 될 존재였다.

—그는 이곳 뮈라 곁에 남아, 나 대신 군을 지휘하게 될 것이다.

베르티에는 결코 황제 곁을 떠나본 적이 없었다며 울음을 터뜨렸다.

어쩔 수 없는 일이다. 뮈라에게는 그가 필요할 것이었다.

나폴레옹은 뮈라, 네, 모르티에, 다부, 르페브르, 베시에르 원수를 소집했다. 베르티에는 창백해진 얼굴로 고개를 떨군 채 코를 훌쩍이고 있었다.

콜랭쿠르는 팔짱을 끼었다.

—속으로야 어찌 생각하든, 이들은 모두 내가 떠나는 것을 받아들일 것이다. 내가 어떤 비열한 이유로 떠나는 것이 아니라는 걸, 이들은 알고 있다. 포화 속에서, 코자크 족의 한가운데에서 나를 보았던 사람들이다. 사막에서, 눈 속에서 나를 따랐던 이들이다. 내가 한 사람의 병사와 똑같이 행군하고 잠자는 것을 보았지 않은가. 그리고 1812년 12월 5일 오늘, 이곳 스모르곤의 작은 마을에서, 나는 저들과 함께, 기껏해야 일반 병사보다는 조금 나은 형편으로 지내고 있지 않은가.

나폴레옹은 원수들의 얼굴을 바라보았다.

—나는 전쟁을 피하기 위해, 위험을 모면하기 위해 떠나는 것이 아니다. 나는 온갖 비난을 받게 되리라. 그러나 비겁하다거나 용기가 없었다는 비난은 받지 않을 것이다! 나는 30만 대군을 다시 일으키기 위해 떠나는 것이다. 우리를 패배시킨 것은 러시아군이 아니다. 우리는 아우스터리츠, 아일라우, 프리트란트에서 그들을 패배시켰듯이, 모스크바 강에서, 크라스노에에서, 베레지나 강에서 격퇴했다. 이곳 농부들까지도 놀라게 한 때이른 겨울과 혹독한 추위, 포로들이 증언하듯 러시아군에도 심각한 피해를 안겨준 그 추위 때문에 우리는 후퇴하지 않을 수 없었던 것이다. 봄이 되면, 우리는 이번과는 다른 원정을 나서게 될 것이다. 그것은 승리의 원정이리라.

그는 베르티에를 한쪽으로 데리고 가서 나지막한 목소리로 말했다.

"내가 오스트리아 군대와 제7연대와 함께 바르샤바로 향했다는 소문이 퍼질 것일세. 상황을 보아 한 오 일이나 육 일 후, 나폴리 왕은 내가 불가피하게 파리로 가야 했기 때문에 자신에게 지휘권을 일임했다는 사실을 병사들에게 밝힐 것이네."

그는 참모들과 원수들을 한 사람씩 불러 각자에게 임무를 부여했다. 로리스통은 바르샤바로, 라프는 단치히로. 그는 그들을 뚫어지게 바라보았다. 그는 동요나 망설임을 원치 않았다. 그는 파리에서 그들을 감시할 것이었다.

이어서 그는 콜랭쿠르와 마주 앉아, 이날 1812년 12월 5일 토요일 밤 열시에 출발할 수 있도록 모든 준비가 갖춰져 있는지 점검했다.

콜랭쿠르는 황제의 마사에서 고른, 가장 힘이 좋은 여섯 마리의 말이 끄는 마차에 나폴레옹과 함께 오를 것이다. 통역을 담당할 본소비츠 백작과 루스탐과 두 사람의 시종은 말을 타고 뒤따를 것이다. 궁정 대원수 뒤로크와 로바우 백작, 하인 하나와 인부 하나는 사륜 마차를 타고 나폴레옹을 뒤따를 것이다.

—비서관, 팽 남작, 다뤼 장관, 외과의사 이방, 시종 콩스탕, 그리고 바클레르 달브는 또다른 마차로 뒤따르리라. 근위대 병사 2백 명이 나와 함께 갈 것이다. 도중에 말을 바꿀 수 있도록 준비가 돼 있어야 할 것이다. 그리고 무엇보다 절대 비밀을 지켜야 한다.

출발하기 몇 시간 전, 그는 마리 루이즈에게 썼다.

〈친구여, 24일자 당신 편지를 받았소. 당신이 불안을 느끼고 있다니 내 마음이 무척 괴롭소. 게다가 그 불안이 적어도 보름은 갈 터이니 말이오…… 하지만 내 건강은 전에 없이 좋소. 당신은 전황 보고서를 통해, 내가 원했던 대로 일이 진행된 건 아니지만,

현재 상황이 절망적인 건 아니라는 사실을 알게 될 것이오. 이곳은 무척 춥소. 며칠 안으로, 나는 당신의 여행에 대해 결정을 내릴 것이오. 우리가 빨리 다시 만날 수 있도록 말이오. 그러니 희망을 가지시오. 걱정할 것은 아무것도 없소. 안녕, 내 사랑. 당신의 나폴레옹.〉

　ー늦어도 보름 후엔, 튈르리 궁의 침실 문을 열게 되리라.

31
세상에는 두 가지 선택이 있을 뿐이다.
명령하는 것과 복종하는 것

빨리, 빨리, 빨리!

그는 곁에 앉은 콜랭쿠르를 재촉하고 마부들을 재촉했다. 마차가 달리기 시작하자, 그는 한시라도 속히 튈르리 궁 현관에 도달하기를, 현관 앞 계단을 오르게 되기를 원했다. 빨리! 말들은 왜 이리 느린 거야? 마부들은 왜 이렇게 지체하는가? 콜랭쿠르를 밀치고 마차 밖으로 내려서면서 그는 뒤뚱거렸다. 그는 곰가죽을 뒤집어쓰고 있었다. 안에 털을 댄 장화, 두 겹으로 된 털외투, 장갑, 거기에다 두 눈과 귀를 덮을 정도로 푹 눌러쓴 모자. 그럼에도 불구하고 그는 추위를 이기지 못하고 덜덜 떨었다. 그는 호위대 기병들을 바라보았다. 그들은 어렵게 나아가고 있었다. 말들은 사지를 부들부들 떨면서 빙판 위에서 미끄러지고, 병사들의 손발은 꽁 꽁 얼어 있었다. 몇 도나 될까? 영하 이십 도? 삼십 도? 콜랭쿠르의 얼굴엔 작은 고드름들이 맺혀 있었다. 코와 눈썹과 속눈썹에까지.

빨리, 빨리, 빨리.

1812년 12월 5일 토요일 자정 무렵, 행렬은 오즈마니아의 첫번째 역참에 도착했다. 스모르곤을 떠난 지 두 시간도 채 안 되었는데, 어느새 호위대에는 불과 몇 명의 병사들만이 남아 있었다. 이 같은 혹한을 누가 견딜 수 있단 말인가? 뒤로크, 콩스탕, 팽, 그들 수행원들이 탄 마차들은 아직 도착하지 않고 있었다. 게다가 도시를 에워싸고 있는 고지대에서 총격이 쏟아지고 있었다. 코자크 족은 이 나라 어디에나 출몰했다. 러시아 국경을 벗어나지 않는 이상, 이러한 상황은 계속될 것이었다. 프로이센의 일부 지방을 통과해야 할 때도 안심할 수 없었다. 황제가 거의 보호받지 못하는 상태에서 밤을 새워 마차를 달린다는 사실이 알려진다면, 적의 급습이나 매복에 걸릴 수 있었다. 그러지 않기만을 바라는 수밖에 없었다.

그는 이집트 원정에서 돌아왔던 귀국길을 머릿속에 떠올렸다. 그때는 해안을 따라 지중해를 떠다니는 영국 순항함대를 피해야 했다.

이제 유럽 대륙을 가로질러가야 하리라. 그는 확신했다. 파리로 돌아갈 것이다. 그런 연후에는 모든 일들이 순조로우리라. 그는 그렇게 믿었다.

빌나에 도착했다. 차디찬 새벽이었다. 마차는 성곽 밖에 세워졌다. 도시 안으로 들어가면, 사람들이 황제를 알아볼 것이었다. 날씨는 더욱 추워졌다. 마레 장관이 뒤늦게 모습을 나타냈다. 어젯

밤 무도회를 열었다는 것이다! 하룻밤 사이에 병사들은 길가에서 추위와 배고픔으로 죽어갔다. 마레는 알고 있는가? 극도의 추위에 시달리는 굶주린 병사들이 도시 안으로 들어선다면, 어떤 일이 벌어질 것인지. 그들은 격노한 파도처럼 온 도시를 휩쓸 것이며, 그들의 뒤를 이어, 어쩌면 그들과 동시에, 코자크 족이 밀어닥칠지도 모른다는 사실을?

빨리, 빨리.

마차는 다시 달렸다. 북국 겨울의 낮은 너무 짧고 어두워서 밤과 별반 다를 바 없었다. 길에는 눈이 무릎까지 쌓여 있어 바퀴들이 눈 속에 파묻히거나 미끄러졌다. 천천히 달리는 수밖에 다른 방법이 없었다. 벌써 날이 어두워지고 있었다. 마차는 한 덩어리의 얼음처럼 얼어붙었다. 일행은 니에만 강을 건너 코프노에서 휴식을 취했다. 오랜만에 따뜻한 식사를 했다. 그리고 다시 출발. 그러나 그 사이에 눈 속에 파묻힌 마차를 끌어내야 했다. 추위는 더욱 더 심해졌다. 얼굴 위에 맺힌 얼음덩어리들이 더욱 굵어졌다. 살갗이 찢어지는 것 같았다.

—여기에서 내 운명이 다하는 것인가? 지금까지의 결단과 도전, 위험, 그 모든 것들이 이곳 러시아와 바르샤바 대공국의 경계에서, 눈구덩이 속에 파묻히기 위해서였단 말인가?

그라고프의 역참에서 그는 콜랭쿠르를 닦달했다. 더 빨리 갈 수 있는 방법을 찾아야 했다.

마침내! 콜랭쿠르가 위비키 백작이란 자에게서 덮개 있는 썰매를 구입해 왔다. 그자에게 신의 축복이 있으리라.

나폴레옹은 썰매에 올랐다. 콜랭쿠르는 황제의 마차를 포기하는 것을 못내 아쉬워했다. 그는 썰매가 빨리 달리기는 하겠지만, 몇 시간이 지나면 견디기 힘들 정도로 불편할 것이며, 덮개가 있다 해도 마차보다 훨씬 더 추울 것이라고 말했다. 나폴레옹은 고갯짓으로 그의 말을 가로막았다. 말에서 마차를 떼어내고 썰매를 연결했다.

빨리. 마침내 출발한 썰매가 빠르게 눈 위를 미끄러졌다. 썰매는 바르샤바를 향해 달렸다. 이삼 일 후면 그곳에 도착하리라.

바르샤바 대공국의 길을 달리면서, 그는 이제 가장 힘든 고비는 넘어섰다는 느낌이 들었다. 자신을 열렬히 환영해주었던 땅에 들어선 것이다. 바르샤바, 그곳은 그가 궁정 무도회를 열었던 곳이고 열병식을 갖기도 했던 땅이었다. 그에게는 폴란드 여인에게서 난 아들이 하나 있지 않은가. 마리 발레프스카, 마리! 그는 잠시 그녀를 생각했다. 하룻밤쯤 그녀와 함께 지내도 좋지 않을까. 하지만 그는 덧없는 욕망을 이내 지워버렸다. 그는 러시아 원정에 관한 '나폴레옹군 전황 보고서 제29호'가 발표되고 나서, 하루이틀 내에 파리에 도착해야 했다.

그가 말했다.

"우리의 재난으로 프랑스는 무척 시끄러울 거야. 하지만 내가 도착하면, 난처한 일들은 무마될 수 있을 걸세."

그는 말해야 했다. 이 쓸쓸한 여정에서, 달리 무엇을 할 수 있단 말인가? 잠자는 것? 추위와 초조한 마음 때문에, 단 몇 분도 눈을 붙이기가 어려웠다. 그가 잠든 사이, 어떤 예기치 않은 사건이 벌어져 잠에서 난폭하게 이끌려나올 수도 있다는 생각을 그는 견딜 수 없었다. 그는 사방에 경계의 촉수를 뻗치고 있었고, 이따금 곁에 놓인 총에 슬그머니 손을 가져다 댔다.

그가 말했다.

"모든 민족들에게 러시아는 전염병과도 같은 것임에 틀림없어. 그러한 러시아를 상대로 하는 전쟁은, 유서 깊은 유럽과 그 문명을 보호하기 위한 것이야. 이제 유럽에는 단 하나의 적이 있을 따름이다. 그 적은 바로 러시아라는 거인이야."

콜랭쿠르가 노래를 읊조리고 있었다. 나폴레옹도 알고 있는 노래였다.

─한낱 노래부르는 자의 음성일 뿐인데도, 저 노래를 듣고 있노라면 마치 내가 전 세계를 지배하는 하나의 군주국가를 세워 전 유럽에 과중한 세금을 부과하려는 야심가, 아니면 독일에 시시콜콜한 종교재판을 만들어낸 자, 혹은 국가들의 숨통을 조이는 자라도 된 듯싶다. 바로 내가!

그는 콜랭쿠르의 모자 속으로 손을 넣어 귀를 잡아당기려 했다. 하지만 귀가 잡히지 않자, 그는 마사 책임자의 뺨과 목덜미를 다정스레 두들겼다.

─이 친구에게는 명민한 두뇌가 없어. 알렉산드르의 말에 속아 넘어간데다 탈레랑의 친구이기도 하지. 하지만 이자는 유럽의 보수주의자들이 어떤 생각을 하고 있는지 내게 알려주는 좋은 지표야!

나폴레옹이 말했다.

"내가 지금까지 했던 그 모든 일들을 하도록 나를 몰아댔던 것은 바로 영국이야. 사람들, 아니 콜랭쿠르 자네부터도, 내가 권력을 남용하고 있다고 얘기하지. 그러한 비난을 인정하네. 하지만 그것은 대륙 전체의 이익을 위한 것이야. 만일 내가 영국에 승리를 거둔다면, 유럽은 나를 축복할 걸세. 유럽은 실제적으로 유럽을 위협하는 것이 무엇인지 모르고 있어! 그것도 모르면서 프랑스에 반대하는 소리만 외치고 있다구! 영국군 역시 사방에 퍼져 있고 훨씬 위협적인데도, 그들은 오로지 프랑스군의 존재만을 보려 한다구."

그는 잠시 침묵을 지켰다. 바깥을 내다보려 했지만 썰매를 덮은 천은 얼어붙어 있었고, 유리창엔 얼음이 하얗게 덮여 있었다. 계속 말하는 것이 나으리라. 유럽은 새로운 프랑스를 받아들이려 하지 않았다고, 그는 말했다.

—왕들은 더 현명하고 더 자유로운 법을 물리치기 위해서 사람들의 정열을 이용하고 있다. 바로 그것이 나에 대항한 동맹의 원동력이다.

그러나 모든 것이 변할 것이다.

"지금은 새로운 시대다. 이 시대가 독립을 가져다줄 것이야."

그는 한숨을 쉬었다.

"나 역시 다른 사람들처럼 안락한 삶을 원하네. 나는 모험을 쫓아다녀야 하는 돈키호테가 아니야. 나는 필요하다고 여겨지는 것만을 추구하는 이성적인 인간이네. 나와 다른 군주들 사이에 차이점이 있다면, 그들은 어려움 앞에서 멈춰 서는 반면 난 그것을 극복해내는 것을 좋아한다는 점이지. 특히 그 목표가 위대하고 고귀한 것이고, 나 자신과 내가 다스리는 나라에 걸맞는 것이라면 말일세."

추위가 조금 누그러진 것 같았다. 말을 하다보니 몸이 더워졌던 것이다.

그가 낮은 목소리로 말했다.

"우리를 죽인 것은 바로 겨울이야. 우리는 기후의 희생자라구. 내가 보름만 더 일찍 출발했더라면, 내 군대는 지금쯤 비텝스크에 있었을 거야. 그랬다면 나는 러시아군과 자네의 예언자 알렉산드르를 비웃을 수 있었겠지!"

썰매가 속도를 늦추었다. 바르샤바에 가까워지고 있었다.

"모든 것이 내게 불운으로 작용했네. 나는 바르샤바에서 제대로 대접받지 못했어. 프라트 신부는 나를 위대한 군주로 소개하기는커녕 전전긍긍하면서 성가시고 고약하게 굴었어."

그는 갑자기 썰매를 세웠다. 성에 낀 유리창 너머로 비스타 강 위에 놓인 프라가 다리를 보았던 것이다.

그들은 바르샤바에 있었다. 콜랭쿠르가, 솔 거리에 있는 영국 호텔에서 몇 시간 동안 쉬기로 예정되어 있다고 설명했다.

나폴레옹은 걸어서 크라코비의 외곽 지역을 다시 찾아보고 싶었다. 그 도시에서 가장 넓은 거리였다. 심한 추위 탓에 행인은 거의 없었다. 그나마 몇 안 되는 행인들도 추위에 웅크리느라, 금단추가 달린 녹색 비로드 털외투에 검은 담비가죽으로 만든 커다란 모자를 뒤집어쓴 황제에게 별다른 관심을 보이지 않았다.

그는 성큼성큼 걸으며 말했다.

"전에 이 거리에서 대대적인 열병식을 가졌었지."

그는 이 도시에서 어떤 향수도 느끼지 못했다. 하지만 바르샤바에 있다는 사실이 즐거웠다. 생은 계속되고 있었다. 그도 역시 생과 함께 나아가고 있었다.

그는 영국 호텔의 일층에 위치한 작은 홀로 들어갔다. 콜랭쿠르는 신분이 노출되지 않도록 덧문을 반만 열어놓으라고 지시했다. 서투른 하녀가 덜 마른 나무에 불을 붙이려 애쓰는 바람에 연기가 방 안을 가득 메웠다.

무엇을 기다리는가? 그는 식사하고, 프라트 신부와 바르샤바 대공국 장관들을 만난 뒤, 다시 길을 재촉하고 싶었다.

이윽고 프라트 신부가 모습을 나타냈다. 여전히 위선적인 얼굴에 아첨꾼의 비굴함을 지니고 있었다. 그는 이번 전투에 좀더 많은 폴란드 병사들을 보낼 수 없었던 것을 변명하려고 했다. 그는 자신의 동원령이 엄청난 반발에 부딪쳤다고 주장했다.

그러나 프라트는 다른 수많은 이들처럼 '어리석은 인망(人望)'을 위해 몸을 사렸던 것이다.

나폴레옹이 물었다.

"그렇다면 폴란드인들이 원하는 것이 도대체 무엇이오? 바로 그들을 위해서 우리가 전쟁을 벌이고, 내가 국고를 소비한 게 아니오? 스스로를 위해 싸우기를 원치 않는 자들이, 도대체 뭘 재건하겠다고 그토록 극성들을 부렸단 말이오!"

프라트가 웅얼거렸다.

"그들은 프로이센인이길 원하고 있습니다, 폐하."

"어째서 러시아인은 아니오?"

프라트 신부의 말에 화가 치밀었다. 이 외교관은 전쟁 기간 내내 러시아를 두려워했다. 그는 폴란드인들을 전쟁에 밀어넣지 않음으로써, 러시아의 비위를 건드리지 않을 수 있을 거라고 믿었다. 그를 쫓아내야 했다.

나폴레옹은 콜랭쿠르에게 말했다.

"당장 이 명령을 시행하게."

그는 식탁에 오래 머물지 않았다. 그는 중얼거렸다.

"일은 많되 되는 일은 하나도 없으니 식욕이 나질 않는군. 프라트 신부라는 작자가 나를 끓어오르게 해."

그는 폴란드 장관들을 접견했다.

— 끝도 없이 불평만 늘어놓는 이자들은 도대체 뭔가? 이 푸념들은 뭔가? 이들은 나에게 닥칠 위험을 예상하고 나를 위해 염려라도 하는 것 같군!

그가 농담을 던졌다.

"휴식은 게으름뱅이 왕들을 위해서만 있는 것이오. 내 경우에는 피로가 오히려 건강에 좋은 것이오."

그의 군대에 관해서라면, 아무 염려도 하지 말라! 그는 앞으로 석 달 안에 원정에 투입했던 숫자만큼의 병력을 다시 확보하게 될 것이다. 병기고들은 가득 차 있었다. 그리고 만일 베를린과 비엔나에서 반란의 기미가 보인다면, 그는 파리에 돌아가는 대로 그들을 설복시키리라.

"튈르리 궁의 왕좌에 앉아 있는 것이, 군대를 이끌고 나서는 것보다 더욱 큰 힘을 발휘할 것이오."

썰매가 준비되었다. 출발하라. 프로이센 땅을 가로지르고 라인 강에 닿으면 바로 프랑스다!

밤이 되었다. 전에 없이 짙은 어둠이 내린 밤이었다. 콜랭쿠르가 바르샤바에서 산 털외투 여기저기로 추위와 바람이 파고들었다. 나폴레옹은 화를 냈다. 프라트 신부를, 폴란드인들을, 그리고 프로이센의 음흉한 술책을 저주했다. 그는 그것들에 한마디씩 일갈하며, 변호하는 콜랭쿠르의 말을 경청했다.

"자네는 마치 철없는 젊은이처럼 매사를 바라보고 있군. 자네는 이해하지 못하고 있는 거야. 아는 게 아무것도 없어."

그는 낮은 목소리로 덧붙였다.

"숭고함과 어리석음은 백지 한 장 차이일세. 그것은 후세가 판단할 문제이지."

그는 잠깐 선잠에 들었다가 혹독한 추위 때문에 이내 깨어나고 말았다. 큰 소리로 말하고 논쟁하고 생각해야 했다.

그가 다시 말했다.

"사람들은 잘못 알고 있네. 나는 야심가가 아니야. 철야와 피로와 전쟁은 이제 내 나이에 어울리지 않아. 나는 그 누구보다도 침대와 휴식을 원한다구. 하지만 나는 내 일을 끝마치고 싶네. 세상에는 단 두 가지 선택이 있을 뿐이야. 명령하는 것과 복종하는 것. 프랑스에 대해 다른 모든 나라들이 견지하는 태도에서, 그들이 프랑스가 갖는 영향력, 결국은 프랑스의 군사력만을 염두에 두고 있다는 것을 확인할 수 있었네. 그렇기 때문에 나는 프랑스를 강하게 만들어야 했고, 대군을 유지해야 했던 걸세."

갑자기 불안이 엄습해왔다. 어느새 프로이센령인 슐레지엔에 들어와 있었던 것이다. 전속력으로 달리라고 명했다. 순간, 갑작스런 충격이 있었다. 말과 썰매를 연결하는 봉 하나가 부러진 것이었다. 그들은 쿠트노에서 멈춰야 했다.

사람들 몇 명이 다가와 썰매를 에워쌌다. 콩스탕과 뒤로크를 태운 두번째 썰매가 도착했다. 군수가 다가와 인사를 했다. 유럽의 외진 곳, 그것도 한밤중에 이처럼 사람들이 자신을 알아본다는 것, 그리고 군수의 부인과 처제, 어여쁜 두 폴란드 여인의 눈빛에서 경탄과 열정, 기쁨을 발견하는 것은 기분 좋은 일이었다.

—이 여인들을 바라보고 유혹할 수 있는 시간이 있다면…….

하지만 마레에게 보내는 편지를 구술해야 한다. 그러나 콜랭쿠르의 손가락은 추위에 마비되었고, 그 역시 손이 곱아버려 아무리 글자를 쓰려 해도 알아보기 힘든 부호들만 겨우 끄적일 수 있을 뿐이었다.

다시 출발했다. 벌써 1812년 12월 11일 금요일이었다. 그는 콜랭쿠르를 다그쳤다. 도대체 언제 포즈나인에 닿을 수 있단 말인가? 언제쯤 파리에서 보내온 전문을 받아볼 수 있단 말인가?

그는 곧 마음을 진정시키고 말했다.

"나는 내 실제 본모습보다 더 못되게 굴고 있는 걸세. 나는 일찍부터 프랑스인들은 언제든지 상대방을 손안에 틀어쥐고 잡아먹을 준비가 되어 있다는 사실을 주목해왔기 때문이지."

그는 웃었다.

"프랑스인들에겐 진지함이 부족해. 그렇기 때문에 그들을 위압할 수 있는 거야. 사람들은 내가 엄격하다고, 심지어 냉혹하다고까지 말들 하지. 잘된 일이야. 그만큼 내 수고가 줄어들었으니까. 사람들은 나의 단호함을 냉담함이라고 생각하고 있어. 지금 유럽을 지배하고 있는 질서가 부분적으로는 그러한 여론 덕택이니 나는 전혀 불만이 없네."

그는 장갑 끝으로 콜랭쿠르의 뺨을 비벼댔다.

"자, 콜랭쿠르, 나도 사람이야. 전에도 자네에게 말했네만, 나도 가슴 깊은 곳에 심장을 가지고 있다구. 하지만 그것은 군주의 심장일세. 나는 공작부인의 눈물에는 동정을 느끼지 않지만, 민중들의 고통에는 상처를 받는다네. 나는 민중들이 행복해지기를 원해. 프랑스인들은 그렇게 될 걸세. 내가 앞으로 십 년을 더 살 수 있다면, 모든 사람들은 안락한 삶을 누리게 될 거야."

그러나 그가 그만큼 살 수 있을까? 그는 마흔네번째 해를 앞두고 있었다. 그러나 모스크바 강 전투에서 느꼈던, 몸을 갉아먹는 듯하던 피로감은 어느새 사라졌다. 몸의 불편함도 없었고, 그때처럼 그의 몸을 소진시키던 감기에도 걸리지 않았다. 몰아치는 혹한에도, 그는 활력에 넘쳤고 행복감을 느끼고 있었다. 그는 파리로 향하고 있었다. 마리 루이즈에게로, 그의 아들 로마 왕에게로 돌아가고 있는 것이다.

그는 사람들에 대해 말하고 싶었다. 콜랭쿠르에게 다정하고 착한 오스트리아 여인 마리 루이즈에 대해 자랑하고 싶었고, 조제핀을 얘기하고 싶었다.

"조제핀, 그녀에게서 수없이 경험했네. 사람들이 내 감정을 얼마나 악용하려 드는지를 말일세. 그녀는 언제나 나에게 무언가를 요구했고, 나를 눈물의 함정에 빠뜨려, 내가 거절할 수도 없게 만들곤 했지."

─유독 조제핀에게만 양보했던 것은 아니었다.

"푸셰도 마찬가지였지. 그는 천재적인 머리와 글솜씨를 지녔지만, 한낱 책략꾼에 불과해. 자기가 원하는 것은 무엇이든지 얻고야 마는 도둑놈이라구. 그의 재산은 수백만 프랑에 달할 거야. 그도 한때는 위대한 혁명가였고 혈기 넘치는 인간이었지. 그는 생제르맹 교외 지역의 보호자로 자처하면서, 자신의 잘못을 만회할 수 있다고 믿고 있어! 자네 친구, 탈레랑으로 말할 것 같으면, 그는 부도덕한 모사꾼이야. 뛰어난 두뇌의 소유자지. 물론 내 휘하의 장관들 중에서 가장 유능한 인물이었어."

그는 말을 중단했다. 썰매가 포도 위에서 덜거덕거리고 있었다. 포즈나인이었다. 마침내 전령과 편지들을 볼 수 있게 된 것이다!

전문들을 담은 가방이 작센 호텔의 한 방에 놓여 있었다. 빨리. 그는 콜랭쿠르를 재촉했다. 그는 편지뭉치들을 묶고 있는 끈을 직접 끊어내고, 편지 겉봉을 뜯기 시작했다. 나머지 편지들을 개봉하는 일은 콜랭쿠르에게 맡기고, 자신은 편지를 읽었다. 그는 한 장 한 장 넘겨가며 탄성을 올렸다. 프랑스는 평온했다. 지나칠 정도로 평온했다.

그가 중얼거렸다.

"지금과 같은 상황에서 이러한 평온은 난처한데. '나폴레옹군 전황 보고서 제29호' 때문에 다들 놀랄 거란 말일세. 차라리 불안한 게 더 나아. 닥쳐올 불행을 예견하고 있는 그런 불안 말이야."

그는 손을 내밀었다. 빨리, 다른 편지를.

그는 황후의 편지를 큰 소리로 읽고, 어린 왕에 관련된 내용은 되풀이해서 읽었다.

"콜랭쿠르, 이만하면 내 아내, 훌륭하지 않은가?"

그는 방 안을 거닐면서 전문들을 다시 읽고, 그것들에 대해 평을 했다. 한 뭉치의 편지들은 읽지 않고 밀쳐두었다. 그것은 역참에서 활동하는 첩보원들에 의해 개봉된 편지들이었다. 그는 비웃었다.

"경박한 자들! 당연히 개봉될 편지임을 알면서 거기에다 비밀

439

이랍시고 털어놓는 정신나간 자들!"

그는 경멸의 표정을 지었다. 그 편지들엔 아첨꾼들의 뻔뻔스런 말들만 넘쳐나고 있을 따름일 터였다.

"사람들 말대로 나는 심술궂은 사람이고, 내 분풀이도 해야겠기에 이런 자들을 전혀 존중해줄 수가 없어."

가자. 빨리, 출발하자.

그들은 다시 썰매에 올랐다. 폭설이 지고 있었다. 포즈나인과 글로고프에 펼쳐진 풍경은 온통 눈으로 뒤덮여 있었다. 그러나 추위는 조금 수그러들었다.

"콜랭쿠르, 만약 우리가 체포된다면 어떻게 될까? 자네는 사람들이 나를 알아볼 수 있으리라고 생각하나? 그들이 내가 여기 있다는 것을 알 거라고 생각해? 독일에는 자네를 좋아하는 사람들이 꽤 있지, 콜랭쿠르. 자네는 독일어를 할 줄 아니까 말일세."

그는 콜랭쿠르와 함께 여행하는 레느발이란 이름을 가진 비서로 위장하고 있었다. 하지만 프로이센인들은 이내 알아차릴 것이다. 그가 비서가 아니라, 바로 황제라는 사실을.

그는 말을 이었다.

"프로이센인들은 내가 도망쳐서 끔찍한 보복이라도 할까 두려워, 영국인들에게 나를 얼른 넘겨버릴 걸세."

그가 웃었다.

"상상해보게, 콜랭쿠르. 마치 팔려온 노예처럼 런던 광장의 철창 안에 갇혀 있는 자네의 모습을 말이야."

그는 오랫동안 웃었다. 그러다가 갑자기 얼굴이 어두워졌다.

"여기서는 함정에 빠뜨려 은밀하게 죽여버리는 게 더 수월할지도 모르지."

그는 권총을 만져보았다. 콜랭쿠르도 권총을 손에 쥐고 있을까?

콜랭쿠르는 말이 없었다. 썰매가 역참에 도착했다. 기다려야 했다. 얼어붙을 듯한 밤이었다. 황제의 호위대에는 이제 단 두 명의 기병이 남아 있을 뿐이었다.

그가 말했다.

"자, 아까 말했던 철창 장면의 제일막이 곧 시작될 걸세."

곧 말들이 준비되었다. 그들은 다시 출발했다. 전에 없이 맹렬한 추위였다. 뭐든 지껄여야 했다. 앞으로 닥칠 일을 생각하고, 머릿속으로 그것에 대비하며, 말과 생각을 부여잡고 끝이 보이지 않는 고통스런 밤에서 벗어나야 했다. 그가 프랑스에서 새롭게 벌이게 될 한판 승부가 그를 흥분시키고 있었다. 그는 지금 프랑스라는 장기판 위에 자신의 말들을 늘어놓고, 첫번째 수를 두려 하고 있는 것이다. 그 첫 수로 완전히 판을 뒤엎으리라.

그가 말했다.

"나는 사람들이 나의 재난을 알기 전에, 그리고 감히 나를 배반하려고 하기 전에 튈르리 궁에 있게 될 걸세. 나에게는 노련한 장교들에 의해 잘 훈련된 십만 이상의 병사가 있네. 내게는 돈과 무기가 있으니, 그것으로 훌륭한 장교들을 육성할 수 있어. 신병들을 모집하여, 석 달 안에 오십만 병사들을 라인 강변에 배치하게 될 걸세. 기병대를 구성하고 훈련시키는 데 제일 많은 시간이 걸리겠지만, 내게는 만사를 해결해주는 돈이 있다구. 튈르리 궁의 지하실을 가득 채운 돈이 있단 말일세."

그의 마음은 조급했지만, 썰매는 잘 달리지 못했다. 강한 바람과 함께 눈은 점점 더 쌓여만 갔다. 그는 지독한 날씨에 저주를 퍼부었다.

그가 말했다.

"프랑스는 나를 필요로 하고 있네. 만일 프랑스가 나의 기대를

441

저버리지만 않는다면, 모든 문제는 즉시 해결될 것일세."

길을 내다보려다 포기하고, 그는 털외투 안에 몸을 한껏 움츠리며 파고들었다.

"사람들은 내가 권력에 집착한다고들 하지! 하지만 지금처럼 감옥에 죄수들이 적었던 적이 한 번이라도 있었는가! 박해도, 증오도 없어졌네. 정당들은 더 많아졌지. 그게 다 내 덕분일세. 제1통령 시절에도 그랬고, 황제인 지금도 나는 민중의 왕이라구. 나는 몇몇 사람들의 이익이나 주장에 눈을 돌리지 않아. 민중을 위해, 그들의 이익을 위해 나라를 다스렸네. 프랑스인들은 그걸 알고 있어. 그래서 프랑스 민중은 나를 좋아하는 걸세. 내가 '민중'이라고 말할 때, 그 말은 곧 국가를 말하는 것이야. 많은 사람들이 이해하는 의미에서의 '민중', 즉 하찮은 천민을 가리키는 말이 결코 아니야. 나는 하층민이란 말을 결코 좋아해본 적이 없어."

그는 어깨를 으쓱였다.

"사람들은 그것을 두고 나의 폭정이라고 말하고 있어. 그들이 나를 폭군이라고 하는 이유는, 내가 시덥잖은 음모나 꾸미는 몇몇 정신나간 여인들이 사람들 입에 오르내리는 것을 아예 막아버렸기 때문이야. 사교계는 항상 정부에 대해 적대적인 태도를 취해왔어. 그들은 모든 것에 대해 비난만 할 뿐 아무것도 찬양하질 않아. 대다수 국민들이야말로 올바른 생각을 갖고 있네. 국민들은 내가 그들의 영광과 행복과 미래를 위해 일하고 있다는 것을 알고 있어. 내게 뭐 부족한 게 있어서 나를 위해 일하겠나? 내가 사사로이 욕심낼 만한 것이 뭐가 있겠느냔 말야? 나는 유럽을 지배하고 있고, 왕위를 나눠주었네. 수백만금을 나눠주었지만, 정작 나를 위해선 돈이 필요하지 않아. 나만큼 사사로운 것에 관심을 두지 않는 사람이 또 누가 있는가!"

12월 14일 월요일 자정이었다. 일행은 괴를리츠, 바우첸을 지나 드레스덴에 도착했다. 그들은 프랑스 장관 관저를 찾아 도시를 헤맸다. 차가운 바람이 휘몰아치는 어두운 도시는 황량했다. 인기척 하나 없었다.

두 시간! 페르나 거리에 있는 그 건물을 찾기까지 두 시간을 소비했다! 건물에 들자마자, 바로 일을 해야 했다. 구술하고 전문을 보냈다. 그는 자신의 귀국 소식을 가장 먼저 오스트리아 황제에게 알려야 했다. 프란츠 황제가 다른 사람을 통해 그의 소식을 듣게 해서는 안 된다. 그래야만 모든 것이 잘 되어가고 있고, 나폴레옹이 패배한 것이 아니라는 것을 납득시킬 수 있으리라.

그는 프란츠 황제에게 편지를 썼다.

〈무척 피로하긴 하지만, 나의 건강은 전에 없이 좋은 상태입니다…… 나는 며칠 안에 파리로 돌아가게 될 것입니다. 이번 겨울을 파리에서 보내면서, 가장 중요한 일들에 몰두할 생각입니다. 나는 폐하께 커다란 믿음을 갖고 있습니다. 우리가 맺은 동맹은 영구적인 체계를 이루게 될 것입니다…… 폐하께서 내게 약속하셨던 바를 모두 이행하시어, 우리 양국의 승리를 확고히 하고, 조속한 시일 내에 평화를 이루게 될 것이라고 기대하고 있습니다.〉

─나의 친애하는 장인, 프란츠 황제를 이 동맹관계 속에 꼼짝 못하게 묶어놓아야 한다. 말(言)이 곧 끈이 되리라.

작센 왕이 도착했다. 나폴레옹은 한 시간 전부터 자고 있었다. 왕이 침실 안으로 들어와 앉자, 나폴레옹은 부은 눈을 뜨며 일어나 앉았다.

─그를 안심시키고, 내가 여전히 독일을 통치할 만큼 강하다는 걸 보여주기 위해 몇 마디 해줘야겠군.

그리고 동터오는 하늘을 바라보며 다시 출발했다. 날이 저물 무렵, 라이프치히에 도착했다.

대기는 한결 부드럽게 느껴졌다. 도시에는 눈이 거의 녹아 있었다. 그 지독한 얼음구덩이를 빠져나온 건가? 기분이 유쾌해져서 주위 풍경을 둘러보았다. 러시아의 초라한 오두막집들은 얼마나 낯설었던가! 다시 보게 된 저 집들과 언덕들, 종루들, 그것이 그가 익히 알고 있는 세상이며 풍경이었다. 그는 한 시간 가까이 광장이며 정원을 천천히 거닐었다. 그는 프로이센 호텔에서 프랑스 영사와 함께 저녁식사를 하고 다시 길을 떠났다.

바이마르에 이르렀을 때, 타고 있던 마차가 부서졌다. 드레스덴에서 작센 왕이 선물한 그 마차에는 썰매가 부착되어 있었다. 작은 이륜 우편마차로 갈아타고 얼마간 달리다가, 마차와 말들을 새로 구했다. 아이제나흐의 역참에서는, 역장이 마차에 말을 매지 않고 꾸물거리다 슬쩍 모습을 감추기도 했다. 장교가 그를 위협하자, 그의 아내가 울면서 빌었다.

젠장! 도대체 언제쯤에나 파리에 도착하게 될 것인가?

그는 라인 강까지, 파리까지, 남은 거리를 헤아려보고 싶었다. 몇 시간이나 걸릴까? 아니면 며칠이?

12월 16일 수요일. 그는 문득, 몇 달째 길 위에서 살고 있다는 느낌이 들었다.

갑자기 기병 하나가 나타나, 마차를 멈춰 세웠다. 아나톨 드 몽테스키우였다. 황후를 만나 '전황 보고서'를 전달한 후, 파리에서 달려오는 중이었다. 나폴레옹은 그의 어깨를 다독이며 중얼거렸다.

"모든 일이 잘 되어가고 있어."

드디어 라인 강이 눈에 들어왔다. 몽 토네르의 프랑스 주 청사 소재지인 마인츠에 닿았다! 이제 집에 들어온 것이다.

—내가 익히 알고 있는 얼굴, 노장 켈레르만 원수가 저기 있군. 저런, 발미 공작이 감정에 북받쳐 말을 더듬거리고 있잖아.

나폴레옹의 가슴에도 큰 기쁨이 물결치고 있었다.

12월 17일 목요일, 그는 생 타볼드를 거쳐 베르덩에서 식사하고 다시 출발했다. 갑작스러운 충격이 느껴졌다. 마차의 차축이 부러진 것이었다. 역까지는 오백 보 정도의 거리가 남아 있었다. 걸어서 가야 했다.

—이 기나긴 여정은 마지막 일 미터까지 싸워서 정복해야 하는 군. 하지만 이제 나는 내 집에 와 있다.

그는 폐부 깊숙이 상쾌하고 부드러운 공기를 들이마셨다. 이것이 겨울이란 말인가? 러시아의 봄보다도 따뜻했다.

그는 이제 서둘지 않았다. 샤토 티에리에서 느긋한 여유를 만끽했다. 몇 시간 후면, 마리 루이즈와 아들을 볼 수 있게 되리라. 오랫동안 몸을 씻은 뒤, 보병대 정예병사의 제복을 입고 털외투와 모자를 걸쳤다. 탈것이라곤 덮개 없는 마차 한 대뿐이었던 것이다. 그나마 심하게 덜컹거려 불편하기 짝이 없었다. 그는 모자를 눌러 쓰고 눈을 감아버렸다. 어쨌든 모 지방까지는 달려가겠지.

필요하다면 걸어서라도 여정을 끝내리라. 모 지방의 역참에 들르자, 역장이 커다란 바퀴가 두 개 달린 낡은 역마차 한 대를 제공했다. 그런 대로 튼튼한 것이었다. 그들은 다시 출발했다.

마부는 말에 채찍을 휘두르며 빠르게 질주했다. 나폴레옹은 바깥으로 몸을 기울였다. 파리였다! 저 멀리 개선문이 보였다. 마부는 명령하지 않았는데도, 보란 듯이 개선문을 통과했다. 하지만 어쩌면 당연하달 수도 있었다. 개선문을 통과할 수 있는 특권은 오로지 황제에게만 있기 때문이었다.

나폴레옹이 말했다.

"이건 길조인걸."

1812년 12월 18일 금요일 밤 열한시 사십오분, 나폴레옹은 튈르리 궁의 입구에 도착했다. 그들은 스모르곤에서 5일에 출발했었다. 러시아, 베레지나, 모스크바, 모스크바 강…… 참으로 머나먼 여정, 먼 땅이었다. 그것은 또 하나의 세상, 이미 비현실이 되어 버린 세상이었다.

튈르리 궁을 지키는 초병들이 의심스런 눈길로 행렬을 바라보았다. 이 장교들은 누구지? 아마 전령들이겠지. 그들은 나폴레옹 일행을 통과시켰다. 마차는 천천히 입구의 회랑 앞에 멈춰 섰다. 문지기가 잠옷바람으로 등불을 들고 나왔다. 그는 온몸을 털옷으로 감싸고 있는 콜랭쿠르의 모습을 보고 깜짝 놀랐다. 첫눈에 누구인지 알아보기가 힘들었던 것이다. 그는 겨우 황제의 마사 책임자만을 알아보았다.

나폴레옹은 어슴푸레한 어둠 속에 머물러 있던 마차에서 내려섰다. 사람들이 그를 쳐다보았다. 그가 천천히 걸음을 내디뎠다. 함성이 일었다.

"황제 폐하이시다!"

사람들이 달려나왔다. 그들이 웃는 소리, 외치는 소리가 궁륭형의 천장 아래 울려퍼졌다.

갑자기 나폴레옹은 자기를 둘러싸고 있는 사람들을 그만 비키게 했다. 황후를 수행하는 궁정 부인들의 거처로 향하는 콜랭쿠르가 보였던 것이다. 콜랭쿠르는 황제의 도착을, 궁정 부인들을 통해 황후에게 알리려는 것이리라. 나폴레옹은 빠른 걸음으로 콜랭쿠르를 뒤따라갔다. 그들을 바라보는 부인들의 눈에, 주저하며 불안해하는 기색이 역력했다. 병사의 제복에 외투를 걸친 그를 알아보지 못했던 것이다. 이 사람은 누구인가?

그는 황후의 침실에 몰래 들어가고 싶었다.

나폴레옹은 콜랭쿠르의 어깨를 잡으며 말했다.

"이제 그만 가보게, 콜랭쿠르. 자네에게도 휴식이 필요해."

제5권 『불멸의 인간』으로 이어집니다

나폴레옹 연보

1811. 1.		올덴부르크 병합
	3.	프랑스군, 마세나, 스페인으로부터 철병(4월까지)
	3. 20	아들 '로마 왕' (나폴레옹 2세, 프랑수아 샤를 조제프) 탄생
	4.	영국군, 스페인에 입성
	6. 9	아들 '로마 왕' 노트르담 성당에서 영세 받음
1812. 4. 27		러시아 대사 쿠라킨 공작이 알렉산드르 황제의 친서 전달, 실질적인 러시아의 선전포고
	5. 9	70만의 대부대(프랑스, 독일, 오스트리아, 프로이센, 폴란드, 이탈리아 연합부대)를 이끌고 러시아 원정길에 오름
	6. 22	니에만 강을 건넘. 러시아군은 후퇴
	6. 26	빌나 점령
	7. 20	비텝스크 점령
	7. 25	오스트로프노 전투
	8. 16	스몰렌스크 전투
	8. 30	베르나도트, 알렉산드르 1세와의 연합 조약에 서명
	9. 5	7일까지 보로디노 전투
	9. 14	텅 빈 모스크바에 입성
	9. 16	새벽, 모스크바 화재. 나흘 간의 화재 후 남은 가옥은 10분의 1뿐
	10. 15	나폴레옹, 코메디 프랑세즈를 정비하라는 법령 완성
	10. 19	모스크바 퇴각 개시(주력 병력 10만). 나폴레옹은 크렘린 궁 폭파를 명령
	10. 23	말레 장군 쿠데타 미수 사건 발발
	10. 29	윌랭 군사령관이 모반자들을 체포, 처형함
	11. 12	스몰렌스크 도착. 병력 3만 6천으로 감소
	11. 27	베레지나 강을 건넘
	12.	폴란드에 도착
	12. 18	파리 튈르리 궁으로 귀환

■ 용어 해설

단치히 폴란드 중북부 그다인스크 주의 수도. 폴란드 명은 그다인스크. 오랜 기간 무역 항구로 번창을 누렸다. 1772년 프로이센이 점령하면서 항구 무역이 급속도로 붕괴되었고, 1807년 나폴레옹이 자유시의 특권을 주었으나 프로이센의 고집으로 경제가 파탄에 이르렀다. 1813~1814년에 폴란드와의 통일을 호소했으나 비엔나 회담의 결과 서프로이센에 귀속되었다.

바그람 전투 1809년 7월 5일부터 이틀 동안 나폴레옹이 오스트리아와 싸워 승리를 거둔 전투. 15만 4천 명의 나폴레옹 군대와 카를 대공이 이끄는 15만 8천 명의 오스트리아 군대가 비엔나 북동쪽의 마흐펠트 평원에서 전투를 벌였다. 그 어떤 전투보다 치열한 포격전이 벌어져 오스트리아는 4만 명 이상, 프랑스는 약 3만 4천 명이 죽거나 다쳤다. 이 전투의 패배로 오스트리아는 프랑스의 독일 점령에 맞서 일으켰던 1809년 전쟁을 종결짓는 쇤브룬 조약(1809. 10)에 서명하였다.

뷔르템베르크 독일의 옛 국가. 백작령으로 출발한 뒤 차례로 공작령·왕국·공화국으로 바뀌었다. 지금의 바덴 뷔르템베르크 주의 중부와 동부에 해당한다. 수도는 슈투트가르트였다. 1802~1813년 프랑스와 동맹관계를 맺었는데, 그 보답으로 나폴레옹은 이곳에 많은 영토를 하사했다.

쇤브룬 조약 1809년 7월의 바그람 전투 결과 오스트리아와 프랑스 사이에 맺어진 조약(1809. 10. 14). 오스트리아는 성급히 나폴레옹에 대항한 해방 전쟁을 벌였으나 기대했던 프로이센의 지원을 얻지 못하고 바그람에서 패전해 비엔나의 쇤브룬 성에서 조약에 조인했다. 이 조약으로 오스트리아는 8만 3천 평방킬로미터의 영토와 3백 50만 명에 달하는 주민을 잃었다. 이 조약 후 짧은 기간 프랑스와 오스트리아는 매우 긴밀한 관계를 유지했다.

아스펀-에슬링 전투 1809년 5월 21일부터 이틀간 비엔나 근처의 아스펀과 에슬링에서 프랑스와 오스트리아 사이에 벌어진 전투. 중요한 전투로 기록되고 있는 이 전투에서 나폴레옹 휘하의 마세나 장군은 영웅적인 행동을 보여주었다. 그 공을 인정하여 나폴레옹은 1810년 1월 '에슬링 대공'이란 칭호를 주어 그를 포상했다. 그러나 란 장군은 에슬링 전투에서 치명적인 부상을 입고 죽었다.

에크뮐 전투 1809년 프랑스의 대오스트리아 전쟁 중 4월 23일에 벌어진 전투. 이 전투에서 나폴레옹은 오른쪽 엄지발가락에 유탄을 맞는 부상을 입기도 하였으나 다부 장군의 눈부신 활약으로 승리를 얻었다. 다부 장군은 이 전투의 공로로 '에크뮐 공(公)'의 칭호를 얻었다.

일리리아 정부 1809년 대오스트리아 전쟁에서 승리한 나폴레옹은 달마치야 해안을 따라 길게 뻗은 일리리아 지역을 통합해 프랑스 제국에 합병했다. 오스트리아의 이탈리아와 지중해 접근을 차단할 목적으로 세운 이 정부의 책임자로 나폴레옹은 마르몽을 임명했다. 이 지역은 1814년 다시 오스트리아에 반환되었다.

작센 공국 1806년 나폴레옹이 정복해 만든 왕국. 작센 지역은 홀슈타인과 지금의 독일 니더작센 주에 해당하는 엘베 강 하류의 서쪽 지역을 포함하고 있었다. 수도는 바이마르였다. 나폴레옹이 왕국을 세운 후 작센은 나폴레옹의 가장 충성스런 맹방 중의 하나였다.

코자크 흑해와 카스피 해의 북쪽 후배지에 거주하는 주민. 전통적으로 독립적인 생활을 하다가 군사적인 봉사를 제공하는 대가로 러시아 정부로부터 여러 가지 특혜를 받았다. 16세기 초에는 폴란드, 17세기에는 러시아 국경의 수비대로 이용당했으며, 나중에 러시아 제국은 이들을 영토 확장을 위한 전위대로 이용했다. 18세기 말에 이르러 모든 코자크 성인 남자들에게 이십 년간 러시아 군대에서 복무할 의무가 부과되었으며, 19~20세기에 러시아는 혁명 활동을 진압하는 데 이들을 대대적으로 이용했다.

한자 동맹 13세기 이후 뤼베크, 함부르크, 브레멘 등의 북독일 상업도시가 무역의 독점과 보호를 목적으로 맺은 도시 연합체.

합스부르크 왕가 유럽 최대의 왕조 가운데 하나. 12~13세기에 오스트리아, 독일 합스부르크 왕가의 출현 이후 독일과 중부 유럽 지역 및 스페인과 신성로마제국의 황제를 배출했다. 프랑스 혁명과 나폴레옹 전쟁을 거치면서 합스부르크 왕가는 급격히 몰락, 1918년 카를 황제를 마지막으로 헝가리와 오스트리아에 대한 지배권을 상실했다.

■ **주요 인물**

라잘(1775~1809) 프랑스의 장군. 켈레르만의 부관이었던 그는 리볼리 전투(1797), 이집트 원정(1799), 프로이센 원정(1806), 스페인 원정(1808), 오스트리아 전쟁(1809) 때 공훈을 쌓았다. 바그람 전장에서 사망하였다.

로스토프친(1763~1826) 러시아의 장교이자 정치가. 1812년 9월 나폴레옹이 모스크바를 점령하자, 당시 모스크바 사령관이었던 그는 도시의 4분의 3을 불태우게 했다.

르페브르 데누에트(1773~1822) 프랑스의 장군. 나폴레옹이 황제가 된 후에 황제의 시종이자 제국 군대 엽기병 사령관이 되었다. 1813년 바우첸 전투에서 두각을 나타냈으며, 백일천하 때는 황제에게 돌아온 첫번째 그룹 중 한 사람이었고, 이후 플뢰뤼스 전투와 워털루 전투에도 참가했다.

말레(1754~1812) 프랑스의 장군. 1799년에 여단장의 지위에 올랐으며, 열렬한 공화주의자였던 그는 나폴레옹에게 적대적이었다. 1809년 반(反)보나파르트 비밀 결사에 가담했다는 혐의로 체포되어 요양원에 수감되었으나 나폴레옹에 반대하는 모반을 꾸미며 1812년 10월 22일에서 23일 사이에 탈출, 황제의 죽음을 선언하고 공화주의자인 기달, 라오리 등과 함께 임시정부를 계획하는 등 쿠데타를 일으켰으나 파리 사령부의 윌랭 장군에 의해 체포당했다. 며칠 후인 10월 29일 총살당했다. 이 사건으로 러시아 원정중이었던 나폴레옹은 서둘러 프랑스로 돌아오게 된다.

맥도날드(1765~1840) 프랑스의 장군. 스코틀랜드인의 아들로, 1796년 사단장이 되었다. 1809년 바그람 전투에서의 공로로 원수 및 타랑트 공작으로 봉해졌다. 슐레지엔의 카츠바흐 전투(1813)에서 프로이센에게 패했고, 라이프치히에서 프랑스군이 결정적으로 패했을 때(1813. 10)는 가까스로 목숨을 건졌다. 백일천하 때는 나폴레옹에 합세하지 않았다.

모리(1746~1817) 프랑스의 고위 성직자. 1810년 나폴레옹에 의해 파리 대주교로 임명되었다가 1814년 로마로 쫓겨났다.

바르클레 드 톨리(1761~1818) 스코틀랜드 출신의 러시아 원수. 아일라우 전투(1807)에서 나폴레옹군과 싸우다 부상을 당했으며, 1810년 러시아군 사령관이 되어 1812년 프랑스와의 전쟁시 퇴각하다가 스몰렌스크에서 패배했다. 그의 후임으로 사령관이 된 쿠투조프의 지휘하에 모스크바 강 전투에 참가했으며, 나폴레옹군의 후퇴 후에 독일 원정(1813)에 참가, 라이프치히 전투를 승리로 이끌었다.

슈바르첸베르크(1771~1820) 오스트리아의 육군원수. 나폴레옹 전쟁 때 큰 공을 세운 동맹군 사령관이었으며, 1813~1814년 프랑스 황제를 물리치는 데 크게 이바지했다. 바그람 전투에서 큰 활약을 보였던 그는 1810년 프랑스 주재 대사로서 나폴레옹과 오스트리아 황제 프란츠 1세의 딸인 마리 루이즈와의 결혼을 성사시키는 데 일조했다. 그러나 나폴레옹의 러시아 원정 때 오스트리아 분견대 지휘관이었던 그는 진격을 거부했으며, 1813년 대불 동맹군 사령관으로서 라이프치히 전투에서 나폴레옹에게 결정적인 패배를 안겨주었다.

쉬세(1770~1826) 프랑스의 원수. 아우스터리츠 전투(1805)와 예나 전투(1806)에 참가했으며, 스페인 전쟁(1809~1814) 때 레리다와 타라고나를 탈취했고, 카탈루냐 지방을 진압했다. 1811년 공작 직위와 원수 칭호를 받았다.

에블레(1758~1816) 프랑스의 장군. 혁명 전쟁과 나폴레옹 전쟁에 참전한 후 마그데부르크의 통치자로 임명되었으며(1807~1808), 이후 1808년에서 1810년까지 베스트팔렌 왕 제롬의 참모장을 지냈다. 러시아 원정에서의 후퇴 당시 그는 베레지나 강에 다리를 세워 나폴레옹군의 잔존 병력을 구하는 데 크게 기여했다.

요한 대공(1782~1859) 오스트리아 합스부르크 왕가의 대공(大公). 카를 대공의 동생이다. 1809년 바그람 전투에서 3만 명의 증원군을 이끌고 카를 대공을 도와 나폴레옹에 대항하였으나 격파당했다.

우디노(1767~1847)   프랑스의 장군, 행정가, 육군원수. 평민 출신으로 1794년 카이저슬라우테른 전투에서 영웅적 항전을 벌여 여단장이 되었다. 바그람 전투(1809) 이후 원수로 승진했으며, 1810년 레조 공작 작위를 받았다. 네덜란드 행정관으로 근무하다가(1809~1812) 러시아 원정에 참여했다.

윌랭(1758~1841)   프랑스의 장군. 바스티유 함락 때 능력을 인정받아 이후 파리 민병대의 대장이 되었다. 나폴레옹을 따라 이탈리아 원정에 참여했으며, 1803년 장군이 되었다. 1805년에 비엔나 총독, 1806~1807년에 베를린 총독을 지냈고, 1812년 나폴레옹에 대항한 말레의 음모를 진압했다.

존 무어(1761~1809)   영국의 장군. 스코틀랜드 서남부의 항구도시 글래스고우에서 태어났다. 1794년 코르시카 섬에서 프랑스 주둔군을 진압하는 데 일조했으며, 이후 수많은 활약으로 최고의 지휘관으로서뿐만 아니라 위대한 전술가로서 명성을 날렸다. 1808년 이베리아 반도 전쟁시 프랑스군 축출을 명령받고, 나폴레옹군을 마드리드에서 몰아냈다. 1809년 1월 16일 프랑스 술트 장군의 공격을 받고 치명적인 부상을 입은 후 죽었다.

카를 13세(1748~1818)   스웨덴의 왕(1809~1818 재위)이며 스웨덴·노르웨이 연합 왕국의 초대 왕(1814~1818). 나폴레옹 전쟁중의 정책 실패로 구스타프 4세가 퇴위하자(1809. 3) 그의 뒤를 이어 스웨덴 국왕이 되었다. 자식이 없었던 그는 나폴레옹 휘하 장군인 장 바티스트 베르나도트를 왕위 계승자로 지명하고 그를 양자로 받아들였다. 그후 죽을 때까지 그는 왕세자 베르나도트의 그늘에 가려 상징적인 역할도 제대로 해내지 못했다.

팽(1778~1837)   프랑스의 역사가. 나폴레옹 아래에서 비서관 겸 공문서 관리자로 활동했으며, 나폴레옹 통치에 관한 회상록을 저술했다. 그의 저작은 프랑스 제정사의 중요한 자료가 되고 있다.

포나토프스키(1763~1813)   폴란드의 장교. 나폴레옹에 의해 바르샤바 대공국 군대 총사령관으로 임명되어, 1809년 오스트리아군에 맞섰다. 1812년 러시아 원정에 참여했으며, 1813년 라이프치히 전투에서의 공을 인정받아 프랑스의 원수 칭호를 얻었다. 황제의 후퇴를 비호하다가 엘스터 강을 건너는 도중 익사했다.

옮긴이 **임헌**

서울대학교 불어교육과와 동대학원 불문과를 졸업했다. 프랑스 투르의 프랑수아 라블레 대학교에서 발자크 연구로 문학박사 학위를 받았다. 현재 인하대학교 프랑스언어문화학과 교수로 재직중이다. 「청년기 발자크, 혹은 근대적 작가의 탄생」「트랜스문화론의 변주(I—III)」 등 다수의 논문을 발표했고, 『크림슨 리버』『똥오줌의 역사』『EXIT』『금성의 약속』『모세』『클레오 파트라』『발자크』 등을 우리말로 옮겼다.

문학동네 세계문학
나폴레옹 제4권 왕들의 황제

| 1판 1쇄 | 1998년 9월 17일 |
| 1판 11쇄 | 2022년 5월 30일 |

지 은 이	막스 갈로
옮 긴 이	임헌
펴 낸 이	김소영
펴 낸 곳	(주)문학동네
출판등록	1993년 10월 22일 제2003-000045호

주　　소	10881 경기도 파주시 회동길 210
전자우편	editor@munhak.com
전화번호	031) 955-8888
팩　　스	031) 955-8855

ISBN 978-89-8281-137-1 04860
　　　 978-89-8281-131-9 (세트)

www.munhak.com

비범한 작전이란, 유용한 것과 불가피한 것만을 시도하는 것, 바로 그것이다.
—나폴레옹

모스크바 철수 C. 몰트(석판화).

이 그림은 나폴레옹 당시의 종군화가들이 그린, 생생한 현장감이 담긴 작품이다.